Hardy · Clyms Heimkehr

Thomas Hardy

Clyms Heimkehr

Aus dem Englischen übersetzt
von Dietlinde Giloi
Nachwort von Willi Erzgräber

Philipp Reclam jun.
Stuttgart

Originaltitel:
The Return of the Native

Universal-Bibliothek Nr. 8607[7]
Alle Rechte vorbehalten
© 1989 Philipp Reclam jun. GmbH & Co., Stuttgart
Gesamtherstellung: Reclam, Ditzingen. Printed in Germany 1989
RECLAM und UNIVERSAL-BIBLIOTHEK sind eingetragene
Warenzeichen der Philipp Reclam jun. GmbH & Co., Stuttgart
ISBN 3-15-008607-8 (kart.)   ISBN 3-15-028607-7 (geb.)

Vorwort des Autors

Als Zeitraum für die folgenden Begebenheiten mag man die Jahre zwischen 1840 und 1850 annehmen, als das alte Seebad, das hier »Budmouth« genannt wird, sich noch so viel vom Abglanz seiner georgianischen Lebensfreude und seines Prestiges bewahrt hatte, daß es die romantische, phantasievolle Seele einer anmutigen Bewohnerin des Binnenlandes in seinen Bann zog.

Unter der allgemeinen Bezeichnung »Egdon-Heide«, die für den düsteren Schauplatz der Geschichte verwendet wird, werden wenigstens ein Dutzend Heidelandschaften verschiedenen Namens zusammengefaßt. Tatsächlich sind diese in Charakter und Erscheinungsbild eins, obwohl ihre ursprüngliche Einheit heute zu einem gewissen Grad durch eingeschobene Landstreifen und -stücke, die mit mehr oder weniger Erfolg unter den Pflug gebracht oder in Waldgebiete verwandelt wurden, verborgen bleibt.

Es ist ein angenehmer Gedanke, sich vorzustellen, daß irgendeine Stelle in diesem ausgedehnten Gebiet, dessen südwestlicher Teil hier beschrieben wird, die Heide Lears, jenes legendären Königs von Wessex – King Lear – gewesen sein mag.

Juli 1895

Nachtrag

Um den nach der beschriebenen Gegend Suchenden Enttäuschungen zu ersparen, sollte hinzugefügt werden, daß, obgleich sich das Geschehen des Romans in dem mittleren, abgeschlossensten Teil der als Ganzes zusammengefaßten Heidelandschaften (wie oben angemerkt) abspielt, gewisse topographische Eigenheiten, die den beschriebenen ähneln, in Wirklichkeit am Rand des Gebietes auftreten – mehrere Meilen westlich der Mitte. Es wurden aber auch noch andere charakteristische Merkmale von verschiedenen Stellen zusammengetragen.

Die erste Ausgabe dieses Romans erschien 1878 in drei Bänden.

April 1920   *T. H.*

To sorrow
I bade good morrow,
And thought to leave her far away behind;
But cheerly, cheerly,
She loves me dearly;
She is so constant to me, and so kind.
I would deceive her,
And so leave her,
But ah! she is so constant and so kind.

Die Trübsal
grüßte ich
und gedachte, sie weit hinter mir zu lassen;
aber, Freude über Freude,
sie liebt mich inniglich,
sie ist so beständig und freundlich zu mir.
Ich würde sie ja überlisten
und sie so verlassen,
aber ach! sie ist so beständig und freundlich zu mir.

Erstes Buch

Die drei Frauen

Kapitel 1

Ein Antlitz, dem die Zeit wenig anhaben kann

Ein Samstagnachmittag im November näherte sich der Stunde der Dämmerung, und das ausgedehnte Gebiet unbegrenzter Wildnis, das als die Egdon-Heide bekannt ist, fiel zusehends in tiefere Schatten. Darüber lag eine den Himmel verbergende, farblos weißliche Wolkendecke, die wie ein Zelt die ganze Heide überspannte.

Da das Firmament von diesem bleichen Schirm und die Erde von einer dunklen Vegetation bedeckt war, entstand bei ihrem Zusammentreffen am Horizont eine klare Linie. In diesem Kontrast schien die Heide die Nacht vorwegzunehmen, bevor deren astronomische Stunde gekommen war: die Dunkelheit hatte die Heide fast völlig eingehüllt, während der Tag noch klar am Himmel stand. Nach oben blickend hätte ein Ginsterschneider seine Arbeit fortsetzen wollen, während ein Blick nach unten ihn veranlaßt hätte, sein letztes Bündel zusammenzuschnüren und nach Hause zu gehen. Die fernen Ränder der Erde und des Firmaments schienen sowohl eine zeitliche als auch eine materielle Trennlinie zu bilden. Allein durch ihr charakteristisches Antlitz schien die Heide den Abend eine halbe Stunde früher eintreten zu lassen; ebenso konnte sie die Morgendämmerung verzögern, die Mittagsstunde trüben, die Finsternis der Stürme vorwegnehmen, noch bevor diese sich zusammenbrauten, und das Dunkel einer mondlosen Nacht zu furchterregendem Grauen steigern.

Tatsächlich war es genau dieser Zeitpunkt des Übergangs in die nächtliche Dunkelheit, der die großartige und eigentümliche Pracht der Egdon-Einöde sichtbar werden ließ, und man konnte von niemandem sagen, er verstehe die Heide, wenn er sie nicht zu dieser Zeit erlebt hatte. Sie war am eindringlichsten zu spüren, wenn sie nicht zu sehen war, da ihre vollständige Wirkung und Offenbarung in dieser und in den darauffolgenden Stunden bis zur nächsten Morgendämmerung beschlossen lag. Dann und nur dann erzählte sie ihre wahre Geschichte. Der Ort war in der Tat der Nacht eng verwandt, und wenn sie herannahte, konnte man zwischen ihren Schatten und seiner Szenerie eine offensichtliche Neigung zur Vereinigung wahrnehmen. Die düstere Linie der Wölbungen und Mulden schien sich zu heben, um den Abendschatten aus reiner Sympathie zu begegnen, und die Heide verströmte die Dunkelheit so geschwind, wie der Himmel sie herabgoß. So schlossen sich die Finsternis des Himmels und die des Landes zu einer schwarzen Verbrüderung zusammen, indem sich beide auf halbem Wege entgegenkamen.

Der Schauplatz war nun von einer wachen Gespanntheit erfüllt, denn wenn anderes gedankenverloren in Schlaf fiel, schien die Heide allmählich zu erwachen und zu lauschen. Jede Nacht schien ihre titanenhafte Gestalt etwas zu erwarten; aber in dieser Weise hatte sie schon so viele Jahrhunderte hindurch gewartet, über die Krisen so vieler Ereignisse hinweg, daß nur die Vorstellung übrigblieb, sie erwarte die eine, letzte Krise – den endgültigen Untergang.

Es war ein Ort, der denen, die ihn liebten, als ein Bild eigentümlicher und angenehmer Ausgeglichenheit in Erinnerung blieb. Lachende Felder voller Blumen und Früchte bewirken dies kaum, denn sie bewahren ihre vollkommene Harmonie nur durch ihren Ruf, Schöneres hervorbringen zu können, als es die Gegenwart zeigt. Die Abenddämmerung verband sich mit der Szenerie der Egdon-Heide, um etwas hervorzubringen, was majestätisch war, ohne streng zu sein, eindrucksvoll, ohne zu prahlen, nachdrücklich in ihren Warnungen und großartig in ihrer Einfachheit. Jene Eigenschaften, die häufig die Fassade eines Gefängnisses mit mehr Würde ausstatten, als es bei einem Palast von doppelter Größe der Fall ist, verliehen dieser Heide eine Erhabenheit, die an Orten, welche für Schönheit der üblichen Art berühmt sind, völlig fehlt. Gute Aussichten verbinden sich gerne mit guten Zeiten, aber ach, die Zeiten sind nicht gut! Die Menschen haben oft mehr unter dem Hohn eines für ihre geistige Verfassung zu heiteren Ortes gelitten als unter der Beklemmung einer allzu traurig gefärbten Umgebung. Die karge Edgon-Heide wandte sich an einen feineren und selteneren Instinkt, an ein erst neuerdings erworbenes Gefühl, an ein anderes als das, welches auf jene Art von Schönheit reagiert, die man als bezaubernd und hübsch bezeichnet.

Es ist tatsächlich die Frage, ob für die ausschließliche Herrschaft dieses orthodoxen Schönheitsbegriffs nicht die letzte Stunde angebrochen ist. Das neue Tempetal[1] mag vielleicht eine dürre Einöde in Thule[2] sein: menschliche Seelen mögen sich in immer engerer Harmonie mit äußeren Dingen fühlen, denen eine Düsterkeit zu eigen ist, die unserem Geschlecht, als es jung war, zuwider gewesen wäre. Die Zeit scheint nahe – wenn sie nicht schon gekommen ist –, wo die keusche Erhabenheit eines Moores, eines Meeres oder eines Gebirges dasjenige in der Natur sein wird, was sich vollkommen mit der Gefühlslage des nachdenklicheren Teils der Menschheit deckt. Und am Ende mögen Orte wie Island dem Allerweltstouristen das bedeuten, was für ihn heute die Weinberge und Myrtengärten Südeuropas sind, und auf seiner hastigen Reise von den Alpen zu den Sanddünen von Scheveningen wird er vielleicht an Heidelberg und Baden achtlos vorbeieilen.

Selbst der ernsthafteste Asket konnte sicher sein, ein natürliches Recht darauf zu haben, auf der Egdon-Heide umherzuwandern. Er hielt sich innerhalb der Grenzen eines legitimen Genusses auf, wenn er sich Eindrücken wie diesen hingab. Derart gedämpfte Farben und Schönheiten standen jedem zumindest von Natur aus zu. Nur an Sommertagen, in der gehobensten Stimmung, erlangte die Heide einen gewissen Grad an Fröhlichkeit. Intensität wurde mehr durch Feierlichkeit als durch Glanz erreicht, und zu einer solchen Intensität kam es oft während der Winterdunkelheit, zur Zeit der Stürme und Nebel. Dann war die Egdon-Heide zur Entgegnung bereit, denn der Sturm war ihr Geliebter und der Wind ihr Freund. Dann wurde sie zum Schauplatz seltsamer Erscheinungen, und man empfand, daß dieser Ort das bis dahin nicht erkannte Urbild jener wilden Regionen der Finsternis war, von denen man sich undeutlich in mitternächtlichen Alpträumen umgeben fühlt, an die man aber später nie mehr denkt, bis sie durch Landschaften wie diese wiedererweckt werden.

Die Heide war gegenwärtig ein Ort, der vollkommen mit der menschlichen Natur in Einklang stand – weder schaurig, haßerfüllt, noch häßlich, weder gewöhnlich, nichtssagend, noch zahm. Sie war, wie die Menschheit, voller Entsagung und Ausdauer und gleichzeitig einzigartig imposant und geheimnisvoll in ihrer dunklen Eintönigkeit. Aus ihren Zügen schien wie bei manchen Menschen, die lange voneinander getrennt leben, Einsamkeit zu sprechen. Sie hatte ein vom Alleinsein geprägtes Antlitz, das auf tragische Möglichkeiten hindeuten mochte.

Dieses unbekannte, altmodisch und überflüssig gewordene Land ist im ersten englischen Grundbuch, dem Domesday-Buch, registriert. Seine Beschaffenheit wird dort als eine mit Heidekraut, Ginster und Dornbusch bewachsene Wildnis, »Bruaria«, bezeichnet. Danach folgt die Angabe der Längen- und Breitenausdehnung des Gebietes in alten englischen Meilen; und obwohl einige Unsicherheit über die genaue Einheit dieses alten Längenmaßes besteht, scheint sich doch die Egdon-Heide, was ihre Fläche angeht, bis zum heutigen Tag nur wenig verkleinert zu haben. »Turbaria Bruaria« – das Recht, Heidetorf zu stechen – wird dem Bezirk urkundlich zugestanden. »Von Heide- und Torfmoor überzogen«, sagt Leland über denselben dunklen Landstrich.[3]

Dies waren wenigstens klare, handfeste Fakten bezüglich der Landschaft, weitreichende Beweise, die echte Genugtuung erzeugen. Das ungezähmte, ismaelitische⁴ Stück Land, das die Heide nun war, war sie schon immer gewesen. Die Zivilisation war ihr Feind, und schon seit Anbeginn der Vegetation hatte ihr Boden immer dasselbe altmodische Kleid getragen, das natürliche und unveränderte Gewand dieses besonderen Landstrichs. In ihrem einzigen ehrwürdigen Mantel lag ein gewisser satirischer Bezug zur menschlichen Eitelkeit in Kleiderdingen. Eine Person, die sich auf der Heide in Gewändern modernen Schnitts und modischer Farben zeigt, wirkt mehr oder weniger deplaziert. Wo die Erde so primitiv ist, scheinen wir ein Bedürfnis nach der ältesten und einfachsten Kleidung zu empfinden.

Wenn man sich zu einer Zeit wie dieser zwischen Nachmittag und Nacht auf einem Dornbuschstumpf im innersten Tal der Egdon-Heide zurücklehnte, dort, wo das Auge nichts von der Welt jenseits der Gipfel und Hänge der Heide sehen konnte, und wenn man sich dann bewußt machte, daß alles im Umkreis rundum und darunter seit prähistorischen Zeiten so unverändert geblieben war wie die Sterne am Himmel, so vermochte dies einem unbeständigen und durch das Neue bedrängten Geist Halt zu gewähren. Der großartig unberührte Ort hatte eine uralte Stetigkeit, die das Meer nicht für sich in Anspruch nehmen kann. Wer kann von irgendeinem Meer behaupten, es sei alt? Von der Sonne destilliert, vom Mond durchgeknetet, hat es sich in einem Jahr, in einem Tag, in einer Stunde erneuert. Das Meer änderte sich, die Felder änderten sich, die Flüsse, die Dörfer und die Menschen änderten sich, doch die Egdon-Heide blieb sich gleich. Ihre Oberfläche war weder so steil, daß sie durch Witterungseinflüsse zerstört werden, noch so flach, daß sie das Opfer von Überschwemmungen und Ablagerungen werden konnte. Mit Ausnahme einer alten Straße und eines noch

älteren Hünengrabs – von dem gleich die Rede sein wird –,
die sich beide durch ihr langes Fortbestehen schon fast in
natürliche Produkte verwandelt hatten, waren selbst
geringfügige Unregelmäßigkeiten nicht durch Spitzhacke,
Spaten oder Pflug verursacht, sondern von der letzten
geologischen Veränderung als deren Abdrücke zurückgeblieben.

Die zuvor erwähnte Straße durchquerte die Niederungen der Heide von einem Horizont zum andern. In vielen
Abschnitten ihres Verlaufs folgte sie einem alten Weg, der
von der großen Weststraße der Römer, der nahen Via
Iceniana oder Ikenild-Straße, abzweigte.[5] An dem fraglichen Abend hätte man bemerken können, daß, obwohl
die Dunkelheit die unbedeutenderen Merkmale der Heide bereits verwischte, die weiße Oberfläche der Straße fast
so klar und deutlich wie eh und je zu erkennen war.

Kapitel 2

Die Menschheit erscheint auf der Bühne und stört den Frieden

Ein alter Mann ging die Straße entlang. Sein Kopf glich
einem schneebedeckten Berg, seine Schultern waren
gebeugt, und er machte im ganzen einen etwas herunter-
gekommenen Eindruck. Er trug einen speckigen Hut,
einen uralten Bootsmantel und ebensolche Schuhe. Die
Messingknöpfe seines Mantels waren mit einem Anker
verziert. In der Hand hatte er einen mit einem Silberknauf
versehenen Spazierstock, den er regelrecht als drittes Bein
benutzte, indem er in kurzen Abständen immer wieder
seine Spitze in den Boden stieß. Man hätte vermuten kön-

nen, daß er zu seiner Zeit so etwas wie ein Marineoffizier
gewesen war.

Vor ihm erstreckte sich die lange, mühselige Straße,
trocken, leer und weiß. Sie war zu beiden Seiten der Heide
ziemlich offen und trennte diese unermeßliche dunkle
Fläche, wie ein Scheitel einen dunklen Haarschopf teilt.
Gegen den fernen Horizont hin wurde sie immer schma-
ler, um sich dann in einer Biegung zu verlieren.

Der alte Mann schaute des öfteren aufmerksam nach
vorn, um die Strecke abzuschätzen, die er noch zu bewältigen hatte. Schließlich machte er in weiter Ferne einen
sich bewegenden Punkt aus, der ein Fahrzeug zu sein
schien, das sich in der gleichen Richtung wie er bewegte.
Dies war der einzige Funken Leben weit und breit, und er
trug lediglich dazu bei, die allgemeine Einsamkeit noch zu
verstärken. Das Gefährt bewegte sich nur langsam, und
der alte Mann holte den Abstand merklich auf.

Beim Näherkommen sah er, daß es sich um einen
gewöhnlichen gefederten Planwagen handelte, der allerdings eine ungewöhnliche Farbe hatte: er war von grellem
Rot. Der Fuhrmann ging nebenher, und auch er war, wie
sein Wagen, vollständig rot. Eine einzige Farbschicht
bedeckte seine Kleidung, die Mütze auf seinem Kopf,
ebenso seine Stiefel, sein Gesicht und seine Hände. Er war
nicht etwa nur zeitweise mit dieser Farbe bedeckt, nein, er
war von ihr durchdrungen.

Der alte Mann wußte, was dies zu bedeuten hatte. Der
Fuhrmann mit seinem Wagen war ein Rötelmann, –
jemand, dessen Beruf es ist, die Bauern mit Rötel zum
Markieren ihrer Schafe zu versorgen. Er gehörte einer
Berufsgruppe an, die in Wessex zusehends ausstarb, und
nahm somit jetzt in der ländlichen Welt den Platz ein, den
die Vogelart der Dronte[6] während des letzten Jahrhunderts im Tierreich innehatte. So stellt er eine sonderbare,
interessante und fast verlorengegangene Verbindung dar

zwischen überholten Lebensformen und solchen, die im allgemeinen überdauern.

Der heruntergekommene Offizier kam Schritt für Schritt näher, gesellte sich schließlich seinem Weggenossen zu und wünschte ihm einen guten Abend. Der Rötelmann wandte den Kopf und erwiderte den Gruß in traurigem, abwesendem Ton. Er war jung, und wenn man ihn auch nicht gerade als schön bezeichnen konnte, so kam er doch diesem Begriff so nahe, daß wohl niemand einer solchen Feststellung widersprochen hätte, besonders, wenn sein Gesicht in seiner natürlichen Farbe zur Beurteilung gestanden hätte. Sein Auge, das sich ob der Farbe so seltsam ausnahm, war in sich schön, kühn wie das eines Raubvogels und blau wie herbstlicher Dunst. Er trug weder einen Backenbart noch einen Schnurrbart, ein Umstand, der die sanften Formen seiner unteren Gesichtshälfte angenehm zur Geltung brachte. Seine Lippen waren schmal, und obgleich es schien, als seien sie im Nachdenken aufeinandergepreßt, konnte man doch ab und zu ein gewinnendes Zucken um seine Mundwinkel beobachten. Seine Kleidung bestand aus einem enganliegenden Kordsamtanzug von bester Qualität, der wenig getragen und für seinen Zweck gut gewählt zu sein schien, jedoch seiner ursprünglichen Farbe durch den Beruf seines Trägers beraubt war. Auch brachte er dessen ansprechende Gestalt vorteilhaft zur Geltung. Ein gewisser Anschein von Wohlhabenheit ließ ihn trotz seines Standes nicht arm wirken. Die zwangsläufige Überlegung eines Beobachters wäre wohl die gewesen, warum ein so vielversprechendes Wesen wie dieses sein einnehmendes Äußeres durch die Wahl eines solch ausgefallenen Berufs verberge.

Nachdem er den Gruß des alten Mannes erwidert hatte, war er offenbar nicht geneigt, eine Unterhaltung zu beginnen, obwohl sie nebeneinander her gingen und der Ältere Gesellschaft zu suchen schien. Es war nichts zu verneh-

men als der sanft brausende Wind, der über die Grasland-
schaft rings umher strich, das Knirschen der Räder, die
Schritte der beiden Männer und das Stampfen der beiden
zottigen Ponys, die den Planwagen zogen. Es waren
kleine, zähe Tiere, wie sie zwischen Galloway und
Exmoor vorkommen und die als »Heidemäher« bekannt
sind.

Während sie nun gemeinsam ihren Weg fortsetzten,
entfernte sich der Rötelmann gelegentlich von der Seite
seines Begleiters, um hinter den Wagen zu gehen und
durch das kleine Fenster ins Innere zu schauen. Jedesmal
war seine Miene besorgt. Dann kehrte er zu dem alten
Mann zurück, der darauf eine weitere Bemerkung über
den Zustand des Landes machte, auf die der Rötelmann
seinerseits nur unbestimmt antwortete, worauf sie wieder
in Schweigen verfielen.

Dies schien keinen von beiden zu stören. In jenen einsamen Gegenden trotten Weggenossen oft meilenweit ohne
ein Wort nebeneinander her: allein das Beisammenbleiben
kommt dort einer schweigsamen Unterhaltung gleich,
die, anders als in den Städten, beim geringsten Anlaß
beendet werden kann, wo aber das Nichtbeenden solcher
Zweisamkeit in sich schon menschlichen Umgang bedeutet.

Wahrscheinlich hätten die beiden bis zu ihrer Trennung
auch nicht mehr miteinander gesprochen, wäre der Rötelmann nicht immer wieder zu seinem Wagen zurückgegangen. Als er das fünfte Mal zurückkam, sagte der alte
Mann:

»Habt Ihr außer Eurer Ladung noch etwas anderes da
drinnen?«

»Ja.«

»Jemand, um den man sich kümmern muß?«

»Ja.«

Nicht lange danach hörte man aus dem Innern des
Wagens einen unterdrückten Schrei. Der Rötelmann

hastete nach hinten, schaute hinein und kam wieder zurück.

»Habt Ihr ein Kind da drinnen, guter Mann?«

»Nein, Sir, es ist eine Frau.«

»Ei, der Teufel! Warum hat sie aufgeschrien?«

»Ach, sie ist eingeschlafen, und da sie das Reisen nicht gewohnt ist, fühlt sie sich nicht wohl und hat schlechte Träume.

»Eine junge Frau?«

»Ja, eine junge Frau.«

»Das hätte mich vor vierzig Jahren interessiert. Ist sie vielleicht Eure Frau?«

»Meine Frau!« sagte der andere bitter. »Über einen wie mich ist sie hoch erhaben. Aber es gibt keinen Grund, warum ich Euch das erzählen sollte.«

»Das ist wahr. Und es gibt auch keinen Grund, warum Ihr es nicht erzählen solltet. Wie kann ich Euch oder ihr schon schaden?«

Der Rötelmann sah dem alten Mann ins Gesicht.

»Nun«, sagte er schließlich, »ich kenne sie von früher, obwohl es vielleicht besser gewesen wäre, ich hätte sie nie gekannt. Sie bedeutet mir nichts, und ich bedeute ihr auch nichts. Außerdem wäre sie nicht in meinem Wagen gereist, hätte es dort ein besseres Gefährt zu ihrer Beförderung gegeben.«

»Wo, wenn ich fragen darf?«

»In Anglebury.«

»Ich kenne den Ort gut. Was hat sie dort gemacht?«

»Ach, nicht viel – nichts, worüber man plaudern könnte. Wie dem auch sei, sie ist jetzt todmüde, und es geht ihr gar nicht gut, und deshalb ist sie so unruhig. Vor einer Stunde ist sie eingeschlafen, das wird ihr guttun.«

»Sicher ein hübsches Mädchen?«

»Das kann man wohl sagen.«

Der andere Reisende schaute interessiert in Richtung des Fensters und sagte, ohne seine Augen abzuwenden: »Ich nehme an, ich darf sie mir mal ansehen?«

»Nein«, sagte der Rötelmann brüsk. »Es ist schon zu dunkel, um noch viel von ihr zu sehen, außerdem habe ich kein Recht, Euch dies zu erlauben. Gott sei Dank schläft sie nun so gut. Ich hoffe, sie wacht nicht auf, bevor sie zu Hause ist.«

»Wer ist sie? Ist sie hier aus der Umgebung?«

»Entschuldigt bitte, aber es spielt keine Rolle, wer sie ist.«

»Es ist doch nicht das Mädchen aus Blooms-End, über das in letzter Zeit mehr oder weniger viel geredet wurde? Wenn ja, dann kenne ich sie, und ich kann mir vorstellen, was geschehen ist.«

»Es spielt keine Rolle ... Nun, mein Herr, es tut mir leid, aber ich muß mich jetzt bald von Euch trennen. Meine Ponys sind müde, und da ich noch weiter muß, lasse ich sie für eine Stunde hier an dieser Böschung ausruhen.«

Der ältere Wanderer nickte gleichmütig mit dem Kopf, und der Rötelmann lenkte Pferdchen und Wagen beiseite aufs Gras und sagte »Gute Nacht«. Der alte Mann wünschte ebenfalls eine gute Nacht und setzte seinen Weg fort.

Der Rötelmann folgte der Gestalt mit den Augen, bis sie sich zu einem Fleck auf der Straße verkleinert hatte und von dem sich verdichtenden Schleier der Nacht aufgesogen wurde. Dann nahm er etwas Heu von einem Bündel, das unter dem Wagen befestigt war, und machte, nachdem er den Pferden etwas davon vorgeworfen hatte, mit dem übrigen Heu ein Lager auf dem Boden neben seinem Gefährt zurecht. Dann setzte er sich nieder und lehnte sich mit dem Rücken gegen das Rad. Vom Innern des Wagens drang ein sanftes Atmen an sein Ohr. Dies schien ihn zu befriedigen, und er blickte nachdenklich über die

Landschaft, als überlegte er, was als nächstes zu unternehmen sei.

Dinge bedächtig und in kleinen Schritten zu tun, schien
in der Tat zu dieser Dämmerstunde in den Egdon-Tälern
angebracht, denn die Heide selbst war von dieser zögern-
den und unsicher schwankenden Beschaffenheit. Dem
Ort war eine Ruhe eigen, die jedoch nicht die Ruhe des
Stillstands, sondern anscheinend die einer unglaublichen
Langsamkeit war. Ein Ausdruck gesunden Lebens, die
der Starre des Todes so sehr ähnelt, ist in sich ein auffallendes Phänomen. Ein Zustand, der die Trägheit der Wüste
und zugleich eine lebendige Kraft verkörpert, die der grünen Flur, ja selbst dem Wald verwandt ist, rief in jenen,
die sich dies bewußt machten, eine Aufmerksamkeit
wach, wie sie gewöhnlich durch Zurückhaltung und Ver-
schlossenheit erzeugt wird.

Die Szenerie, die sich dem Rötelmann darbot, bestand
aus einer Folge von langsam ansteigenden Erhebungen,
die sich von der Straße aus ins Innere der Heide erstreck-
ten. Sie umfaßte kleine Hügel und Täler, hintereinander-
gelagerte Anhöhen und Hänge, bis zuletzt ein hoher Berg,
der sich deutlich gegen den noch lichten Himmel abhob,
allem ein Ende setzte. Das Auge des Reisenden schweifte
für eine Weile über all dies hin und blieb schließlich an
etwas Bemerkenswertem dort oben hängen. Es war ein
Hünengrab. Dieser sich gewichtig über die natürliche
Bodenfläche erhebende Erdhügel beherrschte die höchste
Stelle der einsamsten Höhe in der ganzen Heide. Obgleich
er vom Tal aus nur wie eine Warze auf der Stirn des Atlas[7]
aussah, war er in Wirklichkeit von erheblichem Umfang.
Er bildete den Pol und die Achse dieser Heidewelt.

Beim eingehenderen Betrachten des Erdhügels wurde
der ruhende Mann gewahr, daß dessen Spitze, die bislang
rundum die höchste Erhebung gewesen war, von etwas
noch Höherem überragt wurde. Es war etwas, das wie die
Spitze einer Pickelhaube das Halbrund des Hügels über-

ragte. Ein phantasiebegabter Fremder hätte wohl instinktiv angenommen, dies sei einer der Kelten, die jene Hügel einst errichtet hatten, so weit entrückt von der heutigen Zeit schien die Szenerie zu sein. Es mochte einer ihrer letzten sein, der nach einem gedankenversunkenen Blick mit den übrigen seines Geschlechts in die ewige Nacht entschwand.

Da stand sie, die Gestalt, bewegungslos wie der Hügel unter ihr. Über der Ebene erhob sich der Berg, über dem Berg erhob sich das Hünengrab, und über dem Erdhügel erhob sich die Gestalt. Über ihr befand sich nichts als das weite Himmelsrund.

Die Gestalt gab der dunklen Ansammlung von Hügeln eine solch makellose, feine und folgerichtige Vollendung, daß sie den Umrissen ihre einzig erkennbare Rechtfertigung zu verleihen schien. Ohne sie war da nur eine Kuppel ohne Türmchen, mit ihr wurden die architektonischen Erfordernisse des Ganzen befriedigt. Es war ein seltsam homogener Anblick: das Tal, die Hügel und das Grab bildeten zusammen mit der Gestalt eine vollkommene Einheit. Betrachtete man diesen oder jenen Teil der Szene, sah man nicht das vollkommene Ganze, sondern nur ein Stück davon.

Die Gestalt war so sehr ein organischer Bestandteil des gesamten bewegungslosen Gebildes, daß es einem seltsam erschienen wäre, hätte sie sich bewegt. Da Bewegungslosigkeit das Hauptmerkmal jenes Ganzen darstellte, von dem die Person ein Teil war, hätte es Unordnung bedeutet, auch nur einem Teil von ihm seine Bewegungslosigkeit zu nehmen.

Doch eben dies geschah. Die Gestalt gab deutlich sichtbar ihre starre Haltung auf, tat ein, zwei Schritte und drehte sich dann um. Als sei sie durch etwas erschreckt, glitt sie, wie wenn ein Wassertropfen in eine Blütenknospe rinnt, auf der rechten Seite des Hügels hinunter und verschwand. Die Bewegung ließ hinreichend erkennen, daß es sich um eine Frau handelte.

Nun wurde auch der Grund für ihre plötzliche Vertreibung offenbar. Indem sie zur rechten Seite hin den Augen entschwand, hob sich auf der linken ein mit einem Bündel beladener Neuankömmling gegen den Himmel ab, bestieg das Hünengrab und legte sein Bündel darauf nieder. Ein zweiter folgte, danach ein dritter, vierter und fünfter, und schließlich war der ganze Hügel mit beladenen Gestalten bevölkert.

Das einzige, was man dieser sich vor dem Horizont abspielenden Pantomime von Silhouetten entnehmen konnte, war, daß die Frau zu den Gestalten, die ihre Stelle eingenommen hatten, in keinerlei Beziehung stand, ja, daß sie sie bewußt mied und aus anderen Gründen als diese hierhergekommen war. Die Phantasie des Beobachters beschäftigte sich vorzugsweise mit jener entschwundenen, einzelnen, einsamen Gestalt, die ihm fesselnder, wichtiger, eher mit einer wissenswerten Vergangenheit ausgestattet zu sein schien als die Neuankömmlinge, die er nun unbewußt als Störenfriede betrachtete. Aber sie blieben und richteten sich dort ein, und es schien unwahrscheinlich, daß die einsame Person, die zuvor Königin der Einöde gewesen war, alsbald wieder zurückkehren würde.

Kapitel 3

Ein Brauch auf dem Lande

Ein Beobachter in unmittelbarer Nähe des Hünengrabes hätte indessen feststellen können, daß es sich bei diesen Gestalten um Knaben und Männer der umliegenden Ortschaften handelte. Jeder von ihnen war bei seinem Aufstieg zum Hügel mit Ginsterreisig schwer beladen, welches er mittels eines an beiden Enden zugespitzten Stekkens, der sich somit zum Aufspießen gut eignete, über der Schulter trug. Jeweils zwei von ihnen gingen vorn, und zwei folgten nach. Sie kamen aus einem etwa eine Viertelmeile entfernten Teil der Heide, wo fast ausschließlich Ginster wuchs.

Jeder von ihnen war durch diese Art des Ginstertragens von dem Reisig derart eingehüllt, daß er, bevor er seine Last abgeworfen hatte, einem Busch mit Beinen glich. Die Gesellschaft war in einem Aufmarsch herangezogen, der dem einer Schafherde nicht unähnlich war, und wie dort kamen die Stärksten zuerst, und die Schwachen und Jungen folgten hinterdrein.

Man legte die Reisigbündel alle zusammen auf einen Haufen, und nun wurde die Spitze der Erhebung, welche in der Gegend als »Regenhügel« bekannt war, von einer Ginsterpyramide mit einem Umfang von etwa dreißig Fuß eingenommen. Einige hantierten mit Streichhölzern herum und suchten die trockensten Ginterbüschel heraus, andere lösten die Dornbuschruten, mit denen der Ginster zusammengehalten war. Wieder andere ließen unterdessen von hoch oben herab ihren Blick über die unendliche Weite des Landes schweifen, das nun fast gänzlich vom Dunkel ausgelöscht schien. Von den Tälern der Heide aus war zu jeder Tageszeit nichts anderes als ihre eigene wilde Landschaft sichtbar; diese Höhe jedoch gab den Blick auf einen vielfach über die eigentliche Heide hinausreichenden, weit entfernteren Horizont frei. Nichts davon war jetzt mehr zu sehen, aber das Ganze erweckte das Gefühl einer undeutlichen, ausgedehnten Ferne.

Während die Männer und jungen Burschen den Ginster zu einem Stoß aufschichteten, ging mit den dunklen Schatten, die die entferntere Landschaft andeuteten, eine Veränderung vor sich. Rote Sonnen und Feuerscheine leuchteten hier und da auf und sprenkelten nach und nach das ganze Land. Es waren die Feuer anderer Gemeinden und Ortschaften, die sich anschickten, dieselbe Feier zu begehen. Einige waren weit entfernt und standen wie in Nebel gehüllt, so daß blasse, strohähnliche Strahlenbündel sie wie ein Fächer umgaben. Andere waren groß und nah und glühten inmitten der Dunkelheit scharlachrot wie Wunden auf einem schwarzen Fell. Einige sahen aus wie Mänaden[8] mit vom Wein geröteten Gesichtern und wehendem Haar. All dies gab dem schweigenden Wolkenmeer über ihnen einen sanften Schimmer und ließ seine flüchtigen Buchten aufleuchten, welche dadurch brühheiße Kessel zu werden schienen. Man konnte etwa dreißig Feuer innerhalb der Grenzen des Bezirks zählen, und so, wie man auf dem Zifferblatt einer Uhr die Stunde angeben kann, auch wenn die Zahlen selbst nicht erkennbar sind, so konnten die Männer den Standort jeden Feuers durch Winkel und Richtung ausmachen, obwohl nichts von der Landschaft zu sehen war.

Als vom Regenhügel die erste große Flamme gen Himmel sprang, wurden die Augen aller, die zuvor auf die entfernten Feuer gerichtet waren, vom eigenen Versuch in derselben Sache in Bann geschlagen. Die muntere Flamme erleuchtete blitzartig den inneren Teil des Menschenkreises, der nun durch weitere sowohl männliche als auch weibliche Schaulustige vergrößert wurde, und hüllte die Anwesenden in ihre eigene goldene Tracht. Selbst das Erdreich ringsum bekam einen lebendigen Schimmer, der sich erst dort verlor, wo der Grabhügel nach den Seiten hin abfiel. Dadurch erschien er als ein Kugelsegment, so vollkommen wie am Tage seiner Entstehung. Sogar die kleine Vertiefung, wo die Erde ausgehoben worden war, wurde sichtbar. Kein Pflug hatte jemals auch nur ein Körnchen dieser spröden Erde berührt. In der Unfruchtbarkeit der Heide für den Bauern bestand ihre Ergiebigkeit für den Historiker. Nichts war verlorengegangen, weil nichts kultiviert worden war.

Es schien, als stünden diejenigen, die das Feuer entzündet hatten, in einem leuchtenden oberen Stockwerk der Welt, als seien sie von der dunklen Fläche darunter völlig losgelöst. Die Heidelandschaft war jetzt ein unendlicher Abgrund, nicht mehr das, worauf sie standen, denn die Augen, die sich an die strahlende Helle gewöhnt hatten, konnten nichts jenseits ihrer Reichweite wahrnehmen. Zwar kam es auch hin und wieder vor, daß ein kräftigeres Aufflackern der Reiser einen gezielten Strahl wie einen Adjutanten die Abhänge hinunter und zu dem einen oder anderen Busch, Sumpf oder weißen Sandflecken aussandte und jene in einem Widerschein derselben Farbe erglühen ließ – danach aber fiel alles wieder ins Dunkel zurück. Dann stellte sich die gesamte schwarze Erscheinung als Vorhölle dar, wie sie der erhabene Florentiner in seiner Vision[9] vom Rande aus erblickt hatte, und die unterdrückten Laute des Windes in den Schluchten klangen wie die Klagen und Bitten der »Seelen der Mächtigen«, die darin schwebend gefangen waren.

Es schien, als seien die Männer und Burschen plötzlich in vergangene Jahrhunderte getaucht und holten von dort eine einst mit diesem Ort verbundene Stunde und Handlung herauf. Die Asche des ursprünglichen britischen Scheiterhaufens, der auf diesem Gipfel brannte, lag frisch und unangetastet in dem Grab zu ihren Füßen. Die Flammen früherer Scheiterhaufen, die einst hier züngelten, hatten weit hinunter ins Tal geleuchtet, genau so, wie diese Feuer es heute taten. Freudenfeuer zu Ehren Thors und Wotans hatten zu ihrer Zeit an derselben Stelle stattgefunden. Tatsächlich ist sehr wohl bekannt, daß solche Feuer, an denen die Männer der Heide jetzt ihre Freude hatten, unmittelbar auf Druidenriten und auch angelsächsische Zeremonien zurückgehen und nicht erst als Erinnerung an die »Pulververschwörung«[10] volkstümlich geworden sind.

Überdies ist das Anzünden eines Feuers ein instinktiver und Widerstand leistender Akt des Menschen, wenn mit dem Einbruch des Winters die Sperrstunde der Natur ausgerufen wird. Es kündigt eine spontane, prometheische Rebellion gegen den Urteilsspruch an, daß diese nun wiederkehrende Jahreszeit widerwärtige Stunden, kalte Dunkelheit, Elend und Tod bringen wird. Das schwarze Chaos naht, und die gefesselten Götter der Erde sagen: »Es werde Licht.«

Das grelle Licht und die rußig schwarzen Schatten, die auf den Gesichtern und Kleidern der Menschen ringsum einander abwechselten, ließen ihre Gesichtszüge und Umrisse wie mit dem kraftvollen Schwung Dürers gezeichnet erscheinen. Doch war es unmöglich, den Ausdruck des Charakters in den einzelnen Gesichtern zu erkennen, denn so wie die flinken Flammen emporschlugen, sich wieder neigten und durch die Luft ringsum wieder abstürzten, so wechselten sich Schattenflecken und Lichtreflexe fortwährend auf den Gesichtern ab. Alles war gleitend, zitternd wie Espenlaub und rasch dahinfahrend wie ein Blitz. Umschattete Augenhöhlen, tiefliegend wie bei einem Totenkopf, erstrahlten in plötzlichem Glanz, eben noch hohle Wangen leuchteten auf; Runzeln im Gesicht wurden zu Gräben oder verschwanden völlig durch einen sich ändernden Strahl. Nasenlöcher wurden zu dunklen Brunnen, Sehnenstränge eines alten Halses leuchteten auf wie Goldleisten, Dinge ohne jeden Glanz erstrahlten. Helle Gegenstände, wie zum Beispiel die Spitze eines Ginsterhakens, den einer der Männer bei sich trug, schienen wie aus Glas, und Augäpfel schimmerten wie kleine Laternen. Diejenigen, denen die Natur nur eine bescheidene Erscheinung zugedacht hatte, wurden zu grotesken Gestalten, und die grotesken wurden zu unnatürlichen Wesen, denn alles wuchs ins Übermaß.

Daher mag es auch sein, daß das Gesicht eines alten Mannes, der wie andere von den auflodernden Flammen zu den Höhen gelockt worden war, in Wirklichkeit nicht nur, wie es schien, aus Nase und Kinn bestand, sondern ein gutes Maß menschlicher Züge trug. Er stand da, mit sich und der Welt zufrieden, und sonnte sich in der Hitze. Mit einem Stock scharrte er die außerhalb liegenden Teile des Brennmaterials wieder ins Feuer zurück, schaute in den Holzstoß hinein und schätzte gelegentlich die Höhe der Flammen ab oder verfolgte mit den Augen die großen Funken, die hier und da aufstoben und im Dunkel verschwanden. Das strahlende Licht und die durchdringende Wärme schienen ihn mit wachsender Freude zu erfüllen, die sich bald zu einem Ergötzen steigerte. Mit dem Stock in der Hand begann er ganz für sich ein Menuett zu tanzen, wobei etliche glänzende Kupfersiegel, die wie Pendel hin und her schwangen, unter seinem Rock sichtbar wurden. Und er begann mit einer Stimme, die der einer Biene im Rauchfang glich, zu singen:

> *The King' call'd down' his no-bles all',*
> *By one', by two', by three';*
> *Earl Mar'-shal, I'll' go shrive' the queen',*
> *And thou' shalt wend' with me'.*
>
> *A boon', a boon', quoth Earl' Mar-shal',*
> *And fell' on his bend'-ded knee',*
> *That what'-so-e'er the queen' shall say',*
> *No harm' there-of' may be'.*[11]

Eine plötzliche Atemnot verhinderte die Fortsetzung des Gesangs, und das Verstummen zog die Aufmerksamkeit eines stattlichen Mittvierzigers auf sich, der die Winkel seines halbmondförmigen Mundes fest in die Wangen einsog, so als wolle er jeden Verdacht einer Heiterkeit, die versehentlich über ihn gekommen sei, vermeiden.

»Ein schöner Vers, Großpapa Cantle, aber ich fürchte, das ist zuviel für den rostigen Kehlkopf eines alten Mannes wie Ihr«, sagte er zu dem runzligen Nachtschwärmer.

»Wär's nicht schön, wieder dreimal sechse zu sein, so wie Ihr's wart, als Ihr das Lied gelernt habt?«

»Was?« sagte Großpapa Cantle und hörte auf zu tanzen.

»Möcht' Ihr nicht wieder jung sein, hab ich gesagt. Ihr habt wohl inzwischen ein Loch in Eurem alten Blasebalg, scheint mir.«

»Aber es steckt doch noch was in mir? Wenn ich das bißchen Luft nicht mehr so kräftig aus mir herausbrächt', würd' ich auch nicht jünger wirken als die meisten alten Männer, was, Timothy?«

»Und was ist denn mit den jungverheirateten Leuten unten im Gasthof ›Zur Stillen Frau‹?« fragte der andere und zeigte auf ein schwaches Licht in Richtung der fernen Landstraße, welches aber ziemlich weit entfernt war von der Stelle, wo der Rötelmann zur gleichen Zeit ausruhte. »Wie steht's denn nun mit denen? Ihr müßtet das doch wissen, wo Ihr ein so verständiger Mann seid.«

»Aber ein bißchen wüst, was? Das geb ich zu. Master Cantle ist so, oder er wär' nicht Master Cantle. Aber das ist eine Lebenslust, die das Alter kuriert, Nachbar Fairway.«

»Ich hab gehört, daß sie heute abend heimkommen. Sie müßten jetzt schon zurück sein. Was gibt's sonst?«

»Dann sollten wir wohl als nächstes hingehen und ihnen Glück wünschen?«

»Hm – nein.«

»Nicht? Ich hab gedacht, das müßten wir. Ich jedenfalls muß hingehen, das bin ich mir schuldig – wo ich bei jedem Spaß doch der erste bin!«

> *Do thou' put on' a fri'-ar's coat',*
> *And I'll' put on' a-no'-ther,*
> *And we' will to' Queen Ele'-anor go',*
> *Like Fri'-ar and' his bro'-ther.*

»Gestern abend hab ich Mrs. Yeobright, die Tante der jungen Braut, getroffen, und sie erzählte mir, daß ihr Sohn Clym zu Weihnachten nach Hause kommt. Ein kluger Kopf, glaub’ ich. Ich wollt’, ich hätt’ all das, was unter seinem Schopf steckt. Na ja, jedenfalls sprach ich mit ihr in meiner bekannten fröhlichen Manier, und da sagte sie doch: ›Daß jemand von so edlem Wuchs wie ein Dummkopf reden muß!‹ – das hat sie zu mir gesagt. Ich mach’ mir nichts aus ihr, ich wär’ ja blöd, wenn’s anders wär’, und das hab’ ich ihr dann gesagt. ›Ich wär’ ja blöd’, wenn ich mich für Euch interessieren würd’‹, sagte ich. Damit hab’ ich ihr’s aber gegeben, was?«

»Ich meine eher, sie hat’s Euch gegeben«, sagte Fairway.

»Nein«, sagte Großpapa Cantle und verzog etwas seine Miene. »So schlecht steht’s doch nicht mit mir?«

»Es scheint aber so. Wie auch immer – kommt Clym wegen der Hochzeit an Weihnachten nach Hause? Vielleicht um die Dinge neu zu regeln, da seine Mutter jetzt im Haus allein zurückbleibt?«

»Ja, ja – das wird’s wohl sein. Aber Timothy, hör doch mal«, sagte Großpapa Cantle ernsthaft, »wenn ich auch als Spaßvogel bekannt bin, kann ich doch ein vernünftiger Mann sein, wenn ich will, und jetzt bin ich ernst. Ich kann dir ’ne Menge über das Hochzeitspaar erzählen. Ja, heute morgen um sechs zogen sie los, um die Sache zu erledigen, und seitdem hat man keine Spur mehr von ihnen gesehen, obwohl ich glaube, daß sie am Nachmittag wieder zurückgekommen sind – als Mann und Weib, vielmehr als Eheweib. Hab’ ich nicht wie ein Mann gesprochen, Timothy, und hat mich Mrs. Yeobright nicht doch falsch eingeschätzt?«

»Ja, ist ja gut. Ich wußte gar nicht, daß die beiden zusammen gingen, bis vergangenen Herbst, als ihre Tante bei der Hochzeit Einspruch erhoben hat. Wie lange geht das denn schon wieder? Weißt du’s, Humphrey?«

»Ja, wie lange«, sagte Großpapa Cantle geschickt, indem er sich ebenfalls Humphrey zuwandte, »das ist meine Frage.«

»Seit die Tante ihre Meinung geändert hat und sagte, Thomasin könnte den Mann in Gottes Namen haben«, sagte Humphrey, ohne seine Augen vom Feuer abzuwenden. Er war ein etwas ernster junger Bursche und hatte das Gerät und die Lederhandschuhe des Ginsterschneiders bei sich; seine Beine steckten, wie es diese Beschäftigung erforderte, in ausladenden Beinschützern, die so steif wie Goliaths Beinschienen aus Messing waren.[12] »Deshalb gingen sie fort, um zu heiraten, nehm' ich an. Nachdem sie ein solches Theater gemacht und gegen das Heiratsaufgebot Einspruch erhoben hatte, hätt's doch für Mrs. Yeobright ziemlich dumm ausgesehen, wenn man jetzt in derselben Gemeinde eine fröhliche Hochzeit halten würd', so als ob sie nie dagegen gesprochen hätt'.«

»Genau – das hätt' recht dumm ausgesehen; und es ist schlimm für die armen Dinger, daß es so ist, obwohl ich mir das nur so denke, jedenfalls ...« sagte Großpapa Cantle, während er weiter angestrengt versuchte, einen vernünftigen Eindruck zu machen.

»Ach ja, ich war an dem Tag damals in der Kirche«, sagte Fairway, »und das war an sich schon sehr ungewöhnlich.«

»Wenn es das nicht war, dann will ich Simpel heißen«, sagte Großpapa Cantle nachdrücklich, »ich war das ganze Jahr noch nicht dort, und jetzt, wo der Winter kommt, wird es damit wohl erst recht nichts mehr werden.«

»Ich bin die letzten drei Jahr' nit dort g'wesen«, sagte Humphrey, »weil ich auf'n Sonntag todmüd' bin. Und es ist schrecklich weit dorthin, und auch wenn man hingeht, ist die Chance für unsereinen, in den Himmel zu kommen, so armselig, wo's doch nur so wenige schaffen, daß ich zu Haus' bleib und erst gar nicht geh.«

»Nicht nur, daß ich zufällig dort war«, sagte Fairway mit neugewonnenem Eifer, »sondern ich hab auch in der selben Reih' mit Mrs. Yeobright gesessen. Und ob ihr's glaubt oder nicht, mir ist das Blut in den Adern geronnen, als ich sie gehört hab. Ja, es ist schon merkwürdig genug, aber mir ist das Blut in den Adern geronnen, denn ich hab direkt neben ihr gesessen.« Der Sprecher schaute in die Runde, die sich jetzt enger um ihn schloß, um ihn besser zu hören. Seine Lippen zogen sich fester zusammen, so sehr bemühte er sich um eine maßvolle Schilderung.

»Dort kann einem so allerhand passieren«, sagte eine Frau von weiter hinten.

»›. . . der stehe auf und spreche‹, waren die Worte des Pfarrers«, fuhr Fairway fort, »und dann stand eine Frau neben mir auf – direkt neben mir. ›Ich will verdammt sein, wenn das nicht Mrs. Yeobright ist, die da aufsteht‹, sagte ich zu mir. Ja, Nachbarn, obwohl ich im Gotteshaus war, sagte ich das. Es ist gegen meine Überzeugung, öffentlich zu fluchen, und ich hoffe, daß die Frauen hier es überhören. Trotzdem, was ich gesagt hab, hab ich gesagt, und es wär' eine Lüge, wenn ich's nicht zugäb'.«

»Das ist wohl wahr, Nachbar Fairway.«

»›Ich will verdammt sein, wenn das nicht Mrs. Yeobright ist, die da aufsteht‹, sagte ich zu mir«, wiederholte der Erzähler die Lästerung mit derselben leidenschaftslosen Ernsthaftigkeit im Ausdruck wie zuvor, was bewies, wie sehr reine Notwendigkeit und nicht etwa Lust und Laune der Grund für die Wiederholung war.

»Und das nächste, was ich von ihr hörte, war: ›Ich erhebe Einspruch gegen diese Ehe.‹ ›Ich werde nach dem Gottesdienst mit Euch sprechen‹, sagte der Pfarrer ganz einfach – ja, er wurde plötzlich ein ganz gewöhnlicher Mensch, nicht heiliger als du und ich. Oh, war ihr Gesicht blaß! Könnt ihr euch an das Denkmal in der Kirche von Weatherbury erinnern – der x-beinige Soldat, dem die Schulkinder den Arm abgeschlagen hatten? Ja, so ungefähr sah die Frau aus, als sie sagte ›Ich erhebe Einspruch gegen diese Ehe!‹«

Die Zuhörer räusperten sich und warfen einige Holzstücke ins Feuer, nicht so sehr deshalb, weil dies notwendig gewesen wäre, sondern um Zeit zu gewinnen, die Moral der Geschichte abzuwägen.

»Ich jedenfalls habe mich so sehr über den Einspruch gefreut, als ob mir einer Geld geschenkt hätt'«, sagte eine ernsthafte Stimme. Es war Olly Dowden, eine Frau, die von der Anfertigung von Ginsterbesen lebte. Es war ihre Natur, zu Feind und Freund höflich und aller Welt dankbar zu sein, wenn man sie in Frieden ließ.

»Und jetzt hat ihn das Mädchen doch geheiratet«, sagte Humphrey.

»Danach gab Mrs. Yeobright nach und war mit allem einverstanden«, fuhr Fairway leichthin fort, um zu zeigen, daß seine Worte kein Anhängsel an Humphreys Bemerkung, sondern das Ergebnis eines unabhängigen Gedankengangs waren.

»Auch wenn's ihnen peinlich war, seh ich nicht ein, warum sie's nicht hier gemacht haben«, sagte eine üppige Frau, deren Korsett bei jeder Bewegung laut hörbar knarrte. »Ist doch gut, wenn die Nachbarn ab und zu mal zusammenkommen und ein bißchen Trubel machen. Das kann genauso gut bei 'ner Hochzeit wie bei andern Festen sein. Ich mag's nicht, wenn man sich so abkapselt.«

»Nun, ihr werdet's kaum glauben, aber ich mach' mir nichts aus lustigen Hochzeiten«, sagte Timothy Fairway, indem er seine Augen wieder in die Runde schweifen ließ. »Ich mach' Thomasin Yeobright und Nachbar Wildeve keinen Vorwurf, daß sie es im stillen abgemacht haben, wenn ich's sagen darf. Bei 'ner Hochzeit zu Hause mußt du stündlich fünf- und sechshändige Tänze hinlegen, und die tun den Beinen eines Mannes über vierzig nicht besonders gut.«

»Das stimmt. Wenn du erst mal im Hause der Frau bist, kannst du schlecht einen Tanz ablehnen. Man muß sich schließlich für das Essen erkenntlich zeigen.«

»Zu Weihnachten muß man tanzen, weil's eben die Zeit des Jahres ist; auf Hochzeiten tanzt man, weil's die Zeit des Lebens ist. Selbst bei einer Taufe schmuggeln die Leute ein oder zwei Tänzchen dazwischen, wenn's nicht mehr als das erste oder zweite Kind ist. Ganz zu schweigen von den Liedern, die man singen muß ... Ich für meinen Teil mag eine gute, handfeste Beerdigung am liebsten. Man hat dasselbe gute Essen und Trinken wie bei anderen Festen, ja, sogar besser. Und man wetzt sich nicht die Beine zu Stumpen ab, wenn man sich über einen armen Dahingegangenen unterhält, so wie's passiert, wenn man im Seemannstanz seinen Mann stehen will.«

»Neun von zehn Leuten würden meinen, daß es zu weit geht, dabei zu tanzen, nehm ich an?« warf Großpapa Cantle ein.

»Es ist das einzige Fest, bei dem sich ein gesetzter Mann auch noch fest auf den Beinen fühlen kann, wenn der Bierkrug ein paarmal die Runde gemacht hat.«

»Ich kann nicht glauben, daß ein kleines damenhaftes Persönchen wie Thomasin Yeobright gern auf diese Weise Hochzeit feiert«, sagte Susan Nonsuch, die füllige Frau, die das ursprüngliche Thema vorzog. »Das ist ja schlimmer als bei den ärmsten Leuten. Und den Mann hätt' ich auch nicht genommen, obwohl manche sagen, daß er gut aussieht.«

»Um gerecht zu sein, muß man zugeben, daß er auf seine Art ein geschickter und gebildeter Bursche ist – fast so gescheit, wie's Clym Yeobright immer war. Er hatte mal was Besseres als Gastwirt werden sollen. Der Mann war mal Ingenieur, das wissen wir ja, aber er hat seine Chance vertan. Um zu leben, hat er dann das Wirtshaus übernommen. Und all sein Studier'n hat ihm nichts genützt.«

»Das ist oft so«, sagte Olly, die Besenbinderin. »Aber
wie doch die Leut sich dafür anstrengen und es auch schaffen! Die Sorte von Leuten, die früher kein rundes O
zustande brachte, auch wenn sie der Teufel geholt hätte,
können heutzutag ihren Namen schreiben, ohne einen
Klecks zu machen – was sag ich? Oft brauchen sie nicht
mal ein Pult, um ihre Bäuche und Ellbogen drauf zu
stützen.«

»Stimmt. Es ist erstaunlich, wie man die Welt auf Poli-
tur gebracht hat«, sagte Humphrey.

»Ja, bevor ich als Soldat bei den Rowdys (wie man uns
genannt hat) verkehrte, das war Anno vier[13]«, stimmte
Großpapa Cantle fröhlich ein, »wußte ich auch nicht
mehr von der Welt als der Gewöhnlichste unter euch.
Und jetzt würd' ich allemal nicht grad' sagen, daß ich ihr
nicht gewachsen wär', was?«

»Aber sicher, Ihr könntet den Ehevertrag unterschrei-
ben«, sagte Fairway, »wenn Ihr jung genug wärt, Euch
noch mal eine Frau zu nehmen, so wie Wildeve und Miss
Tamsin, und das ist mehr, als was Humphrey tun könnte.
Ach ja, Humphrey, ich kann mich noch gut erinnern,
als ich geheiratet hab, wie mir das Zeichen deines Vaters
ins Auge sprang, als ich meinen Namen schreiben mußte.
Er und deine Mutter waren das Paar, das vor uns geheiratet hatte, und da stand das Kreuz deines Vaters da und sah
aus wie eine riesige klapprige Vogelscheuche mit gekreuz-
ten Armen. Was war das für ein schreckliches schwarzes
Kreuz – sah deinem Vater direkt ähnlich! Ich konnt' mich
bei meiner Seel vor Lachen nicht halten, als ich's gesehen
hab, obwohl mir gleichzeitig höllisch heiß war von wegen
dem Heiraten und so, und wegen der Frau, die da an mir
hing, und weil Jack Changley und 'ne Menge anderer
Kerle durchs Kirchenfenster nach mir guckten und grin-
sten. Aber im nächsten Moment hätte mich ein Strohhalm
umschmeißen können, als ich dran gedacht hab, daß sich
dein Vater und deine Mutter, auch wenn sie mal große

Worte gemacht hatten, sich doch zwanzigmal in die Haare gekriegt hatten, seit sie Mann und Frau waren, und ich hab mich als den nächsten Dummen gesehen, der in dieselbe Klemme gerät... Ach ja, was war das für ein Tag!«

»Wildeve ist ein gutes Stück älter als Tamsin Yeobright, und recht hübsch ist sie auch. Eine junge Frau, die ein Zuhause hat, muß ganz schön verrückt sein, sich von so einem den Schleier zerreißen zu lassen.«

Der Sprecher, der neu zu der Gruppe hinzugekommen war und ein Torfstecher war, trug über seiner Schulter den für diese Art von Arbeit typischen herzförmigen, großen Spaten, dessen scharf gewetzte Kante im Feuerschein wie ein Silberbogen glänzte.

»Hundert Mädchen hätten ihn genommen, wenn er sie gefragt hätte«, sagte die breitgebaute Frau.

»Habt Ihr je einen Mann gekannt, Nachbar, den keine Frau haben wollte?« erkundigte sich Humphrey.

»Ich hab das noch nie gehört«, sagte der Torfstecher.

»Ich auch nicht«, sagte ein anderer.

»Ich auch nicht«, sagte Großpapa Cantle.

»Na ja, ich kannte mal einen«, sagte Timothy Fairway, indem er mit einem Bein fester auftrat. »Ich hab mal so einen Mann gekannt. Aber das kam nur einmal vor, bitteschön.« Er räusperte sich ausgiebig, als wolle er jedem bedeuten, sich nicht durch eine belegte Stimme irreführen zu lassen. »Ja, ich hab mal so einen Mann gekannt«, sagte er.

»Was für ein Schreckgespenst war denn dieser arme Bursche, Mr. Fairway?« fragte der Torfstecher.

»Nun, er war weder taub noch stumm und auch nicht blind. Mehr sag' ich nicht.«

»Ist er denn in dieser Gegend bekannt?« fragte Olly Dowden.

»Nicht sehr«, sagte Timothy, »aber ich nenne keinen Namen ... kommt, sorgt fürs Feuer, ihr Burschen.«

»Warum klappern denn dem Christian Cantle so die Zähne?« fragte ein Junge durch den Rauch und die Schatten hindurch von der anderen Seite des Feuers her. »Ist dir kalt, Christian?«

Eine leise, schüchterne Stimme gab kaum hörbar Antwort: »Nein, gar nicht.«

»Komm her, Christian, und zeig dich. Ich wußte gar nicht, daß du da bist«, sagte Fairway und warf einen wohlwollenden Blick zur Ecke hinüber.

Der so Gerufene stolperte ein, zwei Schritte aus eigenem Antrieb vorwärts und wurde von den anderen noch ein halbes Dutzend Schritte weiter geschoben. Er hatte Haare wie Stroh, keine Schultern, und aus seiner Kleidung schauten überlange Hand- und Fußgelenke hervor. Es war Großpapa Cantles jüngster Sohn.

»Was zitterst du denn, mein Sohn?« fragte der Torfstecher freundlich.

»Ich bin der Mann.«

»Was für ein Mann?«

»Der Mann, den keine Frau heiraten will.«

»Zum Teufel, das bist du nicht!« sagte Timothy Fairway und faßte dabei Christians Gestalt noch genauer ins Auge. Währenddessen starrte Großpapa Cantle seinen Sohn an wie eine Henne, die eine Ente ausgebrütet hat.

»Ja, der bin ich, und ich hab' Angst deswegen«, sagte Christian.

»Glaubt ihr, daß es mir schadet? Ich werd' immer sagen, es ist mir egal und werd's auch beschwören, auch wenn mir's ganz und gar nicht egal ist.«

»Ich will verdammt sein, wenn das nicht der komischste Auftritt ist, der mir je vorgekommen ist«, sagte Fairway. »Ich hab dich ja überhaupt nicht gemeint. Es gibt dann eben noch einen andern in der Gegend. Warum hast du denn dein Mißgeschick ausgeplaudert, Christian?«

»Hat wohl so sein sollen, denk ich. Ich kann ja nichts dafür, oder?«

Er wandte sich an die Umstehenden mit runden, schmerzlich aufgerissenen Augen und sah von allen Seiten Blicke wie Pfeile auf sich gerichtet.

»Nein, das ist wahr. Aber das ist eine traurige Geschichte, und mir hat der Atem gestockt, als du's gesagt hast, weil mir klar geworden ist, daß es dann zwei so arme Burschen geben muß, wo ich doch nur an einen gedacht hab. Das ist traurig für dich, Christian. Woher weißt du denn, daß die Frauen dich nicht mögen?«

»Ich hab sie gefragt.«

»Ich hätt' nicht gedacht, daß du den Mut dazu hast. Na, und was hat die letzte zu dir gesagt? Doch wohl nichts, was sich nicht verschmerzen läßt, oder?«

»›Geh mir aus den Augen, du Schlappschwanz, du klappriger, verrückter Zwitter du‹, hat die Frau zu mir gesagt.«

»Nicht sehr ermutigend, das geb ich zu«, sagte Fairway. »›Geh mir aus den Augen, du Schlappschwanz, du klappriger, verrückter Zwitter du‹, das ist ja auch ziemlich direkt und grob. Nein. Aber selbst über so was kommt man mit Geduld und mit der Zeit hinweg; laß dem Frauenzimmer nur erst mal die ersten grauen Haare kommen. Wie alt bist du denn, Christian?«

»Einunddreißig bei der letzten Kartoffelernte, Mister Fairway.«

»Kein Junge mehr, kein Junge mehr. Aber es gibt noch Hoffnung für dich.«

»So alt bin ich meiner Taufe nach. Es steht so im großen Buch des Jüngsten Gerichts aufgeschrieben, das sie in der Sakristei haben. Aber meine Mutter hat mir gesagt, daß ich einige Zeit vor meiner Taufe geboren worden bin.«

»Ah.«

»Aber sie wußte nicht wann, nicht bei ihrer Seel, außer, daß Neumond war.«

»Neumond, das ist schlecht. He, Nachbarn, das ist schlecht für ihn!«

»Ja, es ist schlecht«, sagte Großpapa Cantle und schüttelte den Kopf.

»Mutter hat gewußt, daß Neumond war, weil sie eine andere Frau gefragt hat, die einen Kalender hat. Sie machte das immer, wenn sie einen Jungen geboren hatte, weil es heißt: ›Kein Mond, kein Mann.‹ Deswegen hat sie bei jedem Jungen Angst gehabt. Glaubt Ihr wirklich, Mr. Fairway, daß es schlimm ist, daß Neumond war?«

»Ja. ›Kein Mond, kein Mann.‹ Das ist einer der wahrsten Sprüche, die man je losgelassen hat. Aus einem Jungen, der bei Neumond geboren ist, wird nie was. Dein Pech, Christian, daß du deine Nase ausgerechnet zu dieser Zeit des Monats rausgestreckt hast.«

»Ich glaube, der Mond war schrecklich voll, als Ihr auf die Welt kamt, Mr. Fairway?« sagte Christian und sah ihn mit einem Blick voll hoffnungsloser Bewunderung an.

»Na ja, es war nicht gerade Neumond«, sagte Fairway in gleichgültig abwesendem Ton.

»Ich würde lieber beim Lammas-Fest[14] nichts zu trinken bekommen als ein Neumondmann sein«, fuhr Christian im gleichen gebrochenen Ton fort. »Sie sagen, ich wär' nur ein schwaches Abbild von einem Mann und würd' meinem Geschlecht nur Schande bringen. Ich glaub, es wird wohl deshalb sein.«

»Ach ja«, sagte Großpapa Cantle etwas niedergeschlagen, »und trotzdem hat seine Mutter, als er ein Junge war, stundenlang aus lauter Angst geweint, es könnte doch noch was aus ihm werden, und er würde zu den Soldaten gehen.«

»Na ja, es gibt viele, die genauso schlecht dran sind wie er«, sagte Fairway. »Hammel müssen ihr Leben genau so leben wie andere Böcke. Arme Seelen!«

»Meint Ihr also, ich soll durchhalten? Muß ich mich nachts in acht nehmen, Mr. Fairway?«

»Du wirst dein ganzes Leben lang allein schlafen müssen, und ein Gespenst zeigt sich nicht den Verheirateten, sondern denen, die allein schlafen. Eins hat man auch kürzlich hier gesehen, ein sehr sonderbares.«

»Nein, sprecht nicht davon, wenn's Euch recht ist. Ich werd' eine Gänsehaut kriegen, wenn ich nachts allein im Bett daran denke. Aber Ihr sagt's ja doch, das weiß ich, Ihr sagt es doch, Timothy, und ich werd' die ganze Nacht davon träumen. Ein sehr sonderbares? Was für ein Gespenst meint Ihr, wenn Ihr sagt, ein sehr sonderbares, Timothy? – nein – nein – sagt lieber nichts.«

»Ich selbst glaub ja nur so halb und halb an Gespenster, aber ich find es ganz schön gruselig, was man mir erzählt hat. Ein kleiner Junge hat es mir gesagt.«

»Wie sah es denn aus? – nein – lieber nicht!«

»Es war rot. Die meisten Gespenster sollen ja weiß sein, aber dieses sah aus, als hätt' man es in Blut getunkt.«

Christian holte tief Luft und hielt dann den Atem an, während Humphrey sagte: »Wo ist es denn gesehen worden?«

»Nicht direkt hier. Aber in dieser Heide. Doch darüber spricht man nicht«, fuhr Fairway in lebhafterem Ton fort und sagte dann, als ob dies nicht Großpapa Cantles Idee gewesen wäre – »Was haltet Ihr davon, wenn wir dem jungen Ehemann und seiner Frau ein Ständchen bringen, bevor wir schlafen gehen; es ist ja schließlich ihr Hochzeitstag. Bei Leuten, die gerade geheiratet haben, darf man doch lustig sein, denn traurig auszusehen, das trennt sie ja auch nicht mehr. Ich trinke nicht, wie ihr wißt, aber wenn das Weibervolk und die Jugend heimgegangen sind, können wir zum Gasthaus hinuntergehen und vor der Tür dem Hochzeitspaar ein Ständchen bringen. Das wird die junge Frau freuen, und das möcht' ich gern, denn wie oft hat sie mir tüchtig zu futtern gegeben, als sie bei ihrer Tante in Blooms-End gewohnt hat.«

»He, was sagt ihr? Das machen wir!« sagte Großpapa Cantle und wandte sich so rasch um, daß seine Kupfersiegel heftig hin- und herschwangen. »Meine Kehle ist so

trocken wie Stroh von dem Wind hier oben, und ich hab
seit heute nachmittag keinen Schnaps mehr gesehen. Ich
hab gehört, daß der letzte Ausschank in der ›Stillen Frau‹
unten besonders gut sein soll. Und was macht's, Nachbarn, wenn's dabei ein bißchen spät wird? Morgen ist
Sonntag, und wir können unsern Rausch ausschlafen.«

»Großpapa Cantle, für einen alten Mann nehmt Ihr die
Dinge aber sehr leicht«, sagte die dicke Frau.

»Ich nehme die Dinge leicht; das stimmt – zu leicht, um
den Frauen zu gefallen! Pah, ich singe das Lied von der
›Jovial Crew‹[15], oder irgendein anderes, wo sich irgendein
schwacher, alter Mann die Augen ausweinen tät'.
Glaubt's nur, ich mach' noch alles mit.«

> The King' look'd o'ver his left' shoul-der',
> And a grim' look look'-ed hee',
> Earl Mar'-shal, he said', but for' my oath'
> Or hang'-ed thou' shouldst bee'.

»Gut, das machen wir«, sagte Fairway. »Wir bringen
ihnen ein Ständchen, das ist auch gottgefällig. Warum
kommt denn eigentlich Thomasins Cousin Clym erst,
wenn alles schon vorbei ist? Er hätte eher kommen müssen, wenn es stimmt, daß er das Ganze verhindern wollte,
um sie selbst zu heiraten.«

»Vielleicht kommt er, um ein wenig bei seiner Mutter
zu bleiben, die sich doch jetzt, wo das Mädchen weg ist,
einsam fühlen muß.«

»Das ist aber sehr sonderbar – ich jedenfalls fühl mich
nie einsam, nein, ganz und gar nicht«, sagte Großpapa
Cantle. »Ich bin in der Nacht so tapfer wie ein Admiral!«

Das Feuer begann zu diesem Zeitpunkt langsam nieder-
zubrennen, denn das Holz war nicht kräftig genug, um es
lange in Gang zu halten. Die meisten anderen Feuer in der
weiten Runde schwanden ebenfalls dahin. Ein genaueres
Beobachten von Helligkeit, Farbe und Brenndauer der
einzelnen Feuer hätte Rückschlüsse auf die Beschaffenheit

des Brennmaterials zugelassen, und bis zu einem gewissen Grad dadurch auch auf das Naturerzeugnis eines jeden Bezirks ringsum, wo die Feuer stattfanden. Der klare, königlich strahlende Glanz, der für die meisten Feuer charakteristisch war, deutete auf Heide- und Torfland wie das ihre hin, das sich in der einen Richtung viele Meilen weit unbegrenzt erstreckte. Das kurze Aufleuchten und Verglühen an anderen Stellen deutete auf das leichteste Brennmaterial hin, wie Stroh, Bohnenranken und den üblichen Abfall der Felder. Die am längsten leuchtenden – ruhige, unveränderliche Augen wie Planeten – wiesen auf Holz hin, wie etwa Haselnußzweige, Dornreisig und kräftige Holzscheite. Feuer mit den letztgenannten Materialien waren selten, wurden aber nun, obwohl sie im Vergleich zu den kurzlebigeren Bränden kleiner waren, durch ihre Ausdauer die besten. Die großartigen waren dahin, aber diese blieben bestehen. Sie waren in weitester Ferne auf den sich gegen den Himmel abzeichnenden Höhen sichtbar, die sich gen Norden aus üppigem Unterholz und bebautem Land erhoben, dort, wo das Erdreich anders war und die Heide fremd und sonderbar erschien.

Bis auf eines, und das war das nächste von allen, sozusagen der Mond der ganzen leuchtenden Schar. Es lag in einer Richtung, die der des kleinen Fensters unten im Tal genau entgegengesetzt war. Es war so nahe, daß es trotz seiner Winzigkeit die Helligkeit der anderen Feuer bei weitem übertraf.

Dieses ruhige Auge hatte von Zeit zu Zeit die Aufmerksamkeit auf sich gezogen, und als die übrigen Feuer nunmehr in sich zusammengefallen und schwach geworden waren, zog es noch mehr die Blicke auf sich. Selbst einige der Holzfeuer, die erst kürzlich entzündet worden waren, hatten ihren Höhepunkt überschritten, aber jenes brannte unverändert weiter.

»Wie nah das Feuer ist!« sagte Fairway, »ich glaube, ich

kann sogar einen Burschen herumgehen sehen. Klein aber
fein – das muß man diesem Feuer schon lassen.«

»Ich kann einen Stein hinwerfen«, sagte einer der
Jungen.

»Ich auch!« sagte Großpapa Cantle.

»Nein, nein, das könnt ihr nicht, ihr Bürschchen. Das
Feuer dort ist nicht viel weniger als eine Meile weit weg, es
sieht nur so nahe aus.«

»'s ist in der Heide, ist aber kein Ginster«, sagte der
Torfstecher.

»Das sind auf jeden Fall Holzscheite«, sagte Fairway.
»Nichts anderes außer richtigem Holz würde so brennen.
Und es ist auf dem Berg vor dem Haus des alten Kapitäns
in Mistover. Das ist vielleicht ein seltsamer Heiliger, dieser Mann! Ein eigenes Feuer auf seinem eigenen Grund
und Boden zu machen, so daß niemand sich dran freuen
oder auch nur ihm nah kommen kann! Und was für ein
alter Hanswurst muß das sein, ein Feuer zu machen, wo
doch kein junges Volk da ist, dem man 'ne Freude damit
macht.«

»Kapitän Vye war heute lange unterwegs und ist bestimmt todmüde«, sagte Großpapa Cantle, »deshalb ist
er's bestimmt nicht.«

»Und er würd' auch nicht so gutes Holz verschwenden«, sagte die füllige Frau.

»Dann muß es seine Enkelin sein«, sagte Fairway.
»Nicht, daß sie in ihrem Alter noch viel von einem Feuer
haben kann.«

»Sie ist komisch; lebt da oben ganz allein, und daß ihr
solche Sachen gefallen«, sagte Susan.

»Sie kann sich recht gut sehen lassen«, sagte Humphrey, der Torfstecher, »besonders, wenn sie eines ihrer
tollen Kleider anhat.«

»Das ist wahr«, sagte Fairway. »Na ja, laßt ihr Feuer so
lange brennen wie es will; mit unserm ist es jedenfalls
vorbei, wie's scheint.«

»Wie dunkel es jetzt ist, wo das Feuer runtergebrannt ist«, sagte Christian Cantle und schaute mit seinen Hasenaugen hinter sich. »Meint ihr nicht auch, Nachbarn, daß wir uns besser auf den Heimweg machen? Ich weiß ja, daß es in der Heide nicht spukt, aber wir gehen doch besser nach Hause ... ah, was war das?«

»Nur der Wind«, sagte der Torfstecher.

»Ich find, den 5. November sollt' man nachts nur in den Städten erlauben ...[16] Hier, wo's so abgelegen ist, müßt' man ihn bei Tag begehn!«

»Unsinn, Christian. Faß Mut und sei ein Mann! Susi, mein Schatz, was meinst du, wollen wir zwei ein Tänzchen wagen, bevor es zu dunkel wird, daß man noch sehen kann, wie gut du noch beisammen bist; obwohl es schon viele Sommer her ist, seit dein Mann, dieser Hexensohn, dich mir vor der Nase weggeschnappt hat.«

Dies galt Susan Nunsuch, und das nächste, was die Zuschauer gewahr wurden, war der Anblick der fülligen Matrone, wie sie sich hurtig dorthin begab, wo das Feuer gebrannt hatte. Sie wurde buchstäblich von Mr. Fairway in die Luft gehoben, der ihre Taille umschlungen hatte, bevor sie sich über seine Absicht klar wurde. Die Feuerstelle war nun nur noch ein Kreis aus Asche, welche mit glühenden Holzkohlestückchen durchsetzt war; der Ginster war völlig verbrannt. Nachdem sie den Platz betreten hatte, wirbelte er sie tanzend im Kreise herum. Sie trat recht geräuschvoll auf: zusätzlich zu dem sie umschließenden Korsett aus Walfischstäben trug sie sommers wie winters, sowohl bei trockenem als auch bei nassem Wetter, Holzpantinen, um ihre Stiefel zu schonen. Und als Fairway mit ihr herumzuspringen begann, ergaben das Klappern der Holzschuhe, das Knarren des Korsetts und ihre Überraschungsschreie ein weithin hörbares Konzert.

»Ich geb dir gleich eins auf den Schädel, du frecher Bursche!« sagte Mrs. Nunsuch, während sie hilflos mit

ihm herumwirbelte und ihre Füße wie Trommelschlegel
inmitten der Funken aufschlugen. »Meine Beine waren
vom Laufen durch den Ginster vorhin ganz rot, und jetzt
machst du's mit den Funken nur noch schlimmer!«

Timothy Fairways gute Laune steckte an. Der Torfstecher nahm sich die alte Olly Dowden und tanzte, allerdings etwas sanfter, auf die gleiche Weise mit ihr. Die
jungen Männer waren nicht faul und taten es den Älteren
nach, indem auch sie sich die Mädchen griffen. Großpapa
Cantle hopste mit seinem Stock als dreibeiniges Etwas
zwischen den anderen herum, und innerhalb einer halben
Minute war auf dem Regenhügel nur noch ein Gewirr von
dunklen Gestalten zu sehen, denen die aufsprühenden
Funken zum Teil bis zur Hüfte emporsprangen. Was man
vor allem hörte, waren die schrillen Schreie der Frauen,
das Lachen der Männer, Susans Korsett und ihre Holzschuhe, Olly Dowdens »Hei, hei, hei« und das Rauschen
des Windes, der über die Ginsterbüsche hinfuhr und auf
diese Weise eine Art von Melodie zu dem dämonischen
Takt der Tänzer lieferte. Nur Christian stand abseits und
schwankte, unruhig vor sich hinmurmelnd, hin und her.
»Das sollten sie nicht tun – wie die Funken fliegen! Das
heißt, den Bösen zu versuchen, sowas.«

»Was war das?« sagte einer der Burschen und hielt inne.

»Oh – wo denn?« sagte Christian und begab sich eilig
zu den anderen.

Alle Tänzer verlangsamten ihre Schritte.

»Es war hinter dir, Christian, von dort hab ich was
gehört – von dort unten.«

»Ja – es ist hinter mir!« sagte Christian. »Matthias, Markus, Lukas und Johannes, segne meine Lagerstatt, laß vier
Engel wachen – «

»Halt deinen Mund. Was ist denn?« rief Fairway.

»Hoi-i-i-i!« rief eine laute Stimme aus der Dunkelheit.

»Hallo-o-o-o!« rief Fairway zurück.

»Gibt es hier oben einen Fahrweg hinüber zu Mrs.

Yeobrights Haus dort unten?« rief die gleiche Stimme, und eine große, schlanke, undeutliche Gestalt näherte sich dem Hügel.

»Sollten wir nicht so schnell wie möglich nach Hause gehen, es ist doch schon spät, Nachbarn«, sagte Christian. »Und daß nicht einer vor dem anderen wegläuft, wißt ihr, schön zusammengehen, mein ich.«

»Sucht ein paar verstreute Ginsterzweige zusammen und macht ein Feuer, damit man sieht, wer der Mann ist«, sagte Fairway.

Als die Flammen hochschlugen, kam ein junger Mann in enganliegenden Kleidern zum Vorschein; er war rot von Kopf bis Fuß. »Gibt es hier einen Fahrweg hinüber zu Mrs. Yeobrights Haus?« fragte er noch einmal.

»Ja, haltet Euch auf diesem Pfad dort unten.«

»Ich meine einen Weg, auf dem zwei Pferde und ein Wagen passieren können.«

»Ja, schon. Ihr könnt hier unten talaufwärts fahren, wenn Ihr Euch Zeit laßt. Der Weg ist schlecht, aber wenn Ihr ein Licht habt, finden Eure Pferde schon den Weg. Habt Ihr Euren Wagen schon fast hier rauf gebracht, Nachbar Rötelmann?«

»Ich habe ihn unten gelassen, ungefähr eine halbe Meile von hier. Ich bin nur vorausgegangen, um sicher zu sein, daß es der richtige Weg ist, denn es ist dunkel, und ich war lange nicht mehr hier.«

»Ja, ja, Ihr könnt raufkommen«, sagte Fairway. »Was bin ich erschrocken, als ich ihn zuerst gesehen hab«, fügte er an alle gewandt hinzu, den Rötelmann eingeschlossen. ›Um Himmels willen‹, dachte ich, ›was kommt denn da für ein feuriges Monster auf uns zu?‹ Nichts gegen Euer Aussehen, Rötelmann, denn eigentlich seht Ihr nicht schlecht aus, nur Eure Aufmachung ist wunderlich. Ich wollte nur sagen, wie gruselig mir geworden ist. Ich hab doch fast gedacht, es wär' der Teufel oder das rote Gespenst, von dem der Junge erzählt hat.«

»Ich hab mich auch sehr erschreckt«, sagte Susan Nunsuch, »weil ich letzte Nacht von einem Totenkopf geträumt hab.«

»Jetzt seid aber still damit!« sagte Christian. »Wenn er
ein Tuch über dem Kopf hätte, würde er ganz genau wie
der Teufel auf dem Bild ›Die Versuchung‹ aussehen.«

»Nun, ich danke Euch, daß Ihr mir das sagt«, sagte der
junge Rötelmann und lächelte kaum merklich. »Und euch
allen eine gute Nacht!« Und damit entschwand er ihren
Blicken den Hügel hinab.

»Es kommt mir so vor, als ob mir das Gesicht des jungen Mannes bekannt wär'«, sagte Humphrey. »Aber von
woher, und wie er heißt, das weiß ich nicht.«

Der Rötelmann war erst einige Minuten fort, als sich
eine andere Person dem teilweise wiederbelebten Feuer
näherte. Sie stellte sich als eine wohlbekannte und geach-
tete Witwe aus der Nachbarschaft heraus, deren Stand
man nicht anders als mit dem Wort »vornehm« bezeichnen konnte. Ihr Gesicht, das von der schwarzen Heide als
Hintergrund eingerahmt war, erschien weißlich und ohne
Halbschatten, wie eine Kamee.

Sie war eine Frau mittleren Alters, mit wohlgeformten
Gesichtszügen von der Art, wie sie von Scharfsichtigkeit
als Haupteigenschaft zeugen. Für Augenblicke schien sie
die Dinge von einer Nebo-Warte[17] aus zu betrachten, die
den anderen um sie herum nicht zugänglich war. Ihr
Gesichtsausdruck hatte etwas Abwesendes; die Einsamkeit der Heide, aus der sie emporgestiegen war, hatte dieses Gesicht geprägt. Die Art und Weise, wie sie zu den
Männern der Heide hinübersah, deutete auf ein gewisses
Unbeteiligtsein an deren Gegenwart hin, oder auf eine
Gleichgültigkeit gegenüber deren Meinung, was sie dazu
bewogen haben mochte, sich zu einer solchen Zeit in dieser einsamen Gegend aufzuhalten – was indirekt besagte,
daß sie irgendwie nicht mit ihr auf gleicher Stufe standen.

Das lag daran, daß sie selbst, wiewohl ihr Mann nur ein kleiner Bauer gewesen, die Tochter eines Hilfsgeistlichen war, die einst von Besserem geträumt hatte.

Menschen mit ausgeprägtem Charakter führen, Planeten gleich, ihre Atmosphäre auf ihren Wegen mit sich, und die Matrone, die jetzt die Bildfläche betrat, wußte (und tat es gewöhnlich auch) in einer Gesellschaft den Ton anzugeben. Normalerweise war ihre Art, mit den Heideleuten umzugehen, von Zurückhaltung gekennzeichnet, welche ein Zeichen von Überlegenheitsbewußtsein im gesellschaftlichen Umgang ist. Aber der Umstand, nach langem Umherwandern im Dunkeln nun ins Helle und in eine Gesellschaft zu geraten, bewirkte eine Umgänglichkeit in ihrem Ton, die über das übliche Maß hinausging. Dies war mehr ihrer Miene als ihren Worten zu entnehmen.

»Ja, das ist ja Mrs. Yeobright«, sagte Fairway. »Mrs. Yeobright, vor kaum zehn Minuten war ein Mann hier, der nach Euch gefragt hat – ein Rötelmann.«

»Was wollte er?« sagte sie.

»Das hat er uns nicht gesagt.«

»Er hatte wohl etwas zu verkaufen? Was das war, kann ich mir allerdings schlecht vorstellen.«

»Ich freue mich zu hören, daß Euer Sohn Clym zu Weihnachten nach Hause kommt, Madam«, sagte Sam, der Torfstecher. »Was hatte er immer für einen Spaß an den Feuern!«

»Ja. Ich glaube, er wird kommen.«

»Er muß inzwischen ein stattlicher Bursch sein«, sagte Fairway.

»Er ist jetzt ein Mann«, sagte sie ruhig.

»Es ist sehr einsam für Euch in der Heide heut nacht«, sagte Christian, während er sich aus dem Versteck wagte, wo er sich bis jetzt aufgehalten hatte. »s'ist nicht gut, sich in der Egdon-Heide zu verirren, und der Wind heult heut nacht unheimlicher, als ich's je gehört hab. Auch die, die sich in der Heide gut auskennen, sind hier manchmal schon verhext worden.«

»Bist du das, Christian?« fragte Mrs. Yeobright. »Warum hast du dich vor mir versteckt?«

»Es war ... ich hab Euch bei dem Licht nicht erkannt, und weil ich nur ein Jammerbild von einem Mann bin, hab ich mich ein wenig gefürchtet, das ist alles. Wenn Ihr sehen könntet, wie schrecklich traurig ich manchmal bin, dann möcht' Ihr Euch Sorgen machen, daß ich mir was antun könnt'.«

»Du schlägst nicht deinem Vater nach«, sagte Mrs. Yeobright, indem sie zum Feuer hinschaute, wo Großpapa Cantle nicht sehr einfallsreich nun allein in den Funken herumtanzte, so wie es die anderen zuvor getan hatten.

»Aber, Großpapa Cantle«, sagte Timothy Fairway, »wir müssen uns ja für Euch schämen. Ein ehrwürdiger alter Mann wie Ihr, fast siebzig, und tanzt ganz allein da herum!«

»Ein schrecklicher alter Mann, was, Mrs. Yeobright«, sagte Christian verzweifelt, »ich würd's nicht länger als eine Woche bei ihm aushalten, so kindisch wie er ist, wenn ich nur wegkönnt'.«

»Es würde Euch besser anstehen, mit dem Tanzen aufzuhören und Mrs. Yeobright zu begrüßen, wo Ihr doch hier der Ehrwürdigste seid, Großpapa Cantle«, sagte die Besenfrau.

»Bei Gott, das ist wohl so«, sagte der Nachschwärmer und rief sich bußfertig zur Ordnung. »Ich hab solch ein schlechtes Gedächtnis, Mrs. Yeobright, daß ich manchmal vergesse, wie die andern zu mir aufschauen. Ihr denkt wohl, ich muß bei großartiger Laune sein, was? Das ist aber nicht immer so. Es ist eine Bürde für einen Mann, als Führer angesehen zu werden, das spüre ich oft.«

»Es tut mir leid, die Unterhaltung zu unterbrechen«, sagte Mrs. Yeobright, »aber ich muß jetzt gehen. Ich bin

unten auf der Straße nach Anglebury gewesen, dort, wo's
zu dem neuen Heim meiner Nichte geht, die heute abend
mit ihrem Mann zurückkommt. Und als ich das Feuer sah
und Ollys Stimme heraushörte, kam ich herauf, um zu
sehen, was hier vorgeht. Es wäre schön, wenn sie mit mir
gehen könnte, da sie den gleichen Weg hat wie ich.«

»Ja sicher, Madam, ich wollte gerade gehen«, sagte
Olly.

»Ja, dann werdet Ihr sicher auch den Rötelmann treffen, von dem ich Euch erzählt hab«, sagte Fairway. »Er ist
nur zurückgegangen, um seinen Wagen zu holen. Wir
haben gehört, daß Eure Nichte und ihr Mann gleich nach
der Trauung nach Hause kommen, und da wollten wir
gleich hinuntergehen, um ihnen ein Willkommensständ-
chen zu bringen.«

»Oh, recht herzlichen Dank.«

»Aber wir nehmen eine Abkürzung durch den Ginster.
Die könnt Ihr mit den langen Kleidern nicht machen.
Deshalb braucht Ihr nicht auf uns zu warten.«

»Sehr gut – können wir gehen, Olly?«

»Ja, Madam, und da ist ja auch Licht vom Fenster Eurer
Nichte, seht Ihr? Das wird uns helfen, auf dem richtigen
Weg zu bleiben.«

Sie zeigte auf das schwache Licht unten im Tal, auf das
Fairway schon aufmerksam gemacht hatte, und die beiden
Frauen stiegen von dem Hügelgrab hinab.

Kapitel 4

Die Begegnung auf der Landstraße

Sie stiegen tiefer und tiefer hinab, wobei jeder Schritt ihres Abstiegs sie weiter nach unten anstatt voran zu bringen schien. Der Ginster streifte geräuschvoll ihre Röcke, und ihre Schultern berührten die Farne, welche, obgleich abgestorben und trocken, aufrecht standen, als wären sie noch im Saft; da noch kein rechtes Winterwetter eingesetzt hatte, waren sie noch nicht zu Boden gedrückt. Für zwei Frauen ohne Begleitung mochte die an den Tartarus[18] gemahnende Umgebung riskant erscheinen. Aber für Olly und Mrs. Yeobright waren diese struppigen Winkel zu jeder Jahreszeit ein vertrauter Ort, und das Gesicht eines vertrauten Freundes bekommt durch die Dunkelheit nichts Erschreckendes.

»Also hat ihn Tamsin zu guter Letzt doch noch geheiratet«, sagte Olly, als ihre Schritte nicht länger ungeteilte Aufmerksamkeit erforderten, weil das Gelände weniger steil abfiel.

Mrs. Yeobright antwortete langsam: »Ja, zu guter Letzt.«

»Ihr werdet sie sicher sehr vermissen, wo sie doch schon immer wie eine Tochter bei Euch gelebt hat.«

»Ja, ich vermisse sie wirklich.«

Olly, die nicht das Taktgefühl besaß zu erkennen, wann Bemerkungen unpassend sind, wurde durch ihre Einfalt davor bewahrt, sie in verletzendem Ton vorzubringen. Sie konnte Fragen, die man anderen übelgenommen hätte, ungestraft stellen. Daher rührte auch Mrs. Yeobrights Gelassenheit bei diesem offensichtlich heiklen Thema.

»Ich war ganz schön entsetzt, daß Ihr eingewilligt habt, Madam, nein wirklich«, fuhr die Besenbinderin fort.

»Du warst genauso entsetzt, wie ich es letztes Jahr um diese Zeit hätte sein müssen, Olly. Diese Hochzeit kann

man von vielen verschiedenen Seiten aus betrachten, und
ich könnte sie dir gar nicht alle aufzählen, selbst wenn ich
es versuchte.«

»Ich fand ja auch, daß er kaum gut genug für Eure
Familie ist. Ein Gasthaus betreiben – was ist das schon?
Aber er ist gescheit, das stimmt, und es heißt, er wär'
früher mal ein Ingenieur gewesen, aber er wär' abgesprun-
gen, weil er zuviel anderes im Kopf gehabt hat, sagen die
Leute.«

»Ich habe eingesehen, daß es alles in allem für sie besser
ist, zu heiraten, wen sie will.«

»Das arme kleine Ding, sie ist auf ihre Gefühle reinge-
fallen, so ist's doch. So ist die Natur. Na ja, sie können
über ihn sagen, was sie wollen – er hat einige Morgen
gerodetes Heideland außer dem Gasthaus sowie die
Ponys, und er benimmt sich ganz wie ein Gentleman.
Und was geschehen ist, kann man nicht mehr ändern.«

»So ist es«, sagte Mrs. Yeobright. »Schau her, da ist
endlich die Wagenspur. Jetzt kommen wir besser vorwärts.«

Das Hochzeitsthema wurde nicht weiter erörtert, und
bald erreichten sie eine kaum erkennbare Abzweigung,
wo sie sich voneinander trennten. Zuvor bat Olly noch
ihre Begleiterin, Mr. Wildeve daran zu erinnern, daß er
ihrem kranken Mann die Flasche Wein noch nicht geschickt habe, die er anläßlich seiner Hochzeit versprochen hatte. Die Besenbinderin wandte sich nach links
ihrem eigenen Haus zu, das hinter dem Ausläufer eines
Hügels stand, und Mrs. Yeobright folgte dem geraden
Pfad, welcher weiter unten beim Gasthaus »Zur Stillen
Frau« auf die Straße traf; sie vermutete, daß ihre Nichte
nach ihrer Hochzeit in Anglebury an diesem Tag mit Wildeve dorthin zurückgekehrt war.

Sie kam zunächst zu »Wildeves Beet«, wie man das
Stück Land nannte, das man der Heide abgerungen und
nach langen Jahren mühsamer Arbeit fruchtbar gemacht

hatte. Der Mann, der festgestellt hatte, daß man es pflügen konnte, starb aus Überanstrengung; der Mann, in dessen Eigentum es überging, ruinierte sich, indem er es zu düngen versuchte. Danach kam Wildeve wie Amerigo Vespucci[19] und erntete die Lorbeeren seiner Vorgänger.

Als Mrs. Yeobright zum Gasthaus gekommen war und gerade hineingehen wollte, sah sie in etwa zweihundert Metern Entfernung ein Pferdegespann und einen Mann näherkommen, der mit einer Laterne in der Hand nebenherging. Es wurde bald ersichtlich, daß dies der Rötelmann war, der nach ihr gefragt hatte. Anstatt sogleich das Gasthaus zu betreten, ging sie daran vorbei und auf den Wagen zu.

Das Fuhrwerk kam näher, und der Mann wäre wohl, ohne sie weiter zu beachten, an ihr vorübergegangen, da wandte sie sich mit den Worten an ihn: »Ich glaube, Ihr habt nach mir gefragt, nicht wahr? Ich bin Mrs. Yeobright aus Blooms-End.«

Der Rötelmann stutzte und hielt dann seinen Finger in die Höhe. Die Pferde blieben stehen, und er bedeutete ihr, doch einige Schritte zur Seite zu treten, was sie mit einiger Verwunderung befolgte.

»Ich nehme an, Ihr kennt mich nicht, Madam?« sagte er.

»Nein, ich kenne Euch nicht«, sagte sie. »Oder doch, wartet! Ihr seid der junge Venn – Euer Vater war Milchhändler hier irgendwo in der Gegend, stimmt's?«

»Ja, und ich kannte Eure Nichte, Miss Tamsin, flüchtig. Ich hab Euch etwas Unangenehmes mitzuteilen.«

»Über sie doch nicht? Sie ist, glaube ich, gerade mit ihrem Mann wieder nach Hause gekommen. Sie wollten am Nachmittag zurück sein – dort drüben im Gasthaus.«

»Dort ist sie nicht.«

»Woher wißt Ihr das?«

»Weil sie hier ist. Sie ist in meinem Wagen«, fügte er langsam hinzu.

»Was ist denn nun wieder geschehen?« murmelte Mrs. Yeobright und hielt ihre Hand über die Augen.

»Ich kann es nicht genau sagen, Madam. Alles was ich weiß, ist, daß ich heute morgen, als ich ungefähr eine Meile hinter Anglebury die Straße entlangfuhr, jemanden hinter mir herlaufen hörte wie ein Reh, und als ich mich umschaute, war sie es, weiß wie der Tod. ›O, Diggory Venn!‹ sagte sie, ›ich dachte mir, daß du es bist. Kannst du mir bitte helfen? Ich bin in Schwierigkeiten.‹«

»Woher kannte sie Euren Namen?« sagte Mrs. Yeobright argwöhnisch.

»Ich hatte sie als junger Bursche kennengelernt, bevor ich fortging, um diesen Beruf zu erlernen. Sie fragte dann, ob ich sie mitnehmen könne, und dann fiel sie in Ohnmacht. Ich hob sie auf und trug sie in den Wagen, und seitdem ist sie da drinnen. Sie hat viel geweint, aber sie hat kaum gesprochen. Alles, was sie sagte, war, daß sie an diesem Vormittag hätte heiraten sollen. Ich versuchte, sie dazu zu bringen, etwas zu essen, aber sie konnte nicht, und schließlich schlief sie ein.«

»Laßt sie mich sofort sehen«, sagte Mrs. Yeobright und lief auf den Wagen zu.

Der Rötelmann folgte mit der Laterne und half Mrs. Yeobright, nachdem er als erster hinaufgeklettert war, neben ihm hochzusteigen. Durch die geöffnete Tür bemerkte sie hinten im Wagen ein provisorisches Lager, um das wohl der gesamte Vorrat an Tüchern hing, den der Rötelmann besaß, und der nun dem Zweck diente, die Benutzerin des kleinen Bettes vor dem roten Werkstoff, mit dem er seinen Beruf ausübte, zu schützen. Es war ein junges Mädchen, das mit einem Mantel zugedeckt lag. Sie schlief, und das Licht der Laterne fiel auf ihr Gesicht.

Es beleuchtete das feine, liebliche und ehrliche Gesicht eines Landmädchens, das von lockigem, haselnußbraunem Haar umgeben war. Man konnte es als hübsch, ja

schön bezeichnen. Obwohl ihre Augen geschlossen
waren, konnte man sich das Leuchten, das gewiß als Krönung des hellen Antlitzes in ihnen lag, unschwer vorstellen. Die Grundstimmung ihrer Gesichtszüge drückte
freudige Erwartung aus, die aber nun von einer fremden
Mischung aus Angst und Sorge überlagert war. Der Kummer hatte dort nur eine solch kurze Zeit verweilt, daß er
dem Gesicht nichts von seiner Jugendfrische genommen
hatte; er hatte lediglich dem eine Würde verliehen, was er
bei längerem Verweilen zu zerstören imstande wäre. Das
Scharlachrot ihrer Lippen hatte noch keine Zeit gehabt zu
verblassen, und gerade jetzt schien es durch den Kontrast
zu der bleichen Farbe ihrer Wangen um so intensiver. Sie
öffnete mehrmals leicht ihre Lippen und murmelte undeutliche Worte. So schien es fast, als sei sie Teil eines
Madrigals[20] – als gehörten Reim und musikalischer
Wohlklang zu ihrer Erscheinung.

Eines jedenfalls war offensichtlich: sie war nicht dafür
geschaffen, auf diese Weise betrachtet zu werden. Der
Rötelmann schien sich dessen bewußt und blickte, während Mrs. Yeobright sie anschaute, mit einem Zartgefühl
beiseite, das ihm wohl anstand. Die Schläferin fand dies
offenbar auch, denn im nächsten Augenblick schlug sie
ihre Augen auf.

Sie öffnete halb erwartungsvoll, halb fragend ihre Lippen, und die vielfältigen Gedanken und Gedankensplit-
ter, die sich auf ihrem Gesicht widerspiegelten, kamen im
Licht besonders lieblich zum Ausdruck. Ein argloses und
ehrliches Wesen zeigte sich, in dem sich ihr bisheriges
Leben zu offenbaren schien. Sie erkannte die Lage augenblicklich.

»O ja, ich bin es, Tante«, rief sie aus. »Ich weiß, wie du
dich ängstigst, und daß du es nicht glauben kannst. Aber
trotzdem, ich bin es, die auf diese Art nach Hause gekommen ist.«

»Tamsin, Tamsin!« sagte Mrs. Yeobright und beugte sich über die junge Frau, um sie zu küssen. »O mein liebes Mädchen!«

Thomasin war nun den Tränen nahe, aber in unerwarteter Selbstbeherrschung gab sie keinen Laut von sich. Mit einem tiefen Atemzug richtete sie sich auf.

»Ich habe genauso wenig erwartet, dich in dieser Lage zu sehen, wie du mich«, fuhr sie schnell fort. »Wo bin ich, Tante?«

»Fast zu Hause, Liebes. In Egdon Bottom. Was ist denn Schlimmes geschehen?«

»Ich sage es dir gleich. So nahe, sagst du, sind wir? Dann will ich aussteigen und zu Fuß den Weg nach Hause gehen.«

»Aber dieser freundliche Mann, der so viel getan hat, wird dich sicherlich noch bis zu meinem Haus bringen?« sagte die Tante zu dem Rötelmann gewandt, der sich, sobald das Mädchen erwacht war, von seinem Wagen zurückgezogen hatte und nun auf der Straße stand.

»Warum solltet Ihr es für nötig halten, mich zu fragen? Natürlich werde ich das tun.«

»Er ist wirklich sehr freundlich«, sagte Thomasin leise. »Ich war früher einmal mit ihm bekannt, Tante, und als ich ihn heute sah, dachte ich, es sei besser, seinen Wagen zu nehmen als irgendein anderes Fahrzeug eines Fremden. Aber ich möchte jetzt zu Fuß gehen. Rötelmann, bitte haltet die Pferde fest.«

Der Rötelmann betrachtete sie mit besorgtem Zögern, hielt sie aber fest. Tante und Nichte stiegen darauf vom Wagen, und Mrs. Yeobright sagte zu dessen Eigentümer: »Ich erkenne Euch nun sehr wohl wieder. Warum seid Ihr nicht bei dem guten Geschäft geblieben, das Euch Euer Vater hinterlassen hat?«

»Es ist eben so gekommen«, sagte er und schaute zu Thomasin hinüber, die leicht errötete. »Dann braucht Ihr mich wohl heute abend nicht mehr, Madam?«

Mrs. Yeobright blickte zum dunklen Himmel hinauf, zu den Hügeln ringsum mit den niedergebrannten Feuern und zu dem erleuchteten Fenster des Gasthauses hin, dem sie näher gekommen waren. »Ich glaube nicht«, sagte sie, »da Thomasin zu Fuß gehen möchte. Wir können gleich den Weg hinaufgehen und sind dann zu Hause. Wir kennen uns ja aus.«

Und nach wenigen weiteren Worten trennten sie sich. Der Rötelmann setzte den Weg mit seinem Wagen fort, und die beiden Frauen blieben auf der Straße stehen. Sobald der Fuhrmann mit seinem Gefährt außer Hörweite war, wandte sich Mrs. Yeobright ihrer Nichte zu.

»Nun, Thomasin«, sagte sie streng, »was hat dieses unwürdige Betragen zu bedeuten?«

Kapitel 5

Verwirrung unter rechtschaffenen Menschen

Thomasin schien von dem plötzlichen Wechsel im Verhalten ihrer Tante überrascht. »Es bedeutet genau das, was es zu bedeuten scheint. Ich bin – nicht verheiratet«, antwortete sie leise. »Entschuldige bitte, wenn ich dich durch dieses Mißgeschick demütige, Tante. Es tut mir sehr leid, aber ich kann es nicht ändern.«

»Mich demütigen? Denke dabei zuerst an dich.«

»Es war niemand daran schuld. Als wir hinkamen, wollte uns der Pfarrer wegen irgendeiner nichtigen Unregelmäßigkeit in den Heiratspapieren nicht trauen.«

»Was für eine Unregelmäßigkeit?«

»Ich weiß es nicht. Mr. Wildeve kann es erklären. Als ich heute morgen fortging, hätte ich nicht gedacht, daß ich auf diese Weise zurückkommen würde.« Im Schutz der

Dunkelheit ließ Thomasin nun ihren Gefühlen freien Lauf, und die Tränen rannen ihre Wangen hinab, ungesehen.

»Ich möchte fast sagen, daß es dir recht geschieht, – wenn ich nicht denken würde, daß du es nicht verdienst«, fuhr Mrs. Yeobright fort, die über zwei nahe beieinanderliegende, entgegengesetzte Stimmungen verfügte, eine weiche und eine heftige, und von der einen zur anderen ohne jegliche Warnung überwechseln konnte.

»Erinnere dich nur, Thomasin, ich habe das Ganze nicht gewollt. Schon damals, als du damit anfingst, dich in diesen Mann zu vergaffen, habe ich dich vor ihm gewarnt und gesagt, daß er dich nicht glücklich machen wird. Ich war davon derart überzeugt, daß ich etwas tat, was ich von mir selbst niemals gedacht hätte – ich stand in der Kirche auf und brachte mich deswegen für Wochen ins Gerede. Aber da ich nun einmal zugestimmt habe, akzeptiere ich diese Ausreden nicht ohne guten Grund. Heiraten mußt du ihn nun nach allem, was geschehen ist.«

»Glaubst du denn, daß ich auch nur für einen Augenblick etwas anderes gewollt habe?« sagte Thomasin mit einem tiefen Seufzer. »Ich weiß, wie unrecht es von mir war, ihn zu lieben, aber tu mir nicht weh mit solchen Reden, Tante! Du hättest nicht gewollt, daß ich mit ihm dortgeblieben wäre, oder? Und dein Haus ist doch das einzige Heim, in das ich zurückkommen kann. Er sagt, daß wir in ein, zwei Tagen heiraten können.«

»Ich wünschte, er hätte dich nie gesehen.«

»Gut, dann werde ich eben die unglücklichste Frau der Welt sein und ihn nie wiedersehen. Nein, ich werde ihn nicht heiraten!«

»Dafür ist es nun zu spät. Komm mit mir, ich will zum Gasthaus gehen, um zu sehen, ob er zurückgekommen ist. Auf jeden Fall will ich sofort wissen, was hinter der Sache steckt. Mr. Wildeve soll nicht denken, daß er mich hinters Licht führen kann, weder mich noch die Meinen.«

»Das war es nicht. Die Heiratserlaubnis war nicht in
Ordnung, und er konnte am gleichen Tag keine andere
mehr bekommen. Er wird es dir gleich erklären, wenn er
kommt.«

»Warum hat er dich nicht zurückgebracht?«

»Das lag an mir!« sagte Thomasin und fing wieder an zu
weinen. »Als ich hörte, daß wir nicht heiraten konnten,
wollte ich nicht mit ihm zurückkommen, und es war mir
ganz übel. Dann sah ich Diggory Venn und war froh, daß
er mich mitnehmen wollte. Ich kann es nicht besser erklären, und du kannst ruhig böse auf mich sein.«

»Das werden wir noch sehen«, sagte Mrs. Yeobright,
und sie gingen beide auf das Gasthaus zu, das in der
Gegend unter dem Namen »Zur Stillen Frau« bekannt
war und dessen Schild eine Matrone mit dem Kopf unter
dem Arm zeigte. Unter diesem schauerlichen Bild war
folgender Reim zu lesen, der den Stammgästen des Gasthauses so wohlvertraut war:

> Ist still die Frau,
> läßt der Mann den Radau.[21]

Die Vorderseite des Hauses ging auf die Heide hinaus
und auf den Regenhügel zu, dessen dunkle Umrisse bedrohlich gen Himmel ragten. Über der Tür befand sich
ein angelaufenes Messingschild mit der unerwarteten Auf-
schrift »Mr. Wildeve, Ingenieur« – ein wertloses und doch
geschätztes Überbleibsel aus der Zeit, als jene, die viel von
ihm erwartet hatten, ihm für den Beginn seiner beruf-
lichen Laufbahn ein Büro eingerichtet hatten – um dann
enttäuscht zu werden. Der Garten lag auf der Rückseite
des Hauses, und dahinter floß ein ruhiger, tiefer Bach, der
nach dieser Seite hin die Grenze zur Heide bildete. Hinter
dem Bach begann Wiesenland.

Aber zu diesem Zeitpunkt waren durch das tiefe Dunkel von alledem nur die Umrisse gegen den Himmel sichtbar. Man konnte das Wasser hinter dem Haus hören, wie

es in sich langsam drehenden Strudeln zwischen dem federköpfigen Schilfrohr dahinfloß, welches zu beiden Seiten des Ufers wuchs. Seine Gegenwart wurde durch Laute wie von einer demütig betenden Gemeinde angedeutet, die durch das Aneinanderreiben der Halme im leichten Wind entstanden.

Das Fenster, von dem das Kerzenlicht aus dem Tal zu den Menschen beim Feuer hinaufgedrungen war, hatte keine Vorhänge, aber das Sims war für einen Fußgänger zu hoch, um einen Blick in das Innere des Raumes zu gewähren. Ein riesiger Schatten, in dem man Teile einer männlichen Gestalt erkennen konnte, verdunkelte die Hälfte der Zimmerdecke.

»Er scheint zu Hause zu sein«, sagte Mrs. Yeobright.

»Muß ich auch mit hineingehen, Tante?« fragte Thomasin leise. »Ich finde, das wäre nicht richtig.«

»Sicher mußt du mitkommen, allein schon, um ihm entgegenzutreten, und damit er mir gegenüber keine falsche Darstellung der Dinge geben kann. Wir bleiben nur fünf Minuten drinnen, und dann gehen wir nach Hause.«

Sie trat in den offenen Flur, klopfte an die Tür des Privatzimmers, öffnete sie und schaute hinein.

Rücken und Schultern eines Mannes schoben sich zwischen Mrs. Yeobright und das Kaminfeuer, und Wildeve, um den es sich handelte, drehte sich augenblicklich um, stand auf und schickte sich an, seine Gäste zu begrüßen.

Er war ein ziemlich junger Mann, und betrachtete man seine Gestalt und seine Bewegungen, so war es letzteres, das den Blick zuerst auf sich zog. Die Grazie seiner Bewegungen war einzigartig. Sie boten die pantomimische Darstellung einer Herzensbrecherkarriere. Als nächstes bemerkte man die etwas gegenständlicheren Qualitäten, unter denen eine verschwenderische Haarfülle hervorstach, die seiner Stirn die Form eines frühgotischen Schildes verlieh, sowie ein Hals, sanft und rund wie ein Zylinder. Die untere Hälfte seines Körpers war leicht gebaut.

Insgesamt war er jemand, an dem kein Mann etwas Bewundernswertes gefunden und keine Frau etwas auszusetzen gehabt hätte.

Er erkannte die Gestalt des jungen Mädchens im Flur und sagte: »Thomasin hat also nach Hause gefunden. Wie konntest du mich nur auf diese Art verlassen, Liebling?« Er wandte sich an Mrs. Yeobright: »Es war nutzlos, mit ihr zu diskutieren. Sie wollte durchaus gehen, und zwar allein.«

»Aber was hat das alles zu bedeuten?« fragte Mrs. Yeobright von oben herab.

»Nehmt doch Platz«, sagte Wildeve und rückte zwei Stühle für die Frauen zurecht. »Ja, es war ein ganz dummer Fehler, aber solche Fehler kommen eben manchmal vor. Die Heiratsgenehmigung war ungültig für Anglebury. Sie war für Budmouth ausgestellt, aber da ich sie nicht durchgelesen hatte, wußte ich das nicht.«

»Aber Ihr wart doch in Anglebury gewesen?«

»Nein, ich war in Budmouth, bis vor zwei Tagen, und da wollte ich sie auch hin mitnehmen, aber als ich sie abholte, entschieden wir uns für Anglebury, ohne daran zu denken, daß dort eine neue Genehmigung nötig wäre. Es war dann zu spät, noch nach Budmouth zu gehen.«

»Ich finde, Ihr habt sehr viel Schuld an der Sache«, sagte Mrs. Yeobright.

»Es war hauptsächlich meine Schuld, daß wir uns Anglebury aussuchten«, sagte Thomasin entschuldigend, »ich hatte es vorgeschlagen, weil mich dort niemand kennt.«

»Ich weiß sehr wohl, daß es meine Schuld ist, Ihr braucht mich nicht noch darauf aufmerksam zu machen«, antwortete Wildeve kurz.

»Solche Dinge geschehen nicht von ungefähr«, sagte die Tante. »Das ist eine große Schande für mich und meine Familie. Und wenn es bekannt wird, dürfte es für uns eine sehr unerfreuliche Zeit werden. Wie kann sie ihren Freun-

dinnen noch ins Gesicht sehen? Es ist eine sehr große
Kränkung, und eine, die ich nicht so leicht verzeihen
kann. Sie könnte sogar einen Einfluß auf ihren Charakter
haben.«

»Unsinn«, sagte Wildeve.

Thomasins große Augen waren während der Unterhaltung von einem Gesicht zum anderen geflogen, und nun
sagte sie flehend: »Tante, würdest du mir erlauben, für
fünf Minuten allein mit Damon darüber zu sprechen?
Würdest du das tun, Damon?«

»Sicher, Liebste«, sagte Wildeve, »wenn uns deine
Tante entschuldigt.« Er führte sie ins angrenzende Zimmer und ließ Mrs. Yeobright beim Feuer zurück.

Sobald sie allein waren, sagte Thomasin mit blassem
und tränenfeuchtem Gesicht zu ihm: »Das bringt mich
noch um, diese Sache, Damon! Ich wollte dich heute morgen in Anglebury nicht im Zorn verlassen, aber ich hatte
solche Angst und wußte kaum, was ich sagte. Ich habe der
Tante nicht gesagt, wie sehr ich heute gelitten habe. Und
es fällt mir so schwer, mein Gesicht und meine Stimme zu
beherrschen und zu lächeln, als ob es mir leicht fiele. Aber
ich versuche es, damit sie nicht noch mehr gegen dich
aufgebracht wird. Ich weiß, du konntest nichts dafür, was
immer die Tante auch denken mag.«

»Sie ist sehr unfreundlich.«

»Ja«, murmelte Thomasin, »und ich nehme an, ich
erscheine dir jetzt auch so... Damon, was willst du denn
nun meinetwegen unternehmen?«

»Deinetwegen unternehmen?«

»Ja, diejenigen, die dich nicht leiden können, flüstern
Dinge, die mich an dir zweifeln lassen. Wir wollen doch
heiraten, nicht wahr?«

»Aber natürlich, wir müssen nur am Montag nach Budmouth gehen, und dann können wir sofort heiraten.«

»Dann laß uns doch gehen! – Oh, Damon, was zwingst
du mich zu sagen!« Sie verbarg ihr Gesicht in ihrem

Taschentuch. »Jetzt bitte ich dich doch tatsächlich, mich zu heiraten, während eigentlich du auf den Knien liegen und mich, deine grausame Geliebte, bitten müßtest, dich nicht abzuweisen. Du müßtest sagen, es breche dir sonst das Herz. Ich dachte immer, so schön und so süß würde es sein. Und wie anders ist es nun!«

»Ja, im wirklichen Leben ist es ganz und gar nicht so.«

»Aber mir ist es persönlich gleich, ob die Heirat nun stattfindet oder nicht«, sagte sie mit etwas mehr Würde, »doch, ich kann auch ohne dich leben. Es ist die Tante, an die ich dabei denke. Sie ist so stolz und hält so viel auf das Ansehen ihrer Familie, daß sie in den Boden versinken würde, falls diese Geschichte bekannt wird, bevor – es geschehen ist. Auch mein Cousin Clym wäre sehr verletzt.«

»Dann wäre er eben sehr uneinsichtig. Ja, ihr seid alle recht uneinsichtig.«

Thomasin errötete ein wenig, aber nicht aus Liebe. Doch welches momentane Gefühl auch immer dieses Erröten hervorgebracht haben mochte, es verging so schnell, wie es gekommen war, und sie sagte kleinlaut: »Ich möchte mit Absicht nie so sein, nur habe ich das Gefühl, daß du meine Tante bis zu einem gewissen Grade in der Hand hast.«

»Das steht mir gerechterweise fast zu«, sagte Wildeve. »Denk nur daran, was ich alles auf mich genommen habe, um ihre Einwilligung zu erlangen, denk an die Beleidigung, die es für jeden Mann bedeutet hätte, diesen Einspruch zu hören. Und die Beleidigung ist doppelt groß für einen Mann, der das Pech hat, mit Feingefühl gestraft zu sein, und mit Depressionen und weiß der Himmel womit noch, so wie ich es bin. Ich kann niemals diesen Einspruch vergessen. Ein gröberer Mann würde die Macht über deine Tante genießen und die Heirat einfach sein lassen.«

Sie sah ihn, während er sprach, mit ihren traurigen Augen wehmütig an, und ihr Gesichtsausdruck verriet, daß mehr als eine Person den Besitz von Feinfühligkeit für sich in Anspruch nehmen konnte. Als er bemerkte, daß sie wirklich litt, schien er verwirrt und fügte hinzu: »Das ist nur so ein Gedanke, weißt du. Ich habe nicht im geringsten die Absicht, die Hochzeit platzen zu lassen, meine Tamsie – das könnte ich nicht ertragen.«

»Das könntest du nicht, das weiß ich«, sagte das hübsche Mädchen, und ihre Miene heiterte sich auf. »Du kannst doch nicht das kleinste Tier leiden sehen, keinen unangenehmen Klang ertragen, oder auch nur einen Geruch... da wirst du doch mir und den Meinen nicht lange wehtun können.«

»Das werde ich nicht, wenn es in meiner Macht steht.«

»Gib mir die Hand darauf, Damon.«

Er gab ihr gleichgültig die Hand. »Du meine Güte, was ist denn das?« sagte er plötzlich. Vom Hauseingang her drang ein vielstimmiges Konzert an ihre Ohren. Darunter fielen zwei Stimmen durch ihre Eigentümlichkeit besonders auf, die eine ein überaus kräftiger Baß und die andere ein keuchendes, piepsendes Röhren. Thomasin erkannte sie als die Stimmen von Timothy Fairway beziehungsweise Großpapa Cantle.

»Was hat das zu bedeuten? – Es ist doch hoffentlich keine Hahnrei-Prozession[22]?« sagte sie mit einem ängstlichen Blick auf Wildeve.

»Natürlich nicht, nein, das sind die Heideleute, die uns ein Ständchen bringen. Das ist unerträglich!« Er begann hastig hin und her zu gehen, während die Männer draußen munter sangen:

He told' her that she' was the joy' of his life',
And if' she'd con-sent' he would make her his wife';
She could' not refuse' him; to church' so they went',
Young Will was forgot', and young Sue' was content';
And then' was she kiss'd and set down' on his knee';
No man' in the world' was so lov'-ing as he'![23]

Mrs. Yeobright stürzte vom anderen Zimmer herein. »Thomasin, Thomasin!« sagte sie und schaute unwillig zu Wildeve hin. »Das ist ja eine schöne Blamage! Wir müssen sofort von hier weg, komm!«

Es war jedoch zu spät, um über den Flur zu entkommen. Von der Tür des vorderen Raumes her hörte man ein ungestümes Klopfen. Wildeve, der ans Fenster getreten war, kam zurück. »Halt!« sagte er gebieterisch und faßte Mrs. Yeobright am Arm. »Wir sind regelrecht belagert. Das sind bestimmt fünfzig da draußen, wenn das reicht. Ihr bleibt mit Thomasin in diesem Zimmer. Ich gehe zu ihnen hinaus. Ihr müßt mir den Gefallen tun und hierbleiben, bis sie gegangen sind, so daß es so aussieht, als ob alles in Ordnung sei. Komm, Thomasin, mein Liebes, mach nur keine Szene – nach all dem müssen wir heiraten, das siehst du doch so gut wie ich. Verhaltet euch nur ruhig und redet nicht viel. Ich werde schon mit ihnen fertig. Taktlose Tölpel!«

Er drückte das aufgeregte Mädchen auf einen Stuhl, ging zum vorderen Zimmer zurück und öffnete die Tür. Unmittelbar davor erschien Großpapa Cantle im Flur und sang im Chor mit den anderen, die sich noch vor dem Haus befanden. Als er damit zu Ende gekommen war, sagte er kernig: »Ein herzliches Willkommen fürs frischgetraute Paar, und Gott segne sie!«

»Danke«, sagte Wildeve mit unterdrücktem Ärger und einer Miene finster wie ein Gewitter.

Die anderen folgten nun Großpapa Cantle auf dem Fuß, unter ihnen Fairway, Christian, Sam, der Torfstecher, Humphrey und noch ein Dutzend andere. Alle lächelten sie Wildeve zu, lächelten in einem allgemeinen Gefühl von Freundlichkeit auch seinem Tisch und seinen Stühlen zu.

»Ach, sind wir doch nicht vor Mrs. Yeobright hier«, sagte Fairway, der den Hut der Matrone durch die Glaswand erkannte, die den öffentlichen Teil des Gasthauses, das sie betreten hatten, von dem Zimmer trennte, in dem sich die Frauen aufhielten. »Wir sind querfeldein runter gekommen, müßt Ihr wissen, Mr. Wildeve, während sie den Weg runter gegangen ist.«

»Und ich sehe das Köpfchen der jungen Braut!« sagte Großpapa Cantle, der neugierig in die gleiche Richtung schaute und Thomasin erkannte, die in einem elenden und peinlich berührten Zustand neben ihrer Tante saß. »Wohl noch nicht ganz eingewöhnt, – naja, dazu ist ja noch viel Zeit.«

Wildeve gab keine Antwort und holte, da er annahm, daß sie desto eher gehen würden, je eher er ihnen etwas anböte, einen irdenen Humpen herbei, der sogleich die Dinge in einem wärmeren Licht erscheinen ließ.

»Das ist der richtige Tropfen, das seh ich schon«, sagte Großpapa Cantle mit dem Anschein eines Mannes, der zu wohlerzogen ist, um Eile zu zeigen.

»Ja«, sagte Wildeve, »das ist guter alter Met. Ich hoffe, er wird euch schmecken.«

»Oh ja«, sagten die Gäste in einem herzlichen Ton, der sich immer dann ganz natürlich einstellt, wenn Höflichkeit und echtes Gefühl übereinstimmen. »Es gibt keinen besseren Trunk unter der Sonne!«

»Darauf kann ich 'nen Eid leisten«, fügte Großpapa Cantle hinzu. »Was man allenfalls gegen Met sagen kann, ist, daß er einen schweren Kopf macht und einem Mann ziemlich lange zu schaffen machen kann. Aber morgen ist ja Sonntag, Gott sei Dank!«

»Nach so einem Trunk hab ich mich mal wie ein starker Soldat gefühlt«, sagte Christian.

»So wirst du dich wieder fühlen«, sagte Wildeve herablassend. »Becher oder Gläser, Gentlemen?«

»Nehmen wir doch den Humpen, wenn's Euch recht ist, den können wir rundgehen lassen. Das ist besser als tröpfchenweise auszuteilen.«

»Zum Teufel mit den glatten Gläsern«, sagte Großpapa
Cantle, »wozu ist ein Ding nutze, wenn man es nicht zum
Aufwärmen in die Asche stellen kann, das frag' ich euch,
Nachbarn?«

»Stimmt, Großpapa«, sagte Sam, und der Humpen
machte die Runde.

»Ja«, sagte Timothy Fairway, der das Gefühl hatte,
man erwarte von ihm in irgendeiner Form eine Lobrede,
»es ist schon etwas recht Gutes, verheiratet zu sein, Mr.
Wildeve, und die Frau, die Ihr bekommen habt, ist ein
Juwel, sage ich Euch. Ja«, fuhr er an Großpapa Cantle
gewandt fort und erhob dabei seine Stimme, damit er
durch die Trennwand gehört würde, »ihr Vater« – und er
deutete mit einer Kopfbewegung in Richtung des anderen
Zimmers – »ihr Vater war einer der besten, die je gelebt
haben. Er hat sich immer über alles, was nicht recht war,
aufs äußerste empört.«

»Ist das sehr gefährlich?« fragte Christian.

»Und es gab nur wenige in dieser Gegend, die nicht
mit ihm auskamen«, sagte Sam. »Immer wenn es einen
Umzug gab, hat er in der Musikkapelle die Klarinette
gespielt, und er hat sie so gespielt, als hätt' er in seinem
Leben nie was anderes gemacht. Und dann, wenn sie zur
Kirchentür kamen, hat er die Klarinette hingeworfen, ist
auf die Empore gestiegen und hat sich die Baßgeige gegrif-
fen und darauf losgefiedelt, als hätt' er nie etwas anderes
als Baßgeige gespielt. Die Leute, die sich mit Musik auskennen, haben dann gesagt: ›Das kann doch nicht derselbe
Mann sein, der eben noch so großartig die Klarinette
gespielt hat.‹«

»Ich kann mich noch erinnern«, sagte der Torfstecher,
»es war wunderbar, wie ein einziger Mensch das konnte,
und ohne mit seinen Fingern durcheinander zu kommen.«

»So war's auch in der Kirche von Kingsbere«, fing Fairway wieder an, wie einer, der eine neue Ader einer Mine
gleichen Inhalts freilegt.

Wildeve atmete tief wie jemand, der unsäglich gelangweilt ist, und warf einen Blick durch die Trennwand auf die Gefangenen.

»Manchmal ging er am Sonntagnachmittag dorthin, um seinen alten Bekannten, den Andrey Brown, der dort die erste Klarinette spielte, zu besuchen. Ein recht guter Mann, aber seine Musik war ein bißchen schrill, wenn ihr euch erinnert.«

»Ja, ja.«

»Und damit Andrey ein bißchen einnicken konnte, spielte Nachbar Yeobright dann an seiner Stelle für eine Weile im Gottesdienst, so wie das jeder Freund selbstverständlich tun würde.«

»Wie jeder Freund«, sagte Großpapa Cantle, und die anderen Zuhörer gaben ihrer Zustimmung durch kurzes Kopfnicken Ausdruck.

»Sobald Andrey eingeschlafen war und Nachbar Yeobrights Atem auf Andreys Klarinette die ersten Töne hervorgebracht hatte, spürten alle in der Kirche gleich, daß ein Großer unter ihnen war. Dann drehten sie alle die Köpfe und sagten: ›Ah, hab ich mirs doch gedacht, daß er es ist!‹ Ich erinnere mich noch gut an einen Sonntag – damals war die Baßgeige dran, und Yeobright hatte seine eigene mitgebracht. Der 133. Psalm zu Lydia[24] war an der Reihe, und als sie zu der Stelle kamen, wo es heißt: ›Es rann über seinen Bart, und über seine Kleider rann das köstliche Naß‹, da strich der großartige Yeobright, der sich gerade eingespielt hatte, seinen Bogen so glorreich über die Saiten, daß es fast die Geige in zwei Stücke sägte. Alle Kirchenfenster klirrten, als ob es ein Gewitter wär'. Der alte Pfarrer Williams erhob seine Hände in seinem heiligen Talar so natürlich, als hätt' er seine Werktagskleider an und schien zu sich selbst zu sagen: ›Was gäb ich drum, solch einen Mann in meiner Gemeinde zu haben!‹ Aber keiner in Kingsbere konnte Yeobright das Wasser reichen.«

»War das denn nicht gefährlich, daß die Fenster klirrten?« fragte Christian.

Er erhielt keine Antwort, so sehr waren alle noch von der beschriebenen Aufführung gefangengenommen. Genauso wie bei Farinellis Gesang vor den Prinzessinnen, Sheridans berühmter Begum-Rede[25] oder anderen Gelegenheiten gab der glückliche Umstand des für die Welt auf immer Verlorenen dem eindrucksvollen Auftreten des heimgegangenen Mr. Yeobright an jenem denkwürdigen Nachmittag eine zusätzliche Verklärung, die bei vergleichender Kritik, wäre eine solche möglich gewesen, wahrscheinlich wesentlich von ihrem Glanz eingebüßt hätte.

»Er war der letzte, von dem man erwartet hätte, daß er in seinen besten Jahren abtreten würde«, sagte Humphrey.

»Na ja, er hatte schon einige Monate davor danach ausgesehen. Zu jener Zeit liefen die Frauen auf dem Jahrmarkt von Greenhill um die Wette, um Kleider und Unterwäsche zu gewinnen, und meine jetzige Frau, die damals ein langbeiniges schlankes Mädchen und noch nicht heiratsfähig war, ging mit den anderen Mädchen dorthin; denn sie konnte gut laufen, bevor sie so dick geworden ist. Als sie damals nach Hause kam (wir gingen gerade erst kurz zusammen), sagte ich zu ihr: ›Was hast du gewonnen, mein Schatz?‹ Sie sagte: ›Ich hab, tja, ich hab etwas zum Anziehen gewonnen‹, und sie wurde über und über rot. ›Es ist ein Unterrock für eine Krone‹, dachte ich damals, und das war es dann auch. Oh je, wenn ich denke, was sie jetzt alles zu mir sagt, ohne im geringsten rot zu werden... und sie wollte damals so eine Kleinigkeit nicht sagen. Jedenfalls, damals sagte sie dann, und deshalb komme ich auf die Geschichte: ›Naja, was es auch ist, das ich gewonnen hab, weiß oder gemustert, etwas zum Anschauen oder zum Verstecken (sie konnte damals ganz schön die Bescheidene spielen), ich hätt' es lieber verloren, als das zu sehen, was ich gesehen hab. Dem armen Mr. Yeobright ist schlecht geworden, grad als er zum Jahrmarkt kam, und er mußte wieder nach Hause.‹ Das war das letzte Mal, daß er seine Gemeinde verlassen hat.«

»Es ging ihm von Tag zu Tag schlechter, und dann hörten wir, daß er gestorben war.«

»Glaubt ihr, daß er große Schmerzen hatte, als er gestorben ist?« fragte Christian.

»Oh nein, ganz im Gegenteil. Auch keine seelischen Schmerzen. Er war eines der glücklichen Gotteskinder.«

»Und andre Leute, meint Ihr, die haben große Schmerzen, Mr. Fairway?«

»Das hängt davon ab, ob sie Angst haben.«

»Ich hab gar keine Angst, Gott sei Dank!« sagte Christian angestrengt. »Ich bin arg froh deshalb, weil's mir dann nicht wehtun wird ... ich glaub nicht, daß ich Angst hab ... und wenn ich welche hab, dann kann ich nicht anders, aber ich verdien' sie nicht, die Schmerzen. Ich wollt', ich hätt' überhaupt keine Angst!«

Es entstand eine feierliche Stille, und Timothy, der aus dem unverdunkelten und unverhangenen Fenster schaute, sagte: »Was ist das doch für ein ausdauerndes kleines Feuer da draußen beim Haus von Kapitän Vye. Es brennt immer noch wie eh und je, das könnt' ich schwören.«

Alle blickten durchs Fenster, und niemand bemerkte, daß Wildeve plötzlich einen verräterischen Gesichtsausdruck zu verbergen suchte. Weit oben über dem dunklen Heidetal konnte man tatsächlich rechts vom Regenhügel das Feuer sehen, klein, aber ruhig und ausdauernd wie je zuvor.

»Es brannte schon vor unserem«, fuhr Fairway fort, »und trotzdem sind alle ringsum schon vor ihm ausgegangen.«

»Vielleicht hat das 'ne Bedeutung!« murmelte Christian.

»Was für eine Bedeutung?« fragte Wildeve scharf.

Christian war zu erschrocken, um zu antworten, und Timothy half ihm.

»Er meint, Sir, daß das einsame Ding mit den dunklen Augen da oben, von dem einige sagen, es sei eine Hexe – ich würd' mich hüten, eine feine junge Dame so zu nennen –, immer auf die eine oder andere verrückte Idee kommt, und daß vielleicht sie das ist.«

»Ich würd' ihr sehr gern einen Heiratsantrag machen, wenn sie mich haben wollte, und das Risiko mit ihren wilden dunklen Augen, die mir Böses antun wollen, würd' ich schon auf mich nehmen«, sagte Großpapa Cantle mutig.

»Sag doch nicht sowas, Vater!« flehte Christian.

»Na ja, jedenfalls wird der, der die Maid letzten Endes heiratet, eine besondere Dekoration für seine gute Stube haben«, sagte Fairway mit feuchter Kehle und setzte den Humpen nach einem tüchtigen Zug ab.

»Und einen Partner, so entrückt wie der Polarstern«, sagte Sam, hob den Humpen an die Lippen und trank das wenige, das noch übrig war, vollends aus.

»Ja, aber jetzt müssen wir wirklich gehen«, sagte Humphrey in Anbetracht des leeren Humpens.

»Aber wir singen ihnen doch noch eins«, sagte Großpapa Cantle. »Ich bin so voll von Tönen wie ein Vogel!«

»Danke, Großpapa«, sagte Wildeve, »aber wir wollen euch keine weiteren Umstände machen. Das muß leider an einem anderen Tag sein – wenn wir feiern.«

»Ich will verdammt sein, wenn ich nicht dafür noch zehn neue Lieder lerne!« sagte Großpapa Cantle. »Und Ihr könnt sicher sein, daß ich Euch nicht enttäuschen werd', ich komme ganz bestimmt, Mr. Wildeve.«

»Da bin ich ganz sicher«, sagte jener Gentleman.

Sie zogen allesamt ab und wünschten ihrem Gastgeber langes Leben und viel Glück in der Ehe, was mit allerhand Wiederholungen einige Zeit in Anspruch nahm. Wildeve begleitete sie zur Tür, hinter der sie der ansteigende finstere Teil der Heide erwartete. Dort beherrschte eine unergründliche tiefe Dunkelheit alles ringsumher von ihrem Standort bis zu der Höhe, wo man zunächst nur die Umrisse des sich auftürmenden Regenhügels ausmachen konnte. Unter Führung von Sam, dem Torfstecher, tauchten sie, einer nach dem anderen, in die tiefe Düsternis ein und machten sich auf ihren pfadlosen Weg nach Hause.

Als das kratzende Geräusch des Ginsters gegen ihre Beinkleider nachließ, ging Wildeve zu dem Zimmer zurück, wo er Thomasin und ihre Tante zurückgelassen hatte. Die Frauen waren verschwunden.

Sie konnten das Haus nur auf einem Wege verlassen haben, durch das rückwärtige Fenster, und das stand offen.

Wildeve lachte in sich hinein, blieb einen Augenblick in Gedanken stehen und kehrte dann unschlüssig zum Vorderzimmer zurück. Dort fiel sein Blick auf eine Flasche Wein, die auf dem Kaminsims stand. »Ah, alter Dowden«, murmelte er, ging zur Küchentür und rief: »Kann jemand etwas zum alten Dowden bringen?«

Es kam keine Antwort. Der Raum war leer, denn der Junge, der als Faktotum angestellt war, hatte sich schlafen gelegt. Wildeve kam zurück, setzte seinen Hut auf, nahm die Flasche und verließ das Haus. Er schloß die Tür zu, denn es waren für die Nacht keine Gäste im Haus. Sobald er auf die Straße trat, fielen seine Augen wieder auf das kleine Feuer in Mistover Knap.

»Ihr wartet wohl noch, Mylady?« murmelte er.

Indessen ging er jetzt nicht in diese Richtung, sondern ließ den Hügel zu seiner Linken und stolperte über einen holprigen Weg auf eine Hütte zu, die, wie alle anderen Behausungen der Heide zu dieser Stunde, nur durch einen schwachen Schein vom Schlafzimmer her davor bewahrt wurde, gänzlich unsichtbar zu sein. Dies war das Haus von Olly Dowden, der Besenbinderin, und er trat ein.

Der untere Raum lag im Dunkeln, aber er konnte sich
zu einem Tisch tasten, auf dem er die Flasche abstellte,
und kurz darauf war er wieder in der Heide. Er reckte sich
und schaute nach Nordosten, wo hoch über ihm, jedoch
nicht so hoch wie der Regenhügel, das kleine Feuer stetig
brannte.

Man hat uns berichtet, was geschieht, wenn eine Frau
unschlüssig ist,[26] und das Epigramm trifft nicht immer
nur auf Frauen zu, vorausgesetzt, es ist eine dabei im
Spiel, die schön ist. Wildeve blieb stehen, verharrte einen
Augenblick und atmete verwirrt auf, um darauf resignierend zu sich selbst zu sagen: »Ja, bei Gott, ich muß wohl
zu ihr gehen!«

Anstatt die Richtung nach Hause einzuschlagen, ging er
eilends den Pfad unter dem Regenhügel entlang und auf
das zu, was offensichtlich ein Lichtsignal war.

Kapitel 6

Die Gestalt auf der Höhe

Nachdem die ganze Gesellschaft der Egdon-Heide den
Schauplatz des Feuers seiner gewohnten Einsamkeit überlassen hatte, näherte sich dem Grabhügel eine dicht ver-
hüllte weibliche Gestalt, und zwar von dem Teil der
Heide her, wo noch das kleine Feuer brannte. Hätte der
Rötelmann sie gesehen, hätte er in ihr vielleicht die Frau
wiedererkannt, die dort zuvor so einsam verweilt hatte
und dann bei der Ankunft der Fremden verschwunden
war. Nun stieg sie zu ihrem vorherigen Standort ganz
oben hinauf, wo sie die rotglühenden Kohlen des niedergebrannten Feuers wie die lebendigen Augen eines verbli-
chenen Tages begrüßten. Dort blieb sie stehen, umgeben

von der unendlichen Weite des Nachthimmels, dessen unvollständige Dunkelheit im Vergleich mit der totalen Finsternis der Heide unter ihm wie eine läßliche Sünde gegenüber einer Todsünde erscheinen mochte.

Daß die Frau hochgewachsen war und sich wie eine Dame bewegte, war augenblicklich alles, was man erkennen konnte, da sie sich in ihren Schal, der nach alter Manier über Kreuz geschlungen war, eingehüllt hatte. Ihren Kopf bedeckte ein großes Tuch, in Schutz, der zu dieser Stunde an diesem Ort nicht überflüssig war. Sie stand mit dem Rücken gegen den Wind, der aus Nordwesten blies. Aber ob sie nun wegen der kalten Windstöße, denen sie ausgesetzt war, diese Richtung mied, oder ob ihr Interesse von etwas im Südosten angezogen wurde, das war zunächst nicht ersichtlich.

Warum sie derart unbeweglich als Mittelpunkt des kreisförmigen Heidelandes dort oben stand, war ebenfalls unklar. Ihre außergewöhnliche Reglosigkeit, ihre offensichtliche Einsamkeit und ihre Unerschrockenheit angesichts der Nacht deuteten unter anderem auf völlige Furchtlosigkeit hin. Ein Landstrich, der unverändert jenen unwirtlichen Bedingungen unterlag, die schon Cäsar jedes Jahr veranlaßt hatten, vor der herbstlichen Tag- und Nachtgleiche jener Düsternis zu entfliehen,[27] eine Landschaft mit Wetterbedingungen, die Reisende aus dem Süden dazu veranlassen, unsere Insel als das Homerische Land der Kimmerier[28] zu bezeichnen, war keineswegs dem weiblichen Geschlecht freundlich gesinnt.

Man konnte mit einiger Wahrscheinlichkeit annehmen, daß sie dem Wind lauschte, der sich bei fortschreitender Nacht verstärkte und auf sich aufmerksam machte. Tatsächlich schien der Wind wie für die Szenerie geschaffen, so wie die Szenerie für die Stunde bestellt zu sein schien. Das Geräusch des Windes war teilweise recht ungewöhnlich und in dieser Art wohl nirgends sonst zu vernehmen. Windstöße folgten unaufhörlich aufeinander, und jeder

vereinigte, während er sich in rasender Geschwindigkeit
fortbewegte, drei verschiedene Tonlagen in sich: Sopran-,
Tenor- und Baßstimmen. Das ständige Sausen des Windes
über Höhen und Tiefen der Heide machte den tiefsten
Klang in dem Zusammenspiel aus. Daneben konnte man
das Baritonsummen einer Stechpalme vernehmen. Leiser
als jene, aber höher versuchte sich eine an- und abschwel-
lende Stimme an einer heiser klingenden Melodie, was
die zuvor erwähnte ortseigentümliche Klangfarbe ergab.
Obgleich feiner und weniger leicht herauszuhören, war
sie jedoch weit eindrucksvoller als die beiden anderen. Es
lag etwas in ihr, das man als die sprachliche Eigentümlichkeit der Heide bezeichnen könnte, und da sie außerhalb
der Heide nirgends auf der Welt vernehmbar war, konnte
man vermuten, daß sie zu der angespannten Haltung der
Frau dort oben beitrug.

Inmitten dieser klagenden Novemberwinde ähnelte
jener Klang auffallend einem gebrochenen menschlichen
Gesang, wie er einer alten Kehle noch verbleiben mag. Er
war wie ein angestrengtes Flüstern, trocken und papieren,
und er drang so deutlich an das Ohr, daß der damit Vertraute sich die winzigen Teilchen, die das Geräusch verursachten, so gut vergegenwärtigen konnte, als berühre er
es. Er entstand aus dem Zusammenwirken von unendlich
vielen pflanzlichen Substanzen, die weder Stiele und Blätter, noch Früchte, Halme, Dornen, Flechten oder Moose
waren.

Es waren die vertrockneten, einst zarten und violetten
Heideglöckchen des letzten Sommers, die nun vom St.
Michaelsregen[29] ausgewaschen und von der Oktober-
sonne ausgebleicht worden waren. Jedes einzelne von
ihnen gab jetzt einen solch zarten Ton von sich, daß ein
Zusammenspiel von Hunderten gerade noch hörbar war.
Die Myriaden des gesamten Abhangs drangen daher nur
als ein gedämpftes und zeitweise unterbrochenes Rezitativ
an das Ohr der Frau. Und doch konnte kein anderer Laut

von den vielen, die die Nacht durchdrangen, einen Lauschenden mit solcher Macht an dessen Herkunft denken lassen. Man wußte innerlich um die Unendlichkeit dieser Mengen und sah deutlich vor sich, wie jede einzelne der kleinen Trompeten vom Wind so kräftig gebeutelt, erobert und wieder verlassen wurde, als sei sie tief wie ein Krater.

»Und der Geist rührte sie an.« Die Bedeutung dieses Satzes drängte sich auf, und ein Gefühlsmensch mit fetischistischen Neigungen mochte an diesem Ort zu einer höheren Stufe des Bewußtseins gelangen, denn nicht etwa die linke oder die rechte Seite des vertrockneten Blütenmeeres oder nur deren Mitte tönte, sondern es war die alleinige Stimme eines höheren Wesens, die durch jede einzelne von ihnen sprach.

Oben auf dem Hügel vermischte sich plötzlich mit all dieser wilden Rhetorik der Nacht ein Ton, der sich jedoch dergestalt an die übrigen Nachtgeräusche anpaßte, daß sein Anfang und sein Ende kaum wahrnehmbar waren. Die Hänge, die Büsche und auch die Heideglöckchen hatten ihr Schweigen gebrochen, und gleiches tat nun auch die Frau. Ihre Stimme wurde zu einem Teil des Klangbildes der Heide. Dem Wind zugeworfen, verband sie sich mit den Stimmen der anderen und flog mit ihnen davon.

Was sie hervorbrachte, war ein ausgedehntes Seufzen, das offenbar dem galt, was auf ihrer Seele liegen mochte und sie hierher geführt hatte. Sie schien dabei von krampfartiger Selbstvergessenheit befallen, so als ob ihr Kopf etwas zuließe, das er nicht zu verhindern imstande war. Eines kam dabei zutage: sie hatte sich in einem Zustand der Anspannung, nicht der Trägheit oder der Erstarrung befunden.

Weit unten im Tal brannte noch immer das schwache Licht im Fenster des Gasthauses, und nach einigen weiteren Augenblicken wurde offenbar, daß das Fenster, oder vielmehr das, was sich dahinter verbarg, mehr mit dem

Seufzen der Frau zu tun hatte als all ihre Handlungen oder
ihre unmittelbare Umgebung. Sie hob ihre linke Hand, in
der sie ein ineinandergeschobenes Fernrohr hielt. Dieses
zog sie rasch aus, so als sei sie mit seiner Handhabung
wohlvertraut, hob es in Augenhöhe und richtete es sach-
kundig auf den Lichtschein im Gasthaus.

Das Tuch, das ihren Kopf bedeckt hatte, war jetzt ein
wenig nach hinten verschoben, da sie ihr Gesicht etwas
erhoben hatte. Gegen die stumpfe Einfarbigkeit des Himmels zeichnete sich nun ein Profil ab, und es schien, als
hätten sich die Silhouetten der Gesichtszüge von Sappho
und Mrs. Siddons[30] vom Grabe her miteinander ver-
schmolzen, um ein Abbild zu formen, das keiner von
ihnen glich, jedoch an beide erinnerte. Dies war freilich
eine reine Äußerlichkeit. Ein Gesicht mag durch seine
äußere Erscheinung gewisse Rückschlüsse auf den Charakter zulassen, aber erst in der Veränderung offenbart es
ihn. Das trifft so sehr zu, daß das, was man das Mienenspiel nennt, mehr zur Beurteilung eines Mannes oder einer
Frau beiträgt als die ernsthaftesten Anstrengungen aller
anderen Körperglieder zusammengenommen. Daher
offenbarte die Nacht, die die Frau einhüllte, wenig über
sie, denn ihre Gesichtszüge waren nicht zu erkennen.

Schließlich gab sie ihre spähende Haltung auf, schob
das Fernrohr zusammen und kehrte zu den nur noch
schwelenden Holzkohlen zurück. Sie glühten kaum noch,
außer, wenn ein besonders lebhafter Windstoß über die
Oberfläche hinwegfegte und ein plötzliches Leuchten entfachte, das kam und ging wie das Erröten eines jungen
Mädchens. Sie beugte sich über den stillen Kreis, suchte
aus der Asche einen Zweig heraus, der noch an seinem
Ende brannte und brachte ihn dorthin, wo sie zuvor
gestanden hatte.

Sie hielt den Kien nach unten und blies gleichzeitig die
rote Kohle an, bis damit das Gras ringsum schwach beleuchtet wurde. Ein kleiner Gegenstand kam zum Vor-

schein, der eine Sanduhr zu sein schien, obwohl sie auch eine Uhr bei sich trug. Sie blies so lange, bis sie erkennen konnte, daß der Sand ganz durchgelaufen war.

»Ah!« sagte sie, als sei sie überrascht.

Das durch ihr Blasen entfachte Feuer hatte sehr unruhig geflackert und ihr Gesicht nur für einen Augenblick beleuchtet, darin aber zwei unvergleichliche Lippen und nur eine Wange offenbart, da ihr Kopf noch von dem Tuch umhüllt war. Sie warf den Stock weg, hob das Stundenglas auf, nahm das Fernrohr unter den Arm und ging davon.

Am Hügel zog sich ein wenig benutzter Fußpfad entlang, welchen die Lady nun einschlug. Jene, die ihn kannten, bezeichneten ihn als Weg, und während ein bloßer Besucher ihn selbst bei Tage gar nicht bemerkt hätte, verfehlten ihn die einheimischen Heidebewohner selbst bei Mitternacht nicht. Das ganze Geheimnis, einen dieser im Entstehen begriffenen Pfade selbst dann zu finden, wenn es nicht hell genug war, um selbst eine Landstraße zu erkennen, bestand darin, einen Tastsinn der Füße zu entwickeln, welcher sich durch jahrelanges nächtliches Umherstreifen in unwegsamen Gegenden ausbildete. Für einen derart geübten Wanderer ist der Unterschied zwischen unberührtem Gras und niedergetretenen Halmen eines Trampelpfades selbst durch das dickste Schuhwerk spürbar.

Die einsame Gestalt, die jenen niedergetretenen Pfad entlangging, gab nicht acht auf den singenden Wind, der noch immer die trockenen Heideglöckchen umspielte. Sie beachtete auch nicht die Gruppe dunkler Wesen, die vor ihr flohen, als sie an der Schlucht vorbeiging, wo jene gegrast hatten. Es gab eine Menge kleiner wilder Ponys in der Gegend, die »Heidemäher« genannt wurden. Sie trieben sich in der Hügellandschaft von Egdon herum, aber es waren ihrer nicht genug, als daß die Einsamkeit durch sie gestört wurde.

Die Frau auf dem Wanderpfad nahm zu diesem Zeitpunkt nichts von alledem wahr, und dies wurde durch
einen harmlosen Vorfall offenbar. Ihr Rock hatte sich
in einem Brombeerstrauch verfangen und hinderte sie,
ihren Weg fortzusetzen. Anstatt sich daraus zu befreien
und weiterzugehen, blieb sie untätig stehen. Schließlich
begann sie sich daraus zu lösen, indem sie sich immer
wieder um sich selbst drehte und auf diese Weise den
stacheligen Strauch loswurde. Sie befand sich in einem
abwesenden, mutlosen Gemütszustand.

Ihr Ziel war das kleine, ständig flackernde Feuer, das
die Aufmerksamkeit sowohl der Männer auf dem Regenhügel als auch derer von Wildeve unten im Tal erweckt
hatte. Ein schwacher Widerschein des Feuers begann nun
das Gesicht der Frau zu erhellen, und es wurde bald deutlich, daß es nicht zu ebener Erde, sondern auf einer
Böschung brannte, an einer Stelle, wo zwei Erdwälle, die
als Einfriedung dienten, zusammentrafen. Außen verlief
ein Graben, der überall, bis auf die Stelle um das Feuer
herum, ausgetrocknet war. Dort befand sich ein großer
Tümpel, der rings von Heidekraut und Binsen umstanden
war. Auf der glatten Oberfläche des Wassers erschien
das Feuer spiegelbildlich noch einmal. Die aufeinander-
treffenden Böschungen dahinter waren kahl; entlang der
Höhe standen nur ein paar vereinzelte Ginsterbüsche, die
aufgespießten Köpfen auf einer Stadtmauer glichen. Einen
weißen Mast, der mit Rundhölzern und allerlei Segelgerät
versehen war, konnte man sich gegen die dunklen Wolken
abheben sehen, wann immer die Flammen hell genug
brannten, um ihn zu erreichen. Insgesamt erinnerte der
Ort an eine Befestigungsanlage, auf der ein Leuchtfeuer
entzündet worden war.

Niemand war zu sehen, aber ab und zu bewegte sich
hinter der Böschung etwas Weißes, das auftauchte und
wieder verschwand. Es war eine kleine menschliche
Hand, die damit beschäftigt war, Holzscheite auf das

Feuer zu heben. Soweit man erkennen konnte, war diese
Hand – wie jene, die einst Belsazar[31] ängstigte – allein.
Gelegentlich rollte ein Scheit die Böschung hinab und fiel
zischend ins Wasser.

Auf einer Seite des Tümpels ermöglichten unregelmäßige, ins Erdreich gegrabene Stufen jedem, der dies
wollte, die Böschung hochzusteigen, was die Frau nun
tat. Innerhalb der Einfriedung lag ein Stück unbearbeite-
ten Ackerlands, dem man noch ansehen konnte, daß es
einst gepflügt worden war. Aber Heidekraut und Farne
waren heimtückisch zurückgekommen und behaupteten
ihre alte Überlegenheit. Weiter hinten war vor einer
Gruppe von Tannen ein unregelmäßiges Wohnhaus mit
Garten und Nebengebäuden schwach zu erkennen.

Die junge Dame – ihr leichtfüßiges Erklettern der
Böschung hatte ihre Jugend verraten – ging, anstatt innen
hinabzusteigen, auf der Höhe entlang, bis sie zu der Stelle
kam, wo das Feuer brannte. Einer der Gründe für die
Beständigkeit des Feuers wurde nun ersichtlich: das
Brennmaterial bestand aus Scheiten von festem, gespalte-
nem und zersägtem Holz, das von den knorrigen Stäm-
men alter Dornbüsche stammte, die in Zweier- und Drei-
ergruppen in der Gegend wuchsen. Ein unangetasteter
Stapel davon lag im inneren Winkel der Böschungen, und
aus dieser Ecke schaute von unten ein kleiner Junge zu ihr
hoch. Er warf ab und zu ein Holzscheit gemächlich auf
das Feuer, eine Tätigkeit, die, wie es schien, einen Groß-
teil des Abends in Anspruch genommen hatte, denn er sah
etwas erschöpft aus.

»Ich bin froh, daß Ihr da seid, Miss Eustacia«, sagte er
mit einem Seufzer der Erleichterung. »Ich bin nicht gern
allein.«

»Unsinn. Ich bin nicht weit fortgewesen, es waren nur
zwanzig Minuten.«

»Es kam mir so lang vor«, murmelte der bedauerns-
werte Junge. »Und Ihr wart so oft fort.«

»Und ich hatte gedacht, du würdest an dem Feuer deine Freude haben. Bist du mir denn nicht dankbar, daß ich dir eins angezündet habe?«

»Doch, aber es ist niemand da, mit dem ich spielen kann.«

»Es war wohl niemand da, während ich weg war?«

»Niemand außer Eurem Großvater. Er hat einmal nach Euch hier draußen geschaut. Ich hab ihm gesagt, daß Ihr auf den Berg gegangen seid, um die anderen Feuer anzuschaun.«

»Du bist ein guter Junge.«

»Ich glaub, ich hör ihn wieder kommen, Miss.«

Ein alter Mann kam vom Haus her in den Lichtkreis des Feuers. Es war derselbe, der an diesem Nachmittag den Rötelmann auf der Landstraße überholt hatte. Er betrachtete nachdenklich die Frau oben auf der Böschung, und seine Zähne, die recht gut erhalten waren, schimmerten durch seine geöffneten Lippen wie Marmor aus Paros.[32]

»Wann kommst du ins Haus, Eustacia?« fragte er. »Es ist fast Schlafenszeit. Ich bin schon seit zwei Stunden zu Hause, und ich bin sehr müde. Es ist doch wirklich etwas kindisch von dir, so lange draußen zu bleiben und dich mit Feuermachen zu vergnügen und so viel Brennmaterial zu verschwenden. Meine kostbaren Dornbuschwurzeln, die etwas ganz Besonderes fürs Feuermachen sind und die ich für Weihnachten beiseite gelegt hatte, die hast du schon fast alle verbrannt!«

»Ich hatte Johnny ein Feuer versprochen, und er wollte nicht, daß es jetzt schon zu Ende geht«, sagte Eustacia auf eine Art und Weise, die augenblicklich offenbarte, daß sie hier die unumschränkte Herrscherin war. »Großvater, geh du nur zu Bett. Ich komme bald nach. Du magst doch das Feuer, nicht wahr, Johnny?«

Der Junge schaute unsicher zu ihr empor und murmelte: »Ich glaub', ich will's nicht mehr länger.«

Der Großvater war wieder zurückgegangen und hörte die Antwort des Jungen nicht. Sobald der weißhaarige Mann verschwunden war, sagte sie in unwilligem Ton zu ihm: »Undankbarer kleiner Junge, wie kannst du mir widersprechen! Du bekommst nie wieder ein Feuer, wenn du es jetzt nicht noch weiter schürst. Komm, sag mir, daß du gern etwas für mich tust, und leugne es nicht!«

»Ja, Miss«, sagte das eingeschüchterte Kind und stocherte weiter mechanisch in dem Feuer herum.

»Bleib noch ein wenig länger, dann gebe ich dir auch einen alten Sixpence«, sagte Eustacia in etwas milderem Ton. »Leg alle zwei oder drei Minuten ein Stück Holz nach, aber nicht zuviel auf einmal. Ich gehe noch ein wenig den Berg entlang, aber ich komme zwischendurch immer wieder zu dir zurück. Und wenn du einen Frosch hörst, der wie ein Stein ins Wasser plumpst, dann sag mir sofort Bescheid, denn das bedeutet Regen.«

»Ja, Eustacia.«

»Miss Vye, Sir.«

»Miss Vy-stacia.«

»Ist schon recht. Jetzt leg noch ein Stück Holz nach.« Der kleine Sklave fuhr fort wie zuvor und schürte das Feuer. Er schien ein bloßer Automat zu sein, der nur durch Eustacias launischen Willen angetrieben wurde. Er glich der Messingstatue von Albertus Magnus[33], die jener gerade bis zu dem Punkt belebt haben soll, daß sie plappern, sich bewegen und ihm zu Diensten sein konnte.

Bevor sich das junge Mädchen wieder auf den Weg machte, blieb es für einige Augenblicke auf der Böschung stehen, um zu lauschen. Es war hier genauso einsam wie auf dem Regenhügel, nur befand man sich auf einer geringeren Höhe und war durch die wenigen Tannen gen Norden vor Wind und Wetter besser geschützt. Der Wall, der das Anwesen umgab und es vor dem rechtlosen Zustand der Außenwelt abschirmte, bestand aus dicken, viereckigen Erdklumpen, die man aus dem äußeren Graben draußen ausgehoben hatte. Er hatte eine leichte Neigung und gewährte kaum Deckung, da wegen des Windes und der Wildheit der Natur keine Hecke wachsen wollte und Baumaterial für eine Mauer nicht aufzutreiben war. Im übrigen hatte man eine freie Aussicht und konnte das ganze Tal überblicken bis hin zum Fluß hinter Wildeves Haus. Hoch über allem zur Rechten, viel näher als das Gasthaus »Zur Stillen Frau«, versperrte die verschwommene Kontur des Regenhügels den Blick auf den Himmel.

Nach aufmerksamer Beobachtung der wilden Hänge und tiefen Schluchten entfuhr Eustacia eine Geste der Ungeduld. Sie murmelte hin und wieder ärgerliche Worte vor sich hin, aber sie seufzte auch zwischendurch und hielt inne, um zu lauschen. Schließlich verließ sie ihren Ausguck und schlenderte wieder auf den Regenhügel zu, ging aber diesmal nicht den ganzen Weg.

Zweimal kam sie im Abstand von wenigen Minuten wieder zurück, und jedesmal sagte sie: »Noch kein Plumps in den Teich, kleiner Mann?«

»Nein, Miss Eustacia«, antwortete das Kind.

»Na«, sagte sie schließlich, »dann werde ich ins Haus gehen, um deinen Sixpence zu holen, damit du heimgehen kannst.«

»Dank auch schön, Miss Eustacia«, sagte der müde Feuerschürer und atmete erleichtert auf. Und wieder entfernte sich Eustacia gemächlich vom Feuer. Sie ging auf der Böschung entlang zu der Pforte vor dem Haus, wo sie bewegungslos die Szenerie betrachtete.

Etwa fünfzig Meter entfernt stießen die beiden Böschungen zusammen, und dort, wo das Feuer oben brannte, konnte man innerhalb des Walls die Gestalt des kleinen Jungen erkennen, der genau wie zuvor die Holzscheite nach und nach auf das Feuer hob. Sie beobachtete ihn müßig, wie er gelegentlich an der Seite der Böschung hinaufkletterte und sich neben das Feuer stellte. Der Wind blies in den Rauch, blies in sein Haar, erfaßte den Zipfel seines Schürzchens, und alles flog in der gleichen Richtung. Dann legte sich der Wind, Schürzchen und Haar flatterten nicht mehr, und der Rauch stieg steil in die Höhe.

Während Eustacia ihm aus der Entfernung zusah, erschrak der Junge plötzlich. Er rutschte die Böschung hinab und rannte zur weißen Pforte hinüber.

»Na, was ist?« fragte Eustacia.

»Ein Hüpfefrosch ist ins Wasser gesprungen. Ja, ich hab ihn gehört!«

»Dann fängt es bald an zu regnen, und du solltest lieber nach Hause gehen. Du hast doch keine Angst?« Sie sprach aufgeregt, so als sei ihr das Herz bei den Worten des Jungen in den Hals gesprungen.

»Nein, weil ich ja den Sixpence haben werd'.«

»Ja, hier ist er. Jetzt lauf so schnell du kannst – nicht dort entlang – hier durch den Garten. Kein anderer Junge in der Heide hatte ein so schönes Feuer wie du.«

Der Junge, der ganz offensichtlich des Guten zuviel gehabt hatte, marschierte wohlgemut ins Dunkel davon. Sobald er verschwunden war, eilte Eustacia von der Pforte aus, wo sie Fernrohr und Stundenglas zurückließ, zu der Stelle unterhalb der Böschung, wo oben das Feuer brannte. Hier wartete sie im Schutz des Walls. Gleich darauf hörte man draußen im Teich einen Plumps. Wäre der Junge noch dagewesen, hätte er gesagt, ein zweiter Frosch sei hineingesprungen, aber den meisten Leuten wäre es so vorgekommen, als sei ein Stein ins Wasser gefallen. Eustacia stieg die Böschung hinauf.

»Ja?« sagte sie und hielt den Atem an.

Daraufhin wurden die undeutlichen Umrisse eines Mannes hinter dem Teich gegen den Hintergrund des tiefliegenden Himmels über dem Tal erkennbar. Er kam um den Teich herum, sprang auf die Böschung und blieb neben ihr stehen. Sie lachte leise auf, und dies war die dritte Gefühlsäußerung, die das Mädchen an diesem

Abend gezeigt hatte. Die erste, als sie auf dem Regenhügel stand, hatte Unruhe und Angst ausgedrückt, die zweite, auf der Böschung, Ungeduld, und die dritte bedeutete freudige Genugtuung. Sie ließ ihre Augen beglückt auf ihm ruhen, ohne etwas zu sagen, so als habe sie etwas Wunderbares aus dem Chaos erschaffen.

»Ich bin gekommen«, sagte der Mann, der Wildeve war. »Du gibst keine Ruhe. Warum läßt du mich nicht in Frieden? Ich habe dein Feuer den ganzen Abend über gesehen.« Die Worte waren nicht ohne Gefühl gesprochen und bemühten sich in ihrem Ton, das Gleichgewicht zwischen zwei möglichen Extremen zu bewahren.

Bei dieser unerwartet zurückhaltenden Art ihres Liebhabers schien sich das Mädchen ebenfalls zurückzuhalten. »Natürlich hast du mein Feuer gesehen«, antwortete sie mit gleichgültiger, jedoch gekünstelter Ruhe. »Warum sollte ich am 5. November kein Feuer haben wie die anderen Bewohner der Heide?«

»Ich wußte, daß es mir galt.«

»Wie konntest du das wissen? Ich habe kein Wort mehr mit dir gesprochen, seit du sie erwählt hast und mit ihr gegangen bist und mich ganz und gar verlassen hast, als ob ich dir niemals mit Leib und Seele so unwiderruflich angehört hätte!«

»Eustacia! Denkst du, ich hätte vergessen, daß du im letzten Herbst genau an diesem Tag dieses Monats und an dieser gleichen Stelle ein Feuer angezündet hattest als Zeichen für mich, zu dir zu kommen? Warum hätte beim Haus von Kapitän Vye wieder ein Feuer brennen sollen, wenn nicht aus demselben Grund?«

»Ja, ja, ich gebe es ja zu«, sagte sie mit unterdrücktem Weinen und in einer ihr eigenen trägen Leidenschaftlichkeit. »Sprich nicht wieder so zu mir wie vorhin, Damon. Du bringst mich dazu, Worte zu sagen, die ich nicht zu dir sagen will. Ich hatte dich aufgegeben und beschlossen, nicht mehr an dich zu denken. Dann hörte ich die Neuigkeit, und ich ging hinaus, um das Feuer zu machen, denn ich dachte, du seist mir treu geblieben.«

»Was hast du denn gehört, das dich auf diese Idee gebracht hat?« fragte Wildeve erstaunt.

»Daß du sie nicht geheiratet hast!« flüsterte sie, außer sich vor Freude. »Und ich wußte, daß es so kommen würde, weil du mich lieber magst, und daß du es deshalb nicht tun konntest ... Damon, es war grausam von dir, mich zu verlassen, und ich hatte mir gesagt, daß ich dir niemals vergeben würde. Ich glaube nicht, daß ich dir ganz und gar vergeben kann, selbst jetzt nicht, das ist zuviel verlangt von einer Frau, gleich welchen Gemüts, so etwas einfach zu vergessen.«

»Hätte ich gewußt, daß du mich nur hierhergerufen hast, um mir Vorwürfe zu machen, dann wäre ich nicht gekommen.«

»Aber ich nehme es ja nicht übel, und ich vergebe dir, jetzt, wo du sie nun doch nicht geheiratet hast und zu mir zurückgekommen bist.«

»Wer hat dir gesagt, daß ich sie nicht geheiratet habe?«

»Mein Großvater. Er war heute lange unterwegs, und auf dem Heimweg überholte er jemanden, der ihm von einer abgebrochenen Hochzeit erzählt hat. Er meinte, es handle sich wohl um deine, und ich wußte, daß es deine war.«

»Weiß das sonst noch jemand?«

»Ich glaube nicht. Nun, siehst du jetzt, Damon, warum ich das Feuer angezündet habe? Du hast doch nicht gemeint, ich hätte es angezündet, wenn ich gedacht hätte, du seist der Ehemann dieser Frau geworden. Eine solche Annahme verletzt meinen Stolz.«

Wildeve schwieg; es war offensichtlich, daß es gerade das war, was er angenommen hatte.

»Hast du wirklich gedacht, ich glaubte, du seist verheiratet?« fragte sie nochmals in ernsthaftem Ton. »Dann hast du mir unrecht getan, und ich kann es bei meiner

Seele nicht ertragen, daß du so von mir denkst! Damon,
du bist meiner nicht wert. Ich sehe es, und doch liebe ich
dich. Lassen wir das – ich muß deine schlechte Meinung
über mich ertragen, so gut ich kann. Es stimmt doch,
nicht wahr«, fügte sie mit kaum verhohlener Angst hinzu,
als sie sah, daß er nicht widersprach, »es stimmt doch, daß
du mich nicht aufgeben konntest und mich immer noch
am meisten liebst?«

»Ja, oder wäre ich sonst wohl gekommen?« sagte er
gereizt. »Nicht, daß Treue bei mir eine große Rolle spielte
nach allem, was du freundlicherweise über meine menschlichen Qualitäten gesagt hast, – was allenfalls ich selbst
aussprechen sollte, und was dir nicht gut zu Gesicht steht.
Wie dem auch sei, ich stehe unter dem Fluch, leicht ent-
flammbar zu sein, und damit muß ich leben und jede
Zurechtweisung einer Frau in Kauf nehmen. Durch ihn
bin ich vom Ingenieur zum Gastwirt herabgesunken, und
wie tief ich noch sinken muß, werde ich schon erfahren.«
Er schaute sie weiterhin düster an.

Sie ergriff die Gelegenheit und sagte lächelnd, indem sie
den Schal zurückwarf, so daß der Feuerschein voll auf ihr
Gesicht und ihren Hals fiel: »Hast du auf deinen Reisen je
Besseres als das gesehen?«

Eustacia war nicht jemand, der sich ohne guten Grund
in eine solche Lage begab. Er sagte ruhig: »Nein.«

»Nicht einmal auf Thomasins Schultern?«

»Thomasin ist eine hübsche, unschuldige Frau.«

»Das hat damit nichts zu tun«, brach es leidenschaftlich
aus ihr hervor. »Lassen wir sie aus dem Spiel. Jetzt wollen
wir nur an dich und mich denken.« Nach einem langen
Blick auf ihn fuhr sie in ihrem alten ruhigen und warmen
Tonfall fort: »Muß ich mich denn weiterhin erniedrigen
und Dinge gestehen, die eine Frau für sich behalten sollte?
Muß ich denn schwören, daß Worte nicht ausdrücken
können, wie niedergeschlagen ich von der Vorstellung

war, die ich noch bis vor zwei Stunden hegte – daß du mich einfach verlassen hattest?«

»Es tut mir leid, daß ich dir damit wehgetan habe.«

»Aber vielleicht ist es nicht nur deinetwegen, daß ich mich so niedergeschlagen fühle«, fügte sie schlau hinzu. »Es liegt in meiner Natur, in meinem Blut. Ich glaube, ich bin damit auf die Welt gekommen.«

»Hypochondrie.«

»Oder es ist, seit ich in dieser wilden Heide lebe. Ich habe mich in Budmouth recht wohl gefühlt. Oh, die Zeiten, oh, die Tage in Budmouth! Aber die Egdon-Heide wird sich jetzt wieder von ihrer freundlicheren Seite zeigen.«

»Das hoffe ich«, sagte Wildeve verstimmt. »Weißt du auch, was es bedeutet, daß du mich zurückgerufen hast, mein alter Schatz? Ich werde dich wieder wie früher am Regenhügel treffen.«

»Natürlich wirst du das.«

»Und doch schwöre ich, daß ich, bis ich heute abend hierherkam, fest vorhatte, dich nach diesem einen Abschiedstreffen nie wiederzusehen.«

»Dafür danke ich dir nicht«, sagte sie, während sich Verärgerung wie eine unterschwellige Hitze in ihr ausbreitete. »Du kannst ruhig zum Regenhügel kommen, wann du willst, aber mich wirst du dort nicht treffen, und du kannst rufen, aber ich werde nicht hören, und du kannst versuchen, mich zu verführen, aber ich werde mich dir nicht mehr hingeben.«

»So etwas hast du früher auch schon gesagt, Schatz, aber Naturen wie die deine stehen nicht leicht zu ihrem Wort – davon abgesehen auch nicht Naturen wie die meine.«

»Das habe ich nun davon«, flüsterte sie bitter. »Warum habe ich versucht, dich zurückzuholen? Damon, manchmal bin ich ganz verwirrt. Wenn ich, nachdem du mich verletzt hast, wieder ruhig bin, denke ich: ›Ist er nicht

einfach ein aufgeblasener Taugenichts?‹ Du bist ein Cha-
mäleon, und jetzt zeigst du deine häßlichste Farbe. Geh
nach Hause, oder ich fange an, dich zu hassen.«

Er sah so lange, wie man braucht, um bis zwanzig zu
zählen, abwesend zum Regenhügel hin und sagte, als ob
ihn dies alles nicht weiter bekümmere: »Ja, ich gehe jetzt
nach Hause. Hast du vor, mich wiederzusehen?«

»Wenn du mir schwörst, daß die Hochzeit nicht stattgefunden hat, weil du mich mehr liebst.«

»Das halte ich für keine gute Taktik«, sagte Wildeve
lächelnd. »Du würdest dann das Ausmaß deiner Macht zu
gut kennenlernen.«

»Aber sag es mir!«

»Du weißt es.«

»Wo ist sie jetzt?«

»Ich möchte lieber nicht mit dir über sie sprechen. Ich
habe sie noch nicht geheiratet, und ich bin deinem Ruf
gehorsam gefolgt. Das ist genug.«

»Ich habe das Feuer nur angemacht, weil ich mich lang-
weilte und dachte, ich hätte etwas Abwechslung, wenn ich
dich heraufriefe und über dich triumphierte, so wie die
Hexe von Endor Samuel gerufen hat.[34] Ich beschloß, daß
du kommen solltest, und du bist gekommen. Ich habe
meine Macht erprobt. Anderthalb Meilen hierher und
anderthalb Meilen wieder zurück zu deinem Haus – für
mich drei Meilen im Dunkeln. Habe ich nicht meine
Macht erprobt?«

Er schüttelte den Kopf über sie. »Ich kenne dich zu gut,
meine Eustacia, ich kenne dich zu gut. Es gibt keinen Zug
an dir, den ich nicht kenne. Und dieser heiße Busen
könnte nicht einen so kaltblütigen Trick ausführen, selbst
wenn es um Leben und Tod ginge. Ich sah eine Frau in der
Dämmerung auf dem Regenhügel nach meinem Haus
Ausschau halten. Ich habe dich zuerst angelockt, bevor du
mich angelockt hast.«

Die wiederbelebte Glut einer alten Leidenschaft hatte Wildeve ganz deutlich ergriffen. Er beugte sich vor, als sei er im Begriff, sein Gesicht ihrer Wange zu nähern.

»O nein«, sagte sie und wich widerspenstig auf die andere Seite des niedergebrannten Feuers aus. »Was hattest du im Sinn?«

»Vielleicht darf ich deine Hand küssen?«

»Nein, das darfst du nicht.«

»Dann darf ich deine Hand schütteln?«

»Nein.«

»Dann wünsche ich eine gute Nacht und verzichte auf beides. Auf Wiedersehn, auf Wiedersehn.«

Sie gab keine Antwort, und nachdem er sich wie ein Tanzlehrer verbeugt hatte, verschwand er, wie er gekommen war, auf der anderen Seite des Teiches.

Eustacia seufzte. Es war nicht der zarte Seufzer eines jungen Mädchens, sondern ein Seufzer, der sie wie ein Schüttelfrost überkam. Immer wenn ein Blitz der Vernunft ihren Geliebten wie ein elektrischer Lichtstrahl traf – was manchmal geschah – und seine Unvollkommenheiten bloßlegte, erzitterte sie in dieser Art. Aber es ging im Nu wieder vorbei, und sie liebte ihn wieder. Sie wußte, daß er sein Spiel mit ihr trieb, aber sie konnte nicht aufhören, ihn zu lieben. Sie zerteilte die halbverkohlte Glut, ging sogleich ins Haus und, ohne Licht zu machen, in ihr Schlafzimmer hinauf. Inmitten der Geräusche, die zeigten, daß sie sich im Dunkeln auszog, waren häufig weitere Seufzer zu hören, und das gleiche Schütteln erfaßte gelegentlich ihren Körper, auch als sie nach zehn Minuten auf ihrem Bett eingeschlafen war.

Kapitel 7

Königin der Nacht

Eustacia Vye war aus dem Rohmaterial, aus dem Göttinnen gemacht sind. Ein wenig hergerichtet, hätte sie durchaus auf den Olymp gepaßt. Sie hatte die Leidenschaften
und Instinkte, die das Urbild einer Göttin ausmachen, das
heißt, Eigenschaften, die nicht unbedingt die einer idealen
Frau sind. Wäre es möglich gewesen, die Erde und die
Menschheit für eine Weile in ihre Hände zu geben, hätte
sie den Spinnrocken, die Spindel und die Schere nach
ihrem eigenen Willen gehandhabt, so hätten nur wenige
auf der Welt den Machtwechsel bemerkt. Es hätte dieselbe
Ungleichheit der Schicksale, dieselbe Begünstigung hier,
dieselbe Schmach dort, dieselbe Großzügigkeit der Gerechtigkeit gegenüber, dieselben ewigen Dilemmas, dieselben Wechsel zwischen Liebkosung und Schlägen gegeben, wie wir sie auch jetzt ertragen.

Sie war kräftig gebaut und etwas füllig; ihre Haut war
weder gerötet noch blaß, und sie fühlte sich zart wie eine
Wolke an. Wenn man ihr Haar sah, mußte man denken,
ein ganzer Winter könne nicht genug Dunkelheit enthalten, um den Ton ihrer Haare zu treffen. Sie fielen über
ihre Stirn, wie die Nacht über den Abendschein fällt.

Ihre Nerven reichten bis zu diesen Locken, und sie
konnte immer dadurch beruhigt werden, daß man sie
streichelte. Wenn ihr Haar gebürstet wurde, versank sie
jedesmal in Bewegungslosigkeit und glich dann einer
Sphinx. Wenn sie an einer der Böschungen auf Egdon
entlangging und sich ihre Strähnen, wie das manchmal
geschah, in einem struppigen Zweig des großen Ulex
europaeus[35] verfingen (er wirkte wie eine Art Haarbürste), dann ging sie einige Schritte zurück, um noch einmal
daran vorbeizugehen.

Sie hatte heidnische Augen voll nächtlicher Rätselhaftigkeit, und deren Leuchten, das kam und ging, wurde teilweise durch schwere Lider und dichte Wimpern verdeckt; letztere waren besonders beim unteren Lid viel dichter, als dies sonst bei englischen Frauen der Fall ist. Dies ermöglichte ihr, sich Tagträumen hinzugeben, ohne daß es besonders auffiel. Man konnte sich vorstellen, daß sie in der Lage war zu schlafen, ohne die Augen zu schließen. Angenommen, die Seelen von Männern und Frauen seien von einer sichtbaren Substanz, so müßte man sich Eustacias Seele feuerfarben vorstellen. Die Funken, die aus ihren dunklen Pupillen hervorsprühten, bestätigten diese Vorstellung.

Der Mund schien weniger zum Sprechen geschaffen zu sein, als zum Beben, weniger zum Beben, als zum Küssen. Manche hätten wohl hinzugefügt, weniger zum Küssen als zum Schmollen. Von der Seite gesehen formten ihre geschlossenen Lippen mit fast geometrischer Präzision eine Kurve, die in der bildenden Kunst unter der Bezeichnung »Cima recta« oder S-Bogen bekannt ist. Solch eine geschwungene Linie auf der Egdon-Heide vorzufinden, kam einer Erscheinung gleich. Man spürte sofort, daß dieser Mund nicht aus Schleswig[36] mit einer Horde sächsischer Plünderer herübergekommen war, deren Lippen wie die zwei Hälften eines Brötchens aufeinanderpaßten. Man stellte sich vielmehr vor, daß solche Lippenformen eher als Fragmente einer vergessenen Marmorstatue im Süden unter der Erde verborgen seien. Die Linienführung ihrer Lippen war so edel, daß trotz ihrer Fülle die Mundwinkel so fein wie Speerspitzen geschnitten schienen. Die Kühnheit der Linienführung wurde nur dann vergröbert, wenn ein plötzlicher Anfall von Schwermut über sie kam – eine Schattenseite der Empfindsamkeit, welche sie für ihr Alter zu gut kannte.

Ihre Gegenwart weckte Erinnerungen an Dinge wie Bourbonen-Rosen, Rubine und tropische Nächte, ihre

Stimmungen riefen Lotophagen[37] und den Marsch aus
Athalie[38] ins Gedächtnis, ihre Bewegungen glichen Ebbe
und Flut des Meeres, und ihre Stimme klang wie eine
Viola. Im Dämmerlicht und mit etwas veränderter Haar-
tracht hätte sie für jede der höheren weiblichen Göttinnen
gelten können. Den Neumond im Hintergrund, einen
alten Helm auf dem Kopf und ein Diadem von Tautropfen
hier und da um ihre Stirn wären Attribute gewesen, die
genügt hätten, entweder Artemis, Athene oder Hera in ihr
zu sehen, und dies in einer Annäherung an die Antike, wie
sie auf manch geachteter Leinwand als gelungen aner-
kannt wird.

Aber es hatte sich gezeigt, daß göttlicher Machtan-
spruch, Liebe, Zorn und Leidenschaftlichkeit auf der
gewöhnlichen Heide vergeudet waren. Ihre Macht war
begrenzt, und das Bewußtsein dieser Grenzen hatte ihre
Entwicklung einseitig beeinflußt. Egdon war ihr Hades,
und seit sie dort lebte, hatte sie deren Dunkelheit in sich
aufgenommen, obwohl sie sich innerlich niemals damit
aussöhnen konnte. Ihre Erscheinung stimmte sehr wohl
mit dieser latenten Auflehnung überein, und die über-
schattete Pracht ihrer Schönheit war der eigentliche Ausdruck der traurigen, zurückgedrängten Wärme in ihrem
Innern. Eine wahrhaft tartarische[39] Würde prägte ihr
Antlitz, ungekünstelt und ohne Anzeichen von Zwang,
denn sie war mit den Jahren in ihr gewachsen.

Um ihre Stirn trug sie ein schmales Band aus schwarzem
Samt, das ihre dunkle Haarpracht auf eine Art zurück-
hielt, die durch gelegentliches Beschatten der Stirn viel zu
diesem majestätischen Eindruck beitrug. »Nichts kann
ein schönes Gesicht mehr schmücken als ein um die Stirn
gebundenes schmales Band«, sagt Richter[40]. Einige Mädchen der Gegend trugen aus demselben Grund farbige
Bänder und verspielten Metallschmuck. Hätte man jedoch Eustacia Vye dies vorgeschlagen, so hätte sie gelacht
und wäre weitergegangen.

Warum lebte eine solche Frau in der Egdon-Heide? Budmouth, zu jener Zeit ein beliebtes Seebad, war ihr Geburtsort. Sie war die Tochter des Kapellmeisters eines Regiments, das dort stationiert war – ein aus Korfu stammender fähiger Musiker, der seine zukünftige Frau traf, als diese sich in Begleitung ihres Vaters, einem Mann aus guter Familie, während einer Reise dort aufhielt. Die Heirat war durchaus nicht im Sinne des alten Herrn, denn die Brieftasche des jungen Mannes war genauso leicht wie sein Beruf. Aber der Musiker tat sein Bestes, nahm den Namen seiner Frau an, wurde in England ansässig, sorgte für eine gute Erziehung seiner Tochter (deren Kosten vom Großvater bestritten wurden) und wurde ein bekannter Musiker in der Gegend, bis er sich nach dem Tod seiner Frau zurückzog, zu trinken anfing und ebenfalls starb. Das Mädchen war der Obhut des Großvaters überlassen, der, seit er drei seiner Rippen bei einem Schiffsunglück gebrochen hatte, in diesem luftigen Nest auf Egdon lebte, ein Platz, für den er sich begeistert hatte, einmal, weil das Haus für wenig Geld zu haben war, und weil zwischen den Hügeln am Horizont in der Ferne von der Haustüre aus eine blaue Tönung zu sehen war, von der man traditionsgemäß glaubte, dies sei der Ärmelkanal. Sie war unglücklich über die Veränderung und fühlte sich wie eine Verbannte, aber sie war gezwungen, sich zu fügen.

So kam es, daß sich in Eustacias Kopf eine Ansammlung der seltsamsten Ideen gegenüberstanden, von der alten und von der neuen Zeit. Es gab keine Mittellinie in ihrer Perspektive. Romantische Erinnerungen an sonnige Nachmittage auf einer Esplanade mit Militärkapellen, Offizieren und Galanen standen wie vergoldete Buchstaben auf der dunklen Gedenktafel der sie umgebenden Egdon-Heide. Jeden bizarren Effekt, der aus einer zufälligen Verquickung vom Glanz des Badeorts und der großartigen Feierlichkeit der Heide entstehen mochte, konnte man in ihr finden. Da sie jetzt nichts vom menschlichen

Leben und Treiben sah, war die Vorstellung von dem, was sie einst gesehen hatte, um so intensiver.

Woher rührte ihre Würde? Von einer verborgenen Linie aus dem Geschlecht des Alcinus, ihres Vaters, der von der phäakischen Insel stammte[41] – oder von Fitzalan und De Vere[42], da ihr Großvater mütterlicherseits vielleicht eine Cousine aus dem Adelsstande hatte? Vielleicht war es ein Himmelsgeschenk, ein glückliches Zusammentreffen von Naturgesetzen. Außerdem hatte mangelnde Gelegenheit in den letzten Jahren sie davor bewahrt, unwürdig zu leben; denn sie lebte einsam. Abgeschiedenheit in einer Heidelandschaft macht Gewöhnlichkeit fast unmöglich. Genauso wenig wie Ponys, Fledermäuse und Schlangen konnte sie gewöhnlich sein. Ein beengtes Leben in Budmouth hätte sie wohl völlig verdorben.

Die einzige Möglichkeit, wie eine Königin zu erscheinen, ohne über einen Hofstaat und über untertänige Seelen zu gebieten, war, sich so zu gebärden, als ob man sie verloren habe. Und Eustacia verstand dies meisterhaft. Im Haus des Kapitäns konnte sie das Gefühl von Herrschaftshäusern vermitteln, die sie selbst nie gesehen hatte. Vielleicht kam dies daher, daß sie oft ein anderes, noch größeres herrschaftliches Haus besuchte, die freie Natur. Dem sommerlichen Zustand ihrer Umgebung ähnlich, war sie die Verkörperung des Ausdrucks »einer belebten Einsamkeit«: obgleich sie teilnahmslos, leer und ruhig erschien, war sie in Wirklichkeit doch beschäftigt und ausgefüllt.

Bis zum Wahnsinn geliebt zu werden – das war ihr größtes Verlangen. Liebe war für sie das einzige Labsal, das die verzehrende Einsamkeit ihrer Tage vertreiben konnte. Und sie schien sich mehr nach einer abstrakten, sogenannten leidenschaftlichen Liebe zu sehnen als nach einem bestimmten Geliebten.

Sie konnte manchmal äußerst vorwurfsvoll aussehen, aber dies richtete sich weniger gegen menschliche Wesen

als vielmehr gegen bestimmte Vorstellungen in ihrem
Kopf, von denen die Hauptfigur »Schicksal« hieß, durch
dessen Wirken es ihrer Meinung nach geschah, daß Liebe
sich nur mit vergänglicher Jugend verbindet – daß jede
Liebe, die sie gewinnen mochte, gleich dem Sand im
Stundenglas verrinnen würde. Sie wurde sich in wachsendem Maße dieser Grausamkeit bewußt, was sie dazu
geneigt machte, Taten von schonungsloser Ungewöhn-
lichkeit zu vollbringen, welche dazu dienen sollten, sich
Leidenschaft für ein Jahr, eine Woche, selbst für eine
Stunde zu erhaschen, wo immer sie zu finden war. Wegen
ihres Verlangens danach hatte sie gesungen, ohne fröhlich
zu sein, hatte sie etwas besessen, ohne sich daran zu
freuen, hatte sie andere überstrahlt, ohne zu triumphieren. Ihre Einsamkeit verstärkte ihr Verlangen. In der
Egdon-Heide mußten selbst kälteste und niedrigste Küsse
mit Hungersnotpreisen bezahlt werden. Und wo war ein
Mund, der für den ihren geschaffen war?

Treue in der Liebe um der Treue willen war für sie
weniger wichtig als für die meisten Frauen; Treue um der
Leidenschaft willen um so mehr. Ein leidenschaftliches
Feuer und danach ein Erlöschen war für sie besser als
immer der gleiche Laternenschein, der lange Jahre währen
mochte. Auf diesem Gebiet wußte sie durch Voraussicht,
was die meisten Frauen nur durch Erfahrung lernen. Im
Geiste hatte sie die Liebe durchwandert, kannte ihre
Höhen, hatte ihre Paläste eingehend betrachtet; sie kam so
zu dem Schluß, daß Liebe ein trauriges Vergnügen sei.
Und doch verlangte es sie danach, wie ein Dürstender in
der Wüste auch für brackiges Wasser dankbar ist.

Immer wieder sagte sie ihre Gebete auf; nicht zu bestimmten Zeiten, sondern wie schlichte Gläubige immer
dann, wenn ihr zum Beten zumute war. Ihr Gebet kam
spontan und lautete oft so: »O befreie mein Herz von
dieser schrecklichen Trübsal und der Einsamkeit. Sende

mir die große Liebe von irgendwoher, sonst gehe ich zugrunde.«

Die von ihr vergötterten Helden waren Wilhelm der
Eroberer, Strafford[43] und Napoleon Bonaparte; sie kann-
te sie aus dem Buch »Lady's History«, das man in dem
Erziehungsinstitut benutzte, welches sie besucht hatte.
Wäre sie eine Mutter gewesen, hätte sie ihre Söhne lieber
Saul oder Sisera[44] genannt als zum Beispiel Jakob oder
David, da sie für keinen von beiden Bewunderung übrig
hatte. In der Schule hatte sie bei Diskussionen immer die
Partei der Philister ergriffen und sich gefragt, ob Pontius
Pilatus genau so gut aussehend wie ehrlich und fair gewe-
sen . . .

Sie war somit wahrhaftig ein Mädchen von einiger
Keckheit und im Vergleich zu den Hinterwäldlern, unter
denen sie lebte, sehr eigenständig. Die Wurzeln zu dieser
Einstellung lagen in der instinktiven Neigung zum Non-
konformismus. Was Feiertage anging, so empfand sie die
gleiche Freude, wie Pferde sie empfinden, die mit Vergnügen, während sie selbst grasen, ihresgleichen auf der
Landstraße bei der Arbeit zuschauen. Sie selbst konnte ein
Ausruhen nur genießen, wenn Leute um sie herum arbei-
teten. Daher haßte sie die Sonntage, wenn alles ruhte, und
sie sagte oft, sie seien ihr Tod. Die Heideleute in ihrem
Sonntagsstaat zu sehen, die Hände in den Hosentaschen,
mit frisch geölten Stiefeln, die nicht zugeschnürt waren
(ein besonderes Zeichen für den Sonntag), zu sehen, wie
sie untätig auf den Wiesen und zwischen den Ginsterbü-
schen einhergingen, die sie während der Woche geschnitten hatten, wie sie kritisch dagegen traten, so als sei ihnen
ihr Zweck unbekannt, das alles war beängstigend für sie
und drückte sie nieder. Um der Langeweile dieses unge-
liebten Tages zu entgehen, räumte sie dann Schränke auf,
in denen sich ihres Großvaters alte Seekarten und anderer
Plunder befanden und summte dazu Lieder, zu denen die
Leute am Samstagabend tanzten. An den Samstagabenden

hingegen sang sie oft einen Psalm, und sie las die Bibel nur an Wochentagen, um von jeglichem Pflichtgefühl frei zu sein.

Diese Lebenseinstellung war bis zu einem gewissen Grad die natürliche Auswirkung ihrer Lebensumstände auf ihr Wesen. In der Heide zu leben, ohne deren Charakter zu erforschen, war wie die Ehe mit einem Fremden, dessen Sprache man nicht lernt. Die verborgenen Schönheiten der Heide sah Eustacia nicht, sie nahm nur ihre Melancholie wahr. Eine Umgebung, die aus einer zufriedenen Frau eine Dichterin, aus einer leidenden Frau eine demütige, aus einer frommen eine Psalmensängerin und selbst aus einer leichtsinnigen Frau eine nachdenkliche gemacht haben würde, sie machte eine aufbegehrende Frau düster.

Eustacia hatte den Gedanken an eine Ehe von unaussprechlichem Glanz aufgegeben. Dennoch lag ihr trotz ihrer starken Gefühle nichts an einer weniger glanzvollen Verbindung. So sehen wir sie in einer seltsamen Isolation. Das gottähnliche Überlegenheitsgefühl, alles tun zu können, was man möchte, verloren zu haben, und gleichzeitig nicht die einfache Freude entwickelt zu haben, das zu tun, was man tun kann, das zeigt vornehme Charakterstärke, die man, abstrakt gesehen, nicht verurteilen kann; denn sie zeugt von einem Geist, der Kompromisse ablehnt. Aber was für die Philosophie gilt, das kann für das Gemeinwesen gefährlich werden. In einer Welt, wo Tun Heiraten bedeutet und die Gemeinschaft eine solche von Herz und Hand ist, da stellt sich die gleiche Gefahr ein.

Und so sehen wir unsere Eustacia – denn mitunter war sie ja auch durchaus liebenswert – zu dem aufgeklärten Standpunkt gelangen, daß nichts in der Welt lohnend sei, wobei sie ihre leeren Tage damit ausfüllte, in Ermangelung eines besseren Objekts Wildeve zu idealisieren. Dies war der einzige Grund für seinen Erfolg bei ihr, wie sie selbst wohl wußte. Für Augenblicke rebellierte ihr Stolz gegen ihre Leidenschaft für ihn, und sie hatte sich mitunter sogar danach gesehnt, frei zu sein. Aber es gab nur einen Umstand, der ihn hätte entthronen können, und das war das Erscheinen eines würdigeren Mannes.

Im übrigen litt sie oft unter Depressionen und machte lange Spaziergänge, um sich davon zu erholen, wobei sie des Großvaters Fernrohr und das Stundenglas ihrer Großmutter mit sich trug; letzteres, weil sie ein eigentümliches Vergnügen dabei empfand, das langsame Verrinnen der Zeit stofflich greifbar verfolgen zu können. Sie intrigierte selten, doch wenn sie es tat, dann eher in der umfassenden Strategie eines Generals als mit den kleinen Kunstgriffen, die man als weiblich bezeichnet, wenngleich sie auch Orakelsprüche von delphischer Zweideutigkeit äußern konnte, wenn sie nicht offen sein wollte. Im Himmel wird sie wahrscheinlich zwischen Gestalten wie Héloïse[45] und Kleopatra sitzen.

Kapitel 8

Jene, die dort zu finden sind, wo niemand erwartet wird

Sobald der kleine Junge das Feuer verlassen hatte, nahm er das Geldstück fest in seine Faust, gleichsam um seinen Mut zu stärken, und fing an zu laufen. Tatsächlich war es recht ungefährlich, in diesem Teil der Heide ein Kind allein nach Hause gehen zu lassen. Das Haus, in dem der Junge wohnte, war nicht mehr als drei Achtel einer Meile entfernt. Sein Elternhaus, und ein anderes einige Meter weiter, bildeten einen kleinen Teil der Ortschaft Mistover Knap. Das dritte noch verbleibende Haus war das von Kapitän Vye und Eustacia. Es stand ziemlich weit entfernt von den beiden anderen und war das abgelegenste der einsamen Häuser dieser wenig besiedelten Gegend.

Er rannte, bis er außer Atem war, dann ging er schließlich mit etwas mehr Mut gemächlich weiter und sang dabei mit tiefer Stimme ein kleines Lied von einem Seemannsjungen, einem blonden Mädchen und einem Versprechen von glänzendem Gold. Mittendrin hielt der Junge plötzlich inne: aus einer Senke des Berges vor ihm schien Licht, und von dort kamen eine Staubwolke und lautes Peitschenknallen.

Nur dieser ungewohnte Anblick und die ungewohnten Geräusche konnten den Jungen erschrecken; die schwache Stimme der Heide machte ihm keine Angst, daran war er gewöhnt. Die Dornbuschhecken, die auf seinem Weg von Zeit zu Zeit vor ihm auftauchten, waren ihm jedoch weniger geheuer, denn sie pfiffen gespenstisch und hatten die grausige Eigenschaft, nach Eintritt der Dunkelheit die Gestalt von umhertanzenden Irren, übermächtigen Riesen oder schrecklich anzusehenden Krüppeln anzunehmen. Lichter waren an diesem Abend nichts Ungewöhnliches, aber sie alle unterschieden sich von diesem hier. Mehr aus Vorsicht als aus Angst kehrte der Junge mit dem Vorsatz um, Miss Vye zu bitten, ihn von ihrem Hausmädchen nach Hause bringen zu lassen.

Als der Junge wieder zum oberen Ende des Tales emporgestiegen war, sah er, daß das Feuer auf der Böschung immer noch, wenn auch weniger stark, brannte. Neben dem Feuer sah er statt Eustacias einzelner Gestalt zwei Personen, von denen die zweite ein Mann war. Der Junge kroch die Böschung entlang, um anhand der Art der Vorgänge festzustellen, ob es ratsam sei, ein so wundervolles Geschöpf wie Eustacia mit seinem unbedeutenden Problem zu behelligen.

Nachdem er einige Minuten dem Gespräch zugehört hatte, kehrte er verwirrt und voller Zweifel um und entfernte sich so leise, wie er gekommen war. Es war offenkundig, daß er es insgesamt nicht für angezeigt gehalten hatte, ihre Unterhaltung mit Wildeve zu unterbrechen, ohne darauf gefaßt sein zu müssen, das ganze Ausmaß ihrer Verstimmung auf sich zu nehmen.

Dies war für einen armen Jungen eine Skylla- und Charybdis-Situation[46]. Nachdem er in sicherer Entfernung wieder haltgemacht hatte, entschied er sich für das kleinere Übel, nämlich, dem seltsamen Phänomen gegenüberzutreten. Mit einem tiefen Seufzer stieg er den Hang hinunter und begab sich auf den Weg, den er schon einmal gegangen war.

Das Licht war erloschen und die Staubwolke verschwunden – für immer, wie er hoffte. Er marschierte mutig entschlossen weiter und fand nichts, was ihn beunruhigt hätte, bis er, nur wenige Schritte von der Sandgrube entfernt, ein leises Geräusch hörte, das ihn zum Anhalten veranlaßte. Er brauchte nur einen Augenblick, um zu erkennen, daß das Geräusch von dem stetigen Grasen zweier Tiere herrührte.

»Das sind ja zwei Heideponys«, sagte er laut, »ich hab noch nie welche so weit hier unten gesehen.«

Die Tiere waren genau vor ihm auf seinem Weg, aber das Kind machte sich nichts daraus; es hatte von klein auf auf den Weideplätzen von Pferden herumgetollt. Beim Näherkommen wunderte sich der Junge jedoch etwas, daß die kleinen Geschöpfe nicht davonliefen. Er sah dann, daß jedes von ihnen an einem Holzklotz angepflockt war, der sie am Weglaufen hinderte. Das bedeutete, daß sie gezähmt waren. Er konnte jetzt in das Innere der Grube blicken, welche, da sie in den Berg hineinführte, den Eingang zu ebener Erde hatte. Im hintersten Teil der Grube waren die kantigen Umrisse eines Wagens zu erkennen, dessen Rückseite ihm zugekehrt war. Von innen her kam Licht, welches an der hinteren Seite der Grube einen beweglichen Schatten auf die steile Kieswand warf, der das Gefährt zugekehrt war.

Das Kind nahm an, es handele sich um einen Zigeuner-
wagen, und seine Furcht vor diesem fahrenden Volk
erzeugte in ihm lediglich jenen Grad von Erregung, der
eher einen Nervenkitzel als Angst hervorrief. Nur einige
Zoll Lehmmauer bewahrten ihn und seine Familie davor,
selbst Zigeuner zu sein. Er strich in respektvoller Entfernung an der Kiesgrube entlang, stieg den Hang hinauf und
ging auf dem Überhang nach vorn, um in die offene Tür
des Wagens hineinsehen zu können und den Ursprung des
Schattens zu entdecken.

Was er sah, erschreckte den Jungen. Im Innern des
Wagens saß neben einem kleinen Ofen eine Gestalt, die
von Kopf bis Fuß rot war – der Mann, der Thomasins
Freund gewesen war. Er stopfte gerade einen Strumpf, der
wie alles übrige an ihm rot war. Überdies rauchte er beim
Stopfen eine Pfeife, deren Stiel und Kopf ebenfalls rot
waren.

In diesem Augenblick hörte man, wie eines der Heideponys den Pflock von seinem Fuß abschüttelte. Von
dem Geräusch aufgeschreckt, legte der Rötelmann den
Strumpf beiseite. Er zündete eine neben ihm hängende
Laterne an und kam aus dem Wagen heraus. Beim Auf-
stecken der Kerze hob er die Laterne an sein Gesicht, und
das Licht schien in das Weiße seiner Augen und auf seine
elfenbeinfarbenen Zähne. Dieser Kontrast zu der restlichen, glänzlich roten Umgebung gab ihm, zumindest für
einen jugendlichen Betrachter, ein erschreckendes Aussehen. Der Junge wußte zu seiner eigenen Beruhigung nur
zu gut, wen er da gesehen hatte. Es war bekannt, daß
manchmal noch häßlichere Leute als die Zigeuner durch
die Heide zogen, und der Rötelmann war einer von ihnen.

»Wär'es doch nur ein Zigeuner!« murmelte er.

Der Mann kam inzwischen von den Ponys zurück. Aus
Angst, gesehen zu werden, trug der Junge durch eine ner-
vöse Bewegung selbst zu seiner Entdeckung bei. Durch
überhängende Matten von Heidekraut und Torf wurde

der eigentliche Rand der Grube verdeckt; der Junge war über den festen Grund hinausgetreten, das Heidekraut gab nach, und schon rutschte er über die steile Böschung aus grauem Sand dem Mann genau vor die Füße.

Der rote Mann öffnete die Laterne und richtete sie auf die Gestalt des am Boden liegenden Jungen.

»Wer bist du?« fragte er.

»Johnny Nunsuch, Master!«

»Was hast du denn da oben gemacht?«

»Ich weiß es nicht.«

»Hast mich wohl beobachtet?«

»Ja, Master.«

»Weshalb hast du mich beobachtet?«

»Weil ich von Miss Vyes Feuer komme und nach Hause gehe.«

»Hast du dir wehgetan?«

»Nein.«

»Aber doch, deine Hand blutet ja. Komm unter meine Plane, ich verbinde sie dir.«

»Bitte, laßt mich nach meinem Sixpence suchen.«

»Wo hast du den denn her?«

»Miss Vye hat ihn mir gegeben, weil ich ihr Feuer in Gang gehalten hab.«

Der Sixpence fand sich wieder, und der Mann ging zum Wagen, der Junge mit angehaltenem Atem hinterher.

Der Mann nahm ein Stück Leinen aus einem Beutel mit Nähutensilien, riß einen Streifen davon ab – auch er war wie alles andere rot gefärbt – und machte sich ans Verbinden der Wunde.

»Mir wird ein bißchen schwarz vor Augen – kann ich mich bitte setzen, Master?« sagte der Junge.

»Aber sicher, armes Bürschchen. Davon kann man schon schwach werden. Komm, setz dich auf das Bündel hier.«

Der Mann machte den Verband fertig, und der Junge sagte: »Ich glaube, ich muß jetzt nach Hause gehen.«

»Du hast wohl ziemliche Angst vor mir? Weißt du denn, wer ich bin?«

Der Junge musterte die scharlachrote Gestalt voller Unbehagen von oben bis unten und sagte schließlich: »Ja.«

»Ja, wer denn?«

»Der Rötelmann!« stammelte er schließlich.

»Ja, der bin ich. Obwohl, es gibt mehr als einen. Ihr kleinen Kinder denkt immer, es gibt nur einen Kuckuck, einen Fuchs, einen Riesen, einen Teufel und einen Rötelmann, wo es doch eine Menge von uns gibt.«

»Ach wirklich? Und Ihr steckt mich nicht in einen Eurer Säcke, Master? Manchmal macht das der Rötelmann, das sagen die Leute.«

»Unsinn. Alles, was ein Rötelmann tut, ist Rötel verkaufen. Siehst du all die Säcke hinten in meinem Wagen? Die sind nicht mit kleinen Jungen vollgestopft – die sind voll von dem roten Zeug.«

»Seid Ihr als Rötelmann auf die Welt gekommen?«

»Nein, ich bin es geworden. Wenn ich meinen Beruf aufgeben würde, wäre ich wahrscheinlich genauso weiß wie du, das heißt, ich würde erst so langsam, vielleicht nach sechs Monaten, weiß werden. Das dauert so lange, weil es in meine Haut hineingewachsen ist und sich nicht einfach abwaschen läßt. Jetzt hast du aber nie mehr Angst vor dem Rötelmann, was?«

»Nein, nie mehr. Willy Orchard hat gesagt, er hätte hier neulich ein rotes Gespenst gesehen – vielleicht wart Ihr das?«

»Ich war neulich hier.«

»Habt Ihr das staubige Licht gemacht, das ich vorhin gesehen hab?«

»Oh ja, ich hab ein paar Säcke ausgeschüttelt. Warum wollte Miss Vye denn unbedingt ein Feuer, daß sie dir dafür einen Glückspfennig gegeben hat?«

»Ich weiß nicht. Ich war müde, aber ich mußte trotzdem dableiben und auf das Feuer aufpassen, und sie ist derweil auf dem Regenhügel spazierengegangen.«

»Aha, wie lange ging denn das so?«

»Bis ein Frosch in den Teich gehüpft ist.«

Der Rötelmann wurde plötzlich aufmerksam. »Ein Frosch?« fragte er. »In dieser Jahreszeit springen keine Frösche ins Wasser.«

»Doch, doch, ich hab ja einen gehört.«

»Ganz bestimmt?«

»Ja, sie sagte mir vorher, daß ich einen hören würd', und ich hab ihn auch gehört. Die Leute sagen, daß sie schlau und unheimlich ist, vielleicht hat sie einen herbeigezaubert?«

»Und was war dann?«

»Dann kam ich hierher und hab Angst gekriegt und bin wieder zurückgegangen. Aber ich wollte nicht mit ihr sprechen, wegen dem Gentleman, und dann bin ich wieder hierhergekommen.«

»Ein Gentleman, aha! Was hat sie zu ihm gesagt, mein Lieber?«

»Sie hat gesagt, sie denkt, daß er die andere Frau nicht geheiratet hat, weil er seinen alten Schatz am liebsten hätt', und solche Sachen.«

»Was hat der Gentleman zu ihr gesagt, mein Lieber?«

»Er sagte nur, daß er sie am liebsten hätt' und daß er wiederkäm' und sie wieder des Abends am Regenhügel treffen wollte.«

»Ha!« rief der Rötelmann aus und schlug mit der Hand gegen die Seitenwand seines Wagens, so daß die ganze Stoffbespannung unter dem Schlag erzitterte. »Also das steckt dahinter!«

Der kleine Junge sprang von seinem Sitz hoch.

»Hab nur keine Angst, mein Lieber«, sagte der rote Handelsmann und wurde plötzlich ruhig. »Ich hatte vergessen, daß du da bist. Das haben Rötelmänner so an sich:

sie werden für einen Moment völlig verrückt, aber sie tun niemandem etwas. Und was sagte dann die Lady?«

»Ich weiß nicht mehr. Bitte, Master, kann ich jetzt nach Hause gehen?«

»Aber sicher kannst du jetzt gehen. Ich gehe ein Stück des Weges mit dir.«

Er führte den Jungen aus der Kiesgrube heraus und auf den Weg zum Haus seiner Mutter. Als die kleine Gestalt im Dunkel verschwunden war, kehrte der Rötelmann um, nahm seinen alten Platz beim Feuer wieder ein und fuhr mit dem Stopfen fort.

Kapitel 9

Liebe veranlaßt einen scharfsichtigen Mann zur List

Rötelmänner der alten Schule findet man heute nur noch selten. Seit der Einführung der Eisenbahn ist es den Bauern gelungen, ohne diese mephistophelischen Besucher auszukommen, und das rote Pigment, welches in solch großen Mengen von den Schäfern benutzt wird, die ihre Schafe für den Markt herrichten, erhält man auf anderen Wegen. Selbst jene, die bis heute überlebt haben, verlieren viel von der Romantik ihres Daseins, die sie einst besaßen, als es noch zu ihrer Berufsausübung gehörte, regelmäßig zu einer Grube zu fahren, wo das Material ausgegraben wurde, was außer im Winter regelmäßiges Campieren im Freien bedeutete; trotz dieser Nomadenexistenz war ihr Ansehen dadurch gesichert, daß sie immer einen gut gefüllten Beutel hatten.

Rötel verbreitet seine lebhafte Farbe auf allem, womit er in Berührung kommt und stempelt wie mit einem

Kainszeichen unweigerlich jeden, der eine halbe Stunde
damit umgegangen ist.

Zum ersten Mal einen Rötelmann zu sehen war für ein
Kind ein großes Ereignis. Jene blutrote Gestalt war die
Verkörperung aller schrecklichen Träume, die den jungen
Geist seit Beginn seines Vorstellungsvermögens heimge-
sucht hatten. »Der Rötelmann kommt dich holen!«, das
war für viele Generationen die allgemein übliche Drohung
der Mütter in Wessex. Zu Beginn dieses Jahrhunderts
wurde er dann erfolgreich von Napoleon entthront, aber
als im Laufe der Zeit letztere Persönlichkeit schal und
wirkungslos wurde, kam der ältere Ausspruch wieder zu
Ehren. Und nun ist der Rötelmann seinerseits Bonaparte
ins Land der ausgedienten Buhmänner gefolgt, und sein
Platz wird von modernen Erfindungen eingenommen.

Ein Rötelmann lebte wie die Zigeuner, die er jedoch
verachtete. Er verdiente etwa so gut wie die fahrenden
Korb- und Mattenflechter, hatte aber mit ihnen nichts zu
schaffen. Er kam aus einer besseren Familie als Viehtrei-
ber, welche ihm auf seinen Reisen begegneten, aber sie
nickten ihm lediglich zu. Seine Ware war wertvoller als die
der Hausierer, aber jene waren anderer Meinung und
zogen ohne Gruß an seinem Wagen vorüber. Sein Anblick
war durch die Farbe so unnatürlich, daß die Männer vom
Karussell und Wachsmuseum neben ihm wie feine Herren
wirkten. Er aber schaute auf sie herab und hielt sich von
ihnen fern. Der Rötelmann befand sich ständig unter all
den Leuten, die die Straße bevölkerten, und doch war er
nicht einer von ihnen. Sein Beruf trug zu seiner Isolierung
bei, und tatsächlich wurde er auch meist allein gesehen.

Es wurde manchmal vermutet, daß Rötelmänner Ver-
brecher seien, für deren Untaten andere Männer unschul-
dig büßen müßten, daß sie aber, auch wenn sie dem
Gesetz entgangen seien, nicht vor ihrem eigenen Gewissen hätten fliehen können, und deshalb diesen Beruf als
lebenslange Buße ergriffen hätten. Warum sonst hätten sie

ihn wohl gewählt? Im vorliegenden Fall wäre eine solche Frage besonders angebracht gewesen; der Rötelmann, an jenem Nachmittag nach Egdon gekommen, war ein Beispiel dafür, wie ein angenehmes Wesen an eine Existenz verschwendet worden war, zu der auch ein unansehnlicher Grundstock durchaus genügt hätte. Das einzig Abstoßende bei diesem Rötelmann war seine Farbe. Von ihr befreit, hätte er einen ebenso erfreulichen Bauerntyp abgegeben, wie man ihn sonst häufig finden konnte. Ein aufmerksamer Beobachter hätte wohl vermutet – und dies entsprach tatsächlich zum Teil der Wahrheit –, daß er seine eigentliche Stellung im Leben aufgegeben habe, weil er das Interesse daran verloren hatte. Darüber hinaus hätte man nach einem weiteren Blick die Vermutung wagen können, daß einerseits Gutmütigkeit, andererseits aber auch extremer Scharfsinn (ohne an Verschlagenheit zu grenzen) die Haupteigenschaften seines Charakters bildeten.

Während er den Strumpf stopfte, verhärteten sich seine Gesichtszüge, um bald darauf wieder jene besorgte Traurigkeit zu zeigen, die schon an diesem Nachmittag während der Fahrt über die Landstraße auf ihm gelastet hatte. Jetzt hielt er mit der Nadel inne. Er legte den Strumpf beiseite, stand auf und nahm einen Lederbeutel von einem Haken in der Ecke des Wagens. Er enthielt neben anderen Gegenständen ein braunes Päckchen, welches, nach den scharnierähnlichen tiefen Falten zu schließen, schon recht oft geöffnet und wieder geschlossen worden war. Er setzte sich auf einen dreibeinigen Melkschemel, der die einzige Sitzgelegenheit im Wagen darstellte, prüfte das Päckchen im Kerzenschein und entnahm ihm einen alten Brief, den er dann entfaltete. Ursprünglich war der Brief auf weißem Papier geschrieben worden, hatte aber nun aufgrund der besonderen Umstände eine blaßrosa Tönung angenommen. Die schwarzen Federstriche darauf sahen aus wie die Zweige einer Hecke vor einem winter-

lichen, zinnoberroten Sonnenuntergang. Der Brief trug
ein Datum, das etwa zwei Jahre vor dem jetzigen Zeitpunkt lag und war mit »Thomasin Yeobright« unter-
schrieben. Er lautete wie folgt:

Lieber Diggory Venn,

die Frage, die Du mir gestellt hast, als Du mich auf
meinem Weg von Pond-close einholtest, hatte mich
derart überrascht, daß ich fürchte, mich nicht klar genug ausgedrückt zu haben. Natürlich hätte ich, wäre
meine Tante nicht hinzugekommen, alles sofort erklären können, aber so war dazu keine Gelegenheit. Ich
hatte seitdem keine Ruhe, denn Du weißt, daß ich Dir
nicht wehtun will. Doch fürchte ich, daß dies nun
geschieht, wenn ich das widerrufe, was ich neulich zu
sagen schien. Diggory, ich kann Dich nicht heiraten
oder daran denken, Deine Geliebte zu werden. Ich
könnte es wirklich nicht, Diggory. Ich hoffe, Du
nimmst mir nicht übel, daß ich das sage, und fühlst
Dich nicht verletzt. Es macht mich sehr traurig zu
denken, daß es so wäre, denn ich mag Dich sehr und
schätze Dich genauso wie meinen Cousin Clym. Es
gibt so viele Gründe gegen eine Heirat, daß ich sie
kaum alle in einem Brief nennen kann. Ich war nicht
im geringsten darauf gefaßt, daß Du über so etwas mit
mir sprechen wolltest, als Du mir gefolgt bist, denn ich
hatte niemals an Dich als einen Liebhaber gedacht.
Bitte verdamme mich nicht dafür, daß ich lachte, als
Du darüber sprachst. Wenn Du glaubst, ich hätte Dich
ausgelacht, dann hast Du Dich geirrt. Ich lachte, weil
der Gedanke so sonderbar war, und nicht über Dich.
Für mich persönlich ist der Hauptgrund der, daß ich
nicht das fühle, was eine Frau empfinden sollte, wenn
sie sich, in der Absicht zu heiraten, mit einem Mann
einläßt. Es stimmt nicht, daß ich, wie Du meinst, einen
anderen im Sinn habe, denn ich ermutige niemanden

und habe das auch in meinem ganzen Leben nie getan.
Ein anderer Grund ist meine Tante. Ich weiß, daß sie
nicht damit einverstanden wäre, selbst wenn ich es
wollte. Sie mag Dich sehr, aber sie würde von mir
erwarten, daß ich etwas höhere Ansprüche stelle als
einen Molkereihändler zu heiraten, zum Beispiel einen
Mann mit einer höheren Berufsausbildung. Ich hoffe,
daß Du Dich nicht gegen mich wendest, weil ich so
offen spreche, aber ich hatte das Gefühl, daß Du versuchen würdest, mich wieder zu treffen, und ich finde,
es wäre besser, wenn wir uns nicht mehr sehen. Ich
werde Dich immer als einen guten Menschen in Erinnerung behalten und wünsche Dir alles Gute in Deinem Leben. Ich schicke Dir diesen Brief durch Jane
Orchards kleine Magd und verbleibe, lieber Diggory
                        Deine treue Freundin,
                        Thomasin Yeobright

An Herrn Venn, Molkereihändler

Seit dieser Brief vor langer Zeit an einem gewissen
Herbstmorgen angekommen war, hatten sich der Rötelmann und Thomasin bis zu diesem Tage nicht mehr
gesehn. In der Zwischenzeit hatte er sich gesellschaftlich
noch weiter von ihr entfernt, indem er den Handel mit
Rötel angefangen hatte. Er befand sich tatsächlich jedoch
immer noch in guten Verhältnissen. Ja, zog man in
Betracht, daß seine Ausgaben nur ein Viertel seines Ein-
kommens ausmachten, so konnte man ihn als einen wohl-
habenden Mann bezeichnen. Verschmähte Liebhaber
haben es an sich, wie Bienen ohne einen Bienenstock
umherzuziehen, und das Geschäft, dem sich Venn aus
Verbitterung verschrieben hatte, paßte in vielerlei Hinsicht zu ihm. Aber seine Wege hatten ihn oft allein seiner
starken Gefühle wegen nach Egdon geführt, obwohl er
jene, die ihn hierher zog, niemals belästigte. In dem Teil

der Heide zu sein, wo Thomasin lebte, ihr, wenn auch
ungesehen, nahe zu sein, das war der einzige Freuden-
quell, der ihm noch geblieben war.

Dann kam es an jenem Tag zu dem Zwischenfall, und
der Rötelmann, der sie immer noch sehr liebte, war froh,
durch Zufall Gelegenheit zu haben, ihr zu diesem kriti-
schen Zeitpunkt seine tätige Hilfe zu Füßen legen zu dürfen. Nach dem was geschehen war, konnte er unmöglich
an Wildeves ehrliche Absichten glauben. Aber offenbar
hatte sie ihre Hoffnungen auf jenen gerichtet, und unter
Hintansetzung seiner eigenen Person war er entschlossen,
ihr auf seine Art zu ihrem Glück zu verhelfen. Daß dieser
Weg im Vergleich zu allen anderen für ihn persönlich der
schmerzlichste war, war mißlich genug, aber der Rötelmann war in seiner Liebe großherzig.

Den ersten Schritt, den er in Thomasins Interesse
plante, unternahm er am nächsten Abend gegen sieben
Uhr, und er wurde von den Neuigkeiten geleitet, die er
von dem armen Jungen erfahren hatte. Venn hatte sogleich, als er von dem heimlichen Treffen erfuhr, vermutet, das Eustacia in irgendeiner Weise der Grund für
Wildeves Nachlässigkeit in bezug auf die Heirat war. Was
er nicht wissen konnte, war, daß das Liebessignal der verlassenen Schönheit an Wildeve durch die Nachricht, die
der Großvater mit nach Hause gebracht hatte, veranlaßt
worden war. Sein Instinkt sagte ihm, daß sie eher eine
Verschwörerin gegen Thomasins Glück sei als ein vor-
maliges Hindernis.

Den ganzen Tag über war er sehr bemüht gewesen,
etwas über Thomasins Zustand in Erfahrung zu bringen;
er gestattete es sich jedoch nicht, über eine ihm fremde
Schwelle zu schreiten, besonders in einem solch unerfreulichen Augenblick wie diesem. Er hatte seine Zeit damit
zugebracht, mit seinen Ponys und seiner Last auf einen
neuen Platz in der Heide umzuziehen, welcher östlich von
seinem bisherigen Standort lag. Hier suchte er sich sach-

kundig einen Unterschlupf aus, der gut vor Regen und
Wind geschützt war, was darauf hinzudeuten schien, daß
er einen ausgedehnteren Aufenthalt im Auge hatte. Darauf ging er einen Teil des Weges, den er gekommen war,
zu Fuß zurück – es war inzwischen dunkel geworden –
und bog nach links ab, bis er hinter einem Stechpalmen-
busch in weniger als zwanzig Metern Entfernung vom
Regenhügel haltmachte.

Dort hielt er nach einem Rendezvous Ausschau, aber er
wartete vergebens. Niemand außer ihm kam an diesem
Abend in die Nähe dieses Orts.

Aber die Vergeblichkeit seiner Bemühungen konnte
dem Rötelmann wenig anhaben. Er hatte in den Schuhen
des Tantalus[47] gestanden, und ein gewisses Quantum an
Enttäuschungen schien ihm das natürliche Vorspiel aller
Geschehnisse zu sein, ohne das eher Befürchtungen am
Platze seien.

Am nächsten Abend fand er sich zur gleichen Stunde
am gleichen Ort wieder ein, aber Eustacia und Wildeve,
deren Treffen er erwartete, erschienen nicht.

Noch vier weitere Abende lang verfuhr er nach demselben Plan, jedoch ohne Ergebnis. Aber am nächsten
Abend, dem Tag, an dem eine Woche zuvor das Treffen
stattgefunden hatte, sah er eine weibliche Gestalt den Berg
entlang herannahen und die Gestalt eines jungen Mannes
vom Tal her den Berg hinaufsteigen. Sie trafen sich in der
dunklen Vertiefung, die das Hünengrab umgab und die
den ursprünglichen Graben darstellte, von wo aus der
Hügel von den alten Briten aufgeworfen worden war.

Der Rötelmann, der ein Unrecht gegen Thomasin vermutete, fühlte sich auf der Stelle zu einer Strategie veranlaßt. Er verließ augenblicklich den Busch und kroch auf
Händen und Füßen vorwärts. Als er gerade so nahe herangekommen war, daß er noch nicht Gefahr laufen mußte,
entdeckt zu werden, merkte er, daß er wegen des Gegen-
windes die beiden, die sich da trafen, nicht hören konnte.

Wie an anderen Stellen der Heide lagen auch in seiner Nähe große Stücke gestochenen Torfs umher, welche, auf der Seite oder umgedreht, auf den Abtransport durch Timothy Fairway warteten, bevor das Winterwetter einsetzen würde. Im Liegen griff er sich zwei Stück davon und zog eines über sich, so daß es Kopf und Schultern bedeckte, und nahm das andere für seinen Rücken und seine Beine. Der Rötelmann wäre auf diese Art selbst bei Tageslicht fast unsichtbar gewesen. Da das Heidekraut nach oben zeigte, sahen die Torfstücke auf seinem Rücken genau so aus, als seien sie gewachsen. Er kroch weiter, und die Torfstücke auf seinem Rücken krochen mit. Wenn er sich ohne Deckung genähert hätte, wäre er in der Dämmerung wohl auch nicht entdeckt worden. Indem er sich aber auf diese Weise näherte, war es, als würde er sich unter der Bodenoberfläche vorwärts graben. So kam er ganz nahe an die Stelle heran, wo die beiden standen.

»Du möchtest, daß ich dir hierzu einen Rat gebe?« klang die kraftvolle Stimme Eustacia Vyes an sein Ohr. »Mich um Rat zu fragen! Es ist eine Beleidigung für mich, wenn du so zu mir sprichst: ich werde es nicht länger dulden!« Sie fing an zu weinen. »Ich habe dich geliebt und dir gezeigt, daß ich dich liebe, was ich jetzt sehr bedauere. Und doch kommst du daher und sagst in dieser herzlosen Art, daß ich dir raten soll, ob es nicht besser sei, Thomasin zu heiraten. Besser - sicher wäre es besser. Heirate sie: sie paßt ihrem Stand nach besser zu dir als ich!«

»Ja, ja, das ist ja alles schön und gut«, sagte Wildeve entschieden, »aber wir müssen die Dinge sehen, wie sie sind. Wieviel Schuld ich auch immer an der Sache habe, jedenfalls ist Thomasins Lage im Moment viel schlimmer als deine. Ich sage dir nur ganz einfach, daß ich in der Klemme sitze.«

»Aber das brauchst du mir nicht zu sagen! Du mußt doch sehen, daß es mich nur quält. Damon, du hast nicht recht gehandelt, du bist in meiner Achtung gesunken. Du warst meiner Zuneigung nicht wert, der Zuneigung einer Lady, die dich liebte, und die einst viel höhere Ansprüche hatte. Aber Thomasin war schuld daran. Sie nahm dich mir weg, und es geschieht ihr recht, wenn sie jetzt leidet. Wo ist sie denn jetzt? Nicht, daß es mich interessierte, jedenfalls nicht mehr, als wo ich jetzt bin. Ach, wenn ich nur tot wäre, was wäre sie dann froh! Wo ist sie, frage ich dich?«

»Thomasin hat sich im Schlafzimmer ihrer Tante eingeschlossen und versteckt sich vor allen«, sagte er gleichgültig.

»Ich glaube, selbst jetzt machst du dir nicht viel aus ihr«, sagte Eustacia, plötzlich freudig erregt. »Sprichst du so kalt über mich bei ihr? Ach, wahrscheinlich tust du das! Warum hast du mich denn überhaupt verlassen? Ich glaube, ich kann dir nie verzeihen, außer unter der Bedingung, daß du auch wieder zurückkommst, wenn du mich verlassen hast, und daß es dir dann leid tut, was du mir angetan hast.«

»Ich möchte dich nie verlassen.«

»Dafür bin ich dir nicht dankbar. Ich würde es nicht schätzen, wenn alles so glatt ginge. Ich glaube, ich mag es, wenn du mich ab und zu ein wenig verläßt. Liebe ist das trübseligste, was es gibt, wenn der Liebhaber ganz ehrlich ist. Oh, es ist eine Schande, so etwas zu sagen, aber es ist wahr!« Sie konnte ein kleines Lachen nicht unterdrücken. »Meine Niedergeschlagenheit fängt schon bei dem Gedanken daran an. Komm du mir nicht mit zahmer Liebe, oder du kannst gehen!«

»Ich wünschte, Tamsie wäre nicht eine so durch und durch gute kleine Frau«, sagte er, »so daß ich dir treu sein könnte, ohne damit eine edle Seele zu verletzen. Schließlich bin ich der Sünder. Ich bin nicht den kleinen Finger von euch beiden wert.«

»Aber du mußt dich ihr nicht nur aus Gerechtigkeitsgefühl opfern«, sagte Eustacia schnell. »Wenn du sie nicht liebst, ist es auf lange Sicht das beste, wenn du sie jetzt verläßt. Das ist immer das beste. Da hast du's, jetzt war ich wieder unweiblich, glaub ich. Immer wenn du gegangen bist, ärgere ich mich über mich selbst wegen der Dinge, die ich sagte.«

Ohne zu antworten, ging Wildeve einige Male zwischen dem Heidekraut auf und ab. Die Pause wurde von dem Singsang eines Dornbuschstumpfs in der Nähe ausgefüllt, durch dessen starre Zweige der Wind wie durch ein Sieb pfiff. Es war, als ob die Nacht mit zusammengebissenen Zähnen Trauerlieder sänge.

Eustacia fuhr in halb traurigem Ton fort: »Seit unserem letzten Treffen ist es mir manchmal so vorgekommen, als sei ich vielleicht gar nicht der Grund dafür, daß du nicht geheiratet hast. Sag es mir, Damon, ich will versuchen, es zu ertragen. Hatte ich in keiner Weise etwas mit der Sache zu tun?«

»Zwingst du mich, es zu sagen?«

»Ja, ich muß es wissen. Ich sehe ein, daß ich nur zu gerne bereit war, an meine eigene Macht zu glauben.«

»Na ja, der unmittelbare Grund lag darin, daß die Heiratserlaubnis in dem Ort nicht gültig war, und bevor ich eine andere bekommen konnte, rannte sie davon. Bis dahin hattest du nichts damit zu tun. Seitdem hat ihre Tante in einem Ton zu mir gesprochen, den ich überhaupt nicht leiden mag.«

»Ja, ja, ich habe nichts damit zu tun – ich habe nichts damit zu tun. Du spielst nur mit mir. Mein Gott, wer bin ich denn eigentlich, Eustacia Vye, daß ich so viel von dir halte!«

»Ach was, sei nicht so theatralisch... Eustacia, wie sind wir doch letztes Jahr durch diese Büsche gestreift, wenn sich die heißen Tage abgekühlt hatten und die Schatten der Hügel uns in den Mulden fast unsichtbar machten!«

Sie verharrte in mürrischem Schweigen und sagte schließlich: »Ja, und wie ich dich immer auslachte, weil du es wagtest, dich an mich heranzumachen! Aber du hast mich seitdem auch reichlich dafür büßen lassen.«

»Ja, du hast mich grausam genug behandelt, bis ich dachte, ich hätte eine bessere als dich gefunden. Ein glücklicher Fund für mich, Eustacia.«

»Meinst du immer noch, du hättest eine bessere gefunden?«

»Manchmal denke ich ja, manchmal nein. Es hält sich so sehr die Waage, daß eine Feder den Ausschlag geben könnte.«

»Aber ist es dir denn gleichgültig, ob ich dich treffe oder nicht?« sagte sie langsam.

»Es ist mir nicht ganz gleichgültig, aber es bringt mich auch nicht aus der Ruhe«, sagte der junge Mann träge. »Nein, all dies ist Vergangenheit. Ich sehe, daß es statt einer einzigen Blume zwei gibt; vielleicht gibt es drei oder vier, oder wer weiß wie viele, die so gut sind wie die erste... was habe ich für ein seltsames Geschick? Wer hätte gedacht, daß mir all das geschehen könnte!«

Sie unterbrach ihn mit unterdrückter Leidenschaftlichkeit, deren Ursprung sowohl Liebe als auch Haß sein konnte: »Liebst du mich jetzt?«

»Wer kann das sagen?«

»Sag es mir, ich muß es wissen!«

»Ich liebe dich, und ich liebe dich nicht«, sagte er mutwillig, »das heißt, ich habe so meine Zeiten und Stimmungen. Einmal bist du mir zu groß, ein andermal zu faul, dann bist du zu melancholisch, ein andermal zu finster, dann wieder ich weiß nicht was, außer – daß du mir nicht mehr die ganze Welt bedeutest, so wie früher, mein Liebes. Aber du bist eine angenehme Bekanntschaft, und es ist nett, mit dir zusammenzusein, und, so wage ich zu sagen, du bist so süß wie eh und je – fast.«

Eustacia blieb stumm und wandte sich von ihm ab, bis sie schließlich in einem Ton unterdrückter Erregung sagte: »Ich möchte jetzt gehen, und zwar in diese Richtung.«

»Hm, es gibt wohl Schlimmeres für mich, als dir zu folgen.«

»Du weißt, daß du nicht anders kannst, du mit all deinen Stimmungen und Sinnesänderungen«, antwortete sie herausfordernd. »Sag, was du willst, versuche, was du willst, halte dich fern von mir, so gut du nur kannst – du wirst mich doch nie vergessen. Du wirst mich dein Leben lang lieben. Du wärst sofort bereit, mich zu heiraten!«

»Das wäre ich!« sagte Wildeve. »Mir sind von Zeit zu Zeit recht eigenartige Gedanken durch den Kopf gegangen. Und daran denke ich jetzt wieder, Eustacia. Du haßt die Heide seit jeher, das weiß ich.«

»Das ist wahr«, murmelte sie düster. »Sie ist mein Kreuz, meine Schmach, und sie wird mein Tod sein!«

»Ich verabscheue sie auch«, sagte er. »Wie der Wind jetzt so klagend um uns herumweht!«

Sie antwortete nicht. Es klang tatsächlich feierlich und eindringlich. Vielfältige Laute drangen an ihr Ohr, und man konnte die nähere Umgebung sozusagen mit den Ohren betrachten. Die im Dunkeln liegende Szenerie sandte akustische Bilder aus. Sie konnten hören, wo die Flächen mit Heidekraut begannen und endeten, wo der Ginster langstielig und hoch stand und wo er erst kürzlich geschnitten worden war, in welcher Richtung die Baumgruppe mit den Tannen stand und wie nah die Senke war, wo die Stechpalmen wuchsen. Denn dieser ganze unterschiedliche Bodenbewuchs hatte ebenso seine eigene Stimme wie seine eigene Form und Farbe.

»Mein Gott, wie verlassen es hier ist!« begann Wildeve wieder. »Was haben wir von malerischen Schluchten und Nebelschleiern, wenn wir sonst nichts zu sehen bekommen? Warum bleiben wir überhaupt hier? Willst du mit mir nach Amerika gehen? Ich habe Verwandte dort in Wisconsin.«

»Das will überlegt sein.«

»Man kann hier anscheinend doch zu nichts kommen, es sei denn, man ist ein Vogel oder ein Landschaftsmaler. Nun, was sagst du?«

»Gib mir Zeit«, sagte sie sanft und nahm seine Hand. »Amerika ist so weit weg. Gehst du noch ein Stück mit mir?«

Mit diesen Worten verließ sie den Fuß des Grabhügels, und Wildeve folgte ihr, so daß der Rötelmann nichts mehr hören konnte.

Er legte die Torfstücke beiseite und stand auf. Die dunklen, sich gegen den Himmel abzeichnenden Gestalten sanken hinab und verschwanden. Sie waren wie zwei Fühler, die die schwerfällige Heide wie eine Schnecke ausgestreckt und wieder eingezogen hatte.

Weniger lebhaft als es einem jungen Mann von vierundzwanzig Jahren angestanden hätte, durchquerte der Rötelmann die Mulde und kam dann zur nächsten, wo sich sein Wagen befand. Seine Seele war verstört und schmerzte, und der Wind, der ihn auf diesem Gang begleitete, trug drohende Laute mit sich fort.

Er bestieg den Wagen, wo noch ein Feuer im Herd brannte. Ohne eine Kerze anzuzünden, setzte er sich sogleich auf den dreibeinigen Schemel und grübelte darüber nach, was er über sein noch immer geliebtes Mädchen gesehen und gehört hatte. Dabei brachte er einen Laut hervor, der weder ein Seufzen noch ein Schluchzen war, jedoch sehr deutlich seiner tiefen Besorgnis Ausdruck verlieh.

»Meine Tamsie«, flüsterte er düster, »was soll geschehen? Ja, ich will diese Eustacia Vye aufsuchen.«

Kapitel 10

Ein verzweifelter Überredungsversuch

Am nächsten Morgen, als die Sonne in jedem anderen Teil
der Heide außer auf der Höhe des Regenhügels noch
kaum wahrzunehmen war und all die kleinen Hügel im
niedrigeren Gelände wie eine Inselgruppe in einer nebligen Ägäis lagen, kam der Rötelmann aus seinem hinter Büschen versteckten Quartier hervor und stieg die
Anhöhe von Mistover Knap hinauf.

Obgleich diese struppigen Hügel so verlassen schienen,
war doch schon manch kühnes, rundes Auge an solch
einem winterlichen Morgen wach, um einen Vorübergehenden zu beobachten. Gefiederte Arten, die andernorts
Aufsehen erregt hätten, hielten sich hier versteckt. Man
konnte hier zum Beispiel eine Trappgans finden, und vor
wenigen Jahren hätte man noch fünfundzwanzig von
ihnen in der Egdon-Heide zählen können. Sumpfweihen
spähten von Wildeves Tal herauf. Ein cremefarbener
Rennvogel war früher oft zu diesem Hügel gekommen,
ein Vogel, der so selten ist, daß man in ganz England nicht
mehr als ein Dutzend beobachtet hat. Aber irgendein
Unmensch ruhte nicht eher, als bis er die arme Kreatur aus
Afrika abgeschossen hatte, und nach diesem Vorfall haben
es cremefarbene Rennvögel nicht mehr für angebracht
gehalten, die Egdon-Heide aufzusuchen.

Ein Wanderer, der wie Venn auf seinem Weg die Gelegenheit hat, solche Besucher zu beobachten, konnte sich
unmittelbar mit Regionen verbunden fühlen, die dem
Menschen normalerweise verschlossen sind. Hier, genau
vor ihm, kam eine Wildente aus der Heimat des Nord-
winds in sein Blickfeld. Das Tier brachte eine Fülle von
Erfahrungen über den Norden mit: Gletscherkatastro-
phen, Schneesturmzeiten, glitzernde Morgenroteffekte,
den Polarstern im Zenit und Franklin[48] darunter – sein

Alltag war voller Wunder. Aber der Vogel schien, wie viele andere Philosophen, beim Anblick des Rötelmanns zu denken, daß ein angenehmer Augenblick in der Gegenwart ein Jahrzehnt von Erinnerungen aufwiege.

Venn ging an ihnen vorüber und näherte sich dem Haus der einsamen Schönen, die hier oben mitten unter ihnen lebte und sie mißachtete. Es war Sonntag, aber da ein Kirchgang, es sei denn anläßlich einer Hochzeit oder einer Beerdigung, die Ausnahme auf Egdon war, machte dies keinen großen Unterschied. Er war fest entschlossen, eine Unterredung mit Eustacia herbeizuführen, ihre Stellung als Thomasins Rivalin entweder diplomatisch oder geradeheraus anzugreifen – was ihn etwas zu offensichtlich als einen Mann von der scharfsinnigen Sorte auswies, dem, vom Clown bis zum König, galante Eigenschaften abgehen. Friedrich der Große, der mit der schönen Erzherzogin Krieg führte oder Napoleon, der der schönen Königin von Preußen Verträge abschlug,[49] sie waren genauso unempfindlich gegen den Unterschied der Geschlechter, wie es der Rötelmann jetzt war, als er auf seine eigene Weise plante, wie man Eustacia verdrängen könnte.

Dem Haus des Kapitäns einen Besuch abzustatten, war für die Bewohner der Heide immer mehr oder weniger ein Wagnis. Obgleich der alte Mann gelegentlich gern plauderte, war seine Stimmung unberechenbar, und niemand konnte sicher sein, wie er im nächsten Moment reagieren würde. Eustacia lebte zurückgezogen und blieb meist für sich. Außer der Tochter eines der Häusler, die im Haus als Magd diente, und einem jungen Burschen, der im Garten und im Stall arbeitete, betrat kaum jemand außer ihnen das Haus. Abgesehen von den Yeobrights waren sie die einzigen vornehmeren Leute im Bezirk, und obgleich sie weit davon entfernt waren, reich zu sein, empfanden sie nicht die Notwendigkeit, Mensch und Tier ein freundliches Gesicht zu zeigen, wozu sich ihre ärmeren Nachbarn verpflichtet fühlten.

Als der Rötelmann den Garten betrat, hielt der alte
Mann mit seinem Fernrohr nach dem blauen Stückchen
Meer am fernen Horizont Ausschau, und die kleinen
Anker auf seinen Knöpfen blitzten in der Sonne. Er
erkannte in Venn seinen Weggenossen wieder, spielte aber
nicht darauf an, sondern sagte nur: »Ah, der Rötelmann –
was führt Euch hierher? Wie wär's mit einem Gläschen
Grog?«

Venn lehnte ab mit der Entschuldigung, es sei noch zu
früh am Morgen, und ließ ihn wissen, daß er etwas mit
Miss Vye zu besprechen habe. Der Kapitän musterte ihn
von der Kappe bis zum Jackett und vom Jackett bis zu den
Hosen und bat ihn schließlich ins Haus. Miss Vye war
noch nicht aufgestanden, und der Rötelmann wartete auf
einer Bank am Küchenfenster. Er ließ seine Hände über
seine gespreizten Beine hängen und seine Kappe in den
Händen baumeln.

»Ich nehme an, die junge Dame ist noch nicht auf?«
sagte er nun zu der Dienstmagd.

»Nein, noch nicht. Damen bekommen zu dieser Tageszeit nie Besuch.«

»Dann gehe ich nach draußen«, sagte Venn. »Wenn
mich sehen möchte, soll sie doch bitte Bescheid sagen
lassen, dann komme ich herein.«

Der Rötelmann verließ das Haus und ging auf dem
angrenzenden Hügel ein wenig hin und her. Eine
beträchtliche Zeit war vergangen, ohne daß man nach ihm
gefragt hätte. Als er schon zu befürchten begann, daß sein
Plan gescheitert sei, sah er auf einmal die Gestalt Eustacias
auf sich zukommen. Ein Gefühl für die Neuartigkeit, dieser eigentümlichen Figur eine Audienz zu gewähren, hatte
genügt, sie zum Verlassen des Hauses zu bewegen.

Nach einem kurzen Blick auf Diggory schien sie zu
spüren, daß dieser Mann in einer ungewöhnlichen Angelegenheit gekommen war und daß er nicht so armselig
war, wie sie sich ihn vorgestellt hatte. Ihr Herannahen

hatte ihn nicht dazu veranlaßt, Verlegenheit zu zeigen, von einem Fuß auf den anderen zu treten oder sich auch nur den geringsten Anschein eines rechten Tölpels zu geben, wie es geschieht, wenn ein solcher einer ungewöhnlichen Frau begegnet. Auf seine Frage, ob sie ihm erlaube, mit ihr zu sprechen, antwortete sie: »Ja, geht nur neben mir her«, und ging weiter.

Bald wurde dem scharfsichtigen Rötelmann klar, daß er klüger daran getan hätte, wenn er entschiedener aufgetreten wäre, und er nahm sich vor, den Fehler bei der nächsten Gelegenheit wiedergutzumachen.

»Ich nehme mir die Freiheit, Miss, mit Ihnen über etwas recht Seltsames zu reden, etwas, was mir über jenen Mann zu Ohren gekommen ist.«

»Ah, was für ein Mann?«

Venn deutete mit seinem Ellbogen in südöstliche Richtung, dorthin, wo das Gasthaus »Zur Stillen Frau« lag.

Eustacia wandte sich ihm rasch zu: »Meint Ihr Mr. Wildeve?«

»Ja, seinetwegen gibt es in einem gewissen Haus Schwierigkeiten, und ich bin gekommen, es Euch wissen zu lassen, weil ich glaube, daß es in Eurer Macht steht, hier zu helfen.«

»Ich? Was sind das denn für Schwierigkeiten?«

»Das ist ziemlich geheim. Es ist möglich, daß er sich nun doch weigert, Thomasin Yeobright zu heiraten.«

Eustacia, obwohl innerlich durch seine Worte tief erregt, war ihrer Rolle in solch einem Drama durchaus gewachsen und antwortete kühl: »Ich möchte mir so etwas nicht anhören, und Ihr könnt nicht von mir erwarten, daß ich mich da einmische.«

»Aber Miss, wollt Ihr nicht wenigstens noch dies eine anhören?«

»Ich kann nicht. Mich interessiert diese Hochzeit nicht, und selbst wenn, könnte ich Mr. Wildeve nicht dazu veranlassen, auf mich zu hören.«

»Meiner Meinung nach seid Ihr die einzige Frau in der
ganzen Heide, die das könnte«, sagte Venn in subtiler
Anspielung. »Die Sache ist so: Mr. Wildeve würde Thomasin sofort heiraten, und alles wäre in Ordnung, wenn
da nicht noch eine andere Frau im Spiel wäre. Diese
andere Frau ist jemand, mit der er sich eingelassen hat und
mit der er sich gelegentlich, soviel ich weiß, in der Heide
trifft. Er wird sie nie heiraten, und trotzdem wird er ihretwegen niemals die Frau heiraten, die ihn von Herzen liebt.
Wenn Ihr nun, Miss, die Ihr soviel Macht über uns
Mannsvolk ausübt, darauf dringen würdet, daß er Eure
junge Nachbarin mit ehrbarer Freundlichkeit behandelt
und die andere Frau aufgibt, würde er das vielleicht tun
und ihr damit eine Menge Unglück ersparen.«

»Ach du meine Güte!« sagte Eustacia, und beim Lachen
öffneten sich ihre Lippen, so daß die Sonne in ihren Mund
wie in eine Tulpe schien und ihm einen ähnlich feuerroten
Schimmer verlieh. »Ihr haltet wirklich zuviel von meinem
Einfluß auf die Männer, Rötelmann. Hätte ich eine solche
Macht, wie Ihr es Euch vorstellt, würde ich geradewegs
hingehen und sie zum Nutzen von jedermann gebrauchen, der je gut zu mir gewesen ist – zu denen, soviel ich
weiß, Thomasin Yeobright nicht unbedingt zählt.«

»Ist es denn möglich, daß Ihr nicht wißt – wie sehr sie
Euch immer geschätzt hat?«

»Davon habe ich nie etwas gehört. Obwohl wir nur
zwei Meilen voneinander entfernt wohnen, war ich in
meinem ganzen Leben nicht ein einziges Mal im Haus
ihrer Tante.«

Der Hochmut, der in ihren Worten so deutlich zutage
trat, zeigte Venn, daß er bislang völlig versagt hatte. Er
seufzte im stillen und befand es für notwendig, sein zweites Argument ins Spiel zu bringen.

»Da gibt es gar keinen Zweifel: Ihr habt die Macht,
einer anderen Frau einen großen Gefallen zu tun, das kann
ich Euch versichern.«

Sie schüttelte den Kopf.

»Eure Anmut ist für Mr. Wildeve Befehl. Sie ist Befehl für alle Männer, die Euch anschauen. Sie sagen: ›Diese liebliche Lady da, wie heißt sie? Wie schön sie ist!‹ Schöner als Thomasin Yeobright«, versicherte der Rötelmann, indem er zu sich selbst sagte: »Gott vergib einem Schurken eine Lüge!« Und sie war wirklich schöner, aber der Rötelmann fand das überhaupt nicht. Eustacias Schönheit war nicht so auffällig, und Venns Auge war ungeübt. In ihren Winterkleidern wirkte sie wie ein Tigerkäfer, der im trüben Licht unauffällig erscheint, bei voller Beleuchtung aber in blendender Herrlichkeit aufleuchtet.

Eustacia konnte nicht umhin, eine Antwort zu geben, obwohl sie sich bewußt war, damit ihre Würde in Gefahr zu bringen. »Es gibt viele Frauen, die hübscher als Thomasin sind, deshalb besagt das nicht viel.«

Der Rötelmann empfing den Hieb und fuhr fort: »Er ist ein Mann, der etwas auf das Aussehen von Frauen gibt, und Ihr könnt ihn um den kleinen Finger wickeln, wenn Ihr es nur wollt.«

»Wenn sie es nicht kann, wo sie so oft mit ihm zusammen ist, wie soll ich es dann können, wo ich hier oben und so weit weg von ihm wohne.«

Der Rötelmann fuhr herum und sah ihr ins Gesicht. »Miss Vye!« sagte er.

»Warum sagt Ihr das so, als ob Ihr an mir zweifelt?« Sie sprach leise, und ihr Atem ging rasch. »Wie kommt Ihr dazu, so mit mir zu sprechen?« fügte sie mit einem gezwungenen, hochmütigen Lächeln hinzu. »Was habt Ihr nur in Eurem Kopf, das Euch veranlaßt, so mit mir zu sprechen?«

»Miss Vye, warum gebt Ihr vor, diesen Mann nicht zu kennen? Ich weiß genau warum. Er steht unter Euch, und deshalb schämt Ihr Euch.«

»Ihr irrt Euch. Was meint Ihr?«

Der Rötelmann hatte beschlossen, mit offenen Karten zu spielen. »Ich war gestern abend am Regenhügel und habe jedes Wort mit angehört«, sagte er. »Die Frau, die zwischen Wildeve und Thomasin steht, seid Ihr selbst.«

Diese Enthüllung brachte sie aus der Fassung, und sie glich in ihrer tiefen Gekränktheit der Frau des Kandaules[50]. Ihre Lippen begannen gegen ihren Willen zu zittern, und sie konnte einen kleinen Aufschrei nicht unterdrücken.

»Ich fühle mich nicht wohl«, sagte sie hastig. »Nein – das ist es nicht – ich bin nicht in der Stimmung, Euch noch weiter zuzuhören. Bitte geht jetzt.«

»Ich muß aber sprechen, Miss Vye, auch wenn ich Euch damit wehtue. Was ich Euch vor Augen führen möchte, ist folgendes: ganz gleich ob sie oder ob Ihr schuld seid, sie ist in einer schlimmeren Lage als Ihr. Wenn Ihr Mr. Wildeve aufgebt, dann ist das für Euch nur von Vorteil, denn wie könntet Ihr ihn heiraten? Sie dagegen kommt nicht so leicht davon; jeder wird ihr die Schuld geben, wenn sie ihn verliert. Deshalb bitte ich Euch, nicht weil sie mehr im Recht ist, sondern weil ihre Lage am schlimmsten ist, ihn ihr zuliebe aufzugeben.«

»Nein, das tue ich nicht, das tue ich nicht!« sagte sie heftig und vergaß dabei völlig, daß sie ihn zuvor wie einen Untergebenen behandelt hatte. »Niemand ist je so behandelt worden! Es ging alles so gut – ich will mich nicht von einer geringeren Frau geschlagen geben. Es ist ja recht freundlich von Euch, hierherzukommen und für sie zu bitten, aber ist sie nicht an all ihrem Unglück selbst schuld? Kann ich denn nicht jemandem nach meiner Wahl gewogen sein, ohne ein paar Häusler um Erlaubnis zu bitten? Sie hat sich zwischen mich und meine Neigung gedrängt, und jetzt, wo sie zu Recht dafür bestraft wird, schickt sie Euch, für sie zu bitten!«

»Aber nein«, sagte Venn nachdrücklich, »sie weiß gar nichts davon. Ich allein bin es, der Euch bittet, ihn aufzugeben. Es wäre besser für sie und euch beide. Die Leute werden darüber klatschen, wenn sie herausfinden, daß eine Frau heimlich einen Mann trifft, der eine andere schlecht behandelt hat.«

»Ich habe sie keinesfalls verletzt: er gehörte mir, bevor er ihr gehörte! Er kam zurück – weil er mich lieber mag!« sagte sie höchst erregt. »Aber ich verliere meine ganze Selbstachtung, indem ich überhaupt mit Euch rede. Worauf habe ich mich da nur eingelassen?«

»Ich kann Geheimnisse für mich behalten«, sagte Venn sanft. »Macht Euch nur keine Sorgen. Ich bin der einzige, der weiß, daß Ihr Euch mit ihm getroffen habt. Ich muß noch etwas sagen, und dann werde ich gehen. Ich hörte, wie Ihr zu ihm gesagt habt, daß Ihr es verabscheut, hier zu leben – daß Egdon ein Gefängnis für Euch sei.«

»Das habe ich gesagt. Die Landschaft hat ihre Schönheiten, das weiß ich ja, aber für mich ist sie ein Gefängnis. Der Mann, von dem Ihr gesprochen habt, ändert nichts an diesem Gefühl, obwohl er hier lebt. Ich hätte ihn mir nicht ausgesucht, wenn jemand Besseres in der Nähe gewesen wäre.«

Der Rötelmann schöpfte neue Hoffnung: nach diesen Worten schien ihm sein dritter Versuch erfolgversprechend. »Da wir uns nun etwas ausgesprochen haben, Miss«, sagte er, »möchte ich Euch einen Vorschlag machen. Da ich mit Rötel handle, bin ich, wie Ihr wißt, viel unterwegs ...«

Sie neigte den Kopf und wandte sich rasch um, so daß ihr Blick auf dem im Dunst liegenden Tal unter ihnen ruhte.

»Und auf meinen Reisen komme ich auch in die Gegend von Budmouth. Nun ist Budmouth ja ein wundervoller Ort – wundervoll – ein großartiges, salzig schimmerndes Meer drängt sich in einer Bucht ins Land hinein, und Tausende von vornehmen Leuten spazieren da herum, Musikkapellen spielen – Offiziere der Marine und der

Armee sind auch darunter –, neun von zehn, die man da trifft, sind verliebt.«

»Ich kenne es«, sagte sie von oben herab, »ich kenne Budmouth besser als Ihr. Ich bin da geboren. Als mein Vater aus dem Ausland kam, wurde er dort Militärmusiker. Ach ja, Budmouth! Ich wollte, ich wäre jetzt dort!«

Der Rötelmann war überrascht zu sehen, wie ein schwaches Feuer bei der rechten Gelegenheit aufflammen konnte. »Wenn Ihr dort wärt«, antwortete er, »würdet Ihr schon nach einer Woche nicht öfter an Wildeve denken als an eines der Heideponys dort unten. Nun, ich könnte Euch dorthin bringen.«

»Wie?« sagte Eustacia mit eindringlicher Neugierde in ihren dunklen Augen.

»Mein Onkel war fünfundzwanzig Jahre lang Verwalter bei einer reichen Witwe, die ein wunderschönes Haus mit Blick auf das Meer besitzt. Diese Dame ist nun alt und schwach, und sie sucht eine junge Gesellschafterin, die ihr vorliest und vorsingt, aber sie findet einfach niemanden nach ihrem Geschmack, obwohl sie in der Zeitung inseriert hat. Sie würde auf Euch fliegen, und mein Onkel könnte alles arrangieren.«

»Ich müßte wahrscheinlich arbeiten?«

»Nein, keine richtige Arbeit. Ihr hättet nur ein wenig zu tun, Dinge wie Lesen und so etwas. Sie würde Euch vor Neujahr nicht brauchen.«

»Ich wußte, daß es mit Arbeit verbunden wäre«, sagte sie und fiel in ihre vorherige Lethargie zurück.

»Ich gebe zu, daß es ein klein wenig zu tun gäbe, nämlich die alte Dame zu unterhalten, aber was müßige Leute Arbeit nennen, wäre für arbeitende Leute ein Kinderspiel. Denkt nur an die Gesellschaft und an das Leben, das Ihr führen würdet, Miss. All die Fröhlichkeit um Euch herum, und der Mann, den Ihr heiraten würdet. Mein Onkel soll nach einer vertrauenswürdigen jungen Frau vom Lande Ausschau halten, da sie keine Stadtmädchen mag.«

»Das heißt doch, daß ich mich anstrengen müßte, sie zufriedenzustellen! Das mache ich nicht! Ach, wenn ich doch, wie es einer Lady zusteht, in einer fröhlichen Stadt wohnen und meine eigenen Wege gehen könnte, um zu tun und zu lassen, was ich will. Ich würde die zweite Hälfte meines Lebens dafür geben, Rötelmann, ja, das würde ich.«

»Helft mir, Thomasin glücklich zu machen, und Ihr werdet die Chance haben«, drängte sie ihr Begleiter.

»Chance! – Das ist keine Chance«, sagte sie stolz. »Was kann mir schon ein armer Mann wie Ihr anbieten, wahrhaftig! Ich gehe ins Haus zurück. Ich habe nichts mehr zu sagen. Brauchen Eure Pferde kein Futter, oder müssen Eure Säcke nicht geflickt werden, oder müßt Ihr keine Käufer für Eure Ware auftreiben, daß Ihr hier so müßig herumstehen könnt?«

Venn sprach kein weiteres Wort mehr. Die Hände auf dem Rücken, wandte er sich ab, damit sie nicht die bittere Enttäuschung auf seinem Gesicht sehen konnte. Die Klarheit ihres Verstandes und die Kraft, die er in diesem einsamen Mädchen gefunden hatte, ließen ihn tatsächlich schon seit den ersten Minuten ihres Zusammenseins an seinem Erfolg zweifeln. Ihre Jugend und die Lage, in der sie sich befand, hatten ihn annehmen lassen, er habe es mit einer Einfalt zu tun, die mit seiner Methode recht leicht zu gewinnen sei. Aber ein System von Überredungskünsten, das vielleicht schwächere kleine Bauernmädchen gewonnen hätte, hatte Eustacia lediglich abgestoßen. In der Regel beflügelte das Wort Budmouth die Phantasie der Heidebewohner. Dieser königliche Hafen, die Wasserstadt, muß in ihren Köpfen auf eine magische und unbeschreibliche Weise ein Spiegelbild Karthagos mit seiner Ansammlung von Häusern gewesen sein, das zugleich den Luxus Tarents und die Gesundheit und Schönheit Bajäs aufwies[51]. Eustacia machte sich kaum weniger übertriebene Vorstellungen von der Stadt, aber sie wollte nicht ihre Unabhängigkeit aufgeben, um dorthin zu kommen.

Als Diggory Venn schon ein ganzes Stück weit gegangen war, lief Eustacia zur Böschung hinüber und schaute zur Sonne hin in das wilde und malerische Tal hinunter, dorthin, wo auch Wildeve wohnte. Der Dunst hatte sich nun so weit nach unten verlagert, daß die Baumkronen und Spitzen der Büsche um sein Haus herum gerade zu erkennen waren. Es sah so aus, als ob sie sich durch ein unendliches, weißes Spinnwebennetz, das sie vor dem Tag verdeckte, hindurchbohrten. Ohne Zweifel gingen ihre Gedanken dorthin, unbestimmt und träumerisch beschäftigten sie sich mit Wildeve als dem einzigen Gegenstand in ihrer Reichweite, der imstande sei, Träume zu erfüllen. Der Mann, der anfangs nur ihrem Vergnügen gedient hatte und der niemals mehr als ein Zeitvertreib für sie geworden wäre, hätte er nicht den Kunstgriff angewandt, sie im rechten Augenblick zu verlassen, diesen Mann begehrte sie nun wieder. Indem seine Liebe zu ihr aufhörte, hatte er die ihre wiederbelebt. Das oberflächliche Gefühl, das sie für ihn gehegt hatte, war, durch Thomasin aufgestaut, in eine Flut verwandelt worden. Früher hatte sie Wildeve oft zum Narren gehalten, aber das war, als ihm noch keine andere ihre Liebe geschenkt hatte. Oft bekommt eine mittelmäßige Sache ihre rechte Würze erst durch eine Prise Ironie.

»Ich werde ihn niemals aufgeben, niemals!« sagte sie leidenschaftlich.

Der Hinweis des Rötelmanns, es könne ein Gerede über sie geben, barg keinen nachhaltigen Schrecken für sie. Sie war von dieser Möglichkeit ebenso wenig eingeschüchtert wie eine Göttin, der es an Hüllen mangelt. Dies lag nicht an einer angeborenen Schamlosigkeit, sondern war durch ihre Zurückgezogenheit bedingt, in der die Macht der öffentlichen Meinung nicht viel Bedeutung

hat. Zenobia in der Wüste[52] hat sich wohl kaum darum
gekümmert, was in Rom über sie geredet wurde. Was
gesellschaftliche Moral anging, so befand sich Eustacia auf
dem Stand der Wilden, obwohl sie in ihrem Gefühlsleben
eine Epikureerin[53] war. Sie war zu den geheimnisvollen
Tiefen der Sinnlichkeit vorgedrungen und hatte doch
kaum die Schwelle zur Konvention überschritten.

Kapitel 11

Die Unaufrichtigkeit einer aufrichtigen Frau

Der Rötelmann hatte Eustacia mit einem entmutigenden
Gefühl im Hinblick auf Thomasins glückliche Zukunft
verlassen. Aber dann kam ihm plötzlich auf dem Weg zu
seinem Wagen, als er die Gestalt Mrs. Yeobrights langsam
auf das Gasthaus »Zur Stillen Frau« zugehen sah, zum
Bewußtsein, daß eine andere Möglichkeit noch nicht aus-
geschöpft war. Er ging zu ihr hinüber und ahnte schon
aufgrund ihres besorgten Gesichtsausdrucks, daß ihr
Gang zu Wildeve demselben Zweck dienen sollte wie der
seine zu Eustacia.

Sie machte auch keinen Hehl daraus, und der Rötelmann sagte zu ihr: »Ihr braucht es erst gar nicht zu versuchen, Mrs. Yeobright.«

»Das denke ich fast auch«, sagte sie, »aber das einzige,
was noch übrig bleibt, ist, ihn unter Druck zu setzen.«

»Ich hätte gern vorher noch etwas gesagt«, sagte Venn
bestimmt. »Mr. Wildeve ist nicht der einzige Mann, der
um Thomasins Hand angehalten hat, und warum sollte
auch nicht ein anderer in Frage kommen? Mrs. Yeobright,
ich wäre glücklich, wenn ich Eure Nichte heiraten
könnte, und ich hätte das in den letzten beiden Jahren

jederzeit gern getan. So, nun ist es heraus. Ich habe es
vorher noch niemals zu jemandem außer zu ihr selbst gesagt.«

Mrs. Yeobright ließ sich nichts anmerken, musterte
aber unwillkürlich die seltsame, doch wohlgeformte Gestalt.

»Aussehen ist nicht alles«, sagte der Rötelmann, der
dennoch den Blick bemerkt hatte. »So mancher Beruf
bringt weniger ein als der meine, und vielleicht bin ich gar
nicht so viel schlechter dran als Wildeve. Niemand ist so
arm wie derjenige, der in seinem Beruf gescheitert ist.
Und falls Euch meine rote Farbe nicht gefällt – ich bin
nicht rot auf die Welt gekommen, müßt Ihr wissen. Ich
habe den Handel nur aus einer Stimmung heraus angefangen, und ich kann mich zu gegebener Zeit auch wieder
etwas anderem zuwenden.«

»Euer Interesse an meiner Nichte ehrt mich, aber ich
fürchte, es gäbe da Schwierigkeiten. Im übrigen ist sie
diesem Mann ergeben.«

»Das ist wahr, sonst hätte ich auch nicht getan, was ich
heute morgen tat.«

»Andernfalls wäre die Sache ganz einfach, und Ihr würdet mich jetzt nicht in sein Haus gehen sehen. Was hat
Thomasin darauf geantwortet, als Ihr ihr Eure Gefühle
gestanden habt?«

»Sie schrieb, daß Ihr etwas gegen mich einzuwenden
hättet, und noch andere Gründe.«

»In gewissem Sinne hatte sie recht, Ihr dürft ihr das
nicht übelnehmen. Ich sage das nur, weil es der Wahrheit
entspricht. Ihr wart sehr freundlich zu ihr, und das werden wir nicht vergessen. Aber da sie selbst nicht Eure Frau
werden wollte, erledigt sich die Sache von selbst, ohne daß
ich noch etwas dazu sagen müßte.«

»Ja, aber zwischen damals und heute ist ein Unterschied, Mrs. Yeobright. Jetzt ist sie unglücklich, und ich
dachte, wenn Ihr mit ihr über mich sprechen würdet, daß

es dann möglich wäre, sie umzustimmen und von diesem Hin und Her, ob sie nun heiraten wird oder nicht, unabhängig zu machen.«

Mrs. Yeobright schüttelte den Kopf. »Thomasin findet, und das meine ich auch, daß sie nun Wildeves Frau werden soll, wenn sie vor aller Welt ohne Makel erscheinen möchte. Wenn sie bald heiraten, wird jeder glauben, daß bei der Heirat tatsächlich nur etwas dazwischen kam. Wenn nicht, dann verdirbt das möglicherweise ihren Ruf, jedenfalls wäre sie blamiert. Kurz gesagt, wenn es auch nur irgend möglich ist, sollten sie jetzt gleich heiraten.«

»Das habe ich bis vor einer halben Stunde auch gedacht. Aber warum sollte es ihr eigentlich schaden, für ein paar Stunden mit ihm in Anglebury gewesen zu sein? Jeder, der sie kennt, wird einen solchen Gedanken als ungerecht empfinden. Ich habe heute morgen versucht, die Heirat mit Wildeve zustande zu bringen – ja, das tat ich – aus dem Gefühl heraus, daß ich es tun sollte, weil sie so sehr von ihm eingenommen ist. Aber ich zweifle jetzt sehr daran, ob ich überhaupt recht hatte. Jedenfalls war es umsonst. Und jetzt biete ich mich selbst an.«

Mrs. Yeobright schien nicht geneigt, die Frage weiterhin zu erörtern. »Ich fürchte, ich muß jetzt gehen«, sagte sie, »ich sehe nicht, was man noch anderes tun könnte.«

Und damit ging sie weiter. Aber obwohl diese Unterhaltung Thomasins Tante nicht von ihrem geplanten Besuch bei Wildeve abgehalten hatte, so beeinflußte sie doch die Art und Weise, in der die folgende Unterhaltung nun geführt wurde, beträchtlich. Sie dankte Gott für die Waffe, die ihr der Rötelmann in die Hand gegeben hatte.

Wildeve war zu Hause, als sie das Gasthaus betrat. Er führte sie schweigend ins Wohnzimmer und schloß die Tür hinter sich. Mrs. Yeobright begann:

»Ich hielt es für meine Pflicht, heute zu Euch zu kommen. Man hat mir inzwischen einen neuen Vorschlag unterbreitet, der mich einigermaßen erstaunt hat und der

Thomasin betrifft, und ich hielt es für richtig, es Euch gegenüber wenigstens zu erwähnen.«

»Ja, worum handelt es sich?« fragte er höflich.

»Es geht dabei natürlich um ihre Zukunft. Vielleicht ist Euch nicht bekannt, daß ein anderer Mann sie sehr gern heiraten würde. Ich habe ihn bisher nicht ermutigt, aber ich kann ihm gerechterweise seine Chancen nicht vorenthalten. Ich möchte Euch nicht drängen, aber ich muß auch ihm und ihr gegenüber fair sein.«

»Wer ist der Mann?« fragte Wildeve erstaunt.

»Jemand, der schon länger in sie verliebt ist als sie in Euch. Er hat sie schon vor zwei Jahren gefragt, ob sie ihn heiraten wolle.«

»Und?«

»Er hat sie neulich wiedergesehen und mich um Erlaubnis gefragt, sie treffen zu dürfen. Sie kann ihn wohl nicht zweimal abweisen.«

»Wie heißt er?«

Mrs. Yeobright antwortete nicht darauf. »Es ist jemand, den Thomasin schätzt, und«, fügte sie hinzu, »jemand, dessen Beständigkeit sie jedenfalls respektiert. Mir scheint, daß sie das, was sie damals abschlug, heute gern annehmen würde. Ihre unangenehme Lage verdrießt sie sehr.«

»Sie hat mir nie von diesem alten Verehrer erzählt.«

»Selbst die sanftesten Frauen sind nicht so unklug, *alle* ihre Karten auf den Tisch zu legen.«

»Ja, wenn sie ihn haben will, dann finde ich, sollte sie ihn nehmen.«

»Das ist leicht gesagt, aber Ihr seht nicht die Schwierigkeit dabei. Er macht sich viel mehr aus ihr als sie aus ihm, und bevor ich irgend etwas dieser Art befürworte, muß ich erst von Euch wissen, daß Ihr nicht eine Vereinbarung stört, die ich in die Wege geleitet habe in der Annahme, daß es so das beste sei. Stellt Euch nur vor, was wäre, wenn sie verlobt sind und alles für eine Hochzeit vorbereitet ist, und Ihr kämt plötzlich dazwischen und würdet Eure alten Rechte geltend machen. Ihr würdet sie wahrscheinlich nicht zurückgewinnen, aber Ihr würdet viel Unheil anrichten.«

»Natürlich würde ich so etwas nicht tun«, sagte Wildeve. «Aber sie sind noch nicht verlobt. Woher wißt Ihr, daß Thomasin zustimmen würde?«

»Das ist eine Frage, die ich mir ebenfalls gestellt habe. Alles in allem spricht vieles dafür, daß sie ihn zu gegebener Zeit erhören wird. Ich bilde mir ein, einigen Einfluß auf sie zu haben. Sie ist fügsam, und ich kann ihn ihr nur auf das Nachdrücklichste empfehlen.«

»Und zur gleichen Zeit mich in ihren Augen herabsetzen.«

»Na ja, Ihr könnt damit rechnen, daß ich Euch nicht empfehlen werde«, sagte sie trocken. »Und wenn dies auch nach einem Schachzug aussieht, so dürft Ihr doch nicht vergessen, wie schwierig die Lage ist, und wie schlecht sie behandelt worden ist. Ihr Wunsch, aus dieser demütigenden Situation herauszukommen, wird mir ebenfalls bei der Zusammenführung des Paares behilflich sein. Und der Stolz einer Frau bringt sehr viel zustande. Man wird ein wenig nachhelfen müssen, sie umzustimmen, aber dazu fühle ich mich imstande, vorausgesetzt, daß Ihr dieser einen Bedingung zustimmt, nämlich, daß Ihr ausdrücklich erklärt, daß sie Euch nicht mehr als ihren zukünftigen Ehemann betrachten soll. Das wird sie dazu veranlassen, ihm zuzusagen.«

»Ich kann das kaum in diesem Moment sagen, Mrs. Yeobright. Das kommt so plötzlich.«

»Damit durchkreuzt Ihr meinen ganzen Plan! Es ist sehr unschicklich, daß Ihr es ablehnt, unserer Familie wenigstens diesen kleinen Gefallen zu tun, ausdrücklich zu sagen, daß Ihr nichts mit uns zu tun haben wollt.«

Wildeve dachte voller Unbehagen nach. »Ich muß gestehen, daß ich darauf nicht vorbereitet war«, sagte er.

»Wenn Ihr es so wollt, gebe ich sie natürlich auf, falls es
notwendig ist. Aber ich dachte doch, daß ich ihr Ehemann
werden würde.«

»Das haben wir schon einmal gehört.«

»Nun, Mrs. Yeobright, wir wollen doch nicht streiten.
Gebt mir eine angemessene Bedenkzeit. Ich möchte nicht
im Wege stehen, wenn sich etwas Besseres für sie ergeben
sollte. Ich wünschte nur, Ihr hättet mich das früher wissen
lassen. Ich werde Euch in ein bis zwei Tagen schreiben
oder vorbeikommen. Seid Ihr damit einverstanden?«

»Ja«, sagte sie, »vorausgesetzt, daß Ihr mir versprecht,
Euch nicht ohne mein Wissen mit Thomasin in Verbindung zu setzen.«

Die bei weitem größte Wirkung, die ihre einfache Strategie an jenem Tag zeitigte, lag – wie das häufig vorkommt
– in einem Punkt, den sie bei ihrem Plan nicht eingerech-
net hatte. Zunächst einmal bewirkte ihr Besuch, daß Wildeve noch am gleichen Abend nach Einbruch der Dunkelheit Eustacias Haus in Mistover Knap aufsuchte.

Zu dieser Tageszeit war das einsame Wohnhaus hinter
Gardinen und Fensterläden gegen die Kälte und Dunkelheit von draußen geschützt. Wildeves heimliche Verabredung mit ihr bestand darin, einige Kieselsteine zu nehmen
und sie oben in die Lücke hinter dem Fensterladen zu
werfen, damit sie mit leichtem Prasseln zwischen Fenster
und Laden herabfallen sollten, um so das Rascheln einer
Maus vorzutäuschen. Es war notwendig, auf diese Weise
ihre Aufmerksamkeit zu erregen, um einen Verdacht des
Großvaters zu vermeiden.

Die leise Stimme Eustacias mit den Worten: »Ich höre
dich, warte«, deutete darauf hin, daß sie allein war.

Er wartete wie üblich, indem er um den Garten herum-
ging und am Teich müßig stehenblieb; denn Wildeve war
von seiner stolzen, aber auch herablassenden Geliebten
nie ins Haus gebeten worden. Sie schien sich nicht sonderlich zu beeilen. Die Zeit verging, und er wurde ungedul-

dig. Nach zwanzig Minuten erschien sie endlich an der Ecke des Hauses und kam daher, als wolle sie ein wenig an die frische Luft gehen.

»Du hättest mich nicht so lange warten lassen, wenn du gewußt hättest, weshalb ich gekommen bin«, sagte er bitter. »Aber du bist es wert, daß man auf dich wartet.«

»Was ist denn passiert?« fragte Eustacia. »Ich wußte ja nicht, daß du Ärger hattest. Ich fühle mich selbst niedergeschlagen genug.«

»Ich habe keinen Ärger«, sagte er. »Es ist nur, daß die Dinge jetzt zu einem Punkt gekommen sind, wo ich eine klare Entscheidung treffen muß.«

»Was für eine Entscheidung?« fragte sie mit wachsendem Interesse.

»Und kannst du denn so schnell vergessen, was für einen Vorschlag ich dir neulich abends gemacht habe? Dich von hier fortzubringen und nach drüben mitzunehmen?«

»Das habe ich nicht vergessen. Aber warum bist du so unerwartet erschienen, wo du doch vorgehabt hast, am Sonntag zu kommen. Ich dachte, ich hätte noch genügend Zeit zum Überlegen.«

»Ja, aber die Lage hat sich geändert.«

»Erkläre mir das.«

»Ich möchte es nicht erklären, weil es dir wehtun könnte.«

»Aber ich muß den Grund für diese Eile wissen.«

»Es ist nur mein Eifer, liebe Eustacia. Alles geht jetzt ganz glatt.«

»Warum bist du dann so aufgeregt?«

»Das merke ich gar nicht. Alles ist jetzt in Ordnung. Mrs. Yeobright – aber sie geht uns nichts an.«

»Ah, ich wußte, daß sie etwas damit zu tun hat. Komm, ich mag keine Geheimnisse.«

»Nein, sie hat nichts mit uns zu tun. Sie sagt nur, sie möchte, daß ich Thomasin aufgebe, weil ein anderer

Mann sie unbedingt heiraten will. Die Frau prahlt doch jetzt tatsächlich damit, jetzt, wo sie mich nicht mehr braucht!« Ohne es zu wollen, zeigte Wildeve seine Verärgerung.

Eustacia blieb eine ganze Zeitlang stumm. »Du bist in der unangenehmen Lage eines Amtsträgers, der nicht länger benötigt wird«, sagte sie in verändertem Ton.

»Es scheint so. Aber ich habe Thomasin noch nicht gesprochen.«

»Und das irritiert dich. Streite es nicht ab, Damon. Du bist doch durch diese Zurücksetzung von unerwarteter Seite tatsächlich verärgert.«

»Und?«

»Und du kommst nun, um mich zu holen, weil du sie nicht bekommen kannst. Das ist wirklich eine völlig neue Situation. Ich soll also der Lückenbüßer sein.«

»Erinnere dich doch bitte, daß ich das gleiche schon vor kurzem vorgeschlagen habe.«

Eustacia verfiel wieder in eine Art benommenen Schweigens. Was war das für ein seltsames Gefühl, das sie da überkam? War es denn wirklich möglich, daß ihr Interesse an Wildeve so ganz und gar das Ergebnis eines Widerstandes war, daß der Glanz und der Traum in dem Moment von ihm abfielen, wo sie hörte, daß er von ihrer Rivalin nicht mehr vergöttert wurde? Sie war seiner also nun endlich sicher. Thomasin wollte ihn nicht länger haben. Was für ein demütigender Sieg! Er liebte sie mehr, dachte sie; und doch: konnte sie es denn wagen, solch eine gefährliche Beurteilung auch nur ganz leise auszusprechen? Was war der Mann wert, auf den eine ihr unterlegene Frau verzichtete? Das Gefühl, das mehr oder weniger in der ganzen beseelten Natur unterschwellig vorhanden ist, nämlich, das nicht zu begehren, was andere verwerfen, das war wie eine Leidenschaft in Eustacias feinfühligem und genießerischem Herzen aufgeflammt. Daß sie ihm gesellschaftlich überlegen war, hatte sie bisher kaum gestört. Jetzt wurde sie sich dessen unangenehm bewußt, und sie spürte zum ersten Mal, daß sie aufgehört hatte, ihn zu lieben.

»Na, Liebling, bist du einverstanden?« sagte Wildeve.

»Wenn es London sein könnte, oder auch Budmouth statt Amerika«, murmelte sie träge. »Ich werde jedenfalls darüber nachdenken. Es ist eine zu große Sache, als daß ich mich so ohne weiteres entschließen könnte. Ich wünschte, ich haßte die Heide weniger – oder liebte dich mehr.«

»Du kannst so offen sein, daß es weh tut. Vor einem Monat liebtest du mich noch innig genug, um überall mit mir hinzugehen.«

»Und du liebtest Thomasin.«

»Ja, vielleicht lag der Grund darin«, erwiderte er fast höhnisch. »Ich hasse sie jetzt nicht.«

»Genau. Das einzige ist nur, daß du sie jetzt nicht länger haben kannst.«

»Komm, keine Sticheleien, Eustacia, sonst streiten wir uns noch. Wenn du nicht mit mir gehen willst, und zwar bald, dann gehe ich allein.«

»Oder du versuchst es wieder mit Thomasin. Damon, wie seltsam scheint es doch, daß du sowohl mich als auch sie hättest heiraten können und nur zu mir kamst, weil ich billiger zu haben war. Ja, ja – es ist wahr. Es gab eine Zeit, wo ich solch einem Mann gehörig die Meinung gesagt hätte und wütend geworden wäre. Aber das ist jetzt alles vorbei.«

»Wirst du mitkommen, Liebste? Komm heimlich mit mir nach Bristol, heirate mich, und dann kehren wir diesem Rattenloch England für immer den Rücken. Sag ja.«

»Ich möchte um jeden Preis von hier fort«, sagte sie müde, »aber ich will nicht mit dir gehen. Gib mir mehr Zeit zum Entscheiden.«

»Das habe ich doch schon«, sagte Wildeve. »Dann gebe ich dir noch eine Woche.«

»Ein wenig länger, damit ich dir endgültig Bescheid
sagen kann. Stell dir vor – Thomasin will dich loswerden.
Ich kann es nicht vergessen.«

»Kümmere dich doch nicht darum. Sagen wir, Montag
in einer Woche. Ich bin genau um diese Zeit wieder hier.«

»Sagen wir lieber am Regenhügel«, sagte sie, »hier ist es
zu nahe beim Haus. Mein Großvater könnte herauskommen.«

»Danke, mein Liebes. Montag in einer Woche komme
ich zum Regenhügel, bis dann, auf Wiedersehn.«

»Auf Wiedersehn. Nein, nein, faß mich bitte nicht an.
Die Hand geben ist genug, bis ich mich entschieden
habe.«

Eustacia sah seiner dunklen Gestalt nach, bis er verschwunden war; sie legte ihre Hand an die Stirn und
atmete schwer. Dann öffneten sich ihre vollen, lieblichen
Lippen unter jenem schlichten Impuls – einem Gähnen.
Sie war augenblicklich darüber verärgert, sich selbst einzugestehen, daß ihre Leidenschaft für ihn möglicherweise
im Schwinden begriffen war. Sie konnte nicht sogleich
zugeben, daß sie Wildeve vielleicht überschätzt hatte;
denn nun seine Mittelmäßigkeit festzustellen, hieße, sich
ihre eigene frühere Torheit einzugestehen. Und die
Erkenntnis, daß sie jetzt ganz und gar in der Lage des
Neidhammels war, beschämte sie erst einmal.

Die Früchte von Mrs. Yeobrights Diplomatie waren in
der Tat bemerkenswert, obgleich nicht von der Art, wie
sie sie erwartet hatte. Sie hatte Wildeve gründlich beeinflußt, aber sie beeinflußte Eustacia bei weitem mehr. Ihr
Liebhaber war für sie nicht länger ein aufregender Mann,
den viele Frauen begehrten und den sie nur für sich gewinnen konnte, indem sie mit ihnen konkurrierte. Er war
überflüssig geworden.

Sie ging mit jenem eigenartigen Gefühl von Traurigkeit
ins Haus, das nicht eigentlich Schmerz ist und das besonders das Erwachen des Verstandes in einer vormals falsch

eingeschätzten Liebesaffäre begleitet. Sich bewußt zu
sein, daß das Ende des Traums herannaht, aber noch nicht
ganz da ist, das ist eine der sowohl belastendsten als auch
eigentümlichsten Stationen zwischen Anfang und Ende
einer Leidenschaft.

Ihr Großvater war inzwischen zurückgekehrt und eifrig damit beschäftigt, einige Gallonen Rum in die vierek-
kigen Flaschen in seinem viereckigen Flaschenständer zu
füllen. Immer wenn diese Heimvorräte erschöpft waren,
pflegte er zum Gasthaus »Zur Stillen Frau« zu gehen und,
den Rücken dem Feuer zugewandt und ein Glas Grog in
der Hand, erstaunliche Geschichten aus seinem Leben zu
erzählen, von seinen sieben Jahren unterhalb der Wasser-
linie seines Schiffs und anderen Wundern des Meeres, und
die Einheimischen, die allen Ernstes zu sehr darauf hoff-
ten, von dem Erzähler ein Bier spendiert zu bekommen,
äußerten keinen Zweifel an der Wahrheit seiner Geschichten.

An diesem Abend war er dort gewesen. »Ich nehme an,
du hast die Neuigkeit von Egdon gehört, Eustacia?« sagte
er, ohne von den Flaschen aufzusehen. »Die Männer im
Gasthaus sprachen davon, als sei es von nationaler Bedeutung.«

»Ich habe nichts gehört.«

»Der junge Clym Yeobright, wie sie ihn nennen, soll
nächste Woche nach Hause kommen, um bei seiner Mutter das Weihnachtsfest zu verbringen. Es scheint, er ist ein
vortrefflicher junger Mann geworden. Ich nehme an, du
erinnerst dich noch an ihn?«

»Ich habe ihn nie in meinem Leben gesehen.«

»Stimmt ja. Er ging fort, bevor du hierherkamst. Ich
kann mich noch gut an ihn erinnern; er war ein vielversprechender Junge.«

»Wo ist er all die Jahre gewesen?«

»In der Brutstätte von Pomp und Eitelkeit, in Paris,
glaube ich.«

Zweites Buch

Die Ankunft

Kapitel 1

Neuigkeiten über den Ankömmling

An schönen Tagen in dieser Jahreszeit oder auch schon früher im Jahr konnte es vorkommen, daß bestimmte flüchtige Tätigkeiten die majestätische Ruhe der Heide auf triviale Art störten. Es waren Bewegungen, die im Vergleich mit denen einer Stadt, eines Dorfes oder selbst eines Bauernhofs lediglich als ein Ferment des Stillstands erschienen wären, nicht mehr als das Kriechen eines Schlafwandlers. Aber hier, ohne einen Vergleich, abgeschlossen durch die unverrückbaren Hügel, zwischen denen schon das bloße Herumwandern den Anschein eines großartigen Spektakels annahm, und wo sich jeder Mann ohne die geringste Schwierigkeit als Adam fühlen konnte, hier zogen diese Aktivitäten die Aufmerksamkeit jedes Vogels in der Umgebung auf sich, und jedes noch wache Reptil und jeder Hase beobachtete neugierig von den Hügeln ringsum aus sicherer Entfernung das Geschehen.

Was da vor sich ging, war das Einsammeln und Aufschichten des Ginsterreisigs, das Humphrey in den vorangegangenen schönen Tagen für den Kapitän geschnitten hatte. Der Stapel wurde von Humphrey und Sam hinter dem Haus aufgerichtet, während der alte Mann zuschaute.

Es war ein schöner, ruhiger Nachmittag, etwa um drei Uhr, aber da die Wintersonnenwende unversehens gekommen war, schien es durch den niedrigen Stand der Sonne später zu sein, als es in Wirklichkeit war. Dies erinnerte den Bewohner der Heide daran, daß er die Deutung des Sommerhimmels als Zifferblatt jetzt zu korrigieren hatte. Im Verlauf vieler Tage und Wochen hatte der Sonnenaufgang seinen Ort von Nordosten nach Südosten verlagert, der Sonnenuntergang sich von Nordwesten

nach Südwesten verschoben. Aber Egdon hatte die Veränderung kaum wahrgenommen.

Eustacia war im Eßzimmer, das eigentlich eher eine
Küche war, denn es hatte einen Steinfußboden und eine
Ecke mit einem offenen Kaminloch. Die Luft war ruhig,
und als sie für einen Augenblick müßig dastand, drangen
Stimmen und Fetzen einer Unterhaltung unmittelbar
durch den Kamin an ihr Ohr. Sie ging näher an die Kamin-
öffnung heran, lauschte und schaute dabei den alten unregelmäßig gemauerten Schacht hinauf. Sie gewahrte die tiefen höhlenartigen Löcher, wo sich der Rauch auf seinem
Weg zu dem kleinen Himmelsviereck hoch oben verfing,
und von wo das Tageslicht mit bleichem Schein die Ruß-
flocken beleuchtete, welche wie Seetang an einem Fels-
spalt den Schacht schmückten.

Nun erinnerte sie sich: der Ginsterstapel war nicht weit
vom Kamin entfernt, und die Stimmen kamen von den
Arbeitern.

Ihr Großvater mischte sich in die Unterhaltung ein.
»Dieser Bursche hätte nie von zu Hause weggehen sollen.
Das Geschäft seines Vaters wäre auch für ihn das Beste
gewesen, und er hätte es übernehmen können. Ich halte
nichts von diesen neumodischen Veränderungen in den
Familien. Mein Vater war Matrose, ich war auch einer,
und so wäre es auch bei meinem Sohn gewesen, wenn ich
einen gehabt hätte.«

»Er hat in Paris gelebt«, sagte Humphrey, »und es
heißt, daß man dort dem König vor Jahren den Kopf abgeschlagen hat.[1] Meine arme Mutter hat mir öfter die Geschichte erzählt. ›Hummy‹, sagte sie immer, ›ich war damals ein junges Mädchen, und als ich eines Nachmittags
Mutters Hauben gebügelt hab, da kam der Herr Pfarrer
herein und hat gesagt: ›Sie haben den König enthauptet,
Jane, und was als nächstes kommt, das weiß Gott allein.‹«

»Nicht wenige von uns wußten es bald so gut wie Er«,
sagte der Kapitän schmunzelnd. »Und ich lebte in meiner

Jugend deswegen sieben Jahre unter Wasser – in diesem verdammten Operationsraum auf der ›Triumph‹, und ich habe Männer gesehen, die man nach unten in den Lazarettraum gebracht hatte, denen die Arme und Beine in alle Winde geblasen worden waren ... Und der junge Mann hat sich also in Paris niedergelassen. Er ist wohl Angestellter bei einem Diamantenhändler oder so was ähnliches, wie ich gehört hab?«

»Ja, Sir, das stimmt. Soll ein mächtig aufstrebendes Geschäft sein, zu dem er da gehört, so hab ich seine Mutter sagen hören – direkt wie ein Königspalast, was die Diamanten angeht.«

»Ich kann mich noch dran erinnern, als er weggegangen ist«, sagte Sam.

»Ist schon gut für so einen Burschen«, sagte Humphrey. »Heutzutage ist's besser, Diamanten zu verkaufen als hier rumzulungern.«

»Das muß ganz schön was kosten, so ein Geschäft an so einem Ort.«

»Das ganz bestimmt«, sagte der Kapitän. »Ja, man kann da schon mit einem ganzen Batzen Geld herauskommen, wenn man nicht zum Trunkenbold oder Schlemmer wird.«

»Man sagt auch, daß Clym Yeobright ein recht belesener Mann geworden ist, der die komischsten Ansichten hat. Ja, das kommt davon, daß er früh zur Schule gegangen ist, und zwar grad auf *die* Schule.«

»Komische Ansichten, was?« sagte der alte Mann. »Man macht heute zuviel her mit den Schulen. Das schadet nur. An jedem Türpfosten und jeder Stalltür, an der man vorbeikommt, kann man sicher sein, irgendein unanständiges Wort mit Kreide hingeschrieben zu finden von den Kerlen, und eine Frau muß sich schämen, daran vorbeizugehen. Wenn man ihnen nie das Schreiben beigebracht hätte, könnten sie solche Schändlichkeiten nicht hinkritzeln. Ihre Väter konnten es nicht, und dem Land ging es deswegen nicht schlechter.«

»Aber, Kapitän, ich denk auch, daß Miss Eustacia mehr aus Büchern in ihrem Kopf hat als jeder von uns hier.«

»Vielleicht wäre es auch für Miss Eustacia besser, wenn sie weniger romantischen Unsinn in ihrem Kopf hätte«, sagte der Kapitän kurz und ging davon.

»Ich sag dir, Sam«, sagte Humphrey, als der alte Mann gegangen war, »sie und Clym Yeobright gäben ein schönes Taubenpärchen ab, was? Darauf möcht' ich wetten! Beide mit einem Sinn fürs Feine, das ganz bestimmt, und wissen über Bücher Bescheid und denken immer über Höheres nach – sie könnten nicht besser zusammen passen, auch wenn man sie zum Paar bestimmt hätte. Clyms Familie ist so gut wie ihre. Sein Vater war ein Bauer, das ist wahr, aber seine Mutter ist so etwas wie eine Lady, wie wir wissen. Nichts würde mir mehr gefallen, als wenn die beiden Mann und Frau würden.«

»Sie würden sehr schmuck zusammen aussehen, ob in ihren besten Kleidern oder auch nicht, falls er noch der hübsche Junge ist, der er mal war.«

»Das würden sie«, sagte Humphrey. »Ja, ich würd' tatsächlich den Jungen schrecklich gern wiedersehen nach so vielen Jahren. Wenn ich genau wüßte, wann er kommt, würd' ich ihm drei oder vier Meilen entgegengehen, um ihn zu treffen und ihm vielleicht was tragen zu helfen; aber er hat sich ja sicher verändert seit seiner Jugend. Die Leute sagen, er kann so schnell französisch sprechen, wie eine Magd Brombeeren essen kann. Und verlaß dich drauf, wenn das so ist, dann sind wir Daheimgebliebenen in seinen Augen nichts.«

»Er kommt mit dem Dampfer übers Wasser nach Budmouth, stimmt's?«

»Ja, aber wie er von Budmouth hierher kommt, das weiß ich nicht.«

»Das mit seiner Cousine Thomasin ist doch eine dumme Sache. Ich bezweifle, daß ein so vornehmer Bursche wie Clym sowas gern hört. Wir waren ja ziemlich perplex, als wir gehört haben, daß sie gar nicht geheiratet hatten, und wir hatten ihnen doch das Hochzeitsständchen gebracht! Und ich möcht's wahrhaftig nicht leiden, daß jemandem aus meiner Verwandtschaft von einem Mann so übel mitgespielt würd'. Sowas schadet doch der ganzen Familie.«

»Ja, das arme Mädchen. Sie hat sich deswegen genug gehärmt. Wie ich höre, hat auch ihre Gesundheit gelitten, denn sie geht nicht mehr aus dem Haus. Man sieht sie jetzt nie mehr draußen wie früher, als sie sich mit ihren rosigen Bäckchen im Ginster tummelte.«

»Ich hab gehört, sie würd' Wildeve jetzt nicht mehr nehmen, wenn er sie fragen tät'.«

»Ach wirklich? Das ist mir neu.«

Während sich die Ginsterbinder auf diese Weise beiläufig miteinander unterhielten, senkte Eustacia träumerisch ihr Gesicht immer tiefer über das Kaminfeuer, und sie berührte unbewußt mit ihren Zehen den trockenen Torf, der zu ihren Füßen glühte.

Das Thema ihrer Unterhaltung war für sie außerordentlich interessant gewesen. Ein junger, kluger Mann sollte in diese einsame Heide kommen, und auch noch von allen anderen Orten der weiten Welt ausgerechnet aus Paris. Es war, als würde ein Mann vom Himmel gesandt. Und noch einzigartiger war, daß die Heideleute instinktiv sie und diesen Mann im Geiste als ein Paar angesehen hatten, das wie füreinander geschaffen war.

Jene fünf Minuten des Lauschens hatten Eustacia mit genug Vorstellungen versorgt, um den ganzen leeren Nachmittag damit auszufüllen. Solch eine plötzliche Abkehr von geistiger Leere geschieht manchmal derart unversehens. Noch am Morgen hätte sie nicht geglaubt, daß vor dem Abend ihre eintönige innere Welt wie Wasser unter einem Mikroskop zum Leben erwachen würde, und all dies ohne die Mitwirkung eines einzigen Besuchers. Die Worte Sams und Humphreys darüber, wie sie und der Unbekannte zusammenpassen würden, übten auf sie die Wirkung wie das Vorspiel des eintreffenden Barden auf das »Castle of Indolence«[2] aus, als Myriaden von gefangenen Gestalten zum Leben erwachten, wo vormals die absolute Stille des Nichts geherrscht hatte.

Über diesen Träumereien vergaß sie die Zeit. Als sie die Außenwelt wieder wahrnahm, war die Dämmerung hereingebrochen. Der Ginster war aufgestapelt, und die Männer waren nach Hause gegangen. Eustacia ging nach oben in der Absicht, sich wie üblich zu dieser Zeit zu einem Spaziergang fertig zu machen. Und sie beschloß, dieses Mal in die Richtung von Blooms-End zu gehen, dorthin, wo der junge Mann herstammte und wo jetzt seine Mutter wohnte. Sie hatte keine Veranlassung, irgendwo anders hinzugehen – und warum sollte sie nicht dorthin gehen? Der Ort eines Tagtraums birgt genug Grund für eine Pilgerfahrt, wenn man neunzehn ist. Die Latten des Zaunes zu betrachten, der vor dem Haus Yeobright stand, bekam den Wert einer notwendigen Veranstaltung. Seltsam, daß solch ein müßiges Unterfangen den Anschein eines wichtigen Auftrags annehmen konnte.

Sie setzte ihre Haube auf, und nachdem sie das Haus verlassen hatte, stieg sie an der nach Blooms-End zu gelegenen Seite des Hügels hinunter und ging dann langsam etwa eineinhalb Meilen das Tal entlang. Dabei kam sie zu der Stelle, wo sich die grüne Fläche des Tals verbreiterte und die Ginsterbüsche auf beiden Seiten des Pfades zurücktraten, bis sie nur noch vereinzelt hier und da vorkamen, weil der Boden an Fruchtbarkeit zunahm. Hinter dem fleckigen Grasteppich stand eine Reihe von Pfählen, die in diesem Teil der Gegend die Grenze zur Heide markierten. Sie traten vor dem sich verdunkelnden Hintergrund so deutlich hervor wie weiße Spitze auf schwarzem

Samt. Hinter den weißen Pfählen lag ein kleiner Garten, an dessen hinterem Ende ein altes, unregelmäßig gebautes, strohgedecktes Haus stand, welches zur Heide hin eine ungehinderte Aussicht auf das gesamte Tal bot. Dies war der unscheinbare, abgelegene Ort, an den bald ein Mann zurückkehren sollte, der die vergangenen Jahre seines Lebens in der französischen Hauptstadt verbracht hatte – im Zentrum und im Wirbel der eleganten Welt.

Kapitel 2

Vorbereitungen in Blooms-End

An jenem Nachmittag rief die erwartete Ankunft desjenigen, dem Eustacias Gedanken nachhingen, in Blooms-End rege Geschäftigkeit hervor. Thomasin war von ihrer Tante dazu gebracht worden – und auch sie selbst spürte einen instinktiven Impuls von Loyalität ihrem Cousin gegenüber –, sich seinetwegen in einen Eifer zu stürzen, der ihr in diesen so kummervollen Tagen sonst nicht zu eigen war. Als Eustacia der Unterhaltung der Ginsterschneider über die Rückkehr Clyms lauschte, kletterte Thomasin auf den Boden über dem Holzschuppen, wo sich die Winteräpfelvorräte befanden, um die besten und größten für die kommenden Festtage auszusuchen.

Der Boden bekam sein Licht durch ein halbrundes Loch, durch das die Tauben zu ihrem Schlag gelangten, welcher sich ebenfalls dort oben befand. Und durch dieses Loch beschien die Sonne mit einem leuchtend gelben Fleck die Gestalt des Mädchens, das dort niederkniete und seine bloßen Arme in dem weichen braunen Farn vergrub, welcher wegen seines überreichen Vorkommens in der Egdon-Heide für jegliche Art von Vorratshaltung ver-

wendet wurde. Die Tauben flogen ihr ohne jede Scheu um
den Kopf herum, und das Gesicht ihrer Tante erschien,
von ein paar verirrten Strahlen beleuchtet, gerade ober-
halb des Speicherbodens. Sie stand dort auf halber Höhe
der Leiter und schaute nach oben, wohin zu klettern sie
sich selbst nicht zutraute.

»Noch ein paar rotbackige dazu, die mochte er fast so
gern wie die Ribstones³.«

Thomasin wandte sich um und schob den Farn an einer
anderen Stelle zur Seite, wo ihr der reife Duft der mürben
Früchte entgegenkam. Bevor sie sie herausnahm, hielt sie
einen Augenblick inne.

»Lieber Clym, wie wirst du wohl jetzt aussehen?« sagte
sie und starrte gedankenverloren auf die Taubenschlagöff-
nung. Das Sonnenlicht schien voll auf ihr braunes Haar
und ihre zarte Haut, so daß es sie zu durchdringen schien.

»Wenn er dir auf eine andere Art lieb gewesen wäre«,
sagte Mrs. Yeobright von der Leiter her, »dann hätte dies
ein glückliches Wiedersehen werden können.«

»Hat es denn einen Sinn, etwas zu sagen, was zu nichts
führt, Tante?«

»Ja«, sagte ihre Tante mit einem Anflug von Wärme,
»um überall das vergangene Unglück zu verkünden, damit andere Mädchen gewarnt sind und sich von so etwas
fernhalten.«

Thomasin beugte sich wieder über die Äpfel. »Ich diene
anderen zur Warnung, genau wie Diebe, Trunkenbolde
und Spieler«, sagte sie leise. »Zu was für einer Sorte von
Menschen gehöre ich da! Gehöre ich wirklich zu ihnen?
Das ist absurd! Und doch, Tante, warum lassen mich das
alle spüren, indem sie sich so gegen mich wenden? Warum
beurteilen mich die Leute nicht nach dem, was ich tue?
Schau mich doch an, wie ich hier knie und diese Äpfel
aussuche – sehe ich aus wie eine verkommene Frau? . . .
Ich wollte, alle guten Frauen wären so gut wie ich!« fügte
sie heftig hinzu.

»Fremde sehen dich nicht so wie ich«, sagte Mrs. Yeo-bright, »sie richten sich in ihrem Urteil nach Gerüchten. Na ja, es ist und bleibt eine dumme Sache, und ich bin zum Teil selbst daran schuld.«

»Wie schnell kann doch etwas Übereiltes geschehen«, sagte das Mädchen. Seine Lippen bebten und in seinen Augen sammelten sich Tränen, so daß es kaum die Äpfel von dem Farn zu unterscheiden vermochte, während es eifrig weitersuchte, um seine Schwäche zu verbergen.

»Wenn du mit den Äpfeln fertig bist«, sagte die Tante, als sie die Leiter hinabstieg, »komm herunter, damit wir noch die Stechpalmenzweige holen. Heute nachmittag wird bestimmt niemand in der Heide sein, und du brauchst keine Angst vor neugierigen Blicken zu haben. Wir müssen ein paar Beerenzweige holen, sonst nimmt Clym unsere Vorbereitungen nicht ernst.«

Nachdem Thomasin die Äpfel eingesammelt hatte, kam sie herunter, und die beiden gingen zusammen zwischen den weißen Pfählen hindurch in die dahinterliegende Heide. Die weiten Hügel waren luftig und klar, und der fernere Horizont zeigte, wie so häufig an einem schönen Wintertag, verschieden gefärbte Schichten. Die Strahlen, welche die nähere Umgebung beleuchteten, ergossen sich sichtbar über die ferneren Gegenden; eine Schicht safran-gelben Lichts wurde überlagert von einer anderen, tief-blauen, und dahinter lagen noch weiter entfernte Land-striche, die in kaltes Grau gehüllt waren.

Sie erreichten den Platz, wo die Stechpalmen wuchsen. Es war eine kegelförmige Senke, so daß die Spitzen der Büsche nicht weit über die übrige Bodenfläche hinausrag-ten. Thomasin kletterte auf die Astgabel eines der Bäume, so wie sie es schon oft unter glücklicheren Umständen bei ähnlichen Anlässen getan hatte, und begann, mit einem kleinen Beil, das sie mitgebracht hatten, die schwer mit Beeren beladenen Zweige abzuhacken.

»Zerkratz dir nicht das Gesicht«, sagte die Tante, die am Grabenrand stand und zusah, wie sich das Mädchen inmitten der glänzenden grünen und feuerroten Masse der Büsche festhielt. »Kommst du heute abend mit, wenn ich ihm entgegengehe?«

»Das möchte ich gern. Es würde sonst so aussehen, als hätte ich ihn vergessen«, sagte Thomasin und warf einen Zweig hinunter. »Nicht, daß das viel zu sagen hätte. Ich gehöre einem Mann an, nichts kann das ändern. Und diesen Mann muß ich heiraten, schon aus Stolz.«

»Ich fürchte –« begann Mrs. Yeobright.

»Ach, du denkst: ›das schwache Mädchen, wie will sie einen Mann dazu bringen, sie zu heiraten?‹ Aber laß dir eins sagen, Tante: Mr. Wildeve ist kein schlechter Mann, so wenig, wie ich eine liederliche Frau bin. Er hat ein etwas unglückliches Benehmen und versucht nicht, sich Sympathien zu verschaffen, wenn diese ihm nicht freiwillig entgegengebracht werden.«

»Thomasin«, sagte Mrs. Yeobright ruhig und sah ihre Nichte fest an, »glaubst du wirklich, du kannst mir mit deiner Verteidigung von Mr. Wildeve etwas vormachen?«

»Wie meinst du das?«

»Ich habe schon lange den Verdacht, daß sich deine Liebe zu ihm gewandelt hat, seit du gemerkt hast, daß er nicht der Heilige ist, für den du ihn gehalten hast, und daß du mir etwas vormachst.«

»Er wollte mich heiraten, und ich will ihn heiraten.«

»Jetzt muß ich dich mal etwas fragen: würdest du auch jetzt noch seine Frau werden wollen, wenn die Sache, die dich an ihn gebunden hat, nicht passiert wäre?«

Thomasin sah den Baum an und schien sehr verwirrt. »Tante«, sagte sie dann, »ich finde, ich habe das Recht, die Antwort auf diese Frage zu verweigern.«

»Ja, das hast du.«

»Du magst denken, was du willst. Ich habe dir nie Grund dazu gegeben, weder in Worten noch in Taten, zu denken, daß sich mein Gefühl für ihn geändert hat. Es wird sich nie ändern, und ich werde ihn heiraten.«

»Gut, warte ab, bis er seinen Antrag wiederholt. Ich nehme an, daß er es tut, jetzt, wo er weiß – etwas, was ich ihm gesagt habe. Ich bestreite nicht im geringsten, daß es für dich das einzig Richtige ist, ihn zu heiraten, so sehr ich früher auch gegen ihn war. Jetzt bin ich deiner Meinung, darauf kannst du dich verlassen. Es ist der einzige Ausweg aus einer peinlichen Situation, und einer sehr ärgerlichen dazu.«

»Was hast du ihm gesagt?«

»Daß er einem anderen Freier von dir im Weg steht.«

»Tante«, sagte Thomasin mit weitgeöffneten Augen, »wovon sprichst du da?«

»Reg dich nicht auf. Ich mußte es tun. Mehr kann ich jetzt nicht darüber sagen, aber wenn es vorbei ist, will ich dir genau erzählen, was ich gesagt habe, und warum ich es gesagt habe.«

Thomasin gab sich gezwungenermaßen zufrieden.

»Und wirst du das Geheimnis meiner verunglückten Heirat Clym zunächst nicht verraten?« fragte sie als nächstes.

»Ich habe mein Wort darauf gegeben. Aber wozu soll das gut sein? Er wird doch bald wissen, was geschehen ist. Allein ein Blick in dein Gesicht wird ihm sagen, daß etwas nicht in Ordnung ist.«

Thomasin drehte sich um und sah ihre Tante vom Baum aus an: »Jetzt hör mir mal zu«, sagte sie, und ihre zarte Stimme festigte sich durch eine Kraft, die nicht aus ihrem Körper kam. »Sag ihm nichts. Wenn er erfährt, daß ich es nicht wert bin, seine Cousine zu sein, dann laß ihn. Aber da er mich früher einmal geliebt hat, wollen wir ihm nicht weh tun, indem wir ihm die Wahrheit zu bald verraten. Die Geschichte geht überall herum, das weiß ich, aber man wird es in den ersten Tagen nicht wagen, darüber zu klatschen. Gerade weil er mir so nahe steht, wird das

Gerücht nicht so bald zu ihm dringen. Wenn ich in ein bis zwei Wochen noch nicht von dem Gerede verschont sein werde, dann sage ich es ihm selbst.«

Die Ernsthaftigkeit, mit der Thomasin gesprochen hatte, verhinderte weitere Einwände. Ihre Tante sagte nur: »Na gut. Rechtens hätte man es ihm mitteilen müssen, als die Hochzeit stattfinden sollte. Er wird dir deine Geheimnistuerei nie verzeihen.«

»Doch, das wird er, wenn er hört, daß ich ihn schonen wollte, und daß ich ihn nicht so bald zu Hause erwartet hatte. Und ich will auch deiner Weihnachtsfeier nicht im Wege stehen. Sie ausfallen zu lassen, würde die Dinge nur verschlimmern.«

»Natürlich. Ich werde mich doch nicht vor ganz Egdon von einem Mann wie Wildeve zum Gespött machen lassen. Wir haben jetzt genug Zweige, und wir sollten sie nach Hause bringen. Wenn wir das Haus damit geschmückt und den Mistelzweig aufgehängt haben, ist es auch schon Zeit, daran zu denken, ihm entgegenzugehen.«

Thomasin stieg vom Baum herunter, schüttelte die losen Beeren ab, die auf ihr Haar und auf ihr Kleid gefallen waren, und ging mit ihrer Tante den Hügel hinunter, wobei jede von ihnen die Hälfte der gesammelten Zweige trug. Es war jetzt fast vier Uhr nachmittags, und die Sonne schickte sich an, die Täler zu verlassen. Als sich der Himmel im Westen bereits rot färbte, traten die beiden Verwandten wieder aus dem Haus und tauchten erneut in die Heide ein, diesmal in anderer Richtung als zuvor, auf jene Stelle der entfernten Landstraße zu, wo der Ankömmling erwartet wurde.

Kapitel 3

Wie ein leiser Ton einen großen Traum auslöste

Eustacia stand am Rand der Heide und schaute angestrengt in die Richtung, in der Mrs. Yeobrights Haus und
Garten lagen. Kein Licht, kein Laut und keine Bewegung
waren erkennbar. Es war ein kühler Abend, und die
Gegend war dunkel und einsam. Sie nahm an, daß der
Gast noch nicht gekommen war, und nachdem sie zehn
oder fünfzehn Minuten gewartet hatte, machte sie sich
wieder auf den Heimweg.

Sie war erst wenige Schritte gegangen, als sie Geräusche
vor sich auf dem Weg vernahm, die darauf hindeuteten,
daß mehrere, in eine Unterhaltung vertiefte Personen sich
näherten. Bald wurden ihre Köpfe gegen den Himmel
sichtbar. Sie gingen langsam, und obgleich es zu dunkel
war, um nach ihrem Aussehen auf die Leute selbst zu
schließen, zeigte ihr Gang, daß sie keine Heidebauern
waren. Eustacia trat ein wenig vom Fußweg beiseite, um
sie vorbeizulassen. Es waren zwei Frauen und ein Mann,
und die Stimmen der Frauen waren die von Mrs. Yeobright und Thomasin.

Sie gingen an ihr vorbei und schienen im Augenblick
des Vorübergehens ihrer dunklen Gestalt gewahr zu werden. Und da drang eine männliche Stimme mit den Worten »Guten Abend« an ihr Ohr.

Sie murmelte eine Antwort, glitt an ihnen vorbei und
drehte sich um. Für einen Augenblick konnte sie nicht
glauben, daß ihr der Zufall unerwartet die Seele des Hauses, das zu beobachten sie gekommen war, zugespielt
hatte, den Mann, ohne den die Beobachtung gar nicht
denkbar gewesen wäre.

Sie strengte ihre Augen an, um sie sehen zu können, was
jedoch unmöglich war. Indes war ihr Wille so stark, daß es
schien, als ob ihre Ohren die Funktion des Sehens ebenso

auszuüben vermochten wie die des Hörens. Eine derartige
Erweiterung der Kräfte ist in solchen Fällen durchaus vor-
stellbar. Der taube Dr. Kitto[4] stand wahrscheinlich unter
dem Einfluß einer ähnlichen Vorstellung, als er beschrieb,
daß sein Körper durch lange Bemühungen Schwingungen
gegenüber derart empfänglich wurde, daß er in der Lage
war, auf diese Art zu »hören«.

Sie konnte jedes Wort, das die Wanderer sagten, verstehen. Sie plauderten nicht über Geheimnisse, sondern ver-
tieften sich genüßlich in die üblichen lebhaften Unterhaltungen, wie sie Verwandte zu pflegen führen, die lange
örtlich, aber nicht im Geiste von einander getrennt waren.
Aber es waren nicht die Worte, denen Eustacia lauschte;
sie konnte sich Minuten später noch nicht einmal mehr
erinnern, was gesagt worden war. Es war die antwortende
Stimme, die etwa nur ein Zehntel der Worte sprach – die
Stimme, die ihr »Guten Abend« gewünscht hatte. Manchmal sagte diese Stimme »Ja«, manchmal »Nein«, manchmal fragte sie nach alteingesessenen Bewohnern der Gegend. Einmal war Eustacia überrascht, daß sie davon
sprach, daß die Hügel rundum Freundlichkeit und Wärme ausstrahlten.

Die drei Stimmen entfernten sich von ihr, wurden leiser
und erstarben. Soviel also war ihr vergönnt gewesen, alles
andere war ihr vorenthalten worden; kein Erlebnis hätte
aufregender sein können. Während des größeren Teils des
Nachmittags hatte sie sich mit der Vorstellung in Verzük-
kung versetzt, wie faszinierend ein Mann sein müsse, der
geradewegs aus dem wunderschönen Paris kam, erfüllt
von dessen Atmosphäre und vertraut mit dessen Charme.
Und dieser Mann hatte sie gegrüßt.

Mit dem Entschwinden der Gestalten verblaßten auch
die redseligen Äußerungen der Frauen aus ihrem Gedächtnis, aber der Klang der anderen Stimme blieb ihr im
Ohr. Hatte die Stimme des Sohnes von Mrs. Yeobright –
von Clym also – etwas besonders Auffallendes in ihrem

Klang? Nein, sie war einfach allumfassend. Jedwedes Gefühl war bei ihm, der ihr den Guten-Abend-Gruß geboten hatte, möglich. Eustacias Phantasie sorgte für den Rest – außer der Lösung eines Rätsels: wie konnte es um den Geschmack eines Mannes bestellt sein, der Freundlichkeit und Wärme in diesen struppigen Hügeln sah?

Bei Gelegenheiten wie dieser gehen durch den Kopf einer erregten Frau tausend Vorstellungen, welche sich auch auf ihrem Gesicht abzeichnen. Die Veränderungen sind, obwohl tatsächlich vorhanden, aber nur sehr gering. In Eustacias Gesichtszügen zeigte sich eine ganze Folge von ihnen. Sie glühte zuerst, um danach in Gedanken an die Verlogenheit der Vorstellung zu erlahmen; darauf erholte sie sich wieder, wurde dann rot und bekam sich wieder in die Gewalt. Es war ein ganzer Zyklus an Ausdrucksveränderungen, der durch einen Zyklus von Vorstellungen hervorgerufen wurde.

Sie kam in erregtem Zustand nach Hause zurück. Ihr Großvater genoß das offene Feuer. Er stocherte in der Asche herum und drehte die glühende Seite der Torfstücke nach oben, so daß ihr greller Schein die Kaminecke mit der Glut eines Brennofens erfüllte.

»Warum verkehren wir eigentlich nie mit den Yeobrights?« sagte sie, indem sie herbeikam und ihre zarten Hände über der Glut ausstreckte. »Ich wollte, wir täten es. Es scheinen sehr nette Leute zu sein.«

»Weiß der Teufel, warum nicht«, sagte der Kapitän. »Ich mochte den alten Mann recht gut leiden, obwohl er ein Rauhbein war. Aber du wärst niemals gern dorthin gegangen, selbst wenn du es gekonnt hättest, da bin ich ganz sicher.«

»Warum nicht?«

»Sie wären für deinen städtischen Geschmack viel zu bäurisch. Sie sitzen in der Küche, trinken Met und Holunderwein und reiben den Fußboden mit Scheuersand ab, um ihn sauber zu halten.

»Ich dachte, Mrs. Yeobright wäre aus besserem Haus, die Tochter eines Rechtspflegers, wenn ich nicht irre?«

»Ja, aber sie mußte sich nach dem Lebensstil ihres Mannes richten, und ich nehme an, sie hat sich auch mit der Zeit damit ausgesöhnt. Ach ja, ich erinnere mich, daß ich sie einmal unabsichtlich beleidigt habe, und ich habe sie seitdem nicht mehr gesehen.«

Jene Nacht brachte Eustacia ereignisreiche Träume; es war eine Nacht, die sie kaum je vergessen hat. Sie hatte einen Traum, und nur einige wenige Menschen, von Nebukadnezar[5] bis zum Trödler von Swaffham[6], träumten je einen bemerkenswerteren. Es war ein so kunstvoll aufgebauter, umfassender und aufregender Traum, wie er sicherlich nie zuvor von einem Mädchen in Eustacias Lage geträumt worden war. Er hatte soviel Verzweigungen wie das Labyrinth von Kreta[7], so viele Veränderungen wie die Nordlichter, so viele Farben wie ein Blumenbeet im Juni, und er war so von Menschen bevölkert wie anläßlich einer Krönung. Einer Königin Scheherazade[8] wäre der Traum nicht allzu ungewöhnlich vorgekommen, und einem Mädchen, soeben von sämtlichen europäischen Höfen zurückgekehrt, wäre er wohl nicht mehr als interessant erschienen. Aber unter den gegenwärtigen Lebensumständen Eustacias war der Traum so wundervoll, wie ein Traum nur sein kann.

Es kam jedoch allmählich zwischen den sich wandelnden Szenen eine weniger phantastische Episode hoch, in der hinter der allgemeinen Buntheit der Handlung die Heide verschwommen eine Rolle spielte. Sie tanzte zu einer wundersamen Musik, und ihr Partner war der Mann in einer Silberrüstung, dessen Helmvisier geschlossen war; es war der Mann, der sie durch die vorausgegangenen phantastischen Episoden begleitet hatte. Die verwirrende Kompliziertheit des Tanzes versetzte sie in Ekstase. Leises Flüstern drang unter dem Helm hervor an ihr Ohr, und sie fühlte sich wie im Paradies. Plötzlich tanzten die beiden aus der Menge der Tänzer heraus, tauchten in einen der Teiche der Heide und kamen irgendwo unten in eine schillernde Höhle, die mit Regenbögen überspannt war. »Hier muß es sein«, sagte die Stimme an ihrer Seite, und als sie errötend aufsah, bemerkte sie, wie er seinen Helm abnahm, um sie zu küssen. In diesem Moment hörte sie ein Geräusch, so als wenn etwas zerbricht, und seine Gestalt fiel wie ein Kartenhaus in sich zusammen.

Sie schrie laut auf: »Oh, hätte ich doch nur sein Gesicht gesehen!«

Damit erwachte Eustacia. Das Geräusch war von einem der unteren Fensterläden verursacht worden, den die Magd gerade öffnete, um das Tageslicht hereinzulassen, welches sich langsam, soweit es die Natur in dieser ungesunden Jahreszeit erlaubte, verstärkte. »Oh, hätte ich doch sein Gesicht gesehen!« sagte sie noch einmal. »Es mag wohl Mr. Yeobright gewesen sein.«

Als sie sich etwas beruhigt hatte, erkannte sie, daß viele Phasen des Traumes ganz natürlich aus den Bildern und Träumen des Vortages erwachsen waren. Aber dies minderte durchaus nicht seine Bedeutung, die vor allem darin lag, daß er neue Glut zu entfachen vermochte. Sie war an einem Punkt angelangt, wo sich Gleichgültigkeit und Liebe die Waage halten, ein Zustand, den man mit »von jemandem fasziniert sein« bezeichnet. Er ereignet sich nur ein einziges Mal im Verlauf der meisten großen Leidenschaften, und zwar zu einer Zeit, in der der Wille am schwächsten ist.

Die leidenschaftliche Frau war zu diesem Zeitpunkt zur Hälfte in ein Phantasiegebilde verliebt. Diese unwirkliche Leidenschaft, die ihren Intellekt untergrub, erhöhte ihr seelisches Empfindungsvermögen. Hätte sie nur ein wenig mehr Selbstkontrolle besessen, dann hätte sie durch bloßes Nachdenken die Gefühlsregung auf ein Nichts reduzieren können und sie so aus der Welt geschafft. Hätte sie etwas weniger Stolz besessen, so hätte sie um den

Preis ihrer Mädchenehre das Yeobrightsche Anwesen
umlagert, bis sie ihn zu Gesicht bekommen hätte. Aber
Eustacia tat nichts dergleichen. Sie handelte vorbildlich,
wie die meisten auf diese Art erzogenen Mädchen gehandelt hätten. Sie ging zwei oder dreimal am Tag auf die
Heide hinaus, um frische Luft zu schöpfen, und hielt ihre
Augen offen.

Die erste Gelegenheit ging vorüber, und er war nicht zu
sehen gewesen.

Sie unternahm einen zweiten Spaziergang und war wieder der einzige Wanderer weit und breit.

Beim dritten Mal herrschte dichter Nebel. Sie schaute
sich ohne viel Hoffnung um. Selbst wenn er sich in etwa
zwanzig Metern Entfernung befunden hätte, so hätte sie
ihn nicht sehen können.

Beim vierten Versuch, ihm zu begegnen, begann es in
Strömen zu regnen, und sie kehrte um.

Der fünfte Versuch fand an einem Nachmittag statt; es
war gutes Wetter, und sie blieb lange draußen. Sie ging
über jeden Hügel des Tals, in dem Blooms-End lag. Die
weißen Pfähle sah sie schon in einer halben Meile Entfernung. Aber er erschien nicht. Es war fast Herzweh, was
sie bei der Rückkehr nach Hause verspürte, und sie
schämte sich ihrer Schwäche. So beschloß sie, den Mann
aus Paris nicht mehr zu suchen.

Aber das Schicksal wäre nicht, was es ist, wenn es nicht
die Menschen an der Nase herumführte. Sobald Eustacia
diesen Entschluß gefaßt hatte, kam die Gelegenheit, die
ihr, als sie sie gesucht hatte, verwehrt gewesen war.

Kapitel 4

Eustacia ergreift die Gelegenheit zu einem Abenteuer

Am Abend jenes letzten Tages voll hoffnungsvoller Erwartung, dem 23. Dezember, war Eustacia allein zu Hause. Sie hatte die letzte Stunde damit verbracht, sich über ein Gerücht zu grämen, das ihr kürzlich zu Ohren gekommen war, nämlich, daß Yeobrights Besuch bei seiner Mutter nur kurze Zeit währen und irgendwann nächste Woche zu Ende gehen sollte. »Natürlich«, sagte sie zu sich selbst. Ein Mann, der vollauf von seinen Geschäften in einer lebenslustigen Stadt in Anspruch genommen ist, konnte es sich nicht leisten, seine Zeit auf der Egdon-Heide zu vertrödeln. Daß sie den Inhaber der aufmunternden Stimme im Verlauf der Feiertage zu Gesicht bekommen würde, war höchst unwahrscheinlich, es sei denn, sie strich wie ein Rotkehlchen um das Haus seiner Mutter herum, was jedoch schwierig und unschicklich gewesen wäre.

Das übliche Mittel für Mädchen und Jungen auf dem Lande, dem Schicksal etwas nachzuhelfen, war in solchen Fällen der Gang zur Kirche. In einem gewöhnlichen Dorf oder Landstädtchen kann man mit Sicherheit damit rechnen, jedweden Einheimischen, der zu den Festtagen nach Hause gekommen ist und nicht aus Altersgründen oder aus Überdruß die Lust verloren hat, zu sehen oder gesehen zu werden, entweder am Weihnachtstag oder an dem darauffolgenden Sonntag hoffnungsvoll, verlegen und mit neuer Kleidung ausstaffiert, in dem einen oder anderen Kirchenstuhl zu finden. Daher besteht die Gemeinde am Weihnachtsmorgen zum großen Teil aus einer Tussaud-Versammlung von Berühmtheiten[9], die in dieser Gegend auf die Welt gekommen sind. Hier kann die Liebste, welche das ganze Jahr über vernachlässigt zu

Hause gesessen hat, heimlich die Entwicklung ihres zurückgekehrten Liebhabers, der sie vergessen hat, in Augenschein nehmen und mag, während sie ihn über ihr Gebetbuch hinweg betrachtet, meinen, daß möglicherweise sein Herz in erneuerter Treue für sie schlägt, wenn das Neue seinen Reiz verloren hat. Und hier konnte sich ein vergleichsweise neuer Einwohner wie Eustacia hinbegeben, um die Person eines Landessohnes zu inspizieren, der von zu Hause weggegangen war, bevor sie die Szene betreten hatte, und sich überlegen, ob es sich lohnte, eine Freundschaft mit seinen Eltern während der nächsten Abwesenheit zu pflegen, damit man sicher sein konnte, bei seiner nächsten Rückkehr seine Bekanntschaft zu machen.

Doch diese sanften Machenschaften ließen sich unter den überall verstreuten Bewohnern der Egdon-Heide nicht anwenden. Dem Namen nach waren sie Mitglieder einer Gemeinde, aber in Wirklichkeit gehörten sie gar keiner Gemeinde an. Die Menschen, die zu diesen wenigen einsamen Häusern kamen, um mit ihren Freunden Weihnachten zu feiern, blieben in deren Kaminecke sitzen, tranken Met sowie andere erquickliche geistige Getränke, bis sie auf Nimmerwiedersehen entschwanden. Von Regen, Schnee, Eis und Schlamm umgeben, waren sie nicht darauf versessen, zwei oder drei Meilen mühsam zu Fuß zu gehen, um dann mit nassen Füßen und bis zum Kragen bespritzt unter denjenigen zu sitzen, die, obgleich in gewisser Weise Nachbarn, nahe bei der Kirche wohnten und sauber hereinkamen. Eustacia wußte, daß die Chancen eins zu zehn standen, daß Clym Yeobright in diesen wenigen Tagen seiner freien Zeit zur Kirche gehen würde, und daß es verlorene Liebesmüh wäre, mit Pony und Wagen auf schlechter Straße dorthin zu fahren in der Hoffnung, ihn zu sehen.

Die Dämmerung war hereingebrochen, und Eustacia saß beim Feuer im Eßzimmer, oder vielmehr in der Diele, wo sie sich in dieser Jahreszeit lieber aufhielten als im Wohnzimmer, weil sich dort der große, zum Verbrennen von Torf gebaute Kamin befand, welchen der Kapitän für den Winter bevorzugte. Die einzig erkennbaren Gegenstände im Raum waren die auf der Fensterbank, welche sich in ihren Umrissen gegen den sich verdunkelnden Himmel abzeichneten. In der Mitte stand das alte Stundenglas, und rechts und links davon befanden sich zwei antike britische Urnen, die von einem Hünengrab in der Nähe stammten und nun als Blumentöpfe für zwei spitzblättrige Kakteen dienten. Jemand klopfte an die Tür. Die Magd hatte Ausgang, und auch der Großvater war nicht zu Hause. Nach etwa einer Minute kam jemand herein und klopfte an die Zimmertür.

»Wer ist da?« fragte Eustacia.

»Kapitän Vye, würdet Ihr uns bitte –«

Eustacia stand auf und ging zur Tür. »Ich kann Euch nicht erlauben, einfach so hereinzukommen. Ihr hättet warten sollen.«

»Der Kapitän hat gesagt, ich könne ohne große Umstände hereinkommen«, erklang die angenehme Stimme eines jungen Burschen.

»Oh, hat er das gesagt?« sagte Eustacia, etwas milder gestimmt. »Was willst du denn, Charley?«

»Ich wollte fragen, ob uns bitte Euer Großvater den Holzschuppen zur Verfügung stellen würde, damit wir nochmals unsre Rollen üben können – heute abend um sieben?«

»Was, du bist einer der Mummenschanzspieler auf der Heide in diesem Jahr?«

»Ja, Miss. Der Kapitän hat die Spieler immer hier proben lassen.«

»Das weiß ich. Ja, ihr könnt in dem Schuppen proben, wenn ihr wollt«, sagte Eustacia langsam.

Der Grund, weshalb man den Holzschuppen als Ort für die Proben wählte, lag darin, daß dieses Gebäude fast

in der Mitte der Heide lag. Der Schuppen war so groß wie
eine Scheune und stellte einen bestens geeigneten Ort für
solche Zwecke dar. Die jungen Burschen, die die Theater-
gruppe bildeten, wohnten weit verstreut auseinander, und
dieser Treffpunkt war für alle Teilnehmer etwa gleich weit
entfernt.

Eustacia verachtete Mummenschanz und Mummenspieler aus tiefstem Herzen. Diese selbst waren, was ihre
Kunst anging, nicht von derartigen Gefühlen geplagt,
aber sie waren auch nicht unbedingt mit Enthusiasmus
dabei. Man kann eine echte Tradition von der bloßen Wie-
derbelebung einer Tradition leicht dadurch unterscheiden, daß bei einer Wiederaufnahme Begeisterung und
Schwung zu finden sind, während das bloße Fortleben
einer Tradition gleichgültig und ohne inneren Antrieb
gepflegt wird, so daß man sich fragen muß, warum man
eine Sache, die so mechanisch ausgeführt wird, überhaupt
am Leben erhält. So wie Balaam[10] und andere unfreiwil-
lige Propheten scheinen die Agierenden durch einen inneren Zwang getrieben zu sprechen und die ihnen zugeteil-
ten Rollen ohne eigenen Willen zu spielen. Solch eine
unzulängliche Art der Aufführung ist denn auch das Kri-
terium, wonach man in der heutigen, auf Rückbesinnung
bedachten Zeit zwischen einer überlebten Tradition und
einer unechten Reproduktion zu unterscheiden vermag.

Bei dem Spiel handelte es sich um das allgemein bekannte Stück »Der heilige Georg«,[11] und alle hinter
der Bühne, einschließlich der Frauen eines jeden Haus-
stands, halfen bei den Vorbereitungen mit. Ohne die
Mitwirkung von Schwestern und Geliebten wären die
Kostüme wahrscheinlich ein Fehlschlag geworden, aber
andererseits hatte diese Art von Hilfeleistung auch ihre
Nachteile. Man konnte nämlich die Mädchen nie dazu
bringen, die Tradition hinsichtlich Entwurf und Ausstattung der Rüstungen zu respektieren. Sie bestanden darauf, Schleifchen aus Samt und Seide überall dort anzubrin-

gen, wo es ihnen gefiel. Ob Kragen, Zwickel, Haube, Harnisch, Panzerhandschuh oder Ärmel, alles erschien diesen weiblichen Augen geeignet, kleine Stoffstückchen in lustigen Farben aufzunähen.

Es mochte geschehen, daß Joe, der auf der Seite des Christentums focht, eine Freundin hatte, und Jim von der moslemischen Seite ebenfalls eine besaß. Dann konnte es beim Kostümenähen Joes Freundin zu Ohren kommen, daß Jims Freundin glitzernde Seidenverzierungen am Saum von Jims Wappenrock annähte, außerdem seidene Bänder ans Visier (deren bunte Streifen allesamt etwa zwei Zentimeter breit über das Gesicht hängen mußten). Joes Freundin nähte daraufhin unverzüglich ebenfalls glänzende Seide auf den fraglichen Saum und befestigte darüber hinaus noch Quasten an den Schulterstücken. Jims Freundin heftete dann, um nicht zurückzustehen, Quasten und Rosetten überall dort an, wo noch Platz vorhanden war.

Die Folge davon war, daß am Ende der „tapfere Held" der christlichen Armee durch kein einziges Merkmal seiner Ausstattung vom »türkischen Ritter« zu unterscheiden war; und was noch schlimmer war, selbst den heiligen Georg konnte man, wenn man nicht genau hinsah, für seinen tödlichen Feind, den Sarazener, halten. Die Spieler selbst, die untereinander dieses Personendurcheinander bedauerten, konnten es sich nicht leisten, jene zu beleidigen, von deren Mitwirkung sie so weitgehend profitierten, und so wurde den Neuerungen stattgegeben.

Es gab, das muß man zugeben, auch eine Grenze für diese Tendenz zur Uniformierung. Der Wucherer, oder Doktor, konnte mit seiner dunklen Bekleidung, seinem seltsamen Hut und seiner Arzneiflasche unter dem Arm seine Rolle davor bewahren, mit den anderen verwechselt zu werden. Und dasselbe konnte man auch von der traditionellen Figur des Weihnachtsmanns mit seinem riesigen Knüppel sagen, der von einem älteren Mann gespielt

wurde, und der die Truppe als allgemeiner Beschützer auf
ihren nächtlichen Reisen von Gemeinde zu Gemeinde
begleitete und auch die Geldtasche bei sich trug.

Es wurde sieben Uhr, und somit war die Zeit für die
Proben gekommen. Eustacia konnte bald Stimmen vom
Holzschuppen her vernehmen. Um sich auf harmlose Art
und Weise von dem sie ständig begleitenden Gefühl der
Misere des menschlichen Daseins abzulenken, ging sie zu
der Hütte mit dem Pultdach, die den hauswirtschaftlichen
Teil des Anwesens bildete und an den Holzschuppen
angebaut war. Hier befand sich ein kleines, unregelmäßiges Loch in der Lehmwand, das ursprünglich den Tauben
diente, und durch welches man in das Innere des angrenzenden Schuppens hineinsehen konnte. Von dort kam
jetzt ein Lichtschein, und Eustacia stellte sich auf einen
Schemel, um die Vorgänge dort drinnen beobachten zu
können.

Auf einem Sims in dem Schuppen standen drei Binsen-
lichter, und in deren Schein gingen sieben oder acht junge
Burschen auf und ab, deklamierten und brachten sich
gegenseitig durcheinander in dem Versuch, sich in ihren
Rollen zu vervollkommnen. Humphrey und Sam, die
Ginsterschneider und Torfstecher, waren ebenfalls da und
schauten zu; auch Timothy Fairway war zugegen, welcher, gegen die Wand gelehnt, den Jungen aus dem
Gedächtnis das Stichwort gab und in den Text Bemerkungen und Anekdoten aus jenen besseren Zeiten einstreute,
als er und andere, wie heute diese Jungen, die Egdon-
Schauspieler waren.

»Na ja, besser wird's wohl nicht mehr werden«, sagte
er. »Zu meiner Zeit wärt ihr mit so einem Spiel nicht
durchgekommen. Harry, der Sarazene, müßte ein bißchen mehr stolzieren, und John sollte sich nicht die Kehle
aus dem Hals schreien. Im übrigen geht's ganz gut. Habt
ihr alle eure Kostüme fertig?«

»Am Montag haben wir sie.«

»Ihr tretet wohl am Montag abend zum ersten Mal auf,
nehm ich an?«

»Ja, im Haus von Mrs. Yeobright.«

»Oh, bei Mrs. Yeobright. Warum hat sie euch denn
engagiert? Ich möchte meinen, daß eine Frau in ihrem
Alter vom Mummenschanz genug hat.«

»Sie hat ein kleines Fest geplant, weil ihr Sohn zum
ersten Mal seit langer Zeit zu Weihnachten zu Hause ist.«

»Ach ja, ach ja – ihr Fest! Ich gehe ja selbst hin. Du liebe
Zeit, das hätte ich beinahe vergessen.«

Eustacias Gesicht erglühte. Yeobrights veranstalteten
ein Fest. Sie hatte natürlich nichts damit zu tun, da sie bei
all diesen Treffen der Einheimischen eine Fremde war und
eine Teilnahme unter ihrer Würde gewesen wäre. Aber
wenn sie hingegangen wäre, was wäre das für eine Gelegenheit gewesen, jenen Mann zu treffen, dessen Einfluß
sie wie die Sommersonne durchdrang. Diese Wirkung zu
verstärken, war ihr größtes Begehren; sie abzuschütteln,
mochte wiedergewonnenen Seelenfrieden bedeuten; alles
so zu belassen, wie es stand, war quälend.

Die Burschen und Männer schickten sich an, das Anwesen zu verlassen, und Eustacia kehrte an ihren Platz am
Feuer zurück. Sie war tief in ihre Gedanken versunken,
aber nicht für lange. Nach einigen Minuten kam Charley,
der um Erlaubnis gebeten hatte, den Raum zu benutzen,
zur Küche herein, um den Schlüssel zurückzubringen.
Eustacia hörte ihn und sagte, während sie die Tür zur
Diele öffnete: »Charley, komm doch mal her.«

Der Junge war überrascht. Nicht ohne rot zu werden,
trat er in den vorderen Raum ein, denn auch er spürte wie
viele andere die Anziehungskraft, die vom Gesicht und
von der Gestalt dieses Mädchens ausging.

Sie deutete auf einen Sessel neben dem Feuer und setzte
sich in die andere Kaminecke. Es war ihrem Gesicht anzusehen, daß sogleich offenbar werden würde, weshalb sie
ihn hatte hereinkommen lassen.

»Welche Rolle spielst du, Charley, den türkischen Ritter, stimmt's?« fragte die Schönheit und schaute von der anderen Seite des Feuers zu ihm hinüber.

»Ja, Miss, den türkischen Ritter«, antwortete er schüchtern.

»Ist es eine große Rolle?«

»Ungefähr neun Strophen.«

»Kannst du sie mir aufsagen? Wenn ja, würde ich sie gern hören.«

Der Junge lächelte, schaute in die Glut und begann:

> *Here come I, a Turkish Knight,*
> *Who learnt in Turkish land to fight,*

und er sagte auf diese Weise seine Rolle bis zu der Katastrophe am Ende auf, wo er durch die Hand des heiligen Georg fällt.

Eustacia hatte gelegentlich den Text aufsagen hören. Als der Bursche geendet hatte, begann sie ohne Stocken und ohne eine Änderung die Rolle ausdrucksvoll herzusagen. Es waren die gleichen Worte und doch, wie verschieden! Identisch in der Form, war die Weichheit und Perfektion eines Raffael hinzugekommen, wenn dieser nach Peruginos Manier[12] malte und trotz aller originalgetreuen Nachahmung das ursprüngliche Vorbild weit in den Schatten stellte.

Charleys Augen weiteten sich vor Erstaunen. »Ja, Ihr seid aber 'ne gescheite Lady!« sagte er bewundernd. »Dafür habe ich drei Wochen gebraucht, bis ich das konnte.«

»Ich hatte es schon früher einmal gehört«, bemerkte sie ruhig. »Nun, Charley, würdest du nicht alles tun, um mir einen Gefallen zu tun?«

»Ich würde eine ganze Menge tun, Miss.«

»Würdest du mich dann für einen Abend deine Rolle spielen lassen?«

»Oh, Miss! Aber Eure Frauenkleider – das ginge nicht.«

»Ich kann mir Männerkleidung besorgen – wenigstens alles, was man außer dem Kostüm selbst braucht. Was soll ich dir dafür geben, daß du mir deine Sachen leihst, mich für ein, zwei Stunden am Montag deinen Platz einnehmen läßt und unter keinen Umständen etwas darüber sagst, wer oder was ich bin? Du müßtest dich natürlich bei den Spielern für diesen Abend entschuldigen und sagen, daß jemand – ein Cousin von Miss Vye – für dich einspringt. Die anderen Mummenspieler haben noch nie in ihrem Leben mit mir gesprochen, so daß da keine Gefahr besteht. Und wenn schon, das wäre mir auch gleich. Nun, was soll ich dir geben, damit du mit allem einverstanden bist? Eine halbe Krone?«

Der Junge schüttelte seinen Kopf.

»Fünf Schillinge?«

Er schüttelte ihn wieder. »Mit Geld ist nichts zu machen«, sagte er und streichelte mit der hohlen Hand den Kopf des eisernen Feuerbocks.

»Was willst du dann, Charley?«

»Wißt Ihr noch, was Ihr mir beim Maifest verboten habt, Miss?« murmelte der Bursche, ohne sie anzusehen, und strich noch immer über den Kopf des Feuerbocks.

»Ja«, sagte Eustacia ein bißchen mehr von oben herab, »du wolltest im Kreis meine Hand halten, wenn ich mich recht erinnere?«

»Eine halbe Stunde davon, und ich bin einverstanden.«

Eustacia faßte den Jungen fest ins Auge. Er war drei Jahre jünger als sie, aber offenbar für sein Alter durchaus nicht zurückgeblieben. »Eine halbe Stunde wovon?« fragte sie, obwohl sie erriet, was er wollte.

»Eure Hand in meiner halten.«

Eustacia schwieg. »Sagen wir, eine Viertelstunde«, sagte sie dann.

»Ja, Miss Eustacia, das ist recht – wenn ich sie auch küssen darf. Also eine Viertelstunde. Und ich schwöre, daß ich mein Bestes tue, daß Ihr meinen Platz einnehmen könnt, ohne daß es jemand merkt. Meint Ihr nicht, daß jemand Eure Stimme erkennt, Miss?«

»Das ist schon möglich. Aber ich werde ein Steinchen in den Mund nehmen, um sie zu verstellen. Also gut, du bekommst die Erlaubnis, meine Hand zu halten, sobald du mir deine Kleider, dein Schwert und deinen Stab bringst. Du kannst jetzt gehen.«

Charley ging, und Eustacias Lebensgeister erwachten zusehends. Hier gab es endlich etwas zu tun, man konnte jemanden zu sehen bekommen, und dazu auf was für eine reizvolle und abenteuerliche Art und Weise. »Ach ja«, sagte sie zu sich selbst, »das ist es, was mir fehlt – etwas, wofür es sich zu leben lohnt.«

Eustacia war von Natur aus eher träge, und ihre Leidenschaften waren eher tief als lebhaft. Wenn sie jedoch angeregt war, konnte sie für eine bestimmte Zeit so voller Leben sein wie jemand, der von Natur aus lebhaft ist.

Was das Erkanntwerden anlangte, so war sie ziemlich unbesorgt. Es war unwahrscheinlich, daß die jungen Spieler sie erkennen würden. In bezug auf die Gäste, die sich dort einfinden würden, war sie ihrer Sache durchaus nicht so sicher. Andererseits wäre eine Entdeckung so schrecklich auch wieder nicht gewesen. Man konnte nur die Tatsache selbst, niemals aber ihr eigentliches Motiv entdekken. Es würde sofort abgetan werden als die Grille eines Mädchens, dessen Betragen ohnehin schon als ungewöhnlich bekannt war. Daß sie aus einem ernsthaften Grund tat, was man normalerweise nur scherzhaft tun würde, das war auf jeden Fall ein sicheres Geheimnis.

Am nächsten Abend stand Eustacia pünktlich an der Tür des Holzschuppens und wartete auf die Dämmerung, in deren Schutz Charley mit dem Kostüm kommen sollte.

Ihr Großvater war heute abend zu Hause, und sie konnte ihren Komplizen nicht ins Haus bitten.

Er erschien auf dem dunklen Heidehügel wie eine Fliege auf einem Mohren. Die Ausrüstung hatte er bei sich und war ganz außer Atem.

»Hier sind die Sachen«, flüsterte er, indem er sie auf die Türschwelle legte. »Und jetzt, Miss Eustacia –«

»Die Bezahlung. Sie steht bereit. Ich halte mein Wort.«

Sie lehnte sich gegen den Türpfosten und gab ihm ihre Hand. Charley nahm sie mit unbeschreiblicher Behutsamkeit in seine beiden Hände, etwa so, wie ein kleines Kind einen gefangenen Spatz festhalten würde.

»Aber Ihr habt ja einen Handschuh an!« sagte er mißbilligend.

»Ich war draußen«, bemerkte sie.

»Aber, Miss!«

»Na gut – das ist wohl nicht fair.« Sie zog den Handschuh aus und gab ihm ihre bloße Hand.

So standen sie, eine Minute nach der anderen, ohne ein weiteres Wort zu sprechen, und jeder schaute, mit eigenen Gedanken beschäftigt, in die sich verdunkelnde Landschaft hinaus.

»Ich glaube, ich werde heute abend nicht alles aufbrauchen«, sagte Charley unterwürfig, nachdem sechs oder acht Minuten mit dem Liebkosen ihrer Hand vergangen waren. »Vielleicht kann ich die übrigen paar Minuten ein andermal haben?«

»Wie du willst«, sagte sie ohne die geringste Gefühlsbewegung. »Aber innerhalb einer Woche muß es vorbei sein. Jetzt mußt du noch eins für mich tun. Warte hier, während ich das Kostüm anziehe, und sage mir dann, ob ich es richtig mache. Aber laß mich zuerst ins Haus zurück.«

Sie verschwand für ein, zwei Minuten und ging hinein. Ihr Großvater war in seinem Sessel fest eingeschlafen.

»Also«, sagte sie, als sie zurückkehrte, »geh ein wenig

im Garten spazieren, und wenn ich fertig bin, rufe ich
dich.«

Charley ging und wartete. Jetzt hörte er ein leises Pfei-
fen. Er ging zur Tür des Holzschuppens zurück. »Habt
Ihr gepfiffen, Miss Vye?«

»Ja, komm herein«, drang vom hinteren Teil des Schuppens Eustacias Stimme an sein Ohr. »Ich darf kein Licht
machen, bis die Tür geschlossen ist, sonst scheint es nach
draußen. Steck deinen Hut in das Loch zur Waschküche,
falls du im Dunkeln dahin finden kannst.«

Charley tat, wie ihm befohlen, und sie zündete das
Licht an, welches sie, ins andere Geschlecht verwandelt,
leuchtend bunt und von Kopf bis Fuß bewaffnet, enthüllte. Vielleicht bebte sie ein wenig unter Charleys ein-
dringlichen Blicken, ob sich jedoch auf ihren Gesichtszügen wegen ihres männlichen Aufzugs eine Verlegenheit
zeigte, konnte man wegen der Bänderstreifen, die das
Gesicht bei den Kostümen zu verdecken pflegten (und die
das geschlossene Visier eines mittelalterlichen Helms andeuten sollten), nicht erkennen.

»Es paßt ganz gut«, sagte sie und schaute an dem weißen Kostüm hinab, »außer daß an dieser Tunika, oder wie
das heißt, die Ärmel zu lang sind. Die Beine des Anzugs
kann ich nach innen einschlagen. Jetzt paß auf.«

Darauf begann Eustacia, ihre Rolle aufzusagen, während sie bei den drohenden Stellen auf die althergebrachte
Art des Mummenspiels das Schwert gegen den Stab schlug
und auf und ab stolzierte. Charley würzte seine Bewunderung nur mit der sanftesten Kritik, denn die Berührung
ihrer Hand klang noch in ihm nach.

»Und jetzt noch deine Ausrede für die anderen«, sagte
sie. »Wo trefft ihr euch denn, bevor ihr zu Mrs. Yeobright
geht?«

»Wir dachten, wir treffen uns hier, Miss, wenn Ihr
nichts dagegen habt. Um acht Uhr, damit wir um neun
Uhr dort sind.«

»Ja, gut. Du darfst natürlich nicht kommen. Ich werde etwa fünf Minuten später dazukommen, fertig angezogen, und ihnen sagen, daß du nicht kommen kannst. Ich halte es für am besten, wenn ich dich irgendwo hinschicke, dann hat die Ausrede einen echten Hintergrund. Unsere zwei Ponys laufen gern auf die Wiesen davon, und morgen abend kannst du sie dort suchen gehen. Ich sorge für alles Weitere. Jetzt darfst du mich allein lassen.«

»Ja, Miss. Aber ich denke, ich möchte noch eine Minute mehr von dem, was Ihr mir schuldig seid, wenn es Euch nichts ausmacht.«

Eustacia gab ihm wie zuvor ihre Hand.

»Eine Minute«, sagte sie und zählte weiter, bis sie bei sieben oder acht Minuten angekommen war. Dann entzog sie ihm Hand und Person, ging ein, zwei Schritte zurück und gewann ein wenig von ihrer alten Würde zurück. Der Vertrag war erfüllt, und sie errichtete zwischen sich und ihm eine Barriere, die so undurchdringlich wie eine Mauer war.

»Da, jetzt ist alles vorbei, und ich hab doch noch nicht alles gewollt«, sagte er mit einem Seufzer.

»Du hattest deinen Teil«, sagte sie und wandte sich ab.

»Ja, Miss. Na ja, nun ist's halt vorbei, und ich mach mich auf den Heimweg.«

Kapitel 5

Im Mondschein

Am nächsten Abend waren die Spieler am selben Ort versammelt und warteten auf das Erscheinen des türkischen Ritters.

»Schon zwanzig nach acht, nach der Uhr der ›Stillen Frau‹, und nichts von Charley zu sehen.«

»Zehn nach, nach Blooms-End-Zeit.«

»Noch zehn bis, nach Großpapa Cantles Uhr.«

»Und s'ist fünf nach, nach der Uhr des Kapitäns.«

Auf der Egdon-Heide gab es keine absolute Uhrzeit. Die Zeit eines jeden Augenblicks folgte ganz verschiedenen Maßstäben, wie sie von den einzelnen Dörfern festgesetzt wurden. Einige hatten ursprünglich eine gemeinsame Wurzel, von der sich wieder manche abgespalten hatten, während andere seit Beginn von den übrigen verschieden waren. Im Westen der Egdon-Heide richtete man sich nach der Blooms-End-Zeit, im Osten nach der des Gasthauses »Zur Stillen Frau«. Großpapa Cantles Uhrzeit hatte in den vergangenen Jahren viele Gefolgsleute gezählt, aber seit er älter geworden war, fielen seine Anhänger von ihm ab. So kam jeder der hier aus weit verstreuten Ortschaften versammelten Spieler in dem, was früh oder spät anging, mit seiner eigenen Zeitvorstellung, und als Kompromiß warteten sie eben ein wenig länger.

Eustacia hatte die Versammlung durch das Loch in der Wand beobachtet. Als sie fand, daß nun der geeignete Moment für sie gekommen sei, ging sie vom Anbau aus zur Tür des Holzschuppens und zog kräftig an dem Holzpflock. Ihr Großvater befand sich derweil gut aufgehoben im Gasthaus »Zur Stillen Frau«.

»He, Charley, endlich! Du bist aber spät dran!«

»Ich bin nicht Charley«, sagte der türkische Ritter
unter seinem Visier hervor. »Ich bin ein Cousin von Miss
Vye und spiele aus Neugier an Stelle von Charley. Er
mußte sich um die Ponys kümmern, die sich auf den Wiesen verlaufen haben, und ich war damit einverstanden, an
seiner Stelle zu spielen, weil er wußte, daß er heute abend
nicht rechtzeitig zurück sein würde. Ich kann die Rolle so
gut wie er.«

Ihr leichter Gang, ihr elegantes und allgemein würde-
volles Auftreten brachte die Spieler zur Überzeugung,
daß sie durch den Tausch nur gewonnen hätten, falls der
Neuling seine Rolle beherrschte.

»Es ist egal – falls du nicht zu jung bist«, sagte der
heilige Georg. Eustacias Stimme hatte etwas jünger
geklungen als die von Charley.

»Ich kenn jedes Wort, ihr könnt euch drauf verlassen«,
sagte Eustacia bestimmt. Da es nur darauf ankam, Schneid
zu zeigen, um ihren Erfolg zu sichern, wandte sie soviel
davon an, wie notwendig war. »Fangt nur an mit den
Proben, Freunde. Ich wette mit jedem von euch, daß ich
keinen Fehler mache.«

Das Stück wurde nochmals eilig durchgespielt, wonach
die Spieler mit dem neuen Ritter hochauf zufrieden
waren. Sie löschten um halb neun die Lichter und machten
sich auf den Weg über die Heide zu Mrs. Yeobrights Haus
in Blooms-End.

Es lag leichter Rauhreif an diesem Abend, und der
Mond, obwohl gerade erst halb, warf einen geisterhaften
und zauberischen Glanz auf die phantastischen Gestalten
der Schauspieltruppe, deren Federbüsche und Bänder
beim Gehen wie Herbstblätter raschelten. Sie nahmen
nicht den Weg über den Regenhügel, sondern gingen
einen Pfad, der an der uralten Erhebung etwas weiter östlich entlang führte. Die Talsohle war in einem Durchmesser von etwa zehn Metern grün, und die glitzernden
Facetten des Rauhreifs auf den Grashalmen schienen den

Schatten der Wanderer zu folgen. Die Ginster- und Heidekrautmassen rechts und links waren so dunkel wie immer. Es hätte mehr als nur eines Halbmonds bedurft, solch düstere Massen wie diese zu versilbern.

Plaudernd kamen sie nach einer halben Stunde zu der Stelle des Tales, wo sich der Grasstreifen verbreiterte und zum Haus hinunterführte. Bei seinem Anblick war Eustacia, die auf dem Gang mit den jungen Burschen von Zweifeln geplagt worden war, wieder froh, das Abenteuer unternommen zu haben. Sie war ausgegangen, um einen Mann zu sehen, der möglicherweise die Macht hatte, ihre Seele von einer äußerst tödlichen Bedrängnis zu befreien. Was war denn schon Wildeve? Interessant, aber unzulänglich. Vielleicht würde sie heute abend einen ihr angemessenen Helden treffen.

Als sie sich dem Haus näherten, wurden die Spieler gewahr, daß Musik und Tanz drinnen in vollem Gange waren. Ab und zu drang ein langer und tiefer Ton der Schlange[13], welche das Hauptinstrument jener Zeit war, weiter in die Heide hinein als die hellen Tenorstellen, und erreichte als einziger ihr Ohr. Dann war auch ab und zu ein besonders lautes Stampfen von einem der Tänzer zu vernehmen. Beim Näherkommen setzten sich diese bruchstückhaften Laute zu einem Ganzen zusammen und stellten sich als die wesentlichen Teile der Melodie »Nancy's Fancy« heraus.

Er war da drinnen, natürlich. Mit wem er wohl tanzte? Vielleicht war irgendeine unbedeutende Frau, die kulturell weit unter ihm stand, gerade dabei, jenen raffiniertesten aller Köder auszuwerfen, und besiegelte in diesem Augenblick sein Schicksal? Mit einem Mann zu tanzen bedeutet, zwölf Monate erlaubter Bemühungen um ihn auf weniger als eine Stunde zu konzentrieren. Wollte man eine Verlobung ohne vorherige Bekanntschaft, eine Heirat ohne Verlobungszeit, so war nur auf diesem herrlichen Weg ein Überspringen der Gepflogenheiten möglich. Sie würde den Zustand seines Herzens durch scharfes Beobachten aller Beteiligten schon erkennen.

Die unternehmungslustige Lady folgte der Spieltruppe durch die Pforte in der weißen Einzäunung und stand vor der offenen Veranda. Das Haus war mit Stroh gedeckt, welches zwischen den oberen Fenstern herunterhing. Die Vorderseite, die vom Mond direkt beschienen wurde, war ursprünglich weiß gewesen und nun zum größten Teil von einem hohen Feuerdorn verdunkelt.

Es wurde sofort offenbar, daß der Tanz sich unmittelbar bis an die Tür hin abspielte, ohne daß noch ein Zwischenraum blieb. Man konnte das Vorbeistreifen von Röcken und Ellbogen, manchmal auch das Anstoßen einer Schulter direkt an der Wand vernehmen. Obwohl sie nicht weiter als zwei Meilen entfernt von hier wohnte, hatte Eustacia nie das Innere dieses anheimelnden alten Hauses gesehen. Zwischen Kapitän Vye und den Yeobrights war nie viel Umgang gepflegt worden, da ersterer als ein Fremder gekommen und ein seit langem leerstehendes Haus in Mistover Knap erst kurz vor dem Tod von Mrs. Yeobrights Mann erworben hatte. Durch dieses Ereignis und die Abreise ihres Sohnes war die bis dahin entstandene Freundschaft schnell wieder eingeschlafen.

»Da ist wohl kein Flur hinter der Tür?« fragte Eustacia, als sie auf der Veranda standen.

»Nein«, sagte der Junge, der den Sarazenen spielte, »die Tür geht direkt in das vordere Wohnzimmer, wo das Fest stattfindet.«

»Dann können wir die Tür nicht aufmachen, ohne den Tanz zu unterbrechen?«

»Das stimmt. Wir müssen hier warten, bis sie fertig sind, denn sie verriegeln die Tür immer, wenn's dunkel wird.«

»Es dauert nicht mehr lange«, sagte der Weihnachtsmann.

Diese Behauptung wurde jedoch kaum von den Tatsachen gestützt. Wieder waren die Musiker mit einer Melodie zu Ende, und wieder begannen sie mit soviel Feuer und Gefühl von neuem, als sei es das erste Mal. Jetzt spielten sie die Weise, die keinen bestimmten Anfang, keine Mitte und kein Ende hatte, und die vielleicht unter allen Tänzen, die die Phantasie eines begeisterten Geigers erregen, am besten die Idee des zeitlich Unbegrenzten verkörpert – den vielgerühmten »Teufelstraum«.[14] Die feurigen Bewegungen der Tänzer, von den feurigen Noten hervorgerufen, konnten sich die draußen im Mondschein Wartenden ungefähr vorstellen; denn immer dann stießen Fußspitzen und Absätze häufiger gegen die Tür, wenn das Herumwirbeln die übliche Geschwindigkeit überschritt.

Die ersten fünf Minuten des Zuhörens waren recht interessant für die Spieler gewesen. Aus fünf Minuten wurden jedoch zehn, daraus eine Viertelstunde, und es gab kein Anzeichen für ein Ende des lebhaften »Traums«. Das Anstoßen gegen die Tür, das Gelächter, das Stampfen, all das war lebhaft wie eh und je, aber das Vergnügen, draußen zu stehen, ließ erheblich nach.

»Wieso gibt Mrs. Yeobright Feste dieser Art?« fragte Eustacia, die ein wenig erstaunt war, solch ausgelassene Fröhlichkeit vorzufinden.

»Das ist keine ihrer feineren Gesellschaftsabende. Sie hat ohne Unterschied die einfachen Nachbarn und Arbeiter eingeladen, um ihnen ein gutes Abendessen und so weiter zu bieten. Ihr Sohn und sie selbst bewirten die Leute.«

»Ich verstehe«, sagte Eustacia.

»Das ist, glaub ich, die letzte Runde«, sagte der heilige Georg, der das Ohr an die Wand gelegt hatte. »Ein junges Paar ist grade hier vorbeigetanzt, und er sagte zu ihr: ›Ach wie schade, jetzt ist's vorbei für uns, mein Herz.‹«

»Gott sei Dank!« sagte der türkische Ritter, stampfte mit den Füßen und nahm die traditionelle Lanze von der

Wand, die jeder der Spieler bei sich trug. Da ihre Stiefel dünner waren als die der jungen Männer, hatte der Reif ihre Füße feucht und kalt werden lassen.

»Oh je, jetzt heißt's noch mal zehn Minuten für uns«, sagte der tapfere Soldat, als er durch das Schlüsselloch hindurch sah, daß der Tanz ohne Pause in den nächsten überging. »Großpapa Cantle steht hier in der Ecke und wartet, bis er an die Reihe kommt.«

»Das geht nicht lange, s'ist nur ein Sechser-Tanz«, sagte der Doktor.

»Laß uns doch reingehn, ob die tanzen oder nicht. Sie haben uns schließlich bestellt«, sagte der Sarazener.

»Auf keinen Fall«, sagte Eustacia mit Bestimmtheit, während sie zwischen Tür und Pforte auf und ab ging, um sich aufzuwärmen. »Wir würden mitten hineinplatzen und den Tanz unterbrechen, das wäre ungehörig.«

»Er hält sich für was Besseres, weil er ein bißchen länger zur Schule gegangen ist als wir«, sagte der Doktor.

»Ach, schert Euch zum Teufel!« sagte Eustacia.

Drei oder vier von ihnen flüsterten nun miteinander, dann wandte sich einer an sie.

»Können wir dich mal was fragen?« sagte er nicht ohne Taktgefühl. »Seid Ihr Miss Vye? Wir glauben nämlich, daß Ihr es seid.«

»Ihr könnt glauben, was ihr wollt«, sagte Eustacia langsam, »aber ehrenhafte Burschen würden eine Dame nicht verraten.«

»Wir sagen nichts, Ihr könnt uns beim Wort nehmen.«

»Danke«, antwortete sie.

In diesem Augenblick endeten die Geigen mit einem schrillen Bogenstrich, und die Schlange gab einen letzten Ton von sich, der beinahe das Dach in die Höhe hob. Als die Spieler draußen durch die relative Stille drinnen davon überzeugt waren, daß die Tänzer auf ihre Plätze zurückgekehrt waren, trat der Weihnachtsmann zur Tür, hob den Bolzen hoch und steckte seinen Kopf zur Tür hinein.

»Ah, die Mummer, die Mummer!« riefen mehrere
Gäste gleichzeitig. »Macht Platz für die Mummer!«

Vornübergebeugt betrat der Weihnachtsmann den
Raum, indem er seine mächtige Keule schwang, um so die
Bühne für die eigentlichen Schauspieler frei zu machen. Er
tat den Anwesenden in wohlgereimten Worten kund, daß
er gekommen sei, gleich, ob willkommen oder nicht, und
endete seine Ansprache so:

> *Make room, make room, my gallant boys,*
> *and give us space to rhyme*
> *We've come to show Saint George's play*
> *Upon this Christmas time.*

Die Gäste versammelten sich nun auf der einen Seite des
Zimmers, der Geiger drehte eine Saite fest, der Musiker
mit der Schlange leerte sein Mundstück, und das Spiel
begann. Als erster kam von denen, die draußen gewartet
hatten, der tapfere Soldat auf der Seite des heiligen Georg
herein:

> *Here come I, the Valiant Soldier;*
> *Slasher is my name;*

und so weiter. Dieser Auftritt endete mit einer Herausforderung an die Ungläubigen, an welcher Stelle Eustacia als
der türkische Ritter hereinkommen mußte. Sie war bis
jetzt mit jenen, die noch nicht an der Reihe waren, im
Mondschein auf der Veranda geblieben. Ohne sichtliche
Anstrengung oder Schüchternheit kam sie herein und begann:

> *Here come I, a Turkish Knight,*
> *Who learnt in Turkish land to fight;*
> *I'll fight this man with courage bold;*
> *If his blood's hot I'll make it cold!*

Während ihres Auftritts hielt Eustacia den Kopf hoch
erhoben und sprach so rauh wie sie nur konnte. Sie fühlte

sich vor einer Entdeckung recht sicher. Aber die Konzentration auf ihre Rolle, die nötig war, um nicht erkannt zu werden, die Fremdheit der Umgebung, das Kerzenlicht und der verwirrende Effekt des mit Bändern geschmückten Visiers, welches ihr Gesicht verbarg und ihre Sicht behinderte, machten es ihr gänzlich unmöglich zu erkennen, wer die Zuschauer waren. Weiter hinten an einem Tisch konnte sie undeutlich Gesichter wahrnehmen, das war alles.

Inzwischen trat Jim Starks als der tapfere Soldat vor und antwortete mit einem Blick auf den Türken –

If, then, thou art that Turkish Knight,
Draw out thy sword, and let us fight!

Und so fochten sie, wobei es am Ende des Zweikampfes dazu kommen sollte, daß der tapfere Soldat von einem – naturgemäß unzulänglichen – Stoß Eustacias zu Boden gestreckt wurde. Jim fiel in seiner Begeisterung für die echte Schauspielkunst wie ein Holzklotz auf den Steinfußboden, hart genug, um sich seine Schulter auszukugeln. Dann kam nach ein paar weiteren Worten des türkischen Ritters, die etwas zu schwach gesprochen waren, und nach der Erklärung, daß er den heiligen Georg und seine Gefolgschaft besiegen wolle, der heilige Georg selbst majestätisch herein und begann mit dem wohlgesetzten Reim –

Here come I, Saint Georg, the valiant man,
With naked sword and spear in hand,
Who fought the dragon and brought him to the slaughter
And by this won fair Sabra, the King of Egypt's daughter
What mortal man would dare to stand
befor me with my sword in hand?

Dies war der Bursche, der Eustacia als erster erkannt hatte, und als sie nun mit angemessener Herausforderung in ihrer Rolle als Türke antwortete und der Kampf sogleich begann, handhabte der junge Mann sein Schwert so vorsichtig wie möglich. Verwundet fiel der Ritter auf ein Knie, so wie es von der Regie vorgeschrieben war. Nun kam der Doktor herein und richtete den Ritter wieder auf, indem er ihm einen Schluck aus seiner Flasche, die er bei sich trug, zu trinken gab, wonach der Kampf wieder aufgenommen wurde. Der Türke sank nach und nach zu Boden, bis er gänzlich besiegt war – er starb so schwer in diesem ehrwürdigen Drama, wie man es ihm bis auf den heutigen Tag noch nachsagt.

Wegen dieses langsamen Niedersinkens schien Eustacia die Rolle des türkischen Ritters, obgleich sie nicht die kürzeste war, für ihre Pläne am besten geeignet zu sein. Ein plötzliches Hinfallen aus der Horizontalen, so wie es das Ende der anderen Kämpfer vorschrieb, war keine elegante und graziöse Rolle für ein Mädchen. Aber wie ein Türke langsam niederzusinken und zu sterben, das war einfach genug.

Eustacia befand sich nun unter der Zahl der Erschlagenen, allerdings nicht am Boden, da sie es zustande gebracht hatte, in geneigter Stellung gegen eine Standuhr zu sinken, so daß ihr Kopf aufrecht war. Das Spiel ging nun zwischen dem heiligen Georg, dem Sarazenen, dem Doktor und dem Weihnachtsmann weiter. Und Eustacia, die nichts mehr zu tun hatte, fand nun erstmalig Gelegenheit, die Szenerie um sie herum ins Auge zu fassen und nach der Gestalt Ausschau zu halten, die der Anlaß ihres Kommens war.

Kapitel 6

Die beiden stehen sich gegenüber

Man hatte das Zimmer für den Tanz umgeräumt und den langen Eichentisch als Schutz hinten vor den Kamin gestellt. An seinen beiden Enden, dahinter und in der Kaminecke gruppierten sich nun die Gäste, von denen noch viele heiße Wangen hatten und außer Atem waren. Eustacia erkannte unter ihnen flüchtig einige wohlhabende Leute, die außerhalb der Heide wohnten. Thomasin war, wie sie erwartet hatte, nicht zu sehen, und Eustacia erinnerte sich, im oberen Stock in einem der Fenster Licht bemerkt zu haben, welches wahrscheinlich von Thomasins Zimmer kam. Eine Nase, ein Kinn, Hände, Knie und Schuhspitzen schauten von dem Sitzplatz am Kamin hervor, Teile, die sich zur Gestalt Großpapa Cantles zusammensetzten, welcher gelegentlich Mrs. Yeobright im Garten half und deshalb einer der Geladenen war. Der Rauch stieg aus einem Ätna von Torf vor ihm hoch, wand sich spielerisch um die Unebenheiten des Kaminknies, schlug gegen den Pökelkasten und verlor sich in den Speckseiten.

Bald wurde ihr Blick von einer anderen Ecke des Zimmers gefangengenommen. Dort stand an der anderen Seite des Kamins die Bank mit dem hohen Rückenteil, ein unbedingt notwendiges Zubehör für solch ein offenes Feuer, dessen Rauch nur durch einen guten Zug nach oben entweicht. Sie gehört zu den altmodischen höhlenartigen Kaminen wie die im Osten angepflanzte Baumgruppe zu einem ländlichen Anwesen oder die Nordmauer zu einem Garten. Außerhalb dieser Bank tropfen die Kerzen, bewegen sich Haarlocken, zittern junge Frauen, und alte Männer niesen; innerhalb ist's wie im Paradies. Kein Lüftchen bewegt sich hier, und der Rücken der hier Sitzenden ist so warm wie das Gesicht. Hier reifen

Lieder und alte Geschichten wie Früchte einer Melonen-
pflanze im Treibhaus.

Eustacias Aufmerksamkeit war jedoch nicht auf jene
gerichtet, die in der Bank saßen. Vor dem Hintergrund
des dunkelgebeizten Holzes des Bankrückenteils zeichnete sich deutlich ein Gesicht ab, und der Eigentümer
dieses Gesichts, der sich gegen das äußere Ende der Bank
lehnte, war Clement Yeobright, oder Clym, wie er hier
genannt wurde. Sie wußte, daß es niemand anderes sein
konnte. Wie auf einem Bild Rembrandts hob sich das
Gesicht auf einer Fläche von zwei Fuß leuchtend gegen
den Hintergrund ab. Es schien deshalb eine so seltsame
Macht auszustrahlen, weil das Auge des Beobachters nur
sein Gesicht wahrnahm, obwohl seine gesamte Gestalt
sichtbar war.

Für jemanden mittleren Alters waren es die Gesichtszüge eines jungen Mannes, obgleich ein Jugendlicher
wohl kaum die Notwendigkeit empfunden hätte, von
Unreife zu sprechen. Es war vielmehr eines jener Gesichter, das weniger die Anzahl von Jahren als die Menge der
Erfahrungen offenbart. Jared, Mahalaheel[16] und die übrigen Menschen vor der Sintflut mögen vielleicht in ihrem
Aussehen ihren Lebensjahren entsprochen haben, aber
das Alter eines heutigen Menschen muß man an der Intensität seiner gesammelten Erfahrungen messen.

Das Gesicht war gut, ja vortrefflich geformt. Aber der
Geist dahinter hatte begonnen, es lediglich als Notizblock
zu benutzen, auf dem sich die entstehenden charakte-
ristischen Eigenheiten abzeichneten. Die hier sichtbare
Schönheit würde über kurz oder lang rücksichtslos von
dem Gedanken, jenem Parasiten, verdrängt werden, der
sich genau so gut an ein weniger angenehmes Äußeres
hätte halten können, wo es nichts zu verderben gab. Hätte
der Himmel Clym Yeobright davor bewahrt, sich in zer-
mürbenden Gedanken zu verzehren, hätte man von ihm
gesagt: »Ein gutaussehender Mann.« Hätten sich seine

Gedanken in schärferen Konturen entfaltet, hätte man von ihm gesagt: »Ein gedankenvoller Mann.« Aber da eine innere Unausgeglichenheit an einer äußeren Symmetrie zehrte, nannte man sein Aussehen außergewöhnlich.

Daher kam es, daß Menschen, die ihn zunächst nur anschauten, ihn später durchschauten. Seinen Gesichtszügen konnte man deutlich seine Gedanken ablesen. Ohne von Gedankenschwere verbraucht zu sein, zeigte er doch schon gewisse Merkmale, die durch seine Lebenserfahrung geprägt worden waren; eine Erscheinung, die man nicht selten bei Männern nach Ablauf ihrer ersten vier oder fünf Jahre im Berufsleben findet, welche den Jahren eines unbeschwerten Schülerdaseins folgen. Es zeigte sich bei ihm bereits, daß das Denken die Krankheit des Fleisches ist, und indirekt war er ein Beweis dafür, daß vollkommene äußere Schönheit mit einer Entwicklung des Gefühlslebens und einer vollen Realitätserkenntnis unvereinbar ist. Geistige Erleuchtung muß mit Lebenssaft bezahlt werden, von dem auch der Körper zehren muß. Und hier begannen sich die bedauerlichen Folgen zu zeigen, wenn eine Quelle von zwei Seiten angezapft wird.

Angesichts bestimmter Menschen bedauert es der Philosoph, daß Denker nur vergängliches Gewebe sind, und der Künstler, daß vergängliches Gewebe denken muß. Daher hätte jeder, der Yeobright kritisch betrachtete, von seinem Standpunkt aus instinktiv die wechselseitig zerstörerische Abhängigkeit von Geist und Fleisch beklagt.

Was seinen Blick anging, so kämpfte eine natürliche Heiterkeit gegen eine Depression von innen an, und dies nicht ganz erfolgreich. Der Blick ließ auf Vereinsamung schließen, aber er verriet noch etwas anderes. Wie man es oft bei klugen Naturen findet, leuchtete die Gottheit, die so schmählich an einen flüchtigen Körper gekettet ist, wie ein Funke in ihm auf.

Die Wirkung auf Eustacia war augenfällig. Durch die hochgradige Erregung, in der sie sich schon zuvor befunden hatte, hätte allerdings schon ein ganz gewöhnlicher Mann eine Wirkung auf sie ausgeübt. Von Yeobrights Anwesenheit war sie tief beunruhigt.

Der noch verbliebene Teil des Spiels ging zu Ende: der Kopf des Sarazeners wurde abgeschlagen, und der heilige Georg stand als Sieger da. Niemand machte eine Bemerkung, genauso wie man auch über das Erscheinen der Pilze im Herbst oder der Schneeglöckchen im Frühling nichts zu sagen gehabt hätte. Sie nahmen das Stück so gleichmütig hin wie die Schauspieler selbst. Es war ein Teil der Festtagsunterhaltung, die man zwangsläufig einmal zur Weihnachtszeit hinter sich zu bringen hatte, und mehr war dazu nicht zu sagen.

Sie sangen den wehmütigen Gesang, der auf das Spiel folgt, in dessen Verlauf sich alle Toten schweigsam und furchterregend wieder erheben wie die Geister von Napoleons Soldaten in der »Midnight Review«.[17] Danach ging die Tür auf und Fairway erschien in Begleitung von Christian und weiterer Besucher auf der Schwelle. Sie hatten draußen auf das Ende des Stückes gewartet, so wie zuvor die Spieler das Ende des Tanzes abgewartet hatten.

»Kommt herein, kommt herein«, sagte Mrs. Yeobright, und Clym kam herbei, um die Gäste zu begrüßen. »Warum seid ihr so spät dran? Großpapa Cantle ist schon so lange da, und wir dachten, ihr würdet mit ihm zusammen kommen, wo ihr doch so nahe beieinander wohnt.«

»Ja, ich hätte wohl früher kommen sollen«, sagte Mr. Fairway und hielt inne, um im Deckenbalken einen Nagel für seinen Hut zu finden. Da er aber den gewohnten Platz von einem Mistelzweig besetzt fand, und alle Nägel in der Wand mit Büscheln von Stechpalmen voll hingen, wurde er ihn schließlich los, indem er ihn in heikler Balance zwischen dem Kerzenkasten und dem oberen Teil der Standuhr plazierte. »Ich hätte eher kommen sollen, Mrs. Yeobright«, fuhr er einigermaßen gefaßt fort, »aber ich weiß, wie das bei den Festen so geht, und daß nie genug Platz im

Haus ist zu solch einer Zeit. Da dachte ich, ich komme, wenn sich alles schon etwas beruhigt hat.«

»Das hab ich auch gedacht, Mrs. Yeobright«, sagte Christian ernsthaft, »aber mein Vater dort, der war nicht zu halten und ging schon, bevor es dunkel geworden ist. Ich hab zu ihm gesagt, es schickt sich nicht für einen alten Mann, so früh zu gehen, aber es war alles für die Katz.«

»Pah! Ich wollte doch nicht warten, bis das halbe Spiel schon vorbei war. Ich bin so frisch wie ein Fisch, wenn was los ist«, krähte Großpapa Cantle von seinem Kaminplatz aus.

Fairway hatte inzwischen seine kritische Musterung Yeobrights beendet und sagte nun zu den übrigen: »Ihr mögt es glauben oder nicht, aber ich hätte diesen Gentleman niemals erkannt, wenn ich ihm draußen irgendwo begegnet wäre, so sehr hat er sich verändert.«

»Auch du hast dich verändert, und zwar zu deinem Vorteil, finde ich«, sagte Yeobright und musterte dessen stramme Figur.

»Master Yeobright, schaut mich auch mal an. Ich hab mich doch zu meinem Vorteil verändert, was?« sagte Großpapa Cantle, erhob sich und stellte sich ungefähr einen halben Fuß vor Clym hin, um ihn zu einer möglichst eingehenden Begutachtung zu veranlassen.

»Aber sicher machen wir das«, sagte Fairway, nahm die Kerze und führte sie über sein Gesicht hin, während sich der Gegenstand seiner intensiven Untersuchung mit hellem, freundlichem Lächeln verklärte und sich mit jugendlichem Schwung bewegte.

»Ihr habt Euch nicht viel verändert«, sagte Yeobright.

»Wenn überhaupt, dann ist Großpapa Cantle jünger geworden«, setzte Fairway entschieden hinzu.

»Ist aber nicht mein eigenes Verdienst, und ich bin auch nicht stolz drauf«, sagte der geschmeichelte Alte, »aber ich kann einmal nicht von meinen Schrullen lassen, da geb ich meine Schuld zu. Ja, Master Cantle war schon immer

so, wie wir wissen. Aber gegen Euch, Master Clym, bin
ich nichts.«

»Und auch kein anderer von uns«, sagte Humphrey
leise in tiefer Bewunderung, eine Bemerkung, die nicht
für andere Ohren bestimmt war.

»Wirklich, es gäb' tatsächlich keinen hier, der neben
ihm den zweiten oder auch dritten Platz einnehmen
könnt', wenn ich nicht Soldat bei den ›Tollen Kerlen‹ (wie
man uns wegen unsrem Schneid genannt hat) gewesen
wär'«, sagte Großpapa Cantle. »Und trotzdem sehen wir
doch alle ein bißchen zu kurz gekommen gegen ihn aus.
Aber im Jahre vier hat man gesagt, es gäb' keinen Schnei-
digeren in ganz Süd-Wessex als mich, so wie ich aussah,
als ich mit dem Rest der Kompanie aus Budmouth an den
Fenstern vorbei hinauslief, weil man geglaubt hatt',
Boney wär' auf der anderen Seite des Felsens gelandet.
Kerzengrade wie eine Pappel war ich damals, mit meiner
Muskete und meinem Fischnetz, und mit meinen Reitga-
maschen und meinem Stehkragen, der mir die Backen
absägte, und mit meiner Ausrüstung, die wie sieben
Sterne blitzte! Ja, Nachbarn, ich sah großartig aus in meiner Soldatenzeit. Ihr hättet mich Anno vier sehen sollen!«

»Master Clym hat seine gute Statur von seiner Mutter
mitbekommen«, sagte Timothy. »Ich hab ihre Brüder
gut gekannt. Nie wurden längere Särge in ganz Wessex
gemacht, und man hat erzählt, daß die Knie vom armen
George drin ein bißchen gestaucht werden mußten, ja,
ja.«

»Särge, wo?« fragte Christian und kam näher. »Ist einer
von ihnen irgend jemand als Geist erschienen, Master
Fairway?«

»Nein, nein. Laß deinen Kopf nicht von deinen Ohren
zum Narren halten, Christian, und sei ein Mann«, sagte
Timothy vorwurfsvoll.

»Ich will ja«, sagte Christian, »aber jetzt denk ich grad
dran, daß mein Schatten gestern abend wie ein Sarg ausge-

sehen hat. Was hat das zu bedeuten, Nachbarn, wenn einem sein Schatten wie ein Sarg aussieht? Deshalb muß man doch keine Angst kriegen, hoff ich?«

»Angst, nein!« sagte Großpapa Cantle. »Bei Gott, ich hatte niemals vor nichts Angst, außer vor Boney, sonst wär' ich nicht der Soldat gewesen, der ich war. Ja, es ist einfach zu schade, daß ihr mich damals Anno vier nicht gesehen habt!«

Zu diesem Zeitpunkt bereiteten sich die Spieler auf den Heimweg vor, aber Mrs. Yeobright hielt sie mit der Bitte zurück, sich hinzusetzen und noch ein kleines Abendessen mit ihnen zu verzehren. Diese Einladung nahm der Weihnachtsmann im Namen aller bereitwillig an.

Eustacia war froh über die Gelegenheit, noch etwas länger bleiben zu können. Die Kälte und die frostige Nacht draußen waren doppelt schlimm für sie. Aber das Verweilen hier hatte auch seine Probleme. Aus Platzgründen stellte Mrs. Yeobright im größeren Zimmer für die Mummer eine Bank auf, die zur Hälfte in die Speisekammer ragte, welche sich zum Wohnzimmer hin öffnete. Hier setzten sie sich in einer Reihe hin, während die Tür offen gelassen wurde; auf diese Weise waren sie sozusagen noch im gleichen Raum. Jetzt flüsterte Mrs. Yeobright ihrem Sohn etwas zu, der daraufhin den Raum durch die Speisekammertür durchquerte, wobei er mit dem Kopf an dem Mistelzweig vorbeistreifte, und den Spielern Fleisch und Brot, Kuchen, Gebäck, Met und Holunderwein brachte. Er und seine Mutter bedienten, damit sich die kleine Magd ebenfalls als Gast hinsetzen konnte. Die Mummer nahmen ihre Helme ab und begannen zu essen und zu trinken.

»Aber du möchtest doch sicher auch etwas?« sagte Clym zu dem türkischen Ritter, als er mit dem Tablett in der Hand vor diesem Krieger stand. Sie hatte abgelehnt und saß immer noch vermummt da; nur ihre Augen blitz-

ten hinter den Bändern hervor, die ihr Gesicht ver-
deckten.

»Er ist noch ein bißchen jung«, sagte der Sarazener entschuldigend. »Er gehört nicht zur alten Truppe und kam
erst jetzt dazu, weil der andere nicht konnte.«

»Aber er wird doch was annehmen«, sagte Yeobright
beharrlich, »versuch ein Glas Met oder Holunderwein.«

»Ja, den mußt du unbedingt versuchen«, sagte der Sarazener, »das hält dich warm für den Heimweg.«

Obwohl Eustacia nicht essen konnte, ohne ihr Gesicht
zu enthüllen, konnte sie doch leicht genug unter ihrer
Verkleidung trinken. Man nahm also den Holunderwein
an, und das Glas verschwand hinter den Bändern.

Während dieses Vorgangs war Eustacia für Augenblicke im Zweifel ob der Sicherheit ihrer Lage, doch lag
darin auch banges Entzücken. Die Reihe von Aufmerksamkeiten, die ihr – und auch wieder nicht ihr, sondern
einer imaginären Person – der Mann entgegengebracht
hatte, den als ersten zu bewundern sie bereit war, ver-
wirrte ihr Gemüt in unbeschreiblichem Maße. Sie hatte
ihn teilweise deshalb geliebt, weil er in dieser Umgebung
einmalig war, teilweise aber auch, weil sie dazu entschlossen war, ihn zu lieben, hauptsächlich jedoch deshalb, weil
sie verzweifelt jemanden zum Lieben brauchte, nachdem
sie Wildeves überdrüssig geworden war. In dem Glauben,
ihn ungeachtet ihrer selbst lieben zu müssen, war sie nach
Art des zweiten Lord Lyttleton und anderer Leute beeinflußt worden, die geträumt hatten, sie müßten an einem
bestimmten Tag sterben, und die durch die Heftigkeit
einer morbiden Vorstellungskraft dieses Ereignis tatsächlich auch herbeigeführt hatten. Läßt ein junges Mädchen
erst einmal die Möglichkeit zu, daß es zu einer bestimmten Zeit und an einem bestimmten Ort in Liebe zu jemandem entbrennen würde, dann ist die Sache so gut wie
geschehen.

Deutete in diesem Augenblick irgend etwas für Yeobright auf das Geschlecht des Wesens hin, das hinter dieser phantastischen Verkleidung verborgen war? Wie weit reichte ihre Kraft, zu fühlen und andere zum Fühlen zu veranlassen, und inwieweit war ihre Reichweite der ihrer Mitspieler in der Truppe überlegen? Als die Königin der Liebe verkleidet vor Äneas erschien,[18] war sie von dem Duft eines übernatürlichen Parfüms umgeben, das sie verriet. Wenn je eine solch mysteriöse Ausstrahlung von den Gefühlen einer irdischen Frau auf ihr Objekt übergegangen ist, dann müßte jetzt Yeobright Eustacias Gegenwart spüren. Er schaute sie nachdenklich an und schien darauf in träumerische Gedanken zu verfallen, als ob er vergäße, was er bemerkt hatte. Der Augenblick war vorbei, Yeobright ging weiter, und Eustacia nippte an ihrem Wein, ohne zu wissen, was sie trank. Der Mann, dem Leidenschaft entgegenzubringen sie entschlossen war, ging in das kleine Zimmer, und von da aus zum hinteren Ende.

Wie schon erwähnt, hatte man die Mummer auf der Bank Platz nehmen lassen, deren eines Ende bis in das kleine Zimmer, beziehungsweise in die Speisekammer reichte, da es im großen Zimmer an Platz mangelte. Eustacia hatte, teils aus Schüchternheit, einen Platz genau in der Mitte gewählt, der ihr nun einen Überblick sowohl über das Innere der Speisekammer als auch über den Raum, in dem sich die Gäste befanden, gestattete. Als Clym durch die Speisekammer hinausging, folgte sie ihm mit den Augen in das Halbdunkel, das dort herrschte. Am hinteren Ende war eine Tür, die, gerade als er dabei war sie zu öffnen, auf der anderen Seite von jemandem geöffnet wurde, und Licht fiel herein.

Es war Thomasin, die eine Kerze in der Hand hielt. Sie sah schüchtern, blaß und interessant aus. Yeobright schien erfreut, sie zu sehen und drückte ihre Hand. »Das ist recht, Tamsie«, sagte er herzlich, so als habe er durch ihren Anblick zu sich selbst zurückgefunden, »du hast dich entschlossen herunterzukommen, das freut mich.«

»Psst – nein, nein«, sagte sie hastig, »ich wollte nur mit
dir sprechen.«

»Aber komm doch zu uns.«

»Ich kann nicht. Jedenfalls möchte ich lieber nicht. Mir
geht es nicht so gut, und wir haben ja auch noch genug
Zeit füreinander, wo du jetzt für die ganzen Festtage hier
sein wirst.«

»Es ist lange nicht so schön ohne dich. Bist du richtig
krank?«

»Nur ein bißchen, mein guter alter Cousin – hier«,
sagte sie und fuhr mit der Hand leichthin über ihr Herz.

»Ah, Mutter hätte wohl heute abend noch jemand
anderen einladen sollen?«

»Oh nein, wirklich nicht. Ich kam nur herunter, um
dich zu fragen –«, hier folgte er ihr durch die Tür in das
angrenzende Zimmer, und nachdem sich die Tür hinter
ihnen geschlossen hatte, konnten Eustacia und der Mummer, der neben ihr saß und der einzige weitere Zeuge des
Vorkommnisses war, nichts mehr hören.

Eustacia stieg das Blut zu Kopf, und ihre Wangen röte-
ten sich. Sie erriet sofort, daß Clym, der ja erst seit zwei,
drei Tagen zu Hause war, noch nichts davon gehört hatte,
in welch peinlicher Lage sich Thomasin Wildeve gegenüber befand. Und da er sah, daß sie genau wie früher,
bevor er weggegangen war, noch hier wohnte, hegte er
natürlich keinen Verdacht. Eustacia befiel sofort eine heftige Eifersucht auf Thomasin. Obwohl Thomasin jetzt
noch zarte Gefühle für einen anderen hegen mochte, wie
lange konnte man erwarten, daß diese Gefühle andauer-
ten, wo sie hier mit ihrem interessanten und weitgereisten
Cousin abgeschlossen von aller Welt unter einem Dach
lebte? Man konnte nicht wissen, welche Gefühle bald
zwischen den beiden, die so ständig beisammen lebten
und von keinem Dritten abgelenkt waren, entstehen würden. Clyms jungenhafte Bewunderung für sie mochte

erlahmt sein, aber sie konnte auch leicht wieder zum Leben erwachen.

Eustacia war das Opfer ihrer eigenen List. Wie sie sich verschwendete, indem sie dergestalt gekleidet war, während eine andere sich zu ihrem Vorteil hervortat! Hätte sie die volle Auswirkung dieses Zusammentreffens vorausgesehen, sie hätte Himmel und Hölle in Bewegung gesetzt, um in ihrer natürlichen Erscheinung hierherzukommen. Die ganze Anziehungskraft ihres Gesichts kam nicht zur Geltung, der Zauber ihres Gefühlsausdrucks blieb verborgen, der Charme ihrer Koketterie konnte sich nicht entfalten. Nichts als ihre Stimme war ihr geblieben, und sie konnte das traurige Schicksal Echos[19] nachempfinden. »Niemand respektiert mich hier«, sagte sie zu sich. Sie hatte die Tatsache übersehen, daß, indem sie als Junge unter Jungen gekommen war, sie auch als ein solcher behandelt werden würde. Sie war nicht in der Lage, die Nichtbeachtung, die doch von ihr selbst verursacht worden war und sich von selbst erklärte, als unbeabsichtigt abzutun, so empfindlich war sie durch ihre Lage geworden.

Frauen haben durch Kostümierungen schon immer viel erreichen können. Neben jenen Berühmtheiten wie zum Beispiel einer gewissen hübschen Schauspielerin, die Anfang des letzten Jahrhunderts Polly Peachum[20] spielte, oder jener anderen, die Anfang dieses Jahrhunderts Lydia Languish[21] darstellte, und die beide nicht nur Verehrung geerntet, sondern auch fürstliche Adelskronen errungen haben, – neben ihnen gab es ganze Scharen, die sich augenblickliche Genugtuung dadurch verschafften, daß sie sich fast überall Liebe holen konnten. Aber dem türkischen Ritter war selbst dies versagt durch die flatternden Bänder, die sie nicht zur Seite zu streifen wagte.

Yeobright kam ohne seine Cousine ins Zimmer zurück. Ungefähr zwei, drei Fuß von Eustacia entfernt hielt er inne, als ob ihm ein Gedanke gekommen sei. Er starrte sie

an. Sie sah verwirrt in eine andere Richtung und fragte
sich, wie lange dieses Fegefeuer noch andauern würde.
Nach ein paar Sekunden ging er weiter.

Gewisse allzu leidenschaftliche Frauen verursachen
ganz instinktiv oft ihr eigenes Unglück durch die Liebe.
Einander widerstreitende Gefühle von Liebe, Furcht und
Scham versetzten Eustacia in einen unerträglichen Zustand. Flucht war ihr augenblickliches und größtes Verlangen. Die anderen Mummer schienen es mit dem Heimgehen nicht besonders eilig zu haben. Deshalb sagte sie
leise zu dem Burschen, der neben ihr saß, daß sie lieber
vor dem Haus auf sie warten wolle und ging so unauffällig
wie möglich zur Tür, öffnete sie und schlüpfte hinaus.

Die Stille und Einsamkeit draußen beruhigten sie. Sie
ging auf den Lattenzaun zu, lehnte sich darüber und
betrachtete den Mond. Sie hatte nur kurze Zeit so verweilt, als die Tür wieder aufging. In Erwartung der übrigen Mummer drehte sich Eustacia um. Aber nein – Clym
Yeobright kam so leise wie sie zuvor heraus und schloß die
Tür hinter sich.

Er kam näher und blieb bei ihr stehen. »Ich habe so ein
seltsames Gefühl«, sagte er, »und würde dich gerne etwas
fragen. Bist du ein Mädchen – oder irre ich mich?«

»Ich bin ein Mädchen.«

»Seine Augen verweilten mit großem Interesse auf ihr.
»Spielen jetzt Mädchen öfter beim Mummenschanz mit?
Früher war das nicht so.«

»Nein, das tun sie jetzt auch nicht.«

»Warum dann du?«

»Zur Anregung und um mich von Depressionen abzulenken«, sagte sie leise.

»Was hat dich deprimiert?«

»Das Leben.«

»*Den* Grund zur Depression haben recht viele.«

»Ja.«

Es folgte ein langes Schweigen. »Und findest du es anregend?«

»In diesem Moment vielleicht.«

»Dann bist du wohl nicht gern erkannt?«

»Ja, obwohl ich dachte, daß es vielleicht dazu käme.«

»Ich hätte dich gern zu unserem Fest eingeladen, wenn ich gewußt hätte, daß du gern gekommen wärst. Habe ich dich je in meiner Jugend gekannt?«

»Nie.«

»Möchtest du nicht hereinkommen und so lange bleiben, wie du willst?«

»Nein, ich möchte nicht weiter erkannt werden.«

»Na gut, ich kann schweigen.« Nachdem er noch eine Minute in Gedanken verweilt hatte, fügte er sanft hinzu: »Ich möchte dich nicht länger belästigen. Dies ist eine seltsame Art, eine Bekanntschaft zu machen, und ich will auch nicht fragen, warum ein wohlerzogenes Mädchen eine solche Rolle spielt.«

Sie hütete sich, ihm den Grund zu nennen, den er anscheinend gern gehört hätte, und er wünschte ihr eine gute Nacht. Danach ging er hinter das Haus, wo er allein eine Weile auf und ab ging, bevor er wieder das Haus betrat.

Eustacia, von einem inneren Feuer erwärmt, konnte danach nicht auf ihre Mitspieler warten. Sie schlug ungestüm die Bänder vom Gesicht zurück, öffnete das Zauntor und ging geradewegs in die Heide hinein. Sie beeilte sich nicht sonderlich. Ihr Großvater war zu dieser Stunde schon schlafen gegangen. Sie wanderte so oft in Mondscheinnächten über die Hügel, daß er ihr Kommen und Gehen nicht mehr weiter beachtete und ihr die gleiche Freiheit zugestand, deren er sich auf seine Weise auch erfreute. Etwas Wichtigeres als die Frage, wie sie ins Haus kommen würde, beschäftigte sie gegenwärtig. Wenn Yeobright auch nur im geringsten neugierig wäre, würde er unfehlbar ihren Namen erfahren. Was dann? Sie emp-

fand zunächst eine Art von Triumph, wenn sie daran
dachte, wie das Abenteuer geendet hatte, obgleich sie für
Augenblicke zwischen ihrem Triumphieren vor Scham
errötete. Dann kühlte sie eine andere Überlegung ab: Was
nützte ihr ihre Heldentat? Sie war zu diesem Zeitpunkt für
die Familie Yeobright eine Fremde. Der unvernünftige
Liebesnimbus, mit dem sie diesen Mann umgeben hatte,
konnte ihr Unglück werden. Wie konnte sie es zulassen,
sich von einem Fremden derart beherrschen zu lassen?
Und um das Maß an Leiden voll zu machen, würde noch
Thomasin da sein, die Tag für Tag mit ihm in gefährlicher
Nähe wohnte, denn sie hatte ja gerade gehört, daß er,
entgegen ihrer früheren Annahme, nun beträchtlich länger zu Hause bleiben würde.

Sie erreichte die Pforte in Mistover Knap, aber bevor sie
sie öffnete, wandte sie sich um und sah noch einmal über
die Heide hin. Der Regenhügel überragte die Hügel und
der Mond den Regenhügel. Die Luft war von Stille und
Kälte erfüllt. Der Anblick erinnerte Eustacia an einen
Umstand, den sie bis zu diesem Augenblick völlig vergessen hatte. Sie hatte Wildeve versprochen, ihn an diesem,
dem heutigen Abend um acht Uhr am Regenhügel zu treffen, um ihm ihre endgültige Antwort zu geben auf seine
Bitten, mit ihm auf und davon zu gehen.

Sie selbst hatte den Tag und den Zeitpunkt vorgeschlagen. Er war wahrscheinlich da gewesen, hatte in der Kälte
gewartet, und war sicher äußerst enttäuscht gewesen.

»Na, desto besser. Es hat ihm nicht geschadet«, sagte
sie gelassen. Wildeve war augenblicklich für sie nicht
sichtbarer als die strahlenlose Kontur der Sonne, wenn
man sie durch ein Rauchglas betrachtet, und sie konnte
solche Dinge mit größter Leichtigkeit sagen.

Sie verharrte in tiefem Grübeln, und Thomasins rei-
zende Art ihrem Cousin gegenüber kam ihr wieder in den
Sinn.

»Ach, hätte sie doch Damon geheiratet! Und sie wäre

jetzt verheiratet, wenn ich nicht gewesen wäre! Hätte ich
es nur gewußt – hätte ich es nur gewußt!«

Eustacia sah noch einmal mit ihren dunklen, wilden
Augen zum Mond und trat mit einem jener Seufzer, der so
sehr einem Schaudern glich, in den Schatten des Daches.
Dort entledigte sie sich im Schuppen ihrer Ausrüstung,
rollte sie zu einem Bündel zusammen und ging in ihr Zimmer hinauf.

Kapitel 7

Ein Bund zwischen Schönheit und Seltsamkeit

Des alten Kapitäns übliche Gleichgültigkeit gegenüber
dem Kommen und Gehen seiner Enkelin gab dieser die
Freiheit, sich ganz nach Belieben zu bewegen. Aber dieses
Mal fragte er sie doch am nächsten Morgen, warum sie
noch so spät draußen gewesen sei.

»Nur, um etwas zu erleben, Großvater«, sagte sie und
sah mit jener latenten Schläfrigkeit aus dem Fenster, hinter der bei einer entsprechenden Gelegenheit so viel
Lebendigkeit stecken konnte.

»Um etwas zu erleben – man könnte meinen, du wärst
einer der Draufgänger, die ich mit einundzwanzig
kannte.«

»Es ist so einsam hier.«

»Um so besser. Wenn wir in einer Stadt wohnten, hätte
ich nichts anderes zu tun als auf dich aufzupassen. Ich
habe es gestern abend, als ich aus dem Gasthaus kam, als
selbstverständlich angenommen, daß du zu Hause sein
würdest.«

»Ich will nicht verschweigen, was ich getan habe. Ich
wollte ein Abenteuer erleben, deshalb bin ich mit den

Mummern gegangen. Ich hab die Rolle des türkischen Ritters gespielt.«

»Nein, das doch nicht? Ha, ha! Du lieber Gott! Das hätt' ich nicht von dir erwartet, Eustacia.«

»Es war mein erster Auftritt, und es wird bestimmt auch mein letzter sein. Jetzt weißt du es – und denk dran, es ist ein Geheimnis.«

»Natürlich. Aber, Eustacia, das hast du doch nie – ha, ha! So was hätte mir vor vierzig Jahren verdammt Spaß gemacht! Aber merk dir, mach so etwas nicht wieder, mein Mädchen. Du kannst so oft auf der Heide herumspazieren wie du willst, solange du mich nicht störst, aber in Hosen auftreten, das gibt's nicht noch mal.«

»Du brauchst dir keine Sorgen um mich zu machen, Großvater.«

Hier endete die Unterhaltung. Eustacias Erziehung in Sachen Moral überschritt in ihrer Strenge nie diese Art der Ermahnung, die, würde sie je anschlagen, das Ergebnis eines nicht allzu hohen Einsatzes gewesen wäre. Aber ihre Gedanken entfernten sich bald weit von ihrer eigenen Person, und da sie in höchst leidenschaftlicher und unbeschreiblicher Sorge um jemanden war, der noch nicht einmal ihren Namen kannte, ging sie hinaus in die sie umgebende braune Weite der Wildnis, ruhelos wie Ahasver, der Jude.[22] Sie war ungefähr eine halbe Meile von zu Hause entfernt, als sie ein unheimliches rotes Etwas bemerkte, welches aus einer Schlucht in einiger Entfernung vor ihr auftauchte – fahl und gespenstisch wie eine Flamme in der Sonne – und sie erriet, daß es sich um Diggory Venn handeln müsse.

Wenn die Bauern, die einen neuen Vorrat an Rötel kaufen wollten, sich im Laufe des vergangenen Monats erkundigt hatten, wo Venn zu finden sei, sagten die Leute: »Auf der Egdon-Heide.« Tag für Tag war es die gleiche Antwort. Da nun Egdon mehr von Heideponys und Ginsterschneidern als von Schafen und Schäfern bevölkert war, und da die Niederungen, wo die meisten der letzteren zu finden waren, zum Teil mehr nördlich oder westlich von Egdon lagen, war der Grund für sein Campieren an dieser Stelle – wie das der Israeliten[23] – nicht ersichtlich. Die Lage war zentral und bei Gelegenheit günstig. Aber der Verkauf von Rötel war für Diggory nicht das entscheidende Motiv, in der Heide zu bleiben; besonders so spät im Jahr, wo die meisten Reisenden seines Standes schon ihre Winterquartiere bezogen hatten.

Eustacia sah zu dem einsamen Mann hin. Wildeve hatte ihr bei ihrem letzten Treffen erzählt, daß Venn von Mrs. Yeobright als derjenige vorgeschoben worden war, der bereit und begierig sei, seinen Platz als der Verlobte Thomasins einzunehmen. Seine Gestalt war vollkommen, sein Gesicht jung und wohlgeformt, seine Augen hell; er war intelligent, und seine berufliche Situation konnte er, wenn er wollte, jederzeit verbessern. Aber trotz alledem war nicht zu erwarten, daß Thomasin diese ismaelitische Kreatur akzeptieren würde, wenn sie zur gleichen Zeit einen Cousin wie Yeobright in ihrer unmittelbaren Nähe hatte, und außerdem sich Wildeve ihr gegenüber ebenfalls nicht völlig gleichgültig verhielt. Eustacia brauchte nicht lange, um zu erraten, daß die arme Mrs. Yeobright in ihrer Sorge um die Zukunft ihrer Nichte diesen Liebhaber erwähnt hatte, um den Eifer des anderen anzustacheln. Eustacia war nun auf der Seite der Yeobrights und machte den Wunsch der Tante zu dem ihren.

»Guten Morgen, Miss«, sagte der Rötelmann und nahm seine Mütze aus Kaninchenfell ab. Offensichtlich trug er ihr im Gedenken an ihr letztes Treffen nichts nach.

»Guten Morgen, Rötelmann«, sagte sie und machte sich kaum die Mühe, ihre tief überschatteten Augen zu ihm aufzuheben. »Ich wußte nicht, daß Ihr in der Nähe seid. Habt Ihr auch den Wagen da?«

Venn zeigte mit seinem Ellbogen in Richtung einer Mulde, worin ein dichter Brombeerbusch mit lilafarbe-

nem Stamm solche Ausmaße angenommen hatte, daß er
beinahe eine Höhle bildete. Obwohl Brombeerbüsche
stachelig und rauh anzufassen sind, bieten sie doch
freundlichen Schutz im frühen Winter, da sie als letzte der
Blättersträucher ihr Laub abwerfen. Das Dach und den
Schornstein von Venns Wagen konnte man durch die
Zweige des Busches sehen.

»Bleibt Ihr hier in der Nähe?« fragte sie mit wachsendem Interesse.

»Ja, ich habe hier zu tun.«

»Nicht unbedingt Rötel zu verkaufen?«

»Es hat damit nichts zu tun.«

Ihr Blick schien um Waffenstillstand zu bitten, und daraufhin sagte er frei heraus: »Ja, Miss, es ist wegen ihr.«

»Weil Ihr Euch bald mit ihr verheiraten werdet?«

Venn bekam durch seine Farbe hindurch einen roten
Kopf. »Macht Euch nicht über mich lustig, Miss Vye«,
sagte er.

»Stimmt das denn nicht?«

»Keinesfalls.«

Dies überzeugte Eustacia davon, daß der Rötelmann
Mrs. Yeobright lediglich als Schachfigur diente, und mehr
noch, daß ihm seine Beförderung zu dieser erniedrigen-
den Rolle nicht einmal mitgeteilt worden war. »Ich hatte
es nur so angenommen«, sagte sie leise und schickte sich
an, ohne ein Wort weiterzugehen, als sie bei einem Blick
in die Runde eine ihr peinlich wohlbekannte Gestalt auf
einem der kleinen gewundenen Pfade, die zu ihrer Höhe
führten, heraufkommen sah. Durch das Zickzack des
Weges kehrte er ihnen zu diesem Zeitpunkt den Rücken
zu. Sie schaute sich rasch um; es gab nur einen Weg des
Entkommens. Sie wandte sich Venn zu und sagte: »Würdet Ihr mir erlauben, mich für ein paar Minuten in Eurem
Wagen auszuruhen? Die Böschung ist zu feucht, als daß
man sich dort hinsetzen könnte.«

»Sicher, Miss, ich mache einen Platz für Euch frei.«

Sie folgte ihm unter die Brombeerbüsche zu seiner Heimstatt auf Rädern, in welche Venn nun hineinstieg und den dreibeinigen Schemel in die Türöffnung stellte.

»Das ist das Beste, was ich für Euch tun kann«, sagte er, stieg wieder hinab und ging zum Weg zurück, wo er auf- und abging und fortfuhr, seine Pfeife zu rauchen.

Eustacia zog sich in das Gefährt zurück und setzte sich so auf den Schemel, daß sie vom Pfad aus nicht gesehen werden konnte. Bald hörte sie das Geräusch von Schritten, die nicht von dem Rötelmann stammten, dann ein nicht besonders freundliches »Guten Tag« von zwei Männern im Vorübergehen und danach die langsam verhallenden Schritte eines der Männer auf dem Weg, der bergauf führte. Eustacia reckte ihren Hals, bis sie flüchtig seinen Rücken und seine Schultern von hinten sehen konnte, und sie verspürte einen stechenden Schmerz in der Herzgegend, ohne zu wissen warum. Es war das schlechte Gefühl, das jeden, der auch nur einen Hauch von Anstand besitzt, befällt, wenn er unerwartet den früheren Geliebten erblickt.

Als Eustacia vom Wagen heruntersteig, um ihren Weg fortzusetzen, kam der Rötelmann herbei. »Das war Mr. Wildeve, der gerade vorbeiging«, sagte er langsam und drückte durch sein Mienenspiel aus, er habe angenommen, sie sei verärgert, weil sie ihn verpaßt habe.

»Ja, ich hab ihn den Berg heraufkommen sehen«, antwortete Eustacia. »Warum sagt Ihr mir das?«

Das war eine gewagte Frage, wenn man bedachte, daß der Rötelmann von ihrem früheren Verhältnis wußte. Aber durch ihre kühle Art konnte sie die Entgegnungen derer, die sie auf Distanz halten wollte, zügeln.

»Ich freue mich, daß Ihr so fragen könnt«, sagte der Rötelmann offen, »und wenn ich jetzt darüber nachdenke, paßt es zu gestern abend.«

»Ach, was war da?« Eustacia wollte einerseits gehen, aber sie wollte es andererseits auch wissen.

»Mr. Wildeve hat am Regenhügel eine lange Zeit auf eine Lady gewartet, die nicht gekommen ist.«

»Ihr habt auch gewartet, scheint mir?«

»Ja, ich bin immer da. Ich war froh, daß er enttäuscht worden ist. Er wird heute abend wieder da sein.«

»Und wieder umsonst. Die Wahrheit ist, Rötelmann, daß jene Lady so weit davon entfernt ist, Thomasins Heirat mit Wildeve im Wege zu stehen, daß sie gern bei deren Zustandekommen behilflich sein würde.«

Venn hörte dieses Geständnis mit großem Erstaunen, obwohl er es nicht offen zeigte. Eine Eröffnung wie diese würde wohl eine Äußerung hervorrufen, wenn sie etwas enthüllt, was den Erwartungen nicht entspricht. Wenn sie aber von der Erwartung zu weit entfernt ist, bleibt gewöhnlich eine Antwort aus. »Tatsächlich, Miss«, sagte er.

»Woher wißt Ihr, daß Mr. Wildeve heute abend wieder zum Regenhügel kommt?« fragte sie.

»Ich hab gehört, wie er das zu sich selbst gesagt hat. Er ist regelrecht in Rage.«

Einen Augenblick lang konnte man Eustacia ansehen, was sie fühlte, und sie murmelte, indem sie ihre tiefen, dunklen Augen zu ihm aufhob: »Ich wollte, ich wüßte, was ich tun soll. Ich möchte ihn nicht kränken, aber ich will ihn nicht wiedersehen, und ich müßte ihm ein paar Kleinigkeiten zurückgeben.«

»Wenn Ihr wollt, könnt Ihr sie durch mich schicken, Miss. Schreibt dazu, daß Ihr ihn nicht mehr sehen wollt, und ich überbringe es ihm ganz im Vertrauen. Das wäre die beste Art, ihm Euren Entschluß mitzuteilen.«

»Also gut«, sagte Eustacia, »kommt mit zu meinem Haus, dann hole ich die Sachen heraus.«

Damit ging sie voran, und da der Pfad nur ein winzig kleiner Einschnitt in der buschigen Heide war, folgte der Rötelmann in ihren Fußstapfen. Sie sah aus einiger Entfernung, daß der Kapitän von seiner Mauer aus mit seinem

Fernrohr in die Runde blickte, und nachdem sie Venn gebeten hatte zu warten, ging sie allein ins Haus.

Nach zehn Minuten kam sie mit einem Päckchen und einem Zettel zurück und sagte, während sie ihm die Sachen übergab: »Warum tut Ihr das alles so bereitwillig für mich?«

»Könnt Ihr das fragen?«

»Ich nehme an, daß Ihr glaubt, Thomasin damit einen Dienst zu erweisen. Seid Ihr immer noch so darauf aus, zu helfen, die Heirat zustande zu bringen?«

Venn war etwas betroffen. »Ich hätte sie lieber selbst geheiratet«, sagte er leise, »aber ich meine, wenn sie ohne ihn nicht glücklich werden kann, so ist es meine Pflicht, ihr zu helfen, damit sie ihn bekommt.«

Eustacia sah den seltsamen Mann neugierig an, der solche Worte sagte. Was für eine ungewöhnliche Art von Liebe, die so völlig frei von Eigenliebe war, welche sonst häufig das beherrschende Element einer Leidenschaft ist, und manchmal sogar das einzige! Die Selbstlosigkeit des Rötelmanns verdiente äußersten Respekt, ja, sie war schon beinahe unverständlich; Eustacia fand sie fast absurd.

»Dann sind wir endlich einer Meinung«, sagte sie.

»Ja«, erwiderte Venn düster, »aber wenn Ihr mir sagen würdet, Miss, warum Ihr solchen Anteil an ihr nehmt, wäre es leichter für mich. Es kommt so plötzlich, und ich verstehe es nicht.«

Eustacia wußte nicht, was sie darauf antworten sollte. »Ich kann Euch das nicht sagen, Rötelmann«, sagte sie kühl.

Venn sagte daraufhin nichts mehr. Er steckte den Brief ein, verbeugte sich vor Eustacia und ging davon.

Der Rötelmann war wieder in die dunkle Nacht untergetaucht, als Wildeve die Höhe heraufstieg. Als er oben ankam, wuchs eine Gestalt unmittelbar hinter ihm aus dem Erdboden. Es war Eustacias Sendbote. Er klopfte

Wildeve auf die Schulter. Der aufgeregte junge Gastwirt und ehemalige Ingenieur fuhr zusammen wie der Satan bei der Berührung von Ithuriels Speer[24].

»Das Treffen findet immer um acht Uhr statt, hier an diesem Ort. Und hier sind wir – zu dritt«, sagte Venn.

»Zu dritt?« sagte Wildeve und schaute sich rasch um.

»Ja, Ihr, ich und sie. Das ist sie.« Er hielt den Brief und das Päckchen in die Höhe.

Wildeve nahm beides verwundert entgegen. »Ich verstehe nicht ganz, was das bedeutet«, sagte er. »Wie kommt Ihr hierher? Das muß irgendein Irrtum sein.«

»Ihr werdet klarer sehen, wenn Ihr den Brief gelesen habt. Hier ist Licht.« Der Rötelmann zündete ein Streichholz an, hielt es an ein Stückchen Talg, das er mitgebracht hatte, und schützte die Flamme mit seiner Mütze.

»Wer seid Ihr?« fragte Wildeve, der im Kerzenschein die seltsame Rötlichkeit seines Gefährten bemerkte. »Ihr seid der Rötelmann, den ich heute morgen auf dem Berg gesehen habe – ja, natürlich, Ihr seid doch der Mann, der –«

»Bitte, lest den Brief.«

»Wenn Ihr von der anderen gekommen wärt, wär ich nicht überrascht gewesen«, murmelte Wildeve, während er den Brief öffnete und zu lesen begann. Sein Gesicht wurde ernst.

An Mr. Wildeve

Nach reiflicher Überlegung habe ich endgültig beschlossen, meine Verbindung mit Dir abzubrechen. Je mehr ich darüber nachdenke, um so mehr bin ich von der Richtigkeit dieser Entscheidung überzeugt. Wenn Du mir während der zwei Jahre unserer Bekanntschaft treu gewesen wärst, hättest Du jetzt allen Grund dazu, mir Herzlosigkeit vorzuwerfen, aber wenn Du Dir in Ruhe klarmachst, was ich in der Zeit, nachdem Du mich verlassen hattest, durchgemacht habe, und wie ich widerstandslos Deine Werbung um die andere in Kauf genommen habe, ohne auch nur einmal dazwischenzutreten, dann wirst Du, denke ich, zugeben, daß ich ein Recht habe, meine eigenen Gefühle zu überprüfen, wenn Du wieder zu mir zurückkommen willst. Daß diese nicht mehr die gleichen sind, ist vielleicht meine Schuld, aber Du kannst mir schwerlich Vorwürfe deswegen machen, wenn Du Dich daran erinnerst, auf welche Weise Du mich wegen Thomasin verlassen hast.

Die kleinen Geschenke, die Du mir am Anfang unserer Bekanntschaft gemacht hast, sende ich mit dem Überbringer des Briefes zurück. Sie hätten rechtens schon zu der Zeit zurückgegeben werden müssen, als ich von Deiner Verlobung mit ihr hörte.

Eustacia

Zu dem Zeitpunkt, als Wildeve bei ihrem Namen angelangt war, hatte sich seine Verwirrung in tiefe Kränkung verwandelt. »Man macht sich auf irgendeine Weise verdammt lustig über mich«, sagte er empfindlich getroffen. »Wißt Ihr, was in diesem Brief steht?«

Der Rötelmann summte eine Melodie vor sich hin.

»Könnt Ihr mir nicht antworten?« fragte er hitzig.

»Ra-am-tam-tam«, summte der Rötelmann.

Wildeve stand da und sah auf den Boden neben Diggorys Füßen, bis er es wagte, die von der Kerze beleuchtete Gestalt von unten bis oben zu betrachten. »Ha, ha! Ich glaube, ich habe es verdient, wenn ich bedenke, wie ich mit beiden gespielt habe«, sagte er schließlich, sowohl zu sich selbst als auch zu Venn. »Aber das Verrückteste von allem, was ich je gehört habe, ist, daß Ihr mir dies auch noch gegen Eure eigenen Interessen überbringt.«

»Meine Interessen?«

»Aber gewiß. Es muß doch Euer Interesse sein, nichts zu tun, was mich dazu bringen könnte, wieder um Tho-

masin zu werben, jetzt, wo sie Euch erhört hat – oder so
was ähnliches. Mrs. Yeobright sagt, daß Ihr sie heiraten
werdet. Das stimmt doch?«

»Mein Gott! Das hab ich schon einmal gehört, habe es
aber nicht geglaubt. Wann hat sie das gesagt?«

Wildeve fing zu summen an, so wie es der Rötelmann
zuvor getan hatte.

»Ich glaube es jetzt auch nicht«, rief Venn aus.

»Ra-am-tam-tam«, summte Wildeve.

»O Gott, wie schön wir uns gegenseitig nachahmen
können«, sagte Venn verächtlich. »Das werde ich klarstellen. Ich gehe sofort zu ihr.«

Diggory entfernte sich mit energischen Schritten, während Wildeve ihm mit nachlassendem Zorn nachblickte,
so als sei er lediglich ein Heidepony. Als die Gestalt des
Rötelmanns nicht mehr zu sehen war, stieg auch Wildeve
wieder hinunter und tauchte in die dunkle Höhle des Tales
ein.

Die beiden Frauen zu verlieren – er, der doch von beiden so geliebt worden war –, daß ausgerechnet ihm das
widerfuhr, war mehr, als er ertragen konnte. Nur durch
Thomasin konnte er sich mit Anstand retten, und wenn er
erst einmal ihr Ehemann war, würde Eustacias Reue, so
dachte er, lang und bitter sein. Es war nicht verwunder-
lich, daß Wildeve, der nichts vom Mann hinter den
Kulissen wußte, den Verdacht hatte, daß Eustacia nur eine
Rolle spielte. Zu glauben, daß der Brief nicht das Ergebnis
irgendeiner vorübergehenden Verstimmung war, den
Schluß zu ziehen, daß sie ihn tatsächlich für Thomasin
freigab, das hätte vorausgesetzt, daß er von ihrer Wand-
lung wegen eines Mannes gewußt hätte. Wer aber hätte
wissen können, daß sie großzügig geworden war, weil sie
eine neue Liebe erringen wollte, daß sie, indem sie den
einen Cousin begehrte, dem anderen gegenüber großzügig wurde, daß sie in dem Verlangen, Besitz zu ergreifen,
nachgab?

Erfüllt von dem Entschluß, alsbald zu heiraten und damit das Herz des stolzen Mädchens zu quälen, setzte Wildeve seinen Weg mit eiligen Schritten fort.

Inzwischen war Diggory Venn zu seinem Wagen zurückgekehrt, wo er nun gedankenvoll in den Ofen starrte. Eine neue Aussicht hatte sich ihm eröffnet. Aber, wie vielversprechend Mrs. Yeobrights Meinung von ihm als Kandidaten für die Hand ihrer Nichte auch sein mochte, eine Grundbedingung war Thomasin zuliebe unbedingt zu erfüllen, nämlich seinen augenblicklichen ungezwungenen Lebensstil aufzugeben. Darin sah er keine große Schwierigkeit.

Er konnte es sich nicht leisten, bis zum nächsten Tag zu warten, bevor er Thomasin sehen und ihr seine Pläne unterbreiten würde. Hastig unterzog er sich einer Reinigungsprozedur, zog aus einer Schachtel einen Anzug hervor und stand in etwa zwanzig Minuten vor der Wagenlaterne, in nichts mehr ein Rötelmann außer in seinem Gesicht, dessen rötliche Schatten nicht in einem Tag zu entfernen waren. Er machte die Tür zu, verriegelte sie mit einem Vorhängeschloß und machte sich danach auf den Weg nach Blooms-End.

Er hatte eben den weißen Zaun und die Pforte erreicht, als sich die Haustür öffnete und schnell wieder schloß. Eine weibliche Gestalt war hineingeschlüpft. Zur gleichen Zeit kam ein Mann, der offensichtlich mit der Frau auf der Veranda gestanden hatte, vom Haus her heran und trat Venn gegenüber. Es war Wildeve.

»Donnerwetter, Ihr habt aber schnell reagiert«, sagte Diggory sarkastisch.

»Und Ihr langsam, wie Ihr sehen werdet«, sagte Wildeve. »Und«, fuhr er mit gedämpfter Stimme fort, »Ihr könnt genauso gut jetzt zurückgehen. Ich hab sie gefragt, und ich hab sie bekommen. Gute Nacht, Rötelmann!« Daraufhin ließ er ihn stehen.

Venn fühlte, wie sein Herz schwer wurde, obwohl es nicht übermäßig leicht gewesen war. Er stand etwa eine Viertelstunde unschlüssig über den Zaun gelehnt da. Dann ging er den Gartenweg hinauf, klopfte an die Tür und fragte nach Mrs. Yeobright.

Anstatt ihn hineinzubitten, kam sie auf die Veranda. Dann wurde in gedämpftem Ton eine Unterhaltung geführt, die etwa zehn Minuten oder etwas länger dauerte. Am Ende ging Mrs. Yeobright hinein, und Venn zog sich traurig in die Heide zurück. Als er seinen Wagen wieder erreicht hatte, zündete er die Laterne an und entledigte sich seines guten Anzugs, bis nach wenigen Minuten der ewige und unveränderliche Rötelmann, der er immer gewesen zu sein schien, wieder zum Vorschein kam.

Kapitel 8

Ein weiches Herz zeigt Standhaftigkeit

An diesem Abend war es im Blooms-End-Haus behaglich und angenehm, aber auch recht still gewesen. Clym Yeobright war nicht zu Hause. Nach dem Fest an Weihnachten hatte er sich für ein paar Tage bei Freunden aufgehalten, die etwa zehn Meilen entfernt wohnten.

Die schattenhafte Gestalt, die Venn beobachtete, als sie sich gerade von Wildeve trennte und rasch ins Haus zurückging, war Thomasin. Beim Hereinkommen nahm sie den Umhang ab, den sie sich achtlos übergeworfen hatte, und trat ins Helle, wo Mrs. Yeobright an ihrem Nähtisch saß, welchen sie in den geschützten Teil des Zimmers geschoben hatte, so daß ein Teil davon in die Kaminecke hineinragte.

»Ich mag es nicht, wenn du nach Einbruch der Dunkelheit allein hinausgehst, Tamsin«, sagte ihre Tante ruhig, ohne von ihrer Arbeit aufzusehen.

»Ich war nur vor der Tür.«

»Und?« fragte Mrs. Yeobright, von einer Veränderung in Thomasins Stimme aufmerksam geworden, und blickte zu ihr auf. Thomasins Wangen waren hochrot, noch viel röter, als sie es vor Beginn ihres Kummers gewesen waren, und ihre Augen glänzten.

»*Er* war es, der geklopft hatte.«

»Das dachte ich mir.«

»Er möchte, daß die Heirat gleich stattfindet.«

»Tatsächlich! Was – hat er es nun auf einmal eilig?« Mrs. Yeobright sah ihn Nichte aufmerksam an. »Warum kam Mr. Wildeve nicht herein?«

»Das wollte er nicht. Er sagte, du seist ihm nicht freundlich gesonnen. Er möchte, daß die Hochzeit übermorgen stattfindet, ganz im stillen, und zwar in der Kirche seiner Gemeinde, nicht in der unsren.«

»Oh, und was hast du gesagt?«

»Ich bin jetzt eine praktisch denkende Frau. Ich glaube nicht im geringsten an Gefühle, ich würde ihn jetzt unter jeder Bedingung heiraten – seit Clyms Brief.«

Ein Brief lag auf Mrs. Yeobrights Nähkorb, und bei den Worten Thomasins entfaltete ihn die Tante wieder und las leise zum zehnten Mal an diesem Tag:

Was hat diese dumme Geschichte zu bedeuten, die die Leute über Thomasin und Mr. Wildeve herumerzählen? Ich würde einen solchen Skandal demütigend nennen, wenn er auch nur im geringsten wahr wäre. Wie konnte es nur zu einem solch abscheulichen Gerücht kommen? Man sagt, wenn man Neuigkeiten über zu Hause erfahren wolle, solle man außer Landes gehen, und das scheint bei mir der Fall zu sein. Natürlich streite ich überall die Geschichte ab, aber es ist recht ärgerlich, und ich frage mich, wie sie aufkommen

konnte. Es ist einfach zu lächerlich, daß ein Mädchen
wie Thomasin uns derart blamieren würde, indem sie
am Hochzeitstag sitzengelassen wird. Was hat sie
getan?

»Ja«, sagte Mrs. Yeobright traurig und legte den Brief
beiseite, »wenn du meinst, daß du ihn heiraten kannst,
dann tu es. Und da Mr. Wildeve es ohne jede Feierlichkeit haben will, laß auch das geschehen. Ich kann nichts
machen. Alles liegt jetzt in deiner Hand. Meine Macht
über dein Wohlergehen endete in dem Augenblick, wo du
dieses Haus verlassen hast, um mit ihm nach Angelbury
zu gehen.« Und mit leichter Bitterkeit fuhr sie fort: »Ich
möchte beinahe fragen, warum du in dieser Sache überhaupt meine Meinung hören willst. Wenn du hingegangen
wärst und ihn heimlich geheiratet hättest, hätte ich kaum
verärgert sein können, – ganz einfach, weil du armes Ding
gar nichts Besseres tun kannst.«

»Sag nicht so etwas. Du entmutigst mich.«

»Du hast recht, ich will still sein.«

»Ich verteidige ihn nicht, Tante. Die menschliche
Natur ist schwach, und ich behaupte nicht, daß er vollkommen ist. Früher habe ich das gedacht, aber jetzt nicht
mehr. Doch ich kenne meinen Weg, und das weißt du
auch. Ich hoffe, daß es gut gehen wird.«

»Das hoffe ich auch, und wir wollen weiterhin dabei
bleiben«, sagte Mrs. Yeobright und erhob sich, um ihr
einen Kuß zu geben. »Dann wird also die Hochzeit, falls
sie zustande kommt, genau am Morgen des Tages sein, an
dem Clym wieder nach Hause kommt?«

»Ja. Ich dachte, daß es besser wäre, wenn alles vorbei
ist, bevor er nach Hause kommt. Danach kannst du ihm
wieder ins Gesicht sehen und ich auch. Unsere Geheimnistuerei spielt dann keine Rolle mehr.«

Mrs. Yeobright wiegte ihren Kopf in nachdenklicher
Zustimmung und sagte dann: »Möchtest du, daß ich dich
zum Altar führe? Ich bin durchaus bereit dazu, so wie ich

es auch beim letzten Mal war, das weißt du. Nachdem ich damals Einspruch erhoben hatte, ist es das wenigste, was ich jetzt tun kann.«

»Ich glaube nicht, daß ich dich bitten werde zu kommen«, sagte Thomasin zögernd, aber bestimmt. »Es wäre unerfreulich, da bin ich ziemlich sicher. Es ist besser, wenn nur Fremde anwesend sind und niemand von meinen Verwandten. Ich meine, es wäre besser so. Ich möchte nicht zuviel von dir verlangen, und ich glaube, ich würde mich nicht wohl fühlen, wenn du da wärst, nach allem, was geschehen ist. Ich bin nur deine Nichte, und es besteht keine Notwendigkeit, daß du dich noch weiterhin um mich kümmerst.«

»Jedenfalls hat er uns geschlagen«, sagte ihre Tante. »Es scheint tatsächlich so, als sei er mit dir so umgesprungen, um sich an mir zu rächen, weil er sich durch meinen Einspruch damals gedemütigt fühlte.«

»O nein, Tante«, murmelte Thomasin.

Darauf sagten sie nichts mehr über die Angelegenheit. Kurz darauf klopfte Diggory, und Mrs. Yeobright sagte, als sie nach dem Gespräch auf der Veranda ins Haus zurückgekehrt war, bekümmert: »Es war noch ein Liebhaber da, der dich sehen wollte.«

»Nein!«

»Doch. Dieser komische junge Mann, Venn.«

»Er wollte um mich werben?«

»Ja. Und ich habe ihm gesagt, daß er zu spät gekommen ist.«

Thomasin schaute schweigend in die Kerzenflamme. »Armer Diggory!« sagte sie und wandte sich dann rasch anderen Dingen zu.

Der nächste Tag verging mit rein praktischen Vorbereitungen, wobei beide Frauen eifrig bemüht waren, vollauf beschäftigt zu sein, um sich so von den Gedanken über die gefühlsmäßige Seite der Situation abzulenken. Einige Kleidungsstücke und etliche andere Dinge wurden für

Thomasin besorgt, und man sprach immer wieder über
Einzelheiten des Hausstandes, gleichsam um damit die
inneren Befürchtungen um ihre Zukunft als Frau von Mr.
Wildeve zu verbergen.

Der festgesetzte Morgen kam heran. Es war mit Wildeve vereinbart worden, daß er sie bei der Kirche treffen
sollte. Man wollte unangenehme Neugierige vermeiden,
die sie vielleicht gestört hätten, wenn sie nach Landessitte
öffentlich zusammen hingegangen wären.

Die Tante war im Schlafzimmer zugegen, als sich die
Braut anzog. Wenn die Sonne auf Thomasins Haar fiel,
das sie immer geflochten trug, verwandelte sie es in einen
Spiegel. Es war nach einem Kalendersystem geflochten: je
bedeutender der Tag, desto zahlreicher die Zöpfe. An
einem gewöhnlichen Werktag flocht sie es in drei Zöpfen,
an gewöhlichen Sonntagen in vier; zum 1. Mai, zur Kir-
mes und dergleichen flocht sie es in fünf Zöpfen. Vor
Jahren hatte sie gesagt, wenn sie einmal heiraten würde,
würde sie es in sieben flechten. Heute hatte sie sieben
Zöpfe.

»Ich meine, ich sollte doch mein Blauseidenes anziehen«, sagte sie. »Es ist nun einmal mein Hochzeitstag,
auch wenn wohl etwas Trauriges mit dabei ist. Ich
meine«, fügte sie hastig hinzu, um einen möglicherweise
falschen Eindruck zu korrigieren, »nicht an sich traurig,
sondern nur, weil es davor soviel Enttäuschung und Ärger
gegeben hat.«

Mrs. Yeobright atmete so tief, daß man es als einen
Seufzer bezeichnen konnte. »Ich wünschte fast, Clym
wäre hier«, sagte sie. »Aber natürlich hast du den Zeitpunkt wegen seiner Abwesenheit gewählt.«

»Zum Teil ja. Ich habe das Gefühl, es ist ihm gegenüber
nicht fair, gar nichts gesagt zu haben, aber ich tat es, um
ihn zu schonen, und ich dachte, ich würde die Sache zu
Ende führen und ihm die ganze Geschichte dann erklären,
wenn alles in Ordnung ist.«

»Du bist eine tüchtige kleine Frau«, sagte Mrs. Yeobright lächelnd. »Ich wünschte, du und er – nein, ich wünsche gar nichts. Da, es ist neun Uhr«, unterbrach sie sich, als sie von unten ein Rasseln und dann ein Ding-Dong hörte.

»Ich habe Damon gesagt, daß ich um neun aufbrechen würde«, sagte Thomasin und lief aus dem Zimmer.

Ihre Tante folgte ihr. Als Thomasin den kleinen Weg von der Haustür zur Gartenpforte ging, schaute ihr Mrs. Yeobright zögernd nach und sagte: »Es ist eine Schande, dich alleine gehen zu lassen.«

»Es muß sein«, sagte Thomasin.

»Jedenfalls«, fügte ihre Tante mit gekünstelter Heiterkeit hinzu, »komme ich heute nachmittag zu Besuch und bringe den Kuchen mit. Falls Clym zu der Zeit schon zurück ist, kommt er vielleicht mit. Ich möchte Mr. Wildeve zeigen, daß ich ihm nichts nachtrage. Die Vergangenheit soll begraben sein. So, und nun segne dich Gott! Da, ich halte nichts von altem Aberglauben, aber ich tue es trotzdem«, und sie warf dem sich entfernenden Mädchen, das sich umdrehte und lächelte, einen Pantoffel nach.

Einige Schritte weiter schaute sie noch einmal zurück. »Hast du mich gerufen, Tante?« fragte sie mit zitternder Stimme, und darauf »Auf Wiedersehn!«

Als sie Mrs. Yeobrights nasses, zerfurchtes Gesicht sah, lief sie gerührt zurück, und ihre Tante kam ihr entgegen. »Oh, Tamsin,« sagte die Ältere, als sie zusammentrafen, und weinte, »ich möchte dich nicht fortlassen.«

»Ich – ich – bin«, begann Thomasin, und ließ ebenfalls ihren Gefühlen freien Lauf. Dann unterdrückte sie ihren Kummer, sagte noch einmal »Auf Wiedersehn« und ging davon.

Später sah Mrs. Yeobright eine kleine Gestalt ihren Weg durch die stacheligen Ginsterbüsche nehmen – und mit zunehmender Entfernung war sie schließlich weit hinten im Tal nur noch ein blaßblauer Fleck in dem weiten

unbeteiligten Land, einsam und ungeschützt, außer durch
die Macht ihrer eigenen Hoffnung.

Aber das Unangenehmste bei der Sache trat in der
Landschaft nicht in Erscheinung, nämlich der Mann.

Der Zeitpunkt für die Zeremonie war von Wildeve und
Thomasin so gewählt worden, daß sie dadurch die Pein-
lichkeit eines Treffens mit ihrem Cousin Clym, der am
selben Morgen zurückkehren wollte, vermeiden konnte.
Ihm die halbe Wahrheit dessen, was er gehört hatte, einzugestehen, wäre schmerzlich gewesen, solange die
demütigende Situation, zu der das Geschehen geführt
hatte, noch bestand. Nur nach einem zweiten und erfolg-
reichen Gang zum Altar konnte sie ihren Kopf wieder
hoch tragen und klarstellen, daß der erste Versuch rein
zufällig mißglückt war.

Sie war noch nicht länger als eine halbe Stunde von
Blooms-End fort, als Yeobright aus der entgegengesetz-
ten Richtung durch die Wiesen zurückkam und das Haus
betrat.

»Ich habe schon sehr zeitig gefrühstückt«, sagte er zu
seiner Mutter, »und könnte jetzt noch etwas essen.«

Sie setzten sich bei einem zweiten Mahl zusammen nieder, und er sprach mit leiser, besorgter Stimme weiter,
weil er offenbar dachte, daß Thomasin noch nicht herun-
tergekommen sei. »Was hat das denn zu bedeuten, was ich
da über Thomasin und Mr. Wildeve gehört habe?«

»Es ist viel Wahres dran«, sagte Mrs. Yeobright ruhig,
»aber es ist jetzt alles in Ordnung, hoffe ich.« Sie schaute
auf die Uhr.

»Wirklich?«

»Thomasin ist heute zu ihm gegangen.«

Clym schob sein Frühstück hastig von sich. »Dann ist
also doch etwas dran an dem Gerücht, und das war es
auch, was mit Thomasin los war. War sie deswegen
krank?«

»Ja. Es war kein Skandal, es war ein Mißgeschick. Ich
will dir alles erzählen, Clym. Du darfst nicht ärgerlich
werden, und du mußt mir zuhören, dann wirst du sehen,
daß wir das, was wir getan haben, in der besten Absicht
taten.«

Sie erzählte daraufhin die näheren Umstände. Alles,
was er, bevor er nach Paris gegangen war, von der Sache
gewußt hatte, war, daß da eine Beziehung zwischen Thomasin und Wildeve bestanden hatte, die seine Mutter
zuerst mißbilligte, dann aber dank der Argumente Thomasins in einem etwas günstigeren Licht gesehen hatte.
Daher war er, als sie in ihren Erklärungen fortfuhr, höchst
überrascht und besorgt.

»Und sie beschloß, daß die Hochzeit vorbei sein sollte,
bevor du nach Hause kommst«, sagte Mrs. Yeobright,
»damit keine Gelegenheit entstehen würde, daß ihr euch
treffen könntet, was ihr sehr schmerzlich gewesen wäre.
Deshalb ist sie zu ihm gegangen, und sie haben die Hochzeit für heute morgen angesetzt.«

»Aber ich kann das nicht verstehen«, sagte Yeobright
und erhob sich. »Das paßt so gar nicht zu ihr. Ich kann
verstehn, warum du mir von ihrer unglücklichen Rückkehr nach Hause nichts geschrieben hast, aber warum hast
du mir nichts von ihrer bevorstehenden Hochzeit geschrieben, der ersten damals?«

»Ja, ich hatte mich damals gerade über sie geärgert. Sie
schien mir so dickköpfig. Und als ich merkte, daß sie sich
nichts aus dir macht, habe ich mir geschworen, daß du dir
auch nichts aus ihr machen solltest. Ich sagte mir, daß sie
schließlich nur meine Nichte sei, und sagte zu ihr, daß sie
ruhig heiraten könne; mir sei das gleichgültig, und sie solle
auch dich nicht damit behelligen.«

»Das hätte mir nichts ausgemacht. Mutter, da hast du
Unrecht getan.«

»Ich hatte gedacht, es würde dich vielleicht in deinen
Geschäften stören und dich aus deiner Arbeit herausrei-

ßen, oder deinen Aussichten irgendwie schädlich sein, deshalb sagte ich nichts. Natürlich, wenn sie damals ordnungsgemäß geheiratet hätten, hätte ich dir sofort Bescheid gegeben.«

»Tamsin heiratet also tatsächlich, während wir hier sitzen!«

»Ja, es sei denn, es passiert wieder etwas, wie beim ersten Mal. Es ist schon möglich, wenn man bedenkt, daß es derselbe Mann ist.«

»Ja, das glaube ich auch. War es richtig, sie so alleine gehen zu lassen? Wenn nun Wildeve wirklich ein schlechter Kerl ist?«

»Dann kommt er nicht, und sie kommt wieder nach Hause.«

»Du hättest dich besser darum kümmern müssen.«

»Es ist unnötig, so etwas zu sagen«, sagte seine Mutter mit ungeduldig kummervoller Miene, »du weißt nicht, wie schlimm es hier all diese Wochen gewesen ist, Clym. Du weißt nicht, was das für eine Demütigung für ein junges Mädchen ist. Du weißt nichts von den schlaflosen Nächten, die wir in diesem Haus zubrachten, und von den beinahe bitteren Worten, die zwischen uns fielen seit jenem 5. November. Ich hoffe, ich muß nie noch einmal sieben solche Wochen durchmachen. Thomasin wagte sich nicht vor die Tür, und ich habe mich geschämt, den Leuten ins Gesicht zu sehen. Und jetzt tadelst du mich dafür, daß ich sie das einzige tun lasse, was alles wieder in Ordnung bringen kann.«

»Nein«, sagte er langsam. »Alles in allem mache ich dir keinen Vorwurf. Aber bedenke, wie plötzlich das alles für mich kommt. Ich wußte doch von nichts, und nun wird mir plötzlich erzählt, daß Thomasin weggegangen ist, um zu heiraten. Ja, wahrscheinlich konnte man nichts Besseres tun. Weißt du eigentlich, Mutter«, fuhr er nach einer Pause fort und schien sich plötzlich an seine eigene Vergangenheit zu erinnern, »daß ich früher in Thomasin verliebt war? Ja, das ist wahr. Wie seltsam doch Jungen sind! Und als ich nach Hause kam und sie diesmal sah, schien sie soviel liebevoller als sonst, so daß ich an damals erinnert wurde, besonders an dem Abend, als wir das Fest hatten und wo es ihr nicht gut ging. Wir feierten trotzdem – war das nicht ziemlich rücksichtslos ihr gegenüber?«

»Das machte keinen Unterschied. Ich hatte das Fest geplant, und man mußte nicht alles noch trauriger als nötig machen. Uns von allen abzukapseln und dir gleich zu erzählen, welches Pech Thomasin gehabt hatte, das wäre eine armselige Begrüßung gewesen.«

Clym schwieg nachdenklich. »Ich wünschte fast, du hättest dieses Fest nicht gegeben – aus anderen Gründen. Aber darüber spreche ich mit dir in ein, zwei Tagen. Jetzt müssen wir an Thomasin denken.«

Sie schwiegen eine Weile. »Ich meine«, sagte Yeobright dann in einem Ton, in dem doch auch eine unterschwellige Zuneigung lag, »ich finde es Thomasin gegenüber nicht recht, sie auf diese Weise heiraten zu lassen, ohne sie aufzumuntern und um sie besorgt zu sein. Sie hat nichts Schlechtes getan, oder überhaupt etwas, daß sie Derartiges verdiente. Es ist schlimm genug, daß die Hochzeit so hastig und ohne Feierlichkeit stattfinden soll, und daß wir dazu auch noch fernbleiben. Bei Gott, das ist doch eine Schande. Ich gehe hin.«

»Es ist schon vorbei«, sagte seine Mutter mit einem Seufzer, »es sei denn, sie sind verspätet oder er –«

»Dann werde ich früh genug da sein, um sie herauskommen zu sehen. Ich mag es wirklich nicht, Mutter, wenn du mich so in Unwissenheit hältst. Tatsächlich, ich wünschte fast, daß er sie wieder im Stich gelassen hätte!«

»Und sie zerstören würde?«

»Unsinn, so etwas zerstört Thomasin nicht.«

Er griff nach seinem Hut und verließ eilig das Haus. Mrs. Yeobright schaute recht unglücklich drein und saß still in Gedanken versunken da. Aber ihre Ruhe dauerte

nicht lange. Nach ein paar Minuten kam Clym zurück
und mit ihm Diggory Venn.

»Ich habe gerade erfahren, daß es schon zu spät für
mich ist hinzugehen«, sagte Clym.

»Hat sie geheiratet?« fragte Mrs. Yeobright und wandte
dem Rötelmann ein Gesicht zu, in dem sich eine eigenartige Mischung von widersprüchlichen Wünschen offenbarte.

Venn verbeugte sich. »Ja, Madam.«

»Wie seltsam das klingt«, murmelte Clym.

»Und er enttäuschte sie diesmal nicht?« fragte Mrs.
Yeobright.

»Nein, das tat er nicht. Und jetzt ist ihr guter Ruf wieder hergestellt. Ich kam schnell, um es Euch gleich zu
sagen, weil Ihr nicht da wart.«

»Wieso wart Ihr denn dort? Habt Ihr es gewußt?«

»Ich hatte mich eine Zeitlang in der Gegend aufgehalten, und ich sah sie in die Kirche gehen«, sagte der Rötelmann. »Wildeve kam zur Tür herein, pünktlich wie die
Uhr. Ich hatte das nicht von ihm erwartet.« Er erzählte
nicht, daß er hätte hinzufügen können, daß er nicht zufällig in der Gegend war, daß, da Wildeve seine Rechte auf
Thomasin wieder geltend gemacht hatte, er entschlossen
gewesen war, das Ende der Geschichte zu erleben, so wie
es der Gründlichkeit seines Charakters entsprach.

»Wer war denn anwesend?« fragte Mrs. Yeobright.

»Fast gar niemand. Ich stand ganz an der Seite, und sie
hat mich nicht gesehen.« Der Rötelmann sprach mit heise-
rer Stimme und sah in den Garten hinaus.

»Wer hat sie geführt?«

»Miss Vye.«

»Wie außerordentlich bemerkenswert! Miss Vye! Das
muß man wohl als eine Ehre auffassen, wie?«

»Wer ist Miss Vye?« fragte Clym.

»Die Enkelin von Kapitän Vye, aus Mistover Knap.«

»Ein stolzes Mädchen aus Budmouth«, sagte Mrs. Yeobright. »Ich mag sie nicht besonders. Die Leute sagen, sie sei eine Hexe, aber das ist natürlich absurd.«

Der Rötelmann behielt seine Bekanntschaft mit jener schönen Person für sich, und auch, daß Eustacia da gewesen war, weil er sie hingebracht hatte, um eines Versprechens willen, das er gegeben hatte, sobald er erfuhr, daß die Hochzeit stattfinden sollte. Er sagte lediglich, indem er mit seiner Erzählung des Hergangs fortfuhr:

»Ich saß auf der Kirchhofsmauer, als sie heraufkamen, er von hier, sie von da, und Miss Vye war da und betrachtete die Grabsteine. Sobald sie hineingegangen waren, ging ich zur Tür, da ich es gern sehen wollte, wo ich sie doch so gut kannte. Ich zog meine Stiefel aus, weil sie so einen Lärm machten, und ging auf die Empore hinauf. Ich sah dann, daß der Pfarrer und der Küster auch schon da waren.«

»Wieso hatte Miss Vye etwas damit zu tun, wenn sie doch nur zufällig da war?«

»Weil sonst niemand da war. Sie war kurz vor mir in die Kirche gegangen, aber nicht auf die Empore. Der Pfarrer sah sich um, bevor er anfing, und da sie die einzige Anwesende war, winkte er sie heran, und sie ging zum Gitter. Später, als es zum Eintrag ins Buch kam, hob sie ihren Schleier und unterschrieb, und Thomasin schien ihr für ihre Freundlichkeit zu danken.« Der Rötelmann erzählte die Geschichte nachdenklich, denn er sah noch vor sich, wie sich Wildeve verfärbt hatte, als Eustacia ihren dichten Schleier lüftete, der sie bis dahin unkenntlich gemacht hatte, und ihm ruhig ins Gesicht sah. »Und dann«, sagte Diggory traurig, »ging ich fort, denn ihre Geschichte als Tamsin Yeobright war vorbei.«

»Ich hatte angeboten mitzukommen«, sagte Mrs. Yeobright mit Bedauern, »aber sie sagte, es sei nicht nötig.«

»Nun, es spielt keine Rolle mehr«, sagte der Rötelmann, »die Sache ist endlich geschehen, so hätte es gleich
sein sollen, und Gott gebe ihr Glück und Segen. Und jetzt
wünsch ich einen guten Tag.«

Er setzte seine Mütze auf und ging hinaus.

Von dem Augenblick an, wo der Rötelmann Mrs.
Yeobrights Haus verließ, wurde er in der Heide oder
deren Umgebung für viele Monate nicht mehr gesehen. Es
war, als hätte er sich in Luft aufgelöst. Der Schlupfwinkel
zwischen den Brombeerbüschen, wo sein Wagen gestanden hatte, war so verlassen wie eh und je, und es gab kaum
ein Anzeichen dafür, daß er sich dort aufgehalten hatte –
von ein paar Strohhalmen und etwas Rot auf dem Gras
abgesehen, das beim nächsten Regensturm hinweggewa-
schen wurde.

Die Schilderung, die Diggory von der Hochzeit gegeben hatte, war korrekt, bis auf ein Detail, das ihm wegen
der Entfernung entgangen war. Als Thomasin mit zitternder Hand damit beschäftigt war, ihren Namen in das Buch
zu schreiben, hatte Wildeve Eustacia einen Blick zugeworfen, der besagen sollte: »Jetzt habe ich dich bestraft.«
Sie hatte mit leiser Stimme geantwortet – und er konnte
nicht wissen, wie sehr es der Wahrheit entsprach –: »Du
irrst dich. Ich freue mich außerordentlich, daß sie heute
deine Frau geworden ist.«

Drittes Buch

Die Verzauberung

Kapitel 1

»Mein Geist ist mir ein Königreich«

Aus Clym Yeobrights Zügen konnte man das typische Gesicht der Zukunft erahnen. Sollte es dereinst noch einmal eine klassische Periode in der Kunst geben, so könnte Phidias[1] ihr solche Köpfe schaffen. Die Auffassung vom Leben als etwas, das einem auferlegt ist, welche diejenige früherer Zivilisationen mit ihrem Lebenshunger ersetzte, wird am Ende derart vollständig in das Bewußtsein der modernen Geschlechter eindringen, daß der Gesichtsausdruck dieser Lebensanschauung als im künstlerischer Neubeginn gewertet werden wird. Die Menschen empfinden heute schon, daß jemand, der durchs Leben geht, ohne seine ursprünglichen Gesichtszüge zu verändern oder ohne Merkmale seines geistigen Lebens nach außen zum Ausdruck zu bringen, zu weit von zeitgemäßem Empfinden entfernt ist, um einen Typus der Moderne zu verkörpern. Äußerlich schöne Männer – einst der Stolz des jungen Menschengeschlechts – sind heutzutage fast ein Anachronismus, und wer weiß, ob nicht irgendwann einmal äußerlich schöne Frauen gleichfalls einen Anachronismus darstellen werden.

Tatsächlich scheint es so zu sein, daß eine lange Reihe desillusionierender Jahrhunderte die hellenische Lebensidee, oder wie auch immer man sie nennen mag, endgültig verdrängt hat. Was die Griechen nur vermuteten, wissen wir heute allzu gut; was ihr Aischylos[2] sich nur vorstellte, empfinden unsere Kinder heute im Kindergarten. Das althergebrachte Schwelgen in der allgemeinen Lebenssituation wird mehr und mehr unmöglich gemacht durch die Fehlbarkeit von Naturgesetzen und durch die Erkenntnis, in welch verzwickter Lage sich der Mensch durch ihr Wirken befindet.

Gesichtszüge, die von Gedanken geprägt werden, welche auf dieser neuen Erkenntnis basieren, würden wahrscheinlich jenen von Yeobright ähnlich sein. Das Auge des Betrachters war nicht gefangengenommen von seinem Gesicht als einem Bild, sondern von seinem Gesicht als einer Buchseite, nicht von dem, was er war, sondern von dem, was er aufgezeichnet hatte. Seine Züge waren anziehend im Lichte von Symbolen; so wie an sich gewöhnliche Laute in der Sprache anziehend und in sich einfache Formen durch die Schrift interessant werden.

Er war ein junger Mann, von dem man einiges erwartete. Alles, was darüber hinausging, lag im Ungewissen. Daß er auf originelle Weise erfolgreich sein würde oder auch auf originelle Weise vor die Hunde gehen könnte, beides schien gleichermaßen wahrscheinlich. Das einzig absolut Sichere war bei ihm, daß er in den Umständen, in die er hineingeboren worden war, nicht verbleiben würde.

Daher kam es, daß, wenn sein Name beiläufig in der Nachbarschaft erwähnt wurde, der Zuhörer sagte: »Ah, Clym Yeobright, was macht er denn jetzt?« Wenn bei einer Person instinktiv die Frage gestellt wird: Was macht er?, erwartet man nicht, daß er, wie die meisten von uns, nichts Besonderes tut. Man hat das unbestimmte Gefühl, daß er in irgendeine einzigartige Region vorstoßen würde, im guten oder im schlechten Sinne. Die fromme Hoffnung wollte ihn erfolgreich sehen, die heimliche Annahme war, daß er sein Leben verpfuschen würde. Ein halbes Dutzend wohlhabender Markthändler, die immer im Gasthaus »Zur Stillen Frau« haltmachten, wenn sie mit ihren Wagen vorbeikamen, waren in dieser Frage nicht unparteiisch. Tatsächlich konnten sie es kaum vermeiden, auch wenn sie keine Heidebauern waren, mit dem Thema in Berührung zu kommen, während sie an ihren langen Tonpfeifen zogen und durch das Fenster auf die Heide hinausschauten. Clym gehörte in seinen Knabenjahren so sehr zur

Heide, daß kaum jemand sie sehen konnte, ohne an ihn zu denken. So kam das Thema immer wieder auf: würde er ein Vermögen und einen Namen für sich machen, um so besser; sollte er in der Welt eine tragische Figur abgeben, um so besser für einen guten Roman.

Tatsache war, daß Yeobrights Berühmtheit schon bis zu einem unverhältnismäßig hohen Grad gestiegen war, bevor er seine Heimat verließ. »Es ist nicht gut, wenn der Ruhm deine Möglichkeiten übertrifft«, sagte der spanische Jesuit Gracian.[3] Im Alter von sechs Jahren hatte er ein Rätsel über die Bibel parat: »Wer war der erste Mann, der Kniehosen trug?«, und der Applaus kam selbst aus der äußersten Ecke der Heide. Mit sieben malte er in Ermangelung von Wasserfarben die Schlacht bei Waterloo mit Blütenstaub von Tigerlilien und dem Saft von schwarzen Johannisbeeren. So hatte man von ihm, als er zwölf Jahre alt wurde, schon als Künstler und Gelehrten im Umkreis von zwei Meilen reden hören. Ein Individuum, dessen Ruhm sich über drei oder vier Kilometer verbreitet, wo andere in ähnlicher Situation nur sechs- bis achthundert Meter weit kommen, muß notwendigerweise etwas Besonderes an sich haben. Möglicherweise war Clyms Ruhm, ähnlich wie der Homers, durch die Zufälligkeit der Umstände bedingt; nichtsdestotrotz, er war berühmt.

Er wuchs heran und trat ins feindliche Leben hinaus. Jenes launische Schicksal, welches Clive als Schreiberling, Gay als Dekorateur, Keats als Chirurgen[4] und tausend andere auf seltsamen Wegen anfangen ließ, verdammte den wilden und asketischen Heideburschen zu einem Handel, dessen einziges Interesse dahin ging, sich mit den spezifischen Symbolen von Genußsucht und Hoffart zu beschäftigen.

Es ist nicht notwendig, auf die Einzelheiten einzugehen, die zu seiner Berufswahl führten. Nach dem Tode seines Vaters hatte es freundlicherweise ein benachbarter

Gentleman übernommen, dem Jungen zu einem Start zu
verhelfen. Dies hatte zur Folge, daß er nach Budmouth
geschickt wurde. Yeobright wollte nicht dorthin gehen,
aber dort war die einzige geeignete Stelle frei. Von da ging
er nach London und kurz darauf nach Paris, wo er bis jetzt
gewesen war.

Da man etwas von ihm erwartete, begann, als er noch
nicht lange zu Hause war, ein großes Rätselraten darüber, warum er so lange in der Heide blieb. Die eigentlichen Festtage waren längst vorüber, und doch war er
noch nicht abgereist. An dem Sonntagmorgen nach Thomasins Hochzeit kam es über dieses Thema zu einer
Diskussion. Es war beim Haareschneiden vor Fairways
Haus. Hier fand, wie immer an diesem Tag und zu dieser
Stunde das örtliche Haareschneiden statt, dem dann die
große Sonntagsreinigung der Einwohner zur Mittagszeit
folgte, worauf es wiederum eine Stunde später Zeit zum
Anlegen des Sonntagsstaats war. Auf der Egdon-Heide
fing der eigentliche Sonntag nicht vor dem Mittagessen an,
an, und selbst dann war es eine etwas schäbige Ausgabe
dieses Tages.

Das Haareschneiden an diesem Sonntagmorgen besorgte Fairway. Die Opfer saßen ohne Jacke auf einem
Holzbock vor dem Haus, und die Nachbarn erzählten
den neuesten Klatsch und sahen müßig den Haarlocken
nach, wie sie nach dem Schnipseln aufflogen und in alle
vier Himmelsrichtungen verschwanden. Sowohl im Sommer als auch im Winter war es die gleiche Szene, es sei
denn, der Wind war stürmischer als gewöhnlich. Dann
wurde der Sitz ein paar Schritte weiter um die Ecke
geschoben. Sich beim Draußensitzen ohne Hut und Jacke
wegen der Kälte zu beklagen, während Fairway beim
Haareschneiden wahre Geschichten erzählte, hätte einen
sofort als Schwächling abgestempelt. Zurückzuschrek-
ken, aufzuschreien oder auch nur einen Muskel zu bewegen, wenn die Schere hinter dem Ohr ein wenig stach oder

den Hals aufkratzte, hätte als grobe Verletzung der guten Sitten gegolten, vor allem im Hinblick darauf, daß Fairway dies alles umsonst tat. Blutete man am Sonntagnachmittag am Hinterkopf, war die völlig ausreichende Erklärung dafür: »Ich bekam die Haare geschnitten.«

Die Rede kam auf Yeobright, als man den jungen Mann gemächlich durch die Heide kommen sah.

»Ein Mann, der woanders gute Geschäfte macht, würde nicht zwei oder drei Wochen für nichts und wieder nichts hier bleiben«, sagte Fairway. »Der hat was Bestimmtes in seinem Kopf – verlaßt euch drauf.«

»Na, er kann doch hier kein Diamantengeschäft anfangen«, sagte Sam.

»Ich versteh nicht, warum er diese zwei schweren Kisten hat nach Hause bringen lassen, wenn er nicht vorgehabt hat hierzubleiben«, sagte Fairway, »und was er hier anfangen kann, das weiß der Himmel.«

Bevor man sich in weiteren Mutmaßungen ergehen konnte, war Yeobright herangekommen, und als er die Gruppe beim Haareschneiden sah, trat er hinzu. Er schaute sie für einen Augenblick prüfend an und sagte dann ohne weitere Vorrede: »Na, Leute, laßt mich mal raten, worüber ihr gerade gesprochen habt.«

»Ja, sicher, wenn Ihr wollt«, sagte Sam.

»Über mich.«

»Sowas zu tun, davon hätt’ ich normalerweise noch nicht mal geträumt«, sagte Fairway offen, »aber da Ihr’s getroffen habt, Master Yeobright, geb ich zu, daß wir über Euch gesprochen haben. Wir haben uns gefragt, warum Ihr Euch hier noch herumtreibt, wo Ihr Euch in der Welt des Trödels solch einen Namen gemacht habt.«

»Ich will’s euch sagen«, sagte Yeobright in unerwarteter Ernsthaftigkeit. »Ich freue mich, daß ich die Gelegenheit dazu habe. Ich bin nach Hause gekommen, weil ich alles in allem hier etwas weniger nutzlos sein kann als sonstwo auf der Welt. Aber das habe ich erst kürzlich

herausgefunden. Als ich zuerst von zu Hause fortging,
dachte ich, daß dieser Ort hier es nicht wert ist, daß man
sich Gedanken darüber macht. Ich dachte, daß unser
Leben hier nichts wert sei. ›Die Stiefel zu ölen, anstatt sie
zu schwärzen, den Rock mit einer Rute anstatt mit einer
Bürste zu säubern, gab es je etwas, was lächerlicher war?‹
sagte ich zu mir.«

»So ist's, so ist's!«

»Nein, nein – ihr habt Unrecht, so ist es nicht.«

»Entschuldigung, wir dachten, das wär', was Ihr meinen tät'.«

»Na ja, als ich meine Anschauung änderte, begann mich
mein Leben sehr niederzudrücken. Ich entdeckte, daß ich
versuchte, Leuten ähnlich zu sein, die kaum etwas mit mir
gemeinsam hatten. Ich war dabei, eine Art zu leben für
eine andere aufzugeben, die aber nicht besser war als das
Leben, das ich vorher kannte. Es war einfach anders.«

»Stimmt, völlig anders«, sagte Fairway.

»Ja, Paris muß ein toller Ort sein«, sagte Humphrey,
»großartige Schaufenster, Trommeln und Trompeten,
und hier sind wir bei jedem Wetter draußen –«

»Aber ihr versteht mich falsch«, berichtigte sie Clym,
»all das war sehr deprimierend, allerdings nicht so deprimierend wie das, was ich als nächstes feststellte, nämlich,
daß mein Beruf der müßigste, eitelste und verweichlich-
teste ist, den je ein Mann ergreifen konnte. Daher habe
ich mich entschlossen, ihn aufzugeben und einer vernünftigen Beschäftigung unter Leuten nachzugehen, die ich
am besten kenne und denen ich am meisten nützlich sein
kann. Ich bin nach Hause zurückgekehrt, und ich habe
mir folgendes gedacht: Ich will eine Schule so nahe wie
möglich bei der Egdon-Heide aufmachen, damit ich
abends hierher kommen kann, um im Haus meiner Mutter eine Abendschule abzuhalten. Aber ich muß selbst
zuerst ein wenig studieren, um mich ordnungsgemäß zu
qualifizieren. Nun, Nachbarn, ich muß jetzt gehen.«

Und Clym setzte seinen Gang durch die Heide fort.

»Das wird er in Wirklichkeit nie machen«, sagte Fairway. »In ein paar Wochen wird er die Sache schon anders sehen.«

»Ist ja gut gemeint von dem jungen Mann«, sagte ein anderer, »aber wenn ihr mich fragt, dann mein ich, er sollt' besser bei seinem Geschäft bleiben.«

Kapitel 2

Der neue Kurs verursacht Enttäuschungen

Yeobright liebte die Menschen. Er war der Überzeugung, daß es die meisten Menschen mehr nach einem Wissen verlangt, das zu Weisheit führt, als nach einem Wissen, das ihnen Reichtum beschert. Er wollte die Gattung auf Kosten des Individuums zu einer höheren Stufe erheben, anstatt das Individuum auf Kosten der Gattung fördern. Mehr noch, er war auf der Stelle bereit, selbst das erste Opfer zu sein.

Der Übergang vom bukolischen zum geistigen Leben besteht gewöhnlich mindestens aus zwei, wenn nicht mehr Phasen. Eine dieser Phasen ist zweifellos immer durch ein Vorankommen in der Welt gekennzeichnet. Man kann sich kaum vorstellen, daß sich ländliche Gelassenheit rasch in intellektuelle Zielstrebigkeit verwandelt, ohne daß als Übergangsphase ein sozialer Aufstieg angestrebt wurde. Yeobrights besondere Lage brachte es mit sich, daß er nach hohen intellektuellen Zielen strebte, während er sich gleichzeitig an das einfache Leben hielt, – nein mehr noch, an das in mancher Hinsicht unzivilisierte und dürftige Leben in brüderlicher Eintracht mit Bauerntölpeln.

Er war ein Johannes der Täufer, der statt Buße Vervoll-
kommnung predigte. Geistig war er der Provinz voraus,
das heißt, er hielt in vielen Punkten mit den städtischen
Denkern seiner Zeit Schritt. Vieles von dieser Entwicklung mochte er seinem lernbegierigen Leben in Paris ver-
danken, wo er mit den damals gängigen Moralphiloso-
phien bekannt geworden war.

Wegen dieser verhältnismäßig fortschrittlichen Posi-
tion mochte man Yeobrights Situation verhängnisvoll
nennen. Die ländliche Welt war nicht reif für ihn. Ein
Mann sollte nur teilweise seiner Zeit voraus sein; mit seinen Bestrebungen völlig außerhalb jeder Reichweite zu
liegen, ist für den Ruhm tödlich. Wäre Philipps kriegeri-
scher Sohn[5] geistig fortschrittlich genug gewesen, den
Versuch zu unternehmen, Unterwerfung ohne Blutvergießen zu erreichen, dann wäre er als Held doppelt so
gottähnlich gewesen, wie er es ohnehin schon zu sein
schien, nur hätte nie jemand von einem Alexander gehört.

Im Interesse des Ruhms sollte Fortschrittlichkeit
hauptsächlich auch in der Fähigkeit bestehen, Dinge praktisch zu handhaben. Erfolgreiche Propagandisten haben
deshalb Erfolg, weil die Grundsätze, die sie formulieren,
etwas enthalten, was ihre Zuhörer schon seit einiger Zeit
empfunden haben, ohne es selbst konkretisieren zu können. Jemand, der für ästhetische Ziele eintritt und soziale
Bestrebungen hintanstellt, wird sehr wahrscheinlich nur
von einer Klasse verstanden, für die soziale Belange zu
einer abgestandenen Angelegenheit geworden sind. Einer
bäuerlichen Klasse die Vorteile von Kultur gegenüber rei-
nem Luxus vor Augen zu führen, mag an sich richtig sein,
bringt aber eine Reihenfolge durcheinander, an die die
Menschheit sich schon so lange gewöhnt hat. Yeobrights
Versuch, den Heidebewohnern klarzumachen, daß sie zu
verständiger Gelassenheit aufzusteigen vermochten, ohne
dabei gleichzeitig zu Wohlstand zu kommen, war dem
Versuch nicht unähnlich, den alten Chaldäern[6] weiszu-

machen, man brauche, um zu den höchsten Himmelsregionen vorzustoßen, nicht die dazwischenliegende Erdatmosphäre zu durchdringen.

War Yeobright ein geistig ausgeglichener Mensch? Nein. Ein ausgeglichener Geist hegt keine spezifischen Vorlieben. Ein solcher Geist bewahrt seinen Inhaber mit Sicherheit davor, als Irrer eingesperrt, als Abtrünniger gefoltert oder als Gotteslästerer gekreuzigt zu werden. Er ist andererseits auch jemand, den man niemals als Propheten feiert, als Priester verehrt oder zum König erhebt. Seine Segnungen sind gewöhnlich Glück und Mittelmäßigkeit. Er bringt die Gedichte eines Rogers, die Gemälde eines West, die Staatskunst eines North und die geistliche Führung eines Tomline zustande.[7] Diese erringen Reichtum und Wohlstand, treten mit Würde von der Bühne ab, sterben ruhig in ihrem Bett und werden, in den meisten Fällen wenigstens, in dem angemessenen Andenken gehalten, das sie verdienen. Ein solcher Geist hätte Yeobright niemals erlaubt, etwas so Lächerliches zu tun, wie sein Geschäft zugunsten seiner Mitmenschen aufzugeben.

Er ging nach Hause, ohne auf Weg und Steg zu achten. Wenn jemand die Heide gut kannte, dann war es Clym. Er war von ihren Schauplätzen, ihrer Substanz und ihren Gerüchen durchdrungen. Man hätte sagen können, er sei ihr Produkt. Als er das Licht der Welt erblickte, sah er auf sie hinaus; mit ihrem Bild mischten sich seine ersten Erinnerungen. Seine Lebensauffassung war von ihr getönt, seine Spielzeuge waren Messer und Speerspitzen aus Stein gewesen, welche er dort gefunden hatte und die ihn darüber nachdenken ließen, warum Steine solch seltsame Formen annehmen. Die violetten Glockenblumen und der gelbe Ginster waren seine Blumen, Schlangen und Heideponys waren für ihn die Tierwelt, sein Umgang waren die Menschen, die sie beherbergte. Nähme man all den vielfältigen Haß, den Eustacia Vye für die Heide emp-

fand und kehrte ihn in Liebe um, so ergäbe das Clyms
Herz. Er ließ seine Augen in die Weite schweifen und war
glücklich.

Für viele Leute galt die Egdon-Heide als ein Ort, der
schon seit Generationen nicht mehr zum gegenwärtigen
Jahrhundert gehörte, und dorthin einzudringen war für
sie unziemlich. Die Heide war ein altmodischer, überhol-
ter Ort, und wenige interessierten sich für sie. Wie konnte
dies auch anders sein in einer Zeit der quadratischen Felder und gestutzten Heckenzäune, wo Wiesen nach einem
solch rechtwinkligen System bewässert werden, daß sie
an klaren Tagen wie silberne Bratroste erscheinen. Der
Bauer, der sich im Vorüberfahren über seine künstlich
angelegten Wiesen freuen, mit besorgter Aufmerksamkeit
den Mais sprießen sehen und über die vom Ungeziefer
angefressenen Rüben seufzen konnte, hatte für die ferne
Heide dort oben nur ein Stirnrunzeln übrig. Als jedoch
Yeobright auf seinem Weg von den Höhen herunter-
schaute, konnte er sich einer unbändigen Freude nicht
erwehren, als er bemerkte, daß bei einigen Versuchen, der
Urlandschaft mit dem Pflug Land abzugewinnen, die
Heide nach ein bis zwei Jahren gesiegt und Farne und
Ginsterbüsche sich beharrlich wieder durchgesetzt
hatten.

Er stieg ins Tal hinunter und war bald wieder zu Hause
in Blooms-End angekommen. Seine Mutter schnitt ver-
welkte Blätter von den Pflanzen auf der Fensterbank ab.
Sie sah mit einem Blick zu ihm auf, als verstünde sie die
Bedeutung seines langen Aufenthalts bei ihr nicht; diesen
Ausdruck trug sie schon seit mehreren Tagen zur Schau.
Er fühlte, daß die Neugierde, die ihm die Gruppe beim
Haareschneiden entgegengebracht hatte, bei seiner Mut-
ter zu tiefer Besorgnis gesteigert war. Aber sie hatte die
Frage nicht an ihn gestellt, selbst als die Ankunft seiner
Koffer darauf schließen ließ, daß er sie so bald nicht ver-

lassen würde. Ihr Schweigen erflehte eine Antwort eindringlicher, als es Worte vermocht hätten.

»Mutter, ich gehe nicht wieder nach Paris zurück«, sagte er, »jedenfalls nicht in meiner alten Eigenschaft. Ich habe das Geschäft aufgegeben.«

Mrs. Yeobright drehte sich in gequälter Überraschung um: »Ich dachte mir schon, daß etwas nicht stimmt, wegen der Kisten. Ich wundere mich nur, daß du es mir nicht früher gesagt hast.«

»Ich hätte es tun sollen, aber ich war mir nicht sicher, ob dir mein Plan zusagen würde. Ich war mir über ein paar Einzelheiten selbst noch nicht im klaren. Ich möchte eine vollkommen neue Richtung einschlagen.«

»Das erstaunt mich, Clym. Wie kannst du dir wünschen, Besseres zu erreichen als das, was du schon hast?«

»Ganz einfach. Ich werde es nicht mehr erreichen in dem Sinne, wie du es verstehst. Ich nehme an, man würde es als weniger bezeichnen. Aber ich verachte den Beruf, den ich habe, und ich möchte, bevor ich sterbe, etwas Verdienstvolles tun. Als ein Schullehrer glaube ich das tun zu können – als Lehrer für die Armen und Unwissenden, um ihnen Dinge zu vermitteln, die sie sonst niemand lehrt.«

»Nach all dem Aufwand, dir einen guten Start zu geben, und während du nur geradewegs auf deinen Wohlstand zuzugehen brauchst, sagst du, du willst hier Lehrer für die Armen werden. Deine Launen werden dein Ruin sein, Clym.«

Mrs. Yeobright sprach ruhig, aber für jemanden, der sie so gut kannte wie ihr Sohn, war die starke Gemütsbewegung dahinter nur zu leicht herauszuhören. Er antwortete nicht. Auf seinem Gesicht stand jener Ausdruck mangelnder Hoffnung auf ein Verstandenwerden, der sich dann einstellt, wenn das Gegenüber von Natur aus durch eine Logik nicht überzeugt werden kann, die ohnehin auch unter günstigeren Bedingungen beinahe ein zu grobes Medium für die Kompliziertheit des Themas ist.

Bis zum Ende des Abendessens sprach man nicht mehr darüber. Danach begann seine Mutter, so als habe es seit dem Vormittag keine Unterbrechung gegeben: »Es beunruhigt mich zu hören, Clym, daß du mit solchen Ideen nach Hause gekommen bist. Ich hatte nicht die geringste Ahnung, daß du freiwillig Rückschritte in der Welt machen willst. Natürlich hatte ich immer angenommen, du würdest dich bemühen vorwärtszukommen, wie andere Männer das tun – alle, die den Namen verdienen –, wenn man ihnen eine gute Laufbahn eröffnet hat.«

»Ich kann es nicht ändern«, sagte Clym in verstörtem Ton. »Mutter, ich hasse das eitle Geschäft. Und was die Männer, die den Namen verdienen, angeht: kann irgendein Mann, der diese Bezeichnung verdient, seine Zeit auf diese verweichlichte Art vergeuden, wenn er sieht, daß die halbe Welt vor dem Ruin steht, falls sich nicht jemand ernsthaft daran macht, die Menschen zu lehren, gegen das Elend anzugehen, in das sie geboren wurden? Jeden Morgen beim Aufstehen sehe ich die ganze Schöpfung sich plagen und klagen, wie der heilige Paulus sagt, und doch handele ausgerechnet ich mit glitzernden Kostbarkeiten für reiche Frauen und adlige Wüstlinge und bin Handlanger für die niedrigsten Eitelkeiten – ich, der ich Gesundheit und Kraft habe, alles mögliche zu tun. Das ganze Jahr über habe ich mir Gedanken darüber gemacht, und das Ergebnis ist, daß ich es nicht mehr tun kann.«

»Warum kannst du es nicht genau so wie andere?«

»Ich weiß es nicht, außer, daß es viele Menschen gibt, denen Dinge wichtig sind, die mir nicht wichtig sind. Zum Beispiel hänge ich nicht an Äußerlichkeiten. Ich habe keinen Spaß an den Feinheiten des Lebens. Gute Dinge sind an mir verschwendet. Deshalb denke ich, ich sollte diesen Mangel in einen Vorteil ummünzen, indem ich das, was ich selbst nicht brauche, anderen zugute kommen lasse.«

Da nun Yeobright einige dieser genannten Eigenschaften gerade von der Frau, die vor ihm stand, geerbt hatte, konnte er sicher sein, in ihr, wenn nicht durch Argumente, so doch über das Gefühl ein Echo zu finden, selbst wenn sie dies in seinem Interesse verschleiern mochte. Sie fuhr etwas weniger sicher fort: »Und doch wärst du ein reicher Mann geworden, wenn du dabei geblieben wärst – Leiter dieses großen Diamantengeschäfts, was kann sich ein Mann Besseres wünschen? Was für eine Stellung, mit Vertrauen und Respekt verbunden! Wahrscheinlich wirst du wie dein Vater, wie er wirst du es überdrüssig, erfolgreich zu sein.«

»Nein«, sagte ihr Sohn, »das bin ich nicht leid, aber ich mag nicht, was du damit sagen willst. Mutter, was heißt, erfolgreich sein?«

Mrs. Yeobright war eine viel zu bedächtige Frau, um sich mit vorgefertigten Definitionen zufrieden zu geben, und wie Platons sokratische Frage »Was ist Weisheit?« und Pontius Pilatus' »Was ist Wahrheit?« blieb auch diese Frage unbeantwortet.

Die Stille wurde durch ein Geräusch von der Gartenpforte her unterbrochen. Es folgte ein Klopfen an der Haustür, die daraufhin geöffnet wurde. Christian Cantle trat im Sonntagsstaat ins Zimmer.

Auf der Egdon-Heide war es üblich, mit der Einleitung zu einer Geschichte schon vor dem eigentlichen Eintritt ins Haus zu beginnen, so daß man schon mitten in der Geschichte angelangt war, wenn sich Besucher und Besuchte gegenüberstanden. Bei noch halb geöffneter Tür sagte Christian zu ihnen: »Wenn man bedenkt, daß ich doch nur ab und zu, wenn überhaupt, von zu Hause weggehe, und daß ich ausgerechnet heute da war!«

»Du hast also Neuigkeiten für uns, Christian?« fragte Mrs. Yeobright.

»Und was für welche. Über eine Hexe, und entschuldigt die Tageszeit, denn, sagt' ich zu mir, ich muß hin und

es ihnen erzählen, auch wenn sie erst halb mit dem Essen
fertig sind. Ich sag Euch, ich hab gezittert wie Espenlaub.
Meint Ihr, daß was Schlimmes daraus kommt?«

»Ja wovon denn?«

»Heute morgen in der Kirch', wir stehen alle so da, und
der Pfarrer sagte: ›Laßt uns beten‹. Na, hab ich gedacht,
man kann genauso gut auch knien, und außerdem, all die
anderen haben dem Mann auch gehorcht genau wie ich.
Wir waren noch keine halbe Minute dabei, da hat man ein
unheimlich schreckliches Gekreisch in der Kirch' gehört,
so als ob grad einer sein Herzblut vergossen hätt'. All die
Leut sprangen hoch, und dann haben wir gehört, daß
Susan Nonsuch Miss Vye mit einer langen Strumpfnadel
gestochen hat, so wie sie schon gesagt hatte, daß sie's tun
würd', sobald sie die junge Lady in der Kirch' erwischen
würd', wo sie ja nicht oft hinkommt. Sie hätt' seit Wochen
auf die Gelegenheit gewartet, ihr Blut abzunehmen, und
damit ein End' zu machen mit der Verhexerei ihrer Kinder, was schon so lang vor sich ging. Susan ist ihr in die
Kirch' nachgegangen, hat sich neben sie gesetzt, und
sowie sie konnte, hat sie die Nadel in den Arm meiner
Lady gestoßen.«

»Um Himmels willen, wie gräßlich!« rief Mrs. Yeobright.

»Susan hat so fest zugestoßen, daß das Mädchen ohnmächtig geworden ist, und da ich Angst gekriegt hab, daß
es einen Tumult in der Kirch' gäb', bin ich hinter die
Baßgeig' und hab nichts mehr gesehen. Wie das arme Ding
geschrieen hat! Der Pfarrer in seinem Talar hielt die Hand
hoch und sagte: ›Setzt Euch, Ihr Leute, setzt Euch!‹ Aber
die taten den Teufel. Oh, und was glaubt Ihr, Mrs. Yeobright, was ich noch gesehen hab? Der Pfarrer trägt richtige
Kleider unter seinem Talar! – Ich konnte seinen schwarzen Ärmel drunter sehen, als er den Arm hochgehoben
hat.«

»So etwas Grausames«, sagte Yeobright.

»Ja«, sagte seine Mutter.

»Da sollte sich die Obrigkeit drum kümmern«, sagte Christian. »Hier kommt Humphrey, glaub ich.«

Und wirklich kam Humphrey herein. »Na, habt Ihr schon die Neuigkeit gehört? Ich seh schon, Ihr habt's gehört. Es ist schon seltsam, daß immer, wenn einer von Egdon zur Kirche geht, etwas Verrücktes passiert. Das letzte Mal war's im Herbst, als Nachbar Fairway da war und Ihr den Einspruch erhoben habt, Mrs. Yeobright.«

»Konnte das Mädchen, das man so grausam behandelt hatte, denn allein nach Hause gehen?«

»Sie erzählten, daß sie sich erholt hat und gut allein nach Hause gehen konnte. Und jetzt, wo ich's Euch erzählt hab, muß ich mich selbst auf den Heimweg machen.«

»Ich auch«, sagte Humphrey. »Jetzt werden wir jedenfalls sehen, ob was dran ist an dem, was die Leute über sie sagen.«

Als sie sich wieder der Heide zugewandt hatten, sagte Yeobright ruhig zu seiner Mutter: »Meinst du immer noch, daß ich zu früh zum Lehrer werde?«

»Es ist schon richtig, daß es Schulmeister und Missionare und all diese Männer geben soll«, antwortete sie, »aber es ist auch richtig, daß ich versuchen sollte, dich aus diesem Leben heraus zu etwas Besserem zu bringen, damit du nicht wieder zurückkommst und so bist, als ob ich es gar nicht versucht hätte.«

An jenem Tag kam später noch Sam, der Torfstecher, vorbei. »Ich möcht gern was bei Euch ausborgen, Mrs. Yeobright. Ich nehme an, Ihr habt gehört, was der Schönheit auf dem Berg widerfahren ist?«

»Ja, Sam, ein halbes Dutzend Leute haben es uns schon erzählt.«

»Schönheit?« sagte Clym.

»Ja, recht bevorzugt von der Natur«, antwortete Sam. »Gott! Die ganze Heide ist der Meinung, daß es eins der

seltsamsten Dinge auf der Welt ist, daß so eine Frau her-
kommt, um hier zu leben.«

»Dunkel oder blond?«

»Nun, ich hab sie zwar schon zwanzigmal gesehen,
aber daran kann ich mich nicht erinnern.«

»Dunkler als Tamsin«, murmelte Mrs. Yeobright.

»Eine Frau, der anscheinend alles gleichgültig ist,
könnte man sagen.«

»Ist sie denn melancholisch?« fragte Clym weiter.

»Sie hängt nur zu Hause herum und will mit den Leuten
nichts zu tun haben.«

»Ist sie eine junge Dame mit einer Vorliebe für Abenteuer?«

»Nicht, daß ich wüßte.«

»Und sie macht doch nicht etwa bei den Spielen der
Burschen mit, um ein wenig Abwechslung in diesem einsamen Ort zu finden?«

»Nein.«

»Zum Beispiel beim Mummenspiel?«

»Nein, sie hat wohl andere Vorstellungen. Ich würde
vielmehr sagen, daß sie mit ihren Gedanken ganz woanders ist, bei feinen Herren und Damen, die sie nie kennenlernen wird, und feinen Villen, die sie nie wieder sehen
wird.«

Da Mrs. Yeobright mit Unbehagen bemerkte, daß
Clym auffallend interessiert zu sein schien, sagte sie zu
Sam: »Du siehst mehr in ihr als die meisten von uns. Meiner Meinung nach ist Miss Vye zu müßig, um anziehend
zu sein. Ich habe nie gehört, daß sie sich selbst oder anderen Leuten je zum Nutzen gewesen ist. Ordentliche Mädchen werden nicht als Hexen behandelt, auch nicht auf der
Egdon-Heide.«

»Unsinn – das beweist weder das eine noch das andere«,
sagte Yeobright.

»Na ja, ich verstehe natürlich nichts von solchen Feinheiten«, sagte Sam, der sich aus einem möglicherweise

unangenehmen Streitgespräch heraushalten wollte. »Was
sie ist, das wird die Zeit zeigen. Weshalb ich eigentlich
gekommen bin, ist, weil ich das längste und stärkste Seil,
das Ihr habt, ausborgen wollte. Dem Kapitän ist der
Eimer in den Brunnen gefallen, und sie brauchen Wasser,
und da alle Burschen heute zu Hause sind, glauben wir,
daß wir den Eimer für ihn rausholen können. Wir haben
schon drei Wagenseile, aber sie reichen noch nicht bis auf
den Grund.«

Mrs. Yeobright sagte, er könne sich von den Seilen, die
in der Hütte seien, nehmen, was er brauchen könne, und
Sam ging hinaus, um sie herauszusuchen. Als er an der
Tür vorbeikam, trat Clym zu ihm und begleitete ihn zur
Pforte.

»Bleibt diese junge Hexe lange in Mistover Knap?«
fragte er.

»Ganz bestimmt.«

»Was für eine Schande, sie so grausam zu mißhandeln.
Sie muß ja schrecklich gelitten haben – seelisch noch mehr
als körperlich.«

»Das war ein gemeiner Trick – und so ein hübsches
Mädchen. Ihr solltet sie kennenlernen, Mr. Yeobright,
wo Ihr von weit her gekommen seid und ein bißchen
mehr vorzuzeigen habt für Euer Alter als die meisten von
uns.«

»Meinst du, sie würde gerne Kinder unterrichten?«

Sam schüttelte den Kopf. »Wie ich das sehe, ist sie ganz
und gar nicht der Typ dafür.«

»Na ja, das war mir nur gerade so in den Kopf gekommen. Ich müßte sie natürlich kennenlernen und es mit ihr
besprechen – keine einfache Sache, denn meine Familie
und ihre stehen nicht auf besonders gutem Fuß.«

»Ich kann Euch sagen, wie Ihr sie vielleicht treffen
könnt, Mr. Yeobright«, sagte Sam. »Heute abend um
sechs Uhr gehen wir zu ihrem Haus, um den Kübel hoch-
zuholen, und Ihr könntet dabei helfen. Es kommen etwa

fünf oder sechs von uns, aber der Brunnen ist tief, und einer mehr ist vielleicht gut zu gebrauchen, falls es Euch nichts ausmacht, auf diese Art zu erscheinen. Sie wird bestimmt draußen sein.«

»Ich überlege es mir«, sagte Yeobright, und sie trennten sich.

Er überlegte es sich eingehend, aber über Eustacia wurde im Haus daraufhin nicht mehr gesprochen. Ob jene romantische, dem Aberglauben zum Opfer gefallene Märtyrerin und die melancholische Mummenspielerin, mit der er sich bei Vollmond unterhalten hatte, ein und dieselbe Person waren, das blieb vorerst ein ungelöstes Rätsel.

Kapitel 3

Der erste Akt eines altbekannten Dramas

Es war ein schöner Nachmittag, und Yeobright ging für eine Stunde mit seiner Mutter in die Heide hinaus. Als sie die luftige Höhe erreicht hatten, die das Tal von Blooms-End von dem angrenzenden trennte, hielten sie inne und schauten in die Runde. Das Gasthaus »Zur Stillen Frau« war gerade noch in der einen Richtung zu erkennen, und weit draußen auf der anderen Seite erhob sich Mistover Knap.

»Hast du vor, Thomasin zu besuchen?« fragte er.

»Ja. Aber du brauchst diesmal nicht mitzukommen«, sagte seine Mutter.

»Dann biege ich hier ab, Mutter. Ich gehe noch nach Mistover.«

Mrs. Yeobright schaute ihn fragend an.

»Ich will helfen, dem Kapitän den Eimer aus dem Brun-

nen zu holen«, fuhr er fort. »Da er so sehr tief ist, kann ich
vielleicht nützlich sein. Und ich würde gerne diese Miss
Vye treffen – nicht so sehr wegen ihres guten Aussehens,
als aus einem anderen Grund.«

»Mußt du unbedingt gehen?« fragte seine Mutter.

»Ich hatte es mir vorgenommen.«

So trennten sie sich. »Dagegen gibt es kein Mittel«,
murmelte Mrs. Yeobright düster, als er ging. »Sie werden
sich bestimmt sehen. Ich wollte, Sam würde seine Neuigkeiten in andere Häuser statt zu uns bringen.«

Clyms Gestalt wurde kleiner und kleiner, während er
über die Hügel davonging. »Er hat ein weiches Herz«,
sagte Mrs. Yeobright zu sich, während sie ihm nachschaute, »anderenfalls wäre da keine Gefahr. Wie er sich
beeilt!«

Tatsächlich ging er geradewegs mit einer Entschlossenheit durch den Ginster, als ob sein Leben davon abhinge.
Seine Mutter seufzte tief auf und ging zurück, ohne Thomasin an diesem Tag noch zu besuchen. Die Abendschatten begannen die Täler in ein verschwommenes Licht zu
tauchen, aber die Höhen wurden noch von den abge-
schwächten Strahlen der Wintersonne gestreift, die auch
Clym beschienen, als er unter den Augen eines jeden
Kaninchens und Feldhasen der Umgebung voranschritt,
wobei ein langer Schatten vor ihm herging.

Als er an die mit Ginster bewachsene Böschung und den
Graben herankam, welche das Anwesen des Kapitäns
befestigten, konnte er dahinter Stimmen vernehmen, was
bedeutete, daß die Aktion schon begonnen hatte. Er blieb
an der Seitenpforte stehen und schaute hinüber. Ein halbes Dutzend starker Männer stand vor der Brunnenöff-
nung in einer Reihe hintereinander und hielt ein Seil, das
über die Brunnenlaufrolle in die Tiefe ging. Fairway, der
sich ein Stück dünneren Seils umgebunden hatte, welches
an einem der Pfosten festgemacht war, um einen Unfall zu
vermeiden, beugte sich jetzt über die Öffnung, während

seine Rechte das senkrecht in den Brunnen hinabhän-
gende Seil festhielt.

»Ruhe jetzt, Leute«, sagte Fairway.

Sie hörten auf zu reden, und Fairway versetzte das Seil
in eine Kreisbewegung, so als rühre er einen Teig. Bevor
eine Minute vergangen war, kam der Widerhall eines
dumpfen Platschens aus der Tiefe des Brunnens hoch. Die
schraubenförmige Drehung, in die er das Seil versetzt
hatte, hatte den Enterhaken unten erreicht.

»Zieht!« rief Fairway, und die Männer, die das Seil hielten, begannen es über die Rolle einzuholen.

»Ich glaub, wir haben's«, sagte einer der Seilzieher.

»Dann zieht gleichmäßig«, sagte Fairway.

Sie holten mehr und mehr ein, bis ein regelmäßiges
Tropfen in die Tiefe zu hören war. Es wurde mit zunehmender Höhe des Eimers lauter, und jetzt waren etwa
hundertfünfzig Fuß des Seils eingeholt.

Nun zündete Fairway eine Laterne an, hängte sie an ein
weiteres Seil und ließ sie langsam neben dem ersten Seil
hinab. Clym trat hinzu und schaute hinunter. Seltsame
feuchte Blätter, die nichts von den Jahreszeiten wußten,
und merkwürdig geartetes Moos wurden an den Seiten-
wänden sichtbar, bis das Licht auf eine verschlungene
Masse von Seil und Eimer traf, die in der feuchtdunklen
Luft hin und her schaukelte.

»Wir haben ihn nur mit dem Rand der Schlaufe, vorsichtig, um Himmels willen!« sagte Fairway.

Sie zogen mit äußerster Vorsicht, bis der nasse Eimer
etwa zwei Meter unter dem Rand wie ein zur Erde
zurückgekehrter toter Freund erschien. Drei oder vier
Hände streckten sich aus, aber dann ruckte das Seil, das
Rad sauste rund, und die beiden ersten Seilzieher fielen
rückwärts um. Man konnte das Anschlagen eines fallen-
den Gegenstandes gegen die Brunnenwand hören, welches schwächer und schwächer wurde und schließlich in

einem donnernden Dröhnen in der Tiefe endete. Der
Eimer war wieder verschwunden.

»Verdammter Eimer!« sagte Fairway.

»Laß es wieder runter«, sagte Sam.

»Ich bin vom langen Bücken so steif wie das Horn eines
Bocks«, sagte Fairway und reckte und streckte sich so
lange, bis seine Gelenke knackten.

»Ruh dich ein paar Minuten aus, Timothy«, sagte
Yeobright, »ich mache das für dich.«

Der Haken wurde wieder hinuntergelassen. Sein kurzer
Aufschlag auf dem entfernten Wasser drang an ihre Ohren
wie ein Kuss. Yeobright kniete daraufhin nieder, beugte
sich über den Brunnenrand und wirbelte den Haken im
Kreis herum, so wie Fairway es getan hatte.

»Bindet ihm ein Seil um – das ist gefährlich!« rief eine
zarte und besorgte Stimme von irgendwo über ihnen.

Alle drehten sich um. Die Stimme kam von einer Frau,
die von einem Fenster, dessen Scheiben durch den rötlichen Schein von Westen her erglühten, aus dem oberen
Stock des Hauses auf die Gruppe heruntersah. Ihre Lippen waren geöffnet, und es schien, als habe sie für den
Augenblick vergessen, wer sie war.

Man band ihm daraufhin das Seil um, und die Arbeit
ging weiter. Beim nächsten Hochholen war das Gewicht
zu leicht, und sie mußten feststellen, daß sie nur ein
Gewirr aus Seilen, das nicht mit dem Eimer verbunden
war, hochzogen. Man warf das verschlungene Knäuel zur
Seite, Humphrey nahm Yeobrights Platz ein, und der
Haken wurde wieder in die Tiefe gelassen.

Yeobright zog sich nachdenklich zu dem Haufen zutage beförderter Seile zurück. Über die Übereinstimmung der Stimme der jungen Dame mit der der melancho-
lischen Mummenspielerin war er keinen Augenblick im
Zweifel. »Wie aufmerksam von ihr!« sagte er zu sich
selbst.

Eustacia, die rot geworden war, als sie die Wirkung

ihres Ausrufs auf die Gruppe unterhalb von ihr erkannte, war nicht mehr am Fenster zu sehen, obwohl Yeobright es sorgfältig absuchte. Während er dastand, holten die Männer ohne Zwischenfall den Eimer erfolgreich an die Oberfläche. Einer von ihnen ging zum Kapitän, um zu hören, was er bezüglich einer Reparatur des Brunnenseils vorhabe. Es stellte sich heraus, daß der Kapitän nicht zu Hause war. Statt dessen erschien Eustacia an der Tür und trat heraus. Sie war nun die Ruhe selbst, weit entfernt von der Lebhaftigkeit, die in ihren besorgten Worten um Clyms Sicherheit gelegen hatte.

»Kann man heute abend hier Wasser aus dem Brunnen holen?« fragte sie.

»Nein, Miss. Der Boden des Eimers ist herausgebrochen, und da wir nichts mehr tun können, gehen wir jetzt und kommen morgen früh wieder.«

»Kein Wasser«, murmelte sie und wandte sich um.

»Ich kann Euch welches von Blooms-End heraufschikken«, sagte Clym und lüftete seine Mütze, während sich die Männer zurückzogen.

Yeobright und Eustacia sahen sich für einen Augenblick an, als ob beide an jene wenigen Minuten eines gewissen gemeinsamen Erlebnisses im Mondschein dachten. Und mit diesem Blick verwandelte sich die ruhige Festigkeit auf ihren Gesichtern in einen Ausdruck von Zartgefühl und Wärme. Es war, als ob sich greller Mittag in Sekundenschnelle in einen würdigen Sonnenuntergang verwandelte.

»Danke, aber das wird kaum nötig sein«, antwortete sie.

»Aber wenn Ihr kein Wasser habt?«

»Na ja, ich nenne es kein Wasser«, sagte sie errötend und erhob ihre langbewimperten Augenlider, als ob sie damit eine anstrengende Leistung vollbringe. »Aber mein Großvater nennt es genug Wasser; ich zeige Euch, was ich meine.«

Sie ging einige Meter weiter, und Clym folgte ihr. Als sie den Rand der Einfriedung erreicht hatte, wo sich die aus Lehm geformten Stufen befanden, die dazu dienten, den Erdwall zu besteigen, sprang sie mit einer Leichtigkeit hoch, die in seltsamem Kontrast zu ihrer Trägheit stand, welche sie zuvor am Brunnen zur Schau getragen hatte. Dies zeigte nebenbei auch, daß ihre augenscheinliche Mattigkeit nicht an mangelnder Stärke lag.

Clym stieg nach ihr hinauf und bemerkte einen runden Brandfleck oben auf dem Wall. »Asche?« fragte er.

»Ja«, sagte Eustacia, »wir hatten hier ein kleines Feuer am 5. November, und das rührt noch daher.«

An dieser Stelle hatte das Feuer gebrannt, das sie angezündet hatte, um Wildeve anzulocken.

»Dies ist die einzige Sorte Wasser, die wir haben«, fuhr sie fort und warf einen Stein in den Teich, der wie das Weiße eines Auges ohne Pupille vor dem Wall lag. Der Stein plumpste hinein, aber kein Wildeve erschien auf der anderen Seite, wie es hier bei einer früheren Gelegenheit geschehen war. »Mein Großvater sagt, daß er in den zwanzig Jahren, die er zur See gefahren ist, von Wasser gelebt hat, das doppelt so schlecht ist wie dieses hier«, sagte sie, »und er findet, daß es zur Not für uns gut genug ist.«

»Na ja, das Wasser dieser Teiche ist zu dieser Jahreszeit tatsächlich sauber. Es hat gerade erst hineingeregnet.«

Sie schüttelte den Kopf. »Ich kann mich daran gewöhnen, in einer Wildnis zu leben, aber ich kann kein Wasser aus einem Teich trinken«, sagte sie.

Clym sah nach dem Brunnen hin, der nun verlassen war, da die Männer nach Hause gegangen waren. »Es ist sehr schwierig, Quellwasser zu holen«, sagte er nach einer Pause. »Aber da Ihr das aus dem Teich nicht mögt, kann ich ja versuchen, selbst etwas heraufzuholen.« Er ging zum Brunnen zurück. »Ja, ich glaube, ich könnte es schaffen, wenn ich dieses Eimerchen nehme.«

»Da ich die Männer nicht damit belästigen wollte, kann ich es Euch nicht guten Gewissens tun lassen.«

»Das macht mir gar nichts aus.«

Er befestigte den Eimer an der langen Seilrolle, legte das Seil über das Rad und ließ den Eimer hinunter, indem er das Seil durch seine Hände gleiten ließ. Bevor es tief hinabgetaucht war, hielt er es an.

»Ich muß zuerst das Ende festmachen, sonst verlieren wir das Ganze«, sagte er zu Eustacia, die herbeigekommen war. »Könnt Ihr es für einen Moment halten, während ich das tue? – Oder soll ich Euren Burschen rufen?«

»Ich kann es halten«, sagte Eustacia, und er legte das Seil in ihre Hände, während er nach dem Ende des Seils suchte.

»Ich kann es doch wohl weiter hinunterlassen?« fragte sie.

»Ich würde Euch empfehlen, es nicht tief hinunterrutschen zu lassen«, sagte Clym. »Ihr werdet sehen, daß es viel schwerer wird.«

Eustacia hatte jedoch begonnen, das Seil lockerzulassen. Während er das Ende festmachte, schrie sie: »Ich kann es nicht halten!«

Clym rannte zu ihr und merkte sofort, daß er das Seil nur anhalten konnte, wenn er das lose Ende um den senkrechten Pfosten wand. Es stand mit einem Ruck still.

»Hat es Euch verletzt?«

»Ja«, antwortete sie.

»Sehr?«

»Nein, ich glaube nicht.« Sie öffnete ihre Hände. Eine Hand blutete, das Seil hatte die Haut abgeschürft. Eustacia umwickelte sie mit ihrem Taschentuch.

»Ihr hättet loslassen sollen«, sagte Yeobright, »warum habt Ihr das nicht getan?«

»Ihr habt gesagt, ich sollte es festhalten ... das ist heute das zweite Mal, daß ich verletzt wurde.«

»Ach ja, ich habe davon gehört. Ich schäme mich für

meine Egdon-Heimat. War das eine ernsthafte Verletzung in der Kirche, Miss Vye?«

Es lag so unendlich viel Mitgefühl in Clyms Stimme, daß Eustacia langsam ihren Ärmel hochschlug und ihren runden weißen Arm entblößte. Ein hellroter Fleck, wie ein Rubin auf Marmor von Paros, war auf seiner zarten Oberfläche sichtbar.

»Hier«, sagte sie und hielt ihren Finger an die Stelle.

»Das war heimtückisch von der Frau«, sagte Clym. »Wird Kapitän Vye nicht für eine Bestrafung sorgen?«

»Genau deswegen ist er im Augenblick unterwegs. Ich wußte nicht, daß ich solch einen magischen Ruf habe.«

»Und Ihr seid ohnmächtig geworden?« sagte Clym und schaute auf den kleinen roten Einstich, als ob er ihn am liebsten küssen würde, um ihn wieder heil zu machen.

»Ja, es hat mich erschreckt. Ich war lange nicht in der Kirche gewesen, und jetzt werde ich erst recht nicht mehr gehen – vielleicht nie mehr. Ich kann den Leuten danach nicht mehr gegenübertreten. Findet Ihr es nicht auch schrecklich demütigend? Noch Stunden später wünschte ich, daß ich tot wäre, aber jetzt macht es mir nichts mehr aus.«

»Ich bin hergekommen, um mit diesem alten Kram aufzuräumen«, sagte Yeobright. »Würdet Ihr mir helfen wollen – beim anspruchsvollen Unterrichten? Wir könnten ihnen von großem Nutzen sein.«

»Darauf bin ich nicht gerade versessen. Ich empfinde keine allzu große Liebe für meine Mitmenschen. Manchmal hasse ich sie regelrecht.«

»Trotzdem meine ich, wenn Euch mein Plan bekannt wäre, daß Ihr dann Interesse daran bekämt. Es hat keinen Sinn, seine Mitmenschen zu hassen – wenn Ihr schon etwas hassen müßt, dann solltet Ihr das hassen, was sie zu dem gemacht hat, was sie sind.«

»Meint Ihr die Natur? Ich hasse sie bereits. Aber ich würde jederzeit gern Euren Plan anhören.«

Damit war die Unterhaltung zu einem gewissen Abschluß gekommen, und es war nur natürlich, daß sie sich nun trennten. Clym war sich dessen wohl bewußt, und Eustacia machte eine abschließende Geste. Und doch schaute er sie so an, als hätte er noch etwas zu sagen. Wäre er nicht in Paris gewesen, wäre es vielleicht nie ausgesprochen worden.

»Wir haben uns schon einmal gesehen«, sagte er, indem er sie mit etwas mehr Interesse als notwendig ansah.

»Nicht, daß ich wüßte«, sagte Eustacia mit einem Ausdruck ruhiger Zurückhaltung im Gesicht.

»Aber ich kann darüber denken, wie ich will.«

»Ja.«

»Ihr seid einsam hier.«

»Ich kann die Heide nicht ertragen, außer in ihrer Blütezeit. Die Heide ist für mich ein grausamer Zuchtmeister.«

»Ach wirklich?« sagte er. »Für mein Gefühl ist sie äußerst anregend, stärkend und beruhigend. Ich würde lieber auf diesen Höhen als irgendwo sonst in der Welt leben.«

»Sie ist wohl geeignet für Künstler, aber ich würde nie malen lernen.«

»Und nicht weit von hier steht ein sehr seltsamer Druidenstein.« Er warf einen Stein in die angedeutete Richtung. »Geht Ihr oft hin, um ihn Euch anzusehen?«

»Mir war noch nicht einmal bekannt, daß ein solcher Druidenstein hier existiert. Es ist mir bekannt, daß es Boulevards in Paris gibt.«

Yeobright sah gedankenvoll zu Boden. »Das hat viel zu bedeuten«, sagte er.

»Ja, wirklich«, sagte Eustacia.

»Ich erinnere mich, daß ich dasselbe Verlangen nach der Betriebsamkeit einer Stadt hatte. Fünf Jahre in so einer Großstadt, und Ihr seid kuriert.«

»Der Himmel schicke mir eine solche Kur! Jetzt werde

ich aber hineingehen, Mr. Yeobright, damit ich meine
verletzte Hand verbinden kann.«

Sie trennten sich, und Eustacia verschwand in die sich
verdichtenden Schatten. Sie schien von vielen Dingen erfüllt. Ihre Vergangenheit war ausgelöscht, und ihr Leben
hatte begonnen. Die Wirkung dieses Treffens auf Clym
erkannte dieser erst nach einiger Zeit in vollem Ausmaß.
Auf dem Heimweg war seine hervorstechendste Erkenntnis die, daß sein Plan irgendwie veredelt worden war. Eine
schöne Frau war mit einbezogen worden.

Als er das Haus erreicht hatte, ging er zu dem Zimmer
hinauf, das seine Studierstube werden sollte, und beschäftigte sich den ganzen Abend über mit dem Auspacken der
Bücher, die er dann in die Regale einordnete. Aus einer
anderen Kiste holte er eine Lampe und eine Ölkanne. Er
stellte seinen Tisch auf, nahm die Lampe in Betrieb und
sagte: »So, jetzt bin ich bereit anzufangen.«

Am nächsten Morgen stand er früh auf, las zwei Stunden vor dem Frühstück noch bei Lampenlicht – las den
ganzen Vormittag, den ganzen Nachmittag. Gerade als
die Sonne unterging, wurden seine Augen müde, und er
lehnte sich in seinem Stuhl zurück.

Sein Zimmer ging auf die Vorderseite des Anwesens
hinaus, und man konnte von hier aus das Heidetal überblicken. Die tiefen Strahlen der Wintersonne warfen den
Schatten des Hauses über den Zaun hinweg, über die
Grasgrenze der Heide hinaus und weit ins Tal, wo sich die
Umrisse des Schornsteins und die Wipfel der nahebei stehenden Bäume wie lange dunkle Gabelspitzen ausstreck-
ten. Da er den ganzen Tag bei seiner Arbeit stillgesessen
hatte, beschloß er, noch vor Einbruch der Dunkelheit ein
wenig zu den Hügeln hinaufzugehen, und er beschritt
ohne Zögern den Weg, der durch die Heide nach Mistover
führte.

Erst nach anderthalb Stunden erschien er wieder am
Gartentor. Die Fensterläden des Hauses waren schon

geschlossen, und Christian Cantle, der den ganzen Tag
über mit der Schubkarre im Garten Mist verteilt hatte, war
schon nach Hause gegangen. Beim Eintreten sah er, daß
seine Mutter, nachdem sie lange auf ihn gewartet, ihr
Mahl ohne ihn beendet hatte.

»Wo bist du gewesen, Clym?« sagte sie sogleich.
»Warum hast du mir nicht gesagt, daß du um diese Zeit
noch weggehst?«

»Ich war in der Heide.«

»Wenn man dort hinaufgeht, trifft man Eustacia Vye.«

Clym schwieg für eine Minute. »Ja, ich habe sie heute
abend getroffen«, sagte er, als erwähne er es nur um der
notwendigen Aufrichtigkeit willen.

»Ich dachte es mir beinahe.«

»Es war keine Verabredung.«

»Nein, solche Begegnungen sind es nie.«

»Aber du bist doch nicht böse, Mutter?«

»Das kann ich kaum behaupten. Böse? Nein. Aber
wenn ich bedenke, was das übliche Hindernis ist, das
einen Mann dazu bringt, die Welt zu enttäuschen, dann
bin ich in Sorge.«

»Deine Gefühle sind verständlich, Mutter, aber ich
kann dir versichern, daß du dir meinetwegen deshalb
keine Sorgen machen mußt.«

»Wenn ich an dich und deine neuen Launen denke«,
sagte Mrs. Yeobright mit etwas mehr Nachdruck, »fühle
ich mich natürlich nicht so sorglos wie vor einem Jahr. Ich
kann es nicht glauben, daß ein Mann, der an attraktive
Frauen aus Paris und sonst woher gewöhnt ist, sich so
leicht von einem Mädchen aus der Heide beeindrucken
läßt. Du hättest genauso gut auch in eine andere Richtung
gehen können.«

»Ich habe den ganzen Tag über den Büchern gesessen.«

»Nun ja«, fügte sie etwas hoffnungsvoller hinzu, »ich
habe mir gedacht, daß du auch als Schulmeister etwas
werden könntest, da du ja anscheinend tatsächlich

beschlossen hast, deine frühere Beschäftigung zu verab-
scheuen.«

Yeobright wollte dieser Idee nicht widersprechen, obwohl sein Plan weit davon entfernt war, die Erziehung
von Jugendlichen als ein Mittel zum sozialen Aufstieg zu
benutzen. Seine Bestrebungen gingen nicht in diese Richtung. Er hatte jenes Stadium im Leben eines jungen Mannes erreicht, wo man plötzlich die grausame Härte des
ganzen menschlichen Daseins erkennt, und wo diese Erkenntnis den Ehrgeiz für eine Weile verstummen läßt.
In Frankreich sind in diesem Alter Selbstmorde nichts
Ungewöhnliches; in England kommen wir viel besser
damit zurecht, oder viel schlechter, wie man es nimmt.

Die Zuneigung des jungen Mannes zu seiner Mutter
war jetzt auf seltsame Weise unsichtbar. Über Liebe kann
man sagen, daß sie, je weniger erdhaft, desto weniger
offenkundig ist. In ihrer absolut unzerstörbaren Form
erreicht sie eine Tiefe, wo die Darstellung ihrer selbst
qualvoll wäre. So war es bei diesen beiden. Hätte man
ihrer Unterhaltung heimlich zugehört, würde man wohl
gesagt haben: »Wie kalt die beiden miteinander umgehen!«

Seine Theorie und der Wunsch, seine Zukunft dem
Unterrichten zu widmen, hatten Mrs. Yeobright beeindruckt. In der Tat, wie konnte es auch anders sein, wo er
ein Teil ihrer selbst war, und wo ihre Unterhaltung hin
und her ging, als ob sie von der rechten und der linken
Hand desselben Körpers geführt würde? Er hatte es aufgeben müssen, sie durch Argumente überzeugen zu wollen, und es war fast wie eine Erleuchtung für ihn, daß er sie
durch einen Magnetismus erreichen konnte, welcher
Worten so überlegen war, wie Worte einem Schreien
überlegen sind.

Seltsam genug begann er zu spüren, daß es ihm nicht so
schwer fallen würde, sie, die seine beste Freundin war,
davon zu überzeugen, daß relative Armut für ihn der bes-

sere Weg sei, als es sich selbst zu verzeihen, sie davon zu überzeugen. Von jedwedem Standpunkt einer Vorsorge für seine Zukunft aus gesehen war seine Mutter zweifellos so sehr im Recht, daß er nicht ohne Gewissensbisse sah, daß es möglich war, sie umzustimmen.

Sie besaß eine einzigartige Lebensklugheit, besonders wenn man bedachte, daß sie selbst wenig erlebt hatte. Es hat immer Menschen gegeben, die ohne genaue Vorstellung der Dinge, die sie beurteilen, dennoch klare Vorstellungen über die Gegebenheiten und Bezüge dieser Dinge haben. Blacklock, der seit seiner Geburt blinde Poet, konnte Gegenstände mit größter Genauigkeit beschreiben; Professor Sanderson, der ebenfalls blind war, hielt ausgezeichnete Vorlesungen über Farben und lehrte andere die Theorie von Erfahrungen, die nur sie hatten, aber nicht er selbst.[8] Im Bereich menschlichen Umgangs sind solchermaßen Begabte meistens Frauen. Sie können eine Welt begreifen, die sie niemals gesehen, und Mächte berechnen, von denen sie nur gehört haben. Wir bezeichnen dies als Intuition.

Was bedeutete für Mrs. Yeobright die große Welt? Sie konnte eine Fülle von Tendenzen, nicht jedoch ihren wesentlichen Kern erkennen. Menschliche Gemeinschaften sah sie nur aus der Entfernung. Sie sah sie, wie wir das Menschengedränge auf der Leinwand eines Sallaert, Van Asloot und anderen Vertretern dieser Schule sehen[9] – unendliche Menschenmassen, die sich in wildem Durcheinander stoßen und drängen und in bestimmte Richtungen streben, deren Gesichtszüge aber gerade durch die umfassende Ausführlichkeit des Bildes nicht erkennbar sind.

Es war offensichtlich, daß sie bis zu diesem Zeitpunkt ein innerlich recht erfülltes Leben geführt hatte. Ihre Lebensanschauung und deren durch die Lebensumstände gegebene Grenzen konnte man beinahe an ihren Bewegungen ablesen. Sie waren in der Anlage würdevoll, obgleich weit davon entfernt, es tatsächlich zu sein, und in ihrer Art selbstsicher, obwohl sie es in Wirklichkeit nicht waren. So wie ihr einst elastischer Gang mit der Zeit steifer geworden war, so war ihr natürlicher Lebensstolz in seiner Entwicklung durch die äußeren Umstände gedämpft worden.

Der nächste Anstoß in die Richtung, die Clyms Schicksal nehmen sollte, erfolgte wenige Tage später. In der Heide war ein Hünengrab geöffnet worden, und Yeobright wohnte dem Geschehen bei, wozu er seine Studien für mehrere Stunden unterbrach. Am Nachmittag kam Christian von einem Gang dorthin zurück, und Mrs. Yeobright fragte ihn danach.

»Sie haben ein Loch gegraben, Mrs. Yeobright, und sie haben Sachen gefunden, die wie umgestülpte Blumentöpfe aussahen, und da drin sollen echte verbrannte Knochen sein. Die Leute haben sie mit nach Hause genommen, aber ich würde nicht schlafen können mit so etwas im Haus. Man sagt, daß Tote zurückkommen und ihr Eigentum zurückverlangen. Mr. Yeobright hatte auch einen Topf mit den Knochen bekommen und wollte sie nach Hause bringen – richtige Skelettknochen –, aber es ist anders gekommen. Ihr seid bestimmt froh, daß er seinen schließlich verschenkt hat, den Topf und alles. Das ist doch gut für Euch, Mrs. Yeobright, wenn man an den Wind in der Nacht denkt.«

»Er hat ihn verschenkt?«

»Ja, an Miss Vye. Sie hat anscheinend einen kannibalischen Geschmack an so einem Friedhofszeug.«

»Miss Vye war auch da?«

»Ja, ich glaub, sie war da.«

Als Clym kurz darauf nach Hause kam, sagte seine Mutter in seltsamem Ton: »Die Urne, die du mir bringen wolltest, hast du verschenkt.«

Yeobright antwortete nicht; die Art ihrer Gefühle war zu offensichtlich, als daß er es hätte zugeben können.

Die ersten Wochen des Jahres vergingen. Yeobright studierte eifrig zu Hause, aber er ging auch oft von zu Hause weg, und der Weg, den er einschlug, lag immer in Richtung einer bestimmten Stelle auf der Höhe zwischen Mistover und dem Regenhügel.

Der Monat März war gekommen, und die Heide zeigte die ersten zarten Anzeichen ihres Erwachens aus der Winterstarre. Dies geschah mit fast katzenhafter Heimlichkeit. Der Teich draußen vor Eustacias Haus unterhalb der Böschung, der einem Beobachter, der sich bewegt und Geräusche verursacht, so tot und verlassen wie eh und je erschienen wäre, entfaltete bei näherem ruhigem Zusehen ein reges Leben. Eine scheue Tierwelt machte sich zu neuem Leben für die kommende Jahreszeit bereit. Kleine Kaulquappen und Wassermolche kamen quirlig an die Wasseroberfläche und sausten unter Wasser hin und her. Kröten gaben Töne von sich wie sehr junge Enten und kamen zu zweien und dreien ans Ufer. In der Luft flogen Hummeln im sich verstärkenden Licht herum, und ihr Gesumm schwoll an und ab wie der Ton eines Gongs.

An einem solchen Abend kam Yeobright von eben diesem Teich in das Tal von Blooms-End. Er hatte dort mit einer anderen Person recht schweigsam und lange genug gestanden, um all dies winzige Sichregen in der erwachenden Natur hören zu können. Und doch hatte er es nicht gehört. Er kam in raschem und federndem Schritt talwärts. Bevor er das Anwesen seiner Mutter betrat, hielt er inne und schöpfte tief Luft. Das Licht, das vom Fenster her auf ihn fiel, enthüllte ein gerötetes Gesicht und leuchtende Augen. Was es nicht zeigte, war etwas, das auf seinen Lippen wie ein Siegel verharrte. Die andauernde Gegenwart dieses Abdrucks war so leibhaftig, daß er kaum wagte, das Haus zu betreten, denn es schien ihm, als könne seine Mutter sagen: »Was ist das für ein roter Fleck, der so leuchtend auf deinen Lippen brennt?«

Aber bald darauf ging er hinein. Der Tee war bereitet, und er setzte sich seiner Mutter gegenüber. Sie sagte nicht viel, und was ihn anging, so war gerade etwas geschehen, und es waren Worte gesprochen worden, die ihn davon abhielten, einen nichtssagenden Plausch zu beginnen. Die Schweigsamkeit seiner Mutter ließ nichts Gutes ahnen, aber er schien sich nicht darum zu kümmern. Er wußte, warum sie so wenig sagte, aber er konnte die Ursache für ihr Verhalten ihm gegenüber nicht ändern. Jenes halb schweigsame Beieinander war inzwischen nichts Ungewöhnliches mehr. Schließlich machte Yeobright einen Anfang in der Absicht, der Sache auf den Grund zu gehen.

»Fünf Tage lang haben wir wie heute beim Essen gesessen, ohne drei Worte miteinander zu reden. Was soll das bezwecken, Mutter?«

»Nichts«, sagte sie in leidendem Ton. »Aber es gibt nur einen allzu guten Grund.«

»Nicht, wenn du alles weißt. Ich wollte schon früher darüber sprechen, und ich bin froh, daß es nun zur Sprache kommt. Der Grund ist natürlich Eustacia Vye. Gut, ich gestehe dir ein, daß ich sie in letzter Zeit getroffen habe, und zwar recht oft.«

»Ja, ja, und ich weiß, was das zu bedeuten hat. Und das macht mir Kummer, Clym. Du vergeudest hier dein Leben, und es ist allein nur ihretwegen. Ohne diese Frau hättest du diesen Plan mit dem Unterrichten überhaupt nicht verfolgt.«

Clym sah seine Mutter fest an. »Du weißt, daß das nicht stimmt«, sagte er.

»Gut, ich weiß, daß du entschlossen warst, es zu versuchen, bevor du sie kennengelernt hast, aber das wäre bei der guten Absicht geblieben. Es war ja schön und gut, davon zu sprechen, aber es ist lächerlich, es in die Tat umzusetzen. Ich habe es für gewiß angesehen, daß du im Laufe von ein bis zwei Monaten die Torheit eines solchen Opfers einsehen und heute schon diesem oder jenem

Geschäft in Paris nachgehen würdest. Ich kann ja deine Vorbehalte gegenüber dem Diamantengeschäft verstehen – ich hatte wirklich auch gedacht, daß es für das Leben eines Mannes wie dich nicht passend sein könnte, selbst wenn es dich zum Millionär gemacht hätte. Aber jetzt, wo ich sehe, wie falsch du dieses Mädchen einschätzt, zweifle ich daran, ob du in anderen Dingen richtig urteilst.«

»Wieso schätze ich sie falsch ein?«

»Sie ist faul und unzufrieden. Aber das ist nicht alles. Nehmen wir einmal an, sie sei eine Frau, so gut wie jede, die du finden kannst – was sie auf keinen Fall ist –, wieso willst du dich zu diesem Zeitpunkt an jemanden binden?«

»Na ja, es gibt dafür praktische Gründe«, begann Clym und brach beinahe ab bei dem Gedanken, wie überwältigend das Gewicht einer Beweisführung gegen diese Aussage sein könnte. »Wenn ich eine Schule einrichte, wäre eine gebildete Frau von unschätzbarem Wert für mich.«

»Was! Du denkst wirklich daran, sie zu heiraten?«

»Es wäre etwas verfrüht, dies so einfach zu sagen. Aber bedenke doch, was für offensichtliche Vorteile dies bringen würde. Sie –«

»Bilde dir nur nicht ein, daß sie Geld hat, sie hat keinen blanken Heller.«

»Sie hat eine ausgezeichnete Erziehung genossen und wäre eine gute Vorsteherin in einem Internat. Ich gebe offen zu, daß ich meine Absichten mit Rücksicht auf dich etwas geändert habe, das sollte dich freuen. Ich habe nicht mehr die Absicht, den untersten Klassen selbst Unterricht zu erteilen. Ich kann Besseres leisten. Ich kann eine gute Privatschule für die Söhne der Bauern einrichten, und ohne die Schule zu unterbrechen, kann ich die Examina machen. Dadurch, und durch die Mithilfe einer Ehefrau wie sie –«

»Oh, Clym!«

»Ich werde am Ende, so hoffe ich, eine der besten Schulen des Landkreises leiten.«

Yeobright hatte das Wort »sie« mit einer Glut ausgesprochen, die in einer Unterhaltung mit einer Mutter äußerst indiskret war. Es gibt wohl kaum ein Mutterherz in der Welt, das unter solchen Umständen in der Lage gewesen wäre, wegen eines solch unpassenden Gefühls für eine neue Frau sich nicht betrogen zu fühlen.

»Du bist verblendet, Clym«, sagte sie erregt. »Es war ein Unglückstag für dich, als du sie das erste Mal ansahst. Und dein Plan ist nichts als ein Luftschloß, gebaut, um diese Torheit, die dich gepackt hat, zu rechtfertigen und um dein Gewissen wegen der unvernünftigen Lage, in die du dich gebracht hast, zu beschwichtigen.«

»Mutter, das ist nicht wahr!« antwortete er bestimmt.

»Kannst du behaupten, daß ich hier sitze und die Unwahrheit sage, wenn alles, was ich möchte, ist, dich vor Unglück zu bewahren? Schäme dich, Clym! Aber das kommt alles durch diese Frau – dieses Flittchen!«

Clym wurde feuerrot und stand auf. Er legte seiner Mutter die Hand auf die Schulter und sagte in einem Ton, der eigenartig zwischen Bitte und Befehl lag: »So etwas höre ich mir nicht an! Es könnte mich zu einer Antwort verleiten, die wir beide bedauern würden.«

Seine Mutter öffnete die Lippen, um mit irgendeiner anderen harten Wahrheit zu beginnen, aber als sie seinen Gesichtsausdruck bemerkte, entschloß sie sich zu schweigen. Yeobright ging ein-, zweimal durchs Zimmer und verließ dann plötzlich das Haus. Es war elf Uhr, als er zurückkam, obwohl er den Garten nicht verlassen hatte. Seine Mutter war zu Bett gegangen. Sie hatte auf dem Tisch die Lampe brennen und sein Abendbrot stehen lassen. Ohne das Essen anzurühren, verschloß er die Tür und ging nach oben.

Kapitel 4

Einer glücklichen folgen viele traurige Stunden

Der nächste Tag in Blooms-End verlief in recht düsterer
Stimmung. Yeobright blieb in seinem Studierzimmer und
saß über den Büchern, aber das Ergebnis jener Stunden
war recht mager. Er war entschlossen, seiner Mutter
gegenüber keine Verstimmung zu zeigen und hatte deshalb gelegentlich mit ihr einige Worte über Nebensäch-
lichkeiten gewechselt, ohne ihre kurzgefaßten Antworten
zu beachten. Mit dem gleichen Vorsatz, den Eindruck
einer normalen Unterhaltung aufrechtzuerhalten, sagte er
gegen sieben Uhr am Abend: »Heute abend ist eine
Mondfinsternis. Ich gehe hinaus, um sie zu beobachten.«
Darauf zog er seinen Mantel an und ließ sie zurück.

Der tiefstehende Mond war von der Vorderseite des
Hauses aus noch nicht zu sehen, und Yeobright stieg aus
dem Tal nach oben, bis er in seinem vollen Licht stand.
Aber auch jetzt ging er noch weiter und lenkte seine
Schritte in die Richtung des Regenhügels.

Nach einer halben Stunde stand er oben. Der Himmel
ringsum war klar, und der Mond sandte seine Strahlen
über die ganze Heide, ohne sie jedoch wesentlich zu erhellen, außer, wo Wege und Wasserläufe, welche weiße Kie-
sel und glitzernden Quarz freigelegt hatten, das allgemeine Dunkel mit Streifen durchzogen. Nachdem er eine
Weile dagestanden hatte, bückte er sich und betastete das
Heidekraut. Es war trocken, und so legte er sich auf den
Erdhügel, das Gesicht dem Mond zugewandt, welcher
sich in seinen Augen als ein kleines Abbild seiner selbst
spiegelte.

Er war schon oft hierher gekommen, ohne seiner Mutter den Grund anzugeben, aber dies war das erste Mal
gewesen, daß er ihr ausdrücklich den Grund nannte, während er ihn in Wirklichkeit verschwieg. Es war eine Situa-

tion, die er vor drei oder vier Monaten wohl kaum vor sich
hätte verantworten können. Als er in diesen versteckten
Winkel der Erde zurückkehrte, um zu arbeiten, hatte er
gehofft, dem aufreibenden Zwang menschlichen Zusam-
menlebens zu entrinnen, doch siehe da, es gab ihn auch
hier. Mehr denn je wünschte er sich, in einer Welt zu
leben, wo persönlicher Ehrgeiz nicht die einzig anerkannte Form des Fortschritts war – so wie es vielleicht
irgendwann einmal auf dem ihn jetzt bescheinenden sil-
bernen Trabanten der Fall gewesen sein mochte. Er ließ
sein Auge über Länge und Breite dieses entfernten Landes
schweifen – über die Regenbogenbucht, das dunkle Meer
der Gefahren, den Ozean der Stürme, den See der Träume
und die weite Bucht der Mitte sowie die wundersamen
Kraterberge –, bis er fast das Gefühl hatte, selbst leibhaftig
durch seine wilden Landschaften zu wandern, auf seinen
ausgehöhlten Bergen zu stehen, seine Wüsten zu durchqueren, in seine Täler und alte Meeresböden hinabzusteigen oder die Klippen seiner Krater zu erklimmen.

Während er so die weit entfernte Landschaft betrachtete, entstand am unteren Rand des Mondes ein gelblich-
brauner Fleck: die Mondfinsternis hatte begonnen. Dies
war das Zeichen für den Zeitpunkt einer Verabredung:
das entfernte Himmelsphänomen war in den diesseitigen
Dienst eines Liebessignals gestellt worden. Yeobrights
Gedanken flogen bei dem Anblick zur Erde zurück. Er
stand auf, schüttelte sich und horchte. Eine Minute nach
der anderen verging, es waren vielleicht zehn Minuten
verstrichen, und der Schatten auf dem Mond hatte sich
deutlich vergrößert. Er hörte zur Linken ein Rascheln;
eine Gestalt in einem Umhang wurde sichtbar, ein Gesicht
erschien am Rande des Hügels, und Clym stieg hinab.
Augenblicklich war die Gestalt in seinen Armen und seine
Lippen auf den ihren.

»Meine Eustacia!«

»Clym, Liebster!«

Weniger als drei Monate hatten diesen Stand der Dinge herbeigeführt.

So verharrten sie lange, ohne ein einziges Wort zu sagen, denn keine Sprache konnte die Tiefe ihrer Gefühle erreichen. Worte waren wie die rostigen Geräte einer barbarischen vergangenen Epoche und konnten nur gelegentlich geduldet werden.

»Ich fing an, mir Sorgen zu machen, weil du nicht kamst«, sagte Yeobright, als sie sich ein wenig aus seiner Umarmung gelöst hatte.

»Du hast gesagt, zehn Minuten, nachdem sich der erste Schatten am Mondrand zeigt, und das ist jetzt.«

»Gut, laß uns nur daran denken, daß wir jetzt hier sind.«

Darauf hielten sie sich schweigend bei der Hand, und der Schatten auf der Mondscheibe wurde ein wenig größer.

»Ist es dir lange vorgekommen, seit du mich das letzte Mal gesehen hast?« fragte sie.

»Es kam mir traurig vor.«

»Und nicht lange? Das ist, weil du dich beschäftigst und dir deshalb meine Abwesenheit nicht auffällt. Mir, da ich nichts tun kann, kam es vor, als lebte ich unter einem stehenden Gewässer.«

»Ich würde lieber Langeweile ertragen, als die Zeit auf jene Art zu verkürzen, wie ich es tat.«

»Wie meinst du das? Du hast dir gewünscht, daß du mich nicht lieben würdest.«

»Wie kann ein Mann dies wünschen und doch weiter lieben? Nein, Eustacia.«

»Männer können das, Frauen nicht.«

»Jedenfalls, was ich auch immer gedacht habe, eins ist sicher – ich liebe dich sehr – über alle Maßen und jenseits aller Beschreibung. Ich liebe dich fast bis zur Verzweiflung – ich, der ich niemals mehr als ein flüchtiges Interesse für irgendeine Frau, die ich traf, empfunden habe. Laß mich in dein mondbeschienenes Gesicht sehen und mich jeder Linie, jeder Rundung erfreuen. Nur haarklein ist der Unterschied zwischen diesem Gesicht und Gesichtern, die ich schon oft gesehen habe, bevor ich dich kannte; und doch, was für ein Unterschied – der Unterschied zwischen allem und gar nichts. Laß mich nochmals deinen Mund küssen, hier und hier und noch einmal! Du siehst müde aus, Eustacia.«

»Nein, ich sehe immer so aus. Ich glaube, es kommt von dem Gefühl, das ich manchmal habe, von einem qualvollen Mitleid mit mir selbst, daß ich je geboren wurde.«

»Das hast du doch jetzt nicht?«

»Nein. Und doch weiß ich, daß wir uns nicht immer so lieben werden. Nichts kann die Fortdauer der Liebe garantieren. Sie wird sich wie ein Geist verflüchtigen, und deshalb bin ich voller Angst.«

»Das brauchst du nicht.«

»Ach, du weißt das nicht. Du hast mehr gesehen als ich und warst in Städten und unter Leuten, von denen ich nur gehört habe, und du bist länger auf der Welt als ich. Und doch bin ich darin älter als du. Ich liebte einst einen anderen Mann, und jetzt liebe ich dich.«

»Um Himmels willen, rede nicht so, Eustacia!«

»Aber ich glaube nicht, daß ich die erste bin, die unsrer Liebe überdrüssig wird. Ich befürchte, daß es so enden wird: deine Mutter wird herausfinden, daß du dich mit mir triffst, und wird dich gegen mich beeinflussen!«

»Das wird niemals sein. Sie weiß von unseren Treffen bereits.«

»Und sie spricht gegen mich?«

»Das sage ich nicht.«

»Da, geh doch! Gehorche ihr. Ich werde dich nur zugrunde richten. Es ist dumm von dir, dich so mit mir zu treffen. Küss mich und geh dann für immer fort von mir. Für immer – hörst du – für immer!«

»Keinesfalls.«

»Es ist deine einzige Rettung. Für so manchen Mann war seine Liebe sein Verhängnis.«

»Du bist verzweifelt, voller Launen und eigensinnig. Und du verstehst alles falsch. Ich habe einen zusätzlichen Grund, dich heute abend hier zu treffen, außer dem, daß ich dich liebe. Denn im Gegensatz zu dir glaube ich, daß unsre Liebe ewig währen kann. Aber ich stimme mit dir überein, daß wir auf diese Weise nicht länger leben können.«

»Oh, es ist deine Mutter! Ja, das ist es! Ich wußte es.«

»Kümmere dich nicht darum, was es ist. Glaube mir nur, daß ich es mir nicht erlauben kann, dich zu verlieren. Ich muß dich immer bei mir haben. Auch heute abend wieder will ich dich nicht fortlassen. Es gibt nur ein Mittel gegen dieses Verlangen – du mußt meine Frau werden.«

Sie schrak zusammen, brachte sich dann aber dazu, ruhig zu sagen: »Zyniker sagen, daß dies das Verlangen stillt, indem es die Liebe kuriert.«

»Aber du mußt mir antworten. Wirst du eines Tages mein sein – ich meine ja nicht sofort?«

»Ich muß darüber nachdenken«, murmelte Eustacia. »Jetzt erzähl mir etwas von Paris. Gibt es noch einmal einen solchen Ort auf der ganzen Welt?«

»Es ist sehr schön. Aber wirst du mein sein?«

»Ich werde niemandem sonst auf der Welt gehören – bist du damit zufrieden?«

»Ja, für den Augenblick.«

»Jetzt erzähl mir von den Tuilerien und dem Louvre«, fuhr sie ausweichend fort.

»Ich spreche nur sehr ungern von Paris! Na gut, ich erinnere mich an einen sonnigen Raum im Louvre, der die passende Umgebung für dich wäre, die Galerie des Apollo. Seine Fenster gehen hauptsächlich nach Osten, und frühmorgens, wenn die Sonne scheint, ist das ganze Zimmer in einen wunderbaren Glanz getaucht. Die Strahlen tanzen von den Vergoldungen zu den Intarsien der wundervollen Truhen, springen von den Truhen zu der Gold- und Silberschale, von der Schale zu den Juwelen und Edelsteinen und von da zu den Emaillegefäßen, bis ein vollkommenes Lichtgeflecht entsteht, das das Auge blendet. Jetzt aber, wegen unsrer Hochzeit –«

»Und Versailles – die Königsgalerie soll doch so ein großartiger Raum sein, nicht wahr?«

»Ja. Aber was sollen wir über großartige Räume reden. Nebenbei gesagt, das Kleine Trianon würde uns wundervoll als Wohnung dienen können, und du könntest in dem Garten im Mondschein wandeln und denken, du seist in einem englischen Park; sie sind nach englischer Manier angelegt.«

»Das würde ich gar nicht gern denken wollen!«

»Dann könntest du dich auf den Rasen vor dem großen Palast beschränken. Überall dort würdest du dich zweifellos in einer Welt romantischer Liebesgeschichten fühlen.«

Er erzählte weiter, da all dies neu für sie war, beschrieb Fontainebleau, St. Cloud, den Bois de Boulogne und viele andere bekannte Lieblingsorte der Pariser, bis sie schließlich sagte:

»Wann hast du denn all diese Orte besucht?«

»An den Sonntagen.«

»Ah, ja. Ich mag englische Sonntage nicht. Wie sehr ich mit den Lebensgewohnheiten dort drüben übereinstimmen würde! Lieber Clym, du wirst doch wieder dorthin zurückgehen?«

Clym schüttelte den Kopf und sah nach der Mondfinsternis.

»Wenn du wieder zurückgehst, will ich – etwas sein«, sagte sie zärtlich und legte ihren Kopf an seine Brust. »Wenn du damit einverstanden bist, dann will ich dir mein Versprechen geben, ohne daß du noch eine Minute länger warten mußt.«

»Wie höchst erstaunlich, daß du mit meiner Mutter in dieser Sache einer Meinung bist«, sagte Clym. »Ich habe

mir geschworen, nicht zurückzugehen, Eustacia. Es liegt
nicht am Ort, es ist der Beruf, den ich verabscheue.«

»Aber du kannst doch in irgendeiner anderen Eigenschaft dorthin gehen.«

»Nein. Außerdem würde es sich mit meinem Plan nicht
vereinbaren lassen. Verlange das nicht, Eustacia. Willst du
mich heiraten?«

»Ich kann es nicht sagen.«

»Komm, laß doch Paris. Es ist dort nicht anders als
anderswo in der Welt. Versprich es, Süßes!«

»Du wirst niemals deinen Erziehungsplan ausführen,
da bin ich ziemlich sicher. Und dann wird es für mich
schon recht sein. Und deshalb versichere ich dir, daß ich
für immer und ewig dein sein will.«

Clym zog mit sanftem Druck ihr Gesicht an das seine
und küßte sie.

»Ah! Aber du weißt nicht, was du mit mir bekommst«,
sagte sie. »Manchmal denke ich, Eustacia Vye hat nicht
viel von dem, was eine gute, biedere Hausfrau ausmacht.
Aber lassen wir das – sieh nur, wie unsre Zeit dahin-
schwindet, sie schwindet und schwindet!« Sie zeigte auf
den halbverdeckten Mond.

»Du bist zu schwermütig.«

»Nein, ich fürchte mich nur davor, an irgend etwas
anderes über die Gegenwart hinaus zu denken. Was ist,
wissen wir. Jetzt sind wir zusammen, und es ist ungewiß,
wie lange wir es sein werden. Das Unbekannte erfüllt
mich immer mit schrecklichen Ahnungen, selbst wenn ich
guten Grund dazu habe anzunehmen, daß es erfreulich
sein wird ... Clym, das verdunkelte Mondlicht beleuchtet dein Gesicht in einer eigentümlich fremdartigen Farbe
und zeigt seine Konturen, als ob es in Gold gegossen
wäre. Das bedeutet, daß du zu Besserem als diesem hier
berufen bist.«

»Du bist ehrgeizig, Eustacia – nein, nicht eigentlich
ehrgeizig, aber überschwenglich. Ich müßte wohl aus

demselben Holz geschnitzt sein, um dich glücklich machen zu können. Ich jedoch könnte, weit entfernt davon, in einer Einsiedelei hier leben und sterben, wenn ich nur die richtige Beschäftigung hätte.«

In seinem Ton schwang der Zweifel eines besorgten Liebhabers mit, ein Zweifel, ob er gegenüber jemandem, dessen Geschmack mit dem seinen nur in wenigen Punkten übereinstimmte, richtig handelte. Sie erkannte, was er meinte, und flüsterte mit eifriger Beteuerung: »Versteh mich nicht falsch, Clym. Obwohl ich gern in Paris leben würde, liebe ich dich doch nur um deiner selbst willen. Als deine Frau in Paris zu leben, das wäre das Himmelreich, aber ich würde lieber mit dir in einer Einsiedelei, als gar nicht mit dir leben. Für mich ist es so oder so ein Gewinn, ein sehr großer Gewinn. Da hast du mein allzu offenherziges Geständnis.«

»Das war wie eine Frau gesprochen. Und jetzt muß ich dich bald verlassen. Ich begleite dich nach Hause.«

»Aber mußt du denn schon nach Hause?« fragte sie. »Ja, der Sand ist fast durchgelaufen, wie ich sehe, und die Finsternis kriecht immer weiter. Geh noch nicht! Bleib, bis die Stunde verronnen ist. Dann will ich dich nicht mehr festhalten. Du gehst dann nach Hause und schläfst gut; ich seufze immer im Schlaf! Träumst du je von mir?«

»Ich kann mich nicht an einen klaren Traum von dir besinnen.«

»Ich sehe dein Gesicht in jedem meiner Träume und höre deine Stimme ganz klar und deutlich. Ich wollte, es wäre nicht so. Es ist zuviel, was ich fühle. Man sagt, daß eine solche Liebe nicht von Dauer ist. Aber sie muß es sein! Und doch erinnere ich mich, daß ich einst einen Offizier von den Husaren in Budmouth die Straße entlang reiten sah, und obwohl er mir völlig fremd war und niemals mit mir gesprochen hatte, liebte ich ihn so sehr, daß ich meinte, aus lauter Liebe zu sterben – aber ich starb nicht, und schließlich interessierte er mich nicht mehr.

Wie schrecklich wäre es, wenn eine Zeit käme, wo ich dich nicht lieben könnte, mein Clym!«

»Bitte sag nicht so unbesonnene Dinge. Wenn wir eine solche Zeit kommen sehen, dann sagen wir ›Ich habe den Sinn und Zweck meines Lebens erfüllt‹ und sterben. Aber sieh, die Stunde ist nun vorbei. Laß uns gehen.«

Hand in Hand gingen sie den Pfad entlang auf Mistover zu. Als sie in die Nähe des Hauses gekommen waren, sagte er: »Es ist heute abend zu spät für mich, noch deinen Großvater zu besuchen. Glaubst du, daß er dagegen ist?«

»Ich werde mit ihm sprechen. Ich bin so daran gewöhnt, mein eigener Herr zu sein, daß ich nicht einmal daran gedacht habe, daß wir ihn fragen müßten.«

Dann trennten sie sich schließlich, und Clym ging nach Blooms-End hinunter. Während er sich weiter aus der bezaubernden Nähe seines olympischen Mädchens entfernte, entstand auf seinem Gesicht ein gewisser neuer Ausdruck von Traurigkeit. Die Erkenntnis, in welch ein Dilemma seine Liebe ihn gestürzt hatte, kam ihm wieder voll zum Bewußtsein. Trotz der offensichtlichen Bereitschaft Eustacias, während einer ereignislosen Verlobungszeit abzuwarten, bis er in seinem neuen Beruf Fuß gefaßt hätte, konnte er doch manchmal nur empfinden, daß sie ihn mehr als einen Besucher aus einer heiteren Welt betrachtete, zu der sie rechtens gehörte, als einen Mann mit einem Ziel, das seiner jüngsten Vergangenheit, an der sie so viel Interesse zeigte, entgegengesetzt war. Oft entschlüpfte ihr bei ihren Zusammenkünften ein Wort oder ein Seufzer. Dies deutete an, daß, obwohl sie seine Rückkehr in die französische Hauptstadt nicht zur Bedingung machte, gerade dies es war, wonach sie sich heimlich für den Fall einer Heirat sehnte. Und dies beraubte ihn mancher ansonsten angenehmen Stunde. Dazu kam noch der sich vertiefende Zwiespalt zwischen ihm und seiner Mutter. Wenn immer durch irgendein nebensächliches Ereignis die Enttäuschung, die er ihr bereitete, besonders

offenbar wurde, veranlaßte ihn dies dazu, einsame, be-
drückende Spaziergänge zu machen; oder er blieb einen
großen Teil der Nacht durch den Aufruhr seines Gemü-
tes, den diese Erkenntnis hervorgerufen hatte, wach.
Wenn Mrs. Yeobright nur dazu gebracht werden könnte
einzusehen, wie vernünftig und verdienstvoll dieser sein
Plan war und wie wenig er durch seine Hingabe an Eustacia bestimmt wurde, mit wie anderen Augen würde sie ihn
betrachten! –

So begann er zu erkennen, nachdem sich sein Blick an
den ersten blindmachenden Schein, den Liebe und Schönheit um ihn verbreitet hatten, gewöhnt hatte, in welch
einer Zwangslage er sich befand. Manchmal wünschte
er, er hätte Eustacia nie kennengelernt, um sogleich den
Gedanken als brutal von sich zu weisen. Drei einander
widerstreitende Entwicklungen mußten aufrechterhalten
werden: das Vertrauen seiner Mutter in ihn, sein Plan,
Lehrer zu werden, und Eustacias Glück und Zufriedenheit. Seine leidenschaftliche Natur konnte es nicht ertragen, eines davon aufzugeben, obwohl er nur zwei davon zu erhalten hoffen konnte. Obgleich seine Liebe so
keusch wie die Petrarcas für seine Laura[10] war, hatte sie
aus dem, was zuvor nur Schwierigkeiten waren, nun Fes-
seln gemacht. Eine Lage, die schon nicht ganz einfach
war, als sein Herz nicht beteiligt war, hatte sich durch
Eustacias Hinzutreten unbeschreiblich kompliziert. Gerade als seine Mutter sich an den einen Plan zu gewöhnen
begann, hatte er noch einen weit herberen ins Spiel
gebracht, und die Verknüpfung von beiden war mehr, als
sie ertragen konnte.

Kapitel 5

Harte Worte fallen, und es folgt eine Krise

Wenn Yeobright nicht bei Eustacia war, saß er sklavisch über seinen Büchern, und wenn er nicht las, traf er sich mit ihr. Diese Treffen gingen in aller Heimlichkeit vonstatten.

Eines Nachmittags kam seine Mutter von einem Morgenbesuch bei Thomasin zurück. Er konnte an ihrem verstörten Gesichtsausdruck erkennen, daß etwas geschehen war.

»Man hat mir etwas Unglaubliches erzählt«, sagte sie klagend. »Der Kapitän hat im Gasthaus verlauten lassen, daß du mit Eustacia verlobt bist und daß ihr heiraten wollt.«

»Das stimmt«, sagte Yeobright, »aber das kann noch eine ganze Weile dauern.«

»Ich kann mir kaum vorstellen, daß das noch lange dauert! Du nimmst sie wohl nach Paris mit, was?« Sie sprach mit müder Hoffnungslosigkeit.

»Ich gehe nicht nach Paris zurück.«

»Was willst du dann mit einer Ehefrau anfangen?«

»Eine Schule in Budmouth leiten, wie ich es dir schon gesagt habe.«

»Das ist unglaublich! Der Ort ist von Schulmeistern überlaufen. Du hast keine richtige Ausbildung. Was für Chancen kann da jemand wie du haben?«

»Man kann dabei nicht reich werden, aber mit einem Lehrsystem, das ebenso neu wie gut ist, werde ich meinen Mitmenschen eine Menge Gutes tun können.«

»Träume, Träume! Wenn es noch ein System zu erfinden gäbe, hätte man es längst an den Universitäten entdeckt.«

»Niemals, Mutter. Sie können es gar nicht entdecken, weil ihre Lehrer mit der Klasse, die ein solches System braucht, gar nicht in Berührung kommen – einer Klasse, die keine Vorbildung hat. Mein Plan besteht darin, leeren Köpfen höheres Wissen einzuflößen, ohne zuvor all das einzupauken, was wieder ausgelöscht werden muß, bevor das eigentliche Studieren beginnen kann.«

»Ich hätte dir vielleicht geglaubt, wenn du dich nicht in diese Sache verstrickt hättest, aber diese Frau – wenn sie ein gutes Mädchen gewesen wäre, so wäre das schlimm genug, aber nachdem sie –«

»Sie ist ein gutes Mädchen.«

»Das glaubst du. Die Tochter eines Kapellmeisters aus Korfu! Was hat sie für ein Leben geführt? Ihr Nachname ist noch nicht einmal ihr richtiger Name.«

»Sie ist Kapitän Vyes Enkelin, und ihr Vater hat nur den Namen seiner Frau angenommen. Und sie ist von Natur aus eine Dame.«

»Man nennt ihn ›Kapitän‹, aber jeder ist Kapitän.«

»Er war bei der Königlichen Marine.«

»Sicher ist er auf irgendeinem Kahn zur See gefahren. Warum kümmert er sich nicht um sie? Keine Dame würde sich zu jeder Tages- und Nachtzeit in der Heide herumtreiben, wie sie es tut. Aber das ist noch nicht alles. Da war einmal etwas nicht ganz geheuer zwischen ihr und Thomasins Mann, das weiß ich genau, so wahr ich hier stehe.«

»Eustacia hat mir das gesagt. Er hat ihr etwa vor einem Jahr den Hof gemacht, aber das schadet doch nichts. Ich mag sie deshalb um so mehr.«

»Clym«, sagte seine Mutter mit Bestimmtheit, »ich habe leider keine Beweise gegen sie, aber wenn sie dir eine gute Ehefrau ist, dann hat es nie eine schlechte gegeben.«

»Glaub mir, du kannst einen fast zur Verzweiflung bringen«, sagte Yeobright heftig, »und ausgerechnet heute hatte ich vor, ein Treffen zwischen euch zu arrangieren. Aber du gibst keinen Frieden. Du versuchst, meine Pläne in jeder Beziehung zu vereiteln.«

»Ich hasse den Gedanken, daß ausgerechnet mein Sohn

eine schlechte Heirat eingeht! Ich wollte, ich hätte das nie
erleben müssen. Es ist zuviel für mich – mehr, als ich mir
je vorstellen konnte!« Sie wandte sich dem Fenster zu. Ihr
Atem ging schnell, ihre Lippen waren blaß und zitterten.

»Mutter«, sagte Clym, »was immer du auch tust, du
wirst mir immer lieb und teuer sein – das weißt du. Aber
ich habe das Recht, das eine zu sagen: ich bin alt genug,
um selbst für mich zu entscheiden, was das Beste für mich
ist.«

Mrs. Yeobright blieb eine Weile stumm, als könnte sie
vor Aufregung nicht sprechen. Dann antwortete sie: »Das
Beste? Ist es das Beste für dich, deine Aussichten wegen
solch einer leichtsinnigen, nichtsnutzigen Frau wie dieser
zu zerstören? Siehst du denn nicht, daß du gerade durch
diese Wahl beweist, daß du nicht beurteilen kannst, was
gut für dich ist? Du gibst deine Überzeugungen auf – du
richtest dich mit der ganzen Kraft deiner Seele darauf,
einer Frau zu Gefallen zu sein.«

»Das tue ich. Und diese Frau bist du.«

»Wie kannst du so zynisch mit mir umgehen«, sagte
seine Mutter und wandte sich ihm mit tränenerfüllten
Augen wieder zu. »Du bist nicht dein altes Selbst, Clym;
ich hätte das nicht erwartet.«

»Das war vorauszusehen«, sagte er freudlos. »Du kanntest das Maß nicht, mit dem ich zu messen bin, deshalb
weißt du nicht, wonach du mich jetzt beurteilen sollst.«

»Antworte mir doch. Du denkst doch nur an sie. Du
hältst in allem zu ihr.«

»Das beweist nur, daß sie es wert ist. Bis jetzt habe ich
noch nie etwas unterstützt, was schlecht ist. Und es ist
nicht wahr, daß ich mich nur um sie kümmere. Ich bin um
dich besorgt und um mich, und um alles, was gut ist.
Wenn eine Frau einmal eine andere nicht mag, kennt sie
keine Gnade.«

»Oh, Clym, bitte stelle es nicht als meinen Fehler hin,
was dein Dickschädel verursacht hat. Wenn du dich mit

einer unwürdigen Person verbinden wolltest, warum bist du dann dazu hierher gekommen? Warum hast du das nicht in Paris getan? Dort ist das mehr in Mode. Du bist nur gekommen, um mir Kummer zu machen, mir, einer einsamen Frau, und um mir meine Tage zu verkürzen. Ich wünschte, du würdest dorthin gehen, wohin du auch deine Liebe trägst.«

Clym sagte heiser: »Du bist meine Mutter. Ich werde nichts mehr sagen – nicht mehr, als daß ich um Verzeihung dafür bitte, daß ich dies hier als mein Heim betrachtet habe. Ich werde dir nicht länger zur Last fallen und gehe.« Und er ging mit Tränen in den Augen hinaus.

Es war ein sonniger Nachmittag im Frühsommer, und die feuchten Täler der Heide waren von ihrem Braun in ein Grün übergegangen. Yeobright ging bis zum Anfang des Talkessels, der sich von Mistover und dem Regenhügel nach unten erstreckte. Er war jetzt ruhig und blickte in die Landschaft ringsum. In den kleineren Tälern zwischen den niedrigen Hügeln, die die Kontur des Hauptales abwechslungsreich gestalteten, wuchsen die frischen jungen Farne, welche später eine Höhe von fünf bis sechs Fuß erreichen würden, üppig heran. Er stieg ein kleines Stück des Weges hinab und warf sich dann zu Boden an einer Stelle, wo ein Pfad aus einer der kleinen Senken herauskam, und wartete. Es war die Stelle, zu der er an diesem Nachmittag seine Mutter hatte bringen wollen, damit sie Eustacia freundschaftlich kennenlernen sollte. Dieser Versuch war nun gänzlich fehlgeschlagen.

Er befand sich in einem Nest von leuchtendem Grün. Die Vegetation der Farne um ihn herum war, obgleich üppig, recht einförmig; sie erschien wie ein von einer Maschine produziertes Laubwerk, eine Welt grüner Dreiecke mit sägeförmigen Rändern und ohne jede Blüte. Die Luft war von dampfender Wärme erfüllt, und es herrschte eine ungebrochene Stille. Eidechsen, Heuschrecken und Ameisen waren die einzigen Lebewesen ringsum. Die

Szenerie schien der längst vergangenen Steinkohlezeit anzugehören, als es nur wenige Pflanzenarten und hauptsächlich Farne gab, als weder eine Knospe noch eine Blüte aus dem gleichförmigen Laubwerk sproß und noch kein Vogel sang.

Als er schon eine ganze Weile in düsteren Gedanken versunken dort gelegen hatte, sah er plötzlich über den Farnen eine weiße seidene Haube von links herannahen, und Yeobright wußte sofort, daß sie den Kopf seiner Geliebten bedeckte. Sein Herz erwachte aus seiner Apathie, um einer freudigen Erregung Platz zu machen. Er sprang auf und sagte laut: »Ich wußte doch, daß sie kommen würde.«

Sie verschwand für einige Augenblicke in einer Senke, und dann kam ihre ganze Gestalt aus den Büschen heraus zum Vorschein.

»Du bist allein?« rief sie in scheinbarer Enttäuschung aus, deren Unechtheit sich in der Röte ihrer Wangen und ihrem halb schuldigen leisen Lachen verriet. »Wo ist Mrs. Yeobright?«

»Sie ist nicht gekommen«, antwortete er mit bedrückter Stimme.

»Ich wollte, ich hätte gewußt, daß du allein kommen würdest«, sagte sie ernsthaft, »und daß wir eine so sorglose Zeit miteinander verbringen könnten. Ein Vergnügen, von dem man vorher nichts weiß, ist halb verschwendet. Sich darauf zu freuen, heißt, es zu verdoppeln. Kein einziges Mal habe ich daran gedacht, daß ich dich heute nachmittag ganz für mich haben würde, und der Höhepunkt einer Sache ist so schnell vergangen.«

»Das ist sehr wahr.«

»Armer Clym!« fuhr sie fort und schaute ihm zärtlich ins Gesicht, »du bist traurig. Etwas ist zu Hause geschehen. Vergiß es – laß uns nur das sehen, was gut für uns ist.«

»Aber Liebling, was sollen wir nur tun?« sagte er.

»So weitermachen wie bisher – einfach von einem Treffen zum anderen leben und uns nicht um den nächsten Tag kümmern. Du, das weiß ich, denkst immer daran – ich sehe das. Aber das sollst du nicht, hörst du, lieber Clym?«

»Du bist genau wie alle Frauen. Sie sind stets damit zufrieden, ihr Leben auf irgendeiner zufälligen Basis, wie es sich gerade ergibt, aufzubauen, während Männer bereit wären, sich einen ganzen Erdball nach ihren Vorstellungen zu schaffen. Hör mir zu, Eustacia. Es gibt eine Sache, die ich nicht länger hinausschieben will. Deine Lebensweisheit des ›Carpe diem‹[11] beeindruckt mich heute nicht. Unsere gegenwärtige Lebensweise muß in Kürze zu einem Ende kommen.«

»Es ist deine Mutter!«

»Ja. Aber ich liebe dich deshalb nicht weniger, wenn ich es dir sage. Es ist nur recht, daß du es weißt.«

»Ich habe meinem Glück mißtraut«, sagte sie kaum hörbar. »Es war zu mächtig und zu verzehrend.«

»Es ist nicht hoffnungslos. Ich habe noch vierzig Jahre Arbeitszeit vor mir, und warum solltest du da verzweifeln? Ich bin nur zur Zeit an einem unerfreulichen Wendepunkt. Ich wollte, die Leute wären nicht so leichtfertig zu glauben, daß es ohne akzeptierte Normen keinen Fortschritt gibt.«

»Ach, du weichst auf die philosophische Seite des Problems aus. Nein, diese traurigen und hoffnungslosen Hindernisse sind in einer Hinsicht willkommen; denn sie versetzen uns in die Lage, mit Gleichmut auf die grausame Ironie, in der sich das Schicksal gefällt, herabzuschauen. Ich habe gehört, daß Leute, denen plötzlich das Glück begegnet ist, vor lauter Aufregung gestorben sind, weil sie fürchteten, die Freude nicht zu ertragen. Ich befand mich auch in letzter Zeit in einem solchen Zustand innerer Unruhe, aber nun werde ich davon verschont bleiben. Laß uns gehen.«

Clym ergriff ihre Hand, die schon für ihn entblößt worden war – es war ihnen zur lieben Gewohnheit geworden, Hand in Hand zu gehen –, und er geleitete sie durch die Farnbüsche. Sie waren das vollkommene Bild einer erblühten Liebe, wie sie an diesem Spätnachmittag so durch das Tal gingen. Zu ihrer Rechten sank die Sonne tiefer und warf zarte geisterhafte Schatten, lang wie Pappeln, über Ginster und Farne. Er ging mit schwärmerisch erhobenem Kopf, und um ihre Augen spielte ein gewisser freudiger und sinnlicher Zug des Triumphs bei dem Gedanken, daß sie ganz ohne fremde Hilfe einen Mann erobert hatte, der ihr vollkommen in Erziehung, Erscheinung und Alter ebenbürtig war. Auf seiten des jungen Mannes waren die Blässe, die er von Paris mitgebracht hatte, und die beginnenden Anzeichen von Alter und Gedankenschwere weniger wahrzunehmen als bei seiner Rückkehr, da seine gesunde, energiegeladene Robustheit, die er von Natur aus besaß, zum Teil ihren ursprünglichen Umfang wiedergewonnen hatte. Sie wanderten weiter dahin, bis sie an der unteren Grenze der Heide angelangt waren, dort, wo sie zu Marschland wurde, um dann in Moorland überzugehen.

»Ich muß mich hier von dir trennen«, sagte Eustacia.

Sie blieben stehen und bereiteten sich auf den Abschied vor. Sie hatten das Bild einer vollkommenen Ebene vor sich. Die Sonne, die auf der Grenzlinie des Horizonts ruhte, sandte ihre Strahlen zwischen kupfer- und lilafarbenen Wolken hindurch über die Erde, die flach unter einem blaßgrünen Himmel lag. Alle dunklen Objekte der Erde, die zur Sonne hin lagen, waren von einem violetten Dunst überzogen, vor welchem Schwärme von Mücken hervorkamen, hochstiegen und wie feurige Funken umhertanzten.

»Oh, es ist schwer, dich zu verlassen!« rief Eustacia in einem plötzlichen Anfall von Verzweiflung aus. »Deine Mutter wird dich zu sehr beeinflussen. Ich werde nicht gerecht beurteilt, und das Ergebnis davon wird sein, daß ich kein ordentliches Mädchen bin, und die Hexengeschichte wird dazugenommen, um mich noch mehr anzuschwärzen!«

»Das können sie nicht tun. Niemand wagt es, respektlos über dich oder mich zu sprechen.«

»Oh, ich wollte, ich könnte sicher sein, dich nie zu verlieren – jedenfalls, daß du es nicht fertig brächtest, mich zu verlassen!«

Clym blieb für einen Augenblick stumm: seine Liebe war stark, es war ein leidenschaftlicher Augenblick, und so durchschlug er den Knoten.

»Du sollst meiner sicher sein, Liebling«, sagte er und nahm sie in seine Arme. »Wir werden sofort heiraten.«

»O Clym!«

»Bist du damit einverstanden?«

»Wenn – wenn wir können.«

»Selbstverständlich können wir, wir sind beide volljährig. Und ich habe nicht all die Jahre gearbeitet, ohne auch etwas beiseitezulegen, und wenn du damit einverstanden bist, in einem kleinen Häuschen irgendwo in der Heide zu wohnen, bis ich in Budmouth ein Haus für die Schule gefunden habe, dann können wir mit sehr wenig auskommen.

»Wie lange werden wir in dem kleinen Häuschen wohnen müssen, Clym?«

»Ungefähr sechs Monate. Gegen Ende dieser Zeit bin ich mit meinen Büchern fertig – ja, das werden wir tun, damit all dieser Kummer vorbei ist. Wir werden natürlich in völliger Abgeschiedenheit leben, und unser Leben als Ehepaar fängt für die Öffentlichkeit erst an, wenn wir das Haus in Budmouth übernehmen. Ich habe in dieser Sache schon einen Brief abgeschickt. Würde dein Großvater seine Erlaubnis geben?«

»Ich denke schon – unter der Voraussetzung, daß es nicht länger als sechs Monate dauern wird.«

»Ich garantiere es, falls nicht irgendein Unglück dazwischenkommt.«

»Falls kein Unglück dazwischenkommt«, wiederholte
sie langsam.

»Was recht unwahrscheinlich ist. Liebste, nenne einen
Termin.«

Sie berieten über diese Frage, und man wählte einen
Tag. Es sollte, von diesem Tag an gerechnet, in vierzehn
Tagen sein.

So beendeten sie ihre Unterhaltung, und Eustacia verließ ihn. Clym sah ihr nach, wie sie zur Sonne hin entschwand. Die leuchtenden Strahlen hüllten sie mit zunehmender Entfernung immer mehr ein, und das Rascheln
ihres Kleides über dem sprießenden Ried und dem Gras
war nicht mehr zu hören. Der Anblick der völlig flachen
Ebene überwältigte ihn, obwohl er sich der Schönheit
jenes unbefleckten frühsommerlichen Grüns bewußt war,
welches in diesem Augenblick auch der armseligste Halm
hervorbrachte. Es lag etwas in dieser bedrückenden Hori-
zontalität der Ebene, was ihn allzu sehr an die Arena des
Lebens erinnerte. Es vermittelte ihm ein Gefühl absoluter
Gleichheit aller Lebewesen unter der Sonne.

Eustacia war nicht länger die Göttin für ihn, sondern
die Frau, um die man kämpft, die man unterstützt, der
man hilft und für die man Böses erduldet. Nun, wo er
wieder etwas ruhiger geworden war, hätte er eine etwas
weniger hastige Heirat vorgezogen. Aber die Karte war
ausgespielt, und er beschloß, sich an die Spielregeln zu
halten. Ob Eustacia zu jenen Frauen zu zählen wäre, die
zu leidenschaftlich lieben, um lange und treu zu lieben,
dies sollte das folgende Ereignis eindeutig klarstellen.

Kapitel 6

Yeobright geht, und es kommt zum Bruch

Den ganzen Abend über drangen laute Geräusche an das Ohr seiner Mutter, die darauf hindeuteten, daß Yeobright mit Packen beschäftigt war.

Am nächsten Morgen verließ er das Haus und ging wieder über die Heide. Er hatte einen langen Tagesmarsch vor sich mit dem Ziel, sich eines Anwesens zu versichern, in das er Eustacia nach der Heirat mitnehmen konnte. Er hatte so ein kleines, versteckt gelegenes Haus, dessen Fenster mit Brettern zugenagelt waren, einen Monat zuvor zufällig gesehen. Es lag etwa zwei Meilen hinter dem Dorf East-Egdon und war insgesamt sechs Meilen entfernt. Dorthin lenkte er nun seine Schritte.

Das Wetter hatte am Abend zuvor umgeschlagen. Der gelblich-dunstige Sonnenuntergang, der Eustacias Gestalt seinen Blicken entzog, hatte auf eine Änderung des Wetters schließen lassen. Es war einer jener nicht seltenen englischen Junitage, die so naß und ungestüm wie Novembertage sind. Die kalten Wolken flogen zusammengeballt dahin, als seien sie auf eine bewegliche Kulisse aufgemalt. Der Wind, der ihm um die Ohren brauste, brachte Luftmassen aus anderen Kontinenten mit sich.

Schließlich erreichte Clym den Anfang einer Tannen- und Buchenpflanzung, welche in dem Jahr seiner Geburt angelegt worden war. Hier nahmen die Bäume, die schwer mit neuen feuchten Blättern beladen waren, mehr Schaden als während der heftigsten Winterstürme, wo die Zweige eigens befreit sind, um den Kampf mit dem Wetter aufzunehmen. Die nassen jungen Buchen erlitten Amputationen, Verletzungen, Verkrüppelungen und grobe Rißwunden, aus denen der Lebenssaft noch manchen Tag hervorbluten würde, und die Narben hinterließen, welche bis zum Tag ihrer Verbrennung sichtbar bleiben würden.

Jeder Stamm war an seinem Fuß gelockert und bewegte
sich wie ein Knochen in seiner Pfanne, und bei jedem
neuen Ansturm gaben die Äste erschütternde Laute von
sich, als ob sie einen Schmerz verspürten. Auf einem
Zweig in der Nähe versuchte ein Fink zu singen, aber der
Wind blies ihm unter das Gefieder, bis es hochstand, ver-
drehte seinen kleinen Schwanz und veranlaßte ihn, sein
Singvorhaben aufzugeben.

Indes, nur ein paar Schritte zur Linken Yeobrights, zur
offenen Heide hin, wie wenig konnte der Sturm dort ausrichten! Jene Windstöße, die die Bäume rüttelten, gingen
sanft in Wellen über Ginster und Heide hinweg, als lieb-
kosten sie sie. Die Edgon-Heide war für Zeiten wie diese
wie geschaffen.

Yeobright erreichte das leerstehende Haus gegen Mittag. Es lag fast so einsam wie das Haus von Eustacias
Großvater, aber die Tatsache, daß es nahe der Heide
stand, wurde verdeckt durch eine Reihe von Tannen, welche fast das gesamte Anwesen umgaben. Er wanderte von
da aus noch eine Meile bis zu dem Ort, wo der Eigentümer
wohnte, und nachdem er mit diesem zum Haus zurückgekehrt war, kam man zu einer Einigung, und der Mann
versprach, daß bis zum nächsten Tag mindestens ein
Raum beziehbar sein würde. Clym beabsichtigte, dort so
lange allein zu wohnen, bis Eustacia an ihrem Hochzeitstag zu ihm ziehen würde.

Darauf machte er sich in dem Nieselregen, der die
Landschaft so gründlich verändert hatte, auf den Heimweg. Die Farne, zwischen denen er noch gestern behaglich gelegen hatte, tropften von jedem Wedel und be-
feuchteten seine Beine, während er an ihnen vorüber-
ging, und das Fell der Hasen, die vor ihm davonsprangen,
hatte durch die gleiche Nässe dunkle Locken bekommen.

Er kehrte ziemlich durchnäßt und erschöpft von seinem
Zehnmeilenmarsch nach Hause zurück. Es war kaum ein
vielversprechender Anfang gewesen, aber er hatte diesen

Weg gewählt und würde nun nicht davon abweichen. Der Abend und der darauffolgende Morgen vergingen mit abschließenden Vorbereitungen für seinen Weggang. Auch nur eine Minute länger als nötig zu bleiben, nachdem er seinen Entschluß einmal gefaßt hatte, würde, das fühlte er, seiner Mutter nur neuen Schmerz bereiten, ob durch Worte, Blicke oder Taten.

Er hatte ein Fuhrwerk gemietet und schickte seine Sachen um zwei Uhr damit auf den Weg. Als nächstes mußten Möbel besorgt werden, welche nach dem vorübergehenden Gebrauch in dem kleinen Haus zusammen mit wertvolleren Gegenständen für das Haus in Budmouth zur Verfügung stehen sollten. In Anglebury gab es einen Markt, der hinreichend ausgestattet war und einige Meilen jenseits des Hauses lag, das er zu seiner Heimstatt erkoren hatte, und dort wollte er die kommende Nacht verbringen.

Jetzt blieb nur noch, sich von seiner Mutter zu verabschieden. Sie saß wie gewöhnlich am Fenster, als er die Treppe hinunterkam.

»Mutter, ich werde jetzt gehen«, sagte er und streckte ihr seine Hand hin.

»Das dachte ich mir, weil du gepackt hast«, antwortete Mrs. Yeobright mit einer Stimme, die sorgsam bemüht war, jegliches Gefühl zu unterdrücken.

»Und du wirst dich in Freundschaft von mir trennen?«

»Sicherlich, Clym.«

»Ich werde am 25. heiraten.«

»Ich dachte mir, daß du heiraten würdest.«

»Und dann – dann mußt du uns besuchen kommen. Danach wirst du mich besser verstehen, und unser Verhältnis wird dann nicht mehr so unglückselig sein wie jetzt.«

»Ich glaube, es ist nicht sehr wahrscheinlich, daß ich euch besuchen komme.«

»Dann wird es weder meine noch Eustacias Schuld sein, Mutter. Auf Wiedersehn!«

Er küßte sie auf die Wange und ging äußerst bedrückten Herzens davon, ein Zustand, den er erst nach einigen Stunden auf ein kontrollierbares Maß zu bringen imstande war. Die Lage hatte sich derart zugespitzt, daß kein weiteres Wort hätte gesagt werden können, ohne eine Barriere zu durchbrechen, und das sollte nicht geschehen.

Sobald Yeobright das Haus seiner Mutter verlassen hatte, veränderte sich der Ausdruck in ihrem Gesicht von Härte zu schierer Verzweiflung. Nach einer Weile weinte sie, und die Tränen brachten ihr etwas Erleichterung. Für den Rest des Tages tat sie nichts, als im Garten auf und ab zu gehen. Sie befand sich in einem Zustand, der an Betäubung grenzte. Auch die Nacht verschaffte ihr wenig Ruhe. Am nächsten Tag ging sie, in der Hoffnung, etwas zu tun, was ihre Demütigung in Traurigkeit umwandeln könne, in Clyms Zimmer und brachte es eigenhändig für einen unbestimmten Zeitpunkt in der Zukunft, wenn er zurückkehren würde, in Ordnung. Sie kümmerte sich ein wenig um ihre Pflanzen, aber ihre Bewegungen waren mechanisch; denn sie konnte sich nicht länger an ihnen erfreuen.

Zu ihrer großen Erleichterung kam am frühen Nachmittag Thomasin zu einem überraschenden Besuch zu ihr. Dies war nicht das erste Mal, daß sich die Verwandten seit Thomasins Hochzeit gesehen hatten, und da die vergangenen schweren Fehler im großen und ganzen wiedergutgemacht waren, konnten sie sich immer mit Freude und leichten Herzens begegnen.

Das Band schräg einfallender Sonnenstrahlen, das ihr durch die Tür hindurch folgte, zeigte die junge Frau in vorteilhaftem Licht. Es verklärte sie, so wie ihre Gegenwart die Heide verklärte. In ihren Bewegungen, in ihren Blicken wurde der Betrachter an ein gefiedertes Wesen erinnert, welches in der Nähe seines Hauses lebte. Alle

Ähnlichkeiten und Vergleiche mit ihr begannen und endeten mit Vögeln. Sie hatte genauso viele Varianten in ihren Bewegungen wie jene in ihrem Flug. In Gedanken versunken schien sie wie ein Turmfalke, wenn dieser mittels einer unsichtbaren Bewegung seiner Flügel in der Luft hing. Wenn ein starker Wind wehte, wurde ihr leichter Körper wie ein Reiher gegen Bäume und Böschungen geblasen. Wenn sie sich fürchtete, irrte sie lautlos umher wie ein Eisvogel. Wenn sie wie jetzt heiter war, streifte sie dahin wie eine Schwalbe.

»Du siehst sehr fröhlich aus, Tamsie, das muß ich sagen«, sagte Mrs. Yeobright mit einem traurigen Lächeln. »Wie geht es Damon?«

»Es geht ihm sehr gut.«

»Ist er gut zu dir, Thomasin?« fragte Mrs. Yeobright und sah sie aufmerksam an.

»Ja, Tante, ich würde es dir sagen, wenn er mich schlecht behandeln würde.« Dann fügte sie zögernd und errötend hinzu: »Er – ich weiß nicht, ob ich mich bei dir darüber beklagen soll, aber ich weiß nicht recht, was ich tun soll. Ich möchte etwas Geld zu meiner Verfügung haben, weißt du – nur um mir ein paar Kleinigkeiten zu kaufen –, und er gibt mir keins. Ich möchte ihn nicht gern fragen, aber vielleicht gibt er mir keins, weil er es nicht weiß. Sollte ich ihn darum bitten, Tante?«

»Natürlich solltest du das. Hast du nie etwas darüber gesagt?«

»Ach weißt du, ich hatte noch etwas von meinem eigenen«, sagte Thomasin ausweichend, »und so habe ich bis vor kurzem nichts von ihm verlangen müssen. Ich habe jedoch letzte Woche etwas darüber gesagt, aber er scheint – sich nicht daran zu erinnern.«

»Man muß ihn dazu bringen, sich daran zu erinnern. Du weißt doch, daß ich eine Schatulle voller Guineen habe, die mir dein Onkel übergeben hat, um das Geld zwischen dir und Clym aufzuteilen, wann immer ich es für richtig hielte. Vielleicht ist jetzt die Zeit dafür gekommen. Sie können jederzeit in Sovereigns[12] umgetauscht werden.«

»Ich glaube, ich hätte gern meinen Anteil, wenn es dir recht ist.«

»Den wirst du bekommen, falls es nötig ist. Aber es ist nur recht und billig, wenn du erst deinem Mann deutlich zu verstehen gibst, daß du kein Geld hast und dann siehst, was er tut.«

Mrs. Yeobright wandte sich in dem Versuch ab, ihre Gefühle zu verbergen. Dann gab sie es auf und sagte weinend: »O Thomasin, glaubst du, daß er mich haßt? Wie kann er mich nur so kränken, wenn ich all die Jahre nur für ihn gelebt habe?«

»Dich hassen, nein«, sagte Thomasin besänftigend, »es ist nur, weil er sie so sehr liebt. Betrachte es doch bitte einmal in aller Ruhe. So schlecht ist er nicht. Weißt du, ich dachte schon, daß es vielleicht nicht die schlechteste Verbindung für ihn ist. Miss Vyes Familie ist von der Seite ihrer Mutter her in Ordnung, und ihr Vater war ein romantischer Wanderer – eine Art von griechischem Odysseus.«

»Es hat keinen Zweck, Thomasin, es hat keinen Zweck. Du meinst es gut, aber ich will dich nicht damit behelligen. Ich habe das Ganze immer wieder von beiden Seiten aus betrachtet. Clym und ich sind nicht im Streit geschieden; es ist schlimmer als das. Ein leidenschaftlicher Streit hätte mir nicht das Herz gebrochen, aber die ständige Opposition und Halsstarrigkeit auf seinem falschen Weg. Oh, Thomasin, er war so gut als kleiner Junge – so zärtlich und freundlich!«

»Das war er, ich weiß.«

»Ich hätte nicht gedacht, daß jemand, den ich mein eigen nenne, groß werden würde, um mich dann so zu behandeln. Als ob ich ihm Schlechtes wünschen könnte.«

»Es gibt schlechtere Frauen auf der Welt als Eustacia Vye.«

»Es gibt zu viele, die besser sind, das ist ja das Schlimme. Sie war es, Thomasin, und nur sie, die deinen Mann zu jenem Handeln damals getrieben hat, das könnte ich schwören.«

»Nein, Tante«, sagte Thomasin ungeduldig. »Er kannte sie, bevor er mich kennenlernte, und es war bloß ein Flirt.«

»Nun gut, lassen wir es dabei. Es hat keinen Sinn, das wieder aufzurollen. Söhne sind blind, wenn sie es wollen. Warum kann eine Frau schon etwas von weitem sehen, was ein Mann noch nicht einmal aus der Nähe erkennen kann? Clym soll machen, was er will – er bedeutet mir nichts mehr. Und das heißt Mutter sein – die besten Jahre und die größte Liebe hingeben, um zum Schluß doch nur verachtet zu werden!«

»Du gehst zu weit. Wenn du daran denkst, wie viele Mütter es gibt, deren Söhne ihnen durch wirkliche Verbrechen öffentlich Schande gebracht haben, dann kannst du dies nicht mehr so schwer nehmen.«

»Thomasin, versuch mich nicht zu belehren – das kann ich nicht vertragen. Es ist das Verhältnis zwischen dem, was man erwartet, und dem, was dann geschieht, das die Stärke des Schlages ausmacht, und das mag in jenen Fällen nicht schlimmer sein; vielleicht haben sie das Schlimmste kommen sehen ... ich bin dafür nicht geschaffen, Thomasin«, fügte sie mit einem traurigen Lächeln hinzu. »Andere Witwen können sich gegen die Wunden, die ihnen ihre Kinder zufügen, schützen, indem sie ihr Herz einem anderen Mann zuwenden und ein neues Leben anfangen. Aber ich war immer eine arme, schwache und einfältige Frau – ich hatte nicht das Herz und den Unternehmungsgeist dazu. Genau so verlassen und betäubt wie ich war, als mein Mann dahinging, so habe ich seitdem dagesessen – niemals habe ich den Versuch gemacht, die

Dinge zu ändern. Ich war ja damals noch eine relativ junge
Frau, und ich könnte vielleicht heute eine neue Familie
haben und würde von ihr über das Versagen dieses Sohnes
hinweggetröstet werden!«

»Es ist edler von dir, daß du es nicht getan hast.«

»Je edler, desto weniger weise.«

»Denke nicht mehr daran und beruhige dich, liebe
Tante. Ich lasse dich nicht lange allein. Ich werde dich
jeden Tag besuchen kommen.«

Und für eine ganze Woche erfüllte Thomasin treulich
ihr Versprechen. Sie versuchte, die Hochzeit in ein anderes Licht zu rücken, erzählte von den Vorbereitungen,
und daß sie auch eingeladen sei. In der Woche darauf
fühlte sie sich nicht wohl und konnte nicht kommen. In
der Sache der Guineen war nichts mehr unternommen
worden, denn Thomasin scheute sich, ihren Mann wieder
deswegen anzusprechen, worauf Mrs. Yeobright ihrerseits jedoch bestanden hatte.

Genau einen Tag vor diesem Zeitpunkt stand Wildeve
vor der Tür seines Gasthauses. Außer dem Pfad durch die
Heide, der zum Regenhügel und nach Mistover führte,
gab es noch einen Weg, der von der Straße kurz unterhalb
des Gasthauses abzweigte und in weitem Bogen und leichter Steigung nach Mistover führte. Dies war der einzige
Weg auf dieser Seite, auf dem ein Gefährt zur Abgeschiedenheit des Kapitäns gelangen konnte. Ein leichtes Fuhrwerk kam vom nächsten Ort diese Straße herunter, und
der junge Bursche, der das Gefährt lenkte, hielt bei dem
Gasthaus an, um etwas zu trinken.

»Kommst du von Mistover?« fragte Wildeve.

»Ja, sie decken sich mit guten Sachen ein dort oben. Es
soll eine Hochzeit geben.« Und der Kutscher steckte sein
Gesicht in seinen Krug.

Wildeve hatte bislang nicht das geringste von der Sache
erfahren, und sein Gesicht verzog sich in einem Ausdruck

plötzlichen Schmerzes. Er wandte sich für einen Augenblick dem Flur zu, um es zu verbergen. Dann drehte er sich wieder um.

»Meinst du Miss Vye?« fragte er. »Wie kommt das denn – daß sie so schnell heiratet?«

»Durch den Willen Gottes und einen bereitwilligen jungen Mann, nehme ich an.«

»Du meinst doch nicht Mr. Yeobright?«

»Doch. Er ist das ganze Frühjahr hindurch mit ihr herumgeschlichen.«

»Ich nehme an – war sie denn so von ihm angetan?«

»Sie ist ganz verrückt nach ihm, so sagt jedenfalls ihr Hausbursche. Und dieser Junge, Charley, der die Pferde besorgt, ist wie vor den Kopf geschlagen. Der Dummkopf ist in sie verschossen.«

»Ist sie denn wohlauf, ist sie glücklich? So bald zu heiraten – na ja!«

»So bald ist das nicht.«

»Nein, das ist nicht so bald.«

Wildeve ging in das leere Zimmer zurück, und ein seltsames Herzweh ergriff ihn. Er stützte seine Ellbogen auf den Kaminsims und seinen Kopf in die Hand. Als Thomasin den Raum betrat, sagte er ihr nicht, was er gerade gehört hatte. Das alte Verlangen nach Eustacia hatte wieder von seiner Seele Besitz ergriffen, und es war hauptsächlich deshalb, weil er erfahren hatte, daß ein anderer Mann die Absicht hatte, sie zu besitzen.

Sich nach dem schwer Erreichbaren zu sehnen, das gering zu schätzen, was man besaß, das Entfernte zu begehren und das Nahe zu verachten, das lag schon immer in Wildeves Natur. Dies ist das Charaktermerkmal eines empfindsamen Mannes. Obwohl Wildeves fieberhafte Gefühlsregung sich nicht eigentlich in poetische Ausmaße gesteigert hatte, war sie doch typisch. Man hätte ihn als den Rousseau[13] der Egdon-Heide bezeichnen können.

Kapitel 7

Morgen und Abend eines Tages

Der Hochzeitsmorgen kam heran. Niemand hätte von
außen her vermuten können, daß Blooms-End in irgendeiner Weise daran beteiligt war. Um das Haus von Clyms
Mutter herrschte eine gelassene Stille, und im Inneren war
es auch nicht lebhafter. Mrs. Yeobright, die es abgelehnt
hatte, an der Feierlichkeit teilzunehmen, saß am Früh-
stückstisch im alten Zimmer, das mit der Veranda verbunden war, und sah teilnahmslos in Richtung der offenen
Tür. Es war das Zimmer, in dem vor sechs Monaten die
fröhliche Weihnachtsfeier stattgefunden hatte, zu der
Eustacia heimlich und als Fremde gekommen war. Das
einzige Lebewesen, das nun hereinkam, war ein Spatz.
Und da er keine beunruhigende Bewegung feststellte,
hüpfte er frech ins Zimmer, versuchte dann durch das
Fenster wieder ins Freie zu kommen und flatterte nun
zwischen den Blumentöpfen umher. Dies rüttelte die einsam Verweilende auf. Sie stand auf, ließ den Vogel frei und
ging zur Tür. Sie erwartete Thomasin, die geschrieben
hatte, daß sie das Geld haben möchte und daß sie womög-
lich an diesem Tag noch kommen wolle.

Dennoch waren Mrs. Yeobrights Gedanken nur nebenbei mit Thomasin beschäftigt, als sie in das Heidetal hin-
aufsah, welches von Schmetterlingen belebt war sowie
von Heuschrecken, deren heisere Töne von allen Seiten
her einen flüsternden Chor ergaben. Ein Familiendrama,
zu dem in diesem Augenblick in ein, zwei Meilen Entfernung die Vorbereitungen getroffen wurden, stand ihr
kaum weniger deutlich vor Augen, als wenn sie dabei
gewesen wäre. Sie suchte die Vision zu verscheuchen und
ging in ihrem Garten umher, aber ihre Augen wanderten
immer wieder in Richtung der Gemeindekirche, zu der
Mistover gehörte, und in ihrem erregten Gemütszustand

durchdrang sie die Hügel, die das Gebäude vor ihr verbargen. Der Morgen verging. Es schlug elf: konnte es sein, daß die Hochzeit nun im Gange war? Es mußte so sein. Sie stellte sich die Szene in der Kirche vor, dort, wo er um diese Zeit mit seiner Braut sein mußte. Sie malte sich aus, wie die Kinderschar am Zaun stand, wenn der Ponywagen ankam, in dem sie, wie Thomasin gehört hatte, die kurze Strecke zurücklegen wollten. Dann sah sie sie eintreten, zum Altar gehen und niederknien, und die Zeremonie schien ihren Lauf zu nehmen.

Sie bedeckte ihr Gesicht mit den Händen. »Oh, das ist ein Fehler!« brachte sie unter Stöhnen hervor. »Und er wird es eines Tages bereuen und an mich denken!«

Während sie dergestalt von ihren Vorahnungen gepeinigt dasaß, surrte im Haus die alte Uhr zwölf Schläge herunter. Bald danach drangen von weit hinter dem Hügel her schwache Geräusche an ihr Ohr. Der Wind kam aus jener Richtung und brachte Klänge von entferntem Glockengeläut mit herüber, welches mit fünf fröhlichen Schlägen begann. Die Glöckner von East Egdon kündigten die Hochzeit Eustacias mit ihrem Sohn an.

»Dann ist es vorbei«, murmelte sie. »Ja, ja, und das Leben ist auch bald vorbei. Und warum soll ich mir weiter das Gesicht heißweinen? Weint man über eine Sache im Leben, weint man über alles. Es läuft wie ein roter Faden durch das Ganze, und doch sagt man: es gibt eine Zeit der Fröhlichkeit!«

Gegen Abend kam Wildeve. Seit seiner Heirat mit Thomasin begegnete ihm Mrs. Yeobright mit jener grimmigen Freundlichkeit, die sich schließlich in solchen Fällen unerwünschter Verwandtschaft einstellt. Die Vorstellung über das, was hätte sein sollen, läßt man aus reiner Ermüdung fallen, und der geschlagene Wille des Menschen macht resignierend das Beste aus den Gegebenheiten. Man mußte Wildeve zugestehen, daß er sich Thomasins Tante gegenüber recht höflich verhalten hatte, und es

überraschte sie nicht im geringsten, ihn nun eintreten zu
sehen.

»Thomasin war nicht in der Lage zu kommen, so wie
sie es versprochen hatte«, antwortete er auf ihre Frage
hin, die sie besorgt gestellt hatte, da sie wußte, daß
Thomasin dringend Geld brauchte. »Der Kapitän kam
gestern abend zu uns hinunter und bat sie persönlich,
heute dabei zu sein. Um nicht unfreundlich zu erscheinen, entschloß sie sich hinzugehen. Sie haben sie in dem
Ponywagen abgeholt und wollen sie auch wieder nach
Hause bringen.«

»Dann ist es also geschehen«, sagte Mrs. Yeobright.
»Sind sie zu ihrem neuen Heim unterwegs?«

»Ich weiß es nicht. Ich habe nichts von Mistover
gehört, seit Thomasin weggefahren ist.«

»Du bist nicht mit ihr gegangen?« sagte sie, als gäbe es
einen guten Grund dafür.

»Ich konnte nicht«, sagte Wildeve und errötete leicht.
»Wir konnten nicht beide das Haus verlassen; es war ein
ziemlicher Betrieb heute morgen wegen des großen
Markts in Anglebury. Soviel ich weiß, hast du etwas für
Thomasin? Wenn du willst, kann ich es mitnehmen.«

Mrs. Yeobright zögerte und überlegte, ob Wildeve
wußte, worum es sich bei dem Etwas handelte. »Hat sie
dir davon erzählt?« fragte sie.

»Eigentlich nicht. Sie hat nur nebenbei erwähnt, daß sie
irgend etwas abzuholen hätte.«

»Es ist nicht nötig, es zu überbringen. Sie kann es jederzeit mitnehmen, wenn sie wieder vorbeikommt.«

»Das wird so bald nicht sein. Bei ihrem momentanen
Gesundheitszustand darf sie nicht mehr soviel unterwegs
sein wie bisher.« Dann fügte er mit einem Anflug von
Sarkasmus lächelnd hinzu: »Was ist das denn für ein wundervolles Ding, das man mir nicht anvertrauen kann?«

»Nichts, womit man dich belästigen sollte.«

»Man könnte meinen, du würdest meine Ehrlichkeit

anzweifeln«, sagte er mit einem Lachen, obwohl ihm vor
Ärger die Röte ins Gesicht stieg, wie das häufig bei ihm
geschah.

»So etwas brauchst du nicht zu denken«, sagte sie trok-
ken. »Es ist nur, daß ich in Übereinstimmung mit der
übrigen Welt finde, daß gewisse Dinge besser von dem
einen als von dem anderen erledigt werden sollten.«

»Ganz wie du willst, ganz wie du willst«, sagte Wildeve
lakonisch. »Es ist nicht wert, darüber zu streiten. Nun,
ich denke, ich muß wieder heimwärts, da das Gasthaus
nicht lange nur unter der Obhut des Burschen und der
Magd bleiben kann.«

Er ging, und sein Abschied war nur halb so herzlich wie
seine Begrüßung. Aber Mrs. Yeobright kannte ihn zu diesem Zeitpunkt durch und durch und beachtete sein Betragen ihr gegenüber, sei es nun gut oder schlecht, kaum
mehr.

Als Wildeve gegangen war, überlegte Mrs. Yeobright,
was sie wohl am besten bezüglich der Guineen unternehmen könne, die sie Wildeve nicht hatte anvertrauen wollen. Es war kaum anzunehmen, daß Thomasin ihn gebeten hatte, sie abzuholen, wo doch der Bedarf dafür durch
die Schwierigkeit, Geld von ihm zu bekommen, entstanden war. Andererseits wollte Thomasin es unbedingt
haben und konnte wahrscheinlich mindestens für eine
weitere Woche nicht nach Blooms-End kommen. Das
Geld hinzubringen oder ins Gasthaus schicken zu lassen,
wäre unklug, da Wildeve höchstwahrscheinlich anwesend
sein würde oder die Übergabe entdecken könnte. Und
falls, wie ihre Tante vermutete, er sie weniger freundlich
behandelte, als sie es verdiente, konnte er ihr die ganze
Summe aus den zarten Händen nehmen. Aber an diesem
bestimmten Abend war Thomasin in Mistover, und man
konnte ihr dort alles übergeben, ohne daß ihr Mann davon
wußte. Alles in allem war es die Gelegenheit wert, genutzt
zu werden.

Auch ihr Sohn war da und war nun verheiratet. Es gab
wohl kaum einen besseren Zeitpunkt als jetzt, auch ihm
seinen Anteil zu übergeben. Und die Gelegenheit, ihm
dieses Geschenk zu überbringen und ihm damit zu zeigen,
wie weit sie davon entfernt war, ihm übel zu wollen, mun-
terte das traurige Mutterherz auf.

Sie ging die Treppe hinauf und entnahm einer ver-
schließbaren Schublade einen kleinen Kasten, aus dem sie
einen Schatz von breiten, neuen Guineen ausschüttete, die
dort so manches Jahr gelegen hatten. Es waren im ganzen
hundert Stück, und sie teilte sie in zwei Haufen zu je
fünfzig auf. Sie band sie in kleine Säckchen aus Leinwand
ein und ging in den Garten hinunter, um Christian Cantle
zu rufen, der sich dort in der Hoffnung auf ein Abendbrot, das er sich eigentlich nicht verdient hatte, herum-
trieb. Mrs. Yeobright gab ihm die Säckchen mit dem Geld
und trug ihm auf, nach Mistover zu gehen und sie unter
allen Umständen niemand anderem als ihrem Sohn und
Thomasin auszuhändigen. Es schien ihr nach einiger
Überlegung außerdem ratsam, Christian genau über den
Inhalt der Säckchen zu informieren, damit er sich der
Wichtigkeit voll bewußt war. Christian steckte die Geld-
säckchen ein, versprach größte Vorsicht und machte sich
auf den Weg.

»Du brauchst dich nicht zu beeilen«, sagte Mrs. Yeo-
right. »Es ist besser, wenn du erst nach Einbruch der
Dunkelheit ankommst, dann wird dich niemand bemerken. Komm zum Abendbrot hierher zurück, wenn es
nicht zu spät ist.«

Es war fast neun Uhr, als er den Hügel nach Mistover
hinaufstieg. Da aber die Sommertage gerade jetzt am längsten waren, hatten die ersten Abendschatten erst begonnen, die Landschaft dunkler zu tönen. An diesem Punkt
seiner Wanderung hörte Christian Stimmen, und er erkannte dann, daß sie von einer Gruppe von Männern

und Frauen kamen, die durch eine Talsohle vor ihm dahingingen, so daß nur ihre Köpfe sichtbar waren.

Er machte halt und dachte an das Geld, das er bei sich trug. Es war selbst für Christian zu früh, um einen Raub zu befürchten; trotzdem griff er zu einer Vorsichtsmaßnahme, die er sich schon in seiner Knabenzeit angewöhnt hatte, wenn er mehr als zwei oder drei Schillinge bei sich trug, eine Vorsichtsmaßnahme, die vielleicht auch der Eigentümer des Pitt-Diamanten[14] ergriff, wenn er von ähnlichen Befürchtungen geplagt war. Er zog seine Stiefel aus, band die Säckchen auf und leerte den Inhalt des einen in den rechten, den des zweiten in seinen linken Stiefel. Er verteilte das Geld so gleichmäßig wie möglich auf das Innere eines jeden Stiefels, welcher eher einer geräumigen Schatzkammer glich und keineswegs nur auf die Größe des Fußes beschränkt war. Er zog sie wieder an, schnürte sie bis oben hin zu und setzte, mehr erleichtert im Kopf als an den Füßen, seinen Weg fort.

Er näherte sich der lärmenden Gesellschaft und stellte dann zu seiner Erleichterung fest, daß es sich um mehrere Leute aus Egdon handelte, die er sehr gut kannte, unter ihnen Fairway aus Blooms-End.

»Was? Christian geht auch?« fragte Fairway, sobald er den Neuankömmling erkannt hatte. »Du hast doch gar kein Mädchen oder eine Ehefrau, der du einen Stoff schenken könntest.«

»Was meinste?« sagte Christian.

»Na, die Verlosung. Wo wir doch jedes Jahr hingehen. Gehst du auch zur Verlosung wie wir?«

»Hab nie was davon gehört. Ist das so was wie Stockfechten oder so 'ne Art von Sport mit Blutvergießen? Dann will ich nicht hin, nee danke, Mr. Fairway, und nichts für ungut.«

»Christian weiß nicht, wie lustig das ist, er würd' Spaß dran haben«, sagte eine mollige Frau. »Das ist überhaupt nicht gefährlich. Jeder Mann gibt einen Schilling, und einer gewinnt dann ein Stück feinen Stoff für seine Frau oder seinen Schatz, wenn er einen hat.«

»Ja, da ich darin kein Glück hab, hat's für mich keinen Zweck. Aber ich würd' schon gern mal dem Spaß zugukken, falls es nichts mit schwarzer Kunst zu tun hat, und wenn ein Mann zugucken kann, ohne in 'ne gefährliche Rauferei zu geraten.«

»Es wird überhaupt keinen Krawall geben«, sagte Timothy. »Aber sicher, Christian, wenn du mitkommen willst, sehen wir schon zu, daß nichts passiert.«

»Und auch keine unzüchtigen Sachen, hoff ich doch? Wißt ihr, Nachbarn, ich würd' sonst meinem Vater ein schlechtes Vorbild abgeben, wo er's mit der Moral nicht so genau nimmt. Aber einen Stoff für'n Schilling, und keinen Hokuspokus – das kann man sich mal ansehen. Und es würd' mich noch keine halbe Stunde kosten. Ja, ich komme mit, wenn ihr nachher ein Stück nach Mistover mitkommt, weil's dann wahrscheinlich schon Nacht ist und sonst niemand dort hingeht.«

Einer oder zwei von ihnen versprachen es ihm, und Christian verließ seinen eigentlichen Weg und bog zusammen mit seinen Gefährten nach rechts ab in Richtung des Gasthauses »Zur Stillen Frau«.

Als sie die große Gaststube betraten, fanden sie schon etwa zehn Männer aus der Umgebung versammelt, und die Gruppe wurde nun durch das neue Kontingent in der Anzahl verdoppelt. Die meisten von ihnen saßen auf Bänken herum, deren Sitze durch hölzerne Armlehnen abgetrennt waren, wie man es bei einfachem Kirchengestühl findet, und die die Initialen so manch eines berühmten Trunkenbolds früherer Zeiten aus dieser Gegend trugen, welcher damals seine Tage und Nächte zwischen ihnen zugebracht hatte und nun als alkoholische Asche auf dem nächsten Friedhof lag. Zwischen den Bechern auf dem langen Tisch, vor dem alle saßen, lag ein offenes Paket mit leichtem Stoff – das Gewandstück, wie es genannt

wurde –, um das gewürfelt werden sollte. Wildeve stand
mit dem Rücken gegen den Kamin gelehnt und rauchte
eine Zigarre, und der Veranstalter der Verlosung, ein
Hausierer aus einer weiter entfernten Stadt ließ sich weit-
schweifig über den Wert des Stoffes und seine Verwend-
barkeit für ein Sommerkleid aus.

»Nun, Gentlemen«, fuhr er fort, während die Neuankömmlinge an den Tisch heranrückten, »fünf Teilnehmer
haben wir schon, und wir brauchen noch vier, um anzufangen. So wie die Herren aussehen, die gerade dazuge-
kommen sind, glaube ich, daß sie schlau genug sind, von
dieser seltenen Gelegenheit, ihre Frauen zu einem sehr
geringen Preis zu verschönern, Gebrauch zu machen.«

Fairway, Sam und noch ein anderer legten ihren Schilling auf den Tisch, und der Mann wandte sich an Christian.

»Nein, Sir«, sagte Christian und schreckte sogleich
furchtsam zurück. »Ich bin nur ein armer Bursche und
will nur zugucken, wenn's recht ist, Sir. Ich weiß auch
nicht, wie man's macht. Wenn ich aber sicher wär, daß
ich's gewinnen möcht, dann tät ich den Schilling geben,
aber sonst könnt' ich's nicht.«

»Ich glaube, da kannst du fast sicher sein«, sagte der
Hausierer. »Tatsache, wenn ich mir so dein Gesicht
ansehe, selbst wenn ich nicht sicher sein kann, daß du
gewinnst, so kann ich doch sagen, daß ich noch nie in
meinem Leben eins gesehen hab, was mehr nach Gewinnen ausgesehen hat.«

»Jedenfalls hast du die gleiche Chance wie wir alle«,
sagte Sam.

»Und noch Extraglück, weil du zuletzt gekommen
bist«, sagte ein anderer.

»Und ich bin unter einem Glücksstern geboren, und ich
kann vielleicht nicht mehr als untergehen«, fügte Christian hinzu und wurde schon weich.

Schließlich legte Christian seinen Schilling hin, die Ver-

losung begann, und der Würfel machte die Runde. Als
Christian an die Reihe kam, ergriff er den Becher mit
zitternder Hand, schüttelte ihn ängstlich und warf einen
dreifachen Pasch. Drei der anderen hatten gewöhnliche
niedrigere Pasche geworfen und die übrigen nur einfache
Punkte.

»Der Mann sah wie ein Gewinner aus, wie ich gesagt
habe«, bemerkte der Hausierer trocken. »Nehmt es, Sir,
es ist Euer.«

»Ha, ha, ha!« sagte Fairway, »ich will verdammt sein,
wenn das nicht der verrückteste Anfang ist, den ich je
gesehen hab.«

»Für mich?« fragte Christian mit leerem Blick aus seinen tellergroßen Augen. »Ich – ich hab doch kein Mädchen, keine Frau oder eine Witwe, die zu mir gehört, und
ich hab Angst, daß man mich auslacht, wenn ich es
bekomm, Herr Reisender. Ich war doch nur aus Neugier
mit dabei und hab doch nicht an so was gedacht! Was
mach ich denn mit dem Frauenzeug in meinem Schlafzimmer, ich verlier ja meine Anständigkeit!«

»Auf jeden Fall behältst du es«, sagte Fairway, »und
wenn es nur als Glücksbringer ist. Vielleicht führt das
ein Weibsbild in Versuchung, über das dein schwaches
Gerippe keine Macht hatte, als du mit leeren Händen
dagestanden hast.«

»Behalt es auf jeden Fall«, sagte Wildeve, der die Szene
aus der Entfernung müßig beobachtet hatte.

Der Tisch wurde dann freigeräumt, und die Männer
fingen zu trinken an.

»Wer hätte das gedacht«, sagte Christian halb zu sich
selbst. »Zu denken, daß ich so ein Glückspilz bin, und ich
hab's bis jetzt nicht gewußt. Was diese Würfel doch für
komische Dinger sind – mächtige Herrscher über uns alle
und doch mir zu Diensten. Ich brauch bestimmt nach dem
hier vor nichts mehr Angst zu haben.« Er nahm die Würfel liebkosend einen nach dem anderen in die Hand.

»Denkt nur, Sir«, sagte er in vertraulichem Flüsterton zu Wildeve, der zu seiner Linken stand, »wenn ich nur die Kraft, die ich in mir hab, benutzen könnt, um Geld zu vervielfachen, könnt ich einer nahen Verwandten von Euch etwas Gutes tun, wenn man bedenkt, was ich von ihr an mir hab – was?« Er klopfte mit einem seiner geldbeladenen Stiefel auf den Fußboden.

»Was meinst du damit?« fragte Wildeve.

»Das ist ein Geheimnis. Ja, ich muß jetzt gehen.« Er schaute ungeduldig nach Fairway.

»Wo gehst du denn hin?« fragte Wildeve.

»Nach Mistover Knap. Ich muß dort Frau Thomasin treffen – das ist alles.«

»Ich gehe auch dahin, um Mrs. Wildeve abzuholen. Wir können zusammen gehen.«

Wildeve wurde nachdenklich, und dann kam ein Ausdruck plötzlicher Erleuchtung auf sein Gesicht. Es war Geld für seine Frau, das Mrs. Yeobright ihm nicht anvertrauen wollte. »Und diesem Burschen hat sie vertraut«, sagte er zu sich selbst. »Warum gehört das, was der Ehefrau gehört, nicht auch dem Ehemann?«

Er ließ sich von seinem Wirtsburschen den Hut bringen und sagte: »Christian, ich bin fertig.«

»Mr. Wildeve«, sagte Christian schüchtern, als er sich anschickte, den Raum zu verlassen, »würd' es Euch was ausmachen, mir die wunderbaren kleinen Dinger zu leihen, in denen mein Glück steckt, damit ich für mich selbst ein bißchen damit üben kann, versteht Ihr?« Er sah nachdenklich zu den Würfeln und dem Becher auf dem Kaminsims hinüber.

»Sicher«, sagte Wildeve gleichgültig. »Die hat bloß irgendein Junge mit seinem Messer geschnitzt, sie sind nichts wert.« Und Christian ging zurück und steckte sie unauffällig ein.

Wildeve öffnete die Tür und schaute hinaus. Die Nacht war warm und der Himmel bewölkt. »Mein Gott, ist das

dunkel«, sagte er, »aber ich denke, wir werden den Weg
schon finden.«

»Wenn wir uns verirren würden, das wär' schlimm«,
sagte Christian.

»Eine Laterne ist der einzige Schutz für uns.«

»Ja, laßt uns auf jeden Fall eine Laterne mitnehmen.«
Die Laterne wurde geholt und angezündet. Christian
nahm seinen Kleiderstoff, und die beiden machten sich
daran, den Berg hinaufzusteigen.

Im Gasthaus unterhielten sich die Männer für eine
Weile, bis sie plötzlich ihre Aufmerksamkeit der Kaminecke zuwandten. Diese war geräumig und hatte, wie viele
auf Egdon, zusätzlich zu ihrer eigentlichen Öffnung
innerhalb der Pfosten einen versteckten Sitzplatz, wo
jemand völlig unbemerkt sitzen konnte, vorausgesetzt,
daß kein Feuer brannte, das ihn beleuchtete, wie es auch
jetzt und den ganzen Sommer hindurch der Fall war. Aus
der Nische heraus ragte ein einziger Gegenstand ins Kerzenlicht, das von dem Tisch herkam. Es war eine Ton-
pfeife, und sie war rötlich. Die Männer waren auf diesen
Gegenstand aufmerksam geworden, weil eine Stimme
hinter der Pfeife um Feuer gebeten hatte.

»Bei meiner Seel, ich hab mich recht erschrocken, als
der Mann zu reden anfing!« sagte Fairway und reichte eine
Kerze hinüber. »Oh, das ist ja der Rötelmann! Ihr wart so
mucksmäuschenstill, junger Mann.«

»Ja, ich hatte nichts zu sagen«, bemerkte Venn. Nach
einigen Minuten erhob er sich und wünschte der Gesellschaft eine gute Nacht.

Inzwischen befanden sich Wildeve und Christian mitten in der Heide.

Es war eine stille, warme und feuchte Nacht, erfüllt von
all den schweren Düften einer frischen Vegetation, die
noch nicht durch die heiße Sonne ausgetrocknet ist. Am
eindringlichsten war der Duft des Farns. Die Laterne, die
in Christians Hand baumelte, streifte im Vorübergehen

die gefiederten Wedel und störte Motten auf und andere geflügelte Insekten, welche aufflogen und sich auf den aus Horn gefertigten Laternenscheiben niederließen.

»Du hast also Mrs. Wildeve Geld zu überbringen?« sagte Christians Begleiter nach einer Pause. »Findest du es nicht sehr eigenartig, daß man es mir nicht gibt?«

»Wenn Mann und Frau ein Fleisch und Blut sind, wär's wohl dasselbe, möcht ich meinen«, sagte Christian. »Aber ich hab den strengen Befehl, daß ich nur Mrs. Wildeve das Geld übergeben darf, und es ist gut, eine Sach' recht zu machen.«

»Ohne Zweifel«, sagte Wildeve. Jeder, der mit den Umständen vertraut war, hätte bemerkt, daß Wildeve tief gekränkt war, als ihm klar wurde, daß der zu übergebende Gegenstand Geld war, und nicht, wie er in Blooms-End angenommen hatte, irgendein Trödelkram, an dem nur Frauen Interesse hatten. Mrs. Yeobrights Weigerung zeigte, daß er nicht als gut genug erachtet wurde, vertrauenswürdiger Überbringer des Eigentums seiner Frau zu sein.

»Wie warm es heute abend ist, Christian«, sagte er verschnaufend, als sie fast am Fuße des Regenhügels angelangt waren. »Komm und laß uns doch um Himmels willen für ein paar Minuten ausruhen.«

Wildeve ließ sich auf den weichen Farnen nieder, und Christian, der die Laterne und das Paket auf den Boden gelegt hatte, hockte sich in verkrampfter Haltung dicht daneben, und seine Knie berührten fast sein Kinn. Jetzt faßte er mit einer Hand in seine Jackentasche und begann sie hin- und herzuschütteln.

»Was klappert denn da drin?« fragte Wildeve.

»Nur die Würfel, Sir«, sagte Christian und zog schnell seine Hand zurück. »Was sind das doch für zauberische Maschinen, diese kleinen Dinger, Mr. Wildeve! Das ist ein Spiel, was ich nie leid werden würd'. Würd' es Euch was ausmachen, wenn ich sie mal rausnehme und sehe,

wie sie gemacht sind? Ich wollt sie mir vor den anderen
Männern nicht so genau ansehn, weil ich dacht', sie würden dann denken, daß ich schlechte Manieren hab.« Christian holte sie heraus und betrachtete sie im Licht der
Laterne in seiner hohlen Hand. »Zu denken, daß diese
kleinen Dinger so ein Glück in sich haben, so einen Zauber und so eine Macht, das geht doch über alles, was ich je
gesehn oder gehört hab«, fuhr er mit einem gebannten
Blick auf die Würfel fort, welche, wie häufig in ländlichen
Gegenden, aus Holz gefertigt und deren Augen mit dem
Ende eines heißen Drahtes eingebrannt wurden.

»Du meinst, es steckt trotz ihrer Winzigkeit allerhand
drin, was?«

»Glaubt Ihr, Mr. Wildeve, daß sie wirklich ein Spiel-
zeug des Teufels sind? Wenn das stimmt, ist's kein gutes
Zeichen, daß ich so ein glücklicher Mann bin.«

»Du solltest um Geld spielen, wo du sie nun mal hast.
Jede Frau würde dich dann heiraten. Deine Zeit ist
gekommen, Christian, und ich würde dir empfehlen, sie
nicht ungenutzt verstreichen zu lassen. Manche Männer
sind zum Glück geboren, andere nicht. Ich gehöre zur
letzteren Klasse.«

»Habt Ihr je jemanden gekannt, der dazu geboren
wurde, wie ich?«

»O ja, ich hab einmal von einem Italiener gehört, der
sich mit nur einem Louis – das ist ein ausländischer Sovereign – in der Tasche an den Spieltisch gesetzt hat. Er
spielte vierundzwanzig Stunden lang und gewann zehntausend Pfund, und die Bank ging pleite. Und es gab noch
einen andern, der tausend Pfund verloren hatte und am
nächsten Tag zum Börsenhändler wollte, um Aktien zu
verkaufen, damit er mit ihnen seine Schulden bezahlen
könne. Der Mann, dem er das Geld schuldete, begleitete
ihn in einer Mietkutsche. Zum Zeitvertreib würfelten sie
darum, wer den Fahrpreis bezahlen sollte. Der Mann,
der ruiniert war, gewann, und der andere wollte weiter-

spielen, und so spielten sie während der ganzen Fahrt. Als der Kutscher anhielt, sagte man ihm, er solle wieder nach Hause fahren. Die ganzen tausend Pfund waren von dem Mann, der verkaufen wollte, wieder zurückgewonnen worden.«

»Ha, ha, ausgezeichnet!« rief Christian. »Nur weiter – weiter!«

»Dann gab es da noch einen aus London, der nur ein Kellner im White's Clubhouse war. Er fing mit Einsätzen von einer halben Krone an zu spielen und ging dann höher und höher, bis er sehr reich wurde, nach Indien verpflichtet wurde und dort zum Gouverneur von Madras aufstieg. Seine Tochter heiratete ein Parlamentsmitglied, und der Bischof von Carlisle wurde bei einem der Kinder Pate.«

»Wunderbar! Wunderbar!«

»Und dann gab's mal einen jungen Mann in Amerika, der so lange spielte, bis er seinen letzten Dollar verloren hatte. Dann setzte er seine Uhr samt der Kette ein und verlor wie zuvor, setzte dann seinen Schirm ein, verlor, seinen Hut, verlor wieder, dann sein Jackett und stand schließlich in Hemdsärmeln da – und verlor wieder. Dann fing er an, seine Hosen auszuziehen – da gab ihm ein Zuschauer eine Kleinigkeit für seinen Mumm. Damit gewann er dann. Gewann sein Jackett, seinen Hut, seinen Schirm zurück, seine Uhr und sein Geld, und ging als reicher Mann davon.«

»Oh, das ist zu gut – das nimmt mir direkt die Luft weg! Mr. Wildeve, ich denk, ich möcht noch einen Schilling mit Euch versuchen. Weil ich einer von jener Sorte bin, kann es nicht gefährlich sein, und Ihr könnt es Euch doch leisten zu verlieren.«

»Na gut«, sagte Wildeve und erhob sich. Mit der Laterne in der Hand suchte er einen flachen Stein, den er zwischen sich und Christian legte, und setzte sich dann nieder. Er öffnete die Laterne, damit sie mehr Licht hatten, und richtete ihren Schein auf den Stein. Christian legte einen Schilling hin, Wildeve desgleichen, und beide würfelten. Christian gewann. Sie spielten um zwei Schillinge. Christian gewann wieder.

»Laß uns vier probieren«, sagte Wildeve. Sie spielten um vier. Diesmal gewann Wildeve den Einsatz.

»Ach, solche kleinen Unglücksfälle passieren natürlich auch dem Mann mit dem größten Glück«, bemerkte er.

»Und jetzt hab ich kein Geld mehr!« rief Christian aufgeregt aus. »Aber ich würd' es wieder kriegen, wenn ich weiter spielen könnt, und noch mehr dazu. Ich wollt', das hier wär' meins.« Damit stampfte er mit dem Stiefel auf den Boden, so daß die Guineen darin klimperten.

»Was, du hast doch nicht Mrs. Wildeves Geld dahin getan?«

»Doch. Wegen der Sicherheit. Ist es schlimm, wenn man um das Geld einer verheirateten Frau würfelt – wenn ich, falls ich gewinn, nur den Gewinn behalt und auf jeden Fall ihres zurückgeb, und wenn der andere Mann gewinnt, ihr Geld auf den rechtmäßigen Besitzer übergeht?«

»Ganz und gar nicht.«

Schon seit Beginn ihres Spiels hatte die Erkenntnis, wie gering er von den Verwandten seiner Frau geschätzt wurde, schwer auf ihm gelastet, und es schnitt ihm ins Herz. Im Laufe des Spieles war er allmählich in eine rachsüchtige Stimmung gekommen, ohne daß er genau wußte, wann sie entstanden war. Das sollte Mrs. Yeobright, so dachte er bei sich, eine Lehre sein; mit anderen Worten, er wollte ihr wenn möglich zeigen, daß er als Ehemann ihrer Nichte der geeignete Hüter des Geldes ihrer Nichte sei.

»Na, dann kann's losgehen«, sagte Christian und begann, einen Stiefel aufzuschnüren. »Davon werd' ich wahrscheinlich nächtelang träumen, aber ich werd' immer schwören, daß ich keine Gänsehaut krieg, wenn ich dran denke!«

Er langte mit der Hand in den Stiefel und holte eine der angewärmten Guineen der armen Thomasin hervor. Wildeve hatte schon einen Sovereign auf den Stein gelegt. Das Spiel wurde wieder aufgenommen. Wildeve gewann zuerst, und Christian wagte einen zweiten und gewann diesmal. Das Spiel ging hin und her, aber im Durchschnitt lag der Vorteil bei Wildeve. Beide Männer waren derart von dem Spiel in Anspruch genommen, daß sie außer den wenigen kleinen Dingen um sich herum nichts wahrnahmen. Der flache Stein, die geöffnete Laterne und die wenigen erleuchteten Farnwedel, die im Lichtkreis lagen, bedeuteten für sie die ganze Welt.

Gegen Ende verlor Christian zusehends, und im Augenblick waren zu seinem Entsetzen gerade die gesamten fünfzig Guineen, die Thomasin gehörten, in die Hände seines Gegners übergegangen.

»Mir ist alles egal – mir ist alles egal!« stöhnte er und machte sich verzweifelt daran, seinen linken Stiefel aufzuschnüren, um an die anderen fünfzig heranzukommen. »Der Teufel wird mich für diese nächtliche Tat mit seiner dreizinkigen Gabel in die Flammen werfen, das weiß ich! Aber vielleicht gewinn ich doch noch, dann bekomm ich eine Frau, die kann dann nachts mit mir wachen, und dann hab ich keine Angst, bestimmt nicht! Hier ist noch einer für Euch, guter Mann!« Er warf noch eine Guinee auf den Stein, und der Würfelbecher wurde erneut geschüttelt.

Die Zeit verging. Wildeve wurde nach und nach genauso aufgeregt wie Christian. Bei Beginn des Spiels war es lediglich seine Absicht gewesen, Mrs. Yeobright einen bösen Streich zu spielen, das Geld rechtmäßig oder unfair zu gewinnen, und es in ihrem Beisein Thomasin verächtlich zu übergeben. Dies war die vage Vorstellung bei seinem Plan gewesen. Aber der Mensch wird von seinen Absichten abgelenkt, selbst wenn er im Begriff ist, sie durchzuführen, und es war äußerst zweifelhaft, ob zu dem Zeitpunkt, als man bei der zwanzigsten Guinee angekommen war, Wildeve sich noch irgendeiner anderen Absicht bewußt war als der, für seinen eigenen Profit zu gewinnen. Außerdem spielte er nicht mehr um das Geld seiner Frau, sondern um das Yeobrights, eine Tatsache, über die ihn Christian in seiner Aufregung allerdings nicht jetzt, sondern erst später unterrichtete.

Es war fast elf Uhr, als Christian, beinahe mit einem Schrei, Yeobrights letzte schimmernde Guinee auf den Stein legte. Innerhalb von dreißig Sekunden hatte sie den Weg ihrer Vorgänger genommen.

Christian wandte sich ab und warf sich in einem Anfall von bitterer Reue auf die Farne. »Oh, was soll ich mit meinem erbärmlichen Ich anfangen?« stöhnte er. »Was soll ich tun? Hat irgendein guter Geist im Himmel noch Mitleid mit meiner verderbten Seel?«

»Was tun? Einfach so weiter leben.«

»Das kann ich nicht. Ich werd' sterben! Ich sag Euch, Ihr seid ein – ein –«

»Ein Mann, der schlauer als sein Nachbar ist.«

»Ja, ein Mann schlauer als sein Nachbar, ein schlauer Betrüger!«

»Armer Hanswurst, du bist sehr ungezogen.«

»Das möcht' ich bestreiten! Und ich sag, Ihr seid ungezogen. Ihr habt Geld, das Euch nicht gehört. Die Hälfte der Guineen gehört dem armen Mr. Clym.«

»Wieso denn das?«

»Weil ich fünfzig davon ihm geben sollt. So hat Mrs. Yeobright gesagt.«

»Oh? . . . Na, es wäre taktvoller gewesen, wenn sie sie seiner Frau Eustacia gegeben hätte. Aber jetzt sind sie in meiner Hand.«

Christian zog seine Stiefel an und rappelte sich unter lautem Stöhnen, welches weithin zu hören war, auf und taumelte davon. Wildeve machte sich daran, die Laterne zu schließen, um nach Hause zurückzukehren, denn es schien nun zu spät, nach Mistover hinüberzugehen, um seine Frau zu treffen, die ja ohnehin mit dem Wagen des Kapitäns nach Hause gebracht werden sollte. Als er gerade das kleine Türchen aus Horn zumachte, erhob sich eine Gestalt hinter einem Busch in der Nähe und kam ans Licht. Es war der Rötelmann, der da hervortrat.

Kapitel 8

Eine neue Macht stört den Lauf der Dinge

Wildeve starrte ihn an. Venn erwiderte kühl seinen Blick und setzte sich ohne ein Wort absichtlich dorthin, wo zuvor Christian gesessen hatte, zog aus seiner Tasche einen Sovereign hervor und legte ihn auf den Stein.

»Du hast uns dort von dem Busch aus beobachtet?« sagte Wildeve.

Der Rötelmann nickte. »Her mit Eurem Einsatz«, sagte er, »oder habt Ihr nicht genug Mut weiterzumachen?«

Nun ist das Glücksspiel eine Art von Vergnügen, das man mit vollen Taschen leichter beginnt, als zu Ende bringt, und obwohl Wildeve in ruhiger Gemütslage eine solche Einladung wahrscheinlich klugerweise abgelehnt hätte, war er durch die Aufregung seines gerade erlebten Erfolgs völlig außer sich. Er legte eine Guinee auf die Steinplatte neben den Sovereign des Rötelmanns und sagte: »Hier ist meine Guinee.«

»Eine Guinee, die Euch nicht gehört«, sagte der Rötelmann sarkastisch.

»Sie gehört mir«, antwortete Wildeve hochmütig, »sie ist von meiner Frau, und was ihr gehört, gehört auch mir.«

»Na gut, laßt uns anfangen.« Er schüttelte den Becher

und warf eine Acht, eine Zehn und eine Neun, und somit addierten sich seine drei Würfe zu siebenundzwanzig.

Dies ermutigte Wildeve. Er nahm den Becher, und seine drei Würfe ergaben fünfundvierzig. Und wieder legte der Rötelmann einen Sovereign hin gegen seinen beim ersten Spiel eingesetzten, welchen nun Wildeve seinerseits hinlegte. Diesmal warf Wildeve einundfünfzig Augen, aber keinen Pasch. Der Rötelmann schaute grimmig drein, warf einen dreifachen Einser-Pasch und steckte den Einsatz ein.

»Los, weiter«, sagte Wildeve verächtlich. »Verdoppelt den Einsatz.« Er legte zwei von Thomasins Guineen hin, und der Rötelmann nahm seine zwei Pfund. Venn gewann wieder. Die Spieler legten neue Einsätze und fuhren mit dem Glücksspiel fort.

Wildeve war ein nervöser und leicht erregbarer Mann, und das Spiel begann sein Temperament zu verraten. Er wand sich, tobte und vermochte nicht mehr ruhig zu sitzen. Man konnte fast seinen Herzschlag hören. Venn saß mit unbewegten Lippen da, und seine Augen blitzten hinter halbgeschlossenen Lidern hervor; er schien kaum noch zu atmen. Er hätte ein Araber sein können, oder ein Automat. Wenn sich sein Arm mit dem Würfelbecher nicht bewegt hätte, wäre er wohl für eine Statue aus rotem Sandstein gehalten worden.

Das Spiel wechselte ständig, einmal zugunsten des einen, dann zugunsten des andern, ohne einen bedeutenden Vorteil auf der einen oder andern Seite. So vergingen fast zwanzig Minuten. Das Licht der Laterne hatte inzwischen Heidefliegen, Motten und anderes geflügeltes Nachtgetier angelockt, das nun um die Laterne tanzte, in die Flamme oder den beiden Spielern ins Gesicht flog.

Aber keiner der beiden Männer achtete weiter auf diese Dinge; ihre Augen waren auf den kleinen flachen Stein konzentriert, welcher für sie zu einer Arena so groß wie ein Schlachtfeld wurde. Zu diesem Zeitpunkt hatte sich das Spiel geändert: der Rötelmann gewann ununterbrochen. Schließlich waren sechzig Guineen – die fünfzig von Thomasin und zehn von Clym – in seine Hände übergegangen. Wildeve war kopflos und außer sich vor Wut.

»›Gewann sein Jackett zurück‹«, sagte Venn schalkhaft. Noch ein Wurf, und das Geld ging den gleichen Weg. »›Gewann seinen Hut zurück‹«, fuhr Venn fort.

»Oh, oh«, sagte Wildeve.

»›Gewann seine Uhr zurück und sein Geld, und verließ das Haus als reicher Mann‹«, fügte Venn wörtlich hinzu, während Einsatz um Einsatz an ihn überging.

»Noch fünf!« schrie Wildeve und warf das Geld hin. »Und zum Teufel mit drei Würfen – einer soll entscheiden.«

Der rote Automat ihm gegenüber sagte nichts mehr, nickte nur und folgte seinem Beispiel. Wildeve schüttelte den Becher und warf einen Sechserpasch und fünf Augen. Er klatschte in die Hände: »Diesmal hab ich's – hurra!«

»Es spielen zwei, und erst einer hat gewürfelt«, sagte der Rötelmann und stülpte ruhig den Becher um. Beider Augen waren so eindringlich auf den Stein gerichtet, daß man sich einbilden konnte, ihre Blicke glichen Strahlen im Nebel.

Venn hob den Becher hoch, und siehe da! drei Sechsen wurden aufgedeckt.

Wildeve raste vor Wut. Während der Rötelmann den Einsatz zusammenraffte, ergriff Wildeve die Würfel und schleuderte sie mitsamt dem Becher unter fürchterlichem Fluchen ins Dunkel. Dann stand er auf und begann wie ein Verrückter stampfend auf und ab zu gehen.

»Ist also Schluß?« fragte Venn.

»Nein, nein«, schrie Wildeve. »Ich muß noch eine Chance bekommen. Ich muß!«

»Aber, guter Mann, was habt Ihr mit den Würfeln gemacht?«

»Ich hab sie weggeworfen. Es war nur eine momentane Verwirrung. Was bin ich für ein Narr! Hier – komm und hilf sie mir suchen – wir müssen sie wiederfinden.«

Wildeve riß die Laterne an sich und begann, eifrig in Ginster- und Farnbüschen herumzusuchen.

»Dort werdet Ihr sie wahrscheinlich nicht finden«, sagte Venn, der ihm gefolgt war. »Warum habt Ihr nur so etwas Verrücktes gemacht? Hier ist der Becher. Dann können die Würfel nicht weit entfernt sein.«

Wildeve drehte sich rasch um und beleuchtete die Stelle, an der Venn den Becher gefunden hatte; er zerzauste rechts und links davon das Gebüsch. Innerhalb einer Minute war einer der Würfel gefunden. Sie suchten noch eine Zeitlang weiter, fanden aber keinen der anderen.

»Macht nichts«, sagte Wildeve, »dann würfeln wir eben mit einem.«

»Einverstanden«, sagte Venn.

Und wieder setzten sie sich hin und begannen mit dem Einsatz einer einzelnen Guinee, und das Spiel verlief flott. Aber Fortuna hatte sich heute abend ganz offensichtlich in den Rötelmann verliebt. Er gewann stetig, bis er der Eigentümer von noch vierzehn weiteren Goldstücken war. Er besaß nun neunundsiebzig von den hundert Guineen, und Wildeve hatte nur noch einundzwanzig. Der Anblick der beiden Gegenspieler war einzigartig. Abgesehen von dem Mienenspiel konnte man ein ganzes Diorama der Wechselfälle des Spiels in ihren Augen beobachten. Eine winzige Kerzenflamme spiegelte sich in jeder ihrer Pupillen wider, und es wäre möglich gewesen, daraus zwischen einer hoffnungsvollen und einer verzweifelten Stimmung zu unterscheiden, selbst bei dem Rötelmann, dessen Gesichtsmuskeln ganz und gar nichts verrieten.

»Was ist denn das?« rief er plötzlich aus. Sie hatten ein Rascheln gehört und blickten beide hoch.

Sie waren von vier bis fünf Fuß hohen Gestalten umgeben. Ein kurzer Blick genügte, um zu erkennen, daß die sie umzingelnden Gestalten Heideponys waren, welche allesamt ihren Kopf den Spielern zugewandt hatten und diese aufmerksam beäugten.

»Husch!« machte Wildeve, und das ganze Rudel von vierzig bis fünfzig Tieren drehte sich auf einmal um und galoppierte davon. Danach wurde das Spiel wieder aufgenommen.

Zehn Minuten vergingen. Da flog ein großer Totenkopffalter aus dem Dunkel ins Helle, flatterte zweimal um die Laterne, flog dann geradewegs auf die Kerze zu und löschte sie durch die Luftbewegung aus. Wildeve hatte gerade gewürfelt, aber noch nicht den Becher hochgehoben, um zu sehen, was er gewürfelt hatte – und nun war das nicht möglich.

»Verflucht noch mal!« schrie er. »Was machen wir denn jetzt? Vielleicht habe ich eine Sechs geworfen – habt Ihr Streichhölzer?«

»Nein«, sagte Venn.

»Christian hatte welche. Wo ist er denn überhaupt? Christian!«

Aber es kam keine Antwort auf Wildeves Rufen, außer einem klagenden Wimmern der Reiher, die unten im Tal ihre Nester hatten. Ohne aufzustehen schauten beide Männer hilflos um sich. Als sich ihre Augen an die Dunkelheit gewöhnt hatten, bemerkten sie schwache grünliche Lichtpunkte zwischen Gras und Farnkraut. Diese Lichter waren über den ganzen Hügel wie weit entfernte Sterne verteilt.

»Ah – Glühwürmchen«, sagte Wildeve. »Wartet mal, wir können weitermachen.«

Venn saß ruhig da, während sein Partner hier- und dorthinging, bis er dreizehn Glühwürmchen gesammelt hatte – so viele, wie er in vier bis fünf Minuten finden konnte –, welche er auf ein Fingerhutblatt setzte, das er zu diesem Zweck abgerissen hatte. Der Rötelmann gab ein leises, belustigtes Lachen von sich, als er seinen Gegner mit den Glühwürmchen zurückkommen sah. »Also entschlossen weiterzumachen?« fragte er trocken.

»Das bin ich immer«, sagte Wildeve ärgerlich. Er schüttelte die Glühwürmchen von dem Blatt ab und plazierte sie mit zitternder Hand in einem Kreis auf den Stein, so daß in der Mitte genug Platz für den Würfelbecher blieb, über welchen nun die dreizehn winzigen Lämpchen einen blassen phosphoreszierenden Schein warfen. Es war gerade die Zeit des Jahres, in der die Glühwürmchen am hellsten glühen, und das Licht, das sie spendeten, war für den Zweck mehr als ausreichend; denn es ist in solchen Nächten möglich, einen Brief beim Licht von nur zwei bis drei von ihnen zu lesen.

Das Mißverhältnis zwischen dem Tun der Männer und ihrer Umgebung war groß. Inmitten der zarten saftigen Vegetation der Mulde, in der sie saßen, in der bewegungslosen, unbewohnten Einsamkeit ertönte als Mißklang das Klimpern von Guineen, das Geklapper von Würfeln und die Ausrufe der erbarmungslosen Spieler.

Sobald es wieder hell genug war, hatte Wildeve den Becher hochgehoben, und der einzelne Würfel zeigte, daß das Glück immer noch gegen ihn war.

»Ich spiele nicht mehr: Ihr habt die Würfel gefälscht!« schrie er ihn an.

»Wie denn, wo es doch Eure sind«, sagte der Rötelmann.

»Wir ändern die Regeln: die kleinste Zahl gewinnt, das beendet vielleicht meine Pechsträhne. Habt Ihr was dagegen?«

»Nein – macht nur weiter«, sagte Venn.

»Oh, da sind sie wieder, die verdammten Biester!« rief Wildeve, während er aufschaute. Die Heideponys waren lautlos zurückgekommen und schauten mit erhobenen Köpfen genau wie zuvor zu ihnen hin. Ihre scheuen Augen waren auf die Szene gerichtet, als ob sie sich fragten, was Menschen und Kerzenlicht zu solch ungewöhnlicher Stunde hier zu suchen hätten.

»Was sind sie doch für eine Plage, diese Tiere – wie sie so nach mir starren!« sagte er und verjagte sie mit einem Stein, worauf das Spiel wieder aufgenommen wurde.

Wildeve hatte jetzt noch zehn Guineen übrig, und jeder setzte drei ein. Wildeve warf drei Augen und Venn zwei und nahm den Gewinn an sich. Der andere packte den Würfel und steckte ihn vor lauter Wut zwischen die Zähne, als wolle er ihn in Stücke zerbeißen. »Niemals aufgeben – hier sind meine letzten fünf!« schrie er und warf sie hin. »Verdammte Glühwürmchen – sie gehen aus. Warum brennt ihr nicht, ihr kleinen Narren? Stupse sie mit einem Dorn an.«

Mit einem kleinen Stückchen Holz drehte er sie vorsichtig um, bis die helle Seite ihres Schwanzes nach oben kam.

»Es ist hell genug, würfelt nur weiter«, sagte Venn.

Wildeve stülpte den Becher innerhalb des Lichtkreises um und schaute gespannt hin. Er hatte eine Eins gewürfelt. »Gut gemacht! – Ich habe ja gesagt, mein Glück würde sich wandeln.« Venn sagte nichts, aber seine Hand zitterte leicht.

Er würfelte ebenfalls eine Eins.

»Oh!« sagte Wildeve. »Verdammt noch mal!«

Der Würfel knallte ein zweites Mal auf den Stein. Es war wieder eine Eins. Venn sah düster drein, würfelte, und als er aufgedeckt hatte, lag der Würfel in zwei Teilen da, wobei die gespaltene Seite nach oben lag.

»Ich habe gar nichts geworfen«, sagte er.

»Das geschieht mir recht. Ich hab den Würfel mit den Zähnen gespalten. Hier – nehmt Euer Geld. Nichts ist weniger als eins.«

»Ich will es nicht haben.«

»Nehmt es, sag ich – Ihr habt es gewonnen.«

Und Wildeve schleuderte dem Rötelmann den Gewinn

gegen die Brust. Venn nahm das Geld an sich, erhob sich und verließ die Mulde. Wildeve blieb wie betäubt zurück.

Als er wieder zur Besinnung kam, erhob er sich ebenfalls und ging mit der gelöschten Laterne in der Hand auf die Straße zu. Als er sie erreicht hatte, blieb er stehen. Die Heide war gänzlich von der Stille der Nacht durchdrungen, außer in Richtung auf Mistover. Von dorther konnte er das Geräusch leichter Räder vernehmen und sah dann auch zwei Wagenlichter den Hügel herunterkommen. Wildeve versteckte sich hinter einem Busch und wartete.

Das Gefährt kam heran und fuhr an ihm vorbei. Es war eine Mietkutsche, und hinter dem Kutscher saßen zwei Personen, die er gut kannte. Es waren Eustacia und Yeobright, und letzterer hatte seinen Arm um ihre Taille gelegt. Unten im Tal bogen sie scharf ab, um die Richtung zu ihrem vorläufigen Heim einzuschlagen, welches Clym gemietet und möbliert hatte, und das etwa fünf Meilen ostwärts lag.

Wildeve vergaß den Verlust des Geldes angesichts seiner verlorenen Liebsten, deren Kostbarkeit mit jedem neuen Ereignis, welches ihn an ihre hoffnungslose Trennung erinnerte, potenziert wurde. Erfüllt von jenem veredelten Elendsgefühl, in das er sich hineinsteigern konnte, ging er in entgegengesetzter Richtung auf das Gasthaus zu.

Etwa zur gleichen Zeit, als Wildeve auf die Straße trat, hatte auch Venn diese erreicht, und zwar etwa hundert Meter weiter unten, und auch er wartete, als er dieselben Räder hörte, bis die Kutsche herankam. Als er sah, wer drinnen saß, schien er enttäuscht. Nachdem er ein bis zwei Minuten überlegt hatte, nachdem die Kutsche vorbeigefahren war, überquerte er die Straße und nahm eine Abkürzung durch Ginster und Heide bis zu einer Stelle, wo die Landstraße bergaufwärts einen Bogen machte. Er war jetzt wieder vor der Kutsche, die nun im Schrittempo herannahte. Venn trat vor und gab sich zu erkennen.

Eustacia erschrak, als er im Lampenlicht auftauchte, und Clyms Arm löste sich unwillkürlich von ihrer Taille. Er sagte: »Was Diggory? Du bist aber auf einsamer Wanderschaft.«

»Ja, bitte verzeiht mir, daß Ihr Euch anhalte«, sagte Venn, »aber ich warte hier auf Mrs. Wildeve. Ich habe ihr etwas von Mrs. Yeobright zu überbringen. Könnt Ihr mir sagen, ob sie schon das Fest verlassen hat?«

»Nein, aber sie wird wohl bald gehen. Du wirst sie wahrscheinlich an der Biegung treffen können.«

Venn machte eine Abschiedsverbeugung und ging zu seinem vorherigen Platz zurück, dahin, wo die Nebenstraße von Mistover aus auf die Landstraße mündete. Hier blieb er fast eine halbe Stunde, und dann kam noch ein Lichterpaar den Berg herunter. Es war das alte und undefinierbare Ding auf Rädern, das dem Kapitän gehörte, und Thomasin saß, nur von Charley als Kutscher begleitet, allein darin.

Als sie langsam um die Kurve bogen, näherte sich der Rötelmann. »Bitte verzeiht, daß Ihr Euch aufhalte, Mrs. Wildeve«, sagte er, »aber ich habe Euch etwas Vertrauliches von Mrs. Yeobright zu übergeben.« Er reichte ihr ein kleines Bündel. Es enthielt die hundert Guineen, die er gerade gewonnen und behelfsmäßig in ein Stück Papier eingewickelt hatte.

Thomasin erholte sich von ihrer Überraschung und nahm das Bündel an sich. »Das ist alles, Madam – ich wünsche eine gute Nacht«, sagte er und entschwand ihren Blicken.

Auf diese Weise hatte Venn in seinem Eifer, die Dinge wieder in Ordnung zu bringen, Thomasin nicht nur die fünfzig Guineen, die rechtmäßig ihr gehörten, in die Hand gegeben, sondern auch die fünfzig, die für ihren Cousin bestimmt waren. Sein Irrtum beruhte auf einer Bemerkung Wildeves zu Beginn des Spiels, als dieser ungehalten abgestritten hatte, daß die Guineen ihm nicht gehörten. Der Rötelmann war sich der Tatsache nicht bewußt gewesen, daß nach der Hälfte des Spielverlaufs mit Geld gespielt wurde, welches einer anderen Person gehörte. Dies war ein Irrtum, der später dazu beitrug, mehr Unglück anzurichten, als es selbst ein dreifacher Geldverlust je hätte verursachen können.

Die Nacht war inzwischen weiter fortgeschritten, und Venn drang tiefer in die Heide ein, bis er zu der Schlucht kam, wo sein Wagen stand – nicht viel weiter als etwa zweihundert Meter von jenem Platz entfernt, wo die ausgedehnte Spielrunde stattgefunden hatte. Er bestieg sein Heim auf Rädern, zündete die Laterne an und dachte, bevor er die Tür für die Nacht verschloß, über die Ereignisse der vorausgegangenen Stunden nach. Während er noch dastand, war im Nordosten des Himmels, da sich die Wolken aufgelöst hatten, das Nahen der Morgendämmerung mit dem lichten Schein der Mitsommerzeit gut zu erkennen, obwohl es erst zwischen ein und zwei Uhr war. Venn, der vollkommen erschöpft war, schloß seine Tür und warf sich auf sein Lager zum Schlafen nieder.

Viertes Buch

Die verschlossene Tür

Kapitel 1

Das Streitgespräch am Teich

Die Julisonne schien auf die Egdon-Heide herab und verwandelte das dunkle Rot des Heidekrauts in flammendes Scharlachrot. In dieser Jahreszeit und bei dieser Witterung entfaltete die Heide ihre ganze Pracht. Die Zeit der Blüte stellte den zweiten oder mittäglichen Abschnitt im Zyklus jener flüchtigen Veränderungen dar, die sich nur hier abzuspielen vermochten. Diesem Zeitabschnitt war der grüne oder jungfräuliche des Farns vorangegangen, welcher den Morgen symbolisiert, und ihm folgte die braune Jahreszeit, in der die Heideglöckchen und Farne die rostbraune Farbe des Abends annehmen. Letzterer wurde dann wiederum von der dunklen Färbung der Winterzeit abgelöst, die die Nacht symbolisiert.

Das Leben von Clym und Eustacia spielte sich in ihrem kleinen Haus in Alderworth, jenseits von East Egdon, in einer Eintönigkeit ab, die sie jedoch ergötzte. Die Heide und die Veränderungen des Wetters nahmen sie gegenwärtig nicht wahr. Sie waren von einer Art leuchtender Wolke umgeben, welche jede unharmonische Erscheinung in ihrer Nähe vor ihnen verbarg und alle Dinge mit Licht umgab. Wenn es regnete, waren sie entzückt, weil sie dann den ganzen Tag aus solch offensichtlich gutem Grund zu Hause bleiben konnten. Wenn es schön war, waren sie entzückt, weil sie dann zusammen auf dem Hügel sitzen konnten. Sie waren wie jene Doppelsterne, die ständig umeinander kreisen und aus der Entfernung wie ein Ganzes erscheinen. Die völlige Einsamkeit, in der sie lebten, steigerte ihre Aufmerksamkeit füreinander. Dennoch hätten wohl einige gemeint, dies berge die Gefahr in sich, daß sich ihre gegenseitige Zuneigung in einem beängstigend verschwenderischen Maße verzehrte. Yeobright hegte für sich selbst nicht diese Befürchtung,

aber die Erinnerung an Eustacias frühere Bemerkung über
die Vergänglichkeit der Liebe (etwas, was sie nun offensichtlich vergessen hatte) veranlaßte ihn manchmal dazu,
sich diese Frage zu stellen. Und es schauderte ihn bei dem
Gedanken, daß die Eigenschaft des Endlichen auch dem
Paradies nicht fremd sei.

Als drei oder vier Wochen auf diese Weise vergangen
waren, nahm Yeobright seine Studien ernsthaft wieder
auf. Um die verlorene Zeit aufzuholen, arbeitete er uner-
müdlich, denn er wollte seinen neuen Beruf mit möglichst
wenig Verzögerung antreten.

Nun war es immer Eustacias Traum gewesen, daß sie,
wenn sie erst einmal mit Clym verheiratet wäre, die Macht
hätte, ihn dazu zu bewegen, nach Paris zurückzukehren.
Er hatte es sorgfältig vermieden, irgendwelche Verspre-
chungen in dieser Hinsicht zu machen, aber würde er
gegen ihre Überredungskünste und Argumente genügend
gewappnet sein? Sie hatte diese Möglichkeit als so reali-
stisch angesehen, daß sie ihrem Großvater gegenüber
Paris und nicht Budmouth als wahrscheinlichen zukünftigen Wohnort angegeben hatte. All ihre Hoffnungen
waren in diesem Traum vereinigt. In den ruhigen Tagen
seit ihrer Hochzeit, als Yeobright ihren Lippen, ihren
Augen und den Linien ihres Gesichts seine volle Aufmerksamkeit schenkte, hatte sie immer wieder darüber
nachgedacht, selbst dann, wenn sie seine aufmerksamen
Blicke erwiderte. Nun versetzte ihr der Anblick der
Bücher, welche auf eine ihren Träumen entgegengesetzte
Zukunft hindeuteten, einen schweren Schlag. Sie hatte
sich eine Zeit ausgemalt, wo sie als Besitzerin eines wenn
auch nur kleinen hübschen Ladens in der Nähe eines Pariser Boulevards ihre Tage am Rande der großen Welt verbringen würde und ab und zu einen verirrten Hauch jener
städtischen Vergnügungen auffangen könnte, für die sie
so empfänglich war. Yeobright jedoch hielt ebenso fest
entschlossen an seiner gegenteiligen Absicht fest, und es

schien, als ob das Verheiratetsein ihn eher in seinen philanthropischen Bestrebungen bestärken würde, als sie hinwegzufegen.

Eustacias Unruhe wurde immer heftiger, aber es lag etwas in Clyms unbeirrbarer Art, das sie daran hinderte, sich ihm gegenüber dazu zu äußern. Jetzt aber kam ihr ein Ereignis zu Hilfe, das eines Abends, etwa sechs Wochen nach ihrer Vereinigung, geschah und zwar nur deshalb, weil Venn ohne sein Wissen die fünfzig Guineen, die für Yeobright bestimmt gewesen waren, in die falschen Hände gegeben hatte.

Zwei, drei Tage nach dem Erhalt des Geldes hatte sich Thomasin bei ihrer Tante schriftlich bedankt. Sie war von der Höhe der Summe überrascht gewesen, aber da nie ein bestimmter Betrag genannt worden war, schrieb sie dies der Großzügigkeit ihres Onkels zu. Ihre Tante hatte sie strikt angewiesen, ihrem Ehemann nichts von dem Geschenk zu sagen, und Wildeve hatte es verständlicherweise nicht über sich gebracht, seiner Frau auch nur das geringste über das mitternächtliche Vorkommnis in der Heide mitzuteilen. Auch Christian schwieg aus purem Entsetzen über den Anteil, den er an der Sache hatte, und während er hoffte, daß das Geld auf die eine oder andere Art zu seinem rechtmäßigen Besitzer gelangt sei, gab er sich ohne weitere Nachforschungen zufrieden.

Deshalb begann sich Mrs. Yeobright nach ein bis zwei Wochen zu fragen, warum sie von ihrem Sohn nichts über den Erhalt des Geschenkes hörte. Und was ihrer Ratlosigkeit noch Betrübnis hinzufügte, war die Möglichkeit, daß Verstimmung der Grund für das Schweigen sein könnte. Sie konnte sich dies zwar kaum vorstellen, aber warum schrieb er nicht? Sie befragte Christian darüber, und die Ungereimtheit seiner Antworten hatten in ihr sofort den Verdacht geweckt, daß etwas nicht stimmte – wenn nicht die eine Hälfte seiner Geschichte durch Thomasins Brief bestätigt worden wäre.

In diesem Zustand der Ungewißheit befand sich Mrs. Yeobright, als sie eines Morgens erfuhr, daß die Frau ihres Sohnes ihren Großvater in Mistover besuchen würde. Sie beschloß, den Berg hinaufzusteigen, Eustacia zu sehen und von den Lippen ihrer Schwiegertochter zu erfahren, ob die Familienguineen, welche für Mrs. Yeobright das bedeuteten, was für eine reichere Witwe der Familienschmuck war, verlorengegangen seien oder nicht.

Als Christian hörte, daß sie nach Mistover gehen wollte, erreichte seine Besorgnis ihren Höhepunkt. Kurz bevor sie ging, konnte Christian die Wahrheit, soweit er sie wußte (das heißt, daß Wildeve die Guineen gewonnen hatte), nicht mehr zurückhalten.

»Was, will er sie denn behalten?« rief Mrs. Yeobright aus.

»Das will ich doch nicht hoffen!« stöhnte Christian. »Er ist ein guter Mensch und wird doch nichts Schlechtes tun. Er sagte, Ihr hättet Mr. Clyms Anteil Eustacia geben sollen, und das erledigt er vielleicht jetzt selbst.«

Sobald Mrs. Yeobright wieder ruhig denken konnte, hielt sie diese Möglichkeit auch für wahrscheinlich; denn sie konnte schwerlich glauben, daß Wildeve das Geld, welches ihrem Sohn gehörte, für sich behalten würde. Das Geld über Eustacia zurückzugeben, war etwas, was man Wildeve zutrauen konnte. Aber dessen ungeachtet war die Mutter verärgert. Daß Wildeve schließlich doch in den Besitz der Guineen gekommen und nun in der Lage war, Clyms Anteil in die Hände von Clyms Frau zu legen, weil sie einst seine eigene Geliebte gewesen oder vielleicht immer noch war, dies war so schmerzhaft, wie je ein Kummer für sie gewesen war.

Aufgrund seines Verhaltens in der Angelegenheit entließ sie den unglückseligen Christian auf der Stelle. Aber da sie sich ziemlich hilflos fühlte und ohne ihn nicht auskam, sagte sie ihm später, daß er, wenn er wolle, doch noch etwas bleiben könne. Dann eilte sie davon, um

Eustacia zu treffen. Sie war nun von wesentlich weniger wohlwollenden Gefühlen für ihre Schwiegertochter erfüllt als noch vor einer halben Stunde, als sie sich diesen Gang vorgenommen hatte. Da war es noch ihr Plan gewesen, in aller Freundlichkeit herauszufinden, ob das Geld durch einen Zufall verlorengegangen sei; jetzt galt es, geradeheraus zu fragen, ob Wildeve ihr das Geld, welches ein für Clym bestimmtes Geschenk war, heimlich gegeben hatte.

Sie machte sich um zwei Uhr auf den Weg, und das Treffen kam schneller als erwartet zustande, da die junge Dame zwischen dem Teich und der Böschung auftauchte, welche das Anwesen ihres Großvaters abgrenzte, und nun um sich blickte, während sie sich vielleicht der romantischen Begegnungen erinnerte, die hier stattgefunden hatten. Als Mrs. Yeobright herankam, betrachtete sie sie mit dem ruhigen Blick einer Fremden.

Die Schwiegermutter ergriff zuerst das Wort. »Ich bin gekommen, um dich zu sprechen«, sagte sie.

»Ach wirklich?« sagte Eustacia überrascht, denn zum großen Kummer des Mädchens hatte es Mrs. Yeobright abgelehnt, an der Hochzeit teilzunehmen. »Ich habe Euch durchaus nicht erwartet.«

»Ich bin nur in einer geschäftlichen Sache hier«, sagte die Besucherin kühler als zuvor. »Entschuldige bitte, wenn ich so direkt frage – hast du von Thomasins Ehemann ein Geschenk erhalten?«

»Ein Geschenk?«

»Ich meine Geld!«

»Was – ich persönlich?«

»Ja, du persönlich und insgeheim – obwohl ich es eigentlich nicht so ausdrücken wollte.«

»Geld von Mr. Wildeve? Nein – niemals! Madam, was wollt Ihr damit sagen?« Eustacia errötete allzu rasch; denn der Gedanke an ihre alte Beziehung zu Wildeve hatte sie den Schluß ziehen lassen, daß auch Mrs. Yeobright davon wisse und vielleicht gekommen sei, sie zu beschuldigen, nun von ihm unehrenhafte Geschenke zu erhalten.

»Ich frage nur deshalb«, sagte Mrs. Yeobright, »ich war –«

»Ihr solltet eine bessere Meinung von mir haben – ich hatte befürchtet, daß Ihr von Anfang an gegen mich wart!« rief Eustacia aus.

»Nein, ich war lediglich für Clym«, antwortete Mrs. Yeobright mit zuviel ehrlichem Nachdruck. »Jeder möchte instinktiv die Seinen schützen.«

»Wie könnt Ihr unterstellen, Clym müsse vor mir geschützt werden?« sagte Eustacia zornig, und ihre Augen füllten sich mit Tränen. »Ich habe ihm nichts Böses angetan, indem ich ihn heiratete. Was habe ich denn verbrochen, daß Ihr so schlecht von mir denkt? Ihr hattet keinen Grund, mich bei Clym schlecht zu machen, wo ich Euch doch nie etwas Unrechtes getan habe.«

»Ich habe nur getan, was unter den gegebenen Umständen das Richtige war«, sagte Mrs. Yeobright etwas sanfter. »Ich hätte die Frage lieber nicht angeschnitten, aber du forderst mich dazu heraus. Ich schäme mich nicht, dir die volle Wahrheit zu sagen. Ich war der festen Überzeugung, daß es für ihn nicht gut sei, dich zu heiraten – deshalb versuchte ich ihn mit allen mir zur Verfügung stehenden Mitteln davon abzuhalten. Aber jetzt ist es geschehen, und ich habe nicht die Absicht, es weiterhin zu beklagen. Ich bin bereit, dich willkommen zu heißen.«

»Ach ja, es ist sehr gut, die Sache von diesem geschäftlichen Standpunkt aus zu betrachten«, murmelte Eustacia und hatte Mühe, ihre Gefühle zu unterdrücken. »Aber warum solltet Ihr der Meinung sein, es sei etwas zwischen mir und Mr. Wildeve? Ich habe genau wie Ihr meinen Stolz. Ich bin empört; jede andere Frau wäre das auch. Es war eine Herablassung meinerseits, Clyms Frau zu werden, und nicht ein Schachzug, wenn ich darauf aufmerksam machen darf, und deshalb möchte ich nicht als eine

Intrigantin behandelt werden, mit der man sich abfinden muß, weil sie sich in die Familie eingeschlichen hat.«

»Oh!« sagte Mrs. Yeobright und versuchte vergebens, ihren Ärger zu unterdrücken. »Ich habe nie etwas gehört, das besagen würde, die Abstammung meines Sohnes sei nicht so gut wie die der Vyes – höchstens besser. Es ist erheiternd, dich von Herablassung reden zu hören.«

»Es war trotzdem ein Abstieg«, sagte Eustacia heftig, »und wenn ich damals gewußt hätte, was ich jetzt weiß, nämlich daß ich in dieser öden Heide noch einen ganzen Monat nach unserer Hochzeit leben muß, hätte ich – dann hätte ich es mir zweimal überlegt, bevor ich eingewilligt hätte.«

»Es wäre besser, so etwas nicht zu sagen, es könnte sich wie eine Lüge anhören. Es ist mir nicht bekannt, daß er seinerseits dich getäuscht hätte – ich weiß, daß es nicht so war –, was immer auf der anderen Seite der Fall gewesen sein mag.«

»Das ist einfach zuviel«, antwortete die junge Frau heiser, und ihr Gesicht wurde hochrot und ihre Augen blitzten. »Wie könnt Ihr es wagen, so mit mir zu reden? Ich muß auf der Wiederholung dessen bestehen, was ich schon vorher sagte: hätte ich gewußt, daß mein Leben von der Hochzeit an bis heute so aussehen würde, hätte ich nein gesagt. Ich beklage mich nicht. Ich habe ihm gegenüber niemals ein Wort darüber verloren, aber es ist wahr. Ich hoffe, daß Ihr in Zukunft nichts darüber sagen werdet. Wenn Ihr mir jetzt schadet, schadet Ihr Euch selbst.«

»Dir schaden? Glaubst du denn, daß ich eine böse Person bin?«

»Ihr habt mir vor meiner Heirat geschadet, und jetzt habt Ihr mich verdächtigt, daß ich von einem anderen Mann Geld für meine heimliche Gunst annehme!«

»Ich konnte nicht umhin, das anzunehmen. Aber ich habe nie außerhalb meines Hauses zu anderen über dich gesprochen.«

»Ihr habt drinnen mit Clym gesprochen, und Schlimmeres konntet Ihr nicht tun.«

»Ich habe nur meine Pflicht getan.«

»Und ich werde die meine tun.«

»Ein Teil davon wird sicher sein, ihn gegen seine Mutter aufzuhetzen. So ist es immer. Aber warum sollte mir erspart werden, was andere vor mir erleiden mußten!«

»Ich verstehe Euch«, sagte Eustacia in atemloser Erregung. »Ihr traut mir jede Schlechtigkeit zu. Was kann schlimmer sein als eine Ehefrau, die einen Geliebten ermutigt und ihren Ehemann gegen seine Mutter aufhetzt? Und tatsächlich haltet Ihr mich für eine solche Person. Wollt Ihr nicht gleich hergehen und ihn mir entreißen?«

Mrs. Yeobright gab mit gleicher Münze zurück.

»Schrei mich nicht an, es bekommt deiner Schönheit nicht, und ich bin es nicht wert, daß du sie meinetwegen ruinierst, das versichere ich dir. Ich bin nur eine arme alte Frau, die ihren Sohn verloren hat.«

»Wenn Ihr mich ehrenwert behandelt hättet, dann hättet Ihr ihn noch«, sagte Eustacia, während heiße Tränen ihre Wangen herabrollten. »Ihr habt Euch selbst einen bösen Streich gespielt und einen Bruch herbeigeführt, der nicht mehr zu heilen ist.«

»Ich habe nichts getan. Diese Frechheit von einer jungen Frau ist mehr, als ich ertragen kann.«

»Ihr habt es herausgefordert. Ihr habt mich verdächtigt und mich dazu gebracht, so über meinen Mann zu sprechen, wie ich es sonst nicht getan hätte. Wenn Ihr ihm erzählt, was ich gesagt habe, wird es Unglück über uns bringen. Wollt Ihr nicht endlich gehen? Ihr seid mir nicht wohlgesinnt!«

»Ich werde gehen, wenn ich noch ein Wort gesagt habe. Wenn irgend jemand behauptet, daß ich dich ohne guten Grund verdächtigt hätte, dann sagt derjenige die Unwahrheit. Wenn irgend jemand behauptet, ich hätte anders als auf ehrenhafte Weise versucht, die Hochzeit meines Sohnes zu verhindern, dann ist auch das die Unwahrheit. Es ist mir schlecht ergangen; Gott hat mich ungerecht behandelt, indem er dir erlaubt hat, mich zu beleidigen! Vielleicht liegt das Glück meines Sohnes nicht diesseits des Grabs, denn der ist ein törichter Mann, der den Rat seiner Eltern mißachtet. Du, Eustacia, stehst am Rande eines Abgrunds, ohne es zu wissen. Du brauchst meinem Sohn nur halb soviel Gereiztheit zu zeigen, wie du heute mir gegenüber angewandt hast – und das wird über kurz oder lang passieren –, und du wirst erleben, daß er, auch wenn er jetzt sanft wie ein Kind ist, hart wie Stahl sein kann!«

Damit ging die aufgeregte Mutter davon, und Eustacia starrte, heftig atmend, in den Teich.

Kapiel 2

Widrigkeiten säumen seinen Weg,
er jedoch singt ein Lied

Das Ergebnis jener unerfreulichen Unterhaltung war, daß Eustacia, anstatt den Nachmittag mit ihrem Großvater zu verbringen, eilig zu Clym nach Hause zurückkehrte, wo sie drei Stunden früher als erwartet ankam.

Mit hochrotem Kopf betrat sie das Haus, und ihren Augen waren noch Spuren ihrer eben erlebten Aufregung abzulesen. Yeobright sah erstaunt auf. Er hatte sie nie auch nur annähernd in einem solchen Zustand gesehen. Sie eilte an ihm vorbei und wäre unbemerkt nach oben gelangt, wenn Clym nicht so besorgt gewesen wäre, daß er ihr sogleich folgte.

»Was gibt es denn, Eustacia?« fragte er. Sie stand auf dem Teppich vor dem Kamin, sah zu Boden, die Hände

zusammengepreßt, und hatte ihr Tuch noch nicht abgenommen. Zuerst antwortete sie nicht, dann sagte sie mit
leiser Stimme:

»Ich habe deine Mutter getroffen, und ich will sie nie
wieder sehen.«

Eine Last, schwer wie ein Stein, fiel auf Clym nieder.
An diesem selben Morgen, als Eustacia vorhatte, ihren
Großvater zu besuchen, hatte Clym den Wunsch geäußert, sie möge doch nach Blooms-End hinunterfahren
und nach ihrer Schwiegermutter sehen oder irgend etwas
anderes unternehmen, wovon sie sich eine Versöhnung
versprechen würde. Sie war in fröhlicher Stimmung auf-
gebrochen und hatte große Hoffnungen gehegt.

»Warum denn?« fragte er.

»Ich weiß es nicht – ich kann mich nicht erinnern. Ich
habe deine Mutter getroffen. Und ich will sie nie wieder
sehen.«

»Warum?«

»Was weiß ich denn jetzt über Mr. Wildeve? Ich erlaube
es niemandem, böswillige Gerüchte über mich zu verbrei-
ten. Oh, es war einfach zu demütigend, gefragt zu werden, ob ich Geld von ihm erhalten hätte oder ihn ermutigt
hätte, oder irgend so etwas – ich weiß nicht genau was!«

»Wie konnte sie dich so etwas fragen?«

»Sie hat es getan.«

»Dann hatte das irgend etwas zu bedeuten. Was hat
meine Mutter noch gesagt?«

»Ich weiß nicht, was sie sagte, außer, daß wir beide
Dinge gesagt haben, die niemals verziehen werden
können!«

»Oh, das muß irgendein Mißverständnis sein. Wer war
daran schuld, daß es nicht klar wurde, was sie meinte?«

»Das kann ich nicht beurteilen. Es lag vielleicht an den
Umständen, die, um es gelinde auszudrücken, peinlich
waren. O Clym, ich muß es dir leider sagen, aber dies ist
eine unangenehme Situation, in die du mich da gebracht

hast. Doch du wirst sie verbessern, nicht wahr? Sag, daß du es tust, denn ich bin jetzt alles leid! Ja, bring mich nach Paris und nimm deinen alten Beruf wieder auf, Clym! Es ist mir gleich, wenn wir zuerst dort sehr bescheiden leben müssen, wenn es nur Paris ist und nicht die Egdon-Heide.«

»Ich habe diese Idee ganz aufgegeben«, sagte Clym überrascht. »Ich habe dir doch sicherlich keinen Grund gegeben, so etwas zu erwarten?«

»Das gebe ich zu. Doch es gibt Gedanken, derer man sich nicht erwehren kann, und so ging es mir. Habe ich denn gar nichts zu sagen, jetzt, wo ich deine Frau bin und mein Schicksal mit dir teile?«

»Nun, es gibt Dinge, die undiskutabel sind, und ich dachte, daß speziell diese Sache dazu gehörte und daß wir beide darin einig wären.«

»Clym, ich bin unglücklich über das, was ich höre«, sagte sie leise, und sie senkte ihre Augen und wandte sich ab.

Dieses Anzeichen einer stillen Hoffnung in Eustacias Busen beunruhigte Clym. Es war das erste Mal, daß er mit der weiblichen Taktik, ein Ziel auf Umwegen anzugehen, konfrontiert wurde. Aber seine Absicht stand fest, auch wenn er Eustacia sehr liebte. Die Wirkung ihrer Bemerkung auf ihn war lediglich, daß er den Beschluß faßte, sich noch enger an seine Bücher zu ketten, damit er um so eher handfeste Ergebnisse in anderer Richtung gegen ihre Ideen ins Feld führen könne.

Am nächsten Tag klärte sich das Geheimnis mit den Guineen auf. Thomasin kam auf einen kurzen Besuch, und Clym erhielt seinen Anteil aus ihren Händen. Eustacia war zu der Zeit nicht anwesend.

»Das also hat meine Mutter gemeint«, rief Clym aus. »Thomasin, weißt du, daß sie einen bitterbösen Streit miteinander hatten?«

In Thomasins Verhalten ihrem Cousin gegenüber lag

etwas mehr Zurückhaltung als früher. Es ist wohl eine Auswirkung des Ehestandes, die Zurückhaltung, welche in einer Hinsicht völlig aufgegeben wird, im Umgang mit anderen zu verstärken. »Deine Mutter sagte es mir«, sagte sie ruhig. »Sie kam zu mir nach Hause, nachdem sie Eustacia getroffen hatte.«

»Nun ist das Schlimmste, was ich befürchtet habe, eingetreten. War Mutter sehr aufgeregt, als sie zu dir kam, Thomasin?«

»Ja.«

»Wirklich sehr?«

»Ja.«

Clym stützte die Ellbogen auf den Pfosten des Gartentors und bedeckte seine Augen mit der Hand.

»Mach dir deshalb keine Sorgen, Clym. Sie werden sich vielleicht wieder versöhnen.«

Er schüttelte den Kopf. »Nicht zwei so hitzige Naturen wie diese beiden. Aber es muß wohl so kommen, wie es kommen soll.«

»Etwas Gutes hat es ja – die Guineen sind nicht verlorengegangen.«

»Ich hätte sie lieber gleich zweimal verloren, als daß dies geschehen wäre.«

Während dieser nervenaufreibenden Erlebnisse hielt Clym es für unerläßlich, einige Fortschritte bei seinem Plan für den Lehrberuf möglichst bald erkennbar werden zu lassen. Mit diesem Vorsatz las er oft bis tief in die Nacht hinein.

Eines Morgens, nachdem er eine noch anstrengendere Nacht als gewöhnlich hinter sich hatte, wachte er mit einem seltsamen Gefühl in den Augen auf. Die Sonne schien unmittelbar auf den Vorhang, und ein erster Blick dorthin verursachte ihm einen solchen Schmerz, daß er seine Augen sofort wieder schließen mußte. Bei jedem neuen Versuch, sie wieder zu öffnen, stellte sich die gleiche unnatürliche Lichtempfindlichkeit wieder ein, und beißende Tränen rannen ihm über die Wangen. Er mußte sich beim Anziehen eine Binde um den Kopf wickeln, und auch den Tag über mußte er sie umbehalten. Er war äußerst beunruhigt. Nachdem sich herausgestellt hatte, daß auch am nächsten Morgen keine Besserung eingetreten war, beschlossen sie, einen Arzt aus Anglebury kommen zu lassen.

Er kam gegen Abend und stellte eine akute Entzündung fest, die durch Clyms nächtliche Studien verursacht worden war, welchen er trotz einer vorausgegangenen Erkältung weiter nachgegangen war und die seine Augen geschwächt hatten.

Clym, der sich ob dieser Unterbrechung seiner Studien, welche er so dringend vorantreiben wollte, vor Ungeduld verzehrte, war zum Invaliden geworden. Er wurde auf ein Zimmer verbannt, das gänzlich im Dunkeln bleiben mußte, und es wäre für ihn ein völlig unerträglicher Zustand gewesen, hätte nicht Eustacia ihm beim Schimmer einer zugehängten Lampe etwas vorgelesen. Er hoffte, daß das Schlimmste bald vorbei sein würde, aber dann erfuhr er zu seinem Kummer vom Arzt bei dessen drittem Besuch, daß, obwohl er im Laufe eines Monats wieder ins Freie gehen könne, jeder Gedanke an eine Fortsetzung seiner Arbeit oder auch nur an das Lesen von Gedrucktem jeglicher Art für eine lange Zeit aufgegeben werden müsse.

Eine Woche nach der anderen verging, und nichts schien die gedrückte Stimmung des jungen Paares aufzuheitern. Eustacia wurde von schrecklichen Vorstellungen verfolgt, aber sie hütete sich, sie ihrem Mann mitzuteilen. Wenn er nun erblinden oder auch nur niemals wieder genügend Sehkraft zurückgewinnen würde, um einem Beruf nachzugehen, der ihren Vorstellungen entsprach und sie aus diesem einsamen Haus zwischen den Bergen hinwegführen würde? Jener Traum vom schönen Paris

würde sich angesichts dieses Unglücks gewiß nicht verwirklichen. Während die Tage dahingingen, ohne daß
eine Besserung eintrat, beschäftigten sich ihre Gedanken
immer mehr mit diesen traurigen Aussichten. Dann ließ
sie ihn manchmal im Zimmer allein, ging in den Garten
hinaus und vergoß vor Verzweiflung bittere Tränen.

Yeobright dachte daran, seine Mutter zu rufen, aber
dann verwarf er diesen Gedanken wieder. Sie würde nur
noch unglücklicher sein, wenn sie davon erführe, und die
Abgeschiedenheit, in der sie lebten, machte es unwahrscheinlich, daß ihr sein Zustand bekannt würde, es sei
denn durch einen eigens hingeschickten Boten. In dem
Bemühen, die Sache so gefaßt wie möglich zu nehmen,
wartete er ab, bis die dritte Woche herankam, bevor er
zum ersten Mal seit dem Beginn seiner Krankheit ins Freie
ging. Der Arzt besuchte ihn zu diesem Zeitpunkt wieder,
und Clym bat ihn eindringlich, ihm geradeheraus und
unmißverständlich seine Meinung zu sagen. Der junge
Mann erfuhr zu seiner zusätzlichen Bestürzung, daß der
Zeitpunkt, zu dem er seine Studien wieder aufnehmen
könne, so unbestimmt wie je zuvor war, da sich seine
Augen in jenem eigentümlichen Zustand befanden, welcher ihm zwar erlaubte, sich draußen aufzuhalten, aber
die Konzentration auf ein bestimmtes Objekt verbot, da
sonst die Gefahr bestand, daß sich die Bindehautentzün-
dung in ihrer akuten Form wieder einstellte.

Clym nahm diese Nachricht sehr ernst auf, aber er verzweifelte nicht. Eine ruhige Festigkeit, ja Heiterkeit ergriff ihn. Er würde nicht blind werden, das genügte.
Dazu verurteilt zu sein, die Welt für eine unbestimmte
Zeit wie durch ein Rauchglas betrachten zu müssen, war
schlimm genug und für seine Karriere verhängnisvoll.
Aber Yeobright war die Gelassenheit selbst, wenn es sich
um Unglücksfälle handelte, die nur seine gesellschaftliche
Stellung betrafen, und abgesehen von Eustacia würde ihn
das bescheidenste Leben befriedigen, wenn es nur in

irgendeiner Form mit seinen Erziehungsplänen in Verbindung gebracht werden konnte. Eine Abendschule zu Hause einzurichten wäre ein solcher Weg. Deshalb ließ er sich nicht von seinem Leiden beherrschen, so wie es vielleicht andernfalls geschehen wäre.

Er ging in der warmen Sonne westwärts, in jene Gegend der Egdon-Heide, die ihm am meisten vertraut war, da sie in der Nähe seines Elternhauses lag. In einem der Täler sah er vor sich das Aufblitzen von gewetztem Eisen, und er erkannte, wenn auch undeutlich, daß es sich um das Gerät eines Mannes handelte, der Ginster schnitt. Der Arbeiter erkannte Clym, und Clym hörte an der Stimme, daß es Humphrey war.

Humphrey drückte sein Bedauern über Clyms Zustand aus und fügte hinzu: »Ja, wenn Ihr so eine niedrige Arbeit hättet wie ich, dann könntet Ihr einfach weitermachen wie vorher.«

»Ja, das ist wahr«, sagte Clym nachdenklich. »Wieviel bekommt Ihr für das Schneiden der Büsche?«

»Eine halbe Krone für ein Hundert, und an langen Tagen wie jetzt kann ich sehr gut davon leben.«

Auf dem ganzen Weg nach Hause in Richtung Alderworth war er in Gedanken versunken, die von nicht unerfreulicher Art waren. Als er zum Haus kam, sprach ihn Eustacia von einem offenen Fenster her an, und er trat zu ihr.

»Liebling«, sagte er, »ich fühle mich viel besser. Und wenn meine Mutter sich wieder mit uns vertragen würde, wäre ich, glaube ich, ganz glücklich.«

»Ich fürchte, das wird nie sein«, sagte sie und schaute mit ihren schönen, wilden Augen in die Ferne. »Wie kannst du sagen, daß du glücklicher bist, wenn sich nichts geändert hat?«

»Es kommt daher, daß ich endlich etwas entdeckt habe, was ich tun kann und was uns in dieser Unglückszeit etwas einbringt.«

»Ja?«

»Ich will ein Ginsterschneider und Torfstecher werden.«

»Nein, Clym!« sagte sie, und der leichte Hoffnungsschimmer, der zunächst auf ihrem Gesicht erschienen war, verschwand, und sie war niedergeschlagener als zuvor.

»Doch, das werde ich tun. Ist es nicht sehr unklug von uns, das wenige Geld, das wir haben, einfach auszugeben, wenn ich durch eine ehrenhafte Beschäftigung die Ausgaben gering halten könnte? Die Bewegung im Freien wird mir gut tun, und wer weiß, vielleicht werde ich in ein paar Monaten schon in der Lage sein, meine Studien wieder aufzunehmen.«

»Aber mein Großvater hat uns Unterstützung angeboten, falls wir sie brauchen.«

»Wir brauchen sie nicht. Wenn ich Ginster schneiden gehe, wird es uns ganz gut gehen.«

»Im Vergleich zu Sklaven oder den Juden in Ägypten und solchen Leuten!« Eine bittere Träne rollte Eustacias Wange hinab, aber er sah es nicht. Es hatte eine Nonchalance in seiner Stimme gelegen, die ihr zeigte, daß er nicht ganz unglücklich war bei einem Entschluß, der ihr absolut schrecklich erschien.

Gleich am nächsten Tag ging Yeobright zu Humphreys Hütte und lieh sich von ihm Beinschützer, Handschuhe, einen Wetzstein und ein Schneidegerät aus. Er wollte die Dinge benutzen, bis er in der Lage wäre, sie sich selbst anzuschaffen. Dann machte er sich zusammen mit seinem neuen Arbeitskameraden und alten Bekannten auf, um eine Stelle auszusuchen, wo der Ginster am dichtesten stand. Dort tat er den ersten Hieb in seinem neu angenommenen Beruf. Seine Sehkraft war wie die Flügel in *Rasselas*[1] für sein Gewerbe ausreichend, auch wenn sie für sein großes Vorhaben nicht genügte, und er fand, daß er, wenn seine Handflächen nach einiger Übung gegen Blasenbil-

dung abgehärtet seien, wohl in der Lage wäre, die Arbeit
mit Leichtigkeit zu verrichten.

Jeden Morgen erhob er sich bei Sonnenaufgang,
schnallte sich die Beinschützer um und ging davon, um
Humphrey zu treffen. Er arbeitete gewöhnlich von vier
Uhr morgens bis zum Mittag. Wenn die Mittagshitze am
größten war, ging er nach Hause, um ein bis zwei Stunden
zu schlafen. Danach ging er wieder hinaus und arbeitete
bis zur Abenddämmerung gegen neun Uhr.

Dieser Mann aus Paris war nun durch seine Lederaus-
stattung und Schutzbrille, die er tragen mußte, derart verkleidet, daß sein engster Freund an ihm hätte vorbeigehen
können, ohne ihn zu erkennen. Er war nicht mehr als ein
brauner Fleck inmitten eines ausgedehnten, olivgrünen
Stechginsterfeldes. Obwohl er häufig niedergeschlagen
war, wenn er nicht arbeitete, weil er dann an Eustacias
Situation und die Entfremdung von seiner Mutter denken
mußte, war er doch während der Arbeit ruhig und bei
guter Stimmung.

Sein tägliches Leben besaß nun eine eigenartig mikro-
skopische Dimension, da seine ganze Welt auf einen
Umkreis von nur etwa einem Meter beschränkt war. Seine
nächsten Vertrauten waren kriechende und geflügelte
Wesen, und sie schienen ihn in ihren Kreis aufzunehmen.
Bienen summten anscheinend vertraulich um seine Ohren
und sogen an Heide- und Ginsterblüten neben ihm in
so großer Zahl, daß sie sie beinahe zur Erde niederzo-
gen. Die seltsamen, bernsteinfarbenen Schmetterlinge,
die die Egdon-Heide hervorbrachte und die man niemals
anderswo sah, flatterten im Hauch seines Atems, ließen
sich auf seinem gebeugten Rücken nieder und tummelten
sich um die glitzernde Spitze seines Geräts, während er es
hoch- und niederschwang. Ganze Scharen von smaragd-
grünen Grashüpfern sprangen über seine Füße und fielen ungeschickt, ungeübten Akrobaten gleich, entweder
auf den Rücken, den Kopf oder auf die Seite. Andere flir-

teten geräuschvoll unterm Farnblattwerk mit den Stillen in schlichter Färbung. Riesige, äußerst wilde Fliegen, die weder Speisekammer noch Fliegendraht kannten, brummten um ihn herum, ohne zu wissen, daß er ein Mensch war. Durch die Farnmulden wanden sich Schlangen in schillerndem Blau und Gelb, denn es war die Zeit, wo sie gerade ihre alte Haut abgestreift hatten und ihre Farben am leuchtendsten waren. Junge Kaninchen kamen in Scharen aus ihrem Bau, um sich auf den Hügeln zu sonnen, und die warmen Strahlen drangen durch die zarte Haut eines jeden dünnfleischigen Hasenohrs, so daß sie durchsichtig schienen und die Adern zu erkennen waren. Keiner von ihnen fürchtete sich vor ihm.

Die Gleichförmigkeit seiner Beschäftigung beruhigte Clym und bedeutete ihm Befriedigung. Die erzwungene Begrenzung seines Bemühens bot dem ehrgeizlosen Mann eine Rechtfertigung für seine schlichte Beschäftigung. Im Vollbesitz seiner Kräfte hätte ihm sein Gewissen schwerlich erlaubt, sich derart von der Öffentlichkeit zurückzuziehen. Daher kam es, daß Yeobright manchmal vor sich hin sang, und wenn er Humphrey bei der Suche nach Ruten zum Zubinden der Reisigbündel begleitete, dann unterhielt er seinen Genossen mit Erzählungen über das Leben und Treiben in Paris und verkürzte sich auf diese Weise die Zeit.

An einem jener warmen Nachmittage ging Eustacia allein in Richtung der Gegend spazieren, wo Clym arbeitete. Er war gerade damit beschäftigt, den Ginster zu schneiden, und eine lange Reihe von Bündeln, die sich hinter ihm angesammelt hatte, zeugte von der Mühe des Tages. Er hatte sie nicht kommen sehen, und als sie in seine Nähe trat, hörte sie ihn leise singen. Das empörte sie. Ihn hier als armen, behinderten Mann vorzufinden, der im Schweiße seines Angesichts sein Geld verdiente, hatte sie zunächst zu Tränen gerührt. Aber ihn singen zu hören und ihn durchaus nicht gegen die Beschäftigung rebellieren zu sehen, welche für sie entwürdigend war, wie befriedigend sie auch immer für ihn sein mochte, das demütigte und verletzte sie, die gebildete Ehefrau und Lady, zutiefst. Sich ihrer Gegenwart nicht bewußt, sang er noch weiter:

> *Le point du jour*
> *A nos bouquets rend toute leur parure;*
> *Flore est plus belle à son retour;*
> *L'oiseau reprend doux chant d'amour*
> *Tout célèbre dans la nature*
> *Le point du jour.*

> *Le point du jour*
> *Cause parfois, cause douleur extrême;*
> *Que l'espace des nuits est court*
> *Pour le berger brûlant d'amour,*
> *Forcé de quitter ce qu'il aime*
> *Au point du jour!*[2]

Es wurde Eustacia schmerzlich bewußt, daß ihm der gesellschaftliche Abstieg gleichgültig war, und die stolze, schöne Frau senkte den Kopf und weinte in tiefer Verzweiflung bei dem Gedanken an die vernichtende Wirkung, die diese Stimmungslage auf ihr eigenes Leben haben würde. Dann trat sie zu ihm.

»Ich würde lieber hungern als diese Arbeit tun!« rief sie heftig aus. »Und du kannst singen! Ich werde zu meinem Großvater zurückgehen!«

»Eustacia! Ich habe dich nicht gesehn, obwohl ich sah, daß etwas sich bewegte«, sagte er sanft. Er trat zu ihr, streifte seinen riesigen Lederhandschuh ab und nahm ihre Hand. »Warum sagst du so etwas? Es ist doch nur ein kleines altes Lied, das mir gefiel, als ich in Paris war, und jetzt paßt es so gut zu meinem Leben mit dir. Liebst du mich denn jetzt nicht mehr, weil ich nicht mehr wie ein feiner Gentleman aussehe?«

»Liebster, du darfst mich nicht so Unangenehmes fragen, sonst liebe ich dich vielleicht deswegen nicht mehr.«

»Hältst du es wirklich für möglich, daß ich das riskieren würde?«

»Na ja, du verfolgst deine eigenen Pläne und willst nicht auf mich hören, wenn ich dich darum bitte, mit dieser entwürdigenden Arbeit aufzuhören. Hast du irgend etwas gegen mich, daß du so gegen meine Wünsche handelst? Ich bin deine Frau; warum hörst du nicht auf mich? Ja, ich bin halt deine Frau!«

»Ich weiß, was dieser Ton bedeutet.«

»Was für ein Ton?«

»Der Ton, in dem du sagtest, ›Ich bin halt deine Frau‹. Du willst sagen, ›Ich bin leider deine Frau‹.«

»Es ist recht gefühllos von dir, mich mit dieser Bemerkung treffen zu wollen. Eine Frau mag zu einer solchen Bemerkung Grund haben, auch wenn sie nicht herzlos ist – und wenn ich dachte, leider, so war es kein unedles Gefühl, es war nur allzu natürlich. Nun siehst du jedenfalls, daß ich keinen Versuch mache, die Wahrheit zu vertuschen. Erinnerst du dich daran, als ich dich vor unserer Heirat davor warnte, daß ich kein Talent zu einer guten Ehefrau besäße?«

»Du machst dich lustig über mich, wenn du das jetzt sagst. Gerade in diesem Punkt solltest du besser schweigen, denn du bist immer noch meine Königin, obwohl ich vielleicht nicht länger dein König sein kann.«

»Du bist mein Ehemann. Genügt dir das nicht?«

»Nur, wenn du es nicht bedauerst, meine Frau zu sein.«

»Ich kann dir darauf nicht antworten. Ich erinnere mich, gesagt zu haben, daß du es nicht leicht mit mir haben würdest.«

»Ja, das wußte ich.«

»Dann wußtest du das zu bald! Kein richtiger Liebhaber hätte so etwas überhaupt bemerkt; du urteilst zu hart über mich, Clym – ich mag es gar nicht, wenn du so mit mir sprichst.«

»Nun, ich habe dich trotzdem geheiratet und bereue es auch nicht. Wie kalt du heute wirkst! Und ich hatte immer gedacht, es gäbe keinen warmherzigeren Menschen als dich.«

»Ja, ich fürchte, wir entfernen uns voneinander – ich sehe es genau wie du«, seufzte sie traurig. »Und noch vor zwei Monaten liebten wir uns wie wahnsinnig! Du wurdest nicht müde, mich anzusehen, und auch ich konnte dich immerfort betrachten. Wer hätte damals gedacht, daß dir meine Augen nun nicht mehr so leuchtend erscheinen oder deine Lippen nicht mehr so süß auf den meinen ruhen? Zwei Monate – ist es möglich? Ja, es ist nur zu wahr!«

»Du seufzt, Liebes, als ob es dir leid täte, und das ist ein gutes Zeichen!«

»Nein, deshalb seufze ich nicht. Es gibt andere Dinge, weswegen ich seufze, so wie das jede andere Frau an meiner Stelle auch tun würde.«

»Daß du dir dein Glück verscherzt hast, indem du voreilig einen erfolglosen Mann geheiratet hast?«

»Warum zwingst du mich dazu, Clym, solch bittere Worte zu sagen? Ich verdiene genauso viel Mitleid wie du. Genauso viel? – Ich glaube, sogar mehr. Denn du kannst singen! Das müßte schon ganz eigenartig zugehen, wenn man mich unter einer solchen Last singen hören könnte. Glaube mir, Liebling, ich könnte weinen, daß es einen Menschen, der sich so leicht von einem Schock erholt wie du, erstaunen und verwirren würde. Selbst wenn dir dein eigenes Mißgeschick gleichgültig ist, hättest du das Singen unterlassen können, aus purem Mitleid mit mir. Mein Gott, wäre ich ein Mann in einer solchen Lage, ich würde fluchen anstatt zu singen.«

Yeobright legte seine Hand auf ihren Arm. »Nun, mein unerfahrenes Mädchen, glaube doch nur ja nicht, daß

nicht auch ich in hoch erhabener Prometheus-Manier
gegen die Götter und das Schicksal genau wie du rebellieren könnte. Ich habe mehr von solchem Rauch und
Dampf erlebt, als du je auch nur gehört hast. Aber je mehr
ich vom Leben sehe, desto mehr erkenne ich, daß am
sogenannten großen Leben nichts besonders Großartiges
dran ist und deshalb nichts unbedingt Minderwertiges an
dem meinen als Ginsterschneider. Wenn ich davon überzeugt bin, daß die höchsten Segnungen, die uns das
Schicksal bescheren kann, nicht sehr wertvoll sind, wie
kann ich mich dann grämen, wenn sie mir entzogen werden? Und so singe ich zum Zeitvertreib. Hast du wirklich
deine ganze Zuneigung zu mir verloren, daß du mir ein
paar heitere Augenblicke mißgönnst?«

»Ich empfinde immer noch ein wenig Zärtlichkeit für
dich.«

»Deine Worte haben nicht mehr den alten Klang. So
stirbt also die Liebe zusammen mit Glück und Wohlergehen!«

»Ich kann so etwas nicht anhören, Clym – es wird ein
bitteres Ende nehmen«, sagte sie mit gebrochener
Stimme. »Ich werde nach Hause gehen.«

Kapitel 3

Sie geht aus, um ihre Niedergeschlagenheit zu bekämpfen

Wenige Tage später, noch bevor der Monat August zu
Ende war, saßen Eustacia und Yeobright bei ihrem frühen
Abendessen. Eustacias Verhalten war in letzter Zeit fast
apathisch zu nennen. Ihre schönen Augen hatten einen
hoffnungslosen Ausdruck, welcher, ob sie es nun ver-

diente oder nicht, Mitleid in jedem hervorgerufen hätte, der sie zur Blütezeit ihrer Liebe zu Clym erlebt hätte. Das Lebensgefühl der beiden Eheleute stand bis zu einem gewissen Grade in umgekehrtem Verhältnis zu ihrer jeweiligen Lage. Clym, der kranke Mann, war heiter und versuchte sogar, sie zu trösten – sie, die doch noch niemals in ihrem ganzen Leben auch nur einen Augenblick körperlicher Pein erlebt hatte.

»Komm, sei wieder fröhlich, Liebste, es wird schon wieder werden mit uns. Eines Tages werde ich wieder so gut sehen können wie früher. Und ich verspreche dir hoch und heilig, daß ich das Ginsterschneiden aufgebe, sobald ich etwas Besseres tun kann. Du kannst doch nicht ernsthaft von mir erwarten, daß ich den ganzen Tag zu Hause müßig herumsitze?«

»Aber es ist so schrecklich – ein Ginsterschneider! Du bist doch ein Mann, der die Welt kennt und französisch und deutsch spricht und der zu viel mehr befähigt ist als zu dem hier.«

»Ich nehme an, als du mich das erste Mal sahst und von mir gehört hast, da war ich in deinen Augen mit einer Art Heiligenschein umgeben, ein Mann, der wundervolle Dinge kennt und an großartigen Begebenheiten teilgenommen hat, kurz, ein anbetungswürdiger, wundervoller und attraktiver Held?«

»Ja«, sagte sie unter Schluchzen.

»Und jetzt bin ich ein armer Kerl in brauner Lederkleidung.«

»Du brauchst mich nicht zu verhöhnen. Aber genug davon. Ich will nicht mehr traurig sein. Ich möchte heute nachmittag ausgehen, es sei denn, du hast etwas dagegen einzuwenden. Es soll in East Egdon ein Dorfpicknick stattfinden – sie nennen es ein Zigeunerfest – und ich werde hingehen.«

»Um zu tanzen?«

»Warum nicht? Du kannst ja auch singen.«

»Gut, gut, wie du willst. Muß ich dich abholen kommen?«

»Wenn du früh genug von deiner Arbeit zurück bist. Aber bemühe dich nur nicht deswegen. Ich kenne den Weg nach Hause, und die Heide macht mir keine Angst.«

»Machst du dir denn soviel aus einer Belustigung, daß du den ganzen Weg zu dem Dorffest allein gehen willst?«

»Aha, du willst nicht, daß ich allein gehe! Clym, bist du eifersüchtig?«

»Nein, aber ich würde mit dir kommen, wenn es dir Freude macht, obwohl du, wie die Dinge stehen, vielleicht mehr als genug von mir hast. Trotzdem, irgendwie wollte ich, daß du nicht gehen möchtest. Ja, vielleicht bin ich eifersüchtig. Und wer könnte mehr Grund zur Eifersucht haben als ich, ein halbblinder Mann mit einer Frau wie dir?«

»Denk nicht so etwas. Laß mich gehen, und verdirb mir nicht meine gute Laune!«

»Lieber würde ich die meine verlieren, liebes Weib. Geh nur und tu, was du willst. Wer kann es dir verbieten, einer Laune nachzugeben? Ich liebe dich noch, glaube ich, von ganzem Herzen, und da du es mit mir aushältst, wo ich dir doch in Wirklichkeit nur eine Last bin, schulde ich dir nur Dank. Ja, geh nur allein und zeige dich. Was mich angeht, so will ich mich in mein Unglück fügen. Bei einer solchen Gelegenheit würden mich die Leute nur meiden. Mein Gerät und meine Handschuhe sind wie die Lazarusklapper eines Aussätzigen[3], welche alle Welt warnt, einem Anblick aus dem Wege zu gehen, der ihr die Stimmung verderben könnte.« Er küßte sie, zog seine Beinschoner an und ging hinaus.

Als er gegangen war, stützte sie den Kopf in die Hände und sagte zu sich selbst: »Zwei Leben vergeudet – seines und meines. Und das hat mir geschehen müssen! Werde ich darüber noch den Verstand verlieren?«

Sie suchte in Gedanken nach irgendeiner Möglichkeit, die auch nur ein wenig Besserung für die bestehenden Verhältnisse bieten könnte, und vermochte doch keine zu finden. Sie dachte an all jene in Budmouth, die, würden sie erfahren, was aus ihr geworden war, sagen würden: »Sieh dir das Mädchen an, für das niemand gut genug war!« Eustacia empfand ihre Lage als eine solche Verhöhnung ihrer Hoffnungen, daß ihr der Tod als der einzige Ausweg erschien, sollte der Himmel seine Verhöhnung noch weiter treiben.

Plötzlich raffte sie sich auf und rief aus: »Aber ich will mich davon befreien! Ja, das werde ich tun! Niemand soll mir meinen Kummer ansehen. Ich will bitter sein in meiner Fröhlichkeit und sarkastisch in meiner Freude, und ich will höhnisch lachen! Und ich fange damit an, indem ich zu diesem Tanz auf der Wiese gehe.«

Sie ging ins Schlafzimmer hinauf und zog sich sorgfältig an. Einem Betrachter wäre ihre Schönheit fast als Rechtfertigung ihrer Gefühle erschienen. Die hoffnungslose Lage, in die sowohl Zufall wie Unbedachtsamkeit diese Frau gebracht hatten, hätte vielleicht auch einem nur gemäßigten Sympathisanten das Gefühl vermittelt, sie habe triftige Gründe, die himmlischen Mächte zu fragen, mit welchem Recht ein Wesen von solch erlesener Beschaffenheit in Umstände versetzt worden war, in denen ihre Reize eher einem Fluch als einem Glück gleichkommen mußten.

Es war fünf Uhr nachmittags, als sie, zu ihrem Gang gerüstet, aus dem Haus trat, und ihre Erscheinung machte genug her für zwanzig neue Eroberungen. Die aufbegehrende Traurigkeit, die noch allzu offenkundig war, als sie sich ohne Haube im Haus aufhielt, war verdeckt und gemildert durch ihre Ausgehkleidung. Diese hatte immer etwas Unbestimmbares an sich und wies nirgends unsanfte Konturen auf, so daß ihr Gesicht aus seiner Umgebung heraus wie aus einer Wolke hervorzuschauen

schien, ohne daß trennende Linien zwischen Gesicht und
Kleidung erkennbar waren. Die Hitze des Tages hatte sich
zu diesem Zeitpunkt nur wenig abgeschwächt, und Eustacia ging ohne Hast über die sonnigen Hügel, da noch
genügend Zeit für ihren gemächlichen Ausflug vorhanden
war. Hohe Farne begruben sie unter ihren Wedeln, wann
immer ihr Pfad durch sie hindurchführte, Farne, die
nun einem Miniaturwald glichen, obgleich keiner seiner
Stämme bleiben würde, um im nächsten Jahr wieder aus-
zuschlagen.

Der Schauplatz des Dorffestes war eine jener Oasen, die
einer Wiese glichen und die man gelegentlich, wenn auch
nicht häufig, auf der Hochebene des Heidebezirks finden
konnte. Ginster und Farne säumten in scharfer Abgren-
zung den Platz, welcher gleichmäßig von Gras bewachsen
war. Am Rande führte ein grüner Viehpfad vorbei, ohne
jedoch den Schutz der Farne zu verlassen, und diesem
Pfad folgte Eustacia, damit sie die Menge in Augenschein
nehmen konnte, bevor sie selbst hinzutrat. Die lustigen
Klänge der Kapelle aus East Egdon hatten sie untrüglich
geleitet, und nun sah sie die Musiker selbst, die auf einem
blauen Wagen mit roten Rädern saßen, welche wie neu
aufpoliert worden waren und durch deren Speichen man
mit Schleifen und Blumen geschmückte Gerten gewunden
hatte. Davor fand der große zentrale Tanz von fünfzehn
bis zwanzig Paaren statt, welcher von Tänzern geringerer
Begabung flankiert wurde, deren Bewegungen nicht
immer mit dem Takt der Musik in Einklang standen.

Die jungen Burschen trugen blaue und weiße Rosetten
und tanzten hochroten Kopfes mit den Mädchen, deren
Gesichter vor lauter Aufregung und Anstrengung das
Rosarot ihrer Schleifen übertrafen. Schönheiten mit lan-
gen und kurzen Haaren, Ringellocken und Zöpfen wir-
belten durcheinander, und ein Betrachter würde sich mit
Recht gewundert haben, daß eine solch ansprechende
Auswahl von jungen Frauen gleicher Erscheinung, glei-

chen Alters und gleichen Temperaments in nur ein oder
zwei Dörfern zu finden war. Im Hintergrund tanzte ein
einzelner Mann glücklich für sich allein. Er hatte die
Augen geschlossen und schien seine Umgebung ganz vergessen zu haben. Unter dem Stumpf eines Dornbusches,
ein paar Schritte weiter entfernt, brannte ein Feuer, und
drei Kessel hingen in einer Reihe darüber. Gleich daneben
stand ein Tisch, wo ein paar ältere Damen Tee bereiteten.
Eustacia suchte jedoch vergebens unter ihnen die Frau des
Viehhändlers, welche sie eingeladen und ihr versprochen
hatte, einen liebenswürdigen Empfang für sie zu arrangieren.

Die unerwartete Abwesenheit der einzigen Bekannten
beeinträchtigte ihre Pläne für einen ausgelassenen, fröhlichen Nachmittag erheblich. An der Festlichkeit teilzunehmen wurde nun zu einem Problem, auch wenn
freundliche Damen sie vielleicht mit einer vollen Teetasse
begrüßen und mit ihr als einer Fremden voll überlegenen
Charmes und Wissens einiges hermachen würden. Nachdem sie die Gesellschaft zwei Tänze lang beobachtet hatte,
beschloß sie, noch ein wenig weiter zu gehen, um vielleicht in einer Hütte eine Erfrischung zu bekommen,
bevor sie sich in der Dämmerung auf den Heimweg
machen würde.

Dies tat sie denn auch, und als sie wieder denselben Weg
in Richtung des festlichen Treibens zurückging (was notwendig war, um auf den Weg nach Alderworth zurückzu-
kommen), ging gerade die Sonne unter. Die Luft war jetzt
so still, daß sie die Kapelle von weitem hören konnte, die,
falls das möglich war, mit noch mehr Schwung als zuvor
zu spielen schien. Als sie den Hügel erreicht hatte, war die
Sonne ganz verschwunden, aber dies machte für Eustacia
und auch für die Festteilnehmer keinen großen Unterschied, denn ein runder gelber Mond stieg auf, auch wenn
seine Strahlen noch nicht diejenigen von Westen her übertrafen. Der Tanz ging auf die gleiche Art weiter, aber es

waren nun Fremde hinzugekommen, die einen Kreis um die Tänzer gebildet hatten, so daß sich Eustacia ohne Gefahr, erkannt zu werden, unter sie mischen konnte.

Die dörflichen Sinnesfreuden, welche das ganze Jahr über hier und da verteilt waren, wallten nun im Brennpunkt einer Stunde auf. Die vierzig Herzen jener sich drehenden Paare schlugen so hoch, wie seit zwölf Monaten nicht mehr, nämlich damals, als sie zu einer ähnlichen Lustbarkeit zusammengekommen waren. Für den Augenblick war in ihren Herzen das Heidentum wiederauferstanden, der Lebensstolz war alles, was zählte, und sie liebten niemanden als sich selbst.

Wie viele jener leidenschaftlichen, aber nur flüchtigen Umarmungen dazu bestimmt waren, sich zu festeren Bindungen zu entwickeln, darüber machten sich wohl manche derjenigen ihre Gedanken, die in ihnen schwelgten, wie auch Eustacia, die dabei zusah. Sie begann, jene pirouettendrehenden Tänzer zu beneiden und sich nach der Hoffnung und dem Glück zu sehnen, welches der Zauber des Tanzes in ihnen hervorzurufen schien. Da sie selbst liebend gerne tanzte, war es eine ihrer Erwartungen im Zusammenhang mit Paris gewesen, daß sie dort die Möglichkeit haben würde, diesem bevorzugten Zeitvertreib zu frönen. Aber zu ihrem Unglück war diese Erwartung nun für immer in ihr enttäuscht worden.

Während sie gedankenversunken bei dem heller werdenden Mondlicht dem Hin und Her der Tänzer zuschaute, hörte sie plötzlich, wie jemand über ihre Schulter hinweg ihren Namen flüsterte. Als sie sich überrascht umsah, erblickte sie dicht neben sich jemanden, dessen Gegenwart ihr augenblicklich das Blut in den Kopf schießen ließ.

Es war Wildeve. Bis zu diesem Augenblick hatte er sie, seit jenem Morgen seiner Hochzeit in der Kirche, nicht mehr gesehen. Damals hatte sie ihn erschreckt, als sie ihren Schleier hob und sich bereit fand, als Trauzeuge zu fungieren. Warum jedoch sein Anblick nun in ihr eine solche Blutwelle hochsteigen ließ, das konnte sie sich nicht erklären.

Bevor sie etwas sagen konnte, flüsterte er: »Tanzt du immer noch so gern?«

»Ich glaube ja«, antwortete sie mit leiser Stimme.

»Willst du mit mir tanzen?«

»Das wäre eine Abwechslung für mich, aber würde es nicht eigenartig aussehen?«

»Was kann denn schon Eigenartiges dabeisein, wenn Verwandte miteinander tanzen?«

»Ach ja – Verwandte. Vielleicht nichts.«

»Wenn du aber nicht gesehen werden willst, dann laß doch deinen Schleier herab, obwohl man bei dieser Beleuchtung kaum erkannt werden kann. Es sind auch eine Menge Fremde hier.«

Sie tat, was er vorgeschlagen hatte, und dies war die stillschweigende Zusage, daß sie seinen Vorschlag annahm.

Wildeve bot ihr seinen Arm und führte sie an der Außenseite des Kreises zum Anfang des Tanzes, wo sie sich dann in den Kreis einordneten. Nach weiteren zwei Minuten waren sie inmitten der Tanzfigur und begannen, sich zur Spitze hin fortzubewegen. Sie hatten noch nicht die Hälfte hinter sich, als Eustacia mehr als einmal bereute, seiner Bitte nachgekommen zu sein. Von der Mitte bis zum Ende jedoch fand sie, daß es, da sie des Vergnügens wegen gekommen war, nur natürlich sei, diesem nun auch nachzugehen. Als schließlich das unaufhörliche Gleiten und Drehen anfing, welches ihnen ihre neue Stellung als erstes Paar gestattete, begann Eustacias Puls zu hoch zu schlagen, als daß sie noch Zeit für weitere Grübeleien gefunden hätte.

Sie schlängelten sich wirbelnd durch eine Gasse von fünfundzwanzig Paaren, und Eustacia wurde von einer neuen Lebenskraft erfüllt. Das blasse Licht der Nacht verlieh dem Erlebnis etwas Faszinierendes. Es gibt einen gewissen Winkel und eine Tönung des Lichts, wodurch das Gleichgewicht der Sinne gestört und auf gefährliche Art und Weise zartere Gefühle hervorgerufen zu werden scheinen. Kommt noch Bewegung dazu, dann steigern sich die Gefühle übermäßig, und im umgekehrten Verhältnis wird der Verstand schläfrig und unachtsam. Und dieses Licht schien nun von der Mondscheibe auf die beiden herab. Alle Tänzerinnen spürten diese Symptome, aber Eustacia spürte sie am meisten von allen. Das Gras unter ihnen war niedergetreten, und die abgenutzte Wiesenfläche erschien, gegen das Mondlicht gesehen, wie ein blankgeputzter Tisch. Die Luft wurde ganz still. Die Fahne am Wagen, auf welchem sich die Musiker befanden, hing schlaff an der Stange, und die Spieler zeichneten sich wie Schattenrisse gegen den Himmel ab. Dann und wann blitzten die runden Trichter der Posaune, der Ophikleide[4] und des Waldhorns wie riesige Augen aus dem Schatten ihrer Umrisse auf. Die hübschen Kleider der Mädchen verloren ihre zarten Farben und schienen nun mehr oder weniger verschwommen weiß zu sein. Eustacia schwebte an Wildeves Arm dahin, und ihr Gesicht erschien entrückt und statuenhaft. Ihre Seele war aus ihren selbstvergessenen Zügen geschwunden, die nun leer und reglos schienen, so wie es immer geschieht, wenn das Gefühl über das Ausdrucksvermögen hinausgeht.

Wie nahe sie Wildeve war! Es war beängstigend, darüber nachzudenken. Sie konnte seinen Atem spüren und er den ihren natürlich auch. Wie schlecht hatte sie ihn behandelt! Und doch waren sie nun hier und tanzten zum gleichen Takt. Die Verzauberung durch den Tanz überraschte sie. Eine klare Linie trennte wie ein fester Zaun ihr Lebensgefühl innerhalb dieses Irrgartens von ihrem Lebensgefühl außerhalb dieses Kreises. Es schien ihr, als habe eine atmosphärische Veränderung stattgefunden, seitdem sie zu tanzen angefangen hatte. Außerhalb war sie im Vergleich zu den tropischen Empfindungen, die sie nun erfuhr, in arktische Kälte getaucht gewesen. Sie hatte den Tanz aus den kummervollen Stunden ihres jetzigen Daseins heraus begonnen wie jemand, der nach einem Nachtspaziergang im Wald plötzlich eine hell erleuchtete Kammer betritt. Wildeve allein hätte nur eine kleine Aufregung bedeutet, aber seine Anwesenheit zusammen mit dem Tanz, dem Mondlicht und der Heimlichkeit fing an, ihr Vergnügen zu machen. Ob seine Person einen größeren Anteil an diesem süßen, vielschichtigen Gefühl hatte, oder ob dem Tanz und dem Schauplatz größeres Gewicht zukam, das war ein heikler Punkt, über den sich Eustacia selbst völlig im unklaren war.

Die Leute begannen zu fragen, wer die beiden seien, aber es wurden keine boshaften Fragen gestellt. Hätte sich Eustacia im Alltag unter die anderen Mädchen gemischt, wäre die Sache anders gewesen; hier wurde sie nicht durch aufdringliche Blicke belästigt, denn das Ereignis brachte bei allen größtmögliche Anmut hervor. Wie beim Planeten Merkur, wenn er vom Glanz des Sonnenuntergangs umgeben ist, so blieb auch ihre unwandelbare Schönheit in der flüchtigen Pracht des Augenblicks fast unbemerkt.

Was Wildeve anbetraf, so sind seine Gefühle leicht zu erraten. Hindernisse waren ihm für seine Liebe wie wärmender Sonnenschein, und er befand sich in diesem Moment in einem Delirium köstlichen Elends. Für fünf Minuten eine Frau als die Seine in den Armen zu halten, welche das übrige Jahr hindurch einem anderen angehörte, das war etwas, das er vor allen anderen Männern am meisten zu schätzen wußte. Seit langem hatte er sich wieder nach Eustacia zu sehnen begonnen. Man konnte tatsächlich fast behaupten, daß seine und Thomasins Unterschrift unter die Heiratsurkunde für sein Herz das natürliche Signal war, zu seiner früheren Liebe zurückzukehren; ja, jene zusätzliche Komplikation, Eustacias Heirat, trug dazu bei, diese Rückkehr zwingend werden zu lassen.

Daher war aus unterschiedlichen Gründen das, was für die übrigen eine erregende Bewegung war, für diese beiden ein Tanz auf dem Vulkan. Er wirkte wie ein unwiderstehlicher Angriff auf jegliches Gefühl für gesellschaftliche Ordnung, das sie in sich haben mochten, und schien sie auf alte Wege zurückzuführen, die nun doppelt versperrt waren. Sie tanzten drei aufeinanderfolgende Tänze. Dann verließ Eustacia, ermüdet von der unaufhörlichen Bewegung, den Kreis, in dem sie schon zu lange geblieben war. Wildeve führte sie zu einer grasbewachsenen Mulde in der Nähe, wo sie sich nun niederließ, während ihr Partner neben ihr stehenblieb. Von dem Augenblick an, als er sie vor dem Tanz ansprach, bis zu diesem Zeitpunkt hatten sie kein Wort miteinander gewechselt.

»Hat dich der Tanz und der Weg ermüdet?« fragte er zärtlich.

»Nein, nicht besonders.«

»Es ist eigenartig, daß wir uns ausgerechnet hier wieder treffen, nachdem wir uns so lange nicht getroffen haben.«

»Wir haben uns nicht getroffen, weil wir versucht haben, uns nicht zu treffen, nehme ich an.«

»Ja, aber du hast damit angefangen, indem du ein Versprechen nicht gehalten hast.«

»Es hat wohl kaum Sinn, jetzt davon anzufangen. Wir sind seitdem andere Bindungen eingegangen – du genau wie ich.«

»Es tut mir leid, daß dein Mann krank ist.«

»Er ist nicht krank – nur behindert.«

»Ja, das meine ich. Du tust mir wirklich deswegen leid. Das Schicksal ist grausam mit dir umgegangen.«

Sie schwieg eine Weile. »Hast du gehört, daß er nun als Ginsterschneider arbeitet?« fragte sie mit leise klagender Stimme.

»Man hat es mir erzählt«, sagte Wildeve zögernd, »aber ich habe es nicht recht geglaubt.«

»Es ist wahr. Was hältst du von mir als Frau eines Ginsterschneiders?«

»Ich halte immer noch das gleiche wie eh und je von dir,
Eustacia. Nichts dergleichen kann dich entwürdigen: du
veredelst die Arbeit deines Mannes.«

»Ich wünschte, ich könnte das so empfinden.«

»Gibt es denn eine Hoffnung dafür, daß sich Mr. Yeobrights Zustand bessern wird?«

»Er glaubt es, ich bezweifle es aber.«

»Ich war ziemlich überrascht, daß er ein Haus in der
Heide gemietet hat. Ich und auch andere Leute dachten,
daß er dich gleich nach der Hochzeit nach Paris mitnehmen würde. ›Was für eine freundliche, helle Zukunft vor
ihr liegt‹, dachte ich. Er wird doch dorthin mit dir zurückgehen, wenn seine Sehkraft wiederhergestellt ist?«

Als er bemerkte, daß sie nicht antwortete, betrachtete
er sie genauer. Sie war dem Weinen nahe. Vorstellungen
von einer Zukunft, die sich nicht verwirklichen würde,
das wiedererwachte Gefühl bitterer Enttäuschung, die
Aussicht auf den Spott der Nachbarn, die Wildeves Worte
hervorriefen, all das war zuviel für den Gleichmut der
stolzen Eustacia.

Wildeve konnte kaum seine eigenen allzu starken
Gefühle für sie beherrschen, als er ihre schweigende Verwirrung sah. Aber es gelang ihm, den Anschein zu erwek-
ken, nichts bemerkt zu haben, und sie gewann bald ihre
Fassung zurück.

»Du hast doch nicht vorgehabt, allein nach Hause zu
gehen?« fragte er.

»O doch«, sagte Eustacia. »Was könnte mir in dieser
Heide zustoßen, wo ich doch nichts habe?«

»Mit einem kleinen Umweg kann ich auf dem gleichen
Weg wie du nach Hause gehen. Ich begleite dich gern bis
zum Throope Corner.« Als er sah, daß Eustacia zögerte,
fügte er hinzu: »Vielleicht denkst du, daß es unklug ist,

mit mir auf dem gleichen Weg gesehen zu werden, nach
dem, was im letzten Sommer geschehen ist?«

»Auf keinen Fall denke ich so etwas«, sagte sie hochmütig. »Ich werde mir meine Begleitung selbst wählen,
ganz gleich, was die armseligen Bewohner von Egdon
auch sagen mögen.«

»Dann laß uns gehen – falls du bereit bist. Der nächste
Weg führt in Richtung der Stechpalme mit dem dunklen
Schatten dort unten.«

Eustacia erhob sich und ging mit ihm in die Richtung,
die er bezeichnet hatte. Ihr Kleid streifte das feuchte
Heide- und Farnkraut, und die Geräusche der ermüden-
den Lustbarkeit, die noch andauerte, folgten ihnen. Der
Mond war nun hell und silbrig geworden, aber die Heide
widersetzte sich einer solchen Beleuchtung, und man
konnte die bemerkenswerte Beobachtung machen, daß
ein dunkler, glanzloser Streifen Land unter einem Himmel lag, der von seinem Zenit bis zu den Rändern mit dem
weißesten Licht gesättigt war. Einem Auge, das auf sie
herabblickte, wären ihre beiden Gesichter wie zwei Perlen
auf einem Tisch aus Ebenholz erschienen.

Aus diesem Grund waren die Unebenheiten des Pfades
nicht zu erkennen, und Wildeve stolperte hin und wieder, während Eustacia es für nötig hielt, ein paar graziöse
Balanceakte zu unternehmen, wann immer ein kleiner
Heidebusch oder eine Ginsterwurzel sich durch das
Gras auf den schmalen Pfad drängte und ihre Schritte
behinderte. Bei diesen Gelegenheiten streckte sich ihr
jedesmal eine Hand entgegen, um sie zu stützen und sie
festzuhalten, bis wieder ebener Boden erreicht war.
Dann zog sich die Hand wieder auf respektvolle Entfernung zurück.

Sie legten den Weg größtenteils schweigend zurück und
kamen in die Nähe vom Throope Corner, von wo nach ein
paar hundert Metern ein kurzer Pfad zu Eustacias Haus

hin abzweigte. Allmählich wurden zwei menschliche Gestalten sichtbar, die auf sie zukamen und offenbar männlichen Geschlechts waren.

Als sie ein wenig näher kamen, brach Eustacia das Schweigen und sagte: »Einer dieser Männer ist mein Mann. Er hat versprochen, mich abzuholen.«

»Und der andere ist mein größter Feind«, sagte Wildeve.

»Sieht aus wie Diggory Venn.«

»Das ist er.«

»Ein peinliches Zusammentreffen«, sagte sie, »aber das paßt zu meinem Glück. Er weiß zuviel über mich, und nur wenn er noch mehr wüßte, könnte er sich überzeugen, daß das, was er weiß, nichts zu bedeuten hat. Na, es muß wohl sein; du mußt mich zu ihnen führen.«

»Das solltest du dir zweimal überlegen. Das ist ein Mann, der kein einziges Wort von dem vergessen hat, was am Regenhügel zwischen uns gesprochen worden ist. Er ist in Begleitung deines Mannes. Wer von beiden, die uns hier beisammen sehen, wird glauben, daß unser Treffen und unser gemeinsamer Tanz bei dem Dorffest Zufall war?«

»Gut, gut«, flüsterte sie düster, »geh, bevor sie näherkommen.«

Wildeve verabschiedete sich zärtlich von ihr und eilte über Heide und Ginster davon, während Eustacia langsam weiterging. Nach zwei bis drei Minuten stieß sie auf ihren Mann und seinen Begleiter.

»Meine Wanderung ist hier zu Ende, Rötelmann«, sagte Yeobright, sobald er sie bemerkte. »Ich gehe mit dieser Frau zurück. Gute Nacht.«

»Gute Nacht, Mr. Yeobright«, sagte Venn, »ich hoffe, daß es Euch bald besser geht.«

Das Mondlicht schien direkt auf Venns Gesicht, als er sprach, und Eustacia konnte seinen Gesichtsausdruck gut erkennen. Er sah sie mißtrauisch an. Daß Venns scharfe

Augen erkannt hatten, was Yeobrights schwache nicht
gesehen hatten – nämlich einen Mann, der sich von Eustacias Seite entfernte –, das lag durchaus im Bereich des
Möglichen.

Hätte Eustacia dem Rötelmann folgen können, hätte sie
ihre Vermutung genauer bestätigt gefunden. Sobald Clym
sie an seinem Arm hinweggeführt hatte, verließ der Rötelmann den Hauptweg nach East Egdon, den er nur genommen hatte, um Clym auf seinem Gang zu begleiten, da
sein Wagen wieder in der Nähe abgestellt war. Mit langen
Schritten überquerte er den unwegsamen Teil der Heide,
etwa in der Richtung, welche Wildeve eingeschlagen
hatte. Nur ein Mensch, der an nächtliche Wanderungen
gewöhnt ist, konnte um diese Stunde jene struppigen
Hänge mit Venns Geschwindigkeit hinabeilen, ohne
kopfüber in ein Loch zu stürzen oder sich ein Bein zu
brechen, weil ein Fuß in einer Kaninchenhöhle stecken-
blieb. Aber Venn kam ohne große Anstrengung gut vorwärts. Das Ziel seines Galopps war das Gasthaus »Zur
Stillen Frau«. Er erreichte es in etwa einer halben Stunde,
und er war sicher, daß jemand, der beim Throope Corner
gewesen war, als er selbst dort losging, nicht vor ihm
angekommen sein konnte.

Das einsame Gasthaus war noch nicht geschlossen,
doch es war kaum jemand da, weil das Hauptgeschäft mit
Reisenden gemacht wurde, welche auf längeren Reisen
das Gasthaus aufsuchten, und jene hatten ihren Weg
schon fortgesetzt. Venn trat in den Gastraum ein, bestellte
ein Glas Bier und fragte das Mädchen in beiläufigem Ton,
ob Mrs. Wildeve zu Hause sei.

Thomasin hielt sich in einem der hinteren Zimmer auf
und hörte Venns Stimme. Wenn Gäste da waren, zeigte sie
sich selten, da sie eine angeborene Abneigung gegen das
Geschäft hatte. Da sie aber merkte, daß sonst niemand da
war, kam sie heraus.

»Er ist noch nicht zu Hause, Diggory«, sagte sie freundlich, »aber ich habe ihn eigentlich früher erwartet. Er ist nach East Egdon gegangen, um ein Pferd zu kaufen.«

»Trug er einen Schlapphut?«

»Ja.«

»Dann hab ich ihn beim Throope Corner gesehen, wie er eins nach Hause führte«, sagte Venn trocken. »Ein Prachtexemplar, mit weißem Gesicht und einer Mähne so schwarz wie die Nacht. Er wird bestimmt bald da sein.«

Er erhob sich, schaute für einen Augenblick in das reine, süße Gesicht Thomasins, über das ein Schatten von Traurigkeit gefallen war, seit er sie das letzte Mal gesehen hatte, und er wagte noch hinzuzufügen: »Mr. Wildeve ist wohl oft um diese Zeit nicht zu Hause?«

»O ja«, rief Thomasin in einem Ton, der fröhlich klingen sollte, »Ehemänner sind gern unterwegs, weißt du. Ich wünschte, du könntest mir einen geheimen Trick verraten, der mir helfen würde, ihn am Abend zu Hause zu halten.«

»Ich will darüber nachdenken, vielleicht kenne ich einen«, antwortete Venn in dem gleichen leichten Ton, der eben nicht Leichtigkeit bedeutete. Und dann verabschiedete er sich mit der ihm eigenen Verbeugung und ging zur Tür. Thomasin reichte ihm die Hand, und er ging ohne einen Seufzer hinaus, obwohl er doch so viele Gründe dafür gehabt hätte.

Als Wildeve eine Viertelstunde später nach Hause kam, sagte Thomasin einfach und in der unerschrockenen Art, die ihr jetzt eigen war: »Wo ist das Pferd, Damon?«

»Oh, ich habe es schließlich doch nicht gekauft. Der Mann hat zuviel dafür verlangt.«

»Aber jemand hat dich beim Throope Corner gesehen, wie du es heimgeführt hast – ein Prachtexemplar, mit weißem Gesicht und einer Mähne so schwarz wie die Nacht.«

»Ah!« sagte Wildeve und sah sie aufmerksam an, »wer hat dir das gesagt?«

»Venn, der Rötelmann.«

Wildeve machte ein seltsam angespanntes Gesicht. »Das ist ein Irrtum – das muß jemand anders gewesen sein«, sagte er langsam und in gereiztem Ton, denn es wurde ihm klar, daß Venns Schachzüge wieder begonnen hatten.

Kapitel 4

Eine schwere Nötigung findet statt

Jene Worte Thomasins, die so wenig Bedeutung zu haben schienen, in Wirklichkeit aber schwer wogen, klangen Diggory Venn in den Ohren nach: »Hilf mir, ihn abends zu Hause zu halten.«

Diesmal hatte Venn nur die Egdon-Heide überqueren wollen, um zur anderen Seite zu gelangen. Er hatte zur Familie Yeobright keine weitere Verbindung mehr, und er mußte sich um seine Geschäfte kümmern. Doch nun fand er sich plötzlich wieder in dem alten Fahrwasser, zugunsten von Thomasin zu agieren.

Er saß in seinem Wagen und dachte nach. Den Worten und dem Verhalten Thomasins nach zu schließen, wurde sie von Wildeve vernachlässigt. Weswegen mochte er sie vernachlässigen, wenn nicht wegen Eustacia? Doch war kaum anzunehmen, daß es so weit gekommen war, daß ihn Eustacia regelrecht ermutigte. Venn beschloß, die einsame Straße, welche das Tal entlang von Wildeves Gasthaus zu Clyms Haus in Alderworth führte, etwas genauer im Auge zu behalten.

Nun hatte sich Wildeve zu dieser Zeit tatsächlich einer vorsätzlichen Intrige nicht im geringsten schuldig gemacht, und außer bei dem Tanz im Grünen hatte er

Eustacia seit ihrer Hochzeit kein einziges Mal gesehen. Aber daß er etwas im Sinn hatte, zeigte sich in einer romantischen Gewohnheit, die er kürzlich angenommen hatte, nämlich nach Einbruch der Dunkelheit in Richtung Alderworth zu schlendern, dort nach dem Mond, den Sternen und Eustacias Haus Ausschau zu halten, um dann gemächlich wieder nach Hause zu gehen.

Dementsprechend sah ihn dann auch der Rötelmann am Abend nach dem Fest den kleinen Pfad hinaufsteigen, über die Pforte von Clyms Garten gebeugt, Seufzer ausstoßen und dann wieder zurückgehen. Es war offensichtlich, daß Wildeves Absichten eher idealer als realer Natur waren. Venn ging vor ihm wieder hinunter, bis zu einer Stelle, wo der Pfad lediglich ein tiefer Einschnitt im Heideland war. Hier bückte er sich ohne ersichtlichen Grund einige Minuten und ging dann weiter. Als Wildeve zu der Stelle kam, verfing sich sein Fuß, und er fiel der Länge nach hin.

Sobald er wieder zu Atem gekommen war, setzte er sich auf und horchte. Außer der schwachen Bewegung des Sommerwinds war kein Laut in der Dunkelheit zu vernehmen. Als er nach dem Hindernis fühlte, das ihn zu Fall gebracht hatte, entdeckte er, daß zwei Heidekrautbüschel quer über den Pfad zusammengebunden worden waren und so eine Schlinge bildeten, welche für einen Wanderer den sicheren Fall bedeuten mußte. Wildeve riß die Schnur ab, die die Büsche zusammenhielt, und ging in gemäßigter Eile davon. Als er zu Hause ankam, sah er, daß der Bindfaden eine rötliche Farbe aufwies. Genau das hatte er erwartet.

Obwohl seine Schwächen nicht unbedingt etwas von physischer Angst an sich hatten, war diese Art eines Coup de Jarnac[5] von seiten einer Person, die er nur zu genau kannte, für Wildeve doch beunruhigend. Aber er ließ sich dadurch in seinen nächtlichen Wanderungen nicht aufhalten. Ein oder zwei Tage später ging er wieder das Tal hinauf nach Alderworth und vermied diesmal jeglichen Pfad. Das Gefühl, beobachtet zu werden, daß List angewandt wurde, um seine Irrwege zu durchkreuzen, dies trug, solange es nicht lebensgefährlich wurde, zur Pikanterie eines so vollkommen gefühlsbetonten Unternehmens bei. Er vermutete, daß Venn und Mrs. Yeobright in geheimem Bund miteinander stünden, und er hatte das Gefühl, daß es eine gewisse Rechtfertigung für die Bekämpfung einer solchen Koalition gab.

Die Heide schien an diesem Abend wie ausgestorben, und nachdem Wildeve, mit einer Zigarre im Mund, für einige Zeit über Eustacias Gartentor geblickt hatte, war er durch die Faszination, die geheime Liebschaften auf seine Natur ausübten, versucht, zum Fenster zu gehen, welches nicht ganz geschlossen und dessen Jalousie nur teilweise heruntergelassen war. Er konnte in das Zimmer hineinsehen, und Eustacia saß dort allein. Wildeve betrachtete sie etwa eine Minute lang, ging dann in die Heide zurück und schlug mit der Hand leicht auf die Farne, worauf einige Motten erschreckt aufflogen. Er fing eine davon ein, kehrte zum Fenster zurück, hielt die Motte an den offenen Spalt und öffnete dann seine Hand. Die Motte flog auf die Kerze zu, die auf Eustacias Tisch stand, umschwirrte sie zwei-, dreimal und flog dann in die Flamme.

Eustacia stand rasch auf. Dies war früher ein wohlvertrautes Zeichen gewesen, als Wildeve heimlich in Mistover um sie geworben hatte. Sie wußte sofort, daß Wildeve draußen war, aber bevor sie überlegen konnte, was sie tun sollte, kam ihr Mann von oben die Treppe herunter. Eustacias Gesicht war feuerrot von einer Gemütsbewegung, die sie so oft vermißte.

»Dein Gesicht ist hochrot, Liebste«, sagte Yeobright, als er nahe genug herangekommen war, um es zu bemerken. »Es würde deiner Erscheinung nicht schaden, wenn es immer so wäre.«

»Mir ist so warm«, sagte Eustacia, »ich gehe vielleicht für ein paar Minuten an die frische Luft.«

»Soll ich mit dir gehen?«

»O nein, ich gehe nur bis zum Gartentor.«

Sie erhob sich, aber bevor sie Zeit hatte hinauszugehen, hörte man ein lautes Klopfen an der Haustür.

»Ich gehe schon – ich gehe«, sagte Eustacia ungewöhnlich hastig und schaute gespannt zum Fenster hin, von wo die Motte gekommen war, aber es war nichts zu sehen.

»Du gehst besser nicht um diese Abendzeit hinaus«, sagte Clym und trat vor ihr in den Flur. Eustacia wartete und verbarg durch ihr Phlegma ihre innere Hitze und Aufregung.

Sie horchte, und Clym öffnete die Tür. Man hörte kein Wort von draußen, und sofort schloß er die Tür wieder, kam zurück und sagte: »Es war niemand da. Ich möchte wissen, was das zu bedeuten hat.«

Er dachte noch den ganzen Abend darüber nach, denn es gab keine Erklärung dafür, und Eustacia sagte nichts, da das, was sie wußte, den Vorfall nur noch unerklärlicher würde erscheinen lassen.

In der Zwischenzeit hatte sich draußen ein kleines Drama abgespielt, welches sie zumindest für diesen Abend vor der Gefahr, sich zu kompromittieren, bewahrte. Während Wildeve sein Mottensignal gab, war ein anderer hinter ihm zum Zaun gekommen. Dieser Mann, der ein Gewehr bei sich trug, beobachtete für einen Augenblick, was der andere am Fenster tat, ging auf das Haus zu, klopfte an die Tür und verschwand dann um die Ecke herum über die Hecke.

»Verdammt«, sagte Wildeve, »er hat mich wieder beobachtet.«

Da sein Signal durch jenes stürmische Klopfen seinen Zweck verfehlt hatte, zog sich Wildeve zurück, ging zum Gartentor hinaus und schnell den Pfad hinunter, ohne an etwas anderes zu denken, als möglichst unbemerkt

davonzukommen. Auf halbem Weg zum Tal hinunter
führte der Weg an einer Gruppe von verkrüppelten Stechpalmen vorbei, die in der übrigen Dunkelheit der Szenerie
wie eine Pupille in einem schwarzen Auge aussah. Als
Wildeve diese Stelle erreicht hatte, drangen Schüsse an
sein Ohr, und einige Kugeln prallten um ihn herum in die
Blätter.

Es gab keinen Zweifel, daß er selbst das Ziel dieser
Schüsse war, und er stürzte sich in die Büsche und schlug
wütend mit seinem Stock auf sie ein. Aber es war niemand
da. Dieser Angriff war eine ernstere Sache als der letzte,
und es dauerte eine Zeitlang, bis Wildeve sein inneres
Gleichgewicht wiedergefunden hatte. Ein neues und
höchst unangenehmes Spiel von Drohungen hatte begonnen, mit der Absicht, ihm schweren körperlichen Schaden
zuzufügen. Wildeve hatte Venns ersten Versuch als eine
Art von derbem Scherz angesehen, den der Rötelmann
angewendet hatte, da er nichts Besseres zu tun wußte.
Aber jetzt war die Grenze, die das Ärgerliche vom
Gefährlichen trennt, überschritten.

Hätte Wildeve gewußt, wie ernst es Venn gemeint
hatte, wäre er vielleicht noch mehr beunruhigt gewesen.
Der Rötelmann war fast außer sich geraten, als er Wildeve
vor Clyms Haus gesehen hatte, und er war darauf gerüstet, alles – außer ihn tatsächlich zu erschießen – zu tun,
um den jungen Gastwirt von seinen unrechten Anwandlungen abzuschrecken. Daß eine so schwere Nötigung
rechtlich vielleicht nicht zu vertreten war, das störte Venn
nicht. Das geschieht vielfach in solchen Fällen nicht, und
manchmal ist das noch nicht einmal zu bedauern. Von der
Anklage gegen Strafford[6] bis hin zu Farmer Lynchs kurzem Prozeß mit den Halunken von Virginia[7] hat es viele
Triumphe der Selbstjustiz gegeben, die dem Gesetz hohn-
sprachen.

Etwa eine halbe Meile unterhalb von Clyms abgeschie-
denem Wohnhaus lag ein kleines Dorf, in dem einer der

Polizisten wohnte, die für Recht und Ordnung in der Gemeinde zu sorgen hatten, und Wildeve ging direkt zu dessen Haus. Ungefähr das erste, was er sah, als er die Tür öffnete, war der Polizeiknüppel an der Wand, so als solle er versichert sein, daß hier die Mittel zu seinem Zweck vorhanden seien. Auf seine Frage hin erfuhr er allerdings von der Frau des Polizisten, daß dieser nicht zu Hause war. Wildeve sagte, er wolle warten.

Minute um Minute verging, und der Polizist kam nicht zurück. Wildeve beruhigte sich allmählich, und seine äußerst heftige Empörung verwandelte sich langsam in eine ruhelose Unzufriedenheit mit sich selbst, seiner Situation, der Frau des Polizisten und den ganzen Umständen. Er erhob sich und verließ das Haus. Alles in allem hatten jedoch die Erlebnisse jenes Abends eine abkühlende Wirkung auf seine irregeleiteten Gefühle, und Wildeve verspürte danach nicht mehr den Drang, nach Einbruch der Dunkelheit in Richtung Alderworth zu wandern in der Hoffnung, zufällig einen Blick von Eustacia zu erhaschen.

Soweit war also der Rötelmann mit seinen rüden Methoden, Wildeve davon abzuhalten, seine nächtlichen Streifzüge fortzusetzen, leidlich erfolgreich gewesen. Aber er hatte nicht vorausgesehen, daß die Folge seiner Unternehmungen die sein würde, daß Wildeve, statt seine Pläne aufzugeben, sie nur ändern würde. Das Glücksspiel mit den Guineen hatte nicht dazu beigetragen, ihn zu Clyms willkommenem Gast zu machen, aber den Verwandten seiner Frau zu besuchen, das war etwas ganz Natürliches, und er war entschlossen, Eustacia wiederzusehen. Es war ratsam, eine nicht so späte Stunde wie zehn Uhr nachts dafür zu wählen. »Da es gefährlich ist, am Abend zu gehen, gehe ich eben am Tage«, sagte er zu sich.

In der Zwischenzeit hatte Venn die Heide verlassen, um Mrs. Yeobright zu besuchen, zu der er ein freundschaftliches Verhältnis hatte, seit sie von seinem glücklichen

Schachzug bei der Zurückgewinnung des Familienerbes gehört hatte. Sie wunderte sich über den späten Besuch, hatte aber nichts dagegen einzuwenden, ihn zu empfangen.

Er berichtete ihr alles über Clyms Augenerkrankung und über dessen jetzige Beschäftigung. Dann kam er auf Thomasins offensichtlich beklagenswerte Lage zu sprechen. »Glaubt mir, Mrs. Yeobright«, sagte er, »Ihr könntet für beide nichts Besseres tun, als Euch ab und zu in ihren Häusern sehen zu lassen, selbst wenn es zuerst dabei nicht so freundlich zugehen sollte.«

»Alle beide, sowohl sie als auch mein Sohn, haben mit ihrer Heirat nicht auf mich gehört. Deshalb interessiere ich mich nicht für ihr Eheleben. Die Probleme, die sie haben, haben sie selbst verursacht.« Mrs. Yeobright versuchte streng zu erscheinen, aber der Bericht über den Zustand ihres Sohnes hatte sie mehr getroffen, als sie zeigen wollte.

»Eure Besuche würden Wildeve dazu bringen, sich besser zu benehmen, als er vorhat, und es könnte damit vielleicht manches Unglück in der Heide vermieden werden.«

»Was meinst du damit?«

»Ich habe heute abend da draußen etwas gesehen, das mir gar nicht gefiel. Ich wollte, das Haus Eures Sohnes und das von Mrs. Wildeve wären hundert Meilen auseinander anstatt vier oder fünf.«

»Dann war da also doch etwas zwischen ihm und Clyms Frau, als er Thomasin so blamierte!«

»Wir wollen hoffen, daß jetzt nichts zwischen ihnen ist.«

»Und unsere Hoffnung wird wahrscheinlich ganz umsonst sein. O Clym! O Thomasin!«

»Es ist noch nichts geschehen. Offen gesagt habe ich Wildeve schon dazu überredet, sich um seine eigenen Angelegenheiten zu kümmern.«

»Wie denn das?«

»Oh, nicht durch Reden – durch einen Plan von mir, den ich die schweigsame Methode nenne.«

»Ich hoffe, du bist erfolgreich.«

»Das bin ich, wenn Ihr mir dabei helft, Euren Sohn besucht und Euch wieder mit ihm vertragt. Dann könnt Ihr alles mit eigenen Augen sehn.«

»Ja, wenn es schon so weit gekommen ist«, sagte Mrs. Yeobright traurig, »dann will ich gestehen, daß ich auch daran gedacht habe hinzugehen. Ich wäre viel glücklicher, wenn wir uns wieder vertragen würden. An der Heirat ist nichts mehr zu ändern, vielleicht lebe ich nicht mehr lange, und ich möchte in Frieden sterben. Er ist mein einziger Sohn, und da Söhne aus solchem Holz geschnitzt sind, bin ich nicht traurig, daß ich nur den einen habe. Was Thomasin angeht, so habe ich nie viel von ihr erwartet. Und sie hat mich nicht enttäuscht. Ich habe ihr längst verziehen, und ich will auch ihm verzeihen und hingehen.«

Zur gleichen Zeit, als dieses Gespräch zwischen dem Rötelmann und Mrs. Yeobright in Blooms-End stattfand, ging in Alderworth eine Unterhaltung über das gleiche Thema schleppend vonstatten.

Den ganzen Tag über hatte sich Clym so verhalten, als sei er von seinen eigenen Angelegenheiten derart in Anspruch genommen, daß er sich nicht noch um andere Dinge kümmern könne, und jetzt brachten seine Worte zutage, was ihn beschäftigt hatte. Kurz nach dem geheimnisvollen Klopfen kam er zur Sache. »Den ganzen Tag habe ich heute darüber nachgedacht, Eustacia, daß etwas geschehen muß, um diesen schrecklichen Bruch zwischen mir und meiner Mutter zu beseitigen. Das bedrückt mich.«

»Was schlägst du denn vor, das man tun könnte?« sagte Eustacia geistesabwesend, denn sie konnte sich noch immer nicht von der Aufregung befreien, die Wildeves Versuch, sie zu treffen, in ihr verursacht hatte.

»Du scheinst ein mehr oder weniger geringes Interesse zu haben an dem, was ich vorschlage«, sagte er mit gedämpfter Freundlichkeit.

»Das stimmt nicht«, sagte sie, durch seinen Vorwurf aufmerksam geworden. »Ich habe nur nachgedacht.«

»Worüber?«

»Zum Teil über diese Motte, deren Skelett am Docht der Kerze verbrennt«, sagte sie langsam. »Aber du weißt doch, daß ich immer Interesse an dem habe, was du sagst.«

»Schon gut, Liebes. Ich finde, ich sollte hingehen und sie aufsuchen . . .« Und gutherzig fuhr er fort: »Ich bin durchaus nicht zu stolz, so etwas zu tun, und ich habe nur Angst, ich könnte sie erzürnen, deshalb habe ich so lange gewartet. Es ist nicht recht von mir, so etwas so lange vor mir herzuschieben.«

»Was hast du dir denn vorzuwerfen?«

»Sie wird alt, und sie führt ein einsames Leben, und ich bin ihr einziger Sohn.«

»Sie hat Thomasin.«

»Thomasin ist nicht ihre Tochter, und wenn sie es wäre, würde mich das nicht entschuldigen. Aber das ist nebensächlich. Ich habe mich entschlossen, zu ihr zu gehen, und alles, um was ich dich bitten möchte, ist, daß du mir nach Kräften dabei hilfst – indem du die Vergangenheit vergißt. Und wenn sie einer Versöhnung zustimmt, daß du ihr dann auf halbem Wege entgegenkommst und sie hierher einlädst oder eine Einladung von ihr annimmst?«

Zuerst preßte Eustacia ihre Lippen aufeinander, als täte sie alles in der Welt lieber als das, was er gerade vorgeschlagen hatte. Aber die Linien um ihren Mund glätteten sich beim Nachdenken, jedoch nicht in dem Maße, wie es hätte sein können, und sie sagte: »Ich will dir nichts in den Weg legen, aber nach allem, was geschehen ist, ist es zuviel von mir verlangt, den Anfang zu machen.«

»Du hast mir nie genau gesagt, was zwischen euch gesprochen wurde.«

»Das konnte ich damals nicht und kann es auch heute nicht. Manchmal wird in fünf Minuten mehr Bitterkeit geäußert, als man in einem ganzen Leben wieder loswerden kann, und das mag auch hier der Fall sein.« Sie machte eine kleine Pause und fügte dann hinzu: »Wenn du nie zu deinem Heimatort zurückgekehrt wärst, was wäre das für ein Segen für dich gewesen! . . . Es änderte die Schicksale von . . .«

»Drei Menschen.«

»Fünf«, dachte Eustacia, aber das behielt sie für sich.

Kapitel 5

Der schwere Gang über die Heide

Donnerstag, der 31. August, war einer der Tage, an denen es in sonst gemütlichen Häusern drückend heiß wurde und ein kühler Luftzug ein Geschenk des Himmels war; an denen in lehmhaltiger Gartenerde Risse entstanden, welche von ängstlichen Kindern »Erdbeben« genannt wurden; ein Tag, an denen bei Karren- und Kutschenrädern lose Speichen entdeckt wurden und stechende Insekten die Luft, die Erde und jeden auffindbaren Wassertropfen heimsuchten.

In Mrs. Yeobrights Garten erschlafften großblättrige empfindliche Pflanzen um zehn Uhr morgens, Rhabarber bog sich um elf nach unten, und selbst feste Kohlköpfe waren gegen Mittag welk.

Es war etwa elf Uhr an diesem Tag, als sich Mrs. Yeobright auf den Weg über die Heide zum Haus ihres Sohnes machte, um ihr Bestes zu versuchen, eine Versöhnung mit ihm und Eustacia in die Wege zu leiten, so wie sie es sich bei dem Besuch des Rötelmanns vorgenommen hatte. Sie hatte gehofft, schon vor der einsetzenden Hitze ein gutes Stück voranzukommen, aber als sie sich zu ihrem Gang anschickte, erkannte sie, daß dies nicht möglich war. Die Sonne hatte die ganze Heide mit ihrem Zeichen gebrandmarkt, selbst die violetten Heideglöckchen hatten schon unter der trockenen Gluthitze der vorangegangenen Tage eine braune Färbung angenommen. Jedes Tal war mit Luft wie aus einem Brennofen erfüllt, und der saubere Quarzsand der Bachläufe im Winter, die im Sommer als Wege benutzt wurden, hatte schon so etwas wie eine Verbrennung erlitten, seit die Dürrezeit eingesetzt hatte.

Bei frischem, kühlem Wetter hätte es für Mrs. Yeobright keine Anstrengung bedeutet, zu Fuß nach Alderworth zu gehen, aber bei der augenblicklichen Bruthitze war die Wanderung ein gewaltiges Unternehmen für eine ältere Frau. Nach drei Meilen wünschte sie, sie hätte Fairway gebeten, sie wenigstens einen Teil des Weges zu fahren. Aber von der Stelle aus, die sie nun erreicht hatte, war es genauso weit zu Clyms Haus wie nach Hause zurück. So ging sie weiter, während die Luft um sie herum lautlos vibrierte und die Erde in Mattigkeit versetzte. Sie sah zum Himmel auf und bemerkte, daß die saphirblaue Tönung des Zenits, die während des Frühlings und Sommers vorherrschte, einem metallischen Violett gewichen war.

Gelegentlich kam sie zu einer Stelle, wo Eintagsfliegen wie ganze Welten für sich in wilden Kreisen sich die Zeit vertrieben, manche in der Luft, manche am heißen Erdboden oder bei den Pflanzen, andere in den lauwarmen Wasserlachen eines fast ausgetrockneten Tümpels. Alle flacheren Teiche hatten sich in dunstigen Schlamm verwandelt, in dem man die Maden unzähliger unbekannter Geschöpfe sich genießerisch tummeln sehen konnte. Da sie eine dem Philosophieren nicht abgeneigte Frau war, setzte sie sich manchmal unter ihrem Schirm nieder, um

sich auszuruhen und deren Glück zu beobachten; denn
ein Hoffnungsschimmer für einen guten Ausgang ihres
Besuchs hatte sie sorglos gestimmt, so daß sie zwischen
bedeutsamen Gedanken Zeit fand, sich dem unendlich
Kleinen hinzugeben, auf das ihr Blick fiel.

Mrs. Yeobright war nie zuvor im Haus ihres Sohnes
gewesen, und sie wußte nicht genau, wo es lag. Sie pro-
bierte einen ansteigenden Pfad und dann einen zweiten,
aber sie führten nicht zum Ziel. Beim Zurückgehen entdeckte sie in der Ferne einen Mann bei der Arbeit. Sie ging
zu ihm hin und fragte ihn nach dem Weg.

Der Arbeiter zeigte ihr die Richtung und fügte hinzu:
»Seht Ihr den Ginsterschneider dort, Madam, der den
Pfad dort hinten hinaufsteigt?«

Mrs. Yeobright schaute angestrengt hinüber und sagte
schließlich, sie könne ihn sehen.

»Gut, wenn Ihr ihm folgt, könnt Ihr nichts falsch
machen, denn er geht auch dorthin.«

Sie folgte der ihr bezeichneten Gestalt, welche in ihrer
rostroten Farbe von der Umgebung kaum besser zu unterscheiden war als eine grüne Raupe von einem Blatt, an
dem sie frißt. Er kam beim Gehen schneller voran als
Mrs. Yeobright, aber es war ihr doch möglich, den gleichen Abstand beizubehalten, da er regelmäßig immer
dann, wenn er an einem Dorngestrüpp vorbeikam, stehenblieb. Als sie danach ihrerseits an dieser Stelle vorbeikam, fand sie jeweils etwa ein halbes Dutzend bieg-
same Zweige, welche er von dem Busch abgeschnitten
und entlang des Weges hingelegt hatte. Sie waren offensichtlich dazu bestimmt, Ginsterbündel zusammenzuschnüren; er hatte wohl die Absicht, sie auf seinem
Rückweg aufzusammeln.

Die schweigsame Gestalt, die sich solcherart beschäftigte, schien nicht mehr Verantwortung zu haben als ein
Insekt. Sie erschien als ein bloßer Parasit der Heide, welcher ihre Oberfläche in täglicher Arbeit auffrißt, so wie

eine Motte ein Kleidungsstück zerstört. Ganz und gar auf
das konzentriert, was die Heide hervorbrachte, wußte sie
offenbar von nichts anderem in der Welt als von Farnen,
Ginster, Heide, Flechten und Moos.

Der Ginsterschneider war auf seinem Wege so sehr mit
seiner Arbeit beschäftigt, daß er nie zurückschaute, und
seine mit ledernen Beinschützern und Arbeitshandschu-
hen ausgestattete Gestalt war bald für sie nicht mehr als
ein sich fortbewegender Wegweiser. Plötzlich wurde sie
jedoch durch eine Eigentümlichkeit seines Ganges auf
seine Person aufmerksam. Es war ein Gang, den sie von
irgendwoher kannte. Und dieser Gang verriet ihr den
Mann, wie der Gang von Ahimaaz[8] von weiter Ferne aus
dem König seinen Beobachter verriet. »Er geht genau, wie
mein Mann früher ging«, sagte sie, und dann stürzte die
Erkenntnis auf sie ein, daß der Ginsterschneider ihr Sohn
war.

Es fiel ihr schwer, sich an diese ihr fremde Tatsache zu
gewöhnen. Man hatte ihr berichtet, daß Clym gewöhnlich
Ginster schneiden ging, aber sie hatte angenommen, daß
er diese Arbeit nur gelegentlich tat, um sich die Zeit zu
vertreiben. Und doch betrachtete sie ihn nun als einen
Ginsterschneider und nichts weiter – einen, der die übliche Berufskleidung trug und, nach seinen Tätigkeiten zu
urteilen, in den Normen der Zunft dachte. Indem sie ein
Dutzend verschiedene Möglichkeiten erwog, wie sie ihn
und Eustacia vor dieser Lebensweise bewahren könne,
folgte sie klopfenden Herzens seinem Weg und sah ihn in
sein Haus eintreten.

Auf der einen Seite von Clyms Haus war eine kleine
Kuppe. Auf ihrer Höhe stand eine Gruppe von Tannen,
deren Spitzen so hoch in den Himmel ragten, daß sie von
weitem wie ein schwarzer Fleck über dem Hügel erschienen. Als Mrs. Yeobright diese Stelle erreicht hatte, war sie
heftig erregt und erschöpft, und sie fühlte sich recht
unwohl. Sie stieg weiter hinauf und setzte sich in den

Schatten, um sich etwas zu erholen und zu überlegen, wie sie mit Eustacia einen neuen Anfang machen könnte, ohne sie zu provozieren. Sie wußte, daß Eustacia eine Frau war, hinter deren äußerlich zur Schau getragenen Trägheit noch stärkere und lebendigere Leidenschaften verborgen waren als bei ihr selbst.

Die Bäume, unter denen sie saß, waren eigentümlich zerzaust, und für ein paar Minuten stellte Mrs. Yeobright den Gedanken an ihren eigenen zerrissenen und erschöpften Zustand hintan, um sie zu betrachten. Es gab nicht einen einzigen Zweig, der nicht abgesplittert, verbogen oder verdreht war durch die wilden Stürme, denen sie ausgeliefert waren. Manche waren versengt und gespalten, als seien sie vom Blitz getroffen worden, und schwarze, wie von Feuer verursachte Flecken waren an den Seiten ihrer Stämme zu sehen. Der Boden unter ihnen war von dünnen Tannennadeln und ganzen Bergen von Tannenzapfen, die die Stürme der vergangenen Jahre heruntergeblasen hatten, völlig bedeckt. Die Stelle wurde »Des Teufels Blasebalg« genannt, und man brauchte nur in einer Nacht im März oder November hierherzukommen, um sich von den zwingenden Gründen für diese Bezeichnung zu überzeugen. An diesem heißen Nachmittag, wo kein spürbarer Wind wehte, ächzten die Bäume fortwährend, und man konnte kaum glauben, daß die Luft dafür die Ursache war.

Hier saß sie zwanzig Minuten lang oder länger, bevor sie sich dazu aufraffen konnte, zur Tür hinunterzugehen, denn ihr Mut war durch die körperliche Erschöpfung auf den Nullpunkt gesunken. Jeder anderen Person außer einer Mutter wäre es vielleicht demütigend erschienen, als die ältere von beiden den ersten Schritt zu tun. Aber Mrs. Yeobright hatte all dies wohl erwogen, und sie war nur darauf bedacht, ihren Besuch in Eustacias Augen nicht erniedrigend, sondern weise erscheinen zu lassen.

Von ihrem erhöhten Standpunkt aus konnte die Frau

auf das Dach des Hauses, den Garten und die gesamte
Einfriedung des kleinen Anwesens hinuntersehen. Und
gerade als sie aufstand, sah sie einen zweiten Mann auf das
Tor zugehen. Sein Auftreten war sonderbar zögernd und
nicht das einer Person, welche geschäftlich oder auf eine
Einladung hin gekommen war. Er musterte das Haus eingehend und ging dann drumherum, um die äußere Grenze
des Gartens in Augenschein zu nehmen, so wie man es
vielleicht am Geburtsort Shakespeares, im Gefängnis der
Maria Stuart oder im Schloß von Hougomont[9] getan
hätte. Nachdem er herumgegangen und wieder am Tor
angelangt war, trat er ein. Dies verärgerte Mrs. Yeobright,
die sich vorgestellt hatte, ihren Sohn und Eustacia allein
anzutreffen. Aber dann kam ihr der Gedanke, daß die
Gegenwart eines Bekannten die Verlegenheit, die ihr
erstes Erscheinen im Hause hervorrufen würde, mildern
könnte, indem man die Unterhaltung auf allgemeine
Dinge beschränkte, bis sie sich langsam an sie gewöhnt
hätte. Sie kam den Hügel hinunter, ging zum Tor und
schaute in den heißen Garten.

Die Katze lag schlafend auf dem blanken Kiesweg, als
ob es in Betten, auf Matten und Teppichen nicht auszu-
halten sei. Die Blätter der Stockrosen hingen wie halb
geschlossene Schirme herab, der Saft kochte fast in den
Stengeln, und das Blattwerk mit seiner blanken Oberfläche blendete wie ein Metallspiegel. Gleich beim Tor
wuchs ein kleiner Apfelbaum der Sorte Ratheripe[10], die
einzige, die wegen des leichten Bodens im Garten gedieh.
Und zwischen den herabgefallenen Äpfeln auf dem Boden
darunter wälzten sich Wespen, vom Saft wie betrunken,
oder krochen um die kleinen runden Löcher in jeder
Frucht herum, die sie herausgefressen hatten, bevor sie
von der Süße betäubt worden waren. An der Tür lag
Clyms Ginstermesser und die letzte Handvoll Zweige, die
sie ihn hatte sammeln sehen. Er hatte sie einfach dorthin
geworfen, als er das Haus betrat.

Kapitel 6

Ein unglückliches Zusammentreffen und seine Folgen

Wildeve war, wie schon gesagt, fest entschlossen, Eustacia dreist bei Tage zu besuchen, und zwar ganz einfach auf verwandtschaftlicher Basis, da der Rötelmann seinen nächtlichen Wanderungen auf die Schliche gekommen war. Der Zauber, den sie beim Tanz im Mondenschein über ihn ausgeübt hatte, machte es für einen Mann ohne strenge puritanische Grundsätze unmöglich, sich ganz und gar fernzuhalten. Er hatte sich jetzt nur vorgenommen, ihr und ihrem Mann einen ganz alltäglichen Besuch abzustatten, ein wenig zu plaudern und dann wieder zu gehen. Nach außen hin sollte alles normal aussehen, aber für ihn würde etwas Wichtiges dabei herauskommen: er würde sie sehen. Er wünschte sich noch nicht einmal, daß Clym abwesend war, denn es wäre durchaus möglich gewesen, daß Eustacia jegliche Situation, die ihre Würde als Ehefrau verletzen konnte, verübelt hätte, ganz gleich, welcher Art ihre Gefühle ihm gegenüber auch sein mochten. Frauen konnten oft so sein.

So ging er also, und es fügte sich, daß der Zeitpunkt seiner Ankunft mit der Ruhepause Mrs. Yeobrights auf dem Hügel zusammenfiel. Nachdem er sich auf dem Anwesen umgeschaut hatte (so wie sie es beobachtet hatte), ging er zur Tür und klopfte an. Es dauerte einige Minuten, dann drehte sich der Schlüssel im Schloß, die Tür öffnete sich, und Eustacia selbst stand ihm gegenüber.

Niemand hätte aus ihrem Verhalten schließen können, daß dies die Frau war, die eine Woche zuvor so leidenschaftlich mit ihm getanzt hatte, es sei denn, er hätte tatsächlich die Oberfläche durchdringen und die wahre Tiefe dieses stillen Wassers ausloten können.

»Ich hoffe, du bist gut nach Hause gekommen?«, sagte Wildeve.

»O ja«, erwiderte sie leichthin.

»Und warst du am nächsten Tag nicht müde? Ich hatte das befürchtet.«

»Ja, ich war ziemlich müde. Du brauchst nicht leise zu sprechen – es kann uns niemand hören. Meine kleine Magd ist im Dorf, um etwas zu besorgen.«

»Dann ist Clym nicht zu Hause?«

»Doch, er ist da.«

»Oh! Ich dachte, du hättest vielleicht die Tür abgeschlossen, weil du allein bist und Angst vor Landstreichern hast.«

»Nein – hier ist mein Mann.«

Sie hatten im Eingang gestanden. Nun schloß sie die Haustür wieder, drehte den Schlüssel um wie zuvor, stieß die Tür zum angrenzenden Zimmer auf und bat ihn einzutreten. Wildeve ging hinein, und der Raum schien leer zu sein. Aber sobald er ein paar Schritte gegangen war, schrak er zusammen. Auf dem Teppich vor dem Kamin lag Clym und schlief. Neben ihm lagen die Beinschützer, die schweren Stiefel, die Lederhandschuhe und die Ärmelweste, die er bei der Arbeit trug.

»Geh nur weiter, du störst ihn nicht«, sagte sie und folgte ihm.

»Der Grund, weshalb ich die Tür abschließe, ist, zu vermeiden, daß er von einem zufälligen Besucher auf dem Boden überrascht wird, wenn ich im Garten oder oben bin.«

»Warum schläft er hier?« fragte Wildeve leise.

»Er ist sehr müde. Er ging schon um halb fünf aus dem Haus und hat den ganzen Tag gearbeitet. Er geht Ginster schneiden, weil das die einzige Beschäftigung ist, die er tun kann, ohne seine schwachen Augen anzustrengen.« Der Gegensatz zwischen der Erscheinung des Schläfers und der von Wildeve wurde Eustacia in diesem Augenblick schmerzlich bewußt, da Wildeve einen eleganten neuen Sommeranzug und einen hellen Hut trug. Sie fuhr fort: »Aber du weißt nicht, wie er aussah, als ich ihn das erste Mal sah, obwohl das noch gar nicht so lange her ist. Seine Hände waren so weiß und zart wie meine, und schau sie dir jetzt an, wie rauh und braun sie sind! Seine Haut ist von Natur aus hell, und das rostbraune Aussehen, das er jetzt hat, und das wie die Farbe seiner Lederkleidung ist, das hat er nur von der Sonne.«

»Warum geht er denn überhaupt hinaus?« flüsterte Wildeve.

»Weil er es haßt, nichts zu tun zu haben. Das, was er verdient, bringt allerdings nicht viel in unsre Kasse. Er sagt aber, es sei wichtig, wenn Leute von ihrem Kapital leben, daß sie dann ihre laufenden Ausgaben niedrig halten und jeden Pfennig zweimal umdrehen.«

»Das Schicksal hat es nicht gut mit dir gemeint, Eustacia Yeobright.«

»Ich habe nichts, wofür ich ihm dankbar sein könnte.«

»Das hat er auch nicht – außer diesem einen großen Geschenk.«

»Was ist das?«

Wildeve schaute ihr in die Augen.

Eustacia errötete zum erstenmal an diesem Tag. »Na ja, ich bin ein fragwürdiges Geschenk«, sagte sie ruhig. »Ich dachte, du meintest das Geschenk der Zufriedenheit – das hat er, und ich habe es nicht.«

»Ich kann Zufriedenheit in seinem Fall verstehen – obwohl, wie ihm seine äußere Situation gefallen kann, das verstehe ich nicht.«

»Du kennst ihn halt nicht. Er ist enthusiastisch, wenn es um Ideen geht, und äußere Dinge sind ihm unwichtig. Er erinnert mich oft an den Apostel Paulus.«

»Ich freue mich zu hören, daß er einen solch erhabenen Charakter hat.«

»Ja, aber das Schlimme dabei ist, daß Paulus, der so ein ausgezeichneter Mann in der Bibel ist, kaum für das tägliche Leben getaugt hätte.«

Sie hatten instinktiv leiser gesprochen, obwohl sie zunächst keine besondere Rücksicht auf Clym genommen hatten. »Ja, wenn das heißt, daß deine Ehe ein Unglück für dich ist, dann weißt du, wer daran schuld ist«, sagte Wildeve.

»Die Ehe selbst ist kein Unglück«, gab sie etwas gereizt zurück, »es ist allein das, was ihm geschehen ist, denn das ist der Grund für meinen Ruin. Jedenfalls habe ich in weltlichem Sinn Disteln anstatt Feigen bekommen, aber wie konnte ich wissen, was die Zeit bringen würde?«

»Manchmal denke ich, Eustacia, daß es eine Strafe für dich ist. Rechtens gehörtest du zu mir, weißt du, und ich hatte keine Ahnung, daß ich dich verlieren würde.«

»Nein, das war nicht meine Schuld! Es konnten nicht zwei zu dir gehören. Und denke daran: bevor ich es wußte, hast du dich mit einer anderen Frau eingelassen. Es war grausame Leichtfertigkeit von dir, so etwas zu tun. Ich habe niemals auch nur davon geträumt, ein solches Spiel zu treiben, bis du damit angefangen hast.«

»Es hat mir nichts bedeutet«, antwortete Wildeve. »Es war nur ein Zwischenspiel. Männer sind so veranlagt. Sie finden plötzlich mitten in einer festen Bindung Gefallen an einer anderen und kommen dann wieder zu ihrer eigentlichen Liebe zurück. Da du dich so auflehnend gegen mich verhalten hast, bin ich weiter gegangen als ich eigentlich wollte, und als du mich noch weiter hast zappeln lassen, ging ich noch weiter und habe sie geheiratet.« Er drehte sich um, schaute nach dem noch immer schlafenden Clym und murmelte: »Ich fürchte, du weißt deinen guten Fang nicht zu schätzen, Clym . . . In einer Hinsicht sollte er wenigstens glücklicher sein als ich. Er mag ja wissen, was es heißt, in der Welt ein Verlierer zu sein und schlimmes persönliches Pech zu haben, aber er weiß wahrscheinlich nicht, was es heißt, die Frau, die er liebt, zu verlieren.«

»Er ist nicht undankbar dafür, sie gewonnen zu haben«, flüsterte Eustacia, »und in dieser Hinsicht ist er ein guter Mann. Viele Frauen würden etwas darum geben, einen solchen Mann zu haben, aber ich verlange einfach zuviel, wenn ich mich danach sehne, was man Leben nennt – Musik, Dichtung, Leidenschaft, Krieg, und all das pulsierende Leben in den Großstädten der Welt. So sah der Traum meiner Jugend aus, aber er hat sich nicht verwirklicht. Und doch hatte ich geglaubt, der Weg dahin führte über meinen Clym.«

»Und du hast ihn nur deshalb geheiratet?«

»Da beurteilst du mich falsch. Ich habe ihn geheiratet, weil ich ihn liebte, aber ich leugne nicht, daß ich ihn auch teilweise liebte, weil sich in ihm eine Hoffnung auf dieses Leben verkörperte.«

»Du verfällst wieder in deinen alten düsteren Ton.«

»Aber ich will nicht deprimiert sein«, rief sie eigensinnig aus. »Ich habe eine neue Methode angefangen, als ich zum Tanz ausging, und dabei will ich bleiben. Clym kann fröhlich singen, warum sollte ich nicht?«

Wildeve betrachtete sie nachdenklich. »Das ist leichter gesagt als getan. Obwohl ich dich, wenn ich könnte, in deinem Versuch ermutigen sollte. Aber da mir das Leben nichts bedeutet ohne das eine, was unmöglich ist, wirst du mir vielleicht verzeihen, daß ich dich nicht ermutigen kann.«

»Damon, was ist denn mit dir los, daß du so sprichst?« fragte sie und hob ihre tiefdunklen Augen zu ihm auf.

»Es ist etwas, was ich nie so offen sage, und wenn ich es dir in Rätseln sage, wirst du dir vielleicht nicht einmal die Mühe machen, es zu erraten.«

Eustacia schwieg für eine Minute, und dann sagte sie: »Wir haben jetzt ein eigenartiges Verhältnis zueinander. Du redest ungewöhnlich nett um die Sache herum. Du meinst, Damon, daß du mich noch liebst. Nun, das macht mich traurig; denn ich bin nicht so vollkommen glücklich in meiner Ehe, als daß ich dich wegen dieser Mitteilung abweisen möchte, so wie ich es tun sollte. Aber wir haben schon zuviel darüber gesprochen. Wolltest du so lange warten, bis mein Mann aufgewacht ist?«

»Ich hatte mit ihm sprechen wollen, aber es ist nicht wichtig. Eustacia, wenn ich dich damit beleidigt habe, daß ich dich nicht vergessen kann, dann mußt du es sagen, aber sprich nicht davon, mich abzuweisen.«

Sie antwortete nicht, und sie schauten nachdenklich auf Clym herab, der jenen tiefen Schlaf schlief, welcher nur eine körperliche Arbeit verursacht, die keine nervösen Ängste erzeugt.

»Gott, wie ich ihn um diesen guten Schlaf beneide!« sagte Wildeve. »So habe ich nicht mehr geschlafen, seit ich ein Junge war – vor vielen, vielen Jahren.«

Als sie ihn so betrachteten, hörte man das Klicken des Gartentors und dann ein Klopfen an der Haustür. Eustacia ging zum einen Fenster und schaute hinaus.

Ihr Gesichtsausdruck veränderte sich augenblicklich. Zuerst wurde sie hochrot, und dann wich das Rot einer Blässe, die sich sogar teilweise bis auf ihre Lippen ausdehnte.

»Soll ich fortgehen?« fragte Wildeve und stand auf.

»Ich weiß nicht recht.«

»Wer ist es?«

»Mrs. Yeobright. Oh, was hat sie damals alles zu mir gesagt! Ich verstehe nicht, warum sie kommt – was will sie? Und sie verdächtigt uns wegen unserer Vergangenheit.«

»Ich richte mich nach dir. Wenn du meinst, daß sie uns besser hier nicht sieht, dann gehe ich in das Zimmer nebenan.«

»Hm, ja, geh nur.«

Wildeve zog sich sogleich zurück, aber nachdem er eine

halbe Minute im angrenzenden Zimmer gewartet hatte, kam ihm Eustacia nach.

»Nein«, sagte sie, »darauf lassen wir uns nicht ein. Wenn sie hereinkommt, soll sie dich ruhig sehen – und wenn sie will, kann sie denken, daß etwas nicht stimmt! Aber wie kann ich ihr aufmachen, wo ich weiß, daß sie mich nicht leiden kann – wenn sie nicht mich, sondern ihren Sohn besuchen will? Ich mache die Tür nicht auf!«

Mrs. Yeobright klopfte noch einmal, diesmal lauter.

»Ihr Klopfen wird ihn sehr wahrscheinlich aufwekken«, fuhr Eustacia fort, »und dann kann er sie selbst hereinlassen. Ah – hör nur.«

Sie konnten hören, wie sich Clym im anderen Zimmer bewegte, als ob er durch das Klopfen aufgeschreckt worden sei, und hörten ihn das Wort »Mutter« sagen.

»Ja – er ist wach – er wird zur Tür gehen«, sagte sie und atmete erleichtert auf. »Komm hier durch. Sie hat eine schlechte Meinung von mir, und sie darf dich nicht sehen. Jetzt bin ich gezwungen, heimlich zu handeln, nicht weil ich etwas Unrechtes tue, sondern weil es anderen gefällt, dies zu behaupten.«

Sie hatte ihn inzwischen zur Hintertür gebracht, welche offenstand und in den Garten führte. »Ein Wort noch, Damon«, sagte sie, als er im Fortgehen begriffen war. »Dies war dein erster Besuch, laß es auch den letzten sein. Wir haben uns zu unsrer Zeit heiß geliebt, aber das geht jetzt nicht an. Auf Wiedersehn.«

»Auf Wiedersehn«, sagte Wildeve. »Ich habe alles erreicht, weshalb ich gekommen war, und ich bin zufrieden.«

»Was war das?«

»Dich zu sehen. Und ich schwöre dir bei meiner Ehre, daß das alles war, was ich wollte.«

Wildeve warf dem schönen Mädchen, an das er diese Worte richtete, eine Kußhand zu und ging durch den Garten davon. Eustacia sah ihm nach, wie er den Pfad hinun-

terging, über den Zaun stieg und dann durch die Farne
schritt, die beim Gehen seine Hüften streiften, bis er im
Dickicht verschwand. Als er nicht mehr zu sehen war,
drehte sie sich langsam um und richtete ihre Aufmerksamkeit auf die Vorgänge im Innern des Hauses.

Es war durchaus möglich, daß ihre Anwesenheit beim
ersten Treffen Clyms mit seiner Mutter unerwünscht oder
überflüssig war. Jedenfalls hatte sie keine Eile, Mrs.
Yeobright zu sehen. Daher beschloß sie zu warten, bis
Clym käme, um nach ihr zu sehen, und schlüpfte wieder
in den Garten. Dort beschäftigte sie sich für ein paar
Minuten, und als sich herausstellte, daß man sie nicht
beachtete, ging sie durchs Haus zum Eingang zurück, wo
sie nach Stimmen im Wohnzimmer lauschte. Da sie nichts
hörte, öffnete sie die Tür und ging hinein. Zu ihrer Überraschung lag Clym genau in der Stellung da, wie Wildeve
und sie selbst ihn verlassen hatten, und er schien seinen
Schlaf nicht unterbrochen zu haben. Er war wohl durch
das Klopfen gestört worden, hatte dadurch geträumt und
daraufhin etwas gemurmelt, war aber nicht aufgewacht.
Eustacia eilte zur Tür, und trotz ihres Widerstrebens,
sie einer Frau zu öffnen, die solch bittere Worte über
sie gesagt hatte, schloß sie auf und schaute hinaus. Niemand war zu sehen. Bei der Fußmatte lag Clyms Gerät
und die Handvoll Bündelreiser, die er mitgebracht hatte.
Vor ihr lag der leere Pfad, und das Gartentor war nur
angelehnt. Dahinter erzitterte das weite violette Heidetal
schweigend in der Sonne. Mrs. Yeobright war nicht zu
sehen.

Clyms Mutter folgte zu dieser Zeit einem Pfad, der
durch den Bergrücken Eustacias Blicken verborgen war.
Ihr Schritt vom Gartentor aus bis hierher war eilig und
entschlossen gewesen, wie von jemandem, der nun nicht
weniger darauf bedacht war, vor einer Situation zu fliehen, als er zuvor willens war, dieselbe zu suchen. Ihre

Blicke waren auf den Boden geheftet, und zwei belastende Bilder standen ihr lebhaft vor Augen: einmal Clyms Arbeitsgerät und die Zweige neben der Tür und zweitens das Gesicht einer Frau am Fenster. Ihre Lippen zitterten und wurden unnatürlich schmal, während sie murmelte: »Das ist zuviel – Clym, wie kann er so etwas zulassen! Er ist zu Hause, und doch läßt er sie die Tür vor mir verriegeln!«

In ihrem Bemühen, möglichst schnell aus der unmittelbaren Sichtweite des Hauses herauszukommen, hatte sie einen anderen als den direkten Weg nach Hause eingeschlagen, und als sie sich umschaute, um ihn wiederzufinden, traf sie auf einen kleinen Jungen, der in einer Mulde Heidelbeeren sammelte. Es war Johnny Nunsuch, der damals Eustacias Feuer geschürt hatte. Sobald Mrs. Yeobright erschien, schlich er mit der Neigung, wie sie ein kleinerer Körper einem größeren gegenüber verspürt, um sie herum und trottete dann, offensichtlich ohne sich dessen recht bewußt zu sein, neben ihr her.

Mrs. Yeobright sprach mit ihm wie unter Hypnose. »Es ist noch weit bis nach Hause, mein Kind, und wir werden nicht vor Abend da sein.«

»Ich schon«, sagte ihr kleiner Begleiter, »ich will noch vor dem Abendbrot Murmeln spielen, und wir essen um sechs, weil dann Vater nach Hause kommt. Kommt dein Vater auch um sechs nach Hause?«

»Nein, er kommt nie. Auch mein Sohn nicht und sonst auch niemand.«

»Was hat dich so erschreckt? Hast du ein Gespenst gesehen?«

»Ich hab etwas gesehen, was schlimmer ist – eine Frau, die mich durchs Fenster angeschaut hat.«

»Ist das was Schlimmes?«

»Ja, es ist immer was Schlimmes, wenn man eine Frau sieht, die einen müden Wanderer erblickt und ihn nicht hereinläßt.«

»Wo ich mal zum Throope Great Pond gegangen bin,
zum Kaulquappenfangen, hab ich mich selbst im Wasser
gesehen, und ich bin wie nur was weggesprungen.«

». . . Wenn sie nur angedeutet hätten, daß sie mir auf
halbem Weg entgegenkommen wollten, wäre es noch gut
gewesen! Aber jetzt ist es vorbei. Einfach aussperren! Sie
muß ihn gegen mich aufgehetzt haben. Gibt es denn
Schönheit ohne Herz? Ich glaube ja. Ich hätte das nicht
der Katze eines Nachbarn angetan, an einem solch glut-
heißen Tag wie heute.«

»Was sagst du da?«

»Niemals wieder – niemals! Nicht einmal, wenn sie
mich einladen sollten!«

»Du mußt eine sehr komische Frau sein, wo du so redest.«

»O nein, ganz und gar nicht«, sagte sie, zu dem
Gebrabbel des Jungen zurückkehrend. »Die meisten
Erwachsenen, die Kinder haben, reden so wie ich. Wenn
du einmal groß bist, spricht deine Mutter auch so wie
ich.«

»Hoffentlich nicht, weil's arg ist, wenn man dummes
Zeug redet.«

»Ja, Kind, es ist wahrscheinlich dummes Zeug. Bist du
nicht auch von der Hitze todmüde?«

»Ja, aber nicht so wie du.«

»Wie willst du das wissen?«

»Dein Gesicht ist weiß und naß, und dein Kopf hängt
irgendwie runter.«

»Ach, ich bin innerlich erschöpft.«

»Warum machst du bei jedem Schritt so?« Das Kind
bewegte sich, während es sprach, wie ein Hinkender.

»Weil ich eine Last trage, die schwerer ist, als ich sie
tragen kann.«

Der kleine Junge dachte im stillen nach, und die beiden
wankten Seite an Seite weiter, bis über eine Viertelstunde
vergangen war und Mrs. Yeobright, die immer schwächer

wurde, zu ihm sagte: »Ich muß mich hier hinsetzen und mich ausruhen.«

Als sie sich hingesetzt hatte, sah er ihr lange ins Gesicht und sagte dann: »Wie du so komisch atmest – wie ein Schaf, das man jagt, bis es fast nicht mehr kann. Atmest du immer so?«

»Nicht immer.« Ihre Stimme war jetzt kaum lauter als ein Flüstern.

»Du siehst aus, als ob du hier schlafen willst? Du hast schon deine Augen zu.«

»Nein, ich werde nicht viel schlafen bis – ein andermal, und dann hoffe ich lange, lange zu schlafen – sehr lange. Weißt du, ob Rimsmoor Pond diesen Sommer ausgetrocknet ist?«

»Rimsmoor Pond ja, aber Okers Pool nicht, weil er tief ist und nie austrocknet – der ist gleich da drüben.«

»Ist das Wasser klar?«

»Ja, so ziemlich, außer, wo die Heideponys reingehen.«

»Da nimm das und geh so schnell wie du kannst und schöpf mir das sauberste Wasser, das du finden kannst. Ich bin ganz schwach.«

Sie zog aus dem kleinen Weidenkörbchen, das sie mitgenommen hatte, eine alte chinesische Teetasse ohne Henkel hervor. Es war eine von einem halben Dutzend der gleichen Sorte, welche im Körbchen lagen und die sie seit ihrer Kindheit aufgehoben und heute mitgenommen hatte, um Clym und Eustacia ein kleines Geschenk zu machen.

Der Junge führte seinen Auftrag aus und kam bald mit dem Wasser, so wie er es vorgefunden hatte, zurück. Mrs. Yeobright versuchte zu trinken, aber es war so warm, daß ihr davon übel wurde, und sie schüttete es aus. Danach blieb sie mit geschlossenen Augen sitzen.

Der Junge wartete, spielte in der Nähe, fing mehrere von den kleinen braunen Schmetterlingen und sagte dann:

»Ich gehe lieber, als daß ich hier warte. Gehst du auch bald
wieder?«

»Ich weiß nicht.«

»Ich wollte, ich könnte allein gehen«, sagte er dann. Er
hatte offenbar Angst, daß er genötigt sein würde, irgend
etwas Unangenehmes zu tun. »Brauchst du mich noch?«

Mrs. Yeobright gab keine Antwort.

»Was soll ich meiner Mutter sagen?« fragte der Junge
weiter.

»Sag ihr, daß du eine Frau gesehen hast, der das Herz
gebrochen ist, weil ihr Sohn sie verstoßen hat.«

Bevor er endgültig ging, warf er ihr noch einen nach-
denklichen Blick zu, so als habe er Zweifel an der Richtigkeit der Entscheidung, sie einfach hier so allein zurück-
zulassen. Er schaute ihr unsicher und nachdenklich ins
Gesicht, wie jemand, der ein seltsames, altes Manuskript
studiert, dessen Buchstaben nicht zu entziffern sind. Er
war nicht mehr so klein, um nicht zu merken, daß hier
Mitgefühl angebracht sei, und er war andererseits nicht alt
genug, um nicht etwas von dem Schrecken zu spüren, der
einen in der Kindheit befällt, wenn man Elend und Not in
der Erwachsenenwelt wahrnimmt, die bisher heil zu sein
schien. Ob sie nun Unannehmlichkeit verursachen oder
darunter leiden würde, ob ihre Lage zu bemitleiden oder
zu fürchten sei, das war für ihn schwer zu entscheiden. Er
blickte zu Boden und ging ohne ein weiteres Wort. Bevor
er eine halbe Meile gegangen war, hatte er die ganze Sache
schon vergessen, außer daß da eine Frau gewesen war, die
sich hingesetzt hatte, um sich auszuruhen.

Mrs. Yeobright war vor seelischer und körperlicher
Erschöpfung einem Zusammenbruch nahe, aber sie
schleppte sich in kurzen Etappen weiter und ruhte sich
zwischendurch immer wieder lange aus. Die Sonne stand
nun weit im Südwesten und schien ihr direkt ins Gesicht.
Sie war wie ein erbarmungsloser Brandstifter mit einer
Fackel in der Hand, der nur darauf wartete, sie zu ver-

nichten. Seit der Junge gegangen, war jegliches Leben aus
der Landschaft verschwunden, obwohl die zeitweiligen
heiseren Töne der männlichen Grashüpfer in jedem Gin-
sterbusch Beweis genug für die Tatsache waren, daß
inmitten der Entkräftung der höheren Lebewesen eine
verborgene Insektenwelt geschäftig und voller Leben war.

Innerhalb von zwei Stunden erreichte sie einen Hang,
von wo aus noch etwa ein Viertel des gesamten Weges von
Alderworth bis zu ihrem Haus zurückzulegen war. Dort
überwucherte ein Busch von Feldthymian den Pfad, und
sie setzte sich auf dem so entstandenen Polster nieder. Vor
ihr hatte ein Ameisenvolk eine Durchgangsstraße über
den Pfad angelegt, auf der sich in nie endender Mühe eine
schwer beladene Menge entlang bewegte. Es war, als
blicke man von einem Turm aus auf eine belebte Straße in
einer Stadt hinab. Sie erinnerte sich, daß dieses Ameisen-
gewühl schon seit einigen Jahren an dieser Stelle vor sich
ging – zweifellos waren jene von damals die Urahnen
derer, die jetzt dort hin- und herwanderten. Sie lehnte sich
zurück, um eine bessere Ruhestellung zu finden, und der
milde Schein des östlichen Himmels tat ihren Augen
ebenso wohl, wie der Thymian ihrem Kopf guttat. Als sie
aufschaute, stieg in dieser Himmelsrichtung ein Reiher
auf und flog der Sonne entgegen. Er war tropfnaß von
einem Weiher des Tals gekommen, und auf seinem Flug
streiften die Sonnenstrahlen die Umrisse seiner Flügel,
seiner Schenkel und seiner Brust, so daß er aus poliertem
Silber zu bestehen schien. Dort oben war offenbar ein
freier und glücklicher Ort, ohne jegliche Berührung mit
dem Erdball, an den sie gefesselt war. Und sie wünschte, daß sie sich so unversehrt in die Lüfte erheben könnte
wie er.

Aber da sie eine Mutter war, mußte sie bald damit aufhören, über ihre eigene Situation nachzugrübeln. Wäre
die Spur ihres nächsten Gedankens wie die Flugbahn eines

Meteors als ein Streif in der Luft sichtbar gewesen, so wäre
er einer anderen Richtung gefolgt als der, die der Reiher
genommen hatte. Er wäre nach Osten hin auf das Dach
von Clyms Haus niedergegangen.

Kapitel 7

Die tragische Begegnung zweier alter Freunde

Dieser war in der Zwischenzeit aus seinem Schlaf erwacht,
setzte sich auf und blickte um sich. Eustacia saß ganz nahe
bei ihm auf einem Stuhl, und obwohl sie ein Buch in der
Hand hielt, hatte sie für eine Weile nicht hineingeschaut.

»Na, so etwas!« sagte Clym und strich mit der Hand
über die Augen. »Wie tief ich geschlafen habe! Und ich
hatte auch noch solch einen unheimlichen Traum, einen,
den ich nie vergessen werde.«

»Ich dachte mir, daß du geträumt hast«, sagte sie.

»Ja. Ich träumte von meiner Mutter. Ich nahm dich mit
zu ihrem Haus, um eine Versöhnung herbeizuführen, und
als wir hinkamen, konnten wir nicht hinein, obwohl sie
uns weinend um Hilfe bat. Wie auch immer, Träume sind
Schäume. Wieviel Uhr ist es, Eustacia?«

»Halb drei.«

»So spät schon? Ich wollte nicht so lange bleiben. Bis
ich noch etwas gegessen habe, wird es nach drei werden.«

»Ann ist noch nicht aus dem Dorf zurück, und ich
dachte, ich würde dich schlafen lassen, bis sie zurückkommt.«

Clym ging zum Fenster und schaute hinaus. Dann sagte
er grüblerisch: »Eine Woche nach der anderen vergeht,
und Mutter kommt nicht. Ich hatte gedacht, sie würde
längst etwas von sich hören lassen.«

Böse Ahnungen, Ängste und Entschlüsse lösten einander in kurzen Abständen in Eustacias dunklen Augen ab. Sie sah sich einer ungeheuren Schwierigkeit gegenüber, und sie beschloß, sich davon zu befreien, indem sie eine Entscheidung auf später verschob.

»Auf jeden Fall muß ich bald nach Blooms-End gehen«, fuhr er fort, »und ich meine, ich sollte besser allein gehen.« Er nahm seine Beinschützer und Handschuhe auf, warf sie wieder hin und sagte: »Da es mit dem Essen heute so spät werden wird, gehe ich nicht mehr in die Heide zurück, sondern arbeite noch bis zum Abend im Garten. Wenn es dann kühler geworden ist, gehe ich noch nach Blooms-End. Ich glaube bestimmt, daß Mutter bereit ist, alles zu vergessen, wenn ich ihr nur ein wenig entgegenkomme. Es wird ziemlich spät werden, bis ich nach Hause zurückkomme, da ich für einen Weg jeweils mindestens anderthalb Stunden brauchen werde. Aber das macht dir doch nichts aus, wegen dem einen Abend, Liebling? Was denkst du? Du siehst so abwesend aus.«

»Ich kann es dir nicht sagen«, sprach sie düster. »Ich wollte, wir würden nicht hier leben, Clym. Alles scheint schiefzugehen an diesem Ort.«

»Ja, wenn wir es nicht ändern. Ich überlege, ob Thomasin in letzter Zeit einmal in Blooms-End war. Ich hoffe es jedenfalls, aber sehr wahrscheinlich ist es nicht, da sie etwa in einem Monat niederkommt. Ich wollte, ich hätte vorher daran gedacht. Die arme Mutter muß wahrhaftig sehr einsam sein.«

»Ich möchte nicht, daß du heute abend gehst.«

»Warum nicht heute abend?«

»Es könnte etwas zur Sprache kommen, das mich schrecklich belastet.«

»Meine Mutter ist nicht nachtragend«, sagte Clym, während ihm eine leichte Röte ins Gesicht stieg.

»Aber mir wäre lieber, du würdest nicht gehen«, wiederholte Eustacia leise. »Wenn du damit einverstanden bist, heute abend nicht zu gehen, verspreche ich dir, morgen selbst zu ihr zu gehen, um mich mit ihr auszusöhnen, und ich warte dann, bis du mich abholst.«

»Warum willst du das ausgerechnet jetzt tun, wo du sonst immer dagegen warst, wenn ich es vorgeschlagen habe?«

»Ich kann nichts weiter erklären, als daß ich gern allein zu ihr gehen möchte, bevor du zu ihr gehst«, antwortete sie mit einer ungeduldigen Kopfbewegung und sah ihn mit einer sorgenvollen Unruhe an, wie man sie eher bei Sanguinikern als bei Menschen ihres Temperaments beobachten kann.

»Nun, es ist allerdings sonderbar, daß du ausgerechnet in dem Moment, wo ich mich entschlossen habe zu gehen, nun das tun willst, was ich schon seit langem vorgeschlagen habe. Wenn ich warte, bis du morgen gehen kannst, ist ein weiterer Tag verloren. Ich weiß, daß ich nicht noch eine Nacht länger ruhig schlafen kann, ohne dort gewesen zu sein. Ich möchte das jetzt in Ordnung bringen, und das werde ich auch. Du mußt sie dann hinterher besuchen, es wird so oder so richtig sein.«

»Könnte ich denn vielleicht sogar jetzt mit dir gehen?«

»Du könntest kaum ohne eine längere Pause den Weg hin- und zurückgehen, so wie ich es vorhabe. Nein, nicht heute abend, Eustacia.«

»Dann mag es so sein, wie du willst«, antwortete sie in der ruhigen Art eines Menschen, der, obgleich gewillt, mit einiger Mühe üble Folgen abzuwenden, eher den Dingen ihren Lauf läßt, als um die Richtung ihres Laufes hart zu kämpfen.

Danach ging Clym in den Garten, und für den restlichen Nachmittag verharrte Eustacia in träger Nachdenklichkeit, welche ihr Ehemann auf die Hitze zurückführte.

Am Abend machte er sich auf den Weg. Obwohl die Sommerhitze noch groß war, waren die Tage doch schon erheblich kürzer, und bevor er eine Meile weit auf seinem

Weg gekommen war, hatte sich das ganze Violett, Braun und Grün der Heide in ein eintöniges Gewand verwandelt, leblos und ohne erkennbare Unterschiede. Eine Unterbrechung bildeten nur hier und da ein paar weiße Flecken, welche einmal von den kleinen Haufen sauberen Quarzsandes herrührten und den Eingang eines Kaninchenbaus anzeigten, oder von den weißen Kieseln eines Fußpfades, der wie ein Faden über den Hängen lag. In fast jedem der einzeln stehenden, verkrüppelten Dornbüsche verriet ein Nachtfalke seine Gegenwart durch ein Schnarren, das dem Klappern eines Mühlrads ähnelte. Dieses dauerte so lange, wie er den Atem anhalten konnte, dann hörte er auf, schlug mit den Flügeln, flatterte im Busch umher und ließ sich dann nieder, um nach einer stillen Lauschpause mit dem Surren erneut zu beginnen. Bei jedem Schritt, den Clym tat, flogen weiße Nachtfalter hoch genug in die Luft, daß sich auf ihren staubigen Flügeln das milde Licht von Westen her sammelte; dieses schien nun über die Niederungen des Tals hinweg, ohne sie zu erhellen.

Yeobright lief durch diese ruhige Landschaft in dem hoffnungsvollen Gedanken, daß sich bald alles zum Guten wenden würde. Nach drei Meilen kam er an eine Stelle, wo ihm ein zarter Duft über den Pfad hin entgegenkam, und er blieb für einen Augenblick stehen, um den vertrauten Geruch einzuatmen. Es war die Stelle, wo vier Stunden zuvor seine Mutter auf der mit Feldthymian bewachsenen Kuppe erschöpft niedergesunken war. Während er noch dastand, drang plötzlich ein Geräusch, halb Atmen halb Stöhnen, an sein Ohr.

Er blickte um sich, um zu sehen, wo es herkam, aber er konnte außer dem Rand des grasbewachsenen Hügels, der sich klar gegen den Himmel abhob, nichts entdecken. Er ging einige Schritte in diese Richtung und bemerkte nun fast zu seinen Füßen eine zusammengekauerte Gestalt.

Unter all den verschiedenen Möglichkeiten, wer diese

Person sein mochte, kam es Yeobright auch nicht für einen Augenblick in den Sinn, daß es jemand aus seiner Familie sein könnte. Man wußte, daß Ginsterschneider um diese Zeit manchmal draußen schliefen, um sich den langen Weg nach Hause und wieder zurück zu ersparen. Aber Clym kam das Stöhnen bekannt vor. Er schaute genauer hin und erkannte, daß es eine Frau war, und es überkam ihn eine Verzweiflung wie der kalte Luftzug aus einer Höhle. Aber er war sich nicht völlig sicher, daß es sich um seine Mutter handelte, bis er sich niederbeugte und ihr bleiches Gesicht mit den geschlossenen Lidern erkannte.

Das Herz blieb ihm fast stehen, und der Angstschrei, der in ihm aufstieg, erstarb auf seinen Lippen. Die ersten Sekunden vergingen, ohne daß er sich bewußt wurde, daß etwas geschehen müsse. Jegliches Gefühl für Raum und Zeit hatte ihn verlassen, und es schien ihm, als ob er und seine Mutter, wie in seiner Kindheit vor vielen Jahren, zu Zeiten wie dieser auf der Heide seien. Dann erwachte seine Tatkraft, und als er sich tiefer hinabbeugte, stellte er fest, daß sie noch atmete und daß ihr Atem, außer wenn sie gelegentlich tief nach Luft ringen mußte, zwar schwach, aber doch regelmäßig ging.

»Oh, was ist denn? Mutter, geht es dir sehr schlecht – du stirbst doch nicht?« rief er und preßte seine Lippen auf ihr Gesicht. »Ich bin dein Clym. Wie kommst du denn hierher? Was hat das alles zu bedeuten?«

In diesem Augenblick war sich Yeobright der Kluft, die zwischen ihnen durch seine Liebe zu Eustacia entstanden war, nicht bewußt, und die Gegenwart fügte sich für ihn nahtlos an jene freundliche Vergangenheit an, die sie vor ihrer Trennung miteinander verbunden hatte.

Sie bewegte die Lippen und schien ihn zu erkennen, aber sie konnte nicht sprechen, und Clym überlegte fieberhaft, wie er sie am besten transportieren könne, da es notwendig sein würde, sie von hier wegzubringen, bevor der Tau stärker einsetzte. Er war kräftig gebaut, und seine Mutter war mager. Er schlang seine Arme um sie, hob sie ein wenig an und sagte: »Tut dir das weh?«

Sie schüttelte den Kopf, und er hob sie auf. Dann ging er langsam mit seiner Last voran. Die Luft hatte sich nun völlig abgekühlt, aber immer, wenn er zu einer sandigen Stelle kam, schlug ihm die den Tag über gespeicherte Hitze noch entgegen. Am Anfang seines Unternehmens hatte er sich wenig Gedanken über die Entfernung gemacht, die zu bewältigen war, um Blooms-End zu erreichen. Aber bald begann er, obgleich er an diesem Nachmittag geschlafen hatte, das Gewicht seiner Bürde zu spüren. So ging er dahin wie Äneas mit seinem Vater,[11] und die Fledermäuse flogen um seinen Kopf, Nachtschwalben schlugen einen Meter vor seinem Gesicht mit ihren Flügeln, und es war keine Menschenseele weit und breit.

Als er noch fast eine Meile vom Haus seiner Mutter entfernt war, wurde sie durch das lange Tragen unruhig, so als ob seine Arme sie drückten. Er ließ sie auf seine Knie nieder und schaute sich um. Die Stelle, die sie jetzt erreicht hatten, war, obgleich weit weg von jeder Straße, nicht mehr als eine Meile von den Häusern in Blooms-End entfernt, welche von Fairway, Sam, Humphrey und den Cantles bewohnt wurden. Außerdem stand etwa fünfzig Meter weiter eine Hütte, die aus Erdklumpen gebaut und mit dünnen Torfstücken gedeckt war, und die jetzt völlig ungenutzt zu sein schien. Nur die Umrisse der einsamen Hütte waren sichtbar, und dorthin beschloß er seine Schritte zu lenken. Sobald er sie erreicht hatte, legte er seine Mutter vorsichtig beim Eingang nieder und rannte dann los, um mit seinem Taschenmesser einen Armvoll trockener Farne zu schneiden. Nachdem er diese auf dem Boden der Hütte ausgebreitet hatte, bettete er sie darauf. Danach rannte er mit allen Kräften zum Haus von Fairway.

Fast eine Viertelstunde, nur durch das unregelmäßige Atmen der Leidenden unterbrochen, war vergangen, als die Linie zwischen Heide und Himmel von sich bewegenden Gestalten belebt wurde. In wenigen Minuten war Clym mit Fairway, Humphrey und Susan Nunsuch zur Stelle; Olly Dowden, die zufällig bei Fairway gewesen war, folgte mit Christian und Großpapa Cantle Hals über Kopf hintendrein. Sie hatten eine Laterne und Streichhölzer mitgebracht, sowie Wasser, ein Kissen und noch ein paar andere Gegenstände, die ihnen in der Eile eingefallen waren. Sam schickten sie noch einmal zurück, um Brandy zu holen, und ein Junge brachte Fairways Pony, auf dem er zum nächsten Doktor ritt. Unterwegs sollte er noch bei Wildeve haltmachen und Thomasin davon unterrichten, daß es ihrer Tante schlechtgehe.

Sam und der Brandy trafen bald ein, und man flößte ihr davon beim Schein der Laterne ein, wonach sie genügend zu Bewußtsein kam, um zu bedeuten, daß etwas mit ihrem Fuß nicht in Ordnung sei. Er war angeschwollen und gerötet. Olly Dowden verstand schließlich, was sie meinte, und untersuchte den Fuß. Noch während sie ihn anschauten, schien er eine mehr aschgraue Färbung anzunehmen, und mittendrin war ein hochroter Fleck, kleiner als eine Erbse, der sich als ein Blutstropfen erwies, welcher sich von der zarten Haut ihres Knöchels halbkugelförmig abhob.

»Ich weiß, was das ist«, rief Sam aus. »Sie ist von einer Kreuzotter gebissen worden!«

»Ja«, sagte Clym sofort. »Ich erinnere mich daran, als Kind so eine Bißwunde gesehen zu haben. Oh, meine arme Mutter!«

»Mein Vater ist damals gebissen worden«, sagte Sam, »und es gibt nur ein Mittel dagegen. Man muß die Stelle mit dem Fett von anderen Kreuzottern einreiben, und das bekommt man, wenn man sie brät. Das haben sie bei ihm gemacht.«

»Das ist ein altes Hausmittel«, sagte Clym mißtrauisch, »und ich bezweifle, ob es wirkt. Aber wir können nichts anderes machen, bis der Doktor kommt.«

»Das ist ein sicheres Mittel«, sagte Olly Dowden mit Nachdruck, »ich habe es angewendet, als ich Kranken-schwester gewesen bin.«

»Dann müssen wir um Tageslicht beten, damit wir sie fangen können«, sagte Clym düster.

»Ich will sehen, was ich tun kann«, sagte Sam. Er nahm einen grünen Haselstock, den er als Spazierstock benutzt hatte, spaltete dessen Ende auf, steckte einen kleinen Stein hinein und ging dann mit der Laterne in der Hand in die Heide hinein. Zu dieser Zeit hatte Clym schon ein kleines Feuer gemacht und Susan Nunsuch gebeten, eine Pfanne zu holen. Bevor sie zurückkam, war Sam mit drei Ottern zurückgekehrt, von denen eine, da sie in der Spalte des Stocks gefangen war, sich heftig ringelte, während die anderen leblos darüberhingen.

»Ich konnte nur eine lebendig und frisch kriegen, so wie sie sein soll«, sagte Sam. »Die schlappen da sind zwei, die ich heut bei der Arbeit getötet hab. Aber da sie nicht vor Sonnenuntergang kaputtgehen, kann ihr Fleisch noch nicht schlecht sein.«

Die noch lebende Otter betrachtete die Versammlung mit bösen Blicken aus ihren kleinen schwarzen Augen, und die wundervolle braune und pechschwarze Zeich-nung auf ihrem Rücken schien sich vor lauter Empörung noch zu vertiefen. Mrs. Yeobright sah die Kreatur an, und die Kreatur sah sie an; ein Zittern überkam sie, und sie wandte ihre Augen ab.

»Schaut euch das an«, murmelte Christian Cantle. »Wer weiß, ob nicht was von der alten Schlange in Gottes Garten, die, wo der jungen Frau ohne Kleider den Apfel gegeben hat, ob von der nicht noch was in Kreuzottern und Schlangen lebt? Guckt euch nur ihr Auge an – ganz und gar wie 'ne bösartige schwarze Johannisbeere. Hof-

fentlich kann sie uns nicht verhexen! Es gibt Leute in der
Heide, die schon der böse Blick getroffen hat. Ich werd'
nie in meinem Leben nochmal 'ne Otter kaputtmachen.«

»Nun, 's ist schon recht, vor so was Angst zu haben,
wenn man nicht anders kann«, sagte Großpapa Cantle.
»Das hätt' mir zu meiner Zeit so manch brenzlige Gefahr
erspart.«

»Es kommt mir vor, als hätt' ich draußen vor der Hütte
was gehört«, sagte Christian. »Ich wollt', unangenehme
Dinge kämen bei Tag, weil dann ein Mann seinen Mut
beweisen kann und nicht die dürrste Bohnenstange von
einer Frau um Gnade anflehen muß, falls er ein tapferer
Mann ist und ihr entkommen kann!«

»Selbst ein so ungebildeter Kerl wie ich sollte wissen,
daß man so etwas besser nicht tut«, sagte Sam.

»Ja, es gibt halt oft dort ein Unheil, wo man's am
wenigsten erwartet, stimmt's, Nachbarn? Wenn Mrs.
Yeobright sterben würd', glaubt ihr, daß sie uns dann
festnehmen und uns wegen Totschlag vor Gericht
bringen?«

»Nein, das können sie nicht so hinstellen«, sagte Sam,
»außer sie beweisen, daß wir irgendwann einmal Wilderer
gewesen sind. Aber sie kommt schon durch.«

»Ja, wenn ich von zehn Ottern gebissen worden wär',
hätt' ich deshalb kaum einen Tag mit der Arbeit ausgesetzt«, sagte Großpapa Cantle. »So bin ich halt, wenn ich
all meine Kräfte zusammennehm. Aber vielleicht ist das
ganz natürlich für einen Mann, der für den Krieg ausgebil-
det ist. Ja, ich hab allerhand mitgemacht. Aber es ist mir
nichts schiefgegangen, seit ich bei den Rowdys war,
damals anno vier.« Er schüttelte den Kopf und lächelte im
Geist seinem Bild in Uniform zu. »Ich war immer der
erste auch beim tollsten Schlamassel, als ich noch jünger
war.«

»Ich glaube, das war deshalb, weil sie immer die größten Dummköpfe nach vorn schicken«, sagte Fairway, der vor dem Feuer kniete und hineinblies.

»Meinst du, Timothy?« sagte Großpapa Cantle und kam, plötzlich ganz niedergeschlagen, an Fairways Seite. »Dann kann also ein Mann jahrelang glauben, daß er ein guter Kerl ist, und muß dann auf einmal feststellen, daß er sich geirrt hat?«

»Fragt nicht so, Großpapa. Nehmt die Beine in die Hand und holt noch mehr Holz. Es ist sehr dumm von einem alten Mann, so zu plappern, wenn's um Leben und Tod geht.«

»Ja, ja«, sagte Großpapa Cantle mit melancholischer Überzeugung, »es ist alles in allem für die, die zu ihrer Zeit tüchtig waren, eine schlechte Nacht heute, und wenn ich mich je drauf verstanden hätt', die Oboe oder das Cello zu spielen, dann würd' ich mich jetzt nicht trauen, drauf zu spielen.«

Jetzt erschien Susan mit der Pfanne, die lebende Kreuzotter wurde getötet und die Köpfe der drei Tiere entfernt. Das übrige wurde in Stücke geschnitten und dann in die Pfanne getan, die über dem Feuer zu zischen und prasseln anfing. Bald lief ein Rinnsal klaren Öls aus den Kadavern, woraufhin Clym eine Ecke seines Taschentuchs in die Flüssigkeit tauchte und die Wunde damit betupfte.

Kapitel 8

Eustacia hört von Glück und ahnt Unheil

Unterdessen wurde Eustacia, die allein zu Hause geblieben war, durch die Umstände mehr und mehr niedergedrückt. Die Folgen, die aus der Entdeckung Clyms, daß seine Mutter von seiner Tür abgewiesen worden war, resultieren konnten, würden wahrscheinlich unerfreulich sein, und dies war etwas, das sie fürchtete wie die Pest.

Es war ihr immer unangenehm, den Abend allein verbringen zu müssen, und an diesem Abend war es wegen der Aufregungen der letzten Stunden noch unangenehmer als sonst. Sie war nicht etwa durch die Möglichkeit beunruhigt, bei der Unterhaltung Clyms mit seiner Mutter in einem schlechten Licht zu erscheinen, sie war einfach qualvoll beunruhigt, und im Innersten wünschte sie sich immer, sie hätte die Tür geöffnet. Auf jeden Fall hatte sie gedacht, daß Clym wach war, und soweit hätte dies ja auch als Entschuldigung gegolten, aber nichts konnte sie vor dem Tadel bewahren, die Tür nicht beim ersten Klopfen geöffnet zu haben. Doch anstatt sich selbst in der Sache anzuklagen, legte sie die Verantwortung dafür auf die Schultern irgendeines nebulösen, übermächtigen Satans, welcher sie in die Situation gebracht und ihr Schicksal bestimmt hatte.

Zu dieser Jahreszeit war es angenehmer, bei Nacht draußen zu sein als bei Tage, und als Clym etwa eine Stunde fort war, entschloß sie sich plötzlich, in Richtung Blooms-End zu gehen, um ihn möglicherweise auf seinem Weg nach Hause zu treffen. Als sie zum Gartentor kam, hörte sie einen Wagen herannahen, und als sie sich umdrehte, erblickte sie ihren Großvater.

»Ich muß gleich wieder fort«, antwortete er auf ihren Gruß. »Ich bin auf dem Weg nach East Egdon, aber ich komme vorbei, um dir schnell eine Neuigkeit zu erzählen. Vielleicht hast du schon von Wildeves Glück gehört?«

»Nein«, sagte Eustacia verblüfft.

»Also, er hat elftausend Pfund geerbt – ein Onkel in Kanada ist gestorben, nachdem er gehört hatte, daß seine ganze Familie, die er nach Hause geschickt hatte, mit der *Cassiopeia* untergegangen ist. Und Wildeve hat alles geerbt, ohne sowas im geringsten zu erwarten.«

Eustacia stand einen Augenblick regungslos da. »Wie lange weiß er das schon?« fragte sie.

»Ja, er hat es wohl schon heute früh gewußt, denn ich hab's um zehn Uhr gehört, als Charley zurückkam. Der Mann hat vielleicht Glück, muß ich sagen. Was warst du dumm, Eustacia!«

»Wieso?« fragte sie und hob ihre Augenbrauen mit gespielter Gleichgültigkeit.

»Na, weil du nicht bei ihm geblieben bist, als du ihn gehabt hast.«

»Als ich ihn hatte, wahrhaftig!«

»Ich hab bis vor kurzem gar nicht gewußt, daß etwas zwischen euch gewesen war, und glaube mir, ich wäre entschieden dagegen gewesen, wenn ich's gewußt hätte. Aber da es so aussieht, als ob ihr ein Techtelmechtel miteinander gehabt habt, warum, zum Teufel, bist du dann nicht bei ihm geblieben?«

Eustacia gab keine Antwort, machte aber ein vielsagendes Gesicht, so als hätte sie allerhand dazu zu sagen, wenn sie es wollte.

»Und wie geht's deinem armen blinden Ehemann?« fuhr der alte Mann fort. »Auch kein schlechter Bursche auf seine Art.«

»Es geht ihm recht gut.«

»Für seine Cousine – wie heißt sie denn gleich? – ist das ja was Gutes. Meine Güte, du solltest in dem Boot sitzen, liebes Mädchen! Jetzt muß ich weiter. Brauchst du irgendeine Unterstützung von mir? Du weißt, was mein ist, ist auch dein.«

»Danke, Großvater, wir haben im Moment, was wir brauchen«, sagte Eustacia kalt. »Clym schneidet Ginster, aber er tut das hauptsächlich zum nützlichen Zeitvertreib, weil er nichts anderes tun kann.«

»Aber er wird doch für seinen Zeitvertreib bezahlt, oder? Drei Schillinge fürs Hundert, wie ich gehört hab.«

»Clym hat Geld«, sagte sie und verfärbte sich, »aber er verdient auch gern ein wenig dazu.«

»Na dann, gute Nacht.« Und damit fuhr der Kapitän davon.

Als ihr Großvater gegangen war, setzte Eustacia mechanisch ihren Weg fort, aber ihre Gedanken beschäftigten sich nicht länger mit Clym und ihrer Schwiegermutter. Wildeve, trotz seiner Klagen über sein Geschick, war vom Schicksal auserkoren und wieder einmal auf der Sonnenseite des Lebens. Elftausend Pfund! Vom Standpunkt eines jeden Egdon-Bewohners war er ein reicher Mann. Auch in Eustacias Augen war es eine stattliche Summe – eine Summe, die genügen würde, all jene Wünsche zu erfüllen, die Clym in seinen eher düsteren Stimmungen als eitel und verschwenderisch abgetan hätte. Obwohl sie das Geld an sich nicht liebte, liebte sie doch, was man mit Geld bekommen konnte, und die neuen Dinge, mit denen sich Wildeve nun wohl umgeben würde, statteten ihn mit erheblichem Reiz aus. Sie erinnerte sich daran, wie unauffällig vornehm er heute morgen gekleidet war: er hatte wahrscheinlich ungeachtet des Gestrüpps und der Dornen seinen neuesten Anzug angezogen. Und dann dachte sie daran, wie er sich ihr gegenüber verhalten hatte.

»Oh, ich verstehe, ich verstehe es jetzt«, sagte sie. »Wie sehr er sich wünscht, mich jetzt zu haben, damit er mir alles, wonach ich mich sehne, geben könnte!«

Als sie sich nun die Einzelheiten in seinem Blick und seinen Worten vergegenwärtigte – etwas, was sie zunächst kaum weiter beachtet hatte –, wurde ihr klar, wie sehr sie von dem Wissen um diese neue Entwicklung beeinflußt waren. »Wäre er ein Mann gewesen, der mit übelwollenden Absichten gekommen wäre, hätte er mir von seinem Glück in triumphierenden Tönen berichtet. Statt dessen erwähnte er es mit Rücksicht auf mein Unglück mit keiner

Silbe und deutete lediglich an, daß er mich noch immer als jemanden, der über ihm steht, liebt.«

Der Grund für Wildeves Schweigen über das, was ihm widerfahren war, hatte an diesem Tag genau in der Berechnung gelegen, damit bei einer Frau wie Eustacia Eindruck zu machen. Jenes Feingefühl für guten Geschmack war gerade eine seiner Stärken im Umgang mit dem anderen Geschlecht. Es gehörte zu Wildeves Eigenheiten, daß, während er zu einer bestimmten Zeit einer Frau gegenüber unbeherrscht, vorwurfsvoll und ärgerlich war, er sie ein anderes Mal mit solch unerreichtem Charme behandeln konnte, daß vorausgegangene Vernachlässigung nicht wie Unhöflichkeit, Kränkung nicht wie Beleidigung erschien, und daß Gleichgültigkeit zartfühlender Aufmerksamkeit und der Verlust ihrer Ehre einem Übermaß an Ritterlichkeit gleichkam. Dieser Mann, dessen Bewunderung Eustacia heute verschmäht und dessen gute Wünsche anzunehmen sie kaum der Mühe wert gefunden hatte, er, den sie durch die Hintertür aus dem Haus gewiesen hatte, er war der Besitzer von elftausend Pfund – ein Mann mit einer leidlich guten Berufsausbildung und jemand, der bei einem Bauingenieur gelernt hatte.

Eustacias Gedanken waren so sehr mit Wildeves Glück beschäftigt, daß sie vergaß, wieviel näher ihr dasjenige von Clym lag, und anstatt weiterzugehen, um ihn gleich zu treffen, setzte sie sich auf einen Stein nieder. Sie wurde durch eine Stimme hinter sich aus ihren Träumereien aufgeschreckt, und als sie sich umdrehte, erblickte sie ihren alten Liebhaber, den glücklichen Erben eines Vermögens, unmittelbar neben sich.

Sie blieb sitzen, ihr sich verändernder Gesichtsausdruck jedoch würde jedem Mann, der sie so gut wie Wildeve kannte, verraten haben, daß sie an ihn gedacht hatte.

»Wie kommst du denn hierher?« sagte sie mit ihrer klaren, tiefen Stimme, »ich dachte, du wärst zu Hause.«

»Ich bin noch zum Dorf gegangen, nachdem ich deinen Garten verließ. Und jetzt bin ich wieder zurück, das ist alles. Wohin gehst du denn, wenn ich fragen darf?«

Sie zeigte mit der Hand in Richtung Blooms-End. »Ich will meinem Mann entgegengehen. Ich glaube, daß ich möglicherweise Schwierigkeiten bekommen habe, als du heute da warst.«

»Wie kann denn das sein?«

»Indem ich Mrs. Yeobright nicht hereingelassen habe.«

»Ich hoffe, daß dir mein Besuch keine Unannehmlichkeiten verursacht hat?«

»Nein. Es war nicht deine Schuld«, sagte sie ruhig.

Sie war inzwischen aufgestanden, und die beiden schlenderten unwillkürlich zusammen weiter, ohne für zwei oder drei Minuten ein Wort zu sagen. Dann brach Eustacia das Schweigen, indem sie sagte: »Ich nehme an, ich muß dir gratulieren.«

»Weshalb? O ja, wegen meiner elftausend Pfund meinst du. Ja, da ich etwas anderes nicht bekam, muß ich wohl damit zufrieden sein.«

»Das alles scheint dir gleichgültig zu sein. Warum hast du mir nichts gesagt, als du heute kamst?« sagte sie im Ton einer Person, die sich vernachlässigt fühlt. »Ich habe es ganz zufällig erfahren.«

»Ich hatte vor, es dir zu sagen«, sagte Wildeve, »aber ich – um ehrlich zu sein, ich wollte nichts davon sagen, Eustacia, als ich sah, daß dein Glücksstern nicht so hoch am Himmel steht. Der Anblick eines von der Arbeit erschöpften Mannes – so wie dein Mann dalag – gab mir das Gefühl, daß mit meinem Glück zu prahlen ganz unangebracht sei. Und doch, wie du so neben ihm standst, konnte ich auch nicht umhin zu denken, daß er in mancher Hinsicht ein reicherer Mann ist als ich.«

Darauf antwortete Eustacia mit unterschwelliger Boshaftigkeit: »Was, du würdest mit ihm tauschen – dein Vermögen gegen mich?«

»Auf jeden Fall«, sagte Wildeve.

»Da wir über etwas spekulieren, was unmöglich und absurd ist, wollen wir nicht lieber das Thema wechseln?«

»Gut. Ich kann dir von meinen Zukunftsplänen berichten, falls du dich dafür interessierst. Ich möchte neuntausend Pfund fest anlegen, tausend Pfund verfügbar halten und mit den übrigen tausend Pfund ein Jahr oder so auf Reisen gehen.«

»Reisen? Was für eine gute Idee! Wo willst du denn hin?«

»Von hier nach Paris, wo ich den Winter und Frühling verbringe, dann will ich nach Italien, Griechenland, Ägypten und Palästina, bevor es zu heiß wird, und im Sommer gehe ich nach Amerika. Und dann, aber dafür liegt der Plan noch nicht fest, werde ich nach Australien und danach nach Indien gehen. Dann werde ich auch genug haben und wahrscheinlich nach Paris zurückgehen, und dort werde ich dann so lange bleiben, wie ich es mir leisten kann.«

»Dann wieder nach Paris zurück«, murmelte sie in einem Ton, der einem Seufzer gleichkam. Sie hatte Wildeve kein einziges Mal von ihrer Paris-Sehnsucht, welche Clyms Erzählungen in ihr geweckt hatten, erzählt, und nun war er, ohne es zu wollen, in der Lage, sie zu erfüllen. »Du hältst viel von Paris, was?«

»Ja, meiner Meinung nach ist es der schönste Ort auf der Welt.«

»Und meiner Meinung nach auch! Und Thomasin, geht sie mit?«

»Ja, wenn ihr etwas daran liegt. Sie wird vielleicht lieber zu Hause bleiben.«

»Dann wirst du also in der Welt herumkommen, und ich werde hierbleiben!«

»Das nehme ich an. Aber wir wissen, wessen Schuld das ist.«

»Ich mache dir keinen Vorwurf«, sagte sie schnell.

»Oh, ich hatte den Eindruck. Wenn du jemals daran denken solltest, mir die Schuld zu geben, dann denke an einen gewissen Abend am Regenhügel, wo du mich zu treffen versprochen hattest und dann nicht kamst. Du hast mir einen Brief geschrieben, und als ich ihn las, tat mir das Herz so weh, wie ich hoffe, daß es dir nie weh tun wird. Das war ein Grund für unsere Trennung. Dann tat ich etwas Übereiltes . . . Aber sie ist eine gute Frau, und mehr will ich nicht sagen.«

»Ich weiß, daß die Schuld zu jener Zeit auf meiner Seite lag«, sagte Eustacia. »Aber das war nicht immer so gewesen. Wie dem auch sei, ich bin halt damit geschlagen, zu rasch nach Gefühl zu handeln. O Damon, mache mir keine Vorwürfe mehr – ich kann es nicht ertragen.«

Sie waren schon zwei oder drei Meilen ohne ein Wort zu sagen gegangen, als Eustacia plötzlich sagte: »Macht Ihr nicht einen Umweg, Mr Wildeve?«

»Ich gehe heute überall und nirgends hin. Ich gehe mit dir bis zu dem Hügel, von dem aus man Blooms-End sehen kann, da es schon spät für dich ist, allein zu gehen.«

»Mach dir keine Mühe, ich sollte eigentlich gar nicht draußen sein. Ich glaube, es wäre mir lieber, wenn du mich nicht weiter begleiten würdest. Es würde seltsam aussehen, wenn es bekannt würde.«

»Na gut, dann werde ich jetzt gehen.« Er ergriff unerwartet ihre Hand und küßte sie – zum ersten Mal, seit sie verheiratet war. »Was ist das für ein Licht auf dem Berg?« fügte er hinzu, wie um die Liebkosung damit zu verbergen.

Sie schaute hinauf und sah nicht weit entfernt einen flackernden Feuerschein in dem offenen Teil einer Hütte. Der Schuppen, der bisher immer leer gestanden hatte, schien jetzt benutzt zu sein.

»Da du schon so weit mitgekommen bist, würdest du mich noch bis über die Hütte hinaus begleiten? Ich dachte, ich würde etwa hier Clym treffen, aber da er nicht kommt, möchte ich mich beeilen, Blooms-End zu erreichen, bevor er von dort weggeht.«

Sie gingen auf den Heuschuppen zu, und als sie herangekommen waren, sahen sie im Feuerschein und Laternenlicht recht deutlich die Gestalt einer Frau, die auf einem Lager von Farnen zurückgelehnt dalag, sowie eine Gruppe von Heideleuten, welche um sie herumstanden. Eustacia erkannte von weitem in der zurückgelehnten Gestalt Mrs. Yeobright nicht, auch nicht Clym als einen der Umstehenden, bis sie nahe herangekommen war. Dann drückte sie Wildeves Arm und bedeutete ihm, von der offenen Seite des Schuppens in den Schatten zurückzutreten.

»Es ist mein Mann und seine Mutter«, flüsterte sie aufgeregt. »Was mag das zu bedeuten haben? Willst du hingehen und es mir dann sagen?«

Wildeve verließ sie und ging zur Rückseite des Schuppens. Darauf bemerkte Eustacia, daß er ihr zuwinkte, und sie trat zu ihm.

»Es ist etwas Ernstes«, sagte Wildeve.

Von ihrem Platz aus konnten sie hören, was drinnen vorging.

»Ich kann mir nicht denken, wo sie hinwollte«, sagte Clym zu jemandem. »Offenbar hatte sie einen langen Weg hinter sich, aber selbst als sie eben gerade sprechen konnte, wollte sie mir nicht sagen, wo sie war. Was haltet Ihr denn wirklich von ihr?«

»Man muß das Schlimmste befürchten«, war die gedämpfte Antwort, und Eustacia erkannte an der Stimme, daß es der Doktor, der einzige des Bezirks, war.

»Sie hat etwas durch den Schlangenbiß gelitten, aber hauptsächlich hat sie die Erschöpfung überwältigt. Ich habe den Eindruck, daß sie einen außerordentlich weiten Weg hinter sich hatte.«

»Ich habe ihr immer gesagt, daß sie sich bei diesem Wetter nicht überanstrengen soll«, sagte Clym bedrückt.

»Glaubt Ihr, daß es richtig war, das Schlangenfett anzu-
wenden?«

»Na ja, das ist ein sehr altertümliches Hausmittel, das
alte Mittel der Schlangenfänger, glaube ich«, antwortete
der Doktor. »Von Hoffmann, Mead und, ich glaube, auch
von dem Abbé Fontana ist es als ein unfehlbares Mittel
angegeben.[12] Jedenfalls war es das Beste, was man tun
konnte, obgleich ich bezweifle, daß nicht auch irgendein
anderes Öl den gleichen Zweck erfüllt hätte.«

»Kommt her, kommt her«, rief dann eine ängstliche
Frauenstimme, und man konnte Clym und den Doktor
vom hinteren Teil des Schuppens zu der Stelle eilen hören,
wo Mrs. Yeobright lag.

»Oh, was ist denn?« flüsterte Eustacia.

»Das war Thomasin, die gerufen hat«, sagte Wildeve.
»Dann haben sie sie also geholt. Ich überlege, ob ich nicht
besser auch hineingehe – aber das könnte auch falsch
sein.«

Eine Zeitlang herrschte bei der Gruppe drinnen vollkommene Stille, welche schließlich von Clym in gequäl-
tem Ton unterbrochen wurde: »Oh, Doktor, was hat das
zu bedeuten?«

Der Arzt antwortete nicht gleich; schließlich sagte er:
»Ihre Kräfte lassen rasch nach. Ihr Herz war schon vorher
angegriffen, und die Erschöpfung hat ihr nun den letzten
Stoß versetzt.«

Dann hörte man Frauen weinen, und nach einer Pause
unterdrückte Ausrufe, darauf ein eigenartiges Röcheln,
und danach folgte eine schmerzhafte Stille.

»Es ist alles vorbei«, sagte der Doktor.

Weiter hinten im Schuppen flüsterten die Bauern:
»Mrs. Yeobright ist tot.«

Fast im gleichen Augenblick sahen die beiden Beobachter die Gestalt eines kleinen altmodisch gekleideten Jungen in die offene Seite der Hütte eintreten. Susan Nunsuch

– es war ihr Sohn – kam herzu und bedeutete ihm, schweigend zurückzugehen.

»Ich hab dir was zu sagen, Mutter«, rief er mit schriller Stimme. »Die Frau, die dort schläft, ist heute mit mir gegangen, und sie hat gesagt, ich sollt' dir sagen, daß ich sie gesehen hab und daß sie eine Frau mit einem gebrochenen Herz wär', und daß sie ihr Sohn verstoßen hätt', und dann bin ich heimgegangen.«

Ein verwirrtes Schluchzen, das von einem Mann zu kommen schien, war von drinnen zu vernehmen, woraufhin Eustacia leise aufseufzend sagte: »Das ist Clym – ich muß zu ihm gehen – aber kann ich das wagen? Nein – komm fort von hier!«

Als sie sich vom Schuppen entfernt hatten, sagte sie heiser: »Daran bin nur ich schuld. Ich muß mich auf Schlimmes gefaßt machen.«

»Wurde sie schließlich doch nicht in euer Haus eingelassen?«

»Nein. Und deshalb ist das alles gekommen! Oh, was soll ich nur machen? Ich werde nicht zu ihm gehen, ich gehe direkt nach Hause. Damon, auf Wiedersehn! Ich kann jetzt nicht mehr mit dir sprechen.«

Sie trennten sich, und als Eustacia den nächsten Hügel erreicht hatte, schaute sie zurück. Eine düstere Prozession bewegte sich im Schein der Laterne von der Hütte aus auf Blooms-End zu. Wildeve war nirgends zu sehen.

Fünftes Buch

Die Entdeckung

Kapitel 1

Warum gibt Gott das Licht den Mühseligen?[1]

Eines Abends, etwa drei Wochen nach Mrs. Yeobrights
Beerdigung, als der Silbermond gerade ein Strahlenbündel
auf den Fußboden in Clyms Haus in Alderworth warf,
trat eine Frau aus dem Haus. Sie lehnte sich über das
Gartentor, so als wolle sie ein wenig frische Luft schöpfen. Das blasse Mondlicht, welches aus Hexen Schönheiten macht, verlieh diesem Gesicht, das schon an sich
schön war, göttliche Züge.

Sie verweilte noch nicht lange dort, als ein Mann den
Weg heraufkam und nach einigem Zögern zu ihr sagte:
»Wie geht es ihm heute abend, Madam, wenn ich fragen
darf?«

»Es geht ihm besser, Humphrey, aber sein Zustand ist
noch sehr schlecht«, sagte Eustacia.

»Ist er noch verwirrt, Madam?«

»Nein, er ist jetzt recht vernünftig.«

»Redet er denn trotzdem immer noch über seine Mutter, der arme Mann?« fuhr Humphrey fort.

»Genau wie vorher, nur nicht mehr ganz so aufgeregt«,
sagte sie leise.

»Es war ja ein Verhängnis, daß der Junge, dieser
Johnny, ihm die letzten Worte seiner Mutter hat sagen
müssen – von wegen, daß sie ein gebrochenes Herz hat
und von ihrem Sohn verstoßen worden ist. Das war
schlimm genug, um jeden Mann aus der Fassung zu
bringen.«

Eustacia antwortete nur mit einem leichten Aufseufzen,
wie jemand, der gerne etwas sagen möchte, aber nicht
kann, und Humphrey, der ihre Einladung hereinzukommen ablehnte, setzte seinen Weg fort.

Eustacia wandte sich um, trat wieder ins Haus und ging
zum vorderen Schlafzimmer hinauf, wo ein abgedunkel-

tes Licht brannte. Clym lag im Bett, blaß und abgehärmt, und drehte sich unruhig von einer Seite zur anderen. In seinen Augen brannte ein Feuer, das die Substanz seiner Pupillen aufzuzehren schien.

»Bist du es, Eustacia?« fragte er, als sie sich hinsetzte.

»Ja, Clym, ich war unten am Tor. Der Mond scheint so wunderbar, und es regt sich kein Lüftchen.«

»Scheint er, was? Was hat ein Mann wie ich vom Mond? Laß ihn scheinen – laß alles so sein, daß ich nicht noch einen weiteren Tag erleben muß! . . . Eustacia, ich weiß mir nicht mehr zu helfen, meine Gedanken durchbohren mich wie Schwerter. Oh, wenn sich irgendein Maler mit einem Bild vom Elend unsterblich machen will, laß ihn hierherkommen!«

»Warum sagst du so etwas?«

»Ich komme von dem Gefühl nicht los, daß ich alles Erdenkliche dazu getan habe, sie umzubringen.«

»Nein, Clym.«

»Doch, so war es. Es ist sinnlos, mich davon freizusprechen. Mein Benehmen ihr gegenüber war zu abscheulich – ich habe keinen Versuch zur Versöhnung unternommen, und sie konnte es nicht über sich bringen, mir zu verzeihen. Jetzt ist sie tot! Wenn ich schon eher bereit gewesen wäre, mich mit ihr zu versöhnen, und wir wären wieder Freunde gewesen, und sie wäre dann gestorben, dann wäre es wohl nicht so schwer zu ertragen. Aber ich bin nie zu ihr gegangen, deshalb kam sie auch nicht zu mir und wußte nicht, wie willkommen sie gewesen wäre – das ist es, was mich so quält. Sie wußte nicht, daß ich genau an jenem Abend zu ihr ging, denn sie war zu benommen, um mich zu verstehen. Wenn sie nur gekommen wäre! Ich habe so darauf gewartet. Aber es hatte nicht sein sollen.«

Hier entfuhr Eustacia einer jener tiefen Seufzer, die sie immer wie ein schrecklicher Anfall erschütterten. Sie hatte ihm noch nichts gesagt.

Aber Yeobright war zu sehr von seinen unaufhörlichen Grübeleien, die sein reumütiger Zustand hervorrief, in Anspruch genommen, als daß er auf sie geachtet hätte. Während seiner Krankheit hatte er ständig so geredet. Zu seinem eigentlichen Schmerz war Verzweiflung hinzugekommen, da der Junge unglücklicherweise die letzten Worte Mrs. Yeobrights offenbart hatte – Worte, die aus einem Mißverständnis heraus zu bitter gewesen waren. Daraufhin hatte ihn sein Unglück überwältigt, und er ersehnte den Tod, wie ein Feldarbeiter sich nach dem Schatten sehnt. Er bot den bedauernswerten Anblick eines Mannes inmitten äußersten Schmerzes. Fortwährend beklagte er den zu spät unternommenen Gang zu seiner Mutter, weil es ein Fehler war, den man nicht wiedergutmachen konnte, und er bestand darauf, daß er von irgendeinem Feind teuflisch beeinflußt worden war, weil er nicht eher daran gedacht hatte, daß es seine Pflicht sei, zu ihr zu gehen, da sie nicht zu ihm kam. Dann verlangte er von Eustacia, sie solle seiner Selbstverdammung zustimmen. Und wenn sie darauf, innerlich von einem Geheimnis gefoltert, das sie nicht preisgeben wollte, erwiderte, daß sie nichts dazu sagen könne, dann fuhr er fort: »Du kanntest eben die Natur meiner Mutter nicht. Sie war immer bereit zu vergeben, wenn man sie darum bat, aber ich muß ihr wie ein bockiges Kind vorgekommen sein, und das machte sie nur noch unnachgiebiger – nicht unbedingt unnachgiebig, vielmehr eher stolz und abwartend, nicht mehr . . . Ja, ich kann verstehen, warum sie mir so lange Widerstand geleistet hat. Sie hat auf mich gewartet; ich wette, sie hat hundertmal in ihrem Kummer gesagt: ›Wie er mir all die Opfer dankt, die ich ihm gebracht habe!‹ Nie bin ich zu ihr gegangen. Und als ich mich dazu aufraffte, war es zu spät. Der Gedanke daran ist einfach unerträglich!«

Manchmal befand er sich in einem Zustand bitterer Reue, den keine einzige Träne der Trauer lindern konnte.

Dann krümmte er sich auf seinem Lager und fieberte, mehr von den quälenden Gedanken als von körperlicher Krankheit gepeinigt. »Wenn ich nur die eine Gewißheit haben könnte, daß sie nicht in dem Glauben gestorben ist, ich hegte noch einen Groll gegen sie«, sagte er eines Tages, als er in einer jener Stimmungen war. »Dieser Gedanke wäre besser als die Hoffnung auf das Himmelreich. Aber das ist mir verwehrt.«

»Du verlierst dich zu sehr in dieser verzehrenden Verzweiflung« sagte Eustacia, »auch Mütter anderer Männer sind gestorben.«

»Das mindert nicht meinen Verlust; es ist ja weniger der Verlust als die Umstände, die dazu führten. Ich habe mich gegen sie versündigt, und aus dem Grund gibt es auch für mich keine Hoffnung mehr.«

»Sie hat sich gegen dich versündigt, meine ich.«

»Nein, das tat sie nicht. Ich trage die Schuld. Möge die ganze Last auf mein Haupt fallen!«

»Ich finde, du solltest das zweimal bedenken, bevor du so etwas sagst«, antwortete Eustacia. »Ledige Männer haben sicher das Recht, sich selbst zu verfluchen, so oft sie wollen, aber bei verheirateten Männern fällt der Fluch auf zwei herab.«

»Ich bin in einer zu traurigen Verfassung, um deine Spitzfindigkeiten zu verstehen«, sagte der unglückliche Mann. »Tag und Nacht höre ich: ›Du hast zu ihrem Tod beigetragen.‹ Aber indem ich mich selbst verfluche, mag ich, das gebe ich zu, ungerecht dir gegenüber sein, meine arme Frau. Verzeih mir, Eustacia, aber ich weiß kaum noch, was ich tue.«

Eustacia war bemüht, immer dann die Gesellschaft ihres Mannes zu meiden, wenn er sich in diesem Zustand befand, welcher für sie so schrecklich geworden war wie das Gericht für Judas Ischariot. Es trat ihr dann das Bild einer erschöpften Frau vor Augen, die an die Tür klopfte, welche sie nicht öffnen wollte, und vor diesem Bild schrak sie zurück. Dennoch war es für Yeobright selbst besser, wenn er offen von seiner tiefen Reue sprach; denn schweigend litt er unendlich mehr, und manchmal verharrte er so lange in einer angespannten, grübelnden Stimmung, während er sich in nagenden Gedanken verzehrte, daß es unbedingt notwendig war, ihn sich aussprechen zu lassen, damit sich sein Kummer bis zu einem gewissen Grade durch die Anstrengung legte.

Eustacia war noch nicht lange nach ihrem Blick auf den Mond wieder ins Haus zurückgekehrt, als man leichte Schritte auf das Haus zukommen hörte, und die Magd kündigte von unten herauf Thomasin an.

»Ah, Thomasin! Wie gut, daß du heute abend vorbeikommst«, sagte Clym, als sie das Zimmer betrat. »Hier bin ich, wie du siehst. Ein solch erbärmlicher Anblick bin ich, daß es mir peinlich ist, auch nur von einem Freund gesehen zu werden, und fast auch von dir.«

»Meinetwegen braucht dir nichts peinlich zu sein, lieber Clym«, sagte Thomasin ernsthaft in jenem ihr eigenen lieben Ton, der für den Leidenden so viel bedeutete wie frische Luft für das Schwarze Loch[2]. »Nichts an dir könnte mich je schockieren oder von dir wegtreiben. Ich war schon einmal hier, aber daran erinnerst du dich nicht.«

»Doch, ich erinnere mich. Ich bin nicht in einem Fieberwahn, Thomasin, und ich war es auch nicht. Glaube nur nicht, wenn man das sagt. Ich bin nur sehr elend wegen dem, was ich getan habe, und das, zusammen mit meiner Schwäche, läßt mich wie von Sinnen erscheinen. Aber ich habe noch meine Sinne beisammen. Meinst du, ich könnte mich noch an alle Einzelheiten beim Tod meiner Mutter erinnern, wenn ich nicht bei Verstand wäre? Soviel Glück habe ich nicht. Zweieinhalb Monate, die letzten ihres Lebens, lebte meine arme Mutter allein, bekümmert und traurig meinetwegen. Dennoch bekam sie keinen Besuch von mir, obwohl ich nur sechs Meilen

entfernt wohnte. Zweieinhalb Monate – fünfundsiebzig
Tage lang ein Sonnenauf- und -untergang für sie, in einem
verlassenen Zustand, wie ihn kein Hund verdient! Arme
Leute, die nichts mit ihr zu tun hatten, würden sich um sie
gekümmert haben, wenn sie von ihrer Krankheit und Einsamkeit gewußt hätten. Aber ich, der ich ihr Ein und Alles
hätte sein sollen, bin wie ein Schuft ferngeblieben. Wenn
es auch nur irgendeine göttliche Gerechtigkeit gibt, dann
sollte ich jetzt auch sterben müssen. Gott hat mich fast
erblinden lassen, aber das ist nicht genug. Wenn er mich
nun mit mehr Schmerzen strafte, würde ich für immer an
ihn glauben!«

»Still, still! O bitte, Clym, sag so etwas nicht!« flehte Thomasin in ängstlichem Schluchzen, während sich
Eustacia, obwohl ihr blasses Gesicht ruhig blieb, auf
der anderen Seite des Zimmers auf ihrem Stuhl krümmte. Clym jedoch fuhr fort, ohne auf seine Cousine zu
hören.

»Aber ich bin es nicht wert, weitere Beweise der himmlischen Verdammnis selbst zu erhalten. Glaubst du, Thomasin, daß sie mich gut genug kannte – daß sie nicht in der
schrecklichen Annahme starb, ich würde ihr nicht vergeben? Woher sie das hatte, weiß ich ja nicht. Wenn du mich
nur darüber beruhigen könntest! Glaubst du das, Eustacia? So antworte mir doch.«

»Ich glaube, ich kann dir versichern, daß sie zum
Schluß wußte, wie es wirklich war«, sagte Thomasin, und
die bleiche Eustacia schwieg.

»Warum kam sie nicht zu unserem Haus? Ich hätte sie
hereingebeten und ihr gezeigt, wie sehr ich sie trotz allem
liebte. Aber sie ist nie gekommen, und ich bin nicht zu ihr
gegangen. Sie starb in der Heide wie ein Tier, das man
hinausgeworfen hat, und niemand kam ihr zu Hilfe, bis es
zu spät war. Thomasin, als ich sie sah – eine arme ster-
bende Frau, wie sie in der Dunkelheit auf dem nackten
Erdboden lag und stöhnte, allein und in dem Glauben,

von aller Welt verlassen zu sein –, das hätte dich zu Tränen
gerührt. Und diese arme Frau war meine Mutter! Kein
Wunder, daß sie zu dem Kind sagte, es habe eine Frau mit
gebrochenem Herzen gesehen. In welchem Zustand muß
sie sich befunden haben, um so etwas zu sagen! Und wer
trägt die Schuld daran außer mir? Es ist einfach zu
schrecklich, daran zu denken, und ich wollte, ich könnte
mehr gestraft werden, als ich es schon bin. Wie lange war
ich, wie sie es nennen, außer Verstand?«

»Eine Woche, glaube ich.«

»Und dann wurde ich ruhiger.«

»Ja, für vier Tage.«

»Und jetzt bin ich wieder unruhig.«

»Aber versuche doch bitte, dich zu beruhigen, dann
wirst du bald gesund sein. Wenn du jene Vorstellung aus
deinem Gedächtnis löschen könntest –«

»Ja, ja«, sagte er ungeduldig, »aber ich will nicht gesund
werden. Wozu denn? Es wäre besser für mich zu sterben,
und es wäre bestimmt besser für Eustacia. Ist Eustacia
da?«

»Ja.«

»Es wäre doch besser für dich, Eustacia, wenn ich sterben würde?«

»Frag doch so etwas nicht, lieber Clym.«

»Ja, es ist tatsächlich nur eine ganz unrealistische
Annahme, denn unglücklicherweise werde ich am Leben
bleiben. Ich merke, daß es mir besser geht. Thomasin, wie
lange wirst du noch im Gasthaus bleiben, jetzt, wo dein
Mann zu all dem Geld gekommen ist?«

»Vielleicht noch ein bis zwei Monate, bis meine
beschwerliche Zeit vorbei ist. Wir können vorher nicht
weg. Ich nehme an, es wird etwa noch einen Monat
dauern.«

»Ja, ja. Natürlich. Ach, liebe Cousine Thomasin, du
wirst es bald überstanden haben – nur ein Monat, und du
hast es hinter dir, und du wirst etwas haben, das dich

tröstet. Aber ich werde nie mehr über meinen Kummer hinwegkommen, und nichts kann mich trösten!«

»Clym, du bist ungerecht dir selbst gegenüber. Verlaß dich darauf, die Tante war dir nicht böse. Ich weiß, daß ihr euch versöhnt hättet, wenn sie am Leben geblieben wäre.«

»Aber sie ist nicht gekommen, obwohl ich sie darum gebeten habe, bevor ich heiratete. Wäre sie gekommen, oder wäre ich gegangen, wäre sie niemals mit den Worten gestorben: ›Ich habe ein gebrochenes Herz und bin von meinem Sohn verstoßen worden.‹ Meine Tür stand ihr immer offen – hier konnte sie immer auf ein Willkommen rechnen. Aber dies hat sie nie erfahren.«

»Du solltest jetzt besser nicht mehr sprechen«, sagte Eustacia leise aus der anderen Ecke des Zimmers, denn die Situation wurde unerträglich für sie.

»Laß dann statt dessen mich ein wenig reden, in der kurzen Zeit, die ich noch hier bin«, sagte Thomasin besänftigend. »Überlege doch einmal, welch einseitige Ansicht du in der Sache hast, Clym. Als sie das zu dem kleinen Jungen sagte, hattest du sie noch nicht gefunden und in deine Arme genommen, und es war wahrscheinlich in einem Moment der Bitterkeit gesprochen. Du weißt doch, wie leicht Tante etwas voreilig sein konnte. Manchmal sprach sie auch so zu mir. Obwohl sie nicht gekommen ist, bin ich überzeugt, daß sie vorhatte, dich zu besuchen. Meinst du denn, eine Mutter könnte zwei oder drei Monate leben, ohne auch nur einmal an eine Versöhnung mit ihrem Sohn zu denken? Sie hat mir verziehen, und warum sollte sie dann dir nicht verziehen haben?«

»Du hast dir Mühe gegeben, sie für dich zu gewinnen, während ich nichts tat. Ich, der ich den Leuten die verborgenen Wege zum Glück zeigen wollte, ich konnte dieses unendliche Elend nicht verhindern, wozu selbst der Ungebildetste klug genug gewesen wäre.«

»Wie bist du denn heute abend hierhergekommen, Thomasin?« fragte Eustacia.

»Damon hat mich an der Straße abgesetzt. Er ist geschäftlich nach East Egdon unterwegs, und er kommt mich jeden Augenblick wieder abholen.«

Und so hörten sie von draußen auch bald darauf das Geräusch von Rädern. Wildeve war gekommen und wartete draußen mit Pferd und Einspänner.

»Laß ihm ausrichten, ich bin in zwei Minuten unten«, sagte Thomasin.

»Ich kann selbst hinunterlaufen«, sagte Eustacia.

Sie ging hinaus. Wildeve war abgestiegen und stand vorn beim Pferd, als Eustacia die Tür öffnete. Er drehte sich nicht einen Augenblick um, während er Thomasin erwartete. Dann erkannte er sie, schrak kaum merklich zusammen und sagte nur ein Wort: »Und?«

»Ich habe es ihm noch nicht gesagt«, antwortete sie im Flüsterton.

»Dann tu es auch nicht, bevor er wieder gesund ist – es wäre verheerend. Du bist ja selbst krank.«

»Ich fühle mich ganz elend . . . O Damon«, sagte sie und brach in Tränen aus. »Ich – ich kann dir gar nicht sagen, wie unglücklich ich bin! Ich kann es kaum mehr ertragen. Und mit niemand kann ich über mein Unglück sprechen – niemand weiß davon außer dir.«

»Armes Mädchen!« sagte Wildeve, sichtlich berührt von ihrer Bedrängnis, und erlaubte sich schließlich, ihre Hand zu nehmen. »Es ist schwer, in solch ein Netz verstrickt zu sein, wo du doch nichts getan hast, dies zu verdienen. Du bist für dieses traurige Leben nicht geschaffen. Ich habe die größte Schuld daran. Wenn ich dich nur vor all dem hätte bewahren können!«

»Aber Damon, sag mir doch um Himmels willen, was ich tun soll. Stunde um Stunde bei ihm zu sitzen und zu hören, wie er sich Vorwürfe macht, daß er an ihrem Tod schuld ist, und zu wissen, daß ich die Schuldige bin, das treibt mich noch zum Wahnsinn. Ich weiß nicht, was ich tun soll. Soll ich es ihm sagen oder nicht? Das frage ich mich immerzu. Oh, ich möchte es ihm ja sagen, aber dann habe ich auch Angst davor. Wenn er es erfährt, bringt er mich bestimmt um, denn nichts anderes würde seinen gegenwärtigen Gefühlen entsprechen. ›Hüte dich vor der Wut eines geduldigen Mannes‹,[3] das klingt mir Tag für Tag in den Ohren, wenn ich bei ihm bin.«

»Warte auf jeden Fall, bis es ihm besser geht, und paß eine Gelegenheit ab. Und wenn du etwas sagst, kannst du es nur teilweise sagen – ihm zuliebe.«

»Welchen Teil soll ich verschweigen?«

Wildeve machte eine Pause. »Daß ich zu jener Zeit im Haus war«, sagte er mit leiser Stimme.

»Ja, das muß verborgen bleiben, wenn man bedenkt, was es für Gerüchte gegeben hat. Wieviel leichter ist es, voreilig zu handeln als Entschuldigungen dafür zu finden.«

»Wenn er nur sterben würde –«, murmelte Wildeve.

»Daran denke ja nicht! Ich würde mir die Hoffnung auf Freispruch nicht durch einen so feigen Wunsch erkaufen, selbst wenn ich ihn hassen würde. Jetzt gehe ich wieder zu ihm hinauf. Thomasin bat mich, dir zu sagen, daß sie in ein paar Minuten unten sein würde. Auf Wiedersehn.«

Sie ging zurück, und bald darauf erschien Thomasin. Als sie in dem Einspänner Platz genommen hatte und das Pferd sich anschickte loszugehen, wanderte Wildeves Blick zu den Schlafzimmerfenstern hinauf. In einem von ihnen konnte er ein blasses, trauriges Gesicht sehen. Es war Eustacia, die ihm nachschaute, wie er davonfuhr.

Kapitel 2

Grelles Licht fällt auf ein dunkles Rätsel

Durch die ständigen Wiederholungen verringerte sich Clyms Kummer. Seine Kraft kehrte zurück, und in einem Monat nach Thomasins Besuch konnte man ihn schon im Garten umhergehen sehen. Geduld und Verzweiflung, Gleichmut und Schwermut, Lebensfarbe und Todesblässe vermischten sich eigenartig auf seinen Zügen. Er war jetzt unnatürlich schweigsam in bezug auf alles, was seine Mutter betraf, und obgleich Eustacia wußte, daß er trotzdem daran dachte, war sie nur zu froh, dem Thema auszuweichen, und vermied, es wieder aufzunehmen. Als sein Verstand nachließ, hatte er das Herz sprechen lassen, aber seit sich der Verstand etwas erholt hatte, war er in Schweigsamkeit verfallen.

Eines Abends, als er gerade im Garten war und geistesabwesend mit seinem Stock Unkraut jätete, kam eine hagere Gestalt um die Ecke des Hauses und trat auf ihn zu.

»Christian, bist du es?« fragte Clym. »Ich bin froh, daß du mich aufsuchst. Ich werde dich bald brauchen, um mir zu helfen, das Haus in Blooms-End in Ordnung zu bringen. Ich nehme an, es ist alles verschlossen, so wie ich es verlassen hatte?«

»Ja, Master Clym.«

»Hast du die Kartoffeln und das andere Wurzelgemüse ausgegraben?«

»Ja, und Gott sei Dank ohne einen Regentropfen. Aber ich wollte Euch was anderes erzählen, etwas ganz anderes, als was in letzter Zeit in der Familie passiert ist. Der reiche Gentleman vom Gasthaus hat mich geschickt, der, den wir früher den Gastwirt genannt haben, und ich soll Euch ausrichten, daß Mrs. Wildeve glücklich mit einem Mädchen niedergekommen ist; es ist genau um ein Uhr heute Mittag auf die Welt gekommen, oder ein paar Minuten früher oder später. Und die Leute sagen, daß sie den Familienzuwachs abgewartet hätten und deshalb noch hier sind, trotzdem sie das viele Geld geerbt haben.«

»Und es geht ihr gut, sagst du?«

»Ja, Sir. Nur Mr. Wildeve ist griesgrämig, weil's kein Junge ist – das sagen sie in der Küche, aber das war nicht für meine Ohren bestimmt.«

»Christian, jetzt hör mir mal zu.«

»Ja, sicher, Mr. Yeobright.«

»Hast du meine Mutter an dem Tag vor ihrem Tod gesehen?«

»Nein, das hab ich nicht.«

Yeobrights Gesicht drückte Enttäuschung aus.

»Aber ich hab sie am Morgen von dem Tag gesehn, wo sie gestorben ist.«

Yeobrights Züge belebten sich. »Das kommt dem, was ich meine, noch näher«, sagte er.

»Ja, ich weiß, daß es derselbe Tag war, denn sie hat gesagt: ›Ich gehe ihn besuchen, Christian, deshalb brauchst du fürs Abendessen kein Gemüse ins Haus zu bringen‹.«

»Wen besuchen?«

»Euch besuchen. Sie war zu Euch gegangen, versteht Ihr?«

Yeobright sah Christian äußerst überrascht an. »Warum hast du das nie erwähnt?« sagte er. »Bist du sicher, daß es mein Haus war, wo sie hingehen wollte?«

»Oh ja. Ich hab es nicht gesagt, weil ich Euch in letzter Zeit nicht gesehen hab. Und weil sie dort nicht hinkam, war es ja auch egal, und es war nichts zu erzählen.«

»Und ich habe mich immer gefragt, warum sie an dem heißen Tag in der Heide unterwegs war! Und sagte sie, weshalb sie kommen wollte? Das ist etwas, Christian, was für mich sehr wichtig ist.«

»Ja, Mister Clym. Sie hat es nicht zu mir gesagt, aber ich glaube, hier und dort hat sie's schon erzählt.«

»Weißt du, wem sie es erzählt hat?«

»Es gibt da einen Mann, – bitte, Sir, aber ich hoffe, Ihr werdet ihm nicht meinen Namen nennen, weil ich ihn an komischen Plätzen gesehen hab, besonders im Traum. Letzte Nacht hat er mich angestarrt wie Hunger und Schwert[4], und das hat mich so erschreckt, daß ich meine paar Haare zwei Tage lang nicht gekämmt hab. Er stand da vielleicht mitten auf dem Weg nach Mistover, Mr. Yeobright, und Eure Mutter ist heraufgekommen und war ganz blaß –«

»Ja, wann war das?«

»Diesen Sommer, in meinem Traum.«

»Pah! Wer ist der Mann?«

»Diggory, der Rötelmann. Er hat sie am Abend, bevor sie hat zu Euch kommen wollen, besucht und hat bei ihr gesessen. Ich war von der Arbeit noch nicht nach Haus gegangen, da kam er ans Tor.«

»Ich muß Venn sprechen – ich wollte, das hätte ich eher gewußt«, sagte Clym bekümmert. »Ich kann mir nicht denken, warum er nicht zu mir kam, um es mir zu erzählen?«

»Er ist am nächsten Tag aus der Egdon-Heide weggegangen, deshalb konnt' er nicht wissen, daß Ihr ihn brauchen würdet.«

»Christian«, sagte Clym, »du mußt Venn suchen gehen. Ich bin anderweitig beschäftigt, sonst würde ich selbst gehen. Finde ihn auf der Stelle und sag ihm, ich muß ihn sprechen.«

»Ich bin gut im Suchen von Leuten – am Tag«, sagte Christian und blickte unsicher um sich in der sich ankündigenden Dämmerung, »aber was nachts angeht, da gibt's keinen schlechteren als mich, Mr. Yeobright.«

»Suche die Heide ab, wann es dir paßt; nur bring ihn mir bald herbei. Bring ihn morgen, wenn du kannst.«

Darauf ging Christian. Der nächste Tag kam und ging, aber kein Venn erschien. Am Abend kam Christian

zurück und sah sehr erschöpft aus. Er hatte den ganzen
Tag gesucht und hatte nichts über den Rötelmann erfahren.

»Höre morgen soviel herum wie du kannst, ohne deine
Arbeit zu vernachlässigen«, sagte Yeobright, »und komm
nicht eher wieder zu mir, als bis du ihn gefunden hast.«

Am nächsten Tag machte sich Yeobright zu dem alten
Haus in Blooms-End auf, welches nun samt dem Garten
ihm gehörte. Seine schwere Krankheit hatte bisher jegliche Vorbereitung für einen Umzug dorthin verhindert,
aber nun war es an der Zeit, hinzugehen und sich als Verwalter des kleinen Eigentums seiner Mutter um den Hausstand zu kümmern. Zu diesem Zweck wollte er die kommende Nacht im Haus verbringen.

Nicht raschen und entschlossenen Schrittes ging er
dahin, sondern wie jemand, der aus einem Tiefschlaf auf-
geweckt worden war. Es war früher Nachmittag, als er
das Tal erreichte. Die Stimmung der Landschaft war zu
dieser Tageszeit genau so beschaffen, wie er sie aus vergangenen Zeiten in Erinnerung hatte. Diese Ähnlichkeit
mit früheren Erfahrungen nährte in ihm die Illusion, daß
sie, die nicht mehr da war, ihm entgegenkommen und ihn
willkommen heißen würde. Das Gartentor sowie die Fensterläden am Haus waren verschlossen, genau so wie er
alles am Abend nach der Beerdigung verlassen hatte. Er
schloß das Tor auf und sah, daß eine Spinne schon ein
großes Netz gewoben hatte, welches Türpfosten und
Pforte miteinander verband, wohl in der Annahme, daß
es niemals mehr geöffnet werden würde. Nachdem er
das Haus betreten und die Fensterläden geöffnet hatte,
machte er sich daran, die Regale und Schränke durchzuge-
hen und Papiere zu verbrennen. Dann begann er zu überlegen, wie er das Haus bis zu dem Zeitpunkt, wo er in der
Lage sein würde, seinen lange hinausgeschobenen Plan
auszuführen – falls diese Zeit je käme –, am besten für
Eustacias Empfang vorbereiten könne.

Als er die Räume musterte, verspürte er eine große Abneigung gegen die Veränderungen des Mobiliars seiner Eltern und Großeltern, welche Eustacias moderne Ideen zu erfordern schienen. Die schmucklose Standuhr in ihrem Eichengehäuse mit der Darstellung der Auferstehung auf der Tür und dem Wundersamen Fischzug auf dem Sockel; das Eckschränkchen seiner Großmutter mit der Glastür, hinter der getüpfeltes Geschirr zu sehen war, der drehbare Tisch, die Teetabletts aus Holz, der hängende »Brunnen« mit dem Messinghahn – wohin würden diese altehrwürdigen Gegenstände verbannt werden müssen?

Er sah, daß die Blumen auf der Fensterbank infolge Wassermangels vertrocknet waren, und er stellte sie außen auf den Sims, damit man sie wegbringen konnte. Während er damit beschäftigt war, hörte er draußen auf dem Kies Schritte, und jemand klopfte an die Tür.

Yeobright öffnete, und Venn stand vor ihm.

»Guten Morgen«, sagte der Rötelmann. »Ist Mrs. Yeobright zu Hause?«

Yeobright schaute zu Boden. »Dann hast du also nicht Christian oder sonst jemand aus der Egdon-Heide gesprochen?«

»Nein. Ich bin gerade erst nach längerer Abwesenheit zurückgekommen. Ich war am Tag vor meiner Abreise hier.«

»Und du hast nichts gehört?«

»Nein, nichts.«

»Meine Mutter ist – tot.«

»Tot!« sagte Venn mechanisch.

»Ihr Zuhause ist jetzt da, wo ich auch gern wäre.«

Venn schaute ihn an und sagte dann: »Wenn ich nicht Euer Gesicht sehen würde, könnte ich Euren Worten nicht glauben. Seid Ihr krank gewesen?«

»Ja, ich war krank.«

»So eine Veränderung! Als ich vor einem Monat von

hier wegging, sah alles danach aus, als ob sie dabei wäre, ein neues Leben anzufangen.«

»Und so kam es auch.«

»Ihr habt recht, ohne Zweifel. Der Kummer hat Euch gelehrt, den Worten eine tiefere Bedeutung zu geben, als ich es tue. Alles, was ich meinte, war ihr Leben hier. Sie ist zu früh gestorben.«

»Vielleicht, weil ich zu lange gelebt habe. Ich hatte im letzten Monat ein bitteres Erlebnis in diesem Zusammenhang, Diggory. Aber komm doch herein, ich wollte dich sowieso sprechen.«

Er geleitete den Rötelmann in das große Zimmer, in dem in der vergangenen Weihnachtszeit der Tanz stattgefunden hatte, und sie setzten sich beide auf die Kaminbank.

»Der Kamin ist kalt, wie du siehst«, sagte Clym. »Als dieses halbverbrannte Stück Holz und diese Schlacken brannten, war sie noch am Leben! Es hat sich hier nicht viel geändert. Ich kann nichts tun. Mein Leben kriecht im Schneckentempo dahin.«

»Wie ist sie denn gestorben?« fragte Venn.

Yeobright berichtete ihm einige Einzelheiten von ihrer Krankheit und ihrem Tod und fuhr dann fort: »Nach all dem wird kein Schmerz je mehr als eine Unpäßlichkeit für mich sein. – Ich hatte angedeutet, daß ich dich etwas fragen wollte, aber ich komme wie ein Betrunkener vom Thema ab. Ich möchte unbedingt erfahren, was meine Mutter zu dir sagte, als sie dich zuletzt sah. Du hast dich länger mit ihr unterhalten, nicht wahr?«

»Ich habe mehr als eine halbe Stunde mit ihr gesprochen.«

»Über mich?«

»Ja. Und es muß wegen dem, worüber wir gesprochen haben, gewesen sein, daß sie in die Heide hinausging. Auf jeden Fall hatte sie vor, Euch zu besuchen.«

»Aber warum sollte sie zu mir kommen, wenn sie solch

bittere Gefühle für mich hegte? Das ist es, was ich nicht verstehe.«

»Ich weiß jedoch, daß sie Euch verziehen hatte.«

»Aber Diggory, würde eine Frau, die Ihrem Sohn ganz und gar verziehen hat, nur weil sie sich plötzlich nicht wohlfühlt, nun auf einmal sagen, daß sie ein gebrochenes Herz hat, weil man sie schlecht behandelt? Niemals!«

»Ich weiß, daß sie Euch gar keine Schuld gab. Sie machte sich selbst dafür verantwortlich, was passiert war, nur sich selbst. Ich hörte es aus ihrem eigenen Mund.«

»Du hast es aus ihrem eigenen Mund gehört, daß ich sie ganz und gar nicht schlecht behandelt habe? Und gleichzeitig hörte jemand anders aus ihrem Mund, daß ich sie schlecht behandelt hätte? Meine Mutter war keine impulsive Frau, die ihre Meinung stündlich ohne Grund änderte. Wie kann es denn sein, Venn, daß sie solch widersprüchliche Aussagen so kurz nacheinander machen konnte?«

»Das weiß ich nicht. Es ist sicher eigenartig, wenn sie Euch und Eurer Frau vergeben hatte und vorhatte, zu Euch zu kommen, um sich mit Euch zu versöhnen.«

»Wenn es etwas gibt, was mich völlig verwirrt, dann ist es dieser unerklärliche Widerspruch! ... Diggory, wenn wir, die wir noch am Leben sein dürfen, uns nur mit den Toten unterhalten könnten – nur einmal, nur eine einzige Minute, selbst durch ein Eisengitter, so wie mit Leuten im Gefängnis –, was wir da vielleicht erfahren würden! Wie viele, die heute ihren Kopf hoch tragen, würden sich verstecken! Und dieses Rätsel – ich wäre dann sofort allem auf den Grund gekommen. Aber das Grab hat sich für immer über ihr geschlossen; wie soll man es nun noch lösen?«

Von seinem Besucher kam keine Antwort, da dieser keine wußte, und als Venn einige Minuten später ging, hatte sich Clyms dumpfe Trauer in nagende Ungewißheit verwandelt.

In diesem Zustand verblieb er den ganzen Nachmittag. Eine Nachbarin machte ihm ein Bett im Haus zurecht, damit er am nächsten Tag nicht wiederkommen mußte, und nachdem er sich in dem verlassenen Raum zur Ruhe gelegt hatte, blieb er, immer wieder den gleichen Gedankengang verfolgend, noch Stunde um Stunde wach. Wie eine Lösung dieses Rätsels um einen Tod zu finden sei, dies schien eine Frage von größerer Bedeutung als die wichtigsten Probleme des Lebens. Seiner Erinnerung war ein lebhaftes Bild von dem Gesicht eines kleinen Jungen eingebrannt, wie er den Schuppen betrat, in dem seine Mutter lag. Die runden Augen, der neugierige Blick, die piepsende Stimme, welche die Worte aussprach, das alles hatte sein Gehirn wie Dolche durchbohrt.

Der Gedanke drängte sich ihm auf, den kleinen Jungen zu besuchen, um neue Einzelheiten zu erfahren, auch wenn sie recht unergiebig sein sollten. Zu versuchen, das Erinnerungsvermögen eines Kindes nach sechs Wochen zu erforschen, und zwar nicht auf Tatsachen hin, die das Kind gesehen und verstanden hat, sondern auf solche, die ihrer Natur nach über seinen Horizont gehen, das war nicht sehr vielversprechend. Wenn jedoch jeder eindeutige Weg versperrt ist, neigen wir dazu, zum Kleinen und Unbedeutenden zu greifen. Es war alles, was noch zu tun übrig blieb. Danach würde er das Geheimnis dem Abgrund der unlösbaren Dinge preisgeben.

Als er schließlich an diesem Punkt anlangte, war der Tag angebrochen, und er stand auf. Er schloß das Haus ab und ging auf das grüne Wiesenstück hinaus, das weiter hinten in Heideland überging. Vor den weißen Gartenpfählen verzweigte sich der Weg wie ein dreispitziger Pfeil in drei Richtungen. Der Weg nach rechts führte zum Gasthaus »Zur Stillen Frau« und seiner Umgebung, der mittlere Pfad nach Mistover Knap, und der Weg nach links über den Berg zu einem anderen Teil von Mistover, dorthin, wo der Junge wohnte. Als er den letzteren Weg einschlug, überfiel Yeobright ein Kältegefühl, das die meisten Leute gut kennen und das wahrscheinlich von dem sonnenlosen Morgen verursacht war. In den Tagen danach jedoch maß er diesem Gefühl eine besondere Bedeutung bei.

Als Yeobright die Kate von Susan Nunsuch, der Mutter des von ihm gesuchten Jungen, erreicht hatte, sah er, daß ihre Bewohner noch nicht auf den Beinen waren. Aber in den Hochlandweilern vollzieht sich der Übergang vom Schlafbereich zur Außenwelt erstaunlich schnell und einfach. Dort trennen keine Zimmerfluchten und Bäder die Menschheit bei Tage von der Menschheit bei Nacht. Yeobright klopfte an das obere Fensterbrett, das er mit seinem Spazierstock erreichen konnte, und nach drei bis vier Minuten kam die Frau herunter.

Erst in diesem Augenblick erinnerte sich Clym daran, daß sie die Person war, die sich gegenüber Eustacia so barbarisch benommen hatte. Das erklärte zum Teil die Unhöflichkeit, mit der ihn die Frau empfing. Außerdem war der Junge wieder krank, und Susan schrieb seine Krankheiten seit der Nacht, als er von Eustacia zum Feuerhüten gezwungen worden war, dem Einfluß Eustacias als einer Hexe zu. Es war eine jener Gefühlsregungen, die wie Maulwürfe unter der sichtbaren Oberfläche der guten Sitten hausen, und sie mochte vielleicht auch lebendig geblieben sein durch Eustacias dringendes Ersuchen an den Kapitän – als jener seinerzeit Susan wegen der Nadelstiche in der Kirche gerichtlich verfolgen wollte –, die Sache fallen zu lassen, was er dementsprechend auch getan hatte.

Yeobright überwand seine Abneigung, denn Susan war wenigstens seiner Mutter nicht übel gesonnen gewesen. Er fragte freundlich nach dem Jungen, aber ihr Benehmen änderte sich nicht.

»Ich möchte mit ihm sprechen«, fuhr Yeobright fort und setzte etwas zögernd hinzu: »Ich möchte ihn fragen,

ob er sich, was den Gang mit meiner Mutter anlangt, noch
an mehr erinnert, als er früher schon gesagt hat.«

Sie sah ihn auf eigenartige und kritische Weise an.
Jedem außer einem Halbblinden hätte der Blick bedeutet:
»Wollt Ihr noch einen der Schläge, die Euch schon zu
Boden gestreckt haben?«

Sie rief den Jungen nach unten, bat Clym, auf einem
Schemel Platz zu nehmen, und fuhr fort: »Johnny, jetzt
erzähl Mr. Yeobright mal alles, an was du dich noch erinnern kannst.«

»Du hast doch nicht vergessen, wie du an dem heißen
Nachmittag damals mit der Lady gegangen bist?« sagte
Clym.

»Nein«, sagte der Junge.

»Und was hat sie zu dir gesagt?«

Der Junge wiederholte genau die Worte, die er beim
Eintreten in den Schuppen gesagt hatte. Yeobright stützte
seine Ellbogen auf den Tisch und hielt die Hand vors
Gesicht. Die Mutter sah aus, als überlege sie, warum ein
Mensch noch mehr von dem hören wollte, was ihn schon
so sehr getroffen hatte.

»Ging sie nach Alderworth, als du sie zuerst getroffen
hast?«

»Nein, sie kam von dort.«

»Das kann nicht sein.«

»Doch, sie ist mit mir gegangen. Ich bin auch von dort
gekommen.«

»Wann hast du sie denn zuallererst gesehen?«

»Bei deinem Haus.«

»Paß auf und sag die Wahrheit!« sagte Clym streng.

»Ja, Sir. Es war bei Eurem Haus, wo ich sie zuerst
gesehen hab.«

Clym horchte auf, und Susan lächelte erwartungsfroh,
was ihr Gesicht nicht schöner machte; es schien vielmehr
auszudrücken: »Jetzt kommt Unheil.«

»Was hat sie bei meinem Haus gemacht?«

»Sie ist zu den Bäumen beim Teufels Blasebalg gegangen und hat sich hingesetzt.«

»Mein Gott! All das höre ich zum ersten Mal!«

»Das hast du mir vorher nie gesagt«, sagte Susan.

»Nein, Mutter, weil ich dir nicht hab sagen wollen, daß ich so weit weggewesen bin. Ich hab schwarze Herzkirschen gesucht und bin weiter weggegangen als ich wollte.«

»Was hat sie dann gemacht?« sagte Yeobright.

»Nach einem Mann geguckt, der heraufkam und in Euer Haus gegangen ist.«

»Das war ich – ein Ginsterschneider mit Ruten in der Hand.«

»Nein, Ihr wart's nicht. Es war ein Gentleman. Ihr seid schon vorher reingegangen.«

»Wer war das?«

»Ich weiß nicht.«

»Jetzt sag mir, was dann passiert ist.«

»Die arme Lady ist an die Tür gegangen und hat geklopft, und die Lady mit den schwarzen Haaren hat aus dem Seitenfenster nach ihr geguckt.«

Die Mutter wandte sich an Clym und sagte: »Sowas habt Ihr nicht erwartet?«

Yeobright beachtete sie nicht mehr, als wenn sie aus Stein gewesen wäre. » Nur weiter, weiter«, sagte er heiser zu dem Jungen.

»Und als sie die junge Lady am Fenster gesehen hat, hat sie wieder geklopft, und als niemand gekommen ist, hat sie den Ginsterhaken in die Hand genommen und danach geguckt, dann hat sie ihn wieder hingelegt und hat nach den Ruten geguckt, und dann ist sie weggegangen und ist zu mir rübergekommen. Dann hat sie immer ganz tief Luft geholt, so . . . Wir sind zusammen weitergegangen, sie und ich, und ich hab mit ihr geredet, und sie hat ein bißchen mit mir geredet, aber nicht viel, weil sie immer hat Luft holen müssen.«

»Oh!« murmelte Clym leise und senkte seinen Kopf.
»Sprich nur weiter«, sagte er.

»Sie konnte nicht viel reden, und sie konnte nicht gut
laufen, und ihr Gesicht war – oh, so komisch.«

»Wie war ihr Gesicht?«

»So wie deins jetzt ist.«

Die Frau sah Yeobright an und bemerkte, daß jegliche
Farbe aus seinem Gesicht gewichen war und ihm der kalte
Schweiß auf der Stirn stand.

»Hat das nicht etwas zu bedeuten?« fragte sie listig.
»Was haltet Ihr nun von ihr?«

»Ruhe!« sagte Clym heftig, und zu dem Jungen gewandt: »Und dann hast du sie einfach sterben lassen?«

»Nein«, sagte die Frau rasch und ärgerlich. »Er hat sie
nicht einfach sterben lassen. Sie hat ihn weggeschickt, und
wer sagt, daß er sie im Stich gelassen hat, der lügt.«

»Kümmert Euch nicht mehr darum«, sagte Clym mit
zitternden Lippen. »Was er getan hat, ist nichts im Vergleich zu dem, was er gesehen hat. Die Tür blieb zu, sagst
du? Blieb verschlossen, und sie hat aus dem Fenster
geschaut? Guter Gott! – was bedeutet das?«

Das Kind wich vor dem starren Blick seines Befragers
zurück.

»So hat er's erzählt«, sagte die Mutter, »und Johnny ist
ein gottesfürchtiges Kind und lügt nicht.«

»›Von meinem Sohn verstoßen!‹ Nein, bei allem, was
mir heilig ist, liebe Mutter, das ist nicht so! Aber von
deines Sohnes, deines Sohnes – mögen alle Mörderinnen
die Qual erleiden, die sie verdienen!«

Mit diesen Worten verließ Yeobright das kleine Anwesen. Die Pupillen seiner ins Leere starrenden Augen waren
von einem eisigen Schimmer schwach erleuchtet. Sein
Mund zeigte einen Ausdruck, wie man ihn bei mehr oder
weniger phantasievollen Darstellungen des Ödipus sehen
kann. Seiner Gemütslage nach schienen die sonderbarsten
Taten möglich, seiner Umgebung nach jedoch nicht.

Anstatt das blasse Gesicht Eustacias und das unbekannte männliche daneben zu sehen, blickte er nur in das unerschütterliche Antlitz der Heide, die den heftigen Stürmen der Jahrhunderte standgehalten hatte und die mit ihren zerfurchten und altehrwürdigen Zügen selbst den heftigsten Aufruhr eines einzelnen Menschen zur Bedeutungslosigkeit reduzierte.

Kapitel 3

Eustacia kleidet sich an einem düsteren Morgen an

Das Bewußtsein der unermeßlichen Teilnahmslosigkeit, die seine Umgebung ausstrahlte, ergriff selbst Yeobright auf seinem ungestümen Gang nach Alderworth. Er hatte schon einmal die Übermacht des Unbeseelten gegenüber der Leidenschaft an sich erfahren, aber damals hatte sie dazu geführt, eine weit süßere Leidenschaft zu kühlen als die, welche ihn gegenwärtig durchdrang. Dies war damals gewesen, als er in den feuchten, stillen Tälern jenseits der Hügel im Begriff war, sich von Eustacia zu trennen.

Er verscheuchte jedoch diese Gedanken und ging weiter auf sein Haus zu, bis er dort ankam. Die Vorhänge in Eustacias Schlafzimmer waren noch fest geschlossen, denn sie war keine Frühaufsteherin. Alles Leben bestand in einer einsamen Drossel, die zum Frühstück eine kleine Schnecke auf der Türschwelle aufknackte, und ihr Klopfen schien in der allgemeinen Stille wie ein lautes Geräusch. Als er jedoch zur Tür kam, fand er sie unverschlossen, und er konnte das junge Mädchen, das Eustacia im Haushalt half, im hinteren Teil des Hauses hören.

Yeobright trat ein und ging sofort in das Zimmer seiner
Frau hinauf.

Sie mußte sein Kommen gehört haben; denn als er die
Tür öffnete, stand sie im Nachthemd vor dem Spiegel,
hatte ihr Haar in einer Hand zusammengefaßt und war
dabei, die ganze Fülle um den Kopf zu winden, wie sie es
vor dem Ankleiden zu tun pflegte. Sie war nicht eine Frau,
die bei einem Zusammentreffen zuerst das Wort ergriff,
und so erlaubte sie Clym, das Zimmer schweigend zu
durchqueren, ohne den Kopf zu wenden. Er trat hinter
sie, und sie sah sein Gesicht im Spiegel. Es war aschfahl,
eingefallen und schreckenerregend. Anstatt sich ihm in
teilnahmsvoller Überraschung zuzuwenden, wie es selbst
Eustacia, zurückhaltend wie sie war, in den Tagen, bevor
sie sich mit dem Geheimnis belastet hatte, getan hatte,
blieb sie unbeweglich stehen und sah ihn im Spiegel an.
Und während sie das tat, schwand das Karminrot, welches Wärme und tiefer Schlaf auf ihren Wangen und ihrem
Hals hinterlassen hatten, völlig, und die Todesblässe seines Gesichts sprang auf das ihre über. Er war nahe genug
bei ihr, um dies zu bemerken, und der Anblick trieb ihn
zum Sprechen.

»Du weißt, was los ist«, sagte er heiser, »ich sehe es
deinem Gesicht an.«

Ihre Hand hatte die Haarrolle fallengelassen und sank
herab, und die Locken, die nicht länger gehalten wurden,
fielen auf ihre Schultern und auf das weiße Nachthemd.
Sie gab keine Antwort.

»So sprich doch«, sagte Yeobright gebieterisch.

Sie wurde immer bleicher, und jetzt waren ihre Lippen
so weiß wie ihr Gesicht. Sie wandte sich um und sagte:
»Ja, Clym, ich will mit dir sprechen. Warum kommst du
so früh zurück? Kann ich etwas für dich tun?«

»Ja, du kannst mir zuhören. Meiner Frau scheint es
nicht sehr gut zu gehen?«

»Warum?«

»Dein Gesicht, meine Liebe, dein Gesicht. Oder ist es vielleicht das blasse Morgenlicht, welches dich so bleich macht? Jetzt werde ich dir mal ein Geheimnis verraten. Ha-ha!«

»Oh, das ist gräßlich!«

»Was?«

»Wie du lachst.«

»Es gibt einen Grund dafür. Eustacia, du hast mein Glück in deiner Hand gehalten, und wie ein Teufel hast du es mit Füßen getreten!«

Sie wich vom Toilettentisch zurück, entfernte sich ein paar Schritte von ihm und sah ihn an. »Ah! Du denkst, du kannst mich erschrecken«, sagte sie mit leichtem Lachen. »Ist es das wert? Ich bin allein und schutzlos.«

»Wie außergewöhnlich!«

»Was meinst du damit?«

»Da wir genügend Zeit haben, will ich dir's sagen, obwohl du es selbst gut genug weißt. Ich meine, daß es ungewöhnlich ist, daß du in meiner Abwesenheit allein bist. Sag mir, wo ist derjenige jetzt, der am Nachmittag des 31. August bei dir war? Unter dem Bett? Im Kamin?«

Ein Schauder überlief sie und ließ den leichten Stoff ihres Nachthemds erzittern. »Ich kann mich an Daten nicht so genau erinnern«, sagte sie. »Ich kann mich nicht erinnern, daß irgend jemand außer dir bei mir war.«

»Ich meine den Tag«, sagte Yeobright, und seine Stimme wurde lauter und schroffer, »den Tag, an dem du meiner Mutter die Tür nicht aufgemacht und sie umgebracht hast. Oh, es ist zuviel – zu schlimm!« Er beugte sich für einige Augenblicke über das Fußende des Bettgestells, den Rücken gegen sie gewandt, und richtete sich dann wieder auf: »Sag es mir, sag es mir! Sag mir – hörst du?« schrie er, stürzte auf sie zu und faßte sie an den losen Falten ihres Ärmels.

Jene Schale von Schüchternheit, welche oft diejenigen umgibt, die wagemutig und herausfordernd sind, war nun durchstoßen, und das kühne Temperament der Frau kam zum Vorschein. Blut schoß in ihr zuvor so blasses Gesicht.

»Was hast du vor?« sagte sie mit leiser Stimme und sah ihn mit einem stolzen Lächeln an. »Du kannst mich nicht damit erschrecken, daß du mich so festhältst, aber es wäre schade um den Ärmel.«

Anstatt sie loszulassen, zog er sie näher zu sich heran. »Beschreibe mir die Einzelheiten vom – vom Tod meiner Mutter«, sagte er in heftigem, keuchendem Flüsterton, »oder ich, ich –«

»Clym«, sagte sie langsam, »glaubst du, du kannst mir irgend etwas antun, was ich nicht ertragen kann? Aber bevor du mich schlägst, hör mir zu. Du bekommst durch Schläge nichts von mir, selbst wenn es mich umbringen würde, was wahrscheinlich ist. Aber vielleicht willst du gar nichts von mir hören – willst mich vielleicht nur umbringen?«

»Dich umbringen! Das erwartest du?«

»Ja.«

»Warum?«

»Weil keine geringere Wut gegen mich den vorherigen Schmerz um sie aufwiegt.«

»Pah – ich werde dich nicht umbringen«, sagte er verächtlich, als ob er plötzlich einen neuen Zweck verfolgte. »Ich habe daran gedacht – aber ich werde es nicht tun. Das würde einen Märtyrer aus dir machen und dich dahin bringen, wo sie ist; aber ich würde dich von ihr fernhalten, bis das Weltall untergeht, wenn ich das könnte.«

»Ich wünschte fast, du würdest mich töten«, sagte sie mit düsterer Bitterkeit. »Ich habe in letzter Zeit, das kannst du mir glauben, keine besondere Freude an meiner Rolle hier auf Erden gehabt. Du bist kein Segen für mich, mein Ehemann!«

»Du hast die Tür verschlossen – du hast sie vom Fenster aus gesehen – du hattest einen Mann bei dir im Haus – hast

sie weggeschickt, und sie ist gestorben. Diese Unmensch-
lichkeit – dieser Treuebruch – ich werde dich nicht anfas-
sen – bleib mir vom Leibe – und gestehe alles!«

»Niemals! Ich werde schweigen wie der Tod, den ich
nicht fürchte, obwohl ich mich zur Hälfte von dem, was
du denkst, mit dem, was ich dir sagen könnte, reinwa-
schen würde. Ja, ich werde schweigen. Welcher Mensch,
der auch nur etwas Würde besitzt, würde sich die Mühe
machen, die Spinnweben vom Gehirn eines Verrückten zu
entfernen, nachdem solche Worte gefallen sind? Nein, laß
ihn nur weiter machen und seine engstirnigen Gedanken
denken und sich ins Unglück stürzen. Ich habe andere
Sorgen.«

»Das ist zuviel – aber ich muß dich verschonen.«

»Armselige Barmherzigkeit.«

»Bei meiner armen Seele, wie du mich triffst, Eustacia!
Ich kann auch weitermachen, und wie! Nun denn,
Madam, nenne mir seinen Namen!«

»Niemals! Dazu bin ich entschlossen.«

»Wie oft schreibt er dir? Wo tut er seine Briefe hin –
wann trifft er sich mit dir? Ah, seine Briefe! Sagst du mir
seinen Namen?«

»Nein, das tue ich nicht.«

»Dann finde ich ihn selbst heraus.« Sein Blick fiel auf
das kleine Schreibpult, das in der Nähe stand, und an dem
sie gewöhnlich ihre Briefe schrieb. Er ging darauf zu. Es
war verschlossen.

»Mach das auf!«

»Du hast kein Recht, das zu verlangen. Es gehört mir.«

Ohne ein weiteres Wort ergriff er das Pult und warf es
zu Boden. Das Scharnier brach auseinander, und eine
Anzahl von Briefen fiel heraus.

»Zurück!« sagte Eustacia und stellte sich ihm in größerer Aufregung in den Weg, als sie bisher gezeigt hatte.

»Komm, komm! Geh weg da! Ich muß sie sehen.«

Sie sah auf die am Boden liegenden Briefe herab, zögerte einen Augenblick und trat dann gleichgültig zur Seite, während er sie aufhob und eingehend durchsah.

Nicht im entferntesten konnte man auch nur einem von ihnen etwas Schlechtes nachsagen. Die einzige Ausnahme war ein leerer Umschlag, der an sie addressiert war, und zwar in Wildeves Handschrift. Yeobright hielt ihn in die Höhe. Eustacia schwieg hartnäckig.

»Kannst du lesen, Madam? Sieh dir diesen Umschlag an. Zweifellos finden wir bald noch mehr und auch, was drin war. Ich werde sicher am Ende erfreut sein zu erfahren, was für eine geschickte und ausgekochte Elevin meine Lady in einem bestimmten Gewerbe ist.«

»Was sagst du da zu mir – was?« stieß sie hervor.

Er suchte weiter, fand aber nichts. »Was war in dem Umschlag?« sagte er.

»Frage den Schreiber. Bin ich dein Hund, daß du so mit mir redest?«

»Forderst du mich heraus? Leistest du mir Widerstand, Mätresse? Antworte! Sieh mich nicht an mit Augen, als wolltest du mich wieder behexen! Eher sterbe ich. Du verweigerst mir die Antwort?«

»Nach dem, was du hier tust, würde ich nichts mehr sagen, selbst wenn ich das unschuldigste Kind im Himmel wäre!«

»Was du nicht bist.«

»Sicher bin ich das nicht im absoluten Sinne«, antwortete sie. »Ich habe nicht das getan, was du annimmst, aber wenn die einzig anerkannte Unschuld die ist, gar nichts getan zu haben, dann kann mir nicht vergeben werden. Aber ich brauche dir keine Abbitte zu leisten.«

»Du kannst mir doch immer wieder widersprechen! Anstatt dich zu hassen, könnte ich, glaube ich, Mitleid mit dir haben, wenn du reumütig wärst und alles gestehen würdest. Vergeben kann ich dir niemals. Ich spreche nicht von deinem Liebhaber – ich will in diesem Zweifelsfall zu deinen Gunsten richten, denn das betrifft nur mich allein. Aber das andere: wenn du *mich* fast umgebracht hättest, wenn du mir absichtlich das Augenlicht ganz genommen hättest, dann hätte ich dir vergeben können. Aber *das* ist zuviel für die menschliche Natur!«

»Sag nichts mehr. Ich kann auch ohne dein Mitleid auskommen. Aber ich hätte dich gerne daran gehindert, etwas auszusprechen, was du später bereuen würdest.«

»Ich gehe jetzt fort. Ich werde dich verlassen.«

»Du brauchst nicht zu gehen, da ich selbst gehen werde. Du wirst genauso weit von mir entfernt sein, wenn du hierbleibst.«

»Erinnere dich doch an sie – denke an sie – wieviel Gutes in ihr war. Es war an jedem ihrer Fältchen in ihrem Gesicht abzulesen! Fast alle Frauen bekommen, selbst wenn sie nur leicht verärgert sind, etwas Böses um die Mundwinkel oder ihre Wangen. Was sie anging, war selbst in Augenblicken größten Ärgers niemals etwas Bösartiges in ihrer Miene. Sie konnte sich leicht aufregen, aber sie verzieh auch genauso schnell, und hinter ihrem Stolz verbarg sich die Bescheidenheit eines Kindes. Was folgte daraus? – Was ging dich das an? Du haßtest sie, als sie gerade anfing, dich zu lieben. Oh! Konntest du nicht sehen, was das Beste für dich gewesen wäre, mußtest du statt dessen einen Fluch auf mich herabbeschwören und Qual und Tod über sie bringen, indem du diese grausame Tat begangen hast? Wie hieß der Bursche, der bei dir war und der der Grund dafür ist, daß du ihr, zusätzlich zu meinem Unrecht, diese Grausamkeit zugefügt hast? War es Wildeve? War es der Ehemann der armen Thomasin? Mein Gott, was für eine Niederträchtigkeit! Hast du deine Stimme verloren, was? Das ist ganz natürlich nach der Enthüllung dieser überaus vortrefflichen List . . . Eustacia, hat nicht der Gedanke an die eigene Mutter dich dazu veranlaßt, die meine in einer so schwierigen Zeit gut zu behandeln? Hast du denn nicht einen Funken Mitleid ver-

spürt, als sie davonging? Denke nur, was für eine einzigartige Gelegenheit damit vertan war, einen versöhnlichen
und ehrlichen Neubeginn zu machen. Warum hast du ihn
nicht hinausgeworfen und sie hereinkommen lassen,
warum hast du nicht zu dir selbst gesagt, ich will von nun
an eine ehrliche Ehefrau und ein großmütiger Mensch
sein. Hätte ich dir befohlen, hinzugehen und auf ewig die
letzte geringe Chance für unser Glück zu ersticken, du
hättest es nicht besser machen können. Nun, sie schlum-
mert jetzt, und wenn du hundert Galane hättest, so können weder sie noch du sie beleidigen.«

»Du übertreibst schrecklich«, sagte sie mit schwacher,
müder Stimme, » aber ich kann mich nicht verteidigen – es
hat doch keinen Zweck. Du bedeutest mir in Zukunft
nichts mehr, und der Rest der Geschichte kann genauso
gut verborgen bleiben. Ich habe alles durch dich verloren,
aber ich habe mich nicht beklagt. Deine Fehler und dein
Unglück mögen vielleicht für dich traurig gewesen sein,
mir gegenüber waren sie ungerecht. Alle besseren Leute
haben mich gemieden, seit ich mich in diese niedere Heirat
gestürzt habe. Heißt das für dich ›mich in Ehren halten‹,
wenn du mich in solch eine Hütte setzt und mich wie die
Frau eines Tagelöhners hältst? Du hast mich betrogen –
nicht durch Worte, sondern durch dein Auftreten, das
man nicht so leicht wie Worte durchschauen kann. Aber
dieser Ort ist genauso gut wie jeder andere dazu geeignet,
als Weg zu dienen – in mein Grab.« Die Worte blieben ihr
im Halse stecken, und sie ließ den Kopf sinken.

»Ich weiß nicht, was du damit meinst. Bin ich der
Grund für deine Sünde? (Eustacia bewegte sich zitternd
auf ihn zu.) »Was, du kannst plötzlich Tränen vergießen
und mir deine Hand hinhalten? Guter Gott! Kannst du
das wirklich? Nein, nicht mit mir. Ich werde nicht den
Fehler machen, sie zu nehmen.« (Die Hand, die sie ihm
dargeboten hatte, fiel schlaff herab, aber ihre Tränen flos-
sen weiter.) »Gut, ja, ich nehme sie, und sei es nur wegen

der törichten Küsse, die darauf verschwendet wurden, bevor ich wußte, was ich da liebkoste. Wie verhext ich doch war! Wie konnte auch etwas Gutes an einer Frau sein, der jedermann Schlechtes nachsagte.«

»Oh, oh, oh«, weinte sie und brach schließlich zusammen. Sie wurde von Schluchzen geschüttelt, und unfähig zu sprechen, sank sie auf die Knie. »Oh, bist du endlich fertig? Oh, du bist zu unbarmherzig – es gibt auch eine Grenze für die Grausamkeit von Barbaren! Ich habe lange ausgehalten – aber du schmetterst mich zu Boden. Ich bitte dich um Gnade – ich kann es nicht länger ertragen – es ist unmenschlich, so weiterzumachen. Wenn ich deine Mutter mit eigenen Händen – umgebracht hätte, hätte ich eine solche Tortur nicht verdient! Oh, oh, lieber Gott, hab Mitleid mit einer elenden Frau! ... Du hast mich geschlagen in diesem Spiel – ich bitte dich, Gnade walten zu lassen ... ich gestehe, daß ich, als sie zum ersten Mal klopfte, die Tür absichtlich nicht aufgemacht habe – aber ich hätte sie beim zweiten Klopfen aufgemacht, wenn ich nicht geglaubt hätte, daß du selbst zum Aufmachen aufgestanden wärst. Als ich feststellte, daß du nicht aufgemacht hattest, war sie nicht mehr da. Das ist das ganze Ausmaß meines Verbrechens – *ihr* gegenüber. Selbst die besten Menschen machen manchmal Fehler, nicht wahr? Ich glaube das jedenfalls. Jetzt werde ich dich verlassen – auf immer und ewig!«

»Sag alles, und ich will Mitleid mit dir haben. War der Mann im Haus bei dir Wildeve?«

»Das kann ich nicht sagen«, schluchzte sie verzweifelt, »bestehe nicht länger darauf – ich kann es nicht sagen. Ich verlasse dieses Haus. Wir können nicht beide hier bleiben.«

»Du brauchst nicht zu gehen, ich gehe. Du kannst hier bleiben.«

»Nein, ich ziehe mich an und gehe dann.«

»Wohin?«

»Wo ich herkam, oder anderswohin.«

Sie zog sich rasch an, während Yeobright niederge-schlagen im Zimmer auf und ab ging. Schließlich war sie vollständig angekleidet. Ihre kleinen Hände zitterten so heftig, als sie die Haube unter ihrem Kinn festbinden wollte, daß sie nach einigen Augenblicken den Versuch aufgab. Als er es bemerkte, trat er auf sie zu und sagte: »Laß mich das machen.« Sie stimmte schweigend zu und hob ihr Kinn hoch. Dieses eine Mal wenigstens war sie sich ihrer bezaubernden Haltung ganz und gar nicht bewußt. Aber er war es, und er sah zur Seite, damit er nicht in Versuchung käme, weich zu werden.

Die Bänder waren gebunden, und sie wandte sich von ihm ab. »Willst du immer noch lieber gehen, anstatt daß ich gehe?« fragte er wieder.

»Ja.«

»Nun gut – so sei es denn. Und wenn du mir den Mann nennen willst, will ich vielleicht Mitleid mit dir haben.«

Sie schlang ihren Schal über die Schulter und ging die Treppe hinunter. Er blieb mitten im Zimmer stehen.

Eustacia war noch nicht lange fort, als an die Schlafzimmer-tür geklopft wurde, und Yeobright sagte: »Was ist?«

Es war das Dienstmädchen, und es sagte: »Jemand von Mrs. Wildeve war da und hat gesagt, daß die Missis und das Baby wohlauf sind und daß das Mädchen Eustacia Clementine heißen soll.« Damit ging das Mädchen.

»Was für ein Hohn!« sagte Clym. »Nun soll meine unglückliche Ehe in dem Namen dieses Kindes fort-leben!«

Kapitel 4

Die Fürsorge eines Halbvergessenen

Die Richtung von Eustacias Weg war zuerst so unbestimmt wie das Treiben der Distelwolle im Wind. Sie wußte nicht, was sie tun sollte. Sie wünschte, es wäre anstatt Morgen Nacht gewesen, so daß sie ihr Unglück wenigstens hätte tragen können ohne die Gefahr, gesehen zu werden. Nachdem sie Meile um Meile durch die absterbenden Farne und nassen Spinnweben zurückgelegt hatte, lenkte sie schließlich ihre Schritte zum Haus ihres Großvaters. Sie fand die Haustür verschlossen. Mechanisch ging sie um das Haus herum dorthin, wo der Stall war, und als sie in die Stalltür hineinsah, erblickte sie im Innern Charley.

»Ist Kapitän Vye nicht zu Hause?« fragte sie.

»Nein, Madam«, sagte der Bursche verwirrt, »er ist nach Weatherbury gegangen und wird vor heute abend nicht zurück sein. Und der Diener hat frei bekommen, wegen einer Familienfeier. Deshalb ist das Haus abgeschlossen.«

Charley konnte das Gesicht Eustacias nicht sehen, da sie im Toreingang stand und das Licht im Rücken hatte, während der Stall nur schwach beleuchtet war. Aber ihr ungestümes Verhalten erregte seine Aufmerksamkeit. Sie kehrte um, ging über das Grundstück zum Tor und wurde alsbald von der Böschung verdeckt.

Als sie nicht mehr zu sehen war, trat Charley langsam mit besorgtem Gesicht aus der Stalltür und ging zu einer anderen Stelle der Böschung, um dort hinunterzusehen. Eustacia hatte sich außen angelehnt, ihr Gesicht mit den Händen bedeckt und ihren Kopf in das taufeuchte Heidekraut gedrückt, welches an der Außenseite der Böschung wuchs. Sie schien sich gar nicht des Umstandes bewußt zu sein, daß ihre Haube, ihr Haar und ihre Kleider naß wurden und durch die Feuchtigkeit ihres kalten, harten Kissens in Unordnung gerieten. Offensichtlich stimmte etwas nicht.

Charley hatte Eustacia immer so betrachtet, wie Eustacia Clym betrachtet hatte, als sie ihn das erste Mal erblickte – als eine romantische, wunderbare Vision, als etwas fast Unwirkliches. Er war so sehr durch die Würde ihres Aussehens und ihrer Sprache von ihr getrennt (bis auf das eine glückselige Zwischenspiel, als er ihre Hand halten durfte), daß er sie kaum als eine Frau betrachtete, die – ohne Flügel und erdgebunden – den Bedingungen eines Haushaltes mit Pfannen und Töpfen unterworfen war. Die Einzelheiten ihres Seelenlebens konnte er nur erahnen. Sie war ein liebliches Wunder gewesen, das einer Umlaufbahn angehörte, auf der er selbst nur ein Punkt war. Und ihr Anblick, wie sie sich nun wie eine hilflose und verzweifelte Kreatur gegen eine rauhe, nasse Böschung lehnte, erfüllte ihn mit Überraschung und Entsetzen. Er konnte nicht bleiben, wo er war. Mit einem Sprung war er unten, ging zu ihr, berührte sie mit einem Finger und sagte zartfühlend: »Es geht Euch wohl nicht gut, Madam? Kann ich etwas für Euch tun?«

Eustacia schrak zusammen und sagte dann: »Ach, Charley – du bist mir gefolgt. Du hast wohl nicht gedacht, daß ich so zurückkommen würde, als ich diesen Sommer wegging?«

»Nein, das hab ich nicht, liebe Madam. Kann ich Euch jetzt helfen?«

»Ich fürchte, nein. Ich wollte, ich könnte ins Haus gehen. Mir ist so schwindlig, das ist alles.«

»Stützt Euch auf meinen Arm, Madam, bis wir an der Veranda sind. Ich will versuchen, die Tür aufzumachen.«

Er führte sie zur Veranda und eilte, nachdem er sie auf einen Stuhl gesetzt hatte, zur Rückseite des Hauses, stieg mit Hilfe einer Leiter zu einem der Fenster hinauf und, nachdem er eingestiegen war, öffnete er die Tür von

innen. Als nächstes half er ihr ins Zimmer, wo eine altmodische, mit Pferdefell bespannte Polsterbank, so groß wie
eine Eselskutsche, stand. Sie legte sich darauf nieder, und
Charley deckte sie mit einem Mantel zu, den er im Flur
gefunden hatte.

»Soll ich Euch etwas zu essen und zu trinken bringen?«
fragte er.

»Ja bitte, Charley. Aber es ist sicher kein Feuer an?«

»Ich kann es anmachen, Madam.«

Er verschwand wieder, und sie hörte, daß er Holz spaltete und den Blasebalg trat. Als er zurückkam, sagte er:
»Ich habe in der Küche Feuer gemacht, jetzt mache ich
hier eins an.«

Er zündete das Feuer an, und Eustacia sah ihm von der
Couch aus abwesend zu. Als die Flammen hochschlugen,
sagte er: »Soll ich Euch davor schieben, weil es heute
morgen noch kühl ist?«

»Ja, wenn du möchtest.«

»Soll ich jetzt das Essen holen gehen?«

»Ja, bitte«, sagte sie matt.

Als er gegangen war und die dumpfen Geräusche, die
sein Hantieren in der Küche verursachten, gelegentlich an
ihr Ohr drangen, vergaß sie ganz, wo sie war, und mußte
für einen Augenblick angestrengt nachdenken, was die
Geräusche zu bedeuten hatten. Nach einer Weile, die ihr,
deren Gedanken mit anderem beschäftigt waren, kurz
erschien, kam er mit einem Tablett voll dampfendem Tee
und Toast, obwohl es schon fast Mittagszeit war.

»Stell es auf dem Tisch ab«, sagte sie, »ich bin gleich
soweit.«

Das tat er und ging dann zur Tür. Als er jedoch
bemerkte, daß sie sich nicht bewegte, kam er ein paar
Schritte zurück.

»Laßt es mich für Euch halten, wenn Ihr nicht aufstehen wollt«, sagte Charley. Er brachte das Tablett und

kniete davor nieder. »Ich werde es für Euch halten«, fügte
er dann hinzu.

Eustacia richtete sich auf und goß sich eine Tasse Tee
ein. »Du bist sehr nett zu mir, Charley«, murmelte sie,
während sie an dem Tee nippte.

»Na, das sollte ich auch sein«, sagte er schüchtern und
war dabei äußerst peinlich bemüht, sie nicht anzusehen,
obwohl dies das einzig Natürliche gewesen wäre, da ihm
Eustacia unmittelbar gegenüber lag. »Ihr wart auch nett
zu mir.«

»War ich das?«

»Ihr habt mich Eure Hand halten lassen, als Ihr noch
unverheiratet und hier zu Hause wart.«

»Ah ja, das stimmt. Warum hab ich das getan? Ich erinnere mich nicht mehr – es hatte etwas mit den Mummern
zu tun, stimmt's?«

»Ja, Ihr wolltet an meiner Stelle gehen.«

»Ich erinnere mich. Ich erinnere mich nun ganz genau –
zu gut!«

Sie schien wieder äußerst niedergeschlagen, und als
Charley sah, daß sie nichts mehr essen oder trinken
würde, trug er das Tablett fort.

Später kam er gelegentlich herein, um zu sehen, ob das
Feuer noch brannte, sie zu fragen, ob sie irgend etwas
wünschte, ihr zu sagen, daß der Wind von Süden nach
Westen gedreht hatte, oder zu fragen, ob er ihr ein paar
Blaubeeren suchen solle – Fragen, die sie allesamt vernei-
nend oder gleichgültig beantwortete.

Nachdem sie noch eine Zeitlang auf der Couch geruht
hatte, erhob sie sich und ging nach oben. Das Zimmer, in
dem sie früher geschlafen hatte, war noch in dem Zustand,
in dem sie es verlassen hatte, und das Bewußtsein ihrer
eigenen, völlig veränderten und unendlich verschlechter-
ten Lage, das sie bei dem Anblick überkam, ließ in ihren
Zügen wieder das unbestimmte, namenlose Elend erscheinen, wie schon bei ihrer Ankunft. Sie spähte in das Zim-

mer ihres Großvaters, in das die frische Herbstluft durch das offene Fenster hereinwehte. Da wurde ihr Blick von etwas gefangengenommen, mit dem sie wohlvertraut war, obwohl es für sie plötzlich eine ganz neue Bedeutung bekam.

Es war ein Paar Pistolen, welche am Kopfende des Bettes ihres Großvaters hingen und die immer geladen waren, da das Haus einsam lag und der Kapitän gegen mögliche Einbrecher gewappnet sein wollte. Eustacia betrachtete sie lange, als seien sie die Seite in einem Buch, auf der sie neue und seltsame Dinge gelesen hatte. Rasch, wie jemand, der vor sich selbst Angst hat, ging sie wieder nach unten und blieb in tiefen Gedanken versunken.

»Wenn ich es nur tun könnte!« sagte sie. »Es wäre für mich und diejenigen, die mir verbunden sind, das Beste und würde keinem einzigen schaden.«

Der Gedanke schien sich in ihr festzusetzen, und sie verharrte ungefähr zehn Minuten lang in starrer Haltung. Dann kam eine gewisse Endgültigkeit auf ihren Zügen zum Ausdruck, und die Leere der Unentschiedenheit wich.

Sie kehrte um und ging zum zweiten Mal hinauf – dieses Mal leise und heimlich – und betrat das Zimmer des Großvaters, während ihre Augen sogleich das Kopfende des Bettes suchten. Die Pistolen waren verschwunden.

Das augenblickliche Zunichtewerden ihres Vorhabens durch dieses Verschwundensein wirkte auf ihr Gehirn wie ein plötzliches Vakuum auf den Körper: sie wurde fast ohnmächtig. Wer hatte das getan? Außer ihr war nur eine einzige Person anwesend. Eustacia wandte sich unwillkürlich dem offenen Fenster zu, von dem aus man den Garten bis zu dem ihn umgebenden Wall sehen konnte. Dort oben stand Charley, gerade hoch genug, um ins Zimmer hineinsehen zu können. Sein Blick war aufmerksam und besorgt auf sie gerichtet.

Sie ging zur Tür hinunter und rief ihn herbei.

»Hast du sie weggenommen?«

»Ja, Madam.«

»Warum hast du das getan?«

»Ich hab gesehen, daß Ihr lange nach ihnen geguckt habt, zu lange.«

»Was hat das damit zu tun?«

»Ihr wart den ganzen Morgen todtraurig, so als ob Ihr nicht mehr leben wolltet.«

»Und?«

»Und ich konnte es nicht ertragen, sie in Eurer Reichweite zu lassen. So wie Ihr nach ihnen geguckt habt, das hatte so eine gewisse Bedeutung.«

»Wo sind sie jetzt?«

»Weggeschlossen.«

»Wo?«

»Im Stall.«

»Gib sie mir.«

»Nein, Madam.«

»Du weigerst dich?«

»Ja. Mir liegt zuviel an Euch, deshalb geb ich sie nicht raus.«

Sie wandte sich ab, und ihr Gesicht verlor zum ersten Mal etwas von der steinernen Unbeweglichkeit des Morgens, und in ihre Mundwinkel kehrte jener zarte Zug zurück, der in Augenblicken der Verzweiflung immer verlorenging. Schließlich wandte sie sich wieder an ihn.

»Warum sollte ich nicht sterben, wenn ich das will?« sagte sie zitternd. »Ich habe Pech gehabt im Leben, und ich bin es leid – leid. Und jetzt hast du mir den Ausweg versperrt. Oh, warum hast du das getan, Charley! Was macht den Tod schmerzhaft, außer der Gedanke an den Schmerz anderer? – Und das fehlt in meinem Fall, denn mir würde kein einziger Seufzer folgen!«

»Ah, das kann nur von einem großen Kummer herkommen! Ich wünschte bei meiner Seel, daß der, der daran schuld ist, sterben und verderben würd', auch wenn man für sowas in die Verbannung kommt!«

»Charley, nichts weiter davon. Was willst du nun tun, wo du das weißt?«

»Es ganz und gar für mich behalten, wenn Ihr mir versprecht, es nicht noch einmal zu versuchen.«

»Du brauchst keine Angst zu haben. Ich habe es überwunden. Ich verspreche es.« Sie ging, betrat das Haus und legte sich nieder.

Später am Nachmittag kam ihr Großvater zurück. Er wollte sie zuerst rigoros ausfragen, nahm aber davon Abstand, als er sie ansah.

»Ja, es ist zu schlimm, um darüber zu sprechen«, sagte sie als Antwort auf seinen Blick. »Kann mein altes Zimmer für die Nacht zurechtgemacht werden, Großvater? Ich möchte es wieder bewohnen.«

Er fragte nicht danach, was dies alles zu bedeuten hatte oder warum sie ihren Mann verlassen hatte, sondern ordnete an, das Zimmer für sie in Ordnung zu bringen.

Kapitel 5

Ein altes Spiel wird unbeabsichtigt wiederholt

Charley erwies seiner früheren Angebeteten unzählige Aufmerksamkeiten. Der einzige Trost für den eigenen Kummer lag in seinen Versuchen, den ihren zu lindern. Ständig überlegte er, was sie brauchen könnte; er war für ihre Anwesenheit irgendwie dankbar, und während er den Urheber ihres Unglücks verwünschte, begrüßte er im stillen das Ergebnis. Vielleicht, dachte er, würde sie immer dableiben, und dann würde er so glücklich wie früher sein. Seine Befürchtung war, daß sie wieder bereit sein

könnte, nach Alderworth zurückzugehen, und in dieser
Sorge beobachtete er mit aller Liebesneugier immer, wenn
sie ihn nicht bemerkte, ihr Gesicht, so wie er den Kopf
einer Hohltaube beobachten würde, um zu sehen, ob sie
fliegen wolle. Da er ihr einmal sehr zu Hilfe gekommen
war und sie wahrscheinlich vor dem Schlimmsten bewahrt
hatte, übernahm er im Geiste zusätzlich die Verantwort-
lichkeit eines Beschützers für ihr Wohlergehen.

Aus diesem Grund war er eifrig bemüht, sie mit angenehmen Zerstreuungen zu unterhalten, indem er seltene
Gegenstände, die er in der Heide fand, nach Hause
brachte, wie zum Beispiel weißes, trompetenförmiges
Moos, rotgefärbte Flechten, Pfeilspitzen aus Stein, die
von den alten Völkern auf Egdon benutzt worden waren,
und facettenreiche Kristalle aus den Hohlräumen von
Feuersteinen. Diese Gegenstände legte er irgendwo im
Haus oder draußen hin, und zwar so, daß sie sie wie zufällig entdecken sollte.

Nachdem Eustacia eine Woche lang nicht aus dem Haus
gegangen war, betrat sie schließlich wieder das eingefrie-
dete Grundstück und schaute durch das Fernrohr ihres
Großvaters, so wie sie es gern vor ihrer Heirat getan hatte.
Eines Tages sah sie an einer Stelle, wo die Straße das ferne
Tal durchquerte, einen schwer beladenen Wagen fahren.
Er war mit Hausrat voll bepackt. Sie sah immer wieder hin
und erkannte schließlich die eigenen Möbel. Am Abend
kam ihr Großvater mit der Nachricht nach Hause, daß
Yeobright an diesem Tag von Alderworth in das alte Haus
im Blooms-End umgezogen sei.

Als sie bei anderer Gelegenheit wiederum auf diese Art
Erkundungen anstellte, erblickte sie im Tal zwei Frauengestalten. Es war ein schöner, klarer Tag, und da die Personen nicht mehr als eine halbe Meile entfernt waren,
konnte sie mit dem Fernrohr jede Einzelheit erkennen.
Die Frau, die voranging, trug auf dem Arm ein weißes
Bündel, von dessen einem Ende eine lange Schleppe her-

unterhing. Und als sich die Wanderer umwandten und von der Sonne besser beleuchtet wurden, konnte Eustacia sehen, daß in dem Bündel ein Baby lag. Sie rief Charley herbei und fragte ihn, ob er wisse, wer die Frauen seien, obwohl sie es sich recht gut denken konnte.

»Mrs. Wildeve und das Kindermädchen«, sagte Charley.

»Trägt das Kindermädchen das Baby?« fragte Eustacia.

»Nein, Mrs. Wildeve trägt's«, antwortete er, »und das Kindermädchen geht hinterher und trägt nichts.«

Der junge Mann war an jenem Tag guter Laune, denn der 5. November war wieder herangekommen, und er hatte einen weiteren Plan, Eustacia von ihren grüblerischen Gedanken abzulenken. Zwei Jahre hintereinander hatte es so ausgesehen, als habe seine Angebetete Freude daran gehabt, auf dem Wall ein Feuer anzuzünden, aber dieses Jahr hatte sie offenbar den Tag und den Brauch ganz vergessen. Er erinnerte sie absichtlich nicht daran und machte sich mit heimlichen Vorbereitungen für die freudige Überraschung zu schaffen, und zwar um so eifriger, als er das letzte Mal nicht dagewesen war und ihr daher nicht hatte helfen können. In jeder freien Minute eilte er hinaus, um Ginsterstümpfe, Dornbuschwurzeln und anderes festes Brennmaterial von den umliegenden Hängen zu sammeln, welches er dann vor flüchtigen Blicken verbarg.

Der Abend kam heran, und Eustacia war sich offenbar noch immer nicht des Jahrestages bewußt. Sie war nach ihrer Erkundung mit dem Fernrohr ins Haus gegangen und seitdem nicht mehr zu sehen gewesen. Sobald es ganz dunkel geworden war, fing Charley an, das Feuer vorzubereiten; er wählte genau die Stelle auf der Böschung, die Eustacia die vorherigen Male gewählt hatte.

Als alle Feuer in der Umgebung aufgeflammt waren, zündete Charley das seine an; er hatte es so angelegt, daß man es für eine Weile sich selbst überlassen konnte. Er ging dann zum Haus zurück und wartete bei der Tür und an den Fenstern, bis sie aus diesem oder jenem Grund sein Werk entdecken und herauskommen würde, um es sich anzusehen. Aber die Fensterläden waren verriegelt, die Tür blieb geschlossen, und man schien von seinem Tun keinerlei Notiz zu nehmen. Da er sie nicht rufen wollte, ging er zurück und beschäftigte sich für die nächste halbe Stunde mit dem Nachlegen von Brennmaterial. Erst als sein Vorrat fast völlig aufgebraucht war, ging er zur Hintertür und ließ Mrs. Yeobright bitten, die Fensterläden zu öffnen und zu sehen, was es draußen gäbe.

Eustacia, die unruhig im Wohnzimmer gesessen hatte, stürzte bei der Nachricht zum Fenster und schlug die Läden zurück. Vor ihr auf der Böschung loderte die Flamme, welche augenblicklich einen rötlichen Schein in dem Zimmer, in dem sie sich befand, verbreitete und das Kerzenlicht überstrahlte.

»Gut gemacht, Charley!« sagte Kapitän Vye aus der Kaminecke heraus. »Aber ich hoffe, es ist nicht mein Holz, das er verbrennt . . . Ach ja, es war letztes Jahr um diese Zeit, als ich diesen Mann, Venn traf, als er Thomasin Yeobright nach Hause brachte – ja, tatsächlich! Wer hätte gedacht, daß sich die Sorgen dieses Mädchens so zum Guten wenden würden? Was warst du für ein Dummkopf in dieser Angelegenheit, Eustacia! Hat dein Mann dir schon geschrieben?«

»Nein«, sagte Eustacia, während sie zerstreut durch das Fenster zum Feuer hin schaute, was sie so in Anspruch nahm, daß sie die plumpe Bemerkung ihres Großvaters überhörte. Sie konnte Charleys Umrisse auf der Böschung sehen, wie er das Feuer schürte und darin stocherte, und da trat in ihre Vorstellung plötzlich eine andere Gestalt, eine, die dieses Feuer zu rufen vermochte.

Sie verließ das Zimmer, setzte ihre Gartenhaube auf, zog den Mantel über und ging hinaus. Als sie die Böschung erreicht hatte, sah sie äußerst gespannt und

voller Vorahnungen hinüber. Da sagte Charley mit einem
stolzen Unterton in der Stimme: »Ich hab's extra für Euch
gemacht, Madam.«

»Danke«, sagte sie schnell, »aber ich möchte, daß du es
jetzt ausmachst.«

»Es brennt bald herunter«, sagte Charley ziemlich enttäuscht, »wäre es nicht ein Jammer, es jetzt auszuma-
chen?«

»Ich weiß nicht«, sagte sie nachdenklich.

Die nachfolgende Stille wurde nur durch das Knistern
des Feuers unterbrochen, und Charley merkte schließlich, daß sie nicht mehr mit ihm sprechen wollte, und
entfernte sich widerstrebend.

Eustacia blieb innerhalb des Walls und sah ins Feuer.
Sie wollte wieder ins Haus gehen, verweilte jedoch noch
ein wenig. Wäre sie nicht durch die Umstände dazu
gebracht worden, alle von Göttern und Menschen geschätzten Dinge mit Gleichgültigkeit zu betrachten, wäre
sie gegangen. Aber ihre Lage war so hoffnungslos, daß sie
damit spielen konnte. Verloren zu haben ist weniger
beunruhigend, als zu überlegen, ob man möglicherweise
gewonnen hat, und Eustacia konnte nun, gleich anderen
Leuten in einer solchen Situation, sozusagen neben sich
selbst treten, sich als interessierte Beobachterin betrachten und denken, was sich doch der Himmel für einen Spaß
mit dieser Frau Eustacia erlaubt habe.

Während sie da stand, hörte sie plötzlich ein Geräusch.
Es war das Plumpsen eines Steins in den Teich.

Hätte Eustacia den Stein direkt auf die Brust bekommen, ihr Herz hätte nicht heftiger schlagen können. Sie
hatte mit der Möglichkeit eines solchen Signals als Antwort auf das von Charley ungewollt gegebene Zeichen
gerechnet, aber sie hatte es noch nicht erwartet. Wie
schnell Wildeve war! Doch wie konnte er denken, daß sie
dazu fähig war, ausgerechnet jetzt ihre Beziehung wieder
aufnehmen zu wollen? Der Impuls, sofort wegzugehen,

und das Verlangen, zu bleiben, lagen in ihr im Wider-
streit, und das Verlangen gewann die Oberhand. Mehr
geschah jedoch nicht, denn sie bestieg noch nicht einmal
die Böschung, um hinüberzusehen. Sie blieb regungslos
und bewegte weder einen Gesichtsmuskel, noch erhob sie
die Augen, denn wenn sie aufblickte, bestand die Möglichkeit, daß das Feuer von oben ihr Gesicht beleuchtete
und Wildeve auf sie hinuntersah.

   Es folgte das Plumpsen eines zweiten Steins in den
Teich.

   Warum wartete er so lange, ohne näher zu kommen und
herüberzuschauen? Die Neugier siegte, und sie stieg ein
oder zwei Lehmstufen an der Böschung hoch und schaute
hinüber.

   Wildeve stand vor ihr. Er war weitergegangen, nachdem er den zweiten Stein ins Wasser geworfen hatte, und
das Feuer beleuchtete nun ihre beiden Gesichter vom Wall
herab, der sich in Brusthöhe zwischen ihnen erhob.

   »Ich habe es nicht angezündet!« rief Eustacia schnell.
»Es wurde ohne mein Wissen angemacht. Bitte, komm
nicht herüber!«

   »Warum hast du die ganze Zeit hier gewohnt, ohne mir
etwas davon zu sagen? Du hast dein Heim verlassen. Ich
fürchte, ich bin irgendwie dafür verantwortlich!«

   »Ich habe seine Mutter nicht hereingelassen, das ist es!«

   »Du hast das nicht verdient, Eustacia. Dir geht es sehr
schlecht. Ich sehe es in deinen Augen, an deinem Mund
und überall an dir. Mein armes, armes Mädchen!« Er stieg
über den Wall. »Du bist vor allem sehr unglücklich!«

   »Nein, nein, nicht unbedingt . . .«

   »Das geht zu weit – das bringt dich noch um, der Meinung bin ich!«

   Ihr gewöhnlich ruhiger Atem ging schneller bei diesen
Worten: »Ich – ich –«, begann sie und brach dann in ein
zuckendes Schluchzen aus, bis ins Herz von der unerwarteten Stimme des Mitleids erschüttert – eine Gefühls-

regung, deren Existenz sie, auf ihre eigene Person bezogen, fast ganz vergessen hatte. Dieser Tränenausbruch überraschte Eustacia selbst so sehr, daß sie nicht aufhören konnte, und sie wandte sich etwas beschämt von ihm ab, obwohl sie nichts vor ihm verbergen konnte. Sie schluchzte in tiefer Verzweiflung weiter, dann ließen ihre Tränen allmählich nach, und sie wurde ruhiger. Wildeve hatte der Regung widerstanden, sie zu umarmen, und stand ohne ein Wort zu sagen da.

»Schämst du dich nicht für mich, wo ich doch nie eine Heulsuse war?« fragte sie in schwachem Flüsterton, während sie sich die Augen wischte. »Warum bist du nicht gegangen? Ich wollte, du hättest all das nicht gesehen. Es enthüllt viel zu viel.«

»Das hättest du wünschen können, weil es mich so traurig macht wie dich«, sagte er gefühlvoll und ehrerbietig, »und was die Enthüllung angeht – das Wort hat keine Bedeutung für uns beide.«

»Ich habe dich nicht gerufen – vergiß das nicht, Damon. Ich leide, aber ich habe dich nicht gerufen. Als Ehefrau wenigstens war ich treu.«

»Laß es gut sein – ich bin gekommen. O Eustacia, bitte vergib mir, was ich dir in diesen letzten zwei Jahren angetan habe! Ich sehe mehr und mehr, daß ich dich zugrunde gerichtet habe.«

»Nicht du, sondern der Ort, an dem ich lebe.«

»Ach, das sagst du nur, weil du von Natur aus großherzig bist. Aber ich bin der Schuldige. Ich hätte entweder mehr oder gar nichts tun sollen.«

»In welcher Beziehung?«

»Ich hätte gar nichts mit dir anfangen sollen, oder, da ich es getan habe, hätte ich dich unter allen Umständen halten müssen. Aber natürlich habe ich jetzt kein Recht, darüber zu sprechen. Ich frage dich nur eins: kann ich irgend etwas für dich tun? Gibt es irgend etwas auf der ganzen Welt, das ein Mann tun könnte, um dich glückli-

cher zu machen, als du es jetzt bist? Wenn es etwas gibt,
dann will ich es tun. Du kannst bis an die Grenze meiner
Möglichkeiten über mich verfügen, Eustacia, und vergiß
nicht, daß ich jetzt reicher bin. Sicher kann man etwas
tun, um dich zu retten. So eine seltene Pflanze an so einem
wilden Ort zu sehen, macht mich ganz traurig. Kann ich
dir irgend etwas kaufen? Möchtest du irgendwo hingehen? Möchtest du diesen Ort hier für immer verlassen?
Du mußt es nur sagen, und ich will diesen Tränen ein
Ende machen, die, wenn ich nicht gewesen wäre, nie
geflossen wären.«

»Jeder von uns ist mit jemand anderm verheiratet«,
sagte sie schwach, »und Beistand von dir hätte einen üblen
Klang – nach – nach –«

»Man kann Verleumder nicht daran hindern, immer
und überall ihr Fressen zu finden. Aber du brauchst keine
Angst zu haben. Was ich auch für dich empfinde, darauf
gebe ich dir mein Ehrenwort: darüber werde ich nichts zu
dir sagen – und auch danach handeln –, bis du es mir
erlaubst. Ich kenne meine Verpflichtung gegenüber Thomasin genauso gut, wie ich meine Pflicht gegenüber dir als
einer unfair behandelten Frau kenne. Wie kann ich dir
helfen?«

»Ich möchte von hier fort.«

»Wo willst du hin?«

»Ich denke da an einen bestimmten Ort. Wenn du mir
helfen kannst, bis nach Budmouth zu kommen, dann
kann ich das übrige allein schaffen. Von dort gehen
Dampfer über den Kanal, und von da kann ich nach Paris,
wo ich sein möchte. Ja«, bat sie eindringlich, »hilf mir,
zum Hafen in Budmouth zu kommen, ohne daß es mein
Großvater oder mein Mann erfährt, alles andere schaffe
ich allein.«

»Ist es denn sicher für dich, alleine dort?«

»Ja, ja. Ich kenne mich aus in Budmouth.«

»Soll ich mit dir gehen? Ich bin jetzt wohlhabend.«

Sie schwieg.

»Sag ja, Liebes!«

Sie schwieg noch immer.

»Gut, laß mich wissen, wann du gehen willst. Wir werden noch bis Dezember in unsrem jetzigen Haus sein, danach ziehen wir nach Casterbridge. Bis dahin kannst du in jeder Beziehung über mich verfügen.«

»Ich will darüber nachdenken«, sagte sie eilig, »ob ich im Ernst von dir als Freund Gebrauch machen kann oder ob ich mit dir als Liebhaber Schluß machen muß; das ist etwas, was ich für mich selbst entscheiden muß. Falls ich gehe und beschließe, deine Begleitung anzunehmen, dann will ich dir an einem Abend Punkt acht Uhr ein Zeichen geben, und das bedeutet dann, daß du in der gleichen Nacht mit Pferd und Einspänner bereit sein mußt, um mich nach Budmouth zu fahren, damit ich für das Schiff am Morgen rechtzeitig da bin.«

»Ich werde jeden Abend um acht Uhr hinaufschauen, und es wird mir kein Signal entgehen.«

»Jetzt geh bitte. Falls ich mich zu dieser Flucht entschließe, kann ich dich nur noch einmal sehen, es sei denn – ich kann nicht ohne dich gehen. Geh – ich kann es nicht länger ertragen. Geh – geh!«

Wildeve stieg langsam die Stufen hoch und verschwand auf der anderen Seite in der Dunkelheit, und im Gehen schaute er zurück, bis die Böschung ihre Gestalt seinen Blicken entzog.

Kapitel 6

Thomasin überzeugt ihren Cousin, und er schreibt einen Brief

Yeobright befand sich zu diesem Zeitpunkt in Blooms-End und hoffte, Eustacia würde zu ihm zurückkehren. Der Umzug des Mobiliars hatte erst an diesem Tag stattgefunden, obwohl Clym schon länger als eine Woche in dem alten Haus wohnte. Er hatte sich damit beschäftigt, in Haus und Garten zu arbeiten, Blätter von den Gartenwegen zu entfernen, abgestorbene Stiele in den Blumenbeeten abzuschneiden und Ranken, die der Herbstwind losgerissen hatte, wieder zu befestigen. Er hatte keine besondere Freude an diesen Arbeiten, aber sie bedeuteten für ihn einen Schutz gegen die Verzweiflung, und darüber hinaus hatte er es sich zur heiligen Pflicht gemacht, all das, was von seiner Mutter auf ihn gekommen war, in gutem Zustand zu erhalten.

Während dieser Beschäftigungen lebte er in ständiger Erwartung Eustacias. Damit es für sie keine Mißverständnisse über seinen Aufenthaltsort gäbe, hatte er veranlaßt, ein Hinweisschild am Gartentor in Alderworth anzubringen, auf dem in weißen Buchstaben zu lesen stand, wohin er umgezogen war. Wenn ein Blatt zur Erde glitt, drehte er den Kopf, weil er dachte, es seien ihre Schritte. Ein Vogel, der in der Erde des Blumenbeets nach Würmern suchte, hörte sich an wie ihre Hand am Riegel des Gartentors. Und in der Dämmerung, wenn leise, fremdartige Geräusche wie von Bauchrednern aus Erdlöchern, hohlen Stengeln, zusammengerollten, vertrockneten Blättern und anderen Schlupfwinkeln kamen, wo Wind, Würmer und Insekten ihr Spiel trieben, bildete er sich ein, diese Geräusche kämen von Eustacia, die draußen stand und leise flüsternd um Versöhnung bat.

Bis zu dieser Stunde hatte er an seinem Entschluß fest-

gehalten, sie nicht zurückzurufen. Zur gleichen Zeit be-
schwichtigte die Strenge, mit der er sie behandelt hatte,
den Kummer um seine Mutter, und etwas von seiner alten
Besorgnis um die Nachfolgerin seiner Mutter erwachte
wieder in ihm. Grausame Gefühle führen zu grausamen
Handlungen, und dies wiederum kühlt die Gefühlsregungen ab, die zunächst zur Tat geführt hatten. Je mehr er
darüber nachdachte, desto nachsichtiger wurde er. Aber
seine Frau als leidende Unschuld anzusehen, das war ihm
unmöglich, obwohl er sich fragen mochte, ob er ihr denn
auch genug Zeit gegeben habe – ob er nicht ein wenig zu
voreilig an jenem düsteren Morgen über sie hergefallen
war.

Jetzt, wo sich seine Erregung gelegt hatte, war er nicht
mehr geneigt, ihr mehr als eine unbesonnene Freundschaft zu Wildeve zu unterstellen; denn in ihrem Verhalten hatte er kein Anzeichen von Unehrenhaftigkeit entdecken können. Und nachdem er sich dies erst einmal
eingestanden hatte, war auch der Zwang beseitigt, Eustacias Handeln gegenüber seiner Mutter in diesem absolut
negativen Sinn zu deuten.

Am Abend des 5. November waren seine Gedanken
besonders mit Eustacia beschäftigt. Erinnerungen an jene
vergangene Zeit, wo sie den ganzen Tag zärtliche Worte
miteinander gewechselt hatten, holten ihn wie das undeutliche Echo einer meilenweit entfernten Brandung ein.
»Gewiß«, sagte er zu sich selbst, »sie hätte sich schon
überwinden können, mit mir zu sprechen und mir ehrlich
zu gestehen, was Wildeve ihr bedeutete.«

Anstatt zu Hause zu bleiben, entschloß er sich, an diesem Abend Thomasin und ihren Mann zu besuchen. Falls
sich die Gelegenheit dazu ergäbe, wollte er den Grund für
die Trennung zwischen ihm und Eustacia andeuten,
wobei natürlich verschwiegen werden mußte, daß noch
eine dritte Person im Haus war, als seine Mutter abgewiesen wurde. Wenn es sich erweisen sollte, daß Wildeve aus

irgendeinem harmlosen Grund da gewesen war, würde er dies zweifellos ohne Zögern erwähnen. Falls er mit unlauteren Absichten da gewesen wäre, würde Wildeve, der ein leicht erregbarer Mensch war, wahrscheinlich etwas sagen, was das Ausmaß von Eustacias Kompromittierung aufdecken würde.

Aber als er das Haus seiner Cousine erreicht hatte, war nur Thomasin da, während Wildeve zu dieser Zeit auf dem Weg zum Feuer in Mistover war, welches Charley arglos angezündet hatte. Thomasin war wie immer froh, Clym zu sehen, und sie führte ihn hinein, damit er das schlafende Baby besichtige, wobei sie mit der Hand vorsichtig das Kerzenlicht vor den Augen des Säuglings abschirmte.

»Tamsin, hast du gehört, daß Eustacia zur Zeit nicht bei mir ist?« sagte er, als sie sich wieder hingesetzt hatten.

»Nein«, sagte Thomasin beunruhigt.

»Auch nicht, daß ich nicht mehr in Alderworth wohne?«

»Nein. Ich höre nie Neuigkeiten aus Alderworth, es sei denn, du bringst sie mir. Was ist denn geschehen?«

Clym erzählte ihr in erregten Worten von seinem Besuch bei dem Jungen von Susan Nunsuch, von der Entdeckung, die er gemacht hatte und was daraus gefolgt war: daß er Eustacia beschuldigt hatte, die Tat willentlich und herzlos begangen zu haben. Er unterließ jegliche Andeutung der Tatsache, daß Wildeve da gewesen war.

»All das, und ich weiß von nichts!« murmelte Thomasin tief erschrocken. »Schrecklich! Was konnte sie nur dazu gebracht haben – o Eustacia! Und nachdem du es herausgefunden hattest, bist du in wilder Hast zu ihr gelaufen? Und warst zu hart? – Oder ist sie wirklich so niederträchtig, wie es den Anschein hat?«

»Kann ein Mann zu dem Feind seiner Mutter zu grausam sein?«

»Ich kann es mir vorstellen.«

»Gut, dann will ich zugeben, daß er es sein kann. Aber was ist jetzt zu tun?«

»Sich wieder versöhnen – falls man sich nach einem solch tödlichen Streit je wieder versöhnen kann. Ich wünschte fast, du hättest es mir nicht erzählt. Aber versuche doch, dich wieder mit ihr zu vertragen. Es ist möglich, weißt du, wenn ihr nur beide wollt.«

»Ich weiß nicht, ob wir es beide wollen«, sagte Clym, »wenn sie gewollt hätte, hätte sie mir nicht schon längst geschrieben?«

»Du scheinst es zu wollen, aber du hast auch ihr noch nicht geschrieben.«

»Das ist wahr, aber ich war hin- und hergerissen, ob ich es nach einer so schweren Provokation tun sollte. So wie du mich jetzt siehst, kannst du dir gar nicht vorstellen, Thomasin, wie es um mich stand. Durch welche Tiefen bin ich in diesen letzten Tagen gegangen! Oh, was für eine bittere Schande, meine Mutter so auszusperren! Kann ich das je vergessen oder mich überhaupt entschließen, sie wiederzusehen?«

»Sie hat vielleicht nicht gewußt, daß so etwas Ernstes daraus entstehen könnte, und vielleicht wollte sie auch gar nicht die Tante aussperren.«

»Sie sagt selbst, daß sie das nicht wollte. Aber die Tatsache bleibt, daß sie es doch getan hat.«

»Glaube ihr doch, daß es ihr leid tut, und laß sie kommen.«

»Was ist, wenn sie nicht kommen will?«

»Das würde beweisen, daß sie Schuld hat, wenn sie die Feindschaft aufrechterhalten will. Aber das glaube ich keinen Augenblick lang.«

»So will ich es machen. Ich warte noch ein, zwei Tage – keinesfalls länger als zwei Tage –, und wenn sie bis dahin nicht geschrieben hat, werde ich es tun. Ich hatte gedacht, ich würde Wildeve heute abend hier antreffen. Ist er verreist?«

Thomasin errötete ein wenig. »Nein, er macht nur einen kleinen Spaziergang.«

»Warum hat er dich nicht mitgenommen? Es ist ein schöner Abend, und du brauchst frische Luft genauso wie er.«

»Oh, ich möchte nirgends hingehen, und außerdem ist ja das Baby da.«

»Ja, ja . . . na ja, ich dachte, ob ich nicht auch deinen Mann wegen all dem um Rat fragen sollte«, sagte Clym mit unbeweglicher Miene.

»Das würde ich nicht tun«, antwortete Thomasin schnell, »das kann nicht viel helfen.«

Ihr Cousin sah ihr ins Gesicht. Kein Zweifel, Thomasin wußte nichts von dem Anteil, den ihr Mann an den Geschehnissen jenes tragischen Nachmittags hatte, aber ihre Miene schien auszudrücken, daß sie einen Verdacht oder Gedanken an die berüchtigten zarten Bande zwischen Wildeve und Eustacia aus früheren Zeiten verbarg.

Clym konnte sich jedoch keinen Reim darauf machen, und unsicherer, als er gekommen war, erhob er sich, um wieder nach Hause zu gehen.

»Du schreibst ihr doch in ein, zwei Tagen, nicht wahr?« sagte die junge Frau ernsthaft. »Ich hoffe sehr, daß diese unglückselige Trennung bald vorüber ist.«

»Ja, auf jeden Fall«, sagte Clym. »Ich finde durchaus kein Vergnügen an meiner jetzigen Situation.«

Und damit ging er und stieg den Berg hinauf nach Blooms-End. Bevor er zu Bett ging, setzte er sich hin und schrieb den folgenden Brief:

Meine liebe Eustacia,
ich muß meinem Herzen folgen, ohne meinen Verstand zu genau zu prüfen. Willst Du zu mir zurückkommen? Tu es, und die Vergangenheit wird nie wieder erwähnt werden. Ich war zu streng, aber ach, Eustacia, die Provokation war zu groß! Du weißt es nicht

und wirst es nie wissen, was mich diese zornigen Worte kosteten, die Du verursacht hast. Alles, was Dir ein ehrlicher Mensch versprechen kann, das verspreche ich Dir jetzt, was heißen soll, daß Du durch mich nie mehr deswegen leiden sollst. Nach all den Gelöbnissen, die wir uns gegeben haben, Eustacia, finde ich, sollten wir lieber den Rest unsres Lebens damit verbringen, ihnen gemäß zu leben zu versuchen. Deshalb komm zu mir zurück, selbst wenn Du mir noch Vorwürfe machst. Ich habe über Deinen Kummer an jenem Morgen, an dem ich mich von Dir trennte, nachgedacht. Ich weiß, daß er echt war, und mehr solltest Du nicht ertragen müssen. Unsere Liebe muß fortdauern. Herzen, wie die unsren, sind uns nur gegeben, um füreinander da zu sein. Ich konnte Dich nicht gleich um Deine Rückkehr bitten, Eustacia, denn ich konnte mich nicht zu der Überzeugung durchringen, daß derjenige, der bei Dir war, nicht als Liebhaber da war. Aber wenn Du mir den verwirrenden Anschein erklären willst, dann will ich nicht an Deiner Ehrlichkeit zweifeln. Warum bist Du nicht eher gekommen? Glaubst Du, ich würde Dich nicht anhören? Bestimmt nicht, wenn Du Dich an die Küsse und Schwüre erinnerst, die wir unter dem Sommermond ausgetauscht haben. Also komm zurück, und Du wirst herzlich willkommen geheißen. Ich kann nicht mehr länger Vorurteile über dich hegen – ich bin viel zu sehr damit beschäftigt, Dich zu rechtfertigen.

Dein Mann, wie immer

Clym

»So«, sagte er, als er den Brief in seinen Schreibtisch legte, »das ist gut so. Wenn sie nicht vor morgen abend kommt, schicke ich ihn zu ihr.«

In dem Haus, von dem er gerade gekommen war, seufzte inzwischen Thomasin, die von einer tiefen Un-

ruhe ergriffen war. Aus Treue zu ihrem Mann hatte sie
sich an diesem Abend verpflichtet gefühlt, jeglichen Verdacht, daß Wildeves Interesse an Eustacia mit seiner Heirat nicht erloschen sei, zu unterdrücken. Aber etwas Kon-
kretes wußte sie auch nicht, und obwohl Clym ihr sehr
lieb war, gab es einen, der ihr noch näher stand.

Als ein wenig später Wildeve von seinem Gang nach
Mistover zurückkehrte, sagte Thomasin: »Damon, wo
warst du? Ich habe mich schon geängstigt und gedacht, du
wärst in den Fluß gefallen. Ich bin nicht gern allein im
Haus.«

»Geängstigt?« sagte er und tätschelte ihre Wange, als sei
sie irgendein Haustier. »Ich dachte, dich könnte nichts
ängstigen. Es ist sicher vielmehr deshalb, weil du hochmütig wirst und nicht mehr hier wohnen willst, wo wir
jetzt über unser Geschäft hinausgewachsen sind. Ja, es
ist eine langwierige Sache, so eine Haussuche, aber ich
konnte nicht eher damit anfangen, es sei denn, unsre
zehntausend Pfund wären hunderttausend gewesen; dann
hätten wir auf jede Vorsicht verzichten können.«

»Nein – es macht mir nichts aus zu warten – ich würde
lieber noch zwölf Monate länger warten, als irgendein
Risiko mit dem Baby eingehen. Aber ich mag es nicht,
wenn du abends so einfach weggehst. Dich beschäftigt
doch etwas – ich merke das, Damon. Du gehst so finster
umher und schaust in die Heide hinaus, als sei sie jeman-
des Gefängnis anstatt ein schöner wilder Park, um drin
spazierenzugehen.«

Er sah sie in mitleidiger Überraschung an. »Was, dir
gefällt die Egdon-Heide?« fragte er.

»Ich mag den Ort, in dessen Nähe ich geboren bin, ich
bewundere das grimmige alte Gesicht der Heide.«

»Pah, meine Liebe, du weißt nicht, was du magst.«

»O doch, bestimmt. Es gibt nur eins, was ich nicht
mag.«

»Und was ist das?«

»Du nimmst mich nie mit, wenn du in die Heide gehst. Warum durchwanderst du sie so oft, wenn du sie so wenig magst?«

Diese wenn auch harmlosen Erkundigungen beunruhigten Wildeve, und er setzte sich hin, bevor er antwortete. »Ich glaube nicht, daß du mich dort oft findest. Nenne mir eine Gelegenheit.«

»Das will ich gern«, sagte sie triumphierend. »Als du heute abend weggegangen bist, dachte ich, da das Baby schlief, ich wollte einmal sehen, wohin du so heimlich gehst, ohne mir etwas zu sagen. Daher ging ich hinaus und bin dir gefolgt. Du bliebst an der Stelle, wo die Abzweigung ist, stehen, hast nach den Feuern ringsum geschaut und dann gesagt: ›Verdammt, ich gehe hin!‹ Und dann bist du schnell die linke Straße hinaufgegangen. Dann bin ich stehengeblieben und hab dir nachgeschaut.«

Wildeve runzelte die Stirn und sagte dann mit einem gezwungenen Lächeln: »Und was für eine großartige Entdeckung hast du gemacht?«

»Siehst du, nun bist du böse, und wir sprechen besser nicht mehr darüber.« Sie ging zu ihm hinüber, setzte sich auf einen Fußschemel und sah ihm von unten ins Gesicht.

»Unsinn!« sagte er, »so kneifst du immer. Wir reden jetzt weiter, wo wir schon damit angefangen haben. Was hast du dann gesehen? Das möchte ich ganz genau wissen.«

»Sei nicht so, Damon!« murmelte sie. »Ich habe nichts gesehen. Du bist verschwunden, und ich sah mir noch die Feuer an und bin dann nach Hause gegangen.«

»Vielleicht ist das nicht das einzige Mal, daß du mir nachspioniert hast? Versuchst du irgend etwas Schlechtes über mich herauszufinden?«

»Ganz und gar nicht! Ich habe das noch nie vorher gemacht, und ich hätte es auch jetzt nicht getan, wenn man nicht manchmal über dich geredet hätte.«

»Was willst du damit sagen?«

»Sie sagen – sie sagen, daß du abends immer nach Alderworth gegangen bist, und daran habe ich gedacht, als ich davon hörte, daß –«

Wildeve wandte sich ärgerlich ab und stand dann vor ihr auf. »Nun«, sagte er und fuchtelte mit der Hand in der Luft herum, »nur heraus damit, Madam! Ich will jetzt auf der Stelle wissen, was für Bemerkungen das waren.«

»Na ja, ich habe gehört, daß du früher Eustacia sehr gern hattest – nichts mehr als das, obwohl es so nach und nach herauskam. Du solltest nicht so ärgerlich sein!«

Er sah, daß Tränen in ihren Augen standen. »Nun«, sagte er, »das ist ja nichts Neues, und ich möchte natürlich auch nicht grob zu dir sein, du brauchst also nicht zu weinen. Jetzt laß uns nicht mehr über die Sache reden.«

Man ließ es dabei bewenden, und Thomasin war froh, genügend Grund zu haben, Clyms Besuch an diesem Abend und seine Geschichte nicht erwähnen zu müssen.

Kapitel 7

Der Abend des 6. November

Nachdem sie einmal zur Flucht entschlossen war, schien Eustacia zeitweise besorgt zu sein, daß etwas geschehen könnte, das ihre Absichten durchkreuzen würde. Das einzige, was ihre Lage wirklich ändern konnte, war Clyms Erscheinen. Der Glanz, der ihn einst als ihr Geliebter umgeben hatte, war verschwunden; dennoch kam ihr manchmal etwas von seinem guten, ehrlichen Wesen ins Gedächtnis zurück und entfachte einen Funken Hoffnung, daß er wieder zu ihr kommen würde. Aber bei ruhiger Überlegung war es nicht wahrscheinlich, daß ein so tiefer Graben, wie er jetzt zwischen ihnen entstanden war, je überbrückt werden konnte. Sie würde in schmerzvollem Zustand weiterleben, isoliert und fehl am Platz. Sie hatte die Heide immer nur für einen ihr nicht angemessenen Ort gehalten, nun dachte sie so von der ganzen Welt.

Am 6. November gegen Abend hatte sich ihre Entschlossenheit fortzugehen wieder gefestigt. Gegen vier Uhr packte sie erneut die wenigen kleinen Dinge, die sie bei ihrem Fortgang von Alderworth mitgebracht hatte, sowie ein paar Sachen, die hier geblieben waren. Das Ganze ergab ein Bündel, das nicht zu groß war, um es über eine Entfernung von ein bis zwei Meilen zu tragen. Draußen wurde es dunkler; schlammfarbene Wolken senkten sich wie riesige am Himmel befestigte Hängematten herunter, und bei Einbruch der Nacht erhob sich ein stürmischer Wind. Aber es regnete bis jetzt noch nicht.

Da Eustacia nichts mehr zu tun hatte, hielt sie es nicht im Haus, und sie ging an dem Berg, unweit des Hauses, das zu verlassen sie im Begriff war, auf und ab. Bei diesem ziellosen Umherwandern kam sie auch an der Kate Susan Nunsuchs vorbei, die etwas tiefer als das Haus ihres Großvaters gelegen war. Die Tür war nur angelehnt, und ein Band hellen Feuerscheins fiel draußen auf den Boden. Als Eustacia durch diesen Lichtstreifen schritt, erschien sie für einen Augenblick so klar wie die Gestalt in einer Phantasmagorie – ein Lichtwesen, das von Dunkelheit umgeben ist. Der Augenblick ging vorüber, und das Dunkel hatte sie wieder aufgenommen.

Eine Frau, die in der Hütte saß, hatte sie in dieser momentanen Beleuchtung gesehen und erkannt. Es war Susan, die damit beschäftigt war, ein heißes Würzgetränk für den Jungen zu bereiten, der oft kränkelte, jetzt aber ernsthaft krank war. Susan ließ den Löffel fallen, schüttelte die geballte Faust nach der entschwundenen Gestalt und fuhr dann nachdenklich und abwesend in ihrer Arbeit fort.

Um acht Uhr, um die Zeit, zu der Eustacia Wildeve versprochen hatte, ein Zeichen zu geben (falls sie überhaupt eins geben würde), ging sie um das Haus herum; sie wollte sich vergewissern, daß die Luft rein war, und ging dann zu dem Ginsterschober, um ein langstieliges Reisig als Brennfackel herauszuholen. Sie trug es zu der Stelle, wo die beiden Wälle aneinanderstießen und, nachdem sie sich vergewissert hatte, daß die Fensterläden alle geschlossen waren, entzündete sie den Ginsterzweig. Als er hellauf loderte, nahm ihn Eustacia und schwenkte ihn über ihrem Kopf hin und her, bis er abgebrannt war.

Sie war befriedigt – wenn Befriedigung in einer solchen Stimmung überhaupt möglich war –, als sie ein bis zwei Minuten später in der Nähe von Wildeves Haus ein ähnliches Lichtzeichen sah. Da er zugesagt hatte, jeden Abend um diese Zeit achtzugeben, für den Fall, daß sie Hilfe brauchte, zeigte diese prompte Reaktion, wie fest er sich an die Abmachung gehalten hatte. Vier Stunden später, also um Mitternacht, sollte er – wie es abgesprochen war – bereit sein, sie nach Budmouth zu fahren.

Eustacia ging ins Haus zurück. Nachdem sie das Abendessen hinter sich gebracht hatte, zog sie sich frühzeitig zurück und saß dann in ihrem Schlafzimmer und wartete, daß die Zeit verging. Da die Nacht dunkel und bedrohlich war, hatte sich Kapitän Vye nicht auf den Weg zu einer der Hütten aufgemacht, um dort ein Schwätzchen zu halten, so wie er es in diesen langen Herbstnächten zu tun pflegte. Er saß unten alleine und nippte an seinem Grog. Etwa um zehn Uhr klopfte es an die Tür. Als die Dienstmagd öffnete, fiel das Licht der Kerze auf die Gestalt Fairways.

»Ich mußte heute abend nach Unter-Mistover«, sagte er, »und Mr. Yeobright hat mich gebeten, das hier auf dem Weg abzugeben. Aber, meiner Treu, ich hatte es in das Futter meiner Kappe gesteckt und hab nicht mehr dran gedacht, bis ich zurück war und vor dem Schlafenge-

hen das Tor zugemacht hab. So bin ich gleich wieder zu-
rückgelaufen.«

Er gab einen Brief ab und ging wieder. Das Mädchen
brachte ihn zum Kapitän, der feststellte, daß er an Eustacia gerichtet war. Er drehte ihn nach allen Seiten um und
nahm an, daß er die Handschrift ihres Mannes trug,
obwohl er sich dessen nicht sicher war. Trotzdem beschloß er, daß sie ihn, wenn möglich, sofort bekommen
sollte, und brachte ihn zu diesem Zweck nach oben. Aber
als er die Tür zu ihrem Zimmer erreicht hatte und durch
das Schlüsselloch spähte, sah er, daß drinnen kein Licht
brannte, was der Tatsache zuzuschreiben war, daß Eustacia sich vollständig angekleidet auf ihr Bett geworfen
hatte, um auszuruhen und ein wenig Kraft für ihre bevor-
stehende Reise zu sammeln. Ihr Großvater schloß aus
dem, was er sah, daß er sie besser nicht stören sollte und
ging wieder hinunter, wo er den Brief auf den Kaminsims
legte, um ihn ihr am nächsten Morgen zu geben.

Um elf Uhr ging er selbst zu Bett, rauchte noch eine
Weile im Schlafzimmer, löschte um halb zwölf sein Licht
und zog dann, wie er es immer tat, das Rouleau hoch. Auf
diese Art konnte er, da sein Schlafzimmerfenster einen
Blick auf die Fahnenstange und die Wetterfahne gewährte, am nächsten Morgen gleich feststellen, aus welcher Richtung der Wind wehte. Gerade als er sich nieder-
gelegt hatte, bemerkte er zu seiner Überraschung, daß die
weiße Stange des Fahnenmastes mit einem Mal wie ein
Phosphorstrich im Dunkel der Nacht aufleuchtete. Das
konnte nur eines bedeuten: ein Licht war plötzlich vom
Haus auf die Fahnenstange gefallen. Da sich alle schon zur
Ruhe begeben hatten, hielt es der alte Mann für angebracht aufzustehen, das Fenster leise zu öffnen und nach
rechts und links zu schauen. Eustacias Schlafzimmer war
erleuchtet, und es war das Licht aus ihrem Fenster, das die
Stange angeleuchtet hatte. Er überlegte, was sie aufge-
weckt haben mochte, und blieb unentschlossen am Fen-

ster stehen. Er dachte daran, den Brief zu holen und
ihn unter ihrer Tür durchzuschieben, als er ein leichtes
Rascheln von Kleidern an der Trennwand hörte, die sein
Zimmer vom Flur abteilte.

Der Kapitän nahm an, daß Eustacia, da sie nicht schlafen konnte, ein Buch holen ging, und er hätte die Sache als
unwichtig abgetan, wenn er sie beim Vorübergehen nicht
auch deutlich hätte weinen hören.

»Sie denkt an diesen Kerl von einem Ehemann«, sagte er
zu sich. »Ach, die dumme Gans! Sie hätte ihn erst gar
nicht heiraten sollen. Ob der Brief wirklich von ihm ist?«

Er erhob sich, warf seinen Bootsmantel über, öffnete
dann die Tür und sagte: »Eustacia!« Es kam keine Antwort. »Eustacia!« wiederholte er lauter, »auf dem Kaminsims ist ein Brief für dich!«

Aber auch darauf kam keine Antwort, außer der imaginären des Windes, der an den Ecken des Hauses zu nagen
schien, und ein paar Regentropfen, welche gegen die Fenster schlugen.

Er ging zum Treppengeländer und blieb dort fast fünf
Minuten stehen. Sie kam immer noch nicht zurück. Er
ging eine Kerze holen und wollte ihr folgen. Zuerst aber
schaute er noch in ihr Schlafzimmer. Dort konnte man an
der Bettdecke sehen, daß sie darauf gelegen hatte; die
Decke war jedoch nicht zurückgeschlagen. Noch bedeut-
samer war die Tatsache, daß sie ihre Kerze nicht mit nach
unten genommen hatte. Nun war er vollends beunruhigt.
Nachdem er sich eilends angezogen hatte, ging er zur
Haustür hinunter, die er selbst verriegelt und abgeschlossen hatte. Jetzt war sie unverschlossen. Nun konnte kein
Zweifel mehr bestehen, daß Eustacia zu mitternächtlicher
Stunde aus dem Haus gegangen war. Wohin mochte sie
gegangen sein? Ihr zu folgen, war fast unmöglich. Hätte
das Haus an einer gewöhnlichen Straße gestanden, hätte
man sie mit zwei Personen, die in zwei verschiedenen
Richtungen gehen würden, wahrscheinlich einholen kön-

nen. Aber jemanden bei Dunkelheit in der Heide zu suchen, war ein hoffnungsloses Unterfangen, da die möglichen Fluchtwege von jedem Punkt aus so zahlreich waren wie die vom Pol ausgehenden Meridiane. Unschlüssig, was er tun sollte, schaute er in das Wohnzimmer und sah mit Unbehagen, daß der Brief noch ungeöffnet dalag.

Nachdem Eustacia um halb zwölf festgestellt hatte, daß alles im Hause ruhig war, hatte sie ihre Kerze angezündet, ein paar warme Sachen übergeworfen, ihre Tasche genommen, dann die Kerze wieder gelöscht und war die Treppe hinuntergegangen. Vor der Haustür stellte sie fest, daß es regnete, und noch während sie dastand, fing es stärker zu regnen an, und es sah so aus, als ob noch mehr zu erwarten sei. Aber da sie sich nun zu diesem Unternehmen entschlossen hatte, gab es keinen Rückzug wegen schlechten Wetters. Selbst wenn sie jetzt Clyms Brief erhalten hätte, zurückgehalten hätte sie das nicht. Die Düsternis der Nacht war bedrückend. Die ganze Natur schien einen Trauerflor zu tragen. Die spitzen Wipfel der Tannen hinter dem Haus ragten wie Türme und Zinnen einer Abtei gen Himmel. Unterhalb der Horizontlinie war nichts zu erkennen, außer einem Licht, welches noch in Susan Nunsuchs Haus brannte.

Eustacia öffnete ihren Schirm und verließ den eingefriedeten Teil des Anwesens über die Stufen der Böschung, hinter der sie außer Gefahr war, gesehen zu werden. Sie ging den Teichpfad entlang zum Regenhügel, stolperte hier und da über knorrige Ginsterwurzeln, Binsenbüschel oder klebrige Klumpen fleischiger Schwämme, die zu dieser Jahreszeit wie verwesende Leber- und Lungenstücke irgendeines riesenhaften Tieres über die Heide verstreut lagen. Mond und Sterne waren von den Wolken und dem Regen wie ausgelöscht. Es war eine Nacht, die die Gedanken eines Wanderers unwillkürlich an finstere Katastro-

phen der Weltgeschichte denken ließ, an alles Schreckli-
che und Dunkle in Historie und Legende – die letzte Plage
Ägyptens, die Vernichtung von Sichaneribs Heer und die
Todesqual im Garten von Gethsemane.[5]

Schließlich erreichte Eustacia den Regenhügel, wo sie
innehielt, um nachzudenken. Nie hatte es eine vollkom-
menere Harmonie zwischen dem Chaos ihres Seelenzu-
standes und der Welt ringsum gegeben. In diesem Augenblick fiel ihr blitzartig etwas ein: sie hatte nicht genug
Geld für eine so große Reise. Während ihrer Stimmungs-
wandlungen tagsüber hatte sich ihr unpraktischer Sinn
nicht mit der Notwendigkeit beschäftigt, gut mit Mitteln
versorgt zu sein, und als sie sich jetzt ihrer Lage bewußt
wurde, seufzte sie bitterlich, ließ die Schultern hängen
und duckte sich derart nach und nach unter ihren Schirm,
als würde sie langsam von einer Hand in das Hünengrab
gezogen. Konnte es sein, daß sie noch weiterhin hier gefangen sein würde? Geld: nie zuvor hatte sie seinen Wert
verspürt. Allein aus dem Land herauszukommen, erforderte Mittel. Wildeve um finanzielle Hilfe zu bitten, ohne
ihm zu gestatten, sie zu begleiten, war für eine Frau, die
auch nur einen Funken Stolz hatte, unmöglich. Als seine
Geliebte zu fliehen – sie wußte, daß er sie liebte –, war eine
demütigende Vorstellung.

Jeder, der neben ihr gestanden hätte, würde sie bemit-
leidet haben, nicht so sehr, weil sie derart dem Wetter
ausgesetzt und von aller Menschheit – mit Ausnahme der
Skelette in dem Hünengrab – abgeschnitten war, als vielmehr wegen dieses anderen Elends, welches durch die von
ihrem Seelenzustand herrührende, leicht schwankende
Bewegung zum Ausdruck kam. Tiefstes Unglück lastete
sichtbar auf ihr. Neben dem Geräusch der Regentropfen,
die von ihrem Schirm auf ihren Umhang, vom Umhang
aufs Heidekraut, vom Heidekraut zur Erde fielen, konnte
man sehr ähnliche Laute von ihren Lippen hören, und
der Tränenreichtum der Umgebung wiederholte sich auf

ihrem Gesicht. Die Flügel ihrer Seele waren durch die sie umgebenden grausamen Widrigkeiten geknickt. Selbst wenn sie sich hätte vorstellen können, glücklich nach Budmouth zu gelangen, einen Dampfer zu besteigen und auf der anderen Seite in einem anderen Hafen anzukommen, wäre sie auch nicht heiterer gewesen, so beängstigend unheilvoll waren andere Dinge. Sie begann laut zu sprechen. Wenn in einer solchen Lage eine Frau, die weder alt oder taub noch verrückt oder besonders weinerlich ist, zu schluchzen anfängt und laute Selbstgespräche führt, dann hat dies einen ernsthaften Grund.

»Kann ich fortgehen? Kann ich gehen?« stöhnte sie. »Er ist nicht bedeutend genug, um mich an ihn zu binden – er kann meine Sehnsüchte nicht erfüllen! – . . . Wenn er ein Saul oder ein Bonaparte wäre – ah! Aber mein Heiratsgelübde seinetwegen zu brechen – das ist ein zu armseliger Luxus! . . . Ich habe kein Geld, um allein fortzugehen! Und wenn ich es könnte, was würde es mir nützen? Ich muß mich von einem Jahr zum anderen hinschleppen, dieses Jahr genau wie das vorherige und das kommende. Wie habe ich versucht, eine wunderbare Frau zu sein, und wie sehr ist das Schicksal gegen mich gewesen! . . . Ich verdiene mein Los nicht«, weinte sie in einem Anfall bitterer Auflehnung. »Oh, was für eine Grausamkeit, mich in diese schlecht erdachte Welt zu setzen! Ich hatte viele Fähigkeiten, aber ich bin verletzt, vernichtet und zerstört durch Dinge, die außerhalb meiner Kontrolle lagen! Oh, wie grausam ist es von den himmlischen Mächten, solche Folterungen für mich zu erfinden, wo ich ihnen doch nichts Böses getan habe!«

Das Licht in der Ferne, welches Eustacia beim Verlassen des Hauses gesehen hatte, kam, wie sie erraten hatte, vom Fenster des Hauses von Susan Nunsuch. Was Eustacia nicht erriet, war, womit sich die Frau im Augenblick dort drinnen beschäftigte. Der Anblick von Eustacias vor-

übereilender Gestalt an dem gleichen Abend, noch keine
fünf Minuten, nachdem der kranke Junge ausgerufen
hatte: »Mutter, mir geht es so schlecht!«, überzeugte die
Matrone, daß von Eustacias Nähe gewiß ein schädlicher
Einfluß ausgegangen sei.

Aus diesem Grund ging Susan nicht gleich, nachdem
die Arbeit für den Abend getan war, zu Bett, so wie sie es
gewöhnlich tat. Um dem bösen Zauber entgegenzuwir-
ken, den ihrer Vorstellung nach die arme Eustacia ausübte, beschäftigte sich die Mutter des Jungen mit der ge-
spenstischen Erfindung eines Aberglaubens, die Macht-
losigkeit, Schwäche und Vernichtung jeglichem menschlichen Wesen bringen sollte, gegen das man sie anwandte.
Es war eine Praktik, die zu jener Zeit in der Egdon-Heide
weit verbreitet war und auch heutzutage noch nicht ganz
ausgestorben ist.

Sie ging mit ihrer Kerze in einen hinteren Raum, in dem
sich neben anderen Geräten zwei große braune Tiegel mit
insgesamt etwa einem Zentner flüssigen Honigs befanden
– das Erzeugnis der Bienen während des vergangenen
Sommers. Auf dem Regal über den Tiegeln lag eine weiche, tiefgelbe Masse in Form einer Halbkugel, welche aus
dem Bienenwachs der gleichen Ernte bestand. Susan
nahm den Klumpen herunter, schnitt davon mehrere
dünne Scheiben ab und häufte sie in eine eiserne Kelle.
Damit ging sie ins Wohnzimmer zurück und legte den
Löffel in die heiße Asche im Kamin. Sobald das Wachs die
Konsistenz von Teig angenommen hatte, knetete sie die
Stücke zusammen. Und nun trat mehr Spannung in ihre
Züge. Sie begann, das Wachs zu formen, und es war ihren
Bewegungen zu entnehmen, daß sie versuchte, ihm eine
ganz bestimmte Form zu geben, nämlich eine mensch-
liche.

Durch Wärmen und Kneten, Schneiden und Drehen,
Anfügen und Wegnehmen einzelner Teile war nach etwa
einer Viertelstunde aus dem anfänglich formlosen Gebilde

eine Form entstanden, die leidlich der einer Frau ähnelte und etwa siebzehn Zentimeter groß war. Sie legte die Figur zum Kalt- und Hartwerden auf den Tisch. In der Zwischenzeit ging sie die Treppe hinauf in den Raum, in dem der kleine Junge lag.

»Hast du gesehen, mein Liebling, was Mrs. Eustacia außer dem schwarzen Kleid heute nachmittag anhatte?«

»Ein rotes Band um ihren Hals.«

»Sonst noch etwas?«

»Nein – außer Sandalen.«

»Ein rotes Band und Sandalen«, sagte sie zu sich. Mrs. Nunsuch ging danach auf die Suche nach einem sehr schmalen roten Band, welches sie dann nach unten mitnahm und der Figur um den Hals band. Darauf holte sie Tinte und einen Federkiel von dem wackligen Schreibpult am Fenster und schwärzte damit die Füße der Figur da, wo die Schuhe sitzen würden, wonach sie dann vom Spann aus sich überkreuzende Linien zog, wie sie die Sandalen aus jener Zeit aufwiesen. Schließlich band sie etwas schwarzes Garn um den oberen Teil des Kopfes, was entfernt an ein das Haar zurückhaltendes Stirnband erinnerte.

Sie hielt das Ding vor sich in die Höhe und betrachtete es mit Befriedigung, jedoch ohne ein Lächeln. Jeder, der die Bewohner der Egdon-Heide kannte, würde in der Figur Eustacia Yeobright vermutet haben.

Aus ihrem Nähkorb am Fensterplatz nahm sie ein Briefchen mit Nadeln von der alten, langen und gelben Sorte, deren Köpfe so leicht beim ersten Gebrauch abfielen. Diese begann sie von allen Seiten in die Figur zu stechen, und zwar offensichtlich mit äußerster Energie. Ungefähr fünfzig Stück wurden auf diese Weise verbraucht, einige davon steckte sie in den Kopf des Wachsmodells, andere in die Schultern, einige in den Rumpf, andere von unten nach oben durch die Fußsohlen, bis die ganze Figur von Nadeln völlig durchbohrt war.

Nun ging sie zum Feuer, das mit Torf unterhalten wurde, und obwohl der große Aschenhaufen, den ein Torffeuer erzeugt, an den Rändern schwarz und erloschen schien, zeigte sich nach einigem Schüren mit einer Schaufel innen eine rote Glut. Sie nahm einige frische Torfstücke aus der Ecke des Kamins und schichtete sie über der Glut auf, worauf das Feuer aufloderte. Dann nahm sie mit einer Zange das Abbild, das sie von Eustacia gemacht hatte, hielt es in die Flammen und schaute zu, wie es langsam schmolz, und während sie damit beschäftigt war, kam ein Wortgemurmel von ihren Lippen.

Es war ein seltsames Kauderwelsch – das Vaterunser rückwärts aufgesagt – eine Beschwörungsformel, die bei Gelegenheiten üblich ist, wo unheiliger Beistand gegen einen Feind erbeten wird. Susan wiederholte dreimal langsam die traurige Litanei, und als sie damit zu Ende kam, war das Abbild erheblich zusammengeschmolzen. Wo die Wachstropfen niederfielen, loderte eine Stichflamme auf, züngelte um die Figur und fraß noch mehr von deren Substanz weg. Gelegentlich fiel eine Nadel zusammen mit dem Wachs herunter, und die Hitze ließ sie hochrot erglühen.

Kapitel 8

Regen, Finsternis und sorgenvolle Wanderer

Während Eustacias Abbild zu einem Nichts zerschmolz und die schöne Frau selbst in abgrundtiefer Verzweiflung, wie sie selten jemand in so zartem Alter erfährt, am Regenhügel stand, saß Yeobright einsam in seinem Haus in Blooms-End. Er hatte das Versprechen, das er Thomasin gegeben hatte, erfüllt und Fairway mit dem Brief zu

seiner Frau geschickt. Nun wartete er mit wachsender
Ungeduld auf ein Geräusch oder ein Zeichen ihrer Rückkehr. Für den Fall, daß Eustacia noch in Mistover wäre,
erwartete er zumindest, daß sie ihm noch heute abend
durch denselben Boten eine Antwort zukommen ließ. Er
hatte jedoch Fairway gesagt, Eustacia nicht darum zu bitten, damit sie ganz nach eigenem Gefühl handeln könne.
Falls man ihm eine Antwort übergäbe, solle er sie sofort
herbringen; falls nicht, solle er direkt nach Hause gehen,
ohne sich am gleichen Abend noch nach Blooms-End zu
bemühen.

Aber insgeheim hegte Clym eine noch schönere Hoffnung. Eustacia würde vielleicht nicht ihre Feder gebrauchen – es entsprach so recht ihrer Art, etwas still-
schweigend zu tun – und ihn statt dessen durch ihr
Erscheinen an seiner Tür überraschen. Wie sehr sie aber
entschlossen war, etwas völlig anderes zu tun, das wußte
er nicht.

Zu Clyms Bedauern fing es gegen Abend an zu regnen
und zu stürmen. Der Wind schabte und kratzte an den
Ecken des Hauses und klatschte die Tropfen wie Erbsen
von der Dachrinne gegen die Fensterscheiben. Er strich
unruhig in den unbewohnten Räumen umher und behob
seltsame Geräusche an Fenstern und Türen, indem er
Holzspäne in die Rahmen und Ritzen klemmte. Die Blei-
verglasungen der Fenster preßte er an den Stellen wieder
zurecht, wo sie sich vom Glas gelöst hatten. Es war eine
jener Nächte, wo sich die Risse in den Mauern alter Kir-
chen vergrößern, wo sich uralte Flecken an den Decken
verfallener Herrschaftshäuser wieder zeigen und von der
Größe einer Männerhand zu einer Fläche von einigen
Metern anwachsen. Das kleine Gartentor zwischen den
Pfosten vor seinem Haus schlug ständig auf und zu, aber
wenn er dann gespannt hinaussah, war niemand da; es
war, als ob unsichtbare Totengestalten einträten, um ihn
zu besuchen.

Zwischen zehn und elf Uhr, nachdem weder Fairway noch sonst jemand zu ihm gekommen war, zog er sich zurück und schlief trotz seiner inneren Unruhe bald ein. Sein Schlaf war jedoch nicht sehr tief, da er ja auf einen Besuch hoffte, und so wachte er von einem Klopfen an der Tür etwa eine Stunde später gleich auf. Er stand auf und sah aus dem Fenster. Es regnete noch heftig, und die ganze Weite der Heide vor ihm ließ ein gedämpftes Zischen unter dem Regenguß ertönen. Es war zu dunkel, um auch nur das Geringste zu sehen.

»Wer ist da?« rief er.

Man konnte leichte Schritte auf der Veranda hören, und er vernahm, kaum hörbar, eine klagende weibliche Stimme: »O Clym, komm herunter und laß mich hinein!«

Es wurde ihm ganz heiß vor Aufregung. »Bestimmt ist es Eustacia!« murmelte er. Falls sie es war, hatte sie ihn wirklich überrascht.

Er machte hastig Licht, zog sich an und ging hinunter. Als er die Tür aufriß, fiel der Kerzenschein auf eine vermummte Frauengestalt, die sogleich auf ihn zukam.

»Thomasin!« rief er in einem Ton unbeschreiblicher Enttäuschung.

»Du bist es, Thomasin, und in einer solchen Nacht! Oh, wo ist Eustacia?«

Und es war tatsächlich Thomasin, durchnäßt, verängstigt und außer Atem.

»Eustacia? Das weiß ich nicht, Clym, aber ich kann es mir denken«, sagte sie äußerst beunruhigt. »Laß mich hinein und mich hinsetzen – ich erkläre es dir. Da braut sich etwas ganz Schlimmes zusammen – mein Mann und Eustacia!«

»Was, was?«

»Ich glaube, mein Mann will mich verlassen oder etwas Schreckliches tun – ich weiß nicht was –, Clym, willst du nicht hingehen? Ich habe niemanden außer dir, der mir helfen kann! Eustacia ist noch nicht zu dir zurückgekommen?«

»Nein.«

»Dann laufen sie miteinander davon«, fuhr sie atemlos fort. »Er kam heute abend ungefähr um acht Uhr ins Haus und sagte so nebenbei: ›Thomasin, ich habe gerade erfahren, daß ich verreisen muß.‹ ›Wann‹, sagte ich. ›Noch heute abend.‹ ›Wohin?‹ fragte ich ihn. ›Das kann ich dir im Moment nicht sagen‹, sagte er, ›ich bin morgen wieder zurück.‹ Er ging dann und beschäftigte sich mit seinen Angelegenheiten, ohne mich überhaupt noch weiter zu beachten. Ich dachte, ich würde ihn wegfahren sehen, aber er ging nicht, und dann wurde es zehn Uhr, und er sagte: ›Du gehst jetzt besser zu Bett.‹ Ich wußte nicht, was ich tun sollte, und so ging ich zu Bett. Ich glaube, er dachte, ich wäre eingeschlafen, denn nach einer halben Stunde kam er herauf und schloß die Eichentruhe auf, wo wir das Geld verwahren, wenn wir viel im Haus haben; er schloß die Truhe auf und nahm ein Bündel von etwas heraus, das ich für Banknoten hielt, obwohl mir nicht bekannt war, daß er welche drin hatte. Er muß sie von der Bank geholt haben, als er neulich dort war. Wozu braucht er die Geldscheine, wenn er nur für einen Tag fortgeht? Als er wieder hinuntergegangen war, dachte ich an Eustacia und daß er sie gestern abend getroffen hatte – ich weiß, daß er sie getroffen hat, Clym, denn ich bin ihm einen Teil des Weges nachgegangen, aber ich wollte es dir nicht sagen, als du da warst, weil ich dich nicht gegen ihn beeinflussen wollte. Ich hatte ja nicht angenommen, daß es so ernst sei. Dann konnte ich nicht im Bett bleiben: ich stand auf und zog mich an, und als ich ihn im Stall hörte, dachte ich, ich sollte zu dir kommen und es dir sagen. Also bin ich hinuntergegangen und habe mich heimlich aus dem Haus geschlichen.«

»Dann war er also noch nicht weggefahren, als du gegangen bist?«

»Nein. Willst du, lieber Cousin Clym, bitte zu ihm hingehen und ihn dazu überreden, nicht zu fahren? Er kümmert sich nicht um das, was ich sage, und vertröstet mich mit seiner Geschichte, daß er verreisen müsse und morgen zurückkäme und all das, aber das glaube ich nicht. Ich meine, du könntest ihn beeinflussen.«

»Ich gehe«, sagte Clym. »Oh, Eustacia!«

Thomasin trug ein großes Bündel auf dem Arm, und da sie sich inzwischen gesetzt hatte, fing sie an, es aufzuwickeln – und ein Baby erschien wie der Kern aus einer Schale. Es war trocken und warm und hatte weder von der Reise noch von dem schlechten Wetter etwas bemerkt. Thomasin gab dem Baby einen flüchtigen Kuß und sagte dann unter Tränen: »Ich habe die Kleine mitgebracht, weil ich Angst hatte, es könnte ihr etwas zustoßen. Ich nehme an, es wird ihren Tod bedeuten, aber ich konnte sie nicht bei Rachel lassen!«

Clym legte hastig ein paar Holzscheite aufeinander, schürte die Glut, die gerade noch schwelte, und erzeugte mit dem Blasebalg eine Flamme.

»Trockne deine Sachen«, sagte er, »ich gehe noch etwas mehr Holz holen.«

»Nein, nein, bleib deshalb nicht hier. Ich kann das Feuer selbst schüren. Geh bitte sofort.«

Yeobright rannte nach oben, um sich fertig anzukleiden. Während er oben war, klopfte es wieder an die Tür. Diesmal konnte man nicht der irrtümlichen Meinung sein, es sei Eustacia, denn man hatte vorher schwere und langsame Schritte vernommen. Yeobright, der dachte, es sei möglicherweise Fairway mit einem Antwortbrief, ging wieder hinunter und öffnete die Tür.

»Kapitän Vye?« sagte er zu der tropfnassen Gestalt.

»Ist meine Enkelin hier?« fragte der Kapitän.

»Nein.«

»Wo ist sie denn dann?«

»Ich weiß es nicht.«

»Aber du solltest das wissen – du bist ihr Ehemann.«

»Offenbar nur dem Namen nach«, sagte Clym mit wachsender Aufregung. »Ich glaube, daß sie vorhat, heute nacht mit Wildeve durchzubrennen. Ich bin gerade dabei, das herauszufinden.«

»Ja, sie hat mein Haus vor einer halben Stunde verlassen. Wer sitzt denn dort?«

»Meine Cousine Thomasin.«

Der Kapitän machte eine geistesabwesende Verbeugung. »Ich hoffe nur, es ist nichts Schlimmeres als Durchbrennen«, sagte er.

»Schlimmeres? Was ist schlimmer als das Schlimmste, das eine Frau tun kann?«

»Ja, man hat mir eine seltsame Geschichte erzählt. Bevor ich auf die Suche ging, habe ich Charley, meinen Stallburschen, geweckt. Ich habe vor ein paar Tagen meine Pistolen vermißt.«

»Pistolen?«

»Damals sagte er, er hätte sie zum Reinigen abgenommen. Er hat jetzt zugegeben, daß er sie weggenommen hatte, weil er gesehen hat, daß Eustacia eigenartig nach ihnen schaute; sie hat dann später zugegeben, daß sie daran gedacht hatte, sich das Leben zu nehmen, aber sie hatte ihn um Stillschweigen gebeten und ihm versprochen, niemals wieder daran zu denken. Ich nehme kaum an, daß sie den Mumm aufbringen wird, eine Pistole zu gebrauchen; aber es zeigt doch, was in ihrem Kopf vorgeht, und Leute, die einmal an so was denken, denken auch wieder daran.«

»Wo sind die Pistolen?«

»Sicher weggeschlossen. O nein, sie wird sie nicht wieder anrühren. Aber es gibt noch andere Mittel und Wege, aus dem Leben zu gehen, als mit einer Kugel. Worüber hast du so bitter mit ihr gestritten, daß sie zu all dem getrieben wurde? Du mußt sie wahrhaftig schlecht behandelt haben. Na ja, ich war immer gegen die Heirat, und ich hatte recht.«

»Geht Ihr mit mir?« sagte Yeobright und beachtete die letztere Bemerkung des Kapitäns nicht. »Wenn ja, dann kann ich Euch auf dem Weg erzählen, weshalb wir uns entzweit haben.«

»Wohin?«

»Zum Haus von Wildeve – da wollte sie hin, verlaßt Euch drauf.«

Thomasin mischte sich hier, noch weinend, ein und sagte: »Er sagte, er würde nur kurz verreisen, aber wozu brauchte er dann so viel Geld? O Clym, was meinst du, was geschieht? Ich habe Angst, daß du, mein armes Baby, bald keinen Vater mehr haben wirst!«

»Ich gehe jetzt«, sagte Yeobright und ging auf die Veranda hinaus.

»Ich würde ja mitgehen«, sagte der alte Mann unschlüssig, »aber ich bekomme langsam Angst, daß meine Beine das in so einer Nacht nicht mitmachen. Ich bin nicht mehr so jung, wie ich einmal war. Wenn sie an ihrer Flucht gehindert werden, wird sie sicher zu mir kommen, und ich sollte zu Hause sein, um sie in Empfang zu nehmen. Aber sei's, wie's will, ich kann nicht zu Fuß zum Gasthaus gehen, und daran ist nichts zu ändern. Ich gehe gleich wieder nach Hause.«

»Das wird vielleicht das Beste sein«, sagte Clym. »Thomasin, wärm dich auf und mach's dir so bequem wie möglich.«

Damit schloß er die Tür hinter sich zu und verließ das Haus in Begleitung des Kapitäns, der sich vor dem Gartentor von ihm trennte und den mittleren Weg in Richtung Mistover einschlug. Clym ging zur anderen Seite hinüber in Richtung des Gasthauses.

Als Thomasin allein war, legte sie einige ihrer nassen Kleider ab, trug das Baby nach oben auf Clyms Bett und kam dann ins Wohnzimmer zurück, wo sie das Feuer schürte und sich aufwärmte. Die Flammen schlugen bald den Kaminschacht hinauf und gaben dem Raum einen Anschein von Behaglichkeit, welche noch durch das Wüten des Sturms verstärkt wurde, der an den Fensterscheiben rüttelte. Im Kamin konnte man gedämpfte Laute vernehmen, die sich wie der Prolog zu einer Tragödie anhörten.

Aber Thomasin befand sich mit ihren Gedanken nicht im Haus, denn da sie sich um das kleine Mädchen oben keine Sorgen machen mußte, folgte sie mit ihren Gedanken Clym auf seinem Weg. Nachdem sie sich auf diese Art für eine Weile beschäftigt hatte, wurde sie von dem Gefühl durchdrungen, daß die Zeit unerträglich langsam vergehe. Aber sie harrte aus. Doch es kam der Augenblick, wo sie kaum länger stillsitzen konnte, und es erschien wie ein Hohn auf ihre Geduld, sich klarmachen zu müssen, daß Clym zu diesem Zeitpunkt kaum das Gasthaus erreicht haben konnte. Schließlich ging sie zum Baby hinauf. Das Kind schlief fest. Die Vorstellung jedoch, es könnten sich bei ihr zu Hause katastrophale Vorgänge abspielen, und die Dominanz des Ungewissen über das Gewisse überforderten ihr Durchhaltevermögen. Sie konnte dem Impuls, hinunterzugehen und die Tür zu öffnen, nicht widerstehen. Es regnete immer noch, das Licht der Kerze fiel auf die vordersten Tropfen und verwandelte sie, die vor der übrigen Masse der unsichtbaren dahinter herabfielen, in glitzernde Pfeile. Sich in dieses Element hinauszubegeben hieß, in schwach mit Luft vermischtes Wasser einzutauchen. Aber die Schwierigkeit, die es machen würde, gerade jetzt zu ihrem Haus zurückzukehren, trug um so mehr zu dem Wunsch bei, eben dies zu tun; alles war besser als diese Ungewißheit. »Ich bin recht gut hierhergekommen«, sagte sie zu sich, »warum sollte ich nicht zurückgehen? Es ist nicht gut, daß ich nicht dort bin.«

Sie nahm hastig das Kind auf, wickelte es ein, legte ihren

Umhang um wie zuvor und ging, nachdem sie die Asche über die Glut geschaufelt hatte, um einen Brand zu verhüten, nach draußen. Nachdem sie zuerst den Schlüssel an seinen alten Platz hinter dem Fensterladen gelegt hatte, wandte sie sich entschlossen der geballten Finsternis hinter den Zaunpfählen zu und begab sich mitten hinein. Da Thomasins Gedanken aber so lebhaft mit anderen Dingen an einem anderen Ort beschäftigt waren, hatten die Nacht und das Wetter für sie keinerlei Schrecken, die über deren tatsächliche Unannehmlichkeiten und Behinderungen hinausgingen.

Bald schon erreichte sie das Blooms-End-Tal und durchquerte die wellenförmigen Hänge des Berges. Das Geräusch des Windes, der über die Hügel hinwegfegte, war schrill, und es schien, als pfiff er vor Freude, eine so passende Nacht gefunden zu haben. Manchmal führte sie der Weg durch Mulden zwischen hohem und tropfnassem Farnkraut, welches zwar verwelkt war, aber noch nicht am Boden lag und sie wie ein Tümpel umgab. Wenn die Farnwedel höher als gewöhnlich standen, hob sie das Baby über ihren Kopf, damit es die durchnäßten Zweige nicht erreichen konnten. Weiter oben, wo der Wind scharf und andauernd blies, flog der Regen waagerecht, und es war nicht wahrzunehmen, wo er niederging, so daß man sich auch nicht vorstellen konnte, in welcher Entfernung er den Schoß der Wolken verlassen hatte. Hier konnte man sich unmöglich schützen, und einzelne Tropfen stachen sie wie die Pfeile des heiligen Sebastian.[6] Pfützen, die gegen einen anderen Hintergrund als die Heide selbst schwarz erschienen wären, vermochte sie auszuweichen, weil sie sich hier in verschwommener Blässe abzeichneten.

Trotz allem jedoch tat es Thomasin nicht leid, sich auf den Weg gemacht zu haben. Für sie gab es, anders als für Eustacia, keine Dämonen in der Luft und kein Unheil hinter jedem Baum und Strauch. Die Tropfen, die ihr

ins Gesicht schlugen, waren keine Skorpione, sondern
gewöhnlicher Regen; Egdon als Ganzes war durchaus
kein Ungeheuer, sondern ein unbeteiligtes weites Land.
Ihre Furcht vor ihm war auf Vernunft gegründet, ihre
Abneigung gegen seine schlechtesten Launen verständlich. Jetzt war es in ihrer Sicht ein windiger nasser Ort, wo
man viel Unannehmlichkeiten haben, sich leicht verirren
und sich möglicherweise erkälten konnte.

Kennt man den Weg gut, dann ist es in solchen Zeiten
insgesamt nicht sehr schwierig, auf dem rechten Pfad zu
bleiben. Man hat ihn von den Füßen her im Gefühl. Ist er
jedoch einmal verloren, kann man ihn nicht wiederfinden.
Durch ihr Kind, welches ihre Sicht nach vorn etwas
behinderte und sie ablenkte, kam Thomasin schließlich
vom Weg ab. Dieses Mißgeschick geschah, als sie einen
weiten Hang, nach etwa zwei Drittel des Nachhause-
wegs, hinabstieg. Anstatt den aussichtslosen Versuch zu
unternehmen, hierhin und dorthin zu gehen, um auch nur
einen kleinen Anhaltspunkt zu finden, ging sie einfach
weiter, da sie darauf vertraute, die Umrisse der Landschaft erkennen zu können, worin sie kaum von Clym
oder von den Heideponys selbst übertroffen wurde.

Schließlich erreichte Thomasin eine Senke, und hier
konnte sie allmählich durch den Regen hindurch einen
schwachen, immer wieder verschwimmenden Lichtschein
erkennen, der nun die längliche Form einer offenen Tür
annahm. Sie wußte, daß dort kein Haus stand, und so
wurde es ihr denn bald durch die Höhe der Tür über dem
Boden klar, worum es sich handelte.

»Wahrhaftig, es ist Diggorys Wagen, ja sicher!« sagte
sie.

Sie wußte, daß ein bestimmter abgelegener Platz in der
Nähe des Regenhügels oft sein bevorzugter Aufenthaltsort war, wenn er in dieser Umgebung weilte, und sie erriet
sofort, daß sie zufällig auf dieses heimliche Versteck
gestoßen war. Sie fragte sich, ob es angebracht sei, ihn zu

bitten, sie auf den richtigen Weg zurückzuführen. In
ihrem Verlangen, nach Hause zu kommen, beschloß sie,
ihn trotz der ungewöhnlichen Zeit und des ungewöhnlichen Orts anzusprechen. Aber als Thomasin unter diesen
Überlegungen seinen Wagen erreicht hatte und hinein-
schaute, fand sie ihn leer, obgleich kein Zweifel bestand,
daß es sich um den Wagen des Rötelmanns handelte. Das
Feuer brannte im Herd, und die Laterne hing am Nagel.
Um den Türeingang herum war der Boden nur etwas
feucht, jedoch nicht naß, woraus sie schloß, daß die Tür
noch nicht lange offen stand.

Während sie unschlüssig stand und hineinsah, hörte sie
hinter sich aus der Dunkelheit Schritte herankommen,
und als sie sich umdrehte, sah sie die wohlbekannte Gestalt, in Kordsamt gekleidet und rot von Kopf bis Fuß, die
vom Schein der Laterne durch einen Trennvorhang von
Regentropfen hindurch beleuchtet wurde.

»Ich dachte, Ihr wärt den Hügel hinabgegangen«, sagte
er, ohne ihr ins Gesicht zu sehen. »Wie kommt Ihr denn
hierher zurück?«

»Diggory?« sagte Thomasin leise.

»Wer seid Ihr?« fragte Venn, der immer noch nichts
bemerkte, »und warum habt Ihr eben noch geweint?«

»Oh, Diggory, erkennst du mich nicht?« sagte sie.
»Aber natürlich, so vermummt wie ich bin. Was meinst
du? Ich habe eben nicht geweint und bin auch nicht eben
schon hiergewesen.«

Daraufhin kam Venn näher, bis er sie im Licht sehen
konnte.

»Mrs. Wildeve!« rief er erschrocken aus. »Daß wir uns
zu solcher Stunde treffen! Und das Baby! Welch schlimmes Ereignis kann Euch in einer so schrecklichen Nacht
hierher geführt haben?«

Sie konnte nicht sogleich antworten. Da sprang er,
ohne ihre Erlaubnis abzuwarten, in den Wagen, nahm sie
beim Arm und zog sie zu sich hinauf.

»Was ist denn?« fuhr er fort, als sie drinnen waren.

»Ich habe mich von Blooms-End aus verirrt und muß dringend nach Hause. Bitte führe mich so schnell wie möglich! Es ist so dumm von mir, daß ich Egdon nicht besser kenne, und ich verstehe gar nicht, wie ich mich verirren konnte. Zeig mir bitte ganz schnell den Weg, Diggory!«

»Ja, natürlich. Ich gehe mit Euch. Aber wart Ihr vorher schon mal da, Mrs. Wildeve?«

»Ich bin erst in diesem Moment gekommen.«

»Das ist seltsam. Ich war hier eingeschlafen und hatte die Tür wegen des schlechten Wetters zugemacht, da hörte ich vor ungefähr fünf Minuten Frauenkleider genau vor meinem Wagen über die Heidesträucher streifen (ich habe einen leichten Schlaf), und dann hörte ich das Schluchzen oder Weinen einer Frau. Ich machte meine Tür auf und hielt die Laterne in die Höhe, und da konnte ich gerade noch im Laternenschein eine Frau sehen. Sie drehte den Kopf, als das Licht auf sie fiel und lief dann den Hügel hinab. Ich hängte die Laterne auf, und da ich neugierig war, hab ich mich angezogen und bin ihr ein paar Schritte nachgegangen, aber sie war nicht mehr zu sehen. Da war ich gewesen, als Ihr kamt, und als ich Euch sah, dachte ich, Ihr wärt dieselbe Frau.«

»Vielleicht war es eine der Heidefrauen, die nach Hause ging?«

»Nein, das ist unwahrscheinlich. Es ist zu spät. Und das Kleid hat bei der Berührung mit dem Heidekraut so ein zischendes Geräusch gemacht, wie es nur bei Seide möglich ist.«

»Dann war ich es also nicht. Mein Kleid ist nicht aus Seide, wie du siehst ... Sind wir hier irgendwo zwischen Mistover und dem Gasthaus?«

»Ja, ja. Nicht allzu weit weg.«

»Ach, ich überlege, ob sie es war, Diggory. Ich muß sofort weiter!«

Bevor er es gewahr wurde, sprang sie vom Wagen herunter, und Venn nahm die Laterne vom Haken und
sprang hinterher. »Ich nehme das Baby, Madam«, sagte
er. »Ihr müßt schon müde sein vom Tragen.« Thomasin
zögerte einen Augenblick und legte dann das Baby in
Venns Arm. »Drück es nicht so fest, Diggory«, sagte sie,
»und tu seinem kleinen Arm nicht weh, und halte den
Umhang fest über ihm zu, damit ihm der Regen nicht ins
Gesicht schlägt.«

»Ich passe auf«, sagte Venn ernsthaft. »Als ob ich
etwas, das Euch gehört, verletzen könnte.«

»Ich meinte ja nur aus Versehen«, sagte Thomasin.

»Das Baby ist schön trocken, aber Ihr seid ganz naß«,
sagte der Rötelmann, als er die Tür seines Wagens mit
einem Vorhängeschloß sicherte und dabei bemerkte, daß
auf dem Boden, wo Thomasin mit ihrem Umhang gestanden hatte, ein Kranz von Wassertropfen entstanden war.

Thomasin folgte ihm, während er rechts und links aus-
wich, um die größeren Büsche zu vermeiden, gelegentlich
anhielt, die Laterne abdeckte und sich über die Schulter
hinweg nach dem Regenhügel orientierte, den sie im Rük-
ken haben mußten, um auf dem rechten Weg zu bleiben.

»Bist du sicher, daß das Baby nicht naß wird?«

»Ganz sicher. Darf ich fragen, wie alt er ist, Madam?«

»Er?« sagte Thomasin vorwurfsvoll. »Das kann doch
jeder auf den ersten Blick erkennen, daß es ein Mädchen
ist. Sie ist fast zwei Monate alt. Wie weit ist es noch bis
zum Gasthaus?«

»Etwas über eine Viertelmeile.«

»Kannst du ein wenig schneller gehen?«

»Ich hatte Angst, Ihr würdet dann nicht mitkommen.«

»Ich will möglichst bald dort sein. Ah, da sieht man ja
Licht aus einem der Fenster.«

»Das ist nicht von einem Fenster, das ist eine Wagen-
lampe, meiner Ansicht nach.«

»Oh«, sagte Thomasin verzweifelt, »ich wollte, ich

wäre eher dagewesen – gib mit das Baby, Diggory –, du kannst jetzt zurückgehen.«

»Ich muß den ganzen Weg mitgehen«, sagte Venn. »Da ist ein Sumpf zwischen uns und dem Licht dort, und Ihr würdet bis zum Hals darin versinken, wenn ich Euch nicht drumherum führen würde.«

»Aber das Licht ist beim Gasthaus, und davor ist doch kein Sumpf.«

»Nein, das Licht ist unterhalb des Gasthauses, ungefähr zwei- bis dreihundert Meter weiter.«

»Gut, gut«, sagte Thomasin eilig, »geh auf das Licht zu und nicht auf das Gasthaus.«

»Ja«, sagte Venn und bog gehorsam in Richtung des Lichts ab. Nach einer Pause sagte er: »Ich wollte, Ihr würdet mir sagen, was diese große Aufregung zu bedeuten hat. Ich denke, Ihr habt erprobt, daß man mir vertrauen kann.«

»Es gibt Dinge, die man nicht – die man nicht sagen kann zu –.« Und dann schnürte es ihr die Kehle zu, und sie konnte nicht mehr sprechen.

Kapitel 9

Lichter und Geräusche führen die Wanderer zueinander

Nachdem Wildeve um acht Uhr Eustacias Zeichen vom Hügel herab gesehen hatte, bereitete er sich augenblicklich darauf vor, ihr bei der Flucht behilflich zu sein und, wie er hoffte, sie zu begleiten. Er war ein wenig verwirrt, und die Art und Weise, wie er Thomasin darüber informierte, daß er verreise, war in sich schon genug, um ihren Argwohn zu wecken. Als sie zu Bett gegangen war, suchte er ein paar Sachen zusammen, die er brauchen würde, und ging dann zur Geldtruhe hinauf, welcher er eine recht großzügige Summe in Geldscheinen entnahm. Das Geld war ihm als Vorschuß zu seinem Vermögen, das bald in seinen Besitz kommen sollte, zur Bestreitung seiner Umzugskosten ausgehändigt worden.

Darauf ging er zum Stall und zur Wagenremise, um sich zu vergewissern, daß das Pferd und der Einspänner sowie das Zaumzeug für die lange Reise in gutem Zustand seien. Damit verging fast eine halbe Stunde, und als er zurückkehrte, glaubte Wildeve Thomasin nirgends anders als im Bett. Er hatte dem Stallburschen gesagt, er solle nicht aufbleiben, und ihm zu verstehen gegeben, er würde nicht vor drei oder vier Uhr am Morgen abfahren, denn dies war, trotz der ungewöhnlichen Zeit, weniger seltsam als um Mitternacht aufzubrechen, welches die vereinbarte Stunde war, da das Postschiff von Budmouth zwischen ein und zwei Uhr abfahren würde.

Endlich war alles ruhig, und er hatte nichts zu tun, als zu warten. Trotz aller Bemühungen konnte er die niedergedrückte Stimmung nicht abschütteln, die ihn seit dem letzten Treffen mit Eustacia nicht verlassen hatte, aber er hoffte, dies sei eine Sache, die mit Geld zu beheben sei. Er hatte sich dazu überredet zu glauben, daß es möglich sei, großzügig zu sein, indem er seiner lieben Frau die Hälfte seines Vermögens hinterließ, und ritterlich, indem er mit einer anderen, vornehmeren Frau sein Schicksal ergeben teilte. Und obwohl er sich an Eustacias Anweisungen, sie hinzubringen, wohin sie wünschte, und sie zu verlassen, falls sie es wünschte, genauestens halten wollte, verstärkte sich der Zauber, den sie auf ihn ausübte, und sein Herz klopfte heftig in der Erwartung, daß solche Anweisungen angesichts ihres beiderseitigen Wunsches, ihr Leben miteinander zu teilen, nichtig sein würden.

Er gestattete es sich jedoch nicht, solchen Vorstellungen, Hoffnungen und Grundsätzen lange nachzuhängen, und zwanzig Minuten vor zwölf ging er wieder leise in den Stall, legte dem Pferd das Zaumzeug um und zündete die Lampe an, wonach er das Pferd am Halfter nahm und es mit dem mit einem Verdeck versehenen Wagen an eine Stelle der Straße führte, die etwa eine Viertelmeile unterhalb des Gasthauses gelegen war.

Hier, wo er durch eine Böschung etwas vor dem Regen geschützt war, wartete Wildeve. Auf der Straße jagten die von der Laterne angeleuchteten Kieselsteine klickend vor dem Wind dahin, der sie zu Haufen zusammentrieb, um dann, durch die Büsche brausend, quer über die dunkle Heide hinwegzufegen. Nur ein Geräusch erhob sich über diesem Wettergetöse, und das war nach Süden hin das Brausen eines Zehn-Tore-Wehrs in einem Fluß im Wiesenland, der dort die Grenze zur Heide bildete.

Er verharrte in völliger Lautlosigkeit, bis er annehmen konnte, daß nun Mitternacht herangekommen sei. Er hatte inzwischen starke Zweifel bekommen, ob Eustacia in solch einem Wetter den Weg vom Berg herunter wagen würde; da er jedoch ihren Charakter kannte, hielt er es andererseits jedoch für gut möglich, daß sie kommen würde. »Armes Ding! Sie hat immer solches Pech«, murmelte er.

Schließlich wandte er sich der Lampe zu und sah auf die Uhr. Zu seiner Überraschung war es fast eine Viertelstunde nach Mitternacht. Nun wünschte er, er wäre die gewundene Straße nach Mistover hinaufgefahren; ein Plan, den man verworfen hatte, weil die Straße im Verhältnis zum bergabwärts führenden Fußweg ungleich mehr Zeit in Anspruch genommen hätte und so das Pferd stärker beansprucht worden wäre.

In diesem Moment näherten sich Schritte, aber da das Licht von der Lampe in eine andere Richtung fiel, war der Ankömmling nicht zu erkennen. Die Schritte hielten inne und kamen dann näher.

»Eustacia?« sagte Wildeve.

Nun kam die Gestalt heran, und das Licht fiel auf Clym, welcher vor Nässe triefte. Wildeve erkannte ihn sofort, während er selbst, da er hinter der Lampe stand, von Clym nicht erkannt wurde.

Clym hielt inne, als ob er überlegte, ob dieses Gefährt etwas mit der Flucht seiner Frau zu tun haben könnte. Der Anblick von Yeobright brachte Wildeve sogleich um seinen nüchternen Verstand, und er sah in ihm wieder den tödlichen Rivalen, von dem Eustacia unter allen Umständen fernzuhalten sei. Daher sagte Wildeve kein Wort in der Hoffnung, daß Clym, ohne sich weiter umzusehen, vorübergehen würde.

Während sie beide auf diese Weise verharrten, hörte man durch Sturm und Wind hindurch den dumpfen Aufschlag eines Körpers auf den Fluß im angrenzenden Wiesental, offenbar an einer Stelle in der Nähe des Wehrs.

Beide erschraken. »Guter Gott! Könnte sie das sein?« sagte Clym.

»Warum sollte sie es denn sein?« sagte Wildeve und vergaß in seiner Aufregung, daß er sich bis jetzt verborgen gehalten hatte.

»Ah! – Du bist es, du hinterlistiger Betrüger du!« schrie Yeobright. »Warum sie es sein sollte? Weil sie letzte Woche ihrem Leben ein Ende gemacht hätte, wenn sie gekonnt hätte. Man hätte sie bewachen müssen! Nimm eine der Lampen und komm mit.«

Yeobright griff sich die Lampe an seiner Seite und rannte los. Wildeve nahm sich nicht die Zeit, die andere Lampe abzuhängen, sondern rannte sogleich auf dem Wiesenpfad in Richtung auf das Wehr hinter Clym her.

Das Shadwater-Wehr hatte an seinem unteren Ende ein im Durchmesser fünfzig Fuß breites Becken, in das das Wasser durch zehn riesige Tore floß, welche man nach üblicher Manier mit einer Winde und Zahnrädern heben oder senken konnte. Die Seiten des Beckens waren ausge-

mauert, damit das Wasser die Böschung nicht weg-
schwemmen konnte. Aber der Fluß hatte im Winter
manchmal eine solche Gewalt, daß er die Stützmauern
unterspülte und zum Einsturz brachte. Clym erreichte
schließlich die Tore, deren Gerüst durch die Geschwindigkeit der Strömung in seinen Grundfesten erzitterte.
Nichts als die Schaumkronen der Wellen konnte man
unten im Becken unterscheiden. Er betrat die Planken-
brücke über der Strömung und überquerte, indem er sich
am Geländer festhielt, um vom Wind nicht umgeblasen zu
werden, die Brücke zum anderen Ufer hinüber. Dort
beugte er sich über die Mauer und hielt die Lampe nach
unten, erblickte aber nur einen Strudel, der beim Dreh-
punkt der wiederkehrenden Strömung entstanden war.

Wildeve war inzwischen auf der anderen Seite angekommen. Yeobrights Lampe warf unruhige Lichtflecken
auf das Wasser des Wehrs und offenbarte dem ehemaligen
Ingenieur die von den Toren herabstürzenden, reißenden
Wassermassen. Auf dem rissigen und aufgewühlten Spiegel wurde langsam ein dunkler Körper von einer rückläu-
figen Strömung herangetragen.

»Oh, mein Liebling!« rief Wildeve verzweifelt aus, und
ohne geistesgegenwärtig genug zu sein, wenigstens seinen
Überzieher abzuwerfen, sprang er in den brodelnden He-
xenkessel.

Yeobright konnte nun, wenn auch nur undeutlich, den
auf dem Wasser treibenden Körper erkennen, und da er
sich durch Wildeves Sprung denken konnte, daß hier ein
Leben zu retten sei, war er dabei nachzuspringen. Dann
bedachte er sich eines Besseren. Er lehnte die Lampe
gegen einen Pfosten, damit sie aufrecht stand, rannte zum
flacheren Teil des Beckens, dorthin, wo keine Mauer war,
hastete hinein und arbeitete sich mühsam und uner-
schrocken zum tieferen Teil vor. Hier verlor er den Boden
unter den Füßen und wurde schwimmend in die Mitte des

Bassins getragen, wo er Wildeve in verzweifeltem Kampf
gewahrte.

Während sich hier die Ereignisse überstürzten, waren
Venn und Thomasin mühsam durch den unteren Teil der
Heide in Richtung des Lichts vorgedrungen. Sie waren
nicht nahe genug am Fluß gewesen, um den Sturz ins
Wasser zu hören, aber sie konnten sehen, daß die Wagen-
lampe entfernt wurde, und beobachteten, wie sie sich auf
die Wiesen zubewegte. Sobald sie Wagen und Pferd erreicht hatten, erriet Venn, daß etwas Neues vorgefallen
war, und er machte sich eilig auf, dem Licht zu folgen.
Venn lief schneller als Thomasin und kam allein am Wehr
an.

Die Lampe, welche Clym gegen den Pfosten gelehnt
hatte, leuchtete immer noch über das Wasser, und der
Rötelmann sah ein regungsloses Etwas an der Oberfläche
treiben. Da er durch das Baby behindert war, rannte er zu
Thomasin zurück.

»Mrs. Wildeve, nehmt bitte das Baby«, sagte er eilig.
»Lauft mit ihm heim und weckt den Stallburschen, er soll
Männer aus der Nachbarschaft herbeirufen. Jemand ist ins
Wehr gefallen.«

Thomasin nahm das Kind und rannte zurück. Als sie an
dem Wagen vorbeikam, stand das Pferd, obwohl es gerade
aus dem Stall gekommen war, ganz still da, so als ob es
etwas von dem Unglück spürte. Nun sah sie auch zum
ersten Mal, wem es gehörte. Sie wurde beinahe ohnmächtig und wäre unfähig gewesen, auch nur noch einen einzigen Schritt weiterzugehen, wenn ihr nicht die Notwendigkeit, das kleine Mädchen vor Schaden zu bewahren,
eine erstaunliche Selbstkontrolle verliehen hätte. In dieser
quälenden Ungewißheit betrat sie das Haus, brachte das
Baby an einen sicheren Ort, weckte dann den Burschen
und die Dienstmagd auf und rannte hinaus, um im nächsten Haus Hilfe zu holen.

Diggory, der an den Rand des Wehrs zurückgekehrt

war, bemerkte, daß die kleinen oberen Bretter am Wehr herausgezogen waren. Er fand eines davon auf dem Gras liegen, nahm es unter den Arm und ging mit der Laterne in der Hand in das Becken, wie Clym es getan hatte. Sobald er in tieferes Wasser kam, schwang er sich auf das Brett. Auf diese Art war er in der Lage, nach Belieben über Wasser zu bleiben und die Laterne mit der freien Hand zu halten. Er stieß sich mit den Füßen ab und suchte das Becken rundherum ab, indem er jedesmal mit einem der Rückströme aufwärts schwamm und in der Mitte der Strömung wieder herunterkam.

Zuerst konnte er gar nichts erkennen. Dann sah er inmitten der glitzernden Strudel und Schaumballen die Haube einer Frau auf dem Wasser treiben. Er suchte gerade unterhalb der linken Mauer, als etwas ganz in seiner Nähe an die Oberfläche kam. Es war nicht eine Frau, wie er erwartet hatte, sondern ein Mann. Der Rötelmann nahm den Ring der Laterne zwischen seine Zähne, ergriff den auf dem Wasser treibenden Mann am Kragen und schwang sich, indem er sich mit der linken Hand am Brett festhielt, in die stärkste Strömung zurück, mit der der bewußtlose Mann, das Brett und er selbst abwärts getrieben wurden. Sobald Venn merkte, daß seine Füße über die Kieselsteine im niedrigen Teil streiften, suchte er mit ihnen einen Halt und watete zum Rand. Dort, wo ihm das Wasser ungefähr bis zum Gürtel ging, stieß er das Brett von sich und versuchte, den Mann weiter fortzuziehen. Das war ein schwieriges Unterfangen, und Venn entdeckte, daß der Grund dafür darin lag, daß die Beine des unglücklichen Fremden fest von den Armen eines anderen Mannes, der bis dahin völlig unter der Wasseroberfläche gewesen war, umklammert wurden.

In diesem Augenblick hörte er zu seiner großen Erleichterung Schritte herannahen, und zwei Männer, welche Thomasin herbeigerufen hatte, erschienen am Rande des Beckens. Sie liefen zu Venn und halfen ihm, die offenbar Ertrunkenen herauszuziehen, sie voneinander zu trennen und aufs Gras zu legen. Venn leuchtete ihnen mit seiner Lampe ins Gesicht: derjenige, der oben gewesen war, war Yeobright, und der, der völlig unter Wasser geblieben war, war Wildeve.

»Jetzt müssen wir das Becken noch mal absuchen«, sagte Venn. »Da muß noch irgendwo eine Frau sein. Holt eine Stange.«

Einer der Männer lief zu dem Steg und riß eine Stange vom Geländer ab. Der Rötelmann und die beiden anderen Männer gingen am flacheren Ende wieder ins Wasser und durchsuchten in gemeinsamer Anstrengung das Wasser bis zu der Stelle, wo es zur Mitte hin tief wurde. Venn hatte recht mit seiner Vermutung, daß derjenige, der zum letzten Mal untergegangen war, zu diesem Punkt hingespült werden würde, denn als sie an diese Stelle kamen, stießen sie auf einen Widerstand.

»Zieht es heran«, sagte Venn, und sie brachten es nach und nach bis zu ihren Füßen.

Venn tauchte unter und kam mit einem Bündel nasser Kleider, die den kalten Körper einer Frau umhüllten, wieder an die Oberfläche. Und dies war alles, was von der verzweifelten Eustacia geblieben war.

Als sie das Ufer erreichten, stand Thomasin da und beugte sich angsterfüllt über die beiden Bewußtlosen am Boden. Pferd und Wagen wurden zur nächsten Straßeneinmündung gebracht, und innerhalb weniger Minuten waren die drei dorthin transportiert. Venn führte das Pferd und stützte Thomasin mit seinem Arm, und die beiden Männer folgten ihnen zum Gasthaus.

Die Frau, die von Thomasin aus dem Schlaf gerissen worden war, hatte sich eilig angezogen und ein Feuer gemacht, während der andere Dienstbote friedlich im hinteren Teil des Hauses weiterschnarchte. Man brachte darauf die leblosen Körper von Eustacia, Clym und Wildeve herein und legte sie, ihre Füße dem Feuer zugekehrt, auf den Teppich. Dann machte man alle erdenklichen Wiederbelebungsversuche, während der Stallbursche in der Zwischenzeit den Arzt holen ging. Aber es schien auch nicht ein Funken von Leben in ihnen zurückgeblieben zu sein. Dann hielt Thomasin, die durch das hektische Hin und Her um sie herum aus ihrer Benommenheit erwacht war, Clym eine Flasche mit Hirschhornsalz unter die Nase, nachdem sie es mit den beiden anderen vergeblich versucht hatte. Er seufzte auf.

»Clym lebt!« rief sie aus.

Bald atmete er klar und deutlich, und immer wieder versuchte Thomasin, ihren Mann auf die gleiche Art wieder zum Leben zu erwecken, aber Wildeve gab kein Lebenszeichen von sich. Es gab nur allzu viel Grund zu der Annahme, daß er und Eustacia beide für immer jenseits der Reichweite lebenweckender Gerüche waren. Dennoch setzten sie die Wiederbelebungsversuche fort, bis der Arzt kam, nach dessen Anordnung man dann einen nach dem anderen im oberen Stockwerk in angewärmte Betten legte.

Venn hatte bald das Gefühl, daß seine Anwesenheit nicht mehr notwendig sei, und ging zur Tür, noch kaum in der Lage, sich über die seltsame Katastrophe klarzuwerden, welche die Familie betroffen hatte, an der er so großen Anteil nahm. Thomasin würde sicherlich wegen der plötzlichen, überwältigenden Art und Weise des Vorfalls einen Zusammenbruch erleiden. Keine starke und vernunftbegabte Mrs. Yeobright konnte dem zarten Mädchen in dieser schweren Prüfung beistehen, und, was auch immer ein Unbeteiligter von dem Verlust eines Ehemanns wie Wildeve denken mochte, es konnte doch kein Zweifel sein, daß sie in diesem Augenblick von dem Schicksalsschlag hart getroffen war. Was ihn selbst anbetraf, dem es nicht zustand, zu ihr hinzugehen und sie zu trösten, so sah er keinen Grund, sich länger in einem Haus aufzuhalten, wo er nur ein Fremder war.

Er kehrte über die Heide zu seinem Wagen zurück. Das
Feuer war noch nicht ganz erloschen, und alles war so,
wie er es verlassen hatte. Venn bemerkte erst jetzt, daß
seine Kleider völlig durchnäßt und so schwer wie Blei
waren. Er zog sie aus, breitete sie vor dem Feuer aus und
legte sich zum Schlafen nieder. Aber er brachte es nicht
fertig, hier zu ruhen, während er sich vorstellen mußte,
was in dem Haus vorging, das er gerade verlassen hatte,
und er machte sich Vorwürfe, daß er gegangen war. Daher
zog er einen anderen Anzug an, verschloß die Tür und
eilte wieder zum Gasthaus hinüber. Es regnete draußen
immer noch stark, als er die Küche betrat. Ein helles Feuer
brannte im Herd, und zwei Frauen, eine davon Olly
Dowden, liefen geschäftig umher.

»Na, wie steht es jetzt?« fragte Venn im Flüsterton.

»Mr. Yeobright geht es besser, aber Mrs. Yeobright
und Mr. Wildeve sind tot und kalt. Der Doktor hat
gesagt, sie wären schon tot gewesen, bevor sie aus dem
Wasser gezogen worden sind.«

»Ach! Das hab ich mir fast gedacht. Und Mrs. Wildeve?«

»Ihr geht's den Umständen entsprechend gut. Der
Doktor hatte sie in Decken gewickelt, weil sie fast so naß
war, wie wenn sie selbst im Wasser gewesen wär' – das
arme junge Ding. Ihr seht auch nicht grade trocken aus,
Rötelmann.«

»Ach, das ist nicht schlimm. Ich hab mich umgezogen.
Ich bin nur ein bißchen feucht geworden auf dem Weg
hierher.«

»Stellt Euch ans Feuer! Die Missis sagt, daß Ihr alles
haben sollt, was Ihr nur wollt, und sie war enttäuscht, wie
sie gehört hat, daß Ihr gegangen wart.«

Venn stellte sich näher an den Kamin und schaute abwesend in die Flammen. Von seinen Gamaschen stieg der
Dunst zusammen mit dem Rauch den Kamin hoch, während seine Gedanken bei jenen weilte, die im oberen

Stockwerk waren. Zwei davon waren tot, einer war knapp den Klauen des Todes entronnen, und eine war krank und zur Witwe geworden. Das letzte Mal, als er sich an diesem Kamin aufgehalten hatte, hatte die Verlosung stattgefunden. Damals ging es Wildeve gut, Thomasin hatte sich zufrieden im angrenzenden Zimmer befunden, und Yeobright und Eustacia waren gerade Mann und Frau geworden, während Mrs. Yeobright in Blooms-End wohnte. Zu jener Zeit hatte es so ausgesehen, als ob sich die gegenwärtigen Umstände für die nächsten zwanzig Jahre nicht ändern würden. Und nun war nur er es von dem ganzen Personenkreis, dessen Lage sich äußerlich nicht verändert hatte.

Während er über diese Dinge nachgrübelte, hörte man jemand die Treppe herunterkommen. Es war die Krankenschwester, die eine Handvoll zusammengerolltes, nasses Papier in der Hand hielt. Sie war derart in Anspruch genommen, daß sie Venn kaum bemerkte. Sie entnahm einer Schublade einige Bindfäden, die sie dann quer vor den Kamin spannte, indem sie jeweils die Enden am Feuerbock befestigte, welchen sie zu diesem Zweck vorgezogen hatte. Danach rollte sie die nassen Papiere auf und begann damit, eins nach dem anderen aufzuhängen.

»Was soll denn das sein?«

»Die Geldscheine des armen Herrn«, antwortete sie. »Wir haben sie in seiner Tasche gefunden, als wir ihn auszogen.«

»Dann wollte er also so bald nicht zurückkommen?« fragte Venn.

»Das wird man nie wissen«, sagte sie.

Venn war nicht willens, das Haus zu verlassen, denn alles, was auf Erden für ihn Bedeutung hatte, befand sich unter diesem Dach. Da keiner außer den beiden, die für immer schliefen, in dieser Nacht Ruhe fand, gab es keinen Grund, warum er nicht bleiben sollte. Daher zog er sich in die Kaminecke auf seinen Stammplatz zurück und beob-

achtete, wie der Dampf aus den Banknoten, die in zwei
Reihen aufgehängt waren, entwich. Sie bewegten sich im
Luftzug des Kamins hin und her, bis sich ihre Schlaffheit
gänzlich in einen trockenen, papierenen Zustand zurück-
verwandelt hatte. Dann kam die Frau und nahm sie ab,
faltete sie zusammen und trug das Bündel nach oben. Nun
kam auch der Doktor herunter mit der Miene eines Mannes, die besagte, daß er nichts mehr tun könne. Er zog
seine Handschuhe an und verließ das Haus, und bald war
das Pferdegetrappel auf der Straße nicht mehr zu hören.

Um vier Uhr vernahm man ein leises Klopfen an der
Haustür. Es war Charley, der von Kapitän Vye geschickt
worden war, um herauszufinden, ob man von Eustacia
etwas gehört habe. Das Mädchen, das ihn hereinließ, sah
ihn an, als ob sie nicht wüßte, was sie ihm antworten
sollte, und führte ihn zu Venn, während sie zu ihm sagte:
»Wollt Ihr es ihm bitte sagen?«

Venn erzählte es ihm, und Charley brachte nur einen
schwachen, unbestimmten Laut heraus. Er stand ganz still
da und stieß dann plötzlich krampfhaft hervor: »Kann ich
sie noch einmal sehen?«

»Ich nehme an, daß du sie sehen kannst«, sagte Venn
ernst, »aber solltest du nicht besser erst zu Kapitän Vye
zurücklaufen und es ihm sagen?«

»Ja, ja. Nur hoffe ich, daß ich sie noch einmal sehen
kann.«

»Das sollst du«, sagte eine leise Stimme im Hintergrund, und als sie sich überrascht umschauten, sahen sie
im schwachen Licht eine schmale, bleiche, fast durchsichtig wirkende Gestalt, die, in eine Decke gehüllt, wie der
aus dem Grab auferstandene Lazarus aussah.

Es war Yeobright. Weder Venn noch Charley sprachen
ein Wort, und Clym fuhr fort: »Du sollst sie sehen. Es ist
früh genug, wenn du es dem Kapitän bei Tagesanbruch
sagst. Du möchtest sie auch sehen, nicht wahr, Diggory?
Sie sieht jetzt sehr schön aus.«

Venn stand auf und stimmte somit zu, und zusammen mit Charley folgte er Clym zur Treppe, an deren Fuß er und Charley die Stiefel auszogen. Sie folgten Clym nach oben, wo im Flur eine Kerze stand; Yeobright nahm sie in die Hand und leuchtete ihnen in ein angrenzendes Zimmer. Hier trat er an das Bett und schlug das Laken zurück.

Schweigend standen sie da und betrachteten Eustacia, wie sie ruhig in ihrem Tode dalag und alles übertraf, was sie zu ihren Lebzeiten gewesen war. Mit Blässe allein war die Beschaffenheit ihrer Haut nicht ausreichend beschrieben; sie schien mehr weiß, ja fast licht zu sein. Der Ausdruck ihres fein geschnittenen Mundes war liebenswert, so als habe sie ein Gefühl von Würde zum Schweigen veranlaßt. Die ewige Starre hatte ihn in einem Augenblick des Übergangs von Leidenschaft zu Resignation ergriffen. Ihr schwarzes Haar war lockerer, als jeder von ihnen es je gesehen hatte, und es umgab ihre Stirn wie ein Wald. Die Pracht ihrer Erscheinung, die fast zu auffällig für die Bewohnerin eines solchen Landstrichs gewesen war, hatte endlich einen, künstlerisch gesehen, passenden Rahmen gefunden.

Niemand sprach ein Wort, bis Clym sie schließlich wieder zudeckte und sich abwandte. »Jetzt kommt hierher«, sagte er.

Sie gingen zu einer Nische im selben Raum, und da lag auf einem kleinen Bett noch eine Gestalt – Wildeve. Es war weniger Ruhe und Harmonie auf seinen Zügen als bei Eustacia, aber die gleiche leuchtende Jugendlichkeit, und auch der gleichgültigste Betrachter hätte bei seinem Anblick jetzt verspürt, daß er zu etwas Höherem als zu diesem Schicksal hier bestimmt war. Das einzige Zeichen, das von seinem Kampf um sein Leben zeugte, war der Zustand seiner Fingerspitzen, die durch seinen Versuch, an der Wehrmauer einen Halt zu finden, völlig aufgerissen worden waren.

Yeobright hatte sich seit seinem Erscheinen so still verhalten und so wenig gesprochen, daß Venn glaubte, er habe sich mit seinem Schicksal abgefunden. Erst als sie das Zimmer verlassen hatten und auf dem Treppenabsatz standen, wurde seine wahre Verfassung offenkundig. Hier sagte er mit einem wirren Lächeln, indem er seinen Kopf nach der Kammer hin neigte, in der Eustacia lag: »Sie ist die zweite Frau, die ich in diesem Jahr umgebracht habe. Ich habe viel Schuld am Tod meiner Mutter, und ich bin der Hauptgrund für ihren.«

»Wieso?« fragte Venn.

»Ich habe grausame Worte zu ihr gesagt, und sie hat mein Haus verlassen. Ich habe sie nicht zurückgerufen, bis es zu spät war. Ich bin es, der sich hätte ertränken sollen. Es wäre eine Wohltat für die Lebenden gewesen, wenn der Fluß mich behalten und sie beide wieder heraufgebracht hätte. Aber ich kann nicht sterben. Diejenigen, die hätten am Leben bleiben sollen, sind tot – und ich muß weiterleben!«

»Aber Ihr könnt Euch doch nicht auf diese Art belasten«, sagte Venn. »Genausogut könnet Ihr sagen, daß die Eltern für den Mord, den ihr Kind begangen hat, verantwortlich sind; denn ohne die Eltern gäbe es das Kind nicht.«

»Ja, Venn, das ist schon wahr, aber du kennst nicht den ganzen Hintergrund. Hätte es Gott gefallen, ein Ende mit mir zu machen, wäre es für alle nur gut gewesen. Aber ich gewöhne mich an den Abscheu vor meiner Existenz. Man sagt, es kommt ein Zeitpunkt, wo Menschen, die an ihr Unglück gewöhnt sind, darüber lachen können. Diese Zeit wird für mich bestimmt bald kommen!«

»Ihr habt immer nur das Gute gewollt«, sagte Venn. »Warum redet Ihr jetzt so verzweifelt?«

»Nein, das ist nicht verzweifelt, sondern nur hoffnungslos. Und am meisten bedaure ich, daß mich kein Mensch und kein Gesetz für das, was ich getan habe, bestrafen kann!«

Sechstes Buch

Nachspiel

Kapitel 1

Der unvermeidliche Lauf der Zeit

Die Geschichte von Eustacias und Wildeves Tod erzählte man sich noch viele Wochen und Monate lang überall auf der Egdon-Heide und weit darüber hinaus. Alle bekannten Details ihres Liebesverhältnisses wurden übertrieben dargestellt, verzerrt, ausgeschmückt und verändert, bis die ursprüngliche Wirklichkeit nur noch wenig mit der verfälschten Darstellung durch ihre Erzähler gemein hatte. Dennoch verloren, alles in allem, weder der Mann noch die Frau durch den plötzlichen Tod ihre Würde. Das Unglück hatte sie gnädig getroffen und die Irrwege ihres Lebens mit einem katastrophalen Schlag abgeschnitten, anstatt, wie bei so vielen, das Leben auf ein Maß uninteressanter Armseligkeit in langen Jahren der Falten und Runzeln, der Vernachlässigung und des Verfalls zu reduzieren.

Für die unmittelbar Betroffenen war die Wirkung etwas anderer Natur. Für Fremde, die viele solcher Fälle kannten, war dies lediglich ein weiterer, ähnlicher Fall. Wo aber der Schlag unmittelbar hintrifft, da kann auch nicht die vorausgegangene Vorstellung eines solchen Unglücks als nennenswerte Vorbereitung gelten. Gerade die Plötzlichkeit ihres schmerzlichen Verlusts betäubte Thomasins Gefühle bis zu einem gewissen Grad. Gegen alle Vernunft verminderte jedoch das Bewußtsein, daß ihr dahingegangener Ehemann ein besserer Mensch hätte sein sollen, ganz und gar nicht ihren Kummer. Im Gegenteil schien diese Tatsache den toten Ehemann in den Augen seiner jungen Frau aufzuwerten, so als sei dies die bei einem Regenbogen notwendige Wolke.

Doch die Schrecken der Ungewißheit waren vorüber. Dunkle Vorahnungen von einer Zukunft als verlassene Ehefrau waren gegenstandslos geworden. Das Schlimm-

ste war einst eine Sache zitternder Vermutung gewesen;
jetzt war es nur eine Sache der Vernunft, ein begrenztes
Übel. Der Gegenstand ihres Hauptinteresses, die kleine
Eustacia, war ihr geblieben. In ihrem Kummer lag De-
mut, und ihre Haltung war frei von Auflehnung – und
wenn dies der Fall ist, dann kann sich die erschütterte
Seele beruhigen.

Hätte man Thomasins jetzigen Kummer und Eustacias
Gelassenheit zu deren Lebzeiten mit dem gleichen Maß
messen können, dann wäre es fast auf das gleiche hinaus-
gekommen. Aber gegenüber Thomasins früherer Heiterkeit nahm sich das als Traurigkeit aus, was bei einer
schwermütigen Veranlagung als reinste Fröhlichkeit erscheinen mochte.

Der Frühling kam und beruhigte sie, der Sommer kam
und stillte ihren Schmerz, der Herbst begann, und sie fing
an, sich wohlzufühlen, denn ihr kleines Mädchen war
kräftig und voller Frohsinn und wuchs täglich an Leib und
Verstand. Die äußeren Umstände entwickelten sich recht
günstig für sie. Wildeve hatte kein Testament hinterlassen, und sie und das Kind waren seine einzigen Verwandten. Nachdem das Erbe ausgezahlt, alle Schulden begli-
chen und der Restbetrag des Erbes, das der Onkel ihrem
Ehemann hinterlassen hatte, in ihre Hände gelangt war,
stellte es sich heraus, daß die zu ihren und des Kindes
Gunsten zu investierende Summe kaum weniger als zehntausend Pfund betrug.

Wo sollte sie nun wohnen? Das Naheliegendste war das
Haus in Blooms-End. Zugegeben, die alten Räume waren
nicht viel höher als das Zwischendeck einer Fregatte, und
es war eine Vertiefung im Fußboden für die neue Standuhr
notwendig, die sie vom Gasthaus herüberbrachte; auch
mußte man den schönen Messingknopf, der obenauf saß,
entfernen, um sie aufstellen zu können. Aber wie auch
immer die Räume beschaffen waren, es waren deren genügend vorhanden, und der Ort war ihr durch früheste

Kindheitserinnerungen ans Herz gewachsen. Clym nahm sie sehr gern als Mieterin auf. Er selbst beschränkte sich auf zwei Räume über der Hintertreppe, wo er ruhig lebte, abgeschlossen von Thomasin und ihren drei Bediensteten, die sie jetzt, wo sie eine begüterte Dame war, sich gönnen zu dürfen glaubte. Er ging seine eigenen Wege und dachte seine eigenen Gedanken.

Sein Kummer hatte seine äußere Erscheinung etwas verändert, doch lag die Hauptveränderung in seinem Innern. Man hätte sagen können, er habe ein »geschrumpftes« Gemüt. Er hatte keine Feinde und niemanden, der ihm Vorwürfe machte; deshalb machte er sich selbst die bittersten Vorwürfe.

Manchmal empfand er, daß ihn das Schicksal ungerecht behandelt habe, und zwar in dem Sinne, daß Geborenwerden ein offensichtliches Dilemma bedeutet, und daß der Mensch, anstatt im Leben glanzvoll voranzukommen, vielmehr darauf bedacht sein sollte, sich ohne Schmach daraus zurückzuziehen. Aber daß er und die Seinen höhnisch und mitleidlos behandelt worden seien, diese Gedanken hegte er nicht für lange. So geschieht es den meisten Menschen, außer den ganz unbeugsamen. Die Menschen haben in ihrem eifrigen Bemühen, eine Hypothese aufzustellen, die die göttliche Macht nicht entwürdigt, immer davor zurückgeschreckt, sich eine beherrschende Macht vorzustellen, deren moralische Qualität der ihrigen nicht entspricht. Und selbst während sie an den Wassern von Babylon sitzen und weinen, erfinden sie Entschuldigungen für die Bedrängnis, die ihre Tränen verursacht.

Daher fand Clym, obwohl tröstende Worte in seiner Gegenwart vergeblich geäußert wurden, auf seine eigene Weise Linderung, wenn er sich selbst überlassen war. Für einen Mann mit seinen Lebensgewohnheiten waren das Haus und die hundertzwanzig Pfund pro Jahr, die er von seiner Mutter geerbt hatte, genug, um all seine irdischen

Bedürfnisse zu befriedigen. Der Umfang der Mittel ist nicht entscheidend, sondern das Verhältnis zwischen Ausgaben und Einnahmen.

Er ging oft allein durch die Heide, wenn ihn die Vergangenheit mit ihrer Schattenhand ergriff und ihn zwang, ihre Geschichte anzuhören. In seiner Phantasie bevölkerte sich dann der Ort mit den uralten Einwohnern; vergessene Keltenstämme zogen auf den Wegen vorbei, und er konnte beinahe unter ihnen leben, in ihre Gesichter blikken und sie bei den seit der Zeit ihrer Entstehung unberührten Hünengräbern, die sich rundum erhoben, stehen sehen. Diejenigen von den Ureinwohnern, die den Weg zum Ackerland gewählt hatten, waren im Vergleich zu denen, die hier ihre Spuren hinterlassen hatten, wie Schreiber auf Papier zu Schreibern auf Pergament. Die Hinterlassenschaft jener war durch den Pflug längst verlorengegangen, während das Werk dieser erhalten geblieben war. Und doch hatten sie alle gelebt und waren gestorben, ohne sich dessen bewußt zu sein, welches Schicksal ihre Hinterlassenschaften haben würden. Dies brachte ihm dann zum Bewußtsein, daß in der Evolution der Unsterblichkeit unvorhersehbare Faktoren im Spiel sind.

Der Winter kam wieder mit seinen Winden, Frösten, zahmen Rotkehlchen und seinem glitzernden Sternenhimmel. Im vorangegangenen Jahr hatte Thomasin kaum das Vorrücken der Jahreszeit bemerkt. Dieses Jahr hatte sie ein offenes Herz für die vielfältigen äußeren Begebenheiten. Das Dasein dieser lieblichen Cousine, ihres Babys und ihrer Dienstboten kam Clym nur durch das Medium des Klangs zum Bewußtsein, der durch eine Holzscheidewand drang, wenn er über Büchern mit besonders großen Buchstaben saß. Aber sein Ohr gewöhnte sich allmählich so sehr an diese gedämpften Geräusche aus dem unteren Teil des Hauses, daß er sich fast als anwesend bei der Szene fühlte, die die Klänge bedeuteten. Ein schwacher Schlag im Halbsekundentakt beschwor das Bild Thoma-

sins herauf, wie sie die Wiege schaukelte, ein zitterndes
Summen deutete an, daß sie das Baby in den Schlaf sang,
ein Knirschen von Sand wie zwischen Mühlsteinen
brachte Humphreys, Fairways oder Sams schwere Schuhe
ins Bild, wie sie über den Küchenfußboden schlurften.
Ein leichter jungenhafter Schritt und ein fröhliches Lied
in hohen Tönen hieß ohne Zweifel ein Besuch von Großpapa Cantle, und eine plötzliche Unterbrechung dieser
Lebensäußerungen bedeutete, daß er ein kleines Bier an
die Lippen führte. Ein Hin- und Hereilen und dann ein
Türenschlagen ließ vermuten, daß man sich zum Markt
aufmachte, denn Thomasin führte trotz ihrer nunmehr
vornehmeren Stellung ein fast lächerlich beschränktes
Leben, um für ihre kleine Tochter jeden Pfennig sparen zu
können.

An einem Sommertag hielt sich Clym im Garten unmittelbar vor dem Wohnzimmer auf, dessen Fenster gewöhnlich offen stand. Er betrachtete die Blumen auf der Fensterbank, die von Thomasin wiederbelebt und in den alten
Zustand versetzt worden waren, so wie sie seine Mutter
hinterlassen hatte. Da hörte er einen unterdrückten Schrei
von Thomasin, die im Zimmer saß.

»Oh, wie hast du mich erschreckt«, sagte sie zu jemandem, der ins Zimmer trat. »Ich dachte, du wärst dein
eigenes Gespenst.«

Clym war neugierig genug, um etwas näher ans Fenster
heranzutreten und hineinzuschauen. Zu seiner Überraschung stand Diggory Venn im Zimmer, nicht mehr als
Rötelmann, sondern seltsam verändert, als ein gewöhnlicher Christenmensch, mit weißem Vorhemd und hellge-
blümter Weste, blaugetüpfeltem Halstuch und flaschen-
grünem Rock. Nichts war an seinem Aussehen an sich
ungewöhnlich, außer der Tatsache, daß es von seinem
früheren so außerordentlich verschieden war. Die Farbe
Rot, und alles, was irgendwie Rot nahe kam, war in jedem
einzelnen Kleidungsstück sorgfältig vermieden. Denn

gibt es etwas, was Menschen, die gerade der Arbeit entronnen sind, die sie reich gemacht hat, mehr fürchten als die Erinnerung daran?

Yeobright ging zur Haustür und trat ein.

»Ich war so erschrocken!« sagte Thomasin und lächelte vom einen zum anderen. »Ich konnte nicht glauben, daß er von selbst wieder weiß geworden war! Es schien wie Zauberei!«

»Ich habe das Rötelgeschäft letzte Weihnachten aufgegeben«, sagte Venn. »Ich habe gut verdient und hatte Geld genug, um die Milchwirtschaft mit fünfzig Kühen, die mein Vater zu seinen Lebzeiten besaß, zurückzukaufen. Ich hatte immer vor, wieder dorthin zurückzugehen, falls ich mich überhaupt verändern würde. Und jetzt bin ich dort.«

»Wie hast du es geschafft, weiß zu werden, Diggory?« fragte Thomasin.

»Ich bin es so nach und nach geworden, Madam.«

»Du siehst viel besser aus als je zuvor.«

Venn schien verwirrt, und Thomasin, die bemerkte, wie unbedacht sie zu einem Mann gesprochen hatte, der möglicherweise noch etwas für sie empfand, wurde ein wenig rot. Clym bemerkte nichts davon und fügte gutgelaunt hinzu:

»Womit sollen wir nun Thomasins Baby Angst machen, jetzt, wo du wieder menschlich geworden bist?«

»Setz dich, Diggory, und bleib zum Tee«, sagte Thomasin.

Venn machte eine Bewegung, als wolle er sich in die Küche zurückziehen, aber Thomasin sagte in freundlich scherzendem Ton, während sie mit ihrer Näharbeit fortfuhr: »Und wo ist Eure Milchwirtschaft mit fünfzig Kühen, Mr. Venn?«

»In Stickleford – ungefähr zwei Meilen zur Rechten von Alderworth, Madam, dort, wo die Wiesen anfangen. Ich hab gedacht, wenn Mr. Yeobright mich ab und zu besu-

chen wollte, sollte er nicht wegbleiben, weil er nicht eingeladen worden wär'. Heute nachmittag kann ich nicht
zum Tee bleiben, vielen Dank; ich muß noch was erledigen. Morgen ist ja 1. Mai, und die Leute von Shadwater
haben sich mit ein paar von Euren Nachbarn zusammen-
getan, und sie wollen den Baum gleich draußen vor Eurem
Zaun auf der Heide aufstellen, weil es da schön grün ist.«
Venn machte mit seinem Ellbogen eine Bewegung in
Richtung der Wiese vor dem Haus. »Ich hab mit Mr.
Fairway darüber gesprochen«, fuhr er fort, »und ich hab
zu ihm gesagt, daß man auch Mrs. Wildeve fragen sollte,
bevor man den Baum aufstellt.«

»Ich kann gar nichts dagegen haben«, antwortete sie.
»Unser Grundstück geht nicht einen Fingerbreit über die
weißen Pfähle hinaus.«

»Aber Ihr wollt vielleicht nicht eine Menge Leute wie
närrisch um einen Baum herumspringen sehen, so direkt
vor Eurer Nase?«

»Ich habe durchaus nichts dagegen.«

Venn ging bald wieder, und am Abend schlenderte
Yeobright bis zu Fairways Haus hinüber. Es war ein lieb-
licher Sonnenuntergang, und die Birken, die auf dieser
Seite der unendlichen Egdon-Wildnis wuchsen, hatten
ihre neuen Blätter bekommen, die zart wie Schmetter-
lingsflügel und durchsichtig wie Bernstein waren. Neben
Fairways Anwesen war ein von der Straße her versteckter
Platz, auf dem sich nun alle jungen Leute im Umkreis von
zwei Meilen versammelt hatten. Der Maibaum lag mit
dem einen Ende auf einem Bock, und die Mädchen waren
damit beschäftigt, ihn von oben nach unten mit Feld-
blumen zu umwinden. Die fröhliche Natur Englands
war hier noch besonders lebendig, und die symbolischen
Bräuche, die die Tradition jeder Jahreszeit zugeordnet
hatte, waren auf Egdon noch Wirklichkeit. Tatsächlich
sind die Triebkräfte in jenen entlegenen Dörfern noch
heidnischer Natur. Hier scheinen Huldigungen an die

Natur, Selbstbewunderung, ausgelassene Fröhlichkeit und Überreste germanischer Riten für Götter, deren Namen vergessen sind, auf die eine oder andere Weise mittelalterliche Doktrinen überlebt zu haben.

Yeobright unterbrach die Vorbereitungen nicht und ging wieder nach Hause. Als am nächsten Morgen Thomasin die Vorhänge ihres Schlafzimmerfensters zurückzog, stand der Maibaum inmitten des Grüns da, und seine Spitze ragte in den Himmel. Er war mitten in der Nacht, oder vielmehr am frühen Morgen, wie Jacks Bohnenstengel in die Höhe geschossen.[1] Sie öffnete die Fensterflügel, um einen besseren Blick auf die Girlanden und Blumengebinde, die ihn schmückten, zu gewinnen. Der süße Duft der Blumen hatte sich schon ringsum in der Luft verbreitet, die, in sich bereits frei von jeglichem Makel, ihr nun ein volles Maß an Düften entgegentrug, die dem Inneren der Blüten entströmten. An der Spitze des Baumes hingen ineinander verhakte, mit kleinen Blumen besteckte Reifen. Darunter sah sie einen milchig-weißen Gürtel von Maiglöckchen, danach blaue Glockenblumen, gefolgt von Schlüsselblumen, und darunter Flieder; weiter unten dann waren Kuckucksblumen und Märzenbecher und so weiter, bis die unterste Reihe erreicht war. Thomasin sah sie alle und war entzückt, daß der Maienzauber so nahe war.

Am Nachmittag dann begannen sich die Leute im Grünen zu versammeln, und Yeobright war interessiert genug, um ihnen von seinem offenen Fenster aus zuzuschauen. Bald darauf kam Thomasin direkt unter seinem Fenster zur Tür heraus und schaute zu ihrem Cousin hinauf. Sie war fröhlicher gekleidet, als Yeobright sie je seit Wildeves Tod vor achtzehn Monaten gesehen hatte; ja seit ihrem Hochzeitstag hatte sie sich nicht so vorteilhaft gezeigt.

»Wie hübsch du heute aussiehst, Thomasin!« sagte er. »Ist es wegen des Maibaums?«

»Nicht nur deshalb.« Und dann errötete sie und schlug die Augen nieder, was er nicht eigens bemerkte, obwohl ihm ihr Verhalten recht eigenartig vorkam, wenn er bedachte, daß sie nur mit ihm sprach. Konnte es sein, daß sie ihre Sommerkleider angezogen hatte, um ihm zu gefallen?

Er vergegenwärtigte sich ihr Verhalten ihm gegenüber während der letzten Wochen, als sie häufig zusammen im Garten gearbeitet hatten, genauso wie sie es früher als Junge und Mädchen unter der Aufsicht seiner Mutter getan hatten. Wenn nun ihr Interesse an ihm nicht wie früher nur verwandtschaftlicher Natur war? Für Yeobright war jede Möglichkeit in dieser Richtung eine ernste Sache, und allein der Gedanke daran beunruhigte ihn. Jegliches Liebesbedürfnis, das nicht während Eustacias Lebzeiten gestillt worden war, war mit ihr ins Grab gesunken. Seine Leidenschaft für sie war zu einer Zeit entbrannt, als er schon zu weit ins Mannesalter vorgeschritten war, um noch genug Triebkraft für ein ähnlich starkes Gefühl übrig zu haben, so wie dies bei jüngeren Männern vorkommen mag. Selbst wenn man annahm, daß er fähig wäre, wieder zu lieben, dann würde diese Liebe eine langsam wachsende und pflegebedürftige Pflanze sein, und am Ende wäre sie nur schwach und kränklich wie ein im Herbst ausgebrüteter Vogel.

Er war über diese neue, komplizierte Situation so bekümmert, daß er, als gegen fünf Uhr die Blaskapelle munter zu spielen anfing und offenbar genug Kraft mitbrachte, sein Haus umzublasen, die Wohnung durch die Hintertür verließ und durch das Türchen in der Hecke im Garten das Weite suchte. Er konnte es nicht über sich bringen, an diesem Tag der Freude teilzunehmen, obwohl er es wirklich versucht hatte.

Die folgenden vier Stunden war nichts von ihm zu sehen. Als er denselben Weg zurückkam, war die Abenddämmerung angebrochen, und alles Grün war vom Tau bedeckt. Die lärmende Musik hatte aufgehört, aber da er durch den hinteren Teil des Anwesens hereinkam, konnte er nicht sehen, ob das Maifest zu Ende war, bis er durch den Teil des Hauses, den Thomasin bewohnte, gegangen war. Thomasin stand allein auf der Veranda.

Sie sah ihn vorwurfsvoll an. »Du bist gerade, als es anfing, weggegangen, Clym«, sagte sie.

»Ja, ich konnte einfach nicht mitmachen. Du hast doch sicher teilgenommen?«

»Nein, das habe ich nicht.«

»Es schien, als hättest du dich dafür angezogen.«

»Ja, aber ich konnte nicht allein gehen. Es waren so viele Leute da. Einer ist jetzt noch da.«

Yeobright sah angestrengt hinüber zu dem dunkelgrünen Rasenstück hinter den Pfählen; in der Nähe des dunklen Maibaums konnte er eine schemenhafte Gestalt ausmachen, die müßig auf und ab ging. »Wer ist das?« fragte er.

»Mr. Venn«, sagte Thomasin.

»Du hättest ihn vielleicht bitten sollen hereinzukommen, Tamsie. Er ist auf jeden Fall immer sehr nett zu dir gewesen.«

»Dann will ich das jetzt tun«, sagte sie und ging spontan durch die Pforte auf den Maibaum zu, unter dem Venn stand.

»Ihr seid doch Mr. Venn, nicht wahr?« fragte sie.

Geschickt, wie er war, zuckte er zusammen, so als habe er sie nicht gesehen, und sagte dann: »Ja.«

»Wollt Ihr hereinkommen?«

»Ich fürchte, daß ich –«

»Ich habe Euch heute abend tanzen sehen, und Ihr hattet die besten Partnerinnen. Wollt Ihr deshalb nicht hereinkommen, weil Ihr hier herumstehen und über die vergangenen fröhlichen Stunden nachdenken möchtet?«

»Ja, auch deshalb«, sagte Venn mit auffallender Empfindung. »Aber der Hauptgrund ist, daß ich hier warten will, bis der Mond aufgeht.«

»Um zu sehen, wie schön der Maibaum im Mondschein aussieht?«

»Nein, um nach einem Handschuh zu suchen, den eins der Mädchen verloren hat.«

Thomasin war vor Überraschung sprachlos. Daß ein Mann, der vier oder fünf Meilen zu Fuß nach Hause zu gehen hatte, aus einem solchen Grund hier wartete, ließ nur einen Schluß zu: der Mann mußte an der Eigentümerin des Handschuhs äußerst interessiert sein.

»Hast du mit ihr getanzt, Diggory?« fragte sie in einem Ton, der verriet, daß er sich durch diese Entdeckung erheblich interessanter gemacht hatte.

»Nein«, seufzte er.

»Und du willst also nicht hereinkommen?«

»Nicht heute abend, danke, Madam.«

»Soll ich Euch eine Laterne leihen, damit Ihr nach dem Handschuh der jungen Person suchen könnt, Mr. Venn?«

»O nein, das ist nicht nötig, Mrs. Wildeve, vielen Dank. Der Mond geht in ein paar Minuten auf.«

Thomasin ging zur Veranda zurück. »Kommt er herein?« fragte Clym, der immer noch dastand und auf sie wartete.

»Er sagte, heute abend lieber nicht«, antwortete sie und ging an ihm vorbei ins Haus, worauf auch Clym sich in seine Zimmer zurückzog.

Als Clym gegangen war, schlich Thomasin im Dunkeln die Treppe hinauf und ging, nachdem sie am Kinderbettchen gelauscht und sich vergewissert hatte, daß das Baby schlief, zum Fenster, hob vorsichtig einen Zipfel des weißen Vorhangs hoch und schaute hinaus. Venn war noch da. Sie beobachtete, wie sich am Himmel ein schwacher Glanz über dem Berg im Osten verbreitete, bis dann der Rand des Mondes plötzlich sichtbar wurde und das Tal

mit Licht überflutete. Die Gestalt auf der Wiese war
plötzlich deutlich zu sehen. Er ging in gebückter Haltung
hin und her und suchte offensichtlich das Gras nach dem
geschätzten, verlorenen Gegenstand ab. Im Zickzackgang
von rechts nach links ließ er kein Fleckchen aus.

»Wie lächerlich«, murmelte Thomasin in einem Ton,
der spöttisch klingen sollte, »man möchte denken, es wäre
einem Mann zu dumm, sich so herumzutreiben, um nach
dem Handschuh eines Mädchens zu suchen! Ein angesehener Milchhändler dazu und ein Mann mit Geld, wie
man hört. Was für ein Jammer!«

Schließlich schien Venn den Handschuh gefunden zu
haben; er richtete sich auf und führte ihn an seine Lippen. Danach steckte er ihn in seine Brusttasche – das dem
Herzen eines Mannes nächstliegende Behältnis, das die
moderne Kleidung gewährt – und ging in geometrisch
gerader Linie durchs Tal hinauf zu seinem entlegenen
Heim in den Wiesen.

Kapitel 2

Thomasin geht bei der Römerstraße im Grünen spazieren

Nach diesem Vorfall traf Clym nur wenig mit Thomasin
zusammen, und wenn sie sich sahen, war Thomasin
schweigsamer als sonst. Schließlich fragte er sie, worüber
sie so angestrengt nachdenke.

»Ich bin völlig ratlos«, sagte sie offen. »Ich kann mir
beim besten Willen nicht denken, in wen Diggory Venn so
verliebt sein soll. Keines von den Mädchen beim Maifest
war gut genug für ihn, und doch muß sie dabei gewesen
sein.«

Clym versuchte für einen Augenblick, sich Venns Wahl vorzustellen, dann aber verlor er das Interesse an der Frage und setzte seine Gartenarbeit fort.

Für eine ganze Weile noch war es Thomasin nicht vergönnt, die Auflösung dieses Rätsels zu erfahren. Als sie sich jedoch eines Nachmittags im Obergeschoß für einen Spaziergang fertigmachen wollte, mußte sie aus einem bestimmten Grund zum Treppengeländer gehen und Rachel rufen. Rachel war ein etwa dreizehnjähriges Mädchen, welches das Kind manchmal an die frische Luft führte, und sie kam jetzt die Treppe herauf.

»Hast du irgendwo im Haus einen von meinen neuen Handschuhen gesehn, Rachel?« fragte Thomasin. »Es ist der passende zu diesem hier.«

Rachel gab keine Antwort.

»Warum antwortest du nicht?« sagte ihre Herrin.

»Ich glaube, er ist verlorengegangen.«

»Verloren? Wer hat ihn verloren? Ich hab sie nur ein einziges Mal getragen.«

Rachel schien in schrecklicher Bedrängnis und fing schließlich an zu weinen. »Ach, Madam, am Maifest, da hatte ich keine zum Anziehen, und da hab ich Eure auf dem Tisch gesehen, und da hab ich gedacht, ich könnt' sie mir ausborgen. Ich wollte gut auf sie aufpassen, aber einer ist verlorengegangen. Jemand gab mir Geld, um ein paar andere für Euch zu kaufen, aber ich konnte noch nirgends hingehen, um neue zu besorgen.«

»Wer ist ›jemand‹?«

»Mr. Venn.«

»Wußte er, daß es mein Handschuh war?«

»Ja, ich hab es ihm gesagt.«

Thomasin war von der Erklärung so überrascht, daß sie darüber völlig vergaß, das Mädchen, welches sich leise davonschlich, zu rügen. Sie wandte nur ihren Kopf und sah auf die Wiese hinunter, auf der der Maibaum gestanden hatte. Sie dachte weiter darüber nach und beschloß, an diesem Nachmittag nicht mehr auszugehen. Statt dessen wollte sie fleißig an dem karierten Kinderkleidchen nähen, welches nach neuester Mode schräg geschnitten war. Wie es ihr gelang, so fleißig zu arbeiten und nach zwei Stunden doch nicht weiter zu sein, als sie es tatsächlich war, das wäre für jeden ein Rätsel gewesen, der nicht wußte, daß die jüngste Begebenheit dazu angetan war, ihren Eifer vom Handwerklichen aufs Nachdenken zu lenken.

Den nächsten Tag verbrachte sie wie gewöhnlich und ging wie immer nur in Begleitung der kleinen Eustacia in der Heide spazieren. Das Kind war inzwischen in einem Alter, wo so kleine Leute im Zweifel sind, ob sie auf Händen oder auf Füßen durch die Welt gehen sollen, so daß sie schmerzliche Komplikationen erleben müssen, wenn sie beides versuchen. Thomasin fand viel Freude daran, das Kind zu einem einsamen Ort zu bringen und mit ihm ein wenig im stillen auf dem Gras und dem Feldthymian zu üben, und so ein weiches Polster fürs Hinfallen zu haben, wenn das Gleichgewicht verlorenging.

Als sie sich einmal während dieses Trainings bückte, um kleine Holzstückchen, Farnstiele und ähnliches aus dem Weg zu räumen, damit die Unternehmung nicht durch irgendein unüberwindliches Hindernis in Zentimetergröße vorzeitig unterbrochen würde, schreckte sie auf, als sie merkte, daß ein Mann auf einem Pferd fast neben ihr stand. Der weiche Naturteppich hatte die Huftritte gedämpft, und der Reiter schwenkte seinen Hut und verbeugte sich galant. Es war Venn.

»Diggory, gib mir meinen Handschuh zurück«, sagte Thomasin, deren Art es war, unter allen Umständen sofort auf die Sache zu sprechen zu kommen, die sie gerade beschäftigte.

Venn stieg sofort vom Pferd, faßte in seine Brusttasche und übergab ihr den Handschuh.

»Danke. Es war sehr nett von dir, ihn für mich aufzuheben.«

»Es ist sehr nett von Euch, das zu sagen.«

»O nein, ich war sehr froh zu erfahren, daß du ihn
hattest. Alle werden so gleichgültig, daß ich überrascht
war, weil du an mich gedacht hattest.«

»Wenn Ihr Euch erinnert hättet, was ich einst war, wärt
Ihr nicht überrascht gewesen.«

»Ach nein«, sagte sie schnell, »aber Männer mit deinem
Charakter sind meist so unabhängig.«

»Wie ist mein Charakter?« fragte er.

»Ich weiß nicht genau«, sagte Thomasin schlicht, »vielleicht verbirgst du deine Gefühle auch nur hinter einer
praktischen Art und zeigst deine wahren Gefühle nur,
wenn du alleine bist.«

»Ah, und wieso wißt Ihr das?« fragte Venn diplomatisch.

»Weil«, sagte sie und hielt inne, um das kleine Mädchen, das umgefallen war, wieder auf die Beine zu stellen,
»weil ich es halt weiß.«

»Ihr dürft mich nicht nach den Leuten im allgemeinen beurteilen«, sagte Venn. »Allerdings weiß ich heute
kaum, was Gefühle sind. Ich bin so sehr von allen möglichen Geschäften in Anspruch genommen, daß sich meine
zarten Empfindungen in Rauch aufgelöst haben. Ja, ich
hab mich mit Leib und Seele dem Geldverdienen verschrieben.«

»Oh, Diggory, wie niederträchtig!« sagte Thomasin
vorwurfsvoll und sah ihn an, als wisse sie nicht recht, ob er
es ernst meine oder ob er sie nur damit necken wollte.

»Ja, das ist ein ziemlich elendes Geschäft«, sagte Venn
sanft im Ton eines Mannes, der sich ruhigen Gewissens
den Sünden hingab, denen er nicht länger widerstehen
konnte.

»Dabei warst du doch immer so nett!«

»Na, das ist mal eine Feststellung, die mir gefällt; denn was ein Mann einmal war, das kann er auch wieder werden.« Thomasin errötete. »Es ist allerdings jetzt schwerer«, fuhr Venn fort.

»Warum?« fragte sie.

»Weil Ihr jetzt reicher seid als damals.«

»O nein – nicht viel. Ich habe fast alles dem Baby überschreiben lassen, so wie es meine Pflicht war, und ich habe gerade genug, um davon zu leben.«

»Das freut mich zu hören«, sagte Venn sanft und betrachtete sie verstohlen von der Seite, »das macht es einfacher für uns, befreundet zu sein.«

Thomasin errötete wieder, und nachdem noch ein paar freundliche Worte gewechselt waren, bestieg Venn sein Pferd und ritt davon.

Diese Unterhaltung hatte in einem kleinen Tal in der Nähe der Römerstraße, einem von Thomasin bevorzugten Ort, stattgefunden. Und man hätte beobachten können, daß sie in Zukunft nicht etwa weniger häufig jenen Ort besuchte, weil sie Venn dort getroffen hatte. Ob Venn davon Abstand nahm oder nicht, dorthin zu reiten, weil er Thomasin dort getroffen hatte, das hätte man leicht aus ihrem Handeln zwei Monate später, noch im gleichen Jahr, erraten können.

Kapitel 3

Ein ernstes Gespräch zwischen Clym und seiner Cousine

Während dieser Zeit hatte sich Clym mehr oder weniger ernsthafte Gedanken darüber gemacht, was seine Pflicht gegenüber seiner Cousine sei. Er kam nicht um die Überlegung herum, daß es eine beklagenswerte Verschwendung wäre, wenn das liebliche Ding in diesem frühen Stadium seines Lebens schon dazu verdammt sein sollte, seine gewinnenden Qualitäten an eine einsame Pflanzenwelt zu verschwenden. Aber er fand dies nur in ökonomischem Sinne, nicht als Liebhaber. Seine Leidenschaft für Eustacia war gewissermaßen sein gesamter Lebensvorrat gewesen, und er hatte nichts mehr von dieser kostbaren Eigenschaft übrig. Daher war es das einzig Vernünftige, nicht an eine Heirat mit Thomasin zu denken, auch nicht aus einem Gefühl der Verpflichtung heraus.

Aber das war nicht alles. Vor Jahren hatte seine Mutter bestimmte Vorstellungen, Thomasin und ihn betreffend, gehegt. Es war nicht ein ausgesprochener Wunsch, wohl aber immer eine Lieblingsidee von ihr gewesen, daß sie eines Tages Mann und Frau werden sollten, falls dies nicht dem Glück des einen oder andern im Wege stehen würde. Welcher Weg außer diesem blieb also für einen Sohn, der seiner Mutter Andenken so sehr achtete, wie er es tat? Es ist eine beklagenswerte Tatsache, daß oft irgendein zufälliger Wunsch, welcher vielleicht einmal im Lauf einer Unterhaltung von den Eltern zu deren Lebzeiten geäußert worden ist, durch ihren Tod zu einem so absoluten Dogma wird, daß dessen Wirkung auf gewissenhafte Kinder derart übermächtig ist, daß jene Eltern, wären sie noch am Leben, die ersten sein würden, ihnen davon abzuraten.

Wäre es nur um Yeobrights eigene Zukunft gegangen, hätte er bereitwillig um Thomasins Hand angehalten. Er hatte nichts zu verlieren, wenn er die Hoffnung einer toten Mutter erfüllte. Aber er schreckte davor zurück, Thomasin mit einem lebenden Leichnam als Liebhaber, wie er sich selbst jetzt vorkam, verheiratet zu sehen. Es gab nur noch drei Dinge, die ihn beschäftigten: einmal sein fast täglicher Gang zu dem kleinen Friedhof, wo seine Mutter begraben lag, zum andern seine genauso häufigen nächtlichen Besuche auf dem weiter entfernten Friedhof, der Eustacia zu seinen Toten zählte, und zum dritten die Vorbereitung auf einen Beruf, der einzig und allein seine Sehnsüchte zu erfüllen schien – der eines Wanderpredigers des elften Gebotes.[2] Es war unwahrscheinlich, daß Thomasin bei einem Ehemann mit solchen Neigungen ihr Glück finden würde.

Dennoch beschloß er, sie zu fragen und sie für sich selbst entscheiden zu lassen. So ging er eines Abends in dieser Absicht und in dem angenehmen Gefühl, seine Pflicht zu tun, zu ihr hinunter. Die Sonne warf die gleichen langen Schatten des Hauses ins Tal, so wie er es viele Male gesehen hatte, als seine Mutter noch lebte.

Thomasin war nicht in ihrem Zimmer, und er fand sie im Vorgarten. »Thomasin, ich wollte schon lange«, begann er, »ich wollte schon lange etwas sagen, was unsre gemeinsame Zukunft betrifft.«

»Und du willst es jetzt sagen?« warf sie rasch ein und errötete, als sie seinem Blick begegnete. »Warte einen Augenblick, Clym, und laß mich zuerst etwas sagen, weil ich dir tatsächlich auch etwas sagen wollte.«

»Aber ja doch, sprich nur, Thomasin.«

»Es kann uns doch niemand hören?« fuhr sie mit gedämpfter Stimme fort, während sie sich umsah. »Gut, wirst du mir erst versprechen – daß du nicht böse sein wirst und nicht mit mir schimpfst, wenn dir das nicht gefällt, was ich sage?«

Yeobright versprach es, und sie fuhr fort: »Ich möchte dich um deinen Rat bitten, denn du bist mein Verwandter – ich meine, eine Art von Vormund – so ist es doch, Clym?«

»Ja, ja, ich denke, das stimmt«, sagte er, völlig im unklaren darüber, worauf sie hinauswollte.

»Ich denke daran zu heiraten«, sagte sie dann geradeheraus, »aber ich werde nur heiraten, wenn du mir versicherst, daß du mit einem solchen Schritt einverstanden bist. Warum sagst du nichts?«

»Das alles überrascht mich, aber trotzdem freue ich mich sehr über diese Neuigkeit. Ich bin einverstanden, natürlich, liebe Tamsie. Aber wer ist es? Ich kann mir gar nicht vorstellen, wer es sein könnte. Nein, warte – es ist der alte Doktor! Nicht daß ich ihn als alt bezeichnen will, denn er ist wirklich noch nicht sehr alt. Ah, ich hab es gemerkt, als er das letzte Mal einen Besuch bei dir gemacht hat!«

»Nein, nein«, sagte sie hastig, »es ist Mr. Venn.«

Clyms Gesicht wurde plötzlich todernst.

»Siehst du, du magst ihn nicht, und ich wollte, ich hätte ihn nicht erwähnt!« rief sie fast ärgerlich aus. »Und ich hätte es auch nicht getan, wenn er mich nicht ständig drängen würde, so daß ich nicht mehr weiß, was ich tun soll!«

Clym blickte auf die Heide hinaus. »Ich mag Venn recht gern«, sagte er schließlich, »er ist ein sehr ehrlicher und gleichzeitig kluger Mensch. Er ist auch geschickt, was man daran sieht, daß es ihm gelungen ist, dich für sich zu gewinnen. Aber wirklich, Thomasin, er ist nicht –«

»Gentleman genug für mich? Das empfinde ich auch so. Es tut mir jetzt leid, daß ich dich gefragt habe, und ich will nicht mehr an ihn denken. Andererseits, wenn ich überhaupt jemanden heirate, dann ihn, soviel steht fest.«

»Das meine ich nicht«, sagte Clym und verbarg gleichzeitig jede Andeutung seiner eigenen Absicht, die sie offensichtlich auch nicht erraten hatte. »Du könntest doch einen Mann aus dem höheren Berufsstand oder dergleichen heiraten, wenn du in die Stadt ziehen und dort Bekanntschaften anknüpfen würdest.«

»Ich passe nicht in die Stadt, so völlig ländlich und unerfahren wie ich immer war. Siehst du denn nicht selbst, was ich für eine Landpomeranze bin?«

»Na ja, als ich von Paris zurückkam, meinte ich das ein wenig, aber jetzt finde ich das nicht.«

»Weil du dich jetzt selbst wieder ans Landleben gewöhnt hast. Oh, ich könnte um alles in der Welt nicht in einer Straße wohnen! Egdon ist ein lächerlich altmodischer Ort, aber ich habe mich an ihn gewöhnt und könnte anderswo gar nicht glücklich sein.«

»Ich auch nicht«, sagte Clym.

»Wie kannst du dann sagen, daß ich irgendeinen Mann aus der Stadt heiraten soll? Sag, was du willst, ich finde, ich muß, wenn ich überhaupt heirate, Diggory heiraten. Er war so gut zu mir wie kein anderer und hat mir mehr geholfen, als ich überhaupt weiß!« sagte sie jetzt fast schmollend.

»Ja, das ist wahr«, sagte Clym in sachlichem Ton. »Ich wünschte jedenfalls von ganzem Herzen, daß ich sagen könnte: heirate ihn. Aber ich kann nicht außer acht lassen, was meine Mutter von der Sache hielt, und ich mißachte sehr ungern ihre Meinung. Es gibt nur allzu viel Grund dafür, das wenige, was wir tun können, auch zu tun, indem wir sie jetzt respektieren.«

»Nun gut«, seufzte Thomasin, »dann werde ich nichts mehr sagen.«

»Aber du mußt dich an meine Wünsche nicht gebunden fühlen. Ich sage lediglich, was ich denke.«

»O nein – ich möchte nicht auf diese Art ungehorsam sein«, sagte sie traurig. »Es war nicht recht von mir, an ihn zu denken – ich hätte an meine Familie denken sollen. Was für schreckliche Anwandlungen ich doch habe!« Ihre Lippen zitterten, und sie wandte sich ab, um eine Träne zu verbergen.

Obwohl über ihren unverständlichen Geschmack verärgert, war Clym in gewissem Grade erleichtert festzustellen, daß eine Heirat zwischen ihm und Thomasin nicht in Frage kam. Mehrere Tage lang sah er sie durchs Fenster seines Zimmers, wie sie im Garten traurig den Kopf hängen ließ. Er war teils ungehalten über sie, weil sie Venn gewählt hatte; dann war er auch wieder betrübt, daß er sich dem Glück Venns widersetzte, der schließlich, seit er sich von seinem alten Beruf abgewandt hatte, der ehrlichste und beharrlichste Bursche in der Heide war. Kurzum, Clym wußte nicht, was er tun sollte.

Als sie sich das nächste Mal wieder sahen, sagte sie abrupt: »Er ist jetzt viel achtbarer als früher!«

»Wer? O ja – Diggory Venn.«

»Die Tante hatte nur etwas gegen ihn, weil er ein Rötelmann war.«

»Ja, Thomasin, vielleicht weiß ich überhaupt nicht in allen Einzelheiten, was meine Mutter wollte. Deshalb solltest du besser selbst entscheiden.«

»Du würdest immer das Gefühl haben, daß ich das Andenken deiner Mutter nicht geehrt habe.«

»Nein, bestimmt nicht. Ich werde denken, daß du davon überzeugt bist, daß sie mit Diggory als passendem Ehemann für dich einverstanden gewesen wäre, wenn sie ihn heute hätte sehen können. Und das meine ich wirklich so. Frage mich nicht mehr, sondern tu, was du für richtig hältst, Thomasin, und ich bin einverstanden.«

Man kann annehmen, daß Thomasin überzeugt war, das Richtige zu tun; denn ein paar Tage später, als Clym in einem Teil der Heide spazierenging, wo er schon lange nicht mehr gewesen war, sagte Humphrey, der dort arbeitete, zu ihm: »Es ist ja schön, daß sich Mrs. Wildeve und Venn anscheinend seit kurzem wieder vertragen.«

»Ach wirklich?« sagte Clym abwesend.

»Ja, und er richtet's immer so ein, daß er sie ›zufällig‹ trifft, wenn sie mit dem Kindchen bei schönem Wetter draußen ist. Aber, Mr. Yeobright, ich muß immer denken, daß Eure Cousine Euch hätte heiraten sollen. 's ist einfach zu dumm, zwei Kaminecken zu bauen, wo's nur eine braucht. Jetzt könntet Ihr sie noch von ihm loskriegen, wenn Ihr's nur wollt, das glaub ich jedenfalls.«

»Wie könnte ich es denn mit meinem Gewissen vereinbaren zu heiraten, nachdem ich zwei Frauen in den Tod getrieben habe? Denk gar nicht an so was! Nach allem, was ich erlebt habe, käme es mir allzu lächerlich vor, zur Kirche zu gehen und mir ein Weib zu nehmen. Mit den Worten Hiobs: ›Ich hatte einen Bund gemacht mit meinen Augen, daß ich nicht lüstern blickte auf eine Jungfrau.‹[3]«

»Nein, Mr. Clym, das mit ›zwei Frauen in den Tod getrieben haben‹, das dürft Ihr nicht sagen.«

»Gut, lassen wir das aus dem Spiel«, sagte Clym. »Wie dem auch sei, Gott hat mich jedenfalls so gezeichnet, daß die Liebe nicht mehr so recht zu mir paßt. Ich habe nur zwei Vorstellungen in meinem Kopf: ich will eine Abendschule aufmachen, und ich will Prediger werden. Was meinst du dazu, Humphrey?«

»Ich werd' kommen und Euch von ganzem Herzen zuhören.«

»Danke, das ist alles, was ich mir wünsche.«

Als Clym ins Tal hinunterstieg, kam Thomasin den andern Pfad herunter und traf mit ihm an der Pforte zusammen. »Was meinst du, was ich dir zu sagen habe, Clym?« sagte sie und sah schelmisch über die Schulter zu ihm hin.

»Ich kann es mir denken.«

Sie sah ihn genau an. »Ja, du hast es erraten. Es soll doch noch dazu kommen. Er meint, daß ich mich nun endlich entscheiden soll, und ich sehe das auch ein. Es soll am fünfundzwanzigsten des nächsten Monats sein, wenn du nichts dagegen hast.«

»Tu, was du für richtig hältst, Liebe. Ich bin nur froh, daß du wieder heiter und glücklich in die Zukunft schauen kannst. Mein Geschlecht schuldet dir jede Wiedergutmachung für das, was dir in der Vergangenheit angetan worden ist.«*

* Der Autor erlaubt sich hier zu bemerken, daß die ursprüngliche Konzeption der Geschichte keine Heirat zwischen Thomasin und Venn vorgesehen hatte. Er sollte seinen verschlossenen und verschrobenen Charakter bis zum Ende behalten und geheimnisvoll, ohne daß jemand wußte wohin, aus der Heide verschwinden. Aber gewisse Umstände bei der Fortsetzungsveröffentlichung führten zu einer Änderung der ursprünglichen Absicht.

Der Leser möge deshalb den ihm gemäßeren Ausgang der Geschichte wählen; derjenige mit strengeren künstlerischen Maßstäben möge den konsequenteren Schluß als den wahren ansehen.[4]

Kapitel 4

In Blooms-End kehrt wieder Fröhlichkeit ein, und Clym findet seine Berufung

Jeder, der gegen elf Uhr an jenem Nachmittag, an dem die Hochzeit festgesetzt war, durch Blooms-End gekommen wäre, hätte feststellen können, daß das Haus Yeobrights verhältnismäßig ruhig war, während laute Geräusche von einem Haus in der Nachbarschaft, dem Haus Timothy Fairways, auf eine lebhafte Aktivität hindeuteten. Sie stammten hauptsächlich von Füßen, die sich lebhaft und knirschend über den mit Sand bestreuten Fußboden bewegten. Nur ein einziger Mann war draußen zu sehen, und er schien zu einer Verabredung zu spät gekommen zu sein, denn er eilte zur Tür, drückte die Klinke herunter und trat ohne große Umstände ein.

Drinnen sah es denn auch nicht wie an anderen Tagen aus. Die kleine Gruppe von Männern, die den größten Teil der Egdon-Clique ausmachten, hatte sich in dem Raum versammelt, mit Fairway selbst, Großpapa Cantle, Humphrey, Christian und ein oder zwei weiteren Torfstechern. Es war ein warmer Tag, und die Männer waren dementsprechend in Hemdsärmeln, außer Christian, der immer eine panische Angst davor hatte, sich auch nur von einem kleinen Teil seiner Kleidung zu trennen, wenn er in einem fremden Haus war. Über den schweren Eichentisch in der Mitte des Zimmers hatte man ein großes Stück gestreiften Leinens geworfen, welches Großpapa Cantle auf der einen und Humphrey auf der anderen Seite festhielt, während Fairway mit vor Anstrengung feuchtem Gesicht die Oberseite mit einem gelben Klumpen bearbeitete.

»Wachst ihr ein Federbett, Leute?« sagte der Neuankömmling.

»Ja, Sam«, sagte Großpapa Cantle, wie jemand, der zu beschäftigt ist, um große Worte zu machen. »Soll ich diese Ecke ein bißchen fester anziehen, Timothy?«

Fairway beantwortete die Frage, und das Wachsen ging mit unveränderter Energie weiter. »Das wird ein gutes Federbett, so wie's aussieht«, fuhr Sam nach einer Pause fort. »Für wen ist es denn?«

»Das soll ein Geschenk für die neuen Leute werden, die wo einen Hausstand gründen«, sagte Christian, welcher, von der Großartigkeit der Geschehnisse überwältigt, hilflos dastand.

»Ach ja, natürlich, und dazu was Wertvolles.«

»Federbetten sind teuer für Leute, die keine Gänse halten, stimmt's, Mr. Fairway?« sagte Christian zu Timothy wie zu einem allwissenden Wesen.

»Ja«, sagte der Torfhändler, während er sich aufrichtete, seine Stirn ausgiebig abwischte und das Bienenwachs an Humphrey weiterreichte, der daraufhin mit dem Einreiben fortfuhr. »Nicht, daß die beiden eins nötig hätten, aber man soll ihnen ein bißchen Freundlichkeit zeigen, wo sie schon so viel in ihrem Leben durchmachen mußten. Ich hab meinen beiden Töchtern auch eins gemacht, als sie sich verheiratet haben, und es sind noch genug Federn von den letzten zwölf Monaten im Haus, um noch eins zu machen. Also, Nachbarn, ich glaube, wir haben genug Bienenwachs drauf. Großpapa Cantle, dreht doch den Bettbezug um, dann kann ich anfangen, die Federn reinzufüllen.«

Als der Bezug gewendet war, brachten Fairway und Christian riesige Papiertüten herbei, die bis obenhin voll, jedoch leicht wie Luftballons waren. Sie fingen an, deren Inhalt in das soeben fertiggestellte Behältnis einzufüllen. Indem eine Tüte nach der anderen ausgeleert wurde, schwebten mehr und mehr Feder- und Daunenteilchen in der Luft, bis, durch ein Versehen Christians, der den Inhalt einer Tüte neben dem Bezug ausschüttete, die Luft

im Raum sich mit riesigen Flocken anfüllte, welche sich
auf die Arbeitenden wie sanfter Schneefall niederließen.

»Ich hab noch nie einen so ungeschickten Kerl wie dich
gesehen, Christian«, sagte der Großvater streng. »Du
könntest der Sohn von einem Mann sein, der in seinem
ganzen Leben nie aus Blooms-End rausgekommen ist, so
wie du dich anstellst. Wirklich, alles Soldatenleben und
alle Lebenserfahrung vom Vater scheinen beim Sohn nicht
anzuschlagen. Was dieses Kind Christian angeht, da hätt'
ich auch genausogut zu Haus bleiben und nichts erleben
können, so wie ihr alle hier. Aber soweit es mich selbst
betrifft, da hat sich meine Unternehmungslust auf jeden
Fall gelohnt!«

»Mach mich doch nicht so runter, Vater. Ich komm mir
sowieso nicht größer wie 'ne Stecknadel vor. Ich hab nur
wieder 'nen Schlamassel gemacht, fürcht' ich.«

»Komm, komm, schätz dich nicht immer so gering ein,
Christian, du mußt dich halt mehr anstrengen.«

»Ja, du mußt dich mehr anstrengen«, kam es als Echo
mit einer Bestimmtheit von Großpapa Cantle, als sei er
der erste gewesen, der diesen Ratschlag erteilt hätte. »Man
sagt, daß jeder Mann entweder heiraten oder Soldat werden soll. Es ist ein Verrat an der Nation, wenn man keins
davon macht. Ich hab beides gemacht, Gott sei Dank!
Weder Männer aufziehen noch sie niederstrecken – das
zeugt doch wahrhaftig von einem armseligen, nichtsnutzigen Charakter.«

»Ich hatte nie Mut beim Schießen«, stotterte Christian,
»aber was das Heiraten angeht, da hab ich jedenfalls hier
und dort gefragt, allerdings nicht mit viel Erfolg. Ja, es
gibt das eine oder andere Haus, wo früher ein Mann der
Herr im Haus war – so wie er es ist – wo jetzt nur noch
eine Frau ist. Aber es wär' vielleicht ungünstig gewesen,
wenn ich sie gefunden hätt', Nachbarn, weil, wer wär'
denn sonst zu Haus, um dem Vater einen Dämpfer aufzu-
setzen, daß er sich seinem Alter entsprechend benimmt?«

»Da hast du dir aber viel vorgenommen, mein Sohn«, sagte Großpapa Cantle schlagfertig. »Ich wollt', ich hätt' nicht solche Angst vor dem Krankwerden! – Gleich morgen früh würd' ich mich aufmachen, um die Welt nochmal zu sehen! Aber wo einundsiebzig zu Haus noch gut ist, ist's zum Herumtreiben eine zu hohe Jahreszahl . . . Ja, ja, einundsiebzig zur letzten Lichtmeß. Lieber Gott, das hätt' ich lieber in Guineen als in Jahren.« Und der alte Mann seufzte.

»Jammert nur nicht so, Großpapa«, sagte Fairway, »füllt noch ein paar Federn in den Bezug und bleibt bei guter Laune. Auch wenn Ihr schon ein bißchen dürr im Stamm seid, seid Ihr doch noch ein alter Mann mit grünen Blättern. Ihr habt noch genug Zeit übrig, um ganze Jahrbücher zu füllen.«

»Weiß Gott, ich geh zu ihnen – zu dem Hochzeitspaar!« sagte Großpapa Cantle mit neuem Mut und wandte sich rasch um. »Ich werd' heut abend hingehen und ihnen ein Hochzeitslied singen, was? So bin ich nun mal, und sie werden's auch so verstehen. Mein ›Unten in Cupidos Garten‹ war Anno vier sehr beliebt, und ich hab noch andere, die genauso gut und besser sind. Was sagt Ihr zu diesem:

> *She cal'-led to her love'*
> *From the lat'-tice a-bove',*
> *›O, come in' from the fog'-gy fog'-gy dew'.‹*

Das würd' ihnen doch jetzt gut gefallen; wirklich, wenn ich's recht bedenk, hab ich die Zung' in meinem Mund für ein Lied nicht mehr gebraucht seit der Mittsommernacht, wo wir ›Barley Mow‹ im Gasthaus gesungen hatten. Und 's ist doch eine Schande, wenn man seine starken Seiten vernachlässigt, wo es doch nur wenige gibt, die für sowas die Fähigkeit haben.«

»So ist's, so ist's«, sagte Fairway. »Jetzt schüttelt den Bezug mal ordentlich runter. Wir haben siebzig Pfund

bester Federn reingefüllt, und ich denke, das ist alles, was
bequem reingeht. Ein bißchen hier und da könnt' vielleicht nicht schaden. Christian, lang doch mal das Essen
da oben vom Eckschrank runter, falls du drankommst,
Mann, und ich zapf was dazu, damit es besser rutscht.«

Sie setzten sich mitten in der Arbeit zum Mittagessen
nieder, von Federn umgeben, deren ursprüngliche Eigentümer zur offenen Tür hereinkamen und mißgünstig
schnatterten, als sie eine solche Menge von ihrer alten
Bekleidung sahen.

»Meine Güte, ich ersticke bald«, sagte Fairway, nachdem er eine Feder aus dem Mund gezogen hatte und sah,
daß noch weitere auf dem Krug schwammen, der die
Runde machte.

»Ich hab mehrere verschluckt, und eine hatte einen
ziemlich langen Kiel«, sagte Sam seelenruhig in seiner
Ecke.

»Holla – was ist das – hör ich Räder rankommen?« rief
Großpapa Cantle, sprang auf und lief zur Tür. »Tatsächlich, sie sind schon zurück. Ich hätt' nicht gedacht, daß sie
jetzt schon kämen. Wahrhaftig, wie schnell kann doch das
Heiraten vor sich gehen, wenn man erst mal dazu entschlossen ist!«

»O ja, geschehen ist das schnell«, sagte Fairway so, als
ob noch etwas zur Vervollständigung der Feststellung
hinzuzufügen sei.

Er stand auf und folgte dem Großvater, und auch die
anderen gingen zur Tür. In dem Augenblick kam ein offe-
ner Einspänner heran, in dem Venn, Mrs. Venn, Yeobright und ein älterer Verwandter Venns, der von Budmouth zur Feier gekommen war, saßen. Der Einspänner
war ungeachtet der Entfernung und Kosten in der nächsten Stadt gemietet worden, da es nach Venns Meinung
auf der Egdon-Heide nichts Geeignetes für diesen Zweck
gab, wenn eine Frau wie Thomasin die Braut war, und die

Kirche war zu weit entfernt, um den Brautgang zu Fuß zu machen.

Als der Wagen die Gruppe, die aus dem Haus getreten war, passierte, riefen sie »Hurra!« und winkten ihnen zu. Federn und Daunen flogen bei jeder Bewegung aus ihren Haaren, von ihren Ärmeln und den Falten ihrer Kleidung, und Großpapa Cantles Siegel tanzten fröhlich in der Sonne, als er sich um sich selbst drehte. Der Fahrer des Wagens musterte sie hochnäsig, selbst das Hochzeitspaar behandelte er mit so etwas wie Herablassung. Denn wie anders als ungesittet konnten Menschen, reich oder arm, sein, die dazu verdammt waren, am Ende der Welt, auf der Egdon-Heide zu leben? Thomasin zeigte keine solche Herablassung gegenüber der Gruppe vor der Tür, und ihre Hand flatterte beim Winken wie der Flügel eines Vogels. Sie fragte Diggory mit Tränen in den Augen, ob sie nicht anhalten und mit diesen freundlichen Nachbarn ein paar Worte wechseln könnten. Venn jedoch meinte, das sei wohl nicht nötig, da sie alle am Abend zu ihrem Haus kämen.

Nach dieser Abwechslung kehrte die Begrüßungsgesellschaft wieder zu ihrer Beschäftigung zurück, und das Füllen und Zunähen war bald darauf beendet. Danach spannte Fairway ein Pferd an, packte das unförmige Geschenk zusammen und fuhr damit im Wagen zu Venns Haus in Stickleford.

Nachdem Yeobright bei der Hochzeitszeremonie seinen Dienst, welcher ihm selbstverständlich zugefallen war, erfüllt hatte, und danach mit dem Ehepaar zum Haus zurückgekehrt war, fühlte er sich nicht in der Lage, am Festessen und Tanz, der den Abend beschloß, teilzunehmen. Thomasin war enttäuscht.

»Ich wollte, ich könnte dabei sein, ohne euch die gute Stimmung zu verderben«, sagte er, »aber ich würde zu sehr wie der Totenkopf beim Bankett wirken.«

»Nein, nein.«

»Schon gut, meine Liebe. Aber abgesehen davon wäre ich sehr froh, wenn du mich entschuldigen würdest. Ich weiß, es sieht nicht sehr nett aus, aber, liebe Thomasin, ich fürchte, ich würde mich in der Gesellschaft nicht wohl fühlen – da hast du den wahren Grund. Weißt du, ich werde dich immer in deinem neuen Heim besuchen kommen, so daß meine Abwesenheit heute nicht so wichtig ist.«

»Dann gebe ich nach. Tu du nur, wie dir's beliebt.«

Clym zog sich sehr erleichtert in seine Zimmer im Obergeschoß zurück und verbrachte den Nachmittag damit, die Hauptpunkte einer Predigt niederzuschreiben, mit der er beginnen wollte, all das, was sich von den Plänen verwirklichen ließ, die ihn ursprünglich hierhergebracht hatten und die er so lange trotz ständiger Veränderungen in guten und schlechten Tagen weiterhin gehegt hatte, in die Tat umzusetzen. Er hatte seine Überzeugungen immer wieder geprüft und sah keinen Grund, sie zu ändern, obwohl er seine Pläne erheblich eingeschränkt hatte. Seine Sehkraft hatte sich durch die lange Einwirkung der guten heimatlichen Luft gebessert, aber für seine weitreichenden erzieherischen Absichten reichte sie nicht aus. Trotzdem war er nicht unzufrieden; es gab immer noch mehr als genug bescheidenere Aufgaben, denen er all seine Kraft und Zeit widmen konnte.

Es wurde Abend, und aus dem unteren Stockwerk des Hauses drangen mehr und mehr Geräusche an sein Ohr, die Leben und Bewegung andeuteten, und die Pforte im Gartenzaun ging unaufhörlich auf und zu. Das Fest sollte zeitig stattfinden, und alle Gäste waren lange vor Einbruch der Dunkelheit eingetroffen. Yeobright ging die hintere Treppe hinunter und betrat die Heide auf einem anderen Pfad als dem, der vor dem Haus vorbeiführte. Er hatte vor, draußen zu bleiben, bis das Fest vorüber wäre, und wollte sich dann von Thomasin und ihrem Ehemann verabschieden. Unbewußt lenkte er seine Schritte nach Mistover, auf den Weg, den er an jenem schrecklichen Morgen gegangen war, als er von Susans Sohn die beunruhigenden Informationen bekommen hatte.

Er ging nicht zur Kate hinüber, sondern strebte bis zu einer Anhöhe weiter; von dort aus konnte er den Teil der Umgebung überblicken, der einst Eustacias Zuhause gewesen war. Während er die eintretende Dämmerung beobachtete, kam jemand herauf. Clym, der ihn nur undeutlich sehen konnte, hätte ihn ohne Gruß vorübergehen lassen, wenn nicht der Wanderer, es war Charley, den jungen Mann erkannt und ihn angesprochen hätte.

»Charley, ich habe dich ja lange nicht gesehen«, sagte Yeobright, »kommst du öfters hier vorbei?«

»Nein, ich komme nicht oft über den Wall herüber«, antwortete der junge Bursche.

»Du warst gar nicht beim Maifest.«

»Nein«, sagte Charley im gleichen teilnahmslosen Ton, »ich mache mir jetzt nicht viel aus sowas.«

»Du hast Miss Eustacia recht gern gehabt, nicht wahr?« fragte Yeobright sanft. Eustacia hatte ihm oft von Charleys romantischen Gefühlen erzählt.

»Ja, sehr. Ach, ich wollte –«

»Ja?«

»Ich wollte, Mr. Yeobright, Ihr könntet mir etwas geben, was ihr gehört hat – wenn es Euch nichts ausmacht.«

»Das will ich sehr gern tun. Es soll mir sogar eine große Freude sein, Charley. Laß mich überlegen, was ich von ihr habe, das dir gefallen würde. Aber komm doch mit mir nach Hause, dann suche ich etwas.«

Sie gingen zusammen nach Blooms-End zurück. Als sie zum Haus kamen, war alles dunkel, und die Läden waren geschlossen, so daß man nicht hineinsehen konnte.

»Komm hier herum«, sagte Clym, »mein Eingang ist momentan hinten.«

Die beiden gingen ums Haus und stiegen im Dunkeln
die schiefe Treppe hinauf, bis sie Clyms Wohnzimmer im
ersten Stock erreicht hatten. Dort zündete er eine Kerze
an, und Charley betrat schüchtern nach ihm den Raum.
Yeobright suchte in seinem Schreibtisch herum, entnahm
ihm ein Stück Seidenpapier und wickelte zwei oder drei
Locken pechschwarzen Haares, das wie schwarze Wellen
über das Papier floß, daraus hervor. Von diesen suchte er
eine aus, packte sie ein und gab sie dem Burschen, dessen
Augen sich mit Tränen gefüllt hatten. Er küßte das Päckchen, steckte es in seine Tasche und sagte mit bewegter
Stimme: »Oh, Mr. Yeobright, wie gut Ihr zu mir seid!«

»Ich gehe noch ein Stück mit dir«, sagte Clym, und sie
stiegen inmitten des fröhlichen Lärms wieder die Treppe
hinunter. Auf dem Weg zur Vorderfront des Hauses
kamen sie an einem kleinen Seitenfenster vorbei, aus welchem Kerzenlicht auf die Büsche fiel. Das Fenster, das vor
fremden Blicken durch die Büsche geschützt war, war
unverhüllt, so daß man an diesem versteckten Platz alles
sehen konnte, was in dem Zimmer, in dem sich die Hoch-
zeitsgäste befanden, vor sich ging, nur daß die Sicht durch
die altertümlichen, grünlichen Scheiben etwas behindert
war.

»Charley, was machen sie?« fragte Clym. »Ich sehe
heute abend wieder schlechter, und das Fensterglas ist
nicht gut.«

Charley wischte sich die Augen, welche von Feuchtigkeit ziemlich verschwommen waren, und ging näher an
den Fensterrahmen heran. »Mr. Venn bittet gerade Christian Cantle, etwas zu singen«, antwortete er, »und Christian rutscht auf dem Stuhl hin und her, als ob er große
Angst hätte, und sein Vater singt jetzt an seiner Stelle eine
Strophe.«

»Ja, ich kann die Stimme des alten Mannes hören«,
sagte Clym. »Also tanzt man nicht, nehme ich an. Und ist

Thomasin im Zimmer? Ich sehe, daß sich jemand vor den Kerzen bewegt, das könnte sie sein.«

»Ja, sie ist anscheinend glücklich. Sie ist rot im Gesicht und lacht über etwas, das Fairway zu ihr gesagt hat. O je!«

»Was war denn das für ein Geräusch?« fragte Clym.

»Mr. Venn ist so groß, daß er mit seinem Kopf an den Balken gestoßen ist, als er darunter hochgehopst ist. Mrs. Venn ist ganz erschrocken zu ihm gelaufen und legt jetzt ihre Hand an seinen Kopf, um zu fühlen, ob er eine Beule hat. Und jetzt lachen sie alle wieder, als ob nichts gewesen wär'.«

»Sieht es so aus, als ob sich jemand Gedanken macht, daß ich nicht da bin?«

»Nein, überhaupt nicht. Jetzt heben sie alle ihre Gläser hoch und trinken auf die Gesundheit von jemandem.«

»Vielleicht auf meine?«

»Nein, auf die von Mr. und Mrs. Venn, weil er nämlich eine herzhafte Rede hält. Ah – jetzt ist Mrs. Venn aufgestanden, um sich anzuziehen, glaube ich.«

»Na gut, sie haben sich um mich keine Gedanken gemacht, und das ist auch ganz richtig so. Alles ist so, wie es sein soll, und wenigstens Thomasin ist glücklich. Wir sollten nicht länger hier bleiben, denn sie werden bald herauskommen und nach Hause gehen.«

Er begleitete den Jungen auf seinem Nachhauseweg durch die Heide, und als er eine Viertelstunde später zum Haus zurückkam, fand er Venn und Thomasin zur Abreise bereit. Die Gäste waren während seiner Abwesenheit alle nach Hause gegangen. Das Hochzeitspaar nahm in dem vierrädrigen Wagen Platz, den Venns erster Melkbursche und rechte Hand aus Stickleford hergebracht hatte, um sie abzuholen. Die kleine Eustacia und das Kindermädchen wurden sicher im hinteren Teil des offenen Wagens verstaut. Der Melker ritt wie ein Leibdiener aus dem vorigen Jahrhundert auf einem uralten Pony hinterdrein, dessen Hufe bei jedem Tritt wie Zimbeln erklangen.

»Jetzt kannst du wieder vollständig von deinem Haus Besitz ergreifen«, sagte Thomasin, als sie sich herunterbeugte und ihrem Cousin eine gute Nacht wünschte. »Es wird recht einsam für dich werden, Clym, nach all dem Aufruhr, den wir verursacht haben.«

»Oh, das war keine Belästigung«, sagte Clym und lächelte recht traurig. Und dann fuhr die Gesellschaft davon und entschwand in den Nachtschatten. Yeobright ging ins Haus zurück. Das Ticken der Uhr war der einzige Laut, der ihn begrüßte, denn keine einzige Seele war zurückgeblieben. Christian, der ihm Koch, Diener und Gärtner zugleich war, schlief im Haus seines Vaters. Yeobright setzte sich auf einen der leergewordenen Stühle nieder und blieb lange in Gedanken versunken sitzen. Der alte Stuhl seiner Mutter stand ihm gegenüber; an diesem Abend hatte man darauf gesessen, ohne sich daran zu erinnern, daß er einmal der ihre gewesen war. Aber für Clym war sie so gut wie gegenwärtig, heute wie immer. Was immer sie auch in der Erinnerung anderer Leute war, für ihn war sie die erhabene Heilige, deren Ausstrahlung selbst durch seine Gefühle für Eustacia nicht verdunkelt werden konnte. Aber sein Herz war schwer: seine Mutter hatte ihn nicht an seinem Hochzeitstag gesegnet und das Glück seines Herzens geteilt, und die Dinge, die danach geschehen waren, hatten die Richtigkeit ihres Urteils bestätigt und ihre Liebe und Sorge um ihn bewiesen. Er hätte noch mehr um Eustacias willen als seinetwegen auf sie hören sollen. »Es war alles meine Schuld«, flüsterte er. »Oh, meine Mutter, meine Mutter! Ich wünschte zu Gott, ich könnte mein Leben noch einmal leben, um das für dich zu leiden, was du um mich gelitten hast!«

Am Sonntag nach dieser Hochzeit konnte man am Regenhügel eine ungewöhnliche Szene beobachten. Aus der Entfernung schien lediglich eine Gestalt reglos auf der Höhe des Hünengrabes zu stehen, genauso wie Eustacia vor zweieinhalb Jahren auf diesem einsamen Gipfel gestanden hatte. Aber nun war das Wetter schön und warm, es wehte eine sommerliche Brise, und es war früher Nachmittag anstatt trübe Abenddämmerung. Diejenigen, die in die unmittelbare Nähe des Hünengrabes hinaufstiegen, konnten sehen, daß die aufrechte, in den Himmel ragende Gestalt nicht wirklich allein war. Um sie herum, am Abhang des Hünengrabes, lehnten oder saßen zwanglos Männer und Frauen aus der Heide. Sie lauschten den Worten des Mannes in ihrer Mitte, welcher eine Predigt hielt, während sie geistesabwesend am Heidekraut zupften, Farne abstreiften oder kleine Steinchen den Hang hinunterwarfen. Dies war die erste einer Folge von Sitten- oder Bergpredigten, die jeden Sonntagnachmittag, solange es das Wetter erlaubte, an demselben Ort abgehalten werden sollten.

Die die gesamte Heide beherrschende Erhebung des Regenhügels war aus zwei Gründen gewählt worden. Erstens war er für die umliegenden Bauernhäuser zentral gelegen, und zweitens konnte der Prediger, sobald er seinen Standort eingenommen hatte, im ganzen Umkreis gesehen werden, so daß er ein zweckdienliches Zeichen für all jene Nachzügler war, die sich noch dazugesellen wollten. Der Sprecher war barhäuptig, und die Brise hob und senkte bei jedem Windstoß sein Haar, welches etwas zu dünn für einen Mann seines Alters war – er zählte immer noch weniger als dreiunddreißig Jahre. Über den Augen trug er einen Sonnenschutz, und sein Gesicht war gedankenvoll und von Falten gezeichnet. Aber auch wenn diese äußeren Merkmale auf einen gewissen Verfall hindeuteten, lag kein Anzeichen von Müdigkeit in seiner Stimme, welche vielmehr voll, wohltönend und bewe-

gend war. Er verkündete, daß seine Predigten manchmal
weltlichen, manchmal religiösen Inhalts, aber niemals
dogmatisch seien, und daß er seine Texte aus verschiedenen Büchern zusammenstelle. An diesem Nachmittag
sprach er über folgenden Text:

>»Und der König stand auf und ging ihr entgegen und
neigte sich vor ihr und setzte sich auf seinen Thron.
Und es wurde der Mutter des Königs ein Thron hinge-
stellt, und sie setzte sich zu seiner Rechten. Und sie
sprach: ›Ich habe eine kleine Bitte an dich; du wolltest
mich nicht abweisen.‹ Der König sprach zu ihr: ›Bitte,
meine Mutter, ich will dich nicht abweisen.‹«⁶

Und tatsächlich hatte Yeobright mit der Tätigkeit als
Wanderprediger und Lehrer seine Berufung gefunden.
Von diesem Tag an arbeitete er unaufhörlich an dieser
Aufgabe und sprach nicht nur in einfachen Worten auf
dem Regenhügel und in den umliegenden Ortschaften,
sondern auch, etwas anspruchsvoller, in anderen Gegenden – von den Stufen und Säulenhallen der Rathäuser herunter, auf Marktplätzen, von Brunnen herab, auf Prome-
naden und in Häfen, von Brückenbrüstungen und auf
ähnlichen Plätzen der benachbarten Dörfer und Städte
von Wessex. Er kümmerte sich nicht um Konfessionen
und philosophische Richtungen; hingegen fand er mehr
als genug Stoff in den Ansichten und Taten aller guten
Menschen. Manche glaubten ihm, andere nicht; manche
sagten, seine Worte seien nichts als Phrasen, andere be-
mängelten das Fehlen theologischer Lehrsätze, während
wieder andere bemerkten, daß es für einen Mann, der
wegen seines schlechten Augenlichts nichts anderes tun
konnte, recht sinnvoll sei, als Prediger zu wirken. Aber
überall wurde er freundlich aufgenommen, denn sein
Lebensschicksal war allgemein bekannt geworden.

Anhang

Anmerkungen

Das Motto stammt aus: John Keats, *Endymion* IV, Z. 173–181.

Erstes Buch

1 Erosionstal des Peneiosflusses zwischen Olymp und Ossa im Norden Griechenlands, dem Apoll geweiht und für seine Naturschönheit bekannt.

2 Antike Bezeichnung für eine Insel im Norden, erstmals im 4. Jh. v. Chr. erwähnt.

3 John Leland (1506–52), englischer Altertumsforscher, sammelte auf seinen Reisen umfangreiches Material als Antiquar Heinrichs VIII. Das Werk *The Laborious Journey and Search of John Lelande for England's Antiquities* wurde 1549 unter Mitarbeit von John Bale veröffentlicht. Das *Domesday Book*, 1086 von Wilhelm dem Eroberer zusammengestellt, erfaßte alle Landschaften und Orte Englands in damaliger Zeit.

4 Abgeleitet von Ismael (»Gott hört«), dem Sohn Abrahams und der Hagar, auf den einige arabische Stämme zurückgeführt werden. Hier von Hardy wahrscheinlich zur Charakterisierung des Fremdartigen und Ursprünglichen gebraucht.

5 Gemeint ist der Icknield Way, ein prähistorischer Weg, der von Norfolk über Stonehenge nach Dorset führte; später von den Römern zu einer ihrer Hauptmilitärstraßen ausgebaut.

6 Im 17. und 18. Jh. von Seefahrern ausgerottete Familie flugunfähiger Vögel.

7 Atlas stützt (in der griechischen Mythologie) die Säulen, welche Himmel und Erde auseinanderhalten.

8 Die Mänaden gehörten zum ausgelassenen Gefolge des griechischen Gottes Dionysos.

9 Limbo ist in Dantes *Göttlicher Komödie* der erste Kreis der Hölle, der jene aufnahm, welche tugendhaft, aber ohne Kenntnis von Christus lebten, und deren Strafe es war, sich nach Gottes Angesicht zu sehnen, es aber nie erschauen zu können.

10 *Gun-Powder Plot*: Verschwörung englischer Edelleute um Jakob I., die bei der Parlamentseröffnung am 5. 11. 1605 das Parlament in die Luft sprengen wollten. Guy Fawkes war einer der Hauptanstifter und wurde 1606 hingerichtet. Sein Todestag (5. November) wird auf die beschriebene Weise als Volksfest gefeiert.

11 Diese Strophen und die darauffolgende entstammen der alten englischen Ballade »Earl Marshall«. Die Übersetzung lautet: Der König rief seine Edlen zu sich, einen, zwei, drei; »Earl Marshall, ich will zur Königin gehen und dem König die Absolution erteilen, und du sollst mich begleiten«.
»Zu Gefallen, zu Gefallen«, sagte Earl Marshall und fiel auf sein gebeugtes Knie. »Und was auch immer die Königin sagen wird, daran soll kein Anstoß genommen werden.«
»Zieh eine Mönchskutte an, und ich will dasselbe tun, und wir wollen zu Königin Eleanor gehen wie zwei Brüder.«

12 »Da trat aus den Reihen der Philister ein Riese heraus mit dem Namen Goliath aus Gath, sechs Ellen und eine Handbreit groß [...] und er hatte eiserne Schienen an seinen Beinen und einen ehernen Wurfspieß auf seiner Schulter.«
(1. Samuel 17,4 und 6.)

13 1804 drohte Napoleon vom Ärmelkanal her in England einzufallen; zu dessen Abwehr wurden Verteidigungstruppen entlang der Küste aufgestellt. Mit dem Sieg bei Trafalgar 1805 war diese Gefahr gebannt.

14 Der *Lammas Day* wurde am 1. August als Erntedankfest begangen und hat seinen Ursprung in heidnischen Gebräuchen, als man Brot vom ersten Weizen buk und die abgeernteten Felder der Öffentlichkeit zur Verfügung stellte.

15 Ein anderer Titel der Ballade »Earl Marshall«. Die Übersetzung lautet: Der König blickte über seine Schulter, mit einem grimmigen Blick. »Earl Marshall«, sagte er, »wär's nicht wegen deines Eides, du solltest hängen.«

16 Vgl. Anm. 10.

17 Gipfel des Berges *Pisgah*, von dem aus Moses das Gelobte Land erblickte.

18 Abgrund, in den Zeus seine Gegner, z. B. die Titanen, stürzte; auch tiefster Teil der Unterwelt.

19 Amerigo Vespucci (1451–1512), italienischer Seefahrer, dem Entdeckungen zugeschrieben wurden, die nicht eindeutig auf ihn zurückgehen. Die deutschen Humanisten Ringmann und Seemüller nannten in ihrer Ausgabe der Kosmographie des Ptolemäus (1507) die von ihm entdeckten Teile Honduras und Brasilien »Amerika«.

20 Das Madrigal ist eine aus Italien stammende lyrische Form mit zunächst ländlichen oder pastoralen Motiven. Die musikalische Form des Madrigals erreichte in England um 1600 eine Blütezeit

und blieb dort lange lebendig (Gründung der Madrigal Society in London, 1741).

21 Hardy fügt in der Ausgabe von 1912 folgende Bemerkung an: »Das Gasthaus, das tatsächlich diese Inschrift trug, stand einige Meilen nordwestlich von dieser Stelle, während das Haus, das eigentlich beschrieben wird, kein Gasthaus mehr ist; auch die Umgebung hat sich sehr verändert. Aber ein anderes Gasthaus, von dem auch einige Merkmale in diese Beschreibung aufgenommen wurden, der ›Red Lion‹ in Winfrith, dient auch heute noch dem Wanderer als Zuflucht.«

22 *Skimmity-riding*, ein ländlicher Brauch in England, bei dem in einer Art von Prozession Ehebruch angeprangert wird. In *The Mayor of Casterbridge* (1886) (dt. *Der Bürgermeister von Casterbridge*) spielt dieser Brauch eine bedeutendere Rolle.

23 »Er sagte ihr, sie sei die Freude seines Lebens, und falls sie ja sagte, wolle er sie zur Frau nehmen. Sie konnte ihn nicht abweisen, sie machten sich zur Kirche auf, Jung-Willy war vergessen, Jung-Suse war zufrieden; und dann wurde sie geküßt und auf sein Knie gesetzt: Kein Mann in der Welt liebte so wie er.«

24 Psalm, der in *New Versions of the Psalms* von Nahum Tate in Verse gefaßt und von Nicholas Brady vertont wurde.

25 Farinelli war ein berühmter Kastratentenor im 18. Jh.; Robert Brinsley Sheridan (1751–1816), Dramatiker und Staatsmann, hielt 1787 im Unterhaus über das Vorgehen der East India Company eine gefeierte Rede, worin er die moslemischen Prinzessinnen von Oudh (*Begum* bezeichnet die Frau eines orientalischen Potentaten) verteidigte. 1788 wurde daraufhin Warren Hastings der Prozeß gemacht.

26 In Joseph Addisons Tragödie *Cato* (1713) lautet die entsprechende Stelle (IV,1,31): »The woman who deliberates is lost« (»Die Frau, die unschlüssig ist, ist verloren«).

27 Die Invasionen der Jahre 55 und 54 v. Chr. führten Caesar keineswegs bis nach Dorset. Erst im 1. Jh. n. Chr. gelangten die Römer auch in diese Gegend.

28 Volk am Rande des Okeanos-Stroms, nahe am Eingang zum Hades (Homer, *Odyssee* XI,14).

29 In England wird am 29. September das St. Michaelsfest als der Beginn des Herbstes gefeiert. Dieser Tag war außerdem einer der Quartalstage, wo Mieten fällig wurden und Pachten und Verträge ablaufen konnten.

30 Sappho, griechische Dichterin im 6. Jh. v. Chr., Sarah Siddons, engl. Schauspielerin des 18. Jhs. Der Vergleich ist schwer zu deuten.

31 Belsazar, König von Babylon, an dessen Palastwand dem Buch Daniel zufolge eine Hand die Worte schrieb: »Mene, mene, tekel, upharsin«, und die von dem Propheten so gedeutet wurden: »Gott hat dein Königtum gezählt und beendet . . .«

32 Der weiße Marmor von der griechischen Insel Paros war in der Antike berühmt.

33 Albertus Magnus, d. i. Albert von Böllstadt (um 1200–80), Naturforscher, Philosoph und Theologe, in dessen naturwissenschaftlichen Werken zahlreiche derartige Geschichten enthalten sind.

34 Auf Befehl des Königs Saul rief die Hexe von Endor den Geist Samuels herbei, und Samuel prophezeite dessen Tod am nächsten Tag.

35 Gewöhnlicher Stechginster, auch Christdorn genannt.

36 Aus Schleswig kamen zumindest einige der Angelsachsen, die in Britannien einfielen.

37 Friedliebendes Volk, das sich von Lotosfrüchten ernährt (vgl. *Odyssee* IX, 84 ff.).

38 Titel der letzten Tragödie (1691) Racines (1639–99).

39 Vgl. Anm. 18.

40 Der deutsche Dichter Johann Paul Friedrich Richter (»Jean Paul«) (1763–1825).

41 Gegen Ende seiner Irrfahrten war Odysseus auf der Insel Scheria gestrandet (heute vermutlich Korfu). Alkinoos war dort König und Vater der Prinzessin Nausikaa, welche zusammen mit ihren Dienerinnen Odysseus am Strand entdeckte.

42 Die FitzAlans und De Veres waren uralte angesehene Familien anglonormannischer Abstammung. Die Königslinie der Stuarts wird auf die FitzAlans zurückgeführt, und bei den De Veres war das Amt des Lord Chamberlain of England erblich von 1133 bis 1779.

43 Thomas Wentworth, Earl of Strafford (1593–1641), Minister Charles I., wurde nach einem Parlamentsurteil hingerichtet.

44 Saul wird hier in seiner unliebsamen Gegnerschaft zu David gesehen (vgl. 1. Sam. 16 ff.). Sisera war Anführer einer kanaanitischen Königskoalition; wie Saul wurde er besiegt, steht also für einen »Geschlagenen«.

45 Héloïse (1101–64), Schülerin und Geliebte des Theologen und Philosophen Petrus Abaelardus (1079–1142).

46 Skylla und Charybdis waren zwei weibliche Ungeheuer, die die Straße von Messina unsicher machten (vgl. *Odyssee*, 12. Buch). Die Redewendung »zwischen Skylla und Charybdis« besagt, daß man nur die Wahl zwischen zwei gleich unangenehmen Möglichkeiten hat.

47 Gestalt der griechischen Mythologie, Sohn des Zeus und mächtiger König in Phrygien, lud die Götter an seine Tafel und, um ihre Allwissenheit zu prüfen, setzte er ihnen das Fleisch seines Sohnes vor, wofür er die sprichwörtlich gewordenen ewigen Qualen erlitt: In einem See stehend, über seinem Kopf köstliche Früchte, konnte er weder Hunger noch Durst stillen; Wasser und Früchte wichen bei jedem Versuch, sie zu erreichen, zurück.

48 Sir John Franklin (1786–1847), britischer Seefahrer und Entdecker, war seit 1847 verschollen, und die Suche und Rettungsexpeditionen waren wohl das Tagesgespräch in Hardys Jugend.

49 Anspielung auf die Kriege Friedrichs des Großen gegen Maria Theresia, außerdem auf die Zurückweisung Königin Luises von Preußen durch Napoleon (Tilsit, Juli 1807).

50 Nach Herodot brüstete sich Kandaules, König von Lydien, Gyges gegenüber mit der Schönheit seiner Frau und versteckte ihn in den Räumen der Königin, damit er sie nackt sehen könne. Die Königin kam dahinter und überredete Gyges, Kandaules zu ermorden und die Königsmacht zu ergreifen.

51 Das phönizische Karthago steht für die Handelsmacht, die griechische Stadt Tarent in Unteritalien für Weichheit und Luxus, das Seebad Bajä im Golf von Neapel für Müßiggang.

52 Zenobia, Königin von Palmyra, regierte von etwa 267 bis 272.

53 D. h. jemand, der die Freuden des Daseins unbedenklich genießt (nach dem griechischen Philosophen Epikur).

Zweites Buch

1 Anspielung auf die Enthauptung Ludwigs XVI. im Jahr 1793.

2 Titel eines allegorischen Gedichts von James Thomson (1700–48).

3 *Ribstone:* Apfelsorte.

4 John Kitto (1804–54), ein angesehener Bibelforscher, der von einem Philanthropen in einem Armenhaus entdeckt und trotz seiner angeborenen Taubheit erfolgreich gefördert werden konnte.

5 Nebukadnezar II. (gest. 562 v. Chr.), König von Babylon, über

dessen Traum von den Weltreichen das Alte Testament berichtet (vgl. Dan. 2,1–49).

6 Titel eines Märchens, in dem ein Traum eine Rolle spielt.

7 Das Labyrinth von Knossos war von Dädalus für den König Minos angelegt worden.

8 Scheherazade erzählt in der Sammlung *Tausendundeine Nacht* ihrem Gemahl, dem Sultan, Geschichten, um dadurch ihrem Tod zu entgehen.

9 Madame Tussauds Wachsfigurenkabinett, das 1835 in London eröffnet wurde, vereinigte schon damals sowohl historische und zeitgenössische Gestalten als auch eine Abteilung mit Verbrecherfiguren.

10 Chaldäischer Astrologe (vgl. Anm. 6 zum 3. Buch), der von dem König der Moabiter, Balak, beauftragt war, die Israeliten zu verfluchen. Aber der Esel, auf dem er ritt, tadelte ihn in menschlicher Sprache, und am Ende segnete Balaam (auch: Bileam) Israel und gab günstige Prophezeiungen.

11 Titel eines der Stücke, welche traditionsgemäß im Westen Englands von Mummenspielern (wörtl. »Maskenträgern«) aufgeführt wurden. Sie hatten ihren Ursprung in alten Spielen, die bei heidnischen Feiern anläßlich der Tag- und Nachtgleiche als Kampf zwischen Sommer und Winter gefeiert worden waren. Die Übersetzung unten lautet: Hier komme ich, ein türkischer Ritter, der in der Türkei zu kämpfen gelernt hat.

12 Raffael war Schüler von Perugino (um 1448–1523) und malte in seiner frühen Zeit Bilder, die denen seines Meisters sehr ähnelten.

13 Nicht mehr gebräuchliches Blasinstrument aus Holz, welches mit Leder bezogen war und mit seinen drei U-förmigen Windungen im Klang dem Fagott ähnelte.

14 Beliebter Tanz im Westen Englands, welcher besser unter dem Titel »Der Teufel unter den Schneidern« bekannt war.

15 Die Übersetzungen lauten:
Macht Platz, macht Platz für die galanten Burschen, und gebt uns Raum für das St.-Georg-Spiel, das wir zu dieser Weihnachtszeit aufführen wollen.
Hier komme ich, der tapfere Soldat, mit Namen Schlitzer.
Hier komme ich, ein türkischer Ritter, der in der Türkei zu kämpfen gelernt hat. Kühnen Mutes will ich mit diesem Mann kämpfen. Ist sein Blut heiß, mach' ich es kalt.
Bist du denn der türkische Ritter, so zieh dein Schwert, und laß uns kämpfen.
Hier komme ich, der heilige Georg, der tapfere Mann, mit blo-

ßem Schwert und Speer in der Hand, der mit dem Drachen kämpfte und ihn erschlug und auf diese Weise die schöne ägyptische Königstochter Sabra gewann. Welcher Sterbliche wagt es, mir mit seinem Schwert in den Weg zu treten?

16 Namen zweier im Alten Testament erwähnter Patriarchen. Mahalaleel lebte 895 und Jared 962 Jahre (vgl. 1. Mose 5,17 und 20).

17 Anspielung auf die Napoleon-Ballade »Nächtliche Heerschau« des österreichischen Schriftstellers Joseph Christian von Zedlitz (1790–1862).

18 Anspielung auf eine in Vergils *Aeneis* (I,314–405) geschilderte Begebenheit, bei der dem trojanischen Helden Aeneas seine Mutter Aphrodite bzw. Venus in der Gestalt einer Jägerin erschien.

19 Die Bergnymphe Echo verzehrte sich in ihrer unerwiderten Liebe zu Narziß so sehr, daß nur noch ihre Stimme übrig blieb (vgl. Ovid, *Metamorphosen* III,356 ff., III,493 ff.).

20 Figur in John Gays *The Beggar's Opera* (1728).

21 Figur in Richard Brinsley Sheridans Drama *The Rivals* (1775).

22 Sagenfigur christlich-mittelalterlichen Ursprungs. Ahasver war verdammt, unerlöst durch die Welt zu streifen, weil er Christus am Tage seines Todes abgewiesen habe.

23 Die Wildnis von Zin war eine der ödesten Gegenden, die die Israeliten auf ihrer Wanderung zum Gelobten Land durchwandern mußten.

24 In John Miltons *Paradise Lost* versucht Satan Eva in einem Traum; als er von dem Schwert Ithuriels, einem der Erzengel, die das Paradies bewachen, berührt wird, nimmt er augenblicklich seine wahre abstoßende Gestalt an.

Drittes Buch

1 Attischer Bildhauer des 5. Jh.s v. Chr., der schon im Altertum als Schöpfer von Götterstatuen hochberühmt war.

2 Griechischer Tragiker (525/524–456/455 v. Chr.).

3 Balthasar Gracian y Morales (1601–58), Rektor der Jesuitenschule in Tarragona, ist noch heute als Verfasser von Werken über Moral bekannt.

4 Robert Clive (1724–74) war, bevor er Oberbefehlshaber in Ostindien wurde, in Madras als Schreiber beschäftigt. John Gay (1685–1732), der Dramatiker, war Lehrling in einem Textilge-

schäft, und der Dichter John Keats (1795–1821) war Medizinstudent.

5 Philipp II., König von Makedonien (um 382–336), war der Vater Alexanders des Großen.

6 Ursprünglich ein aramäischer Volksstamm. In hellenistischer Zeit wurden mit dem Namen »Chaldäer« Sterndeuter bezeichnet.

7 Samuel Rogers (1763–1855) als Poet, Benjamin West (1738–1820) als Porträtmaler und Sir George Tomline (1750–1827) als Bischof sind hier Beispiele für mittelmäßige Geister im England jener Zeit. Frederick Lord North (1732–92), Premierminister König Georgs III., konnte nicht den Erfolg der amerikanischen Unabhängigkeitsbewegung verhindern.

8 Thomas Blacklock (1721–91), schottischer Dichter, wurde im Alter von sechs Monaten nach einer Pockeninfektion blind. Nicholas Sanderson (1682–1739), Mathematiker in Cambridge, verlor aus dem gleichen Grund das Augenlicht im Alter von einem Jahr.

9 Antoon Sallaert (um 1590–1657/58) und Denijs von Alsloot (um 1570–1625/26) waren flämische Maler.

10 Der italienische Dichter Petrarca (1304–74) besang in seiner Lyrik eine für ihn unerreichbare Dame namens Laura.

11 Genieße den Tag (Horaz, *Oden* I,11,18).

12 Die Guinnee war von 1663 bis 1816 Hauptgoldmünze in England. Sie hatte einen Wert von 21 Schilling. 1816 trat an ihre Stelle der Sovereign.

13 Jean-Jacques Rousseau (1712–78), französischer Philosoph und Schriftsteller, lehnte den Rationalismus ab und trat für die Naturrechte des Menschen ein.

14 Der Pitt-Diamant wurde im 18. Jh. von Indien nach Frankreich gebracht, wo er Teil der Kronjuwelen der Bourbonen wurde.

Viertes Buch

1 In dem Roman *The History of Rasselas, Prince of Abyssinia* (1759) des englischen Schriftstellers Samuel Johnson (1709–84) versucht Prinz Rasselas, mit Hilfe von Flügeln seiner Gefangenschaft zu entkommen, was zunächst mißlingt.

2 Das Lied stammt aus der komischen Oper *Gulistan ou Le Hulla de Samarcande* (1805) des französischen Komponisten Nicolas Dalayrac (1753–1809). Die Übersetzung lautet: Der Anbruch des

Tages verleiht unseren Wäldern ihren Schmuck; kehrt er wieder, sind schöner die Blumen; die Vögel beginnen ihren süßen Liebesgesang von neuem; alles in der Natur feiert den Anbruch des Tages.

Der Anbruch des Tages verursacht manchmal größtes Leid; denn die Dauer der Nacht ist kurz für das in Liebe entbrannten Hirten, der seine(n) Geliebte(n) verlassen muß, wenn der Tag anbricht.

3 Nach Luk. 16,19–31 war Lazarus ein Bettler »voller Schwären«. Er wurde zum Heiligen der Aussätzigen, die eine Glocke oder Klapper tragen mußten, um ihre Umgebung vor der ansteckenden Krankheit zu warnen.

4 Die Ophikleide ist ein Blasinstrument, das 1817 von H. Frichot in Paris als Verbesserung von Baß- und Klappenhorn erfunden und später durch die Tuba abgelöst wurde.

5 Jede Art von hinterhältigem Verrat; geht auf den Vorfall in der Schlacht von Jarnac (1596) zurück, als der Hugenottenführer Louis Fürst von Condé (1530–69) von seinen katholischen Gegnern trotz des Versprechens, sein Leben zu schonen, erschossen wurde.

6 Vgl. Anm. 43 zum 1. Buch.

7 Hauptmann William Lynch (1742–1820) aus Virginia rief während der amerikanischen Revolution gegen Plünderer und Loyalisten ein ungesetzliches Gericht zusammen; daher stammt der Ausdruck »Lynchjustiz«.

8 Ahimaaz war nach dem Buch Samuel der Sendbote, der David die Nachricht von der Niederlage und dem Tod Absaloms überbrachte. Davids Wache erkannte ihn an seinem eigentümlichen Gang.

9 Hougomont war ein Herrenhaus, in dem bei der Schlacht von Waterloo der rechte englische Flügel stationiert war.

10 *rathe-ripe:* frühreif.

11 Nach dem Fall Trojas trug Aeneas seinen Vater Anchises auf seinen eigenen Schultern aus der brennenden Stadt (vgl. Vergil, *Aeneis* II,721 ff.).

12 Gemeint sind der deutsche Arzt und Chemiker Friedrich Hoffmann (1660–1742), der englische Mediziner Richard Mead (1673–1754), der eine Abhandlung über Schlangengifte schrieb (*Mechanical Accounts of Poison*, 1702), sowie der italienische Naturforscher Felice Fontana (1730–1805), dessen Versuche mit Viperngift den Beginn moderner Erforschung der Schlangengifte darstellen.

Fünftes Buch

1 Anspielung auf Hiob 3,20.
2 Hardy bezieht sich hier auf einen Vorfall 1756, bei dem auf Befehl von Suraj-ud-Daula 146 Engländer in einem engen Raum (»Schwarzes Loch von Kalkutta«) in einer extrem heißen Nacht gefangengehalten wurden; am nächsten Morgen waren nur noch 23 von ihnen am Leben.
3 Anspielung auf Z. 1005 der Verssatire *Absalom and Achitophel* (1681) von John Dryden (1631–1700): »Beware the Fury of a Patient Man.«
4 »Hunger und Schwert« werden häufig im Buch Jeremia als Werkzeuge göttlicher Rache genannt (vgl. etwa Jer. 5,12; 14,12).
5 Die letzte Plage Ägyptens war die Tötung der Erstgeborenen (2. Mose 12,23), und bei der Vernichtung von Sinacheribs Heer kamen nach biblischen Angaben 285 000 assyrische Krieger in einer einzigen Nacht ums Leben (2. Kön. 19,35).
6 Der Märtyrer Sebastian wurde im 3. oder 4. Jh. während der Diokletianischen Verfolgung in Rom von Pfeilen durchbohrt und dann erschlagen.

Sechstes Buch

1 *Jack and the Beanstalk* (»Hans und der Bohnenstengel«) ist ein klassisches englisches Märchen, in dem ein Bohnenstengel in den Himmel wächst.
2 Was mit dem 11. Gebot gemeint ist, bleibt unklar.
3 Hiob 31,1.
4 Hardy hat diese höchst ungewöhnliche Anmerkung in der Wessex-Ausgabe von 1912 selbst hinzugefügt.
5 Altbekanntes Volkslied. Übersetzung der vorangehenden Strophe: Sie rief ihren Geliebten vom oberen Gitterfenster: Oh, komm herein aus dem nebligen, nebligen Tau.
6 Der zitierte Text stammt aus 1. Kön. 2,19–20. Batseba bat ihren Sohn Salomo um eine Heiratseinwilligung für Abischag mit Salomons Bruder Adonija.

Literaturhinweise

Bibliographien

Draper, Ronald P. / Ray, Martin S., *An Annotated Critical Bibliography of Thomas Hardy*, New York / London 1989.

Gerber, Helmut E. / Davis, W. Eugene (Hrsg.), *Thomas Hardy: An Annotated Bibliography of Writings About Him*, 2 Bde., De Kalb (Ill.) 1973–83.

Purdy, Richard L., *Thomas Hardy: A Bibliographical Study*, London 1954.

Biographien

Hardy, Florence E., *The Life of Thomas Hardy, 1840–1928*, London 1962.

Millgate, Michael, *Thomas Hardy: A Biography*, Oxford 1982.

Stewart, J. I. M., *Thomas Hardy: A Critical Biography*, London 1971.

Sekundärliteratur

Abercrombie, Lascelles, *Thomas Hardy: A Critical Study*, London 1912.

Beach, Joseph W., *The Technique of Thomas Hardy*, Chicago 1922.

Boumelha, Penny, *Thomas Hardy and Women: Sexual Ideology and Narrative Form*, Brighton (Sussex) / Totowa (N.J.) 1982.

Brennecke, Ernest, Jr., *Thomas Hardy's Universe: A Study of a Poet's Mind*, London 1924.

Brooks, Jean R., *Thomas Hardy: The Poetic Structure*, Ithaca (N.Y.) / London 1971.

Bullen, J. B., *The Expressive Eye: Fiction and Perception in the Work of Thomas Hardy*, Oxford 1986.

Carpenter, Richard, *Thomas Hardy*, New York 1964.

Cecil, Lord David, *Hardy the Novelist: An Essay in Criticism*, London 1943.

Dave, Jagdish Chandra, *The Human Predicament in Hardy's Novels*, London/Basingstoke 1985.

Draper, R. P. (Hrsg.), *Hardy, The Tragic Novels*, London/Basingstoke 1975.

Duffin, Henry Charles, *Thomas Hardy: A Study of the Wessex Novels, Poems and the Dynasts*, Manchester 1916, ³1937.

Erzgräber, Willi, *Die Darstellung der ländlichen Gemeinschaft bei Thomas Hardy (Untersuchungen zu Gehalt und Form der Wessex-Romane)*, Diss. Frankfurt a. M. 1950.

Firor, Ruth, *Folkways in Thomas Hardy*, Philadelphia 1931.

Fricker, Robert, »Hardy. The Return of the Native«, in: Franz K. Stanzel (Hrsg.), *Der englische Roman: Vom Mittelalter zur Moderne*, Bd. 2, Düsseldorf 1969, S. 215–250.

Garwood, Helen, *Thomas Hardy: An Illustration of the Philosophy of Schopenhauer*, Philadelphia 1911.

Goetsch, Paul, *Die Romankonzeption in England 1880–1910*, Heidelberg 1967.

Gregor, Ian, *The Great Web: The Form of Hardy's Major Fiction*, London 1974.

Guerard, Albert J., *Thomas Hardy: The Novels and Stories*, Cambridge (Mass.) 1949.

Holloway, John, *The Victorian Sage: Studies in Argument*, London 1953.

Howe, Irving, *Thomas Hardy*, New York 1967, Nachdr. 1985.

Johnson, Lionel, *The Art of Thomas Hardy*, London 1894, Nachdr. 1923.

King, Jeannette, *Tragedy in the Victorian Novel: Theory and Practice in the Novels of George Eliot, Thomas Hardy and Henry James*, Cambridge 1978.

Kramer, Dale, *Thomas Hardy: The Forms of Tragedy*, Detroit 1975.

McDowall, Arthur, *Thomas Hardy: A Critical Study*, London 1931.

Page, Norman, *Thomas Hardy*, London 1977.

Page, Norman (Hrsg.), *Thomas Hardy: The Writer and his Background*, London 1980.

Rutland, William R., *Thomas Hardy: A Study of His Writings and their Background*, Oxford 1938, Nachdr. New York 1962.

Sumner, Rosemary, *Thomas Hardy: Psychological Novelist*, London/Basingstoke 1981.

Vigar, Penelope, *The Novels of Thomas Hardy: Illusion and Reality*, London 1974.

Nachwort

Die ersten Romane, in denen Thomas Hardy das Leben und das Schicksal der Menschen in Wessex beschreibt, dem Teil Südenglands, der einst das Reich Alfreds des Großen ausmachte, haben einen idyllisch-pastoralen Charakter: *Under the Greenwood Tree* (1872) wird im Untertitel »A Rural Painting of the Dutch School« genannt, *Far from the Madding Crowd* (1874) erinnert mit seinem Titel an Thomas Grays »Elegy Written in a Country Churchyard« und bleibt dem Leser wegen seiner plastischen Darstellung der einfachen Wessex-Bauern und Schäfer bei ihren alltäglichen Arbeiten und heiteren Gesprächen im Wirtshaus in Erinnerung. Freilich klingen in diesen Romanen auch schon die ernsten Themen an, die bei Hardy in den folgenden Romanen mehr und mehr in den Vordergrund rückten: die Schicksale des Gentleman Farmers Boldwood, des Sergeant Troy und der von ihm verlassenen Fanny Robin weisen in *Far from the Madding Crowd* auf die Konflikte der großen tragischen Romane hin, denen *The Return of the Native* (1878), *The Mayor of Casterbridge* (1886), *Tess of the d'Urbervilles* (1891) und *Jude the Obscure* (1896) zuzurechnen sind.[1]

Hardy hatte sich in die Werke der griechischen Tragiker, insbesondere von Aischylos und Sophokles eingelesen, und Shakespeares Tragödien, vor allem *King Lear*, waren ihm ständig gegenwärtig; in ihnen kam ein Weltgefühl, eine Sicht der menschlichen Existenz zum Ausdruck, die seiner künstlerischen Mentalität entsprach. Dennoch können seine Romane nicht als einfache Nachahmungen der griechischen und elisabethanischen Vorbilder bezeichnet werden.[2] Hardy

---

1 Für die umfangreiche Sekundärliteratur zu Thomas Hardy sei auf die Literaturhinweise verwiesen.

2 Vgl. dazu die Untersuchungen von Jeannette King, *Tragedy in the Victorian Novel: Theory and Practice in the Novels of George Eliot, Thomas Hardy and Henry James*, Cambridge 1978, und Dale Kramer, *Thomas Hardy: The Forms of Tragedy*, Detroit 1975.

ist mit der dargestellten Wirklichkeit zu stark in der Umgebung, der »Lebenswelt«, verwurzelt, in der er groß geworden war und in die er nach einem kurzen Aufenthalt in London wiederum zurückkehrte. Dazu ist er zutiefst von den geistigen Strömungen seines Zeitalters geprägt, die es ihm verwehrten, gleichsam aus der Geschichte herauszutreten und in einem ästhetischen Experiment die Antike oder die Shakespeare-Zeit lebendig werden zu lassen. Es ist bei Hardys Charakteren und bei den Wessex-Romanen, die er »novels of character and environment« nannte, nicht abwegig, auf die Milieutheorie hinzuweisen, die die Aufmerksamkeit der Künstler auf die Wechselbeziehungen zwischen den Menschen und der Umwelt, in der sie leben, gelenkt hatte, und es ist in gleicher Weise daran zu erinnern, daß Hardy als Neunzehnjähriger mit Begeisterung Darwins *Origin of Species* (1859) gelesen hatte und durch dieses Werk in tiefgreifender Weise beeinflußt und geprägt wurde.[3] Die romantisch-idealistische Sicht der Natur, die er aus der Lyrik von Wordsworth, Shelley und Keats zunächst übernommen hatte, wurde überlagert durch die naturwissenschaftliche Deutung der Natur und ihrer Entwicklungsgeschichte, die Darwin in seinem Werk vortrug und damit bei seinen Zeitgenossen zugleich tiefgreifende religiöse Konflikte auslöste. Die Vorstellung von der Entstehung der Welt, die die alttestamentliche Schöpfungsgeschichte den Viktorianern vermittelt hatte, wurde durch Darwin zumindest in Frage gestellt. Hardy sah, daß ein Prozeß der Entmythologisierung der Bibel einsetzte, und er wurde durch diesen geistigen Wandel in seinem künstlerischen Schaffen zutiefst berührt. Er ließ sich von den agnostischen Thesen, wie sie von Thomas Henry Huxley und Leslie Stephen vorgetragen wurden, beeinflussen; die christliche Lehre vom Menschen, der Schöpfung und der Geschichte verblaßte bei ihm, und ein tragisches Weltverständnis trat zum Vorschein, wie es auch in den Romanen

---

3 Vgl. in diesem Zusammenhang William R. Rutland, *Thomas Hardy: A Study of His Writings and their Background*, Oxford 1938.

Joseph Conrads anzutreffen ist. Beide fanden sich in ihrer
erzählerischen Weltauslegung durch Lehren bestätigt, die
im 19. Jahrhundert von Schopenhauer entwickelt worden
waren.

Bei dem Versuch, dieses neue Weltgefühl in erzählerischen
Werken auszuformen, knüpfte Hardy an die Variante des
Romans an, die die Literaturkritik »the dramatic novel«
nennt und die vor Hardy bereits von Emily Brontë in
Wuthering Heights (1847) verwendet worden war. In der
deutschen Literatur fand dieser Romantypus in Goethes
Wahlverwandtschaften eine geradezu paradigmatische Aus-
prägung. Hardy gelangte bei der Ausarbeitung des von ihm
bevorzugten Romantypus zu einer poetischen Stilisierung
seiner Stoffe, zu einem »poetischen Realismus«, über den sich
in der englischen Kritik Leslie Stephen[4] äußerte und der in der
deutschen Literatur bei Otto Ludwig eine theoretische Fun-
dierung fand. Der poetische Realismus verwandelt bei Hardy
die Wirklichkeit auf solche Weise, daß sowohl das Milieu als
auch die Menschen, die sich in diesem Milieu bewegen, dergestalt stilisiert werden, daß zwar die empirisch beobacht-
und erfahrbare Wirklichkeit überall faßbar ist, zugleich aber
durch bestimmte erzählerische Mittel wie Bild, Vergleich
oder Allusion so überhöht wird, daß Menschen und Schauplätze an die Charaktere in einer griechischen oder elisabethanischen Tragödie erinnern können. So ist beispielsweise die
Heide Egdon Heath in Hardys Roman ein Äquivalent für
jene Heide, auf der sich in Shakespeares *King Lear* das dramatische Geschehen im 3. Akt abspielt. Es ist daher auch kein
Zufall, daß Hardy seinen Roman mit einer Beschreibung von
Egdon Heath beginnt; mit diesem Eröffnungskapitel wird
gleichsam die Bühne für das folgende Geschehen errichtet,
und der Leser wird auf die tragische Sicht der Wirklichkeit
eingestimmt, die in diesem Werk dominiert.

---

4 Vgl. Leslie Stephen, *Hours in a Library*, Bd. 1, London 1892, S. 21: »[...] a
  novelist is on the border-line between poetry and prose, and novels should be
  as if it were prose saturated with poetry.«

Bereits der erste Satz des ersten Kapitels: »A Saturday afternoon in November was approaching the time of twilight, and the vast tract of unenclosed wild known as Egdon Heath embrowned itself moment by moment« (33/11)[5] läßt erkennen, daß Hardy nicht primär darauf abzielt, eine detaillierte Beschreibung von Einzelheiten – etwa der Pflanzen und Tiere – zu geben, die in der Heidelandschaft wahrzunehmen sind; solche Beschreibungen hebt er sich für spätere Anlässe auf. Es kommt ihm zunächst vielmehr darauf an, eine Stimmung zu evozieren, die zu dem tragischen Geschehen paßt, das der Roman darstellt: der Tag, die Woche, das Jahr neigen sich dem Ende zu; mit dieser Einstimmung wird auf die Katastrophe vorbereitet, die sich ein Jahr später am gleichen Ort ereignen soll. Der Romanauftakt beweist zugleich, daß der Raum, in dem sich die Geschehnisse abspielen, auf ein zeitliches Schema bezogen ist: die Heide, die erst in der Dunkelheit ihr wahres Wesen enthüllt, scheint auf eine letzte Katastrophe, auf das Ende der Zeit (»one last crisis – the final overthrow«, 34/12) zu warten.

Bei dem Bemühen, das Wesen der Heide sprachlich wenigstens annähernd zu erfassen, verwandelt sich dieser Ausschnitt aus der Wirklichkeit in eine Person; mehr noch: in ein mythisches Wesen. Bereits die Kapitelüberschrift spricht in anthropomorphisierender Weise von der Heide als einem Gesicht: »A Face on which Time makes but Little Impression«, und im zweiten Abschnitt wird diese Angabe ergänzt durch die Feststellung: »The face of the heath by its mere complexion added half an hour to evening [...]« (33/11). Ins Mythische steigert sich die Naturdarstellung, wenn später Himmel und Erde, das Dunkel der Luft und das Dunkel der Erdoberfläche ineinander zu verschmelzen scheinen »in a black fraternization« (34/12) und wenn weiterhin von der tita-

5 Thomas Hardy, *The Return of the Native*, The New Wessex Edition, Bd. 4, London: Macmillan 1974. Alle folgenden Seitenangaben beziehen sich auf diese Ausgabe. Nach dem Schrägstrich sind die Seitenzahlen der vorliegenden Übersetzung angegeben.

nischen Gestalt der Heide gesprochen wird, die das Ende der
Zeit erwartet. Ergänzt werden diese Angaben durch Bemerkungen innerhalb des ersten Kapitels, durch die Hardy eine
innere Beziehung zwischen der Heide (als lebendiges Wesen
verstanden) und dem Menschen herstellt; so heißt es beispielsweise von Egdon Heath: »[. . .] like man, slighted and
enduring; and withal singularly colossal and mysterious in its
swarthy monotony. As with some persons who have long
lived apart, solitude seemed to look out of its countenance. It
had a lonely face, suggesting tragical possibilities« (35/14).
Die Heide entspricht dem Lebensgefühl der Fortschrittlich-
sten unter den Menschen, d. h. der Weltsicht, wie sie Thomas
Hardy und etliche seiner Zeitgenossen in der spätviktorianischen Ära künstlerisch zum Ausdruck brachten. In der Natur
zeichnen sich die tragischen Möglichkeiten ab, die im Leben
der Menschen Gestalt gewinnen.

  Es ist daher nicht überraschend, daß die Natur, die Hardy
zu Beginn von *The Return of the Native* beschreibt, dem
Fatum gleichgesetzt worden ist. Die Natur, von der Hardy
spricht, ist nicht mehr, wie etwa die »natura« bei Thomas von
Aquin oder bei Richard Hooker, auf das Vernunftprinzip
bezogen, das nach der Lehre dieser Theologen der göttlichen
Schöpfung insgesamt inhärent ist. Bei Hardy ist die Natur ein
blinder, dunkler Wille (etwa im Sinne Schopenhauers), der
sich als der Feind aller vernünftigen Anstrengungen des Menschen, als der Feind aller Zivilisation (»Civilization was its
enemy«, 35/15) zu erkennen gibt und der alle menschlichen
Eitelkeiten, alle Illusionen zu zerstören bereit ist: »In its
venerable one coat lay a certain vein of satire on human vanity
in clothes« (35/15). Wenn Hardy bei der Charakterisierung
der Natur an biblische Vorstellungen anknüpft, dann holt er
sie aus dem Alten Testament und spricht von Egdon als »the
untameable, Ishmaelitish thing« (35/15). Er spielt damit auf
1. Mose 16,12 an, wo von Ismael gesagt wird: »Er wird ein
wilder Mensch sein: seine Hand wider jedermann und jeder-
manns Hand wider ihn, – und wird gegen alle seine Brüder

wohnen.« Die Heide erscheint damit als der unergründliche Gegenspieler des Menschen, nicht so sehr als ein deterministisches Prinzip, dem die Menschen auf Gedeih und Verderb ausgeliefert sind.

Aus der Sicht des 19. Jahrhunderts ließe sich auch sagen: die Heide (und mit ihr die gesamte Natur) ist eine neutrale Macht; sie symbolisiert die Widerständigkeit der Welt, die Provokation des Außermenschlichen und zugleich Nichtgöttlichen, das den Menschen zwingt, sich zu behaupten. Diese Natur kann den Eindruck evozieren, daß sie ein Ort der Geborgenheit ist, insofern der Mensch selbst ein Teil der Natur ist und es ihm deshalb auch möglich ist, sich in den Rhythmus des Natürlichen einzuschwingen und mit der Natur auf diese Weise in innerer Harmonie zu leben. Aber es bleibt immer auch eine Kluft zwischen dem Menschen und der Natur, die sich aus seinem Bewußtsein, seinem Selbstbewußtsein ergibt, das ihm die Differenz zwischen seiner eigenen Existenz und dem Dasein der Tiere und Pflanzen, der Steine und der Gestirne erkennen läßt und das seinen Willen in die verschiedensten Richtungen zu treiben vermag – von der prometheischen Auflehnung gegen den Weltenlauf bis zur stoisch-gelassenen Hinnahme allen Geschehens.

Alle Personen dieses Romans, die einfachen Heidebewohner, die als Nebenfiguren erscheinen, ebenso wie die Hauptcharaktere Clym Yeobright und Eustacia Vye, Clyms Mutter und ihre Nichte Thomasin, Wildeve, der von Eustacia fasziniert ist und aus Enttäuschung Thomasin heiratet, und schließlich auch der Rötelmann Diggory Venn, werden durch die Heide in ihrem Denken und Fühlen beeinflußt, jeder von ihnen hat zur Heide, zu den Möglichkeiten des Lebens, die in der Heide angelegt sind, ein eigenes Verhältnis.[6]

6 Vgl. zur folgenden Interpretation der Charaktere und der Form des Romans Willi Erzgräber, *Die Darstellung der ländlichen Gemeinschaft bei Thomas Hardy (Untersuchungen zu Gehalt und Form der Wessex-Romane)*, Diss. Frankfurt a. M. 1950.

In den Bewohnern von Egdon Heath ist noch heidnisches Lebensgefühl lebendig, das beispielsweise beim Tanz zum Durchbruch kommt. Aller Wandel in der Natur, insbesondere ihr Erwachen und Aufblühen im Frühling, wird in den Formen heidnischen Brauchtums erlebt:

> »The instincts of merry England lingered on here with exceptional vitality, and the symbolic customs which tradition has attached to each season of the year were yet a reality on Egdon. Indeed, the impulses of all such outlandish hamlets are pagan still: in these spots homage to nature, self-adoration, frantic gaieties, fragments of Teutonic rites to divinities whose names are forgotten, seem in some way or other to have survived mediaeval doctrine« (385/505 f.).

Und bei der Beschreibung des Freudenfeuers, das die Bewohner von Egdon Heath am Tag des Gunpowder Plot veranstalten, bemerkt der Erzähler:

> »It was as if these men and boys had suddenly dived into past ages, and fetched therefrom an hour and deed which had before been familiar with this spot« (44/27).

An der gleichen Stelle zündeten die Briten ihre Scheiterhaufen an; hier brannten auch die Feuer der Germanen zu Ehren von Wodan und Thor. Die Freudenfeuer am Tag des Gunpowder Plot sind daher kein moderner Brauch, sondern die Fortsetzung einer uralten Sitte, die Hardy in einer urtümlichen Beziehung zwischen Mensch und Natur begründet sieht. Am Anfang des Winters ein Feuer anzuzünden, ist der Ausdruck der Auflehnung des Menschen gegen den unabänderlichen Gang der Natur, die mit dem Winter Tod, Dunkelheit und Chaos bringt.

Der Aberglaube ist ein weiterer Zug im geistig-seelischen Gepräge der Heidebewohner, durch den ihr naturhaft-heidnisches Wesen zum Ausdruck kommt. So hält Susan Nunsuch Eustacia Vye für eine Hexe, von der sie annimmt, daß sie

auf das Leben ihrer Kinder in verhängnisvoller Weise ein-
wirke. Um ihren verderblichen Einfluß zu unterbinden,
formt sie nach alter Sitte ein Wachsbild, das der Gestalt der
Eustacia ähnelt, durchsticht es mit Nadeln und läßt es im
Torffeuer zerschmelzen. Christlicher Geist hat die Heidebewohner kaum berührt. Das Christentum mag ihr Leben
äußerlich bis zu einem gewissen Grad bestimmen, so daß sie
bei Taufe, Eheschließung und Begräbnis christliche Gebräu-
che befolgen, aber im tiefsten Innern ist ihre Lebensauffassung heidnisch geblieben. Mit Recht ist in der Forschung
bemerkt worden, daß beispielsweise beim St.-George-Spiel,
das sie zur Weihnachtszeit aufführen, »der Bezug auf das
christliche Fest völlig verblaßt« ist.[7]

Bei ihren alltäglichen Gesprächen ergehen sich die Heidebewohner in Erinnerungen an Einzelheiten aus dem Leben
ihrer Mitmenschen oder aus ihrem eigenen Leben, die an sich
nichtssagend sind, vom Erzähler aber dazu benutzt werden,
um ihre Bescheidenheit und Zufriedenheit zum Ausdruck zu
bringen. Von allen gilt, was über Olly Dowden, eine arme
Frau, gesagt wird, die sich durch Besenbinden einen küm-
merlichen Lebensunterhalt verdient: »Her nature was to be
civil to enemies as well as to friends, and grateful to all the
world for letting her remain alive« (49/34). Der Humor, der
für die Unterhaltungen der Heidebewohner charakteristisch
ist, dient dazu, die Übersteigerungen, denen der einzelne sich
gelegentlich in seiner Selbsteinschätzung hingibt, in einer hei-
ter-versöhnlichen Weise zu korrigieren.

Mit dem Chor einer griechischen Tragödie lassen sich die
Heidebewohner jedoch nicht gleichsetzen. Sie bilden keine
geschlossene Gemeinschaft wie die griechische Polis mit
ihren festgefügten religiösen und politischen Überzeugungen, sondern sie sind Zuschauer, die sich über die Geschehnisse und die daran beteiligten Personen unterhalten, die

---

7 Robert Fricker, »*The Return of the Native*«, in: Franz K. Stanzel (Hrsg.), *Der
   englische Roman: Vom Mittelalter zur Moderne*, Bd. 2, Düsseldorf 1969,
   S. 231.

andere oft in weitläufigen und umständlichen Berichten informieren, aber sie lassen insgesamt das Leben mit einer gewissen Naivität an sich vorüberziehen. Die Ironie des Schicksals will es, daß sie gelegentlich zu Mithandelnden werden und dabei gegen ihren Willen den Gang der Ereignisse in verhängnisvoller Weise mitbeeinflussen. So verliert Christian das Geld, das er Clym und Thomasin im Auftrag von Mrs. Yeobright überbringen soll, als er sich dazu verlocken läßt, mit Wildeve ein Würfelspiel zu beginnen. Zwar wird das verlorene Geld von Diggory Venn zurückgewonnen, dann aber ausschließlich Thomasin ausgehändigt, woraus sich der zentrale Konflikt zwischen Clym, seiner Frau Eustacia und seiner Mutter ergibt, der schließlich zur tragischen Katastrophe führt.

Die symbolträchtige Szene mit dem Würfelspiel zeigt, daß auch Diggory Venn, der durch seinen Beruf als Rötelmann, aber auch durch seine einfache, bescheidene Art den Heidebewohnern nahesteht, gegen seinen Willen schicksalhafte Verwicklungen auslöst. Er liebt Thomasin in selbstloser Weise, kümmert sich um sie, als die Ehe mit Wildeve zunächst nicht zustande kommt, versucht, Eustacia von Wildeve abzubringen, als beide nach enttäuschender Ehe wieder zueinander finden, und rettet sie schließlich vor dem drohenden Untergang. Diggory Venn ist in seiner Selbstlosigkeit, Treue und Opferbereitschaft Gabriel Oak (aus *Far from the Madding Crowd*) und Giles Winterborne (aus *The Woodlanders*) zur Seite zu stellen. Wie diese Gestalten empfindet er Sympathie und Mitleid mit allen Leidenden, steht zugleich dem Treiben der Menschen mit einer gewissen kühlen Distanz gegenüber und zeigt dabei jene »watchful intentness«, die Hardy eingangs der Heide Egdon Heath zuschreibt. Bei Diggory Venn wird die Distanz zum Leben noch dadurch gesteigert, daß ihn sein Beruf als Rötelmann in eine isolierte Stellung bringt. Er befindet sich auf steter Wanderschaft, und die Farbe Rot, durch die infolge seiner Tätigkeit Gesicht und Kleidung gekennzeichnet sind, verleiht ihm

nach den Worten des Erzählers äußerlich einen mephistophelischen Zug, der seinem innersten Wesen widerspricht.

Nach Hardys ursprünglicher Konzeption sollte Diggory
nach der Katastrophe, nach Eustacias und Wildeves Tod,
spurlos verschwinden; aber Hardy gab den Erwartungen seines Verlegers, der wiederum die Publikumserwartungen arti-
kulierte, nach und fügte ein kurzes sechstes Buch zu den
ursprünglich vorgesehenen fünf Büchern hinzu.[8] Darin führt
er Diggory Venn und Thomasin zusammen, die entsprechend
ihrem Charakter füreinander bestimmt zu sein scheinen. In
dieser doppelten künstlerischen Konzeption bezüglich des
Romanschlusses spiegelt sich das Dilemma eines (spät)vikto-
rianischen Erzählers (ähnliches läßt sich bereits bei Dickens'
Great Expectations beobachten): Von der Gesamtanlage, insbesondere von der Atmosphäre und Stimmung her, die im
ersten Kapitel von *The Return of the Native* evoziert werden,
ist der Leser auf eine tragische Katastrophe am Romanende
vorbereitet. Aber es ist nicht zu verkennen, daß vom Beginn
des neuzeitlichen Romans, von seinen Anfängen im 18. Jahrhundert her, das bürgerliche Lesepublikum durch diese Er-
zählgattung eine Bestätigung seiner optimistischen Lebensauffassung, wenigstens aber einen Ausblick auf das fort-
dauernde, sich regenerierende Leben, erwartete, und Hardy
schloß sich nach einigem Zögern dieser in der Gattung angelegten und durch das Lesepublikum gestützten Konvention
an.

Von allen Romancharakteren war Thomasin die einzige
Frauengestalt, die in überzeugender Weise Trägerin einer
optimistisch-heiteren Lebensauffassung sein konnte. Hardy
bedient sich bestimmter Tierbilder, um ihre ungebrochen-
natürliche Art zu charakterisieren. Er bringt sie – ohne bie-
dermeierliche Verniedlichung – mit Tauben, mit dem Turm-
falken, dem Reiher und dem Eisvogel in Zusammenhang,
betont ihre äußere Schönheit, ihre schmiegsamen Bewegun-

---

8 Vgl. Jean R. Brooks, *Thomas Hardy: The Poetic Structure*, Ithaca (N.Y.)
1971, S. 183.

gen, ihre natürliche Unbekümmertheit, aber auch ihre praktische Klugheit. Thomasin ist frei von Illusionen und von abergläubischen Verzerrungen der Wirklichkeit, hängt keinerlei Träumen und ambitiösen Erwartungen nach, die an der Wirklichkeit von Egdon Heath scheitern müssen. Thomasin ist eine »naive« Gestalt im Sinne Schillers genannt worden;[9] dem kann zugestimmt werden, wenn dabei nicht übersehen wird, daß ihre Naivität höher einzustufen ist als diejenige der Heidebewohner, von denen sie sich durch ihre Feinfühligkeit und die Selbstsicherheit unterscheidet, mit der sie sich stets zu behaupten weiß.

Clym Yeobright stellt im Gegensatz zu Thomasin den »sentimentalischen« Typus dar, der aus der unmittelbaren Verbindung mit der Natur heraustritt und sie auf einer höheren Ebene wiederzufinden versucht. Clym ist der Sohn eines kleinen Bauern und der Tochter eines Hilfsgeistlichen; diese Angaben über seine Herkunft weisen bereits auf die Lebensproblematik hin, die er auszutragen hat (und die in modifizierter Form in den Romanen von D. H. Lawrence, insbesondere in *The Rainbow*, wiederkehrt). Einerseits fühlt sich Clym mit dem agrarischen Leben verbunden; er läßt sich wie die Bevölkerung der Heide in seinem Lebensrhythmus durch den Rhythmus der Natur bestimmen. »Clym had been so inwoven with the heath in his boyhood that hardly anybody could look upon it without thinking of him« (186/226 f.). Andererseits ist er von geistiger Unruhe erfüllt und wird über die Lebensform hinausgetrieben, die die Heide für ihn bereit hält. Nach dem frühen Tod seines Vaters lebt er zunächst in Budmouth, dann in London, schließlich als Diamantenhändler in Paris. In jedem Fall ist es der urbane Bereich, in dem er sich betätigt, wobei der Beruf des Diamantenhändlers eine symbolische Funktion haben dürfte: Clym wird von dem Glanz und dem Reichtum der städtischen Gesellschaft angezogen. Aber es stellt sich nach einiger Zeit ein Überdruß an

9 Hanna Ufer, *Über die kompositionelle Bedeutung der Natur bei Thomas Hardy*, Diss. Marburg a. d. L. 1930, S. 37.

diesem Leben ein, so daß er sich entschließt, in die Heimat zurückzukehren, eine Schule zu gründen, um als Lehrer die ländliche Gemeinschaft, aus der er kommt, auf eine höhere Stufe zu stellen. Gegen diesen Plan wendet der auktoriale Erzähler ein:

> »In passing from the bucolic to the intellectual life the intermediate stages are usually two at least, frequently many more; and one of these stages is almost sure to be worldly advance. We can hardly imagine bucolic placidity quickening to intellectual aims without imagining social aims as the transitional phase« (190/231).

Aus diesem Kommentar spricht der Zweifel des Autors selbst, der in ähnlicher Weise den Weg von dem Weiler Higher Bockhampton über London ins Wessex-Land zurückgelegt hatte. Hardy glaubt an die Möglichkeit einer graduellen Entwicklung von dem ländlich-bukolischen zum intellektuell-verfeinerten Leben, während Clym gleichsam einen kulturellen Sprung versuchen und den Erfahrungsbereich ausklammern möchte, der sich ihm durch die Arbeit im städtischen Milieu erschloß.

Clym ist blind für die Realität, für die besonderen Bedingungen gesellschaftlich-geschichtlicher Entwicklungen; seine physische Blindheit, die sich einstellt, als er sich bei seinem Studium überarbeitet, ist ein äußeres Symbol für diese innere Verfassung. Die besondere Ironie dieser Blindheit, die in vielfacher Weise symbolisch auslegbar ist, besteht darin, daß Clym zwar äußerlich wieder ein Teil der Heide wird und an den Arbeitsprozessen in der Heide – dem Ginsterschneiden – Anteil hat; die »Rückkehr des Eingeborenen« scheint damit vollzogen zu sein, aber der Konflikt mit seiner Frau und seiner Mutter – auf den noch näher einzugehen sein wird – läßt diese Rückkehr nicht zustande kommen. Erst nachdem beide Frauen den Tod in der Heide gefunden haben, erst nachdem Clym selbst, der sich vorwirft, am Schicksal beider Frauen schuld zu sein, der Katastrophe knapp entronnen ist, beginnt er ein Leben als Lehrer und Prediger in seiner Heimat.

Freilich ist diese neue Lebensform keine ungebrochene Rückkehr zur Natur auf einer höheren geistigen Ebene; Clym bleibt eine gebrochene Gestalt, und auch seine Lehre erscheint in einem gebrochenen Licht. Mit einer distanzierten Ironie spricht der Erzähler von Clyms Predigten und nennt sie »a series of moral lectures or Sermons on the Mount« (404/ 533), zum einen, weil sie auf dem Hügel gehalten werden, auf dem Eustacia bei ihrem ersten Auftritt erscheint, zum anderen, weil sie eine ganz eigene Art von neuer »Bergpredigt« darstellen. Nach den Angaben des Erzählers nehmen diese Predigten eine eigentümliche Zwischenstellung zwischen religiöser und weltlicher Lehre ein:

> »He stated that his discourses to people were to be sometimes secular, and sometimes religious, but never dogmatic; and that his texts would be taken from all kinds of books« (405/534).

Clym distanziert sich vom religiösen Dogma ebenso wie von überlieferten religiösen Systemen, und dementsprechend ist die Reaktion der Zuhörer auf seine Auftritte geteilt:

> »Some believed him, and some believed not; some said that his words were commonplace, others complained of his want of theological doctrine; while others again remarked that it was well enough for a man to take to preaching who could not see to do anything else« (405/ 534).

Hier wird deutlich, daß Thomas Hardy mit Clym eine Problematik verarbeitete, in die er unter dem Einfluß der zeitgenössischen Wissenschaft und Philosophie (von Darwin bis Spencer) geraten war. Er hatte sich von den dogmatischen Lehren des Christentums gelöst; seine Sympathie galt den Bestrebungen der Agnostiker, insbesondere seines Freundes Leslie Stephen (des Vaters von Virginia Woolf), die eine autonome Ethik zu entwickeln versuchten. Dabei wahrte Hardy die Beziehung zur christlichen Morallehre, zur paulinischen »loving-kindness«, ohne selbst als Künstler eine breitere weltanschauliche Grundlage für sein Romanschaffen auszuarbeiten. Er registrierte vielmehr in Clym, später in Angel Clare (in *Tess*) und in Jude (dem Helden von *Jude the Obscure*) die Konflikte der Intellektuellen, wobei nicht zu übersehen ist, daß die erzählerische Umsetzung dieser Konflikte in psychologisch differenzierte Erzählvorgänge nicht seine künstlerische Sache ist. Er deutet vielmehr die Probleme nur an und legt den Hauptakzent der Darstellung auf die zwischenmenschlichen Beziehungen, die dramatischen Begegnungen und das tragische Scheitern der Personen.

Wenn Hardy die Entwicklung eines Charakters differenziert, dann geschieht dies zum einen dadurch, daß er weitere mögliche Bezugs- und Deutungsmöglichkeiten anklingen läßt, oder aber, daß er von den Aktionen her die Personen in ihrer besonderen psychischen Struktur zu erfassen versucht. So schwingen im Weg des Clym Anklänge an das religiöse Schema: *Paradise* (Jugend in Egdon Heath), *Paradise Lost* (Leben in der Fremde) und *Paradise Regained* (Rückkehr nach Egdon Heath) mit, wobei dieses Schema dadurch dupliziert wird, daß auch das wiedergewonnene Paradies durch die Ehe mit Eustacia erneut verlorengeht und am Schluß nur auf eine höchst problematische Weise (wie gezeigt) wiedergewonnen wird. Dazu ist die Forschung auf Anklänge in der Märchen- und Romanzenliteratur gestoßen.[10] Der Weg in die Fremde ist der Weg zu einem Schatz (den Diamanten) und wird zu einem Weg der Erkenntnis, der in der Fremde beginnt, in der Heimat durch eine Versucherin in Frage gestellt wird (Eustacia erscheint auch als Hexe), die ihrerseits den Helden blind werden läßt, bis ihm schließlich nach dem Tod der Versucherin erst die volle Einsicht in die Wirklich-

---

10 Vgl. u. a. Jean R. Brooks, *Thomas Hardy: The Poetic Structure*, Ithaca (N.Y.) 1971, S. 186.

keit zuteil wird. Freilich sind dies nur Anklänge an überlieferte Darstellungs- und Deutungsmuster. Von größerem Gewicht ist in der Begegnung von Clym, Eustacia und Mrs. Yeobright die tragische Komponente; der Konflikt geht aus den psychischen Spannungen hervor, die sich aus Clyms besonderem Verhältnis zu seiner Mutter und seiner Frau ergeben.

Die detaillierte Einführung Eustacias aus auktorialer Sicht im 7. Kapitel des 1. Buches nimmt im gesamten Werk Thomas Hardys einen besonderen Platz ein: er hat nirgendwo sonst eine Gestalt so ausführlich in einer katalogartig-kommentierenden Weise beschrieben: sieht man sich in der Geschichte der englischen Erzählliteratur nach Parallelen um, so müßte man an Chaucers Porträt der Herzogin Blanche in *The Book of the Duchess* oder an Fieldings Beschreibung von Sophia Western im 2. Kapitel des 4. Buches von *Tom Jones* erinnern. Bereits die Überschrift des 7. Kapitels, »Queen of Night«, und der erste Satz: »Eustacia Vye was the raw material of a divinity« (89/92) lassen erkennen, daß Hardy das Porträt dieser Frau in einer eigenen Weise stilisiert hat. Eustacia, das Kind eines Griechen und einer Engländerin, das nach dem Tod der Eltern gezwungen ist, dem Großvater Kapitän Vye nach Egdon Heath zu folgen, soll als eine ausnahmehafte Figur beschrieben werden, als eine Gestalt, die durch ihre besondere Erscheinungsweise zur Heldin einer Tragödie prädestiniert scheint. Die gesamte Charakterisierung zielt darauf ab, ihr durch die auktorialen Kommentare die Fallhöhe zurückzugeben, die nach einem Wort Schopenhauers den bürgerlichen Personen fehlt. Eustacia nimmt nicht nur äußerlich während des Sonnwendfeuers eine Stellung auf Egdon Heath ein, durch die sie allen anderen Bewohnern übergeordnet ist. Sie ist auch insofern eine ausnahmehafte Erscheinung, als ihr eine für diese Heidegegend in Südengland ungewöhnlich exotisch anmutende Schönheit eigen ist. Hardy bedient sich des traditionellen Schönheitskatalogs, den die mittelalterliche Rhetorik bereits entwickelt hatte, und beschreibt in systematisch anmutender Weise die Haare, die Augen, den Mund, ihr äußeres Gebaren, ihre Bewegungen, ihre Stimme und auch den würdigen Gesamteindruck, den diese Frau hinterläßt; er verbindet damit Angaben über ihre Herkunft, ihre gesellschaftliche Stellung, schließlich auch über ihre Lebensauffassung und Lebensführung. Er spricht von »nocturnal mysteries« (89/93), wenn er ihre Augen beschreibt, und verknüpft damit die Charakterisierung ihres Temperaments: »[...] you could fancy the colour of Eustacia's soul to be flame-like« (89/93). Eustacia ist eine leidenschaftliche Natur, der es mehr um die Erfüllung ihrer Liebessehnsucht geht als um die Begegnung mit einem bestimmten Partner, der ihrer Vorstellung von menschlicher Größe entspricht. Eustacia wird wegen ihrer Unberechenbarkeit zu Beginn des Charakterporträts mit Fortuna, später mit den Göttinnen Artemis, Athena und Hera gleichgesetzt, und abschließend wird ihr ein Platz zwischen Heloise und Kleopatra und all denjenigen Frauen zugewiesen, die diesen beiden ähnlich sind.

Gegen ihr persönliches Geschick lehnt sich Eustacia in prometheischer Weise auf. Aus ihrer Sehnsucht nach einem großen und erfüllten Leben erklärt sich der Haß, mit dem sie ihrer Umgebung begegnet; über ihr Verhältnis zu ihren Mitmenschen bemerkt sie in einem Gespräch mit Clym: »I have not much love for my fellow-creatures. Sometimes I quite hate them« (203/249), und auf den Einwand Clyms, daß es sinnlos sei, die Menschen zu hassen, daß man die Macht hassen müsse, die sie hervorbrachte, entgegnet sie: »Do you mean Nature? I hate her already« (203/249). Eustacia erkennt keinerlei Bindungen an eine menschliche Gemeinschaft an, für sozial-ethische Normen hat sie nur Verachtung übrig: »As far as social ethics were concerned Eustacia approached the savage state« (116/131). In ihrer völligen Abgeschlossenheit von Gott, den Mitmenschen und der Natur gehört sie zu den Charakteren der europäischen Romanliteratur, die

sich dem »experimentum medietatis«[11] aussetzen (oder ausgesetzt sehen), das zu Schwermut, Angst und Langeweile
führt (der Erzähler spricht bei Eustacia von »sudden fits of
gloom« [90/93], »fearful heaviness« [93/98] und »depression
of spirits« [94/100]) und das nach einem rebellischen Aufbäu-
men schließlich mit der Selbstzerstörung endet. Wenn der
Erzähler auch offen läßt, ob sie willentlich in den Tod geht
oder der Untergang durch äußere Umstände verursacht wird,
so ist doch deutlich, daß Eustacia letztlich keinen sinnvollen
Ausweg aus dem Konflikt sieht, in den sie geraten ist, und daß
sie sich willenlos in den Untergang treiben läßt.

Die Gegenspielerin Eustacias in dem dramatischen Konflikt, der die Haupthandlung von *The Return of the Native*
ausmacht, ist Mrs. Yeobright, Clyms Mutter. Sie gehört zu
den Frauengestalten in der modernen englischen Romanliteratur, die mit intuitiver Sicherheit andere Menschen zu beurteilen vermögen, oft mißverstanden werden, in ihren Bemühungen, dauernde gesellschaftliche Beziehungen zu stiften,
scheitern, oft auch früh sterben und dennoch auf die Menschen, die sich mit ihnen verbunden fühlten, auch nach dem
Tod noch eine tiefgreifende spirituelle Wirkung ausüben.
Über Mrs. Yeobright läßt Thomas Hardy seinen Erzähler
sagen:

> »She had a singular insight into life, considering that she
> had never mixed with it. There are instances of persons
> who, without clear ideas of the things they criticize, have
> yet had clear ideas of the relations of those things. [. . .] In
> the social sphere these gifted ones are mostly women;
> they can watch a world which they never saw, and esti-
> mate forces of which they have only heard. We call it
> intuition« (205–206/254).

Diese Gabe der Einsicht in Lebenszusammenhänge teilt
Mrs. Yeobright mit Frauengestalten wie Mrs. Gould (in Con-

11 Vgl. Walther Rehm, *Experimentum medietatis: Studien zur Geistes- und
Literaturgeschichte des 19. Jahrhunderts*, München 1947.

rads *Nostromo*), Mrs. Wilcox (in Forsters *Howards End*), Mrs. Moore (in *A Passage to India*) und Mrs. Ramsay (in Virginia Woolfs *To the Lighthouse*). Die Fähigkeit, das Wesen anderer Menschen intuitiv zu erfassen, läßt sie Eustacias dämonische Natur erkennen, der Clym willenlos verfällt. Gewiß läßt sich die Beziehung zwischen Clym und seiner Mutter mit dem Verhältnis vergleichen, das in *Sons and Lovers* zwischen Paul Morel und Mrs. Morel besteht, aber Thomas Hardy betont den Willen der Mutter, den Sohn für sich zu behalten, weniger stark als D. H. Lawrence, und dementsprechend ist die Bereitschaft des Sohnes, sich äußerlich von der Mutter zu lösen und Eustacia zu heiraten, stärker als der Wille Pauls, mit einer der Frauen, denen er begegnet, eine Ehe einzugehen. Dennoch: Obwohl Clym sich von Mrs. Yeobright abwendet, läßt sie von ihrer Liebe zum Sohn nicht ab. Nachdem er fast erblindet ist und sich immer mehr nach der fürsorgenden Hand der Mutter sehnt, faßt sie aus Mitleid mit ihrem Sohn den Entschluß, sich wieder mit ihm zu versöhnen.

Das Scheitern dieses Versöhnungsversuches wird von Thomas Hardy in sehr detaillierter Weise dargestellt; er arbeitet die eigentümliche Verkettung von äußeren Umständen und dem Verhalten der einzelnen Charaktere in dieser Situation heraus, und nur wenn dieses Wechselspiel von »character« und »circumstance« erfaßt wird, läßt sich ein Zugang zur Auffassung vom Wesen des Tragischen gewinnen, die diesem Roman zugrunde liegt.

Als Mrs. Yeobright bei Clym anklopft, liegt er schlafend in seinem Zimmer; im Traum antwortet er zwar: »»Mother«« (292/375), was auf die tiefe Beziehung hindeutet, die im Unterbewußtsein zwischen Mutter und Sohn besteht. Aber die Entscheidung über sein Verhältnis zur Mutter ist ihm in diesem Augenblick verwehrt. Die Entscheidung liegt vielmehr in den Händen Eustacias, die sich jedoch ihrerseits in einer besonderen Situation befindet: Sie öffnet zunächst deshalb nicht, weil sie Wildeve, ihren früheren Liebhaber, der sie

besucht hat, in das Nebenzimmer geleitet. Als Eustacia
schließlich zur Tür geht, hat Mrs. Yeobright bereits den
Rückweg angetreten. Zu einer Aussprache zwischen Clym
und seiner Mutter kann es nicht mehr kommen, da Mrs.
Yeobright auf ihrem Heimweg über die Heide von einer
Kreuzotter gebissen wird und an diesem Biß stirbt.

Die Szene, die sich gleichzeitig vor und in Clyms Haus
abspielt, gibt Aufschluß über das Zusammenspiel von Freiheit und Notwendigkeit in den menschlichen Beziehungen
und Entscheidungen in Thomas Hardys *The Return of the
Native*. Daß Wildeve gerade in jenem Augenblick bei Eustacia vorspricht, in dem die Mutter bei Clym erscheint, um sich
mit ihm zu versöhnen, ist eine Koinzidenz der Ereignisse, der
bei Hardy ein schicksalhafter Charakter zukommt. Aber es
ist nicht nur das (oft maliziöse) Schicksal, das durch die von
den Menschen nicht zu beeinflussende Verkettung der Ereignisse die erstrebte Versöhnung nicht zustande kommen läßt.
Ein gewisses Maß an Schuld tragen, nach den erzählerischen
Kommentaren zu schließen, die Hardy in seine Romane ein-
gebaut hat, auch die Menschen, in diesem Falle Eustacia:

> »She had certainly believed that Clym was awake, and the
> excuse would be an honest one as far as it went; but
> nothing could save her from censure in refusing to answer
> at the first knock. Yet, instead of blaming herself for the
> issue she laid the fault upon the shoulders of some indis-
> tinct, colossal Prince of the World, who had framed her
> situation and ruled her lot« (304/392).

Sie hat das begrenzte Maß an Freiheit, das – nach dem
Urteil des Erzählers – dem Menschen trotz der Macht des
Zufalls und des Schicksals bleibt, ungenutzt gelassen und
damit auch im Sinne Hardys Schuld auf sich geladen. Die
Notwendigkeit spiegelt sich also in den Situationen, in die der
Mensch hineingestellt wird und die nicht durch sein Wollen
hervorgerufen werden. Ebenso entziehen sich die Umstände,

unter welchen sich bestimmte Entwicklungen vollziehen, seiner Verantwortung.

Schließlich ist bei Eustacia zu berücksichtigen, daß sie aus der Eigengesetzlichkeit der ihr angeborenen Natur – um mit Goethe zu sprechen: ihres »daimon« – handelt und daß die Umstände dazu beitragen, die destruktiven Kräfte dieses »daimon« hervorzutreiben. So bemerkt der Erzähler an anderer Stelle:

> »The gloomy corner into which accident as much as indiscretion had brought this woman might have led even a moderate partisan to feel that she had cogent reasons for asking the Supreme Power by what right a being of such exquisite finish had been placed in circumstances calculated to make of her charms a curse rather than a blessing« (267 f./341).

Dennoch bleibt die Tatsache bestehen, daß Hardy über die Erzählerkommentare zu erkennen gibt, daß er dem Menschen auch die Möglichkeit einräumt, sich bei aller äußeren Bestimmtheit durch die Umstände und inneren Bestimmtheit durch den Charakter für das Gute oder das Böse zu entscheiden. Gerade dieses Ineinanderwirken von Freiheit und Notwendigkeit macht das Wesen antiker wie neuzeitlicher Tragik aus. So bemerkt Benno von Wiese:

> »Die Paradoxie, die ihrem Wesen nach unauflösbar ist, daß Freiheit und Notwendigkeit zwei widerstreitende Pole sind, die dennoch in der Tragödie auf eine geheimnisvolle Weise wieder zur Einheit verschmolzen werden, bildet den zentralen Inhalt tragischer Dichtungen.«[12]

Beide Elemente werden in der antiken und in der neuzeitlichen Tragödie unterschiedlich betont: Die Antike legt den Akzent auf die Notwendigkeit des tragischen Geschehens, die Moderne hebt, bedingt durch das Christentum, zumin-

---

12 Benno von Wiese, *Die deutsche Tragödie von Lessing bis Hebbel*, Bd. 1, Hamburg 1948, S. 15.

dest bis in die Mitte des 19. Jahrhunderts die Freiheit hervor. Thomas Hardy gehört zu den Autoren, die sich wiederum stärker an dem antiken Tragödienbegriff orientieren und das Element der Notwendigkeit hervorheben: Er weist auf die Abhängigkeit des Menschen von Mächten hin, die den ganzen Kosmos durchwalten. Diese Mächte, die er in seinen Romanen, seinen Gedichten und seinem Drama *The Dynasts* verschiedenartig benennt – er gebraucht Wendungen wie »The Unknown Cause«, »First Cause«, »The President of the Immortals« (in Anlehnung an Aischylos), »The Immanent Will« – stellen im Gegensatz zu den Göttern, die in der antiken Tragödie das Prinzip der Notwendigkeit vertreten und die »das Prinzip der Höhe« genannt seien, eine Notwendigkeit der Natur, »eine Notwendigkeit der Tiefe« dar. Hardy gibt sich damit als ein Autor des 19. Jahrhunderts zu erkennen, der durch naturwissenschaftliches Denken bestimmt ist und der sich (damit) in seiner Tragödienkonzeption bei aller stimmungsmäßigen Kongruenz mit den antiken Tragödiendichtern – er beruft sich auf Aischylos und Sophokles in seinen Wessex-Romanen – ein eigenes Profil als der Autor epischer Tragödien erworben hat. Hätte er die Reminiszenzen an das christliche Weltbild, das er in seiner Jugend zunächst in sich aufnahm, gänzlich aus seinen Erzählwerken getilgt, hätte er sich zum Verfechter einer rein naturwissenschaftlich-deterministischen Welterklärung gemacht, dann wäre jegliche Spur des Tragischen geschwunden, seine Charaktere wären zu Marionetten geworden, der Leser hätte allem Geschehen so unbeteiligt distanziert gegenübergestanden wie einem chemischen Versuch.

Um die Wucht der tragischen Ereignisse möglichst intensiv zum Ausdruck zu bringen, wählte Thomas Hardy für *The Return of the Native* das dramatische Aufbauprinzip. Er lehnte sich in den Büchern 1–5 insofern an das klassische Dramenschema an, als er die Einheit des Raumes und der Zeit wahrte, soweit es für einen Roman nur möglich ist. Das gesamte Geschehen spielt auf Egdon Heath, wobei er allerdings diesen Hauptschauplatz bei einzelnen Szenen in kleinere Schauplätze aufgliederte. Der zeitliche Rahmen wird zu Beginn und gegen Ende des Romans (wiederum gehen wir von den Büchern 1–5 aus) jeweils durch den Guy Fawkes Day markiert: dazwischen liegt der Zeitraum eines Jahres, der der Zeitspanne eines Tages im klassischen Drama entspricht. Die Einheit der Handlung wird dadurch erreicht, daß Thomas Hardy sich hier auf die Darstellung eines einzigen Konfliktes konzentriert: nämlich auf den Konflikt, der dadurch zustande kommt, daß Clym sich von seiner Mutter löst und Eustacia heiratet, die sich nach kurzer Zeit wieder von ihm abwendet, als sie sieht, daß ihre Hoffnungen, Egdon Heath mit Clym verlassen zu können, sich nicht erfüllen werden. Diese Enttäuschung aber hat ihre Auswirkung auf Eustacias Beziehung zu Wildeve, dessen Entscheidungen wiederum das Leben Thomasins und Diggory Venns beeinflussen.

In der Entwicklung des dramatischen Konfliktes, in der Darstellung des komplexen Geflechtes der Wechselbeziehungen zwischen den genannten Hauptpersonen verwendet Thomas Hardy den symmetrischen Bauplan, den er bereits in *Under the Greenwood Tree* und *Far from the Madding Crowd* praktiziert hatte. Sein Sinn für eine ausgewogene Verteilung des Stoffes, der durch seine Tätigkeit als Architekt sicherlich besonders ausgeprägt war und der sich auch im Aufbau seiner späteren Romane bis hin zu *Jude the Obscure* bekundet, dokumentiert sich in *The Return of the Native* in der Symmetrie, die sich in der Linienführung der dargestellten seelischen Wandlungen abzeichnet. Buch 1 zeigt die Begegnung Eustacias mit Wildeve am 5. November, ihre innere Unsicherheit, der Wildeve dadurch ein Ende setzen möchte, daß er Eustacia anbietet, sie möge mit ihm nach Amerika fliehen. Dem entspricht in symmetrischer Antithese Buch 5, in dem Eustacia in ihre alte Wohnung zurückgekehrt ist, wo erneut – nun am 5. November des folgenden Jahres – eine Begegnung zwischen ihr und Wildeve stattfindet; wiederum wird, wie in Buch 1, über eine mögliche Flucht bera-

ten. Buch 2 schildert, wie Eustacia sich merklich von Wildeve
distanziert und sich Clym zuwendet, was in ihm die allmähliche Lösung von der Mutter bedingt. Dem steht Buch 4 entgegen, das beschreibt, wie Eustacia nach der Erblindung Clyms
sich innerlich mehr und mehr von ihm entfernt und sich Wildeve annähert, während Clym, wenn auch zu spät, versucht,
sich wieder mit seiner Mutter zu versöhnen. Im Zentrum des
Romans steht Buch 3, das seinen Höhepunkt erreicht, als
Clym die Mutter verläßt und eine Ehe mit Eustacia eingeht.

Der symmetrische Aufbau gibt diesem Roman Thomas
Hardys (wie seinen anderen Wessex-Romanen) eine große
Geschlossenheit. Die Gefahr einer solchen Kompositionsweise in einem epischen Werk besteht darin, daß die Darstellung seelischer Entwicklungen im Interesse des symmetrischen Aufbaus verkürzt wird, daß die überaus komplexen
psychologischen Probleme, wie sie mit dem Konflikt zwischen Clym, seiner Mutter und Eustacia angeschnitten werden, zu knapp behandelt werden; dies wird deutlich, wenn
man Hardys Wahl mit den psychologisch-realistischen
Romanen Joseph Conrads vergleicht, die wenige Jahre nach
den Wessex-Romanen geschrieben wurden und ebenfalls
einem düster-tragischen, von Schopenhauers Philosophie
mitbeeinflußten Weltbild Ausdruck verleihen. Wenngleich
Conrad ein ausgeprägter Formsinn nicht abzusprechen ist,
der etwa im fünfteiligen Aufbau von *The Nigger of the ›Narcissus‹* in ähnlicher Weise zum Ausdruck kommt wie bei Thomas Hardy, so ist nicht zu verkennen, daß Conrad – möglicherweise auch unter dem Einfluß der russischen Erzähler des
19. Jahrhunderts – sich in die Psyche seiner Charaktere geradezu einbohrte, um das komplexe Wechselspiel zwischen
bewußten Entscheidungen und irrationalen Regungen in der
menschlichen Seele nachzuzeichnen. Die minutiöse Seelenanalyse bedingt wiederum eine höchst intrikate Darstellung,
die sich nicht auf einfache geometrische Muster reduzieren
läßt, wie etwa *Lord Jim* beweist. Hardy überläßt es dagegen
oft dem Leser, die Leerräume, die zwischen einzelnen Hand-

lungen der Personen und zwischen den verschiedenen Phasen insbesondere auch ihrer intellektuellen Entwicklung bestehen, mit seiner Phantasie auszufüllen. Und es ist auch nicht abwegig zu behaupten, daß die Kompositionsweise, die er bevorzugt, mit derjenigen der Volksballade verwandt ist. Wie in der Ballade – die englische Balladenliteratur gehörte zu der »Volksliteratur«, die er in frühester Jugend aufnahm – oft nur einzelne Situationen herausgearbeitet werden, die Handlung sich aber sprunghaft von Höhepunkt zu Höhepunkt weiterbewegt, so konzentriert sich auch Thomas Hardy mit Vorliebe auf dramatische Situationen, in denen die Konflikte nicht nur durch den Dialog, sondern auch durch die Ausdruckskraft der Figurenkonstellation, durch die äußeren Bewegungen und durch die Gestik zum Ausdruck kommen, eine Gestik, die mehr verrät, als die Personen sagen können und als der Erzähler durch Kommentare zu vermitteln bereit ist.

Seinen besonderen künstlerischen Reiz gewinnt das dramatisch-symmetrische Aufbauschema nicht nur durch seine zahlreichen Parallel- und Kontrastszenen, sondern auch durch die universale Ironie, die sich in den vielfältigen Parallelen und Kontrasten abzeichnet. Wenn am Ende des Romans gleiche Situationen wiederhergestellt werden wie am Anfang, so täuscht diese Gleichheit, denn innerlich haben sich die Menschen gewandelt; ihr seelisches Sein steht im Widerspruch zum äußeren Schein, und die Ironie wird dadurch noch verstärkt, daß die Rückkehr zur anfänglichen Situation durch die dazwischenliegenden Ereignisse ausgeschlossen ist. Die Wiederholung einer äußerlich gleichen Situation läßt die unüberwindbare Kluft, die mittlerweile zwischen den Menschen entstanden ist, nur um so deutlicher hervortreten.

Im Geflecht der dramatischen Handlungen nimmt Diggory Venn eine Mittlerposition ein: er gleicht in dieser Beziehung der Gestalt des Mittlers in den *Wahlverwandtschaften*, dem Roman Goethes, der im Gegensatz zum *Wilhelm Meister* eine ausgeprägt dramatische Struktur aufweist und der ähnlich wie *The Return of the Native* eine »dämonische« Figur (Ottilie) in den Mittelpunkt rückt, durch die (freilich in anderer Weise als bei Thomas Hardy) die Ehe als gesellschaftliche Institution gleichsam auf die Probe gestellt wird. Versuche des Mittlers, Konflikte zu beheben und Versöhnung zu stiften, sind im Grunde ebenso von einer tiefen Ironie gekennzeichnet wie die Bemühungen Diggory Venns und Thomasins. Es hätte in das tragisch-dramatische Gesamtkonzept gepaßt, wenn auch Diggory Venn am Ende, wie Hardy ursprünglich geplant hatte, mit allen seinen Bemühungen gescheitert wäre und als ein Enttäuschter die Szene verlassen hätte. Umgekehrt läßt sich sagen: Die Tendenz des Versöhnens, die Diggory wie Goethes Mittler verkörpert, erstarkt in *The Return of the Native* (in der Form, in der uns der Roman heute vorliegt) erst wieder, nachdem mit dem Untergang Eustacias und Wildeves die tragischen Kräfte sich selbst aufgehoben haben. Erst im 6. Buch kann in Form eines Epilogs Diggory Venn wiederum – zusammen mit Thomasin – in den Vordergrund treten, als Hardy die Perspektive verändert und, im Einklang mit seinem spätviktorianischen Lesepublikum, den Blick auf die Kräfte lenkt, die Beständigkeit im Wechsel menschlicher Beziehungen garantieren. Einen solchen Kompromiß hat Hardy in seinen späteren Wessex-Romanen, insbesondere in *Tess of the d'Urbervilles* und in *Jude the Obscure* nicht mehr geschlossen. Dort war er mutig und kompromißlos genug, um den einzelnen nicht nur an seinem Charakter, seiner unmittelbaren Umgebung und dem maliziösen Einfluß der Umstände und der metaphysischen Kräfte scheitern zu lassen, sondern auch an den gesellschaftlichen Gegebenheiten und Widerständen. In *Tess* nannte er die Heldin (ein »gefallenes Mädchen«) »a pure woman«, um die Fragwürdigkeit der viktorianischen Konventionen und der viktorianischen Prüderie zu entlarven, und in *Jude* ließ er einen Mann scheitern, dem die gesellschaftlichen Verhältnisse ebenso wie die unergründlichen Triebe der menschlichen Natur den Weg zum Aufstieg verwehrten. In *The Return of the Native* fehlt die gesellschaftliche Dimension, die in *Tess* und *Jude* so stark herausgearbeitet ist. Freilich ist in diesen Romanen noch stärker als in *The Return of the Native* zu spüren, daß es Hardy nicht vergönnt war, die gesellschaftlichen Probleme des Zeitalters in dem Maße intellektuell zu durchdringen, wie dies bei George Eliot und Henry James zu beobachten ist. In *The Return of the Native* stellt er gleichsam »humanity in the raw«[13] dar; er sieht die psychologischen Typen, die er in der Umgebung beobachten konnte, und er schildert diese Umgebung, die Natur, die Heide von Egdon Heath, mit dem geschulten Auge eines Mannes, der in dieser Welt groß geworden war und sie intuitiv zu erfassen verstand. Hardy bewegte sich in diesem Roman innerhalb der Grenzen, die seinem künstlerischen Ingenium mitgegeben waren, innerhalb der Reichweite einer Imagination, die den Menschen beim Scheitern, im tragischen Untergang aufsucht, weil sie von dem Leiden der Menschheit tiefer angesprochen wird als von ihren vermeintlichen Triumphen. Dies war die innere Voraussetzung für den künstlerischen Rang, der diesem Roman, *The Return of the Native*, zukommt und auch bis heute von zahlreichen Kritikern zugebilligt wird.

Willi Erzgräber

---

13 Ich übernehme diese Formulierung aus: Thomas Marc Parrott, *Shakespeare: Twenty-Three Plays and the Sonnets*, New York 1938, S. 776; Parrott charakterisiert damit Shakespeares *King Lear*.

Inhalt